Ueberreuter Großdruck

Julie Garwood

Geliebter Barbar

Ins Deutsche übertragen
von Kerstin Winter

UEBERREUTER

ISBN 978-3-8000-9266-6

Titel der amerikanischen Originalausgabe: »The Secret«

Ins Deutsche übertragen von Kerstin Winter

Umschlaggestaltung von Agentur C21 unter Verwendung eines Fotos von Jupiter Images
Druck: Druckerei Theiss, A-9431 St. Stefan i. L.
Gedruckt auf Salzer EOS 1,3 x Vol., naturweiß, 80g
1 3 5 7 6 4 2

www.ueberreuter-grossdruck.com
www.ueberreuter.at

Prolog

England 1181

Sie wurden Freundinnen, bevor sie alt genug waren zu verstehen, dass sie sich hassen sollten.

Die zwei kleinen Mädchen lernten sich auf dem Sommerfest kennen, das jedes Jahr an der Grenze zwischen Schottland und England stattfand. Für Lady Judith Hampton war es das erste Mal, dass sie die schottischen Spiele miterlebte. Außerdem war sie noch nie so weit weg von ihrem einsamen Zuhause im Westen Englands gewesen. Das allein brachte schon Aufregungen genug, und Judith hatte Mühe, beim obligatorischen Mittagsschläfchen die Augen zuzuhalten. Für eine neugierige Vierjährige gab es so unglaublich viel zu sehen und zu tun. Und vor allen Dingen viel Unsinn anzustellen.

Das war Frances Catherine Kircaldy bereits gelungen. Ihr Vater hatte ihr einen kräftigen Klaps auf die Kehrseite gegeben und trug sie nun – über die Schulter geworfen wie einen Futtersack – über das weite Feld. Schließlich setzte er sie auf einen runden Felsen, weitab von Gesang und Tanz, und befahl ihr, dort sitzen zu bleiben, bis er sie abholen käme. Bis dahin sollte sie über ihre Sünden nachsinnen, vielleicht würde er ihr dann verzeihen.

Da Frances Catherine nicht die leiseste Ahnung hatte, was das Wort »nachsinnen« bedeutete, war es ihr nicht möglich, zu gehorchen. Zumal sie auf eine dicke Biene achtgeben musste, die hartnäckig ihren Kopf umschwirrte. Judith hatte beobachtet, wie der Vater seine Tochter bestrafte. Das lustige, sommersprossige Mädchen tat ihr leid. Sie, Judith, hätte bestimmt geweint, wenn ihr Onkel Herbert sie geschlagen hätte. Aber das rothaarige Kind hatte bei dem Klaps noch nicht einmal das Gesicht verzogen.

Sie beschloss, das Mädchen kennenzulernen. Also wartete sie, bis der Vater aufgehört hatte, mit dem Zeigefinger vor der Nase seiner Tochter herumzuwedeln und fortgegangen war. Dann raffte sie den Saum ihres Kleidchens und rannte den langen Weg um das Feld herum, bis hinter den Felsen.

»Mein Vater hätte mich nicht gehauen«, platzte sie heraus, anstatt sich vorzustellen. Frances Catherine drehte sich nicht um. Sie wagte nicht, die

Biene aus den Augen zu lassen, die dicht neben ihrem linken Knie auf dem Felsen herumkrabbelte.

Judith ließ sich dadurch nicht entmutigen.

»Mein Vater ist tot!«, verkündete sie. »Sogar schon, bevor ich überhaupt auf der Welt war.«

»Woher weißt du dann, ob er dich schlagen würde oder nicht?«

Judith zuckte die Schultern. »Ich weiß es einfach«, sagte sie. »Du redest so komisch. Hast du irgendetwas im Hals stecken?«

»Nein«, antwortete Frances Catherine. »Du redest doch auch komisch!«

»Wieso guckst du mich nicht an?«

»Geht nicht!«

»Und warum nicht?«, fragte Judith. Etwas verlegen drehte sie den Saum ihres Kleides zu einem Wulst, während sie auf eine Antwort wartete.

»Ich muss auf die Biene aufpassen«, sagte Frances Catherine. »Sie will mich stechen. Ich muss sie im richtigen Moment wegjagen!«

Judith beugte sich vor. Dann sah sie die Biene, die mittlerweile den linken Fuß des Mädchens umkreiste.

»Und warum jagst du sie nicht jetzt schon weg?«, flüsterte sie gespannt.

»Lieber nicht«, gab Frances Catherine zurück.

»Womöglich treffe ich sie nicht, und dann sticht sie mich bestimmt!«

Judith dachte eine Weile über das Dilemma nach. »Soll ich es für dich tun?«

»Willst du das wirklich?«

»Vielleicht«, antwortete Judith. Und um Zeit zu gewinnen, fragte sie: »Wie heißt du?«

»Frances Catherine. Und du?«

»Judith. Wieso hast du zwei Vornamen? Alle Leute, die ich kenne, haben nur einen!«

»Das fragt mich jeder«, erwiderte Frances Catherine und seufzte. »Meine Mama hieß Frances. Sie ist bei meiner Geburt gestorben. Catherine ist der Name meiner Großmutter, und sie ist genauso gestorben. Sie durften nicht in geheiligter Erde begraben werden, weil die Kirche gesagt hat, sie sind nicht rein. Papa hofft, dass ich mich endlich gut benehme, denn dann komme ich in den Himmel. Und wenn Gott meine beiden Namen erfährt, denkt er an Mama und Großmutter.«

»Warum sagt die Kirche denn, dass sie nicht rein sind?«

»Weil sie ein Kind bekommen haben, als sie starben«, erklärte Frances Catherine. »Du weißt wohl gar nichts!«

»Doch. Ich weiß doch was!«, gab Judith trotzig zurück. »Ich weiß alles!«, prahlte Frances Catherine. »Sogar, wie Babys in die Bäuche der Mütter kommen. Willst du's wissen?«

»Oh, ja!«

»Also, wenn sie verheiratet sind, spuckt der Vater in seinen Weinkelch und gibt ihn seiner Frau. Sobald sie davon trinkt, hat sie ein Baby in ihrem Bauch.«

Judith verzog das Gesicht. So was Ekliges. Sie wollte ihre neue Freundin gerade um weitere Einzelheiten bitten, als Frances Catherine plötzlich anfing, laut zu jammern. Judith beugte sich noch ein Stückchen vor und stimmte augenblicklich in das Gejammer ein. Die Biene hatte sich auf der Schuhspitze des Mädchens niedergelassen. Und je länger Judith sie anstarrte, desto größer und bedrohlicher schien das Insekt zu werden.

Keine der beiden dachte mehr an Geburt und Kinderkriegen.

»Tust du's? Jagst du sie weg?«, fragte Frances Catherine.

»Ja … gleich!«

»Hast du Angst?«

»Nein«, log Judith. »Ich hab vor nichts Angst. Und ich dachte, du auch nicht.«

»Wieso?«

»Weil du nicht geweint hast, als dein Vater dich gehauen hat!«, erklärte Judith.

»Er hat nicht sehr fest geschlagen«, gab Frances Catherine zu. »Das tut er nie. Es schmerzt ihn nämlich mehr als mich. Jedenfalls sagen Gavin und Kevin das. Und sie sagen, Papa ruiniert mich für den Mann, der mich mal heiraten soll, weil Papa mich nämlich verwöhnt.«

»Wer sind Gavin und Kevin?«

»Meine Halbbrüder«, erklärte Frances Catherine. »Papa ist auch ihr Papa, aber sie haben eine andere Mama. Sie ist tot.«

»Weil sie ein Kind gekriegt hat?«

»Nein.«

»Warum ist sie dann gestorben?«

»Papa hat gesagt, sie war einfach erschöpft«, sagte Frances Catherine. »Ich mach jetzt die Augen ganz fest zu, und du jagst die Biene weg, ja?«

Judith war so fest entschlossen, ihre neue Freundin zu beeindrucken, dass sie nicht mehr über die Folgen nachdachte. Sie holte aus und schlug nach der Biene. Doch als sie das Flattern der kleinen Flügel an ihrer Handfläche spürte, machte sie intensiv eine Faust – und heulte auf.

Frances Catherine sprang vom Felsen und half auf die einzige Art, die ihr einfiel: Sie heulte mit.

Judith rannte immer um den Felsen herum und schrie dabei so laut, dass sie fast keine Luft mehr bekam. Frances Catherine lief hinterher und brüllte genauso laut – aus Mitgefühl und Angst.

Da kam auch schon Frances Catherines Vater über das Feld herbeigerannt. Er schnappte sich zuerst seine Tochter, und nachdem sie ihm stammelnd erzählt hatte, was geschehen war, fing er auch Judith ein.

In wenigen Augenblicken waren die beiden Mädchen getröstet. Frances Catherines Vater hatte den Stachel aus Judiths Hand gezogen und kühlenden Schlamm daraufgestrichen. Dann trocknete er ihre Tränen mit einem Zipfel seines wollenen Umhangs. Nun saß er auf dem Straffelsen, seine Tochter auf dem einen und Judith auf dem anderen Knie.

Niemand hatte je so viel Aufhebens um Judith gemacht. Die Zuwendung des fremden Mannes machte sie zwar verlegen, aber es gefiel ihr doch so gut, dass sie sich eng an ihn kuschelte.

»Ihr zwei seid vielleicht ein Paar«, brummte der Mann, als ihr Schluchzen so weit verstummte, dass sie ihn verstehen konnten. »Erst übertönt ihr mit eurem Geschrei die Fanfarenstöße, die die Wettkämpfe ankündigen, und dann rennt ihr herum wie zwei kopflose Hühner.«

Judith war sich nicht sicher, ob der Fremde wirklich böse war oder nicht. Seine Stimme klang zwar schroff, aber sein Blick war weiterhin freundlich. Als Frances Catherine kicherte, entschied Judith, dass der Vater wohl doch nur einen Scherz gemacht hatte.

»Es hat ihr richtig wehgetan, Papa«, sagte Frances Catherine.

»Das glaub ich dir«, antwortete er. Dann wandte er sich Judith zu, die ihn fasziniert anstarrte.

»Es war sehr mutig von dir, meiner Tochter zu helfen«, lobte er sie. »Aber beim nächsten Mal fängst du die Biene besser nicht. Einverstanden?«

Judith nickte feierlich.

Er tätschelte ihren Arm. »Du bist ein hübsches, kleines Ding«, bemerkte er. »Wie heißt du?«

»Sie heißt Judith, Papa, und sie ist meine Freundin. Kann sie mit uns essen?«

»Das hängt von ihren Eltern ab«, erwiderte der Vater.

»Ihr Papa ist tot«, verkündete Frances Catherine. »Ist das nicht tragisch?«

»Das ist es allerdings«, stimmte er zu. Um seine Augen bildeten sich kleine Fältchen, aber sein Mund lächelte nicht. »Sie hat die hübschesten blauen Augen, die ich je gesehen habe.«

»Aber Papa. Hab *ich* denn nicht die schönsten Augen, die du je gesehen hast?«

»Doch, Frances Catherine. Du hast die hübschesten *braunen* Augen, die ich je gesehen hab.«

Zufrieden mit seiner Antwort, kicherte Frances Catherine erneut. »Ihr Papa ist schon gestorben, bevor sie überhaupt auf der Welt war«, berichtete sie aufgeräumt. Es war ihr gerade wieder eingefallen, und sie war sicher, dass es ihren Vater interessieren würde.

Der nickte und sagte dann: »Hör mal, Tochter, ich möchte, dass du einen Moment mal ganz still bist, während ich mich mit deiner Freundin unterhalte.«

»Ja, Papa.«

Der Mann wandte sich wieder Judith zu. Die Art, wie sie ihn unentwegt anstarrte, brachte ihn ein wenig aus der Fassung. Was für ein ernsthaftes, junges Ding. Zu ernsthaft für ihr Alter, fand er.

»Wie alt bist du, Judith?«

Sie hielt vier Finger hoch.

»Papa! Genauso alt wie ich!«, rief Frances Catherine. »Nein, Frances Catherine. Sie ist vier Jahre und du bist fünf. Oder hast du das vergessen?«

»Nein, Papa.«

Er lächelte seine Tochter an und versuchte noch einmal, mit Judith zu reden. »Du hast doch keine Angst vor mir, oder?«

»Sie hat vor nichts Angst, Papa.«

»Sei still, Tochter. Ich möchte ein paar Worte von deiner Freundin hören. Judith, ist deine Mutter hier?«

Judith schüttelte den Kopf und drehte nervös eine Locke ihres weißblonden Haares um ihre Finger, ohne jedoch den Blick von ihm abzuwenden. Der Mann hatte einen dichten roten Bart, und wenn er sprach, zitterten die einzelnen Barthaare. Judith hätte sie zu gern einmal angefasst. Wie sich das wohl anfühlte?

»Judith? Ist deine Mama hier?«, wiederholte der Mann.

»Nein. Mama ist bei Onkel Tekel. Sie weiß nicht, dass ich hier bin. Das ist ein Geheimnis, und wenn ich es verrate, darf ich nie wieder zu dem Fest kommen. Hat Tante Millicent gesagt.« Nun, da sie einmal angefangen hatte, sprudelten die Worte aus ihr heraus. »Onkel Tekel sagte, er ist genau wie ein Papa, aber er ist bloß Mamas Bruder, und ich darf nie auf seinem Schoß sitzen. Ich würde auch gar nicht wollen, wenn ich dürfte, aber ich darf ja nicht, also was macht das schon.«

Frances Catherines Vater hatte Schwierigkeiten, Judiths Wortschwall zu folgen, seine Tochter dagegen überhaupt nicht.

»Warum darfst du denn nicht auf seinem Schoß sitzen?«, fragte sie interessiert.

»Er hat beide Beine gebrochen.«

Frances Catherine stieß einen entsetzten Schrei aus.

»Papa, ist das nicht tragisch?«

Ihr Vater seufzte. Offensichtlich entglitt ihm die Unterhaltung.

»Ja, das ist es wirklich«, stimmte er zu. »Also, Judith, wenn deine Mutter zu Hause ist, mit wem bist du dann hier?«

»Mit Mamas Schwester«, antwortete Judith. »Ich hab immer bei Tante Millicent und Onkel Herbert gewohnt, aber jetzt darf ich das nicht mehr.«

»Wieso?«, fragte Frances Catherine.

»Weil Mama gehört hat, dass ich Onkel Herbert ›Papa‹ genannt habe. Darüber ist sie so wütend geworden, dass sie mich auf den Kopf gehauen hat. Dann hat Onkel Tekel gesagt, dass ich jetzt ein halbes Jahr bei ihm und Mama leben soll, damit ich weiß, wo ich hingehöre, und meine Tante Millicent und mein Onkel Herbert sollen gefälligst ohne mich auskommen. Mama wollte mich auch das andere halbe Jahr behalten, aber Onkel Tekel hatte noch nichts getrunken, und dann weiß sie, dass er später noch weiß, was er gesagt hat. Er weiß das nämlich immer, wenn er nicht betrunken ist. Und Mama war wieder schrecklich wütend.«

»War deine Mama darum wütend, weil sie dich vermisst, wenn du nicht bei ihr bist?«, fragte Frances Catherine.

»Nein«, sagte Judith leise. »Mama sagt, ich bin lästig.«

»Warum lässt sie dich dann nicht fort?«

»Sie mag Onkel Herbert nicht«, erklärte Judith.

»Warum mag sie ihn denn nicht?«, fragte Frances Catherine weiter.

»Weil er mit den verdammten Schotten verwandt ist.« Judith wiederholte, was sie schon oft gehört hatte. »Mama sagt, ich darf noch nicht mal mit den verdammten Schotten reden.«

»Papa, bin ich ein verdammter Schotte?« Frances Catherine runzelte besorgt die kleine Stirn.

»Nein, ganz bestimmt nicht.«

»Ich denn?«, fragte Judith zaghaft.

»Du bist Engländerin, Judith«, erklärte ihr der Mann geduldig.

»Bin ich dann eine verdammte Engländerin?«

Nun wurde der Mann wirklich ärgerlich. »Niemand ist ein verdammter Irgendwer«, sagte er. Er wollte noch etwas hinzufügen, brach aber plötzlich in lautes Lachen aus. Sein mächtiger Bauch bebte vor Vergnügen.

»In Gegenwart von euch zwei kleinen Plappermäulchen sage ich lieber nichts, was ein Geheimnis bleiben sollte.«

»Warum nicht, Papa?«

»Mach dir darüber keine Gedanken«, gab er zurück. Er stand auf, seine Tochter auf dem einen, Judith auf dem anderen Arm. Beide Mädchen kreischten begeistert, als er so tat, als wollte er sie fallen lassen.

»Wir suchen jetzt deine Tante und deinen Onkel, bevor sie sich Sorgen machen, Judith. Zeig mir den Weg zu eurem Zelt, mein Kind.«

Augenblicklich erstarrte Judith. Sie konnte sich nicht mehr erinnern, wo das Zelt stand! Und da sie ihr Wappen noch nicht kannte, konnte sie es Frances Catherines Vater noch nicht einmal beschreiben. Sie unterdrückte die Tränen und senkte den Kopf. »Ich hab's vergessen«, flüsterte sie.

Ihr kleiner Körper spannte sich. Sicher würde er sie nun anschreien, so wie es Onkel Tekel immer tat, wenn er betrunken war und sie etwas getan hatte, was ihm nicht passte.

Aber der Vater ihrer Freundin geriet nicht in Wut. Verstohlen blickte sie zu ihm auf und sah sein Lächeln. Und ihre Angst verschwand gänzlich, als er ihr versicherte, sie brauche sich keine Sorgen zu machen. Ganz sicher würden sie ihre Verwandten schon bald finden.

»Vermissen sie dich, wenn du nicht zurückkommst?«, erkundigte sich Frances Catherine.

Judith nickte. »Onkel Herbert und Tante Millicent würden bestimmt weinen«, sagte sie zu ihrer neuen Freundin. »Manchmal wünschte ich, *sie* wären meine Mama und mein Papa.«

»Wieso?«

Judith hob die Schultern. Es gab keine Worte, um das zu erklären.

»Nun, wünschen darf man sich schließlich alles«, sagte Frances Catherines Vater.

Judith war so glücklich über seine Zustimmung, dass sie ihren Kopf vertrauensvoll an seine Schultern legte. Sie spürte den rauen Stoff seines Umhangs an ihrer Wange.

Er war bestimmt der wunderbarste Vater der ganzen Welt, dachte Judith. Und da er sie jetzt nicht mehr ansah, fasste sie den Mut, ihre Neugier zu befriedigen: Sie streckte den Arm aus, griff in seinen Bart und musste kichern, als die Härchen sie in der Handfläche kitzelten.

»Papa, magst du meine neue Freundin?«, fragte Frances Catherine, als sie etwa die Hälfte des Feldes überquert hatten.

»Ja, Liebes.«

»Kann ich sie behalten?«

»Beim Barte meiner … *nein!* Du kannst sie nicht behalten! Sie ist doch kein Hündchen. Aber du darfst ihre Freundin sein«, setzte er hastig hinzu, bevor seine Tochter mit ihm ins Diskutieren geraten konnte.

»Für immer, Papa?«

Sie hatte ihren Vater gefragt, doch Judith gab ihr eine Antwort.

»Für immer!«, flüsterte sie und nickte bestätigend dazu. Frances Catherine griff über die Brust ihres Vaters nach Judiths Hand. »Für immer!«, schwor sie feierlich.

So hatte es begonnen.

Von diesem Augenblick an waren die beiden Mädchen unzertrennlich. Das Fest dauerte drei volle Wochen, und die Clans kamen und gingen, bis die Meisterschaftsspiele wie immer am letzten Sonntag des Monats stattfanden.

Judith und Frances Catherine kümmerten sich nicht um die Wettkämpfe. Sie waren zu sehr damit beschäftigt, ihre Geheimnisse auszutauschen.

Es war eine perfekte Freundschaft. Frances Catherine hatte endlich jemanden gefunden, der ihr zuhörte, und Judith besaß nun eine Freundin, die sich mit ihr beschäftigte.

Indes strapazierten die beiden die Geduld ihrer Familien gewaltig. Frances Catherine begann, in jedem zweiten Satz das Wort ›verdammt‹ zu verwenden, während Judith fast alles ›tragisch‹ fand.

Eines Nachmittags, als beide eigentlich schlafen sollten, schnitten sie sich gegenseitig das Haar ab. Als Tante Millicent das asymmetrische Fiasko entdeckte, begann sie lauthals zu kreischen und hörte erst wieder damit auf, als der grässliche Anblick mit zwei weißen Käppchen verdeckt wurde. Sie war wütend auf Onkel Herbert, der ein Auge auf die beiden hätte haben sollen. Doch anstatt im Geringsten entsetzt über diese Katastrophe zu sein, lachte er Tränen. Sie befahl ihrem Mann, die beiden Mädchen über das Feld zum Straffelsen zu tragen, wo sie über ihr unmögliches Benehmen nachdenken sollten.

Die Kinder dachten über eine Menge nach – weniger allerdings über ihr Benehmen. Frances Catherine hatte die wunderbare Idee, Judith einen zweiten Vornamen zu geben, damit beide gleich ausgestattet wären. Sie brauchten lange, um sich über den Namen – Elizabeth – einig zu werden. Doch sobald sie es entschieden hatten, wurde aus Judith Judith Elizabeth. Von nun an hörte sie nur noch, wenn jemand sie mit beiden Namen rief – auf Judith allein reagierte sie nicht mehr.

Ein Jahr später, als sie sich wieder trafen, war es, als wären sie bloß Stunden voneinander getrennt gewesen. Ungeduldig wartete Frances Catherine darauf, Judith endlich für sich allein zu haben, weil es erstaunliche neue Tatsachen zum Thema Geburt zu berichten gab. Sie hatte festgestellt, dass eine Frau gar nicht verheiratet sein musste, um ein Baby zu bekommen: Eine der Frauen aus dem Kircaldy-Clan war schwanger geworden, ohne dass sie vorher getraut worden war. Und einige der alten Clansfrauen hatten Steine auf sie geworfen. Ihr Vater hatte jedoch noch das Schlimmste verhüten können. »Haben die Frauen auch Steine auf den Mann geworfen, der in ihren Kelch gespuckt hat?«, wollte Judith wissen.

Frances Catherine schüttelte den Kopf. »Die Frau wollte nicht sagen, wer es gewesen ist«, antwortete sie.

Frances Catherine schloss daraus, dass eine Frau den Kelch eines beliebigen Mannes austrinken konnte, um ein Kind zu bekommen. Und beide gaben sie sich gegenseitig das Versprechen, so etwas niemals zu tun.

Die Jahre der Kindheit verschmolzen in Judiths Erinnerung und langsam drang der bestehende Hass zwischen Schotten und Engländern in ihr Bewusstsein. Es schien, als hätten ihre Mutter und Onkel Tekel schon immer eine Abneigung gegen die Schotten gehabt, aber Judith war sicher, dass sie es bloß nicht anders kannten. Schließlich sagte Onkel Herbert doch immer, dass Unwissenheit oft Hass erzeugte. Und was Onkel Herbert sagte, glaubte Judith unbesehen.

Eines Tages überlegte sie, dass Onkel Tekel und ihre Mutter bestimmt merken würden, was für liebevolle, gutherzige Menschen die Schotten waren, wenn sie nur einige Zeit mit ihnen zusammenleben könnten. Da küsste Onkel Herbert sie auf die Stirn und sagte, sie habe vermutlich recht.

Doch Judith sah die Traurigkeit in seinen Augen und wusste, dass er ihr nur zustimmte, um ihr nicht wehzutun und um sie vor der Wahrheit zu schützen.

Als sie elf Jahre alt wurde und erneut auf der Reise zu den Spielen war, erfuhr sie, warum ihre Mutter die Schotten so hasste.

Sie war mit einem verheiratet.

Kapitel 1

Schottland, 1200

Iain Maitland konnte ziemlich unangenehm werden, wenn er verärgert war.

Und jetzt *war* es so weit. Die üble Laune packte ihn in dem Moment, als sein Bruder ihm von dem Versprechen erzählte, das er seiner hübschen Frau Frances Catherine gegeben hatte. Wenn Patrick beabsichtigte, seinen Bruder zu verblüffen, so war das Ziel erreicht. Seine Erklärung hatte Iain die Sprache verschlagen.

Dieser Zustand dauerte allerdings nicht lange. Schnell verwandelte sich die Überraschung in Zorn. Tatsächlich war diese lächerliche Zusage, die Patrick seiner Frau gegeben hatte, mindestens so ärgerlich wie die Tatsache, dass Patrick den Rat einberief, um dessen offizielle Meinung dazu zu hören. Iain hätte seinem Bruder bestimmt verboten, die Alten in etwas hineinzuziehen, das er für eine reine Familienangelegenheit hielt. Aber er war unterwegs gewesen, um die Maclean-Bastarde zur Strecke zu bringen, die drei unerfahrenen Maitland-Kriegern aufgelauert hatten. Als er müde, aber siegreich zurückkehrte, war die Dummheit bereits begangen.

Typisch Patrick: Im Handumdrehen machte er aus einer Mücke einen Elefanten. Und es war offensichtlich, dass er die weitreichenden Auswirkungen seines Verhaltens nicht bedacht hatte. Von Iain wurde nun – als frisch ernanntem Clansherrn – erwartet, seine Pflichten und Loyalität seinen engsten Familienangehörigen gegenüber zugunsten seines Amtes zurückzustellen.

Er dachte allerdings nicht daran, diesen Erwartungen zu entsprechen. Natürlich würde er seinem Bruder zur Seite stehen, egal wie viel Widerstand der Rat dagegenzusetzen hatte. Er würde auch nicht zulassen, dass sie ihn bestraften. Und wenn es sein musste, war er bereit zu kämpfen.

Iain hatte Patrick seinen Entschluss nicht mitgeteilt, weil er ihn noch zappeln lassen wollte. Wenn seine Nerven dabei genug strapaziert wurden, würde Patrick vielleicht lernen, sich demnächst zurückzuhalten.

Der Rat der Fünf war bereits im großen Saal versammelt, als Iain den Hügel hinaufging. Patrick wartete auf dem Hof. Er wirkte entschlossen, sich in den Kampf zu stürzen. Breitbeinig, die Fäuste geballt, stand er da, und seine Miene war so finster wie der Gewittersturm, der sich über ihren Köpfen zusammenbraute.

Iain übersah die Haltung seines Bruders. Unbeeindruckt schob er ihn zur Seite und betrat die Stufen.

»Iain«, rief Patrick hinter ihm her. »Ich frage dich *jetzt,* denn ich will wissen, wo ich stehe, bevor wir da reingehen: Bist du in dieser Sache für oder gegen mich?«

Iain hielt an und drehte sich langsam zu seinem Bruder um. Sein Ärger war ihm anzumerken, aber seine Stimme klang dennoch täuschend sanft: »Und *ich* frage *dich,* ob du mich durch diese Frage absichtlich provozieren willst.«

Augenblicklich lockerte Patrick seine angespannte Haltung. »Ich wollte dich nicht beleidigen. Aber du bist gerade erst Clansführer geworden, und der Rat prüft dich immer noch auf Herz und Nieren. Bisher war mir nicht klar, in was für eine unangenehme Lage ich dich gebracht habe.«

»Hast du es dir anders überlegt? Nimmst du dein Versprechen zurück?«

»Nein«, grinste Patrick. »Ich weiß auch, dass du den Rat nicht hinzuziehen wolltest … gerade jetzt, wo du sie dafür gewinnen willst, ein Bündnis mit den Dunbars gegen die Macleans einzugehen. Aber Frances Catherine wollte unbedingt seinen Segen bekommen. Sie möchte ihre Freundin hier willkommen wissen!«

Iain schwieg. Also fuhr Patrick fort: »Mir ist auch klar, dass du nicht verstehst, warum ich meiner Frau so ein Versprechen gegeben habe. Aber eines Tages, wenn *du* die richtige Frau getroffen hast, wirst du's begreifen.«

Iain schüttelte erbittert den Kopf. »Gott weiß, Patrick, das werde ich *nie* verstehen. Es gibt keine ›richtige Frau‹. Eine ist so gut wie die andere.«

Patrick lachte. »Das dachte ich auch. Bis ich Frances Catherine begegnet bin.«

»Du redest schon selbst wie eine Frau«, gab Iain zurück.

Patrick fühlte sich nicht beleidigt. Er wusste, dass sein Bruder die Liebe zu Frances Catherine nicht nachvollziehen konnte, aber vielleicht würde er auch bald jemanden finden, dem er sein Herz schenkte. Und wenn dieser Tag kam, würde es ihm, Patrick, großes Vergnügen bereiten, Iain an seine rüde Einstellung zu erinnern.

»Duncan deutete an, dass sie vielleicht meine Frau befragen wollen«, kam Patrick wieder auf sein Hauptanliegen zurück. »Glaubst du, er hat sich einen Scherz mit mir erlaubt?«

Iain schüttelte den Kopf. »Keiner der Ratsherren erlaubt sich jemals Scherze, Patrick, das weißt du genauso gut wie ich.«

»Verdammt. Ich bin dafür verantwortlich.«

»Aye, das bist du allerdings.«

Patrick ignorierte die prompte Zustimmung seines Bruders. »Ich werde nicht zulassen, dass der Rat Frances Catherine einschüchtert.«

Iain seufzte. »Ich auch nicht«, versprach er.

Das Zugeständnis überraschte Patrick trotz seiner Unsicherheit so sehr, dass er zu lächeln begann. »Die Älteren glauben offensichtlich, dass sie mich in meiner Arbeit umstimmen können«, sagte er. »Du solltest besser wissen, dass sie sich da täuschen. Ich habe meiner Frau mein Wort gegeben, und das halte ich. Gott sei mein Zeuge, Iain, für Frances Catherine würde ich durch die Hölle gehen.«

Iain wandte sich um und grinste seinen Bruder an. »Ein einfacher Gang in den großen Saal genügt im Moment«, sagte er gedehnt. »Bringen wir's hinter uns.«

Patrick nickte und eilte voraus, um eine der Doppeltüren für seinen Bruder zu öffnen.

»Einen Rat noch, Patrick«, sagte Iain, »lass deinen Zorn hier draußen. Wenn sie sehen, wie aufgebracht du bist, springen sie dir an die Kehle.

Trag deine Beweggründe mit ruhiger Stimme vor, lass den Verstand die Worte leiten, nicht deine Gefühle.«

»Und dann?«

»Mach ich den Rest.«

Die Tür fiel hinter ihnen zu.

Zehn Minuten später schickte der Rat einen Boten, um Frances Catherine zu holen. Dem jungen Sean wurde die Aufgabe zuteil. Er fand Patricks Frau am Kamin in ihrem Haus sitzen und richtete ihr aus, sie solle kommen und vor der Tür warten, bis ihr Mann sie vor den Rat geleite.

Frances Catherines Herz begann heftig zu klopfen. Patrick hatte sie zwar gewarnt, dass man sie rufen könnte, aber sie hatte es nicht glauben wollen. Es schickte sich nicht für eine Frau, ihre Ansichten direkt dem Rat oder dem Clansführer mitzuteilen. Die Tatsache, dass der neue Clansführer der Bruder ihres Mannes war, beruhigte sie auch nicht. Nein, die Verwandtschaft bedeutete hierbei leider nichts.

Ihre angstvollen Gedanken überstürzten sich und versetzten sie in heillose Aufregung. Der Rat hielt sie offensichtlich für schwachsinnig. Ja, entschied sie, Patrick hatte ihnen wahrscheinlich von seinem Versprechen ihr gegenüber berichtet, und deshalb wurde sie jetzt in den großen Saal gerufen. Sie wollten sich bestätigen lassen, dass sie den Verstand verloren hatte, bevor sie sie für den Rest ihres Lebens in die Verbannung schickten.

Ihre einzige Hoffnung war der Clansführer. Frances Catherine kannte Iain Maitland nicht sehr gut. In den zwei Jahren, die sie mit Patrick verheiratet war, hatte sie nicht mehr als fünfzig Worte mit Iain gesprochen. Aber nach Patricks Ansicht war sein Bruder Iain ein Ehrenmann. Dann *musste* er ihre Bitte doch anerkennen.

Zuerst jedoch hieß es, den Rat über sich ergehen zu lassen. Da dies ein offizielles Zusammentreffen war, durften vier der Ratsmitglieder nicht direkt mit ihr sprechen. Sie würden die Fragen an ihren eigenen Anführer, Graham, stellen. Er hatte die entwürdigende Aufgabe, mit ihr zu reden. Schließlich war sie nur eine Frau und eine Außenseiterin dazu, denn sie war an der Grenze geboren und aufgewachsen, nicht aber im glorreichen Hochland. Andererseits spürte Frances Catherine eine Erleichterung, dass nur Graham sie befragen würde. Von den Ältesten schüchterte er sie am wenigsten ein. Der alte Krieger, ein friedfertiger Mann, den der Clan hoch schätzte, war über fünfzehn Jahre Clansführer gewesen, bevor er sich aus dieser Machtposition vor knapp drei Monaten zurückgezogen hatte. Graham würde ihr keine Angst einjagen – zumindest nicht absichtlich –, aber er würde jeden Trick anwenden, um Patrick von seinem Versprechen zu entbinden.

Hastig schlug sie ein Kreuz und betete still, während sie auf den Hügel zueilte. Sie würde diese Prüfung bestehen! Und keinesfalls klein beigeben. Patrick Maitland hatte ihr das Versprechen einen Tag vor ihrer Hochzeit gegeben, und bei Gott, er würde es bestimmt einhalten.

Ein kostbares Leben hing davon ab.

Frances Catherine war oben auf dem Hügel angelangt. Ein paar Frauen, die über den Hof kamen, starrten sie neugierig an. Was hatte eine Frau auf der Schwelle der Clansführer herumzulungern? Frances Catherine hielt den Kopf abgewandt und betete, dass niemand sie ansprach. Sie wollte nicht, dass die Clansfrauen Bescheid wussten, bevor es entschieden war. Sicher – sie würden auch dann zetern und schimpfen, aber es würde zu spät sein.

Agnes Kerry, das alte Klatschweib, die stets damit prahlte, dass ihre hübsche Tochter die zukünftige Braut des Clansführers sein würde, hatte den Hof bereits zwei Mal umrundet, um zu erfahren, was vor sich ging. Und zwei ihrer Gefolgsfrauen näherten sich ebenfalls langsam, aber sicher.

Als Frances Catherine die Falten ihres Umhangs über ihrem Bauch glatt strich, bemerkte sie, wie sehr ihre Hände zitterten. Sofort riss sie sich zusammen und stieß einen lauten Seufzer aus. Normalerweise war sie nicht so leicht verunsichert, aber seitdem sie wusste, dass sie schwanger war, hatte sich ihr Verhalten geändert. Sehr empfindlich war sie geworden und brach über die unbedeutendste Kleinigkeit in Tränen aus. Zudem fühlte sie sich dick, unattraktiv und plump, was ihre Gemütsverfassung nicht gerade ausglich. Im siebten Monat machte das Gewicht des Babys ihre Bewegungen langsam und schwerfällig. Ihre Gedanken allerdings nicht. Die überstürzten sich wieder, als sie überlegte, was Graham sie fragen könnte.

Endlich schwang die Tür auf und Patrick trat heraus. Ihre Erleichterung war so groß, dass sie fast wieder in Tränen ausgebrochen wäre. Patrick hatte die Stirn gerunzelt, doch als er sah, wie blass und ängstlich sie sich fühlte, zwang er sich zu einem Lächeln. Er ergriff ihre Hand, drückte sie leicht und zwinkerte ihr zu. Diese zärtliche Geste empfand Frances Catherine als fast so wohltuend wie seine allabendlichen Rückenmassagen.

»O Patrick«, platzte sie heraus. »Es tut mir so leid, dass ich dich in solch eine Lage gebracht habe!«

»Heißt das, du entbindest mich von meinem Versprechen?«, fragte er mit der tiefen, vollen Stimme, die sie so liebte.

»Nein.«

Er lachte über ihre Direktheit. »Das dachte ich mir.«

Frances Catherine ignorierte seine Neckerei. Sie wollte sich jetzt nur auf das konzentrieren, was vor ihr lag.

»Ist *er* da drin?«, fragte sie flüsternd.

Patrick wusste natürlich, wen sie meinte. Seine Frau hatte eine höchst unvernünftige Angst vor seinem Bruder. Wahrscheinlich lag es daran, dass Iain Clansführer war, dachte Patrick. Diese Machtposition ließ ihn für seine Frau fast überirdisch erscheinen.

»Bitte antworte mir«, bat sie nervös.

»Ja, Liebes, Iain ist bereits da.«

»Dann weiß er von dem Versprechen?« Sofort wurde ihr klar, wie dumm ihre Frage war. »Oh, Himmel, natürlich weiß er davon. Ist er wütend auf uns?«

»Mein Schatz, alles wird gut werden«, versprach er und versuchte, sie durch die geöffnete Tür zu ziehen. Sie widersetzte sich seinem sanften Drängen.

»Aber der Rat, Patrick«, stieß sie hervor. »Wie hat er auf deine Erklärung reagiert?«

»Sie schnappen noch nach Luft!«

»O Gott!« Sie versteifte sich in seinem Arm.

Patrick verfluchte sich, dass er so ehrlich zu ihr war. Er zog sie näher an sich heran. »Alles wird gut«, wiederholte er mit leiser, beruhigender Stimme. »Du wirst sehen. Und wenn ich selbst nach England reiten muss, um deine Freundin zu holen. Du vertraust mir doch?«

»Ja, ich vertraue dir. Sonst hätte ich dich nicht geheiratet. O Patrick, verstehst du, wie wichtig es für mich ist?«

Er küsste sie auf die Stirn und sagte: »Ja, und das weißt du. Willst du mir eins versprechen?«

»Alles, was du willst.«

»Wenn deine Freundin hier ist, wirst du dann wieder fröhlich sein?«

Sie lächelte. »Versprochen«, flüsterte sie. Dann schlang sie die Arme um seine Taille und drückte sich an ihn. So standen sie lange. Patrick wollte ihr Zeit lassen, ihre Fassung wiederzufinden, und sie versuchte im Geist die Worte zu formulieren, mit denen sie den Rat überzeugen wollte.

Eine Frau mit einem Korb Wäsche blieb einen Moment stehen und betrachtete lächelnd die beiden Liebenden.

Patrick und Frances Catherine waren ein schönes Paar: Er war sehr dunkel, sie sehr rothaarig, beide schlank und groß gewachsen, obwohl Patrick seine Frau noch um gut einen Kopf überragte. Nur neben seinem Bruder wirkte Patrick klein; beide besaßen jedoch breite Schultern und das gleiche schwarzbraune Haar. Das Grau von Patricks Augen war etwas dunkler, und weitaus weniger Narben zeichneten sein schönes Gesicht.

Neben ihrem kräftigen Mann wirkte Frances Catherine zierlich. Sie hatte große braune Augen und Patrick schwor, dass sie wie Feueropale funkelten, wenn sie lachte. Ihr Haar jedoch war ihr ganzer Stolz. Es reichte ihr bis zur Taille und schimmerte in einem satten, dunklen Rot.

Zuerst war Patrick von ihrer Erscheinung fasziniert gewesen. Doch es war ihr Wesen, das ihn schließlich gefangen nahm. Sie verzauberte ihn immer wieder aufs Neue: ihre urwüchsige Art, das Leben zu betrachten und die innere, brennende Leidenschaft, die sie begierig machte auf jedes neue Abenteuer. Sie tat alles mit Haut und Haaren. Und so war auch ihre Liebe zu ihm ausschließlich.

Patrick spürte, wie sie schauderte, und fand, dass es höchste Zeit war, die Sache hinter sich zu bringen.

»Komm mit, Liebes. Sie warten auf uns.«

Sie holte tief Atem, wand sich aus seinem Arm

und trat schnell ein. Patrick blieb mit einem langen Schritt an ihrer Seite. Als sie die Stufen erreichten, die in die Große Halle hinabführten, hielt sie ihn plötzlich zurück und flüsterte: »Dein Cousin Steven hat gesagt, dass Iains wütender Blick ein Herz zum Stillstand bringen kann. Also sollten wir wirklich alles vermeiden, was ihn wütend macht, ja?«

Nur weil sie so ernst und so ängstlich klang, lachte Patrick nicht laut auf. Aber seine Stimme konnte seine Ungeduld nicht verbergen. »Frances Catherine, wir müssen wirklich etwas gegen deine unsinnige Angst tun. Mein Bruder …«

Sie drückte schnell seinen Arm. »Ja, Geliebter, das tun wir später«, brachte sie hervor. »Aber jetzt versprich es mir.«

»Einverstanden«, seufzte er. »Wir werden Iain nicht verärgern.«

Sofort entspannte sich ihre Haltung. Patrick schüttelte seufzend den Kopf. Sobald sie sich wieder besser fühlte, musste er ihr wirklich helfen, diese törichte Angst zu überwinden. Mit seinem Cousin Steven würde er allerdings sehr bald zu reden haben und ihm verbieten, den Frauen derartig schwachsinnige Geschichten einzureden.

Iain war allerdings auch ein geeignetes Objekt für die Entstehung solcher Schauermärchen.

Er sprach nur selten mit Frauen, höchstens dann, wenn er gezwungen war, besondere Instruktionen zu geben. Sein harsches Benehmen wurde oft als Zorn missdeutet. Steven wusste genau, dass die meisten Frauen vor Iain Angst hatten, und es machte ihm Spaß, die Furcht von Zeit zu Zeit zu schüren.

Iain wusste nicht, welche Panik er Frances Catherine einjagte. Er stand allein vor der Feuerstelle, hatte die Arme vor seiner mächtigen Brust verschränkt und sah sie an. Seine Haltung war locker, entspannt, der scharfe Blick seiner grauen Augen und sein düsterer Gesichtsausdruck verrieten jedoch das Gegenteil.

Frances Catherine wollte gerade die Stufen hinabgehen, als sie quer durch den Raum seinen Blick auffing. Prompt stolperte sie. Patrick konnte sie gerade noch packen und vor dem Sturz retten.

Iain spürte ihre Angst, nahm aber an, dass der Rat der Grund dafür sei. Er machte Graham das Zeichen, die Befragung zu beginnen. Je zügiger das unvermeidliche Verfahren begann, desto eher konnte seine Schwägerin sich wieder beruhigen.

Die alten Clansmänner starrten die junge Frau an. Sie saßen da wie die Orgelpfeifen. Der Älteste, Vincent, war gleichzeitig der kleinste. Er saß an dem einen Ende, während Graham, ihr Sprecher, das andere einnahm. Dazwischen besetzten Duncan, Gelfrid und Owen die Plätze. Ihr Haar war in unterschiedlichen Farbabstufungen ergraut, und ihre zahlreichen Narben berichteten von blutigen Waffengängen und Gefechten.

Frances Catherine konzentrierte sich auf Graham. Tiefe Falten gruben sich um seine Augen und sie wollte glauben, dass sie vom vielen Lachen herrührten. Das gab ihr die Hoffnung, dass er ihre Bitte verstehen würde.

»Dein Mann hat uns eben eine erstaunliche Geschichte erzählt, Frances Catherine«, begann Graham. »Wenn sie wahr ist, haben wir Schwierigkeiten, sie zu verstehen.«

Der Anführer bekräftigte seine letzten Worte mit einem Nicken, dann schwieg er. Sie wusste nicht, ob man von ihr eine Antwort erwartete. Doch als Patrick ihr einen ermutigenden Blick zuwarf, sagte sie: »Mein Mann spricht immer die Wahrheit!«

Die vier anderen Ratsmitglieder runzelten einhellig die Stirn. Graham lächelte. Dann fragte er mit sanfter Stimme: »Dann erkläre uns, warum du verlangst, dass dieses Versprechen eingelöst wird.«

Frances Catherine zuckte zusammen, als hätte Graham sie angeschrien. Sie wusste sehr gut, dass er das Wort ›verlangen‹ als bewussten Angriff eingestreut hatte.

»Ich bin eine Frau und würde niemals etwas von meinem Mann *verlangen.* Ich kann nur bitten, und so bitte ich darum, dass Patricks Wort in Ehren behandelt wird.«

»Nun gut«, räumte Graham ein. »Du verlangst nicht, du bittest. Doch nun möchte ich, dass du dem Rat erklärst, wie du so eine schändliche Bitte stellen konntest.«

Frances Catherine erstarrte. Schändlich? Sie atmete tief ein. »Bevor ich Patrick mein Jawort gab, bat ich ihn, mir zu versprechen, dass er meine liebe Freundin, Lady Judith Elizabeth, zu mir bringt, wenn ich das erste Kind erwarte. Nun stehe ich vor der Niederkunft. Patrick gab mir damals das Versprechen, und wir beide möchten es so bald wie möglich einlösen.«

Grahams Gesichtsausdruck zeigte deutlich, dass er mit ihrer Erklärung nicht glücklicher war als vorher. Er räusperte sich und sagte: »Lady Judith Elizabeth ist Engländerin. Ich nehme an, das bedeutet dir nichts?«

»Nein, Mylord, das bedeutet mir überhaupt nichts.«

»Findest du, dass ein Versprechen wichtiger ist als der Aufruhr, den es erzeugen wird? Willst du vorsätzlich unser Leben durcheinanderbringen, Weib?«

Frances Catherine schüttelte den Kopf. »So etwas würde ich niemals tun.«

Graham seufzte leicht. Er schien anzunehmen, dass er nun einen Weg gefunden hatte, sie von ihrem Vorhaben abzuringen. »Es freut mich, das zu hören, Frances Catherine«, bemerkte er. Dann wandte er sich seinen Ratsmitgliedern zu. »Ich hatte auch nicht geglaubt, dass dieses Weib solch einen Tumult verursachen wollte. Nun, da sie diesen Unsinn fallen lässt …«

Sie wagte nicht, ihn zu Ende reden zu lassen. »Lady Judith Elizabeth wird keinen Aufruhr erzeugen!«

Graham sackte in sich zusammen. Es war wohl doch nicht so leicht, Frances Catherine von ihrem Wunsch abzubringen. Mit finsterem Blick drehte er sich wieder zu ihr um. »Höre, Weib, kein Engländer ist jemals bei uns willkommen gewesen«, begann er. »Diese Frau würde ihre Mahlzeiten mit uns teilen müssen, sie …«

Gelfrids Faust sauste mit lautem Krachen auf den Tisch. Er blickte zu Graham auf und sagte mit seiner rauen, tiefen Stimme: »Patricks Weib bringt Schande über den Namen der Maitlands!«

Tränen füllten Frances Catherines Augen. Sie

spürte, wie sie langsam die Fassung verlor. Ihr fiel kein logisches Argument ein, das sie Gelfrid entgegenhalten konnte.

Patrick stellte sich vor seine Frau und seine Stimme bebte vor Zorn, als er sich an das Ratsmitglied wandte.

»Gelfrid, wenn du dein Missfallen zeigen willst, dann tu es. Aber erhebe deine Stimme nicht gegen meine Frau!«

Frances Catherine linste um ihren Mann herum, um Gelfrids Reaktion zu sehen. Der Alte nickte. Dann bat Graham mit einer Geste um Ruhe.

Vincent, der Älteste des Rats, ignorierte das Zeichen. »Bis Frances Catherine zu uns kam, hatte ich noch nie von einer Frau gehört, die zwei Vornamen besitzt. Aber nun erfahre ich von einer weiteren Frau mit zwei Namen. Wie erklärst du dir das, Graham?«

Der Anführer seufzte. Vincents Geist schweifte immer öfter von den wichtigen Themen ab – eine ärgerliche Alterserscheinung. »Ich kann's mir auch nicht erklären, Vincent«, sagte Graham. »Aber das ist jetzt unwichtig.«

Er wandte sich wieder Frances Catherine zu. »Ich frage dich noch einmal: Willst du vorsätzlich unser Leben durcheinanderbringen?«

Frances Catherine wollte nicht als Feigling erscheinen, also schob sie sich wieder an die Seite ihres Mannes. Dann sagte sie: »Ich verstehe nicht, warum Ihr glaubt, Lady Judith Elizabeth könnte Unruhe in den Clan bringen. Sie ist eine freundliche, herzliche Frau.«

Graham schloss die Augen. Ein Hauch von Belustigung lag in seiner Stimme, als er schließlich wieder sprach. »Frances Catherine, wir mögen die Engländer nicht besonders. Das hast du sicher schon in all den Jahren, die du bei uns bist, bemerkt.«

»Sie ist an der Grenze aufgewachsen«, gab Gelfrid zu bedenken und kratzte sich sein bärtiges Kinn. »Sie weiß es wahrscheinlich nicht besser!«

Graham nickte zustimmend. Plötzlich funkelte etwas in seinen Augen. Er drehte sich zu seinen Gefährten um und sprach mit leiser Stimme zu ihnen. Als er geendet hatte, murmelten die anderen ihre Zustimmung.

Frances Catherine verlor alle Hoffnung. Aus seinem siegessicheren Blick schloss sie, dass er einen Weg gefunden hatte, ihre Bitte abzuschmettern, bevor der Clansherr zurate gezogen worden war.

Patrick war offenbar zum gleichen Schluss gekommen: Sein Gesicht wurde zornesrot. Als er entschlossen einen Schritt nach vorne trat, packte sie ihn an der Hand. Sie wusste, er *wollte* sein

Versprechen ihr gegenüber halten. Aber sie wollte nicht, dass der Rat ihn bestrafte. Die Bestrafung würde hart ausfallen. Und die Demütigung wäre ihm unerträglich.

Sie drückte seine Hand.

»Ihr habt beschlossen, für mich zu entscheiden, was das Beste für mich ist, da ich es ja offenbar nicht besser weiß. Ist das richtig?«

Graham war überrascht. Ihr scharfer Verstand wusste tatsächlich, was er soeben gedacht hatte. Er wollte gerade ihre Herausforderung annehmen, als Patrick das Wort ergriff.

»Nein. Das würde Graham nicht tun. Es wäre eine Beleidigung für mich, Frau.«

Der Sprecher des Rates starrte Patrick einen Augenblick an. Dann verkündete er mit kraftvoller Stimme: »Du wirst die Entscheidung des Rates akzeptieren, Patrick!«

»Ein Maitland hat sein Wort gegeben. Es muss gehalten werden.«

Iains laute Stimme erfüllte die Halle. Alle drehten sich zu ihm, während Iain den Sprecher fixierte. »Ihr kommt vom Kernpunkt ab«, sagte er bestimmt. »Patrick hat dieser Frau ein Versprechen gegeben, und es wird eingelöst werden.«

Einige Minuten lang sagte niemand ein Wort. Dann stand Gelfrid auf. Er stützte sich mit den

Handflächen auf den Tisch und beugte sich vor, um Iain anzusehen. »Du bist hier nur ein Berater. Nichts weiter.«

Iain tat es mit einem Achselzucken ab. »Ich bin der Clansherr«, entgegnete er. »Durch *eure* Wahl. Und nun rate ich euch, Patrick die Einlösung seines Versprechens zu bewilligen. Nur die Engländer brechen ihr Wort, Gelfrid. Nicht wir Schotten.«

Widerstrebend nickte Gelfrid. »Du sprichst die Wahrheit«, gab er zu.

Nur noch drei, dachte Iain bei sich. Verdammt, wie er es verabscheute, diplomatisch vorzugehen, um seine Ziele zu erreichen. Er zog den Kampf mit den Fäusten dem mit Worten vor. Zudem hasste er es, für seine und seines Bruders Taten um Erlaubnis bitten zu müssen.

Mit einiger Anstrengung riss er sich zusammen und konzentrierte sich wieder auf das aktuelle Problem. Er wandte sich zu Graham. »Bist du ein so alter Mann geworden, Graham, dass dich eine solch unbedeutende Sache betroffen macht? Hast du etwa Angst vor einer englischen *Frau?«*

»Natürlich nicht«, murmelte Graham. Seine Empörung, dies überhaupt in Erwägung zu ziehen, war deutlich aus seiner Stimme herauszuhören. »Ich habe vor keiner Frau Angst!«

Iain grinste. »Das beruhigt mich ungemein«,

gab er zurück. »Einen Augenblick habe ich mir wirklich Sorgen gemacht.«

Die intelligente List war an den Sprecher des Rates nicht vergeudet. Graham lächelte. »Du hast deinen Köder ausgeworfen, und meine Eitelkeit hat angebissen.« Iain erwiderte nichts. Immer noch lächelnd wandte sich Graham schließlich wieder Frances Catherine zu.

»Trotzdem verwirrt uns deine Bitte immer noch. Bitte erkläre uns, warum du diese Frau hier haben möchtest.«

»Sie soll uns sagen, was es mit den zwei Namen auf sich hat«, mischte sich Vincent ein.

Graham ignorierte den Einwurf des Älteren. »Würdest du uns jetzt endlich deine Gründe darlegen, Weib?«

»Ich heiße Frances nach meiner Mutter und Catherine nach meiner Großmutter, die …«

Graham schnitt ihr mit einer ungeduldigen Geste das Wort ab. Dennoch behielt er sein Lächeln bei. Er wollte nicht, dass offenkundiger Ärger sie erneut einschüchterte.

»Nein, nein, Kind, deine zwei Namen interessieren jetzt nicht. Ich möchte wissen, warum die Engländerin so wichtig für dich ist.«

Was für ein peinlicher Patzer! Sie spürte, wie sie rot wurde.

»Lady Judith Elizabeth ist meine Freundin. Ich hätte sie so gern an meiner Seite, wenn das Baby zur Welt kommt. Und sie hat versprochen, dass sie kommen würde.«

»Eine Engländerin als *Freundin?* Wie ist denn so was nur möglich?«, fragte Gelfrid. Verwundert über diesen Widerspruch an sich, rieb er sich das Kinn.

Frances Catherine wusste, dass das Ratsmitglied sich nicht über sie lustig machen wollte. Er begriff es schlichtweg nicht. Und Frances Catherine glaubte nicht, dass sie irgendetwas vorbringen könnte, das ihn überzeugte. Sie bezweifelte sogar, dass Patrick die tiefe Vertrautheit nachempfinden konnte, die Judith und sie verband. Und dabei war Patrick in seinem Denken längst nicht so eingefahren wie Graham und die anderen des Rates. Wie auch immer, sie musste eine Erklärung abgeben.

»Wir lernten uns bei den jährlichen Spielen an der Grenze kennen«, begann sie. »Judith war erst vier, ich fünf Jahre alt. Wir wussten damals gar nicht, dass … dass uns etwas unterschied.«

Graham seufzte erneut. »Und als ihr es schließlich begriffen hattet?«

Sie lächelte. »Da machte es keinen Unterschied.«

Graham schüttelte den Kopf. »Mag sein. Dennoch verstehe ich diese Freundschaft nicht«, gestand er. »Aber unser Clansherr hat uns zu Recht darauf hingewiesen, dass wir niemals unser Wort brechen. Wir werden deine Freundin also willkommen heißen, Frances Catherine.«

Vor Freude versagten der jungen Frau die Knie. Sie hielt sich an ihrem Mann fest und wagte einen Blick auf die Ratsmitglieder. Vincent, Gelfrid und Duncan lächelten. Aber Owen, von dem sie geglaubt hatte, er würde seit einer geraumen Weile schlafen, schüttelte nur bedächtig den Kopf.

Iain bemerkte es und fragte: »Bist du mit unserer Entscheidung nicht einverstanden, Owen?«

Der Ältere hielt seinen Blick auf Frances Catherine gerichtet, als er antwortete. »Doch, aber ich denke, wir sollten das Weib warnen. Es sollte sich keine zu großen Hoffnungen machen. Ich pflichte dir bei, Iain, denn ich weiß aus eigener Erfahrung, dass die Engländer ihr Wort brechen. Sie machen es alle wie ihr König, dieser Lump, der jede Minute seine Meinung ändert. Mag sein, dass die englische Frau mit den zwei Namen ein Versprechen gegeben hat … nur wird sie es nicht halten!«

Iain stimmte mit einem Nicken zu. Er hatte sich schon gewundert, wie lange der Rat für diese Erkenntnis brauchte.

Die Alten sahen sich zufrieden an.

Frances Catherine lächelte immer noch. Sie schien nicht zu befürchten, dass ihre Freundin wortbrüchig werden könnte.

Iain empfand ein enormes Verantwortungsgefühl jedem einzelnen Mitglied seines Clans gegenüber. Aber er wusste, dass er seine Schwägerin kaum vor den rauen Tatsachen des Lebens schützen konnte. Mit ihrer Enttäuschung würde sie allein fertig werden müssen, aber sicher war die Erfahrung nötig, damit sie begriff, dass man ausschließlich auf seine Familie zählen durfte.

»Wen schickst du auf die Reise, Iain?«, fragte Graham.

»Ich werde gehen«, sagte Patrick.

Iain schüttelte den Kopf. »Dein Platz ist an der Seite deiner Frau. Ihre Niederkunft ist nahe. Ich gehe.«

»Aber du bist der Clansherr«, wandte Graham ein. »Es ist unter deinem Status …«

Iain unterbrach ihn barsch. »Es handelt sich um eine reine Familienangelegenheit, Graham. Und da Patrick seine Frau nicht allein lassen kann, ist es nun meine Pflicht.« Und um jedes weitere Argument im Keim zu ersticken, setzte er mit finsterem Blick hinzu: »Mein Entschluss steht fest.«

Patrick grinste. »Ich kenne die Freundin meiner

Frau nicht, Iain, aber ich könnte mir vorstellen, dass sie ihr Versprechen noch einmal überdenkt, wenn sie dich sieht.«

»Oh, Judith Elizabeth wird sich sehr über Iains Geleit freuen«, platzte Frances Catherine heraus. Sie schenkte ihrem Clansherrn ein Lächeln. »Sie hat bestimmt keine Angst vor dir. Ich danke dir für dein Angebot. In deiner Gegenwart wird sie sich sicher fühlen.«

Iain hob eine Augenbraue. Dann seufzte er laut. »Frances Catherine, ich bin überzeugt, dass sie freiwillig nicht mitkommen wird. Soll ich sie zwingen?«

Da sie Iain anstarrte, sah Frances Catherine nicht, wie Patrick seinem Bruder fast unmerklich zunickte. »Nein, nein, du wirst sie nicht zwingen müssen.«

Patrick und Iain gaben es auf, ihre unrealistischen Hoffnungen zunichte zu machen. Dann entließ Graham die junge Frau höflich, und Patrick führte Frances Catherine an der Hand zur Tür.

Begierig, endlich aus dem Saal zu kommen, damit sie Patrick umarmen und ihm versichern konnte, wie froh sie war, seine Frau zu sein, zog sie ihn hinter sich her. Er war so … wundervoll gewesen, als er sich für sie einsetzte! Natürlich hatte sie nie daran gezweifelt, aber sie wollte ihm trotzdem ihre Bewunderung zeigen. Brauchten Männer nicht auch von Zeit zu Zeit die Anerkennung ihrer Ehefrauen?

Sie hatte gerade die oberste Stufe an der Eingangstür erreicht, als sie den Namen Maclean fallen hörte. Frances Catherine hielt an, um zu lauschen. Als Patrick sie vorwärts schieben wollte, verlor sie ›versehentlich‹ einen Schuh und bat ihren Mann, ihn ihr anzuziehen. Es kümmerte sie nicht, ob er sie für schwerfällig hielt. Sie war viel zu neugierig, warum Grahams Stimme bei der Erwähnung dieses Namens so wütend geklungen hatte.

Der Rat bemerkte sie nicht. Gerade hatte Duncan das Wort. »Ich bin gegen jede Art Bündnis mit den Dunbars. Wir brauchen sie nicht!« Der Ältere brüllte es fast heraus.

»Und wenn die Dunbars ein Bündnis mit den Macleans eingehen?«, fragte Iain mit zornbebender Stimme. »Vergiss endlich die Vergangenheit, Duncan. Denke nur an die Folgen!«

Vincent sprach als Nächster. »Warum müssen es unbedingt die Dunbars sein? Sie sind so schlüpfrig wie ein nasser Lachs und so falsch wie die Engländer. Ich kann dieser Idee nicht zustimmen. Nay, wirklich nicht!«

Iain zwang sich zur Geduld. »Das Land der Dunbars liegt zwischen den Macleans und uns, wenn ich dich daran erinnern darf. Wenn wir uns nicht mit ihnen einigen, könnten sie diese Bastarde von Macleans um Schutz bitten. Das dürfen wir nicht zulassen. Es geht einfach um das geringere von zwei Übeln!«

Frances Catherine konnte der Diskussion nicht länger folgen. Patrick hatte ihr den Schuh wieder übergestreift und schob sie nun entschlossen dem Ausgang zu.

Die Absicht, ihm zu danken, war im Moment vergessen. Sobald sich die schweren Türen hinter ihnen verschlossen, wandte sie sich zu ihm um: »Warum hassen die Maitlands die Macleans?«

»Die Fehde reicht lange zurück«, antwortete er. »Da war ich noch nicht auf der Welt.«

»Kann sie denn nicht beigelegt werden?«

Patrick zuckte die Schultern. »Warum interessieren dich die Macleans?«

Sie konnte ihm keine Antwort geben. Wenn sie es tat, würde sie ihr Wort Judith gegenüber brechen, und das Vertrauen ihrer Freundin war ihr heilig. Zudem würde Patrick wahrscheinlich einen Herzanfall bekommen, wenn er erfuhr, dass Clansführer Maclean Judiths Vater war. Ja, auch das musste man in Erwägung ziehen.

»Ich weiß, dass die Maitlands sich mit den Dunbars und den Macphersons befehden, aber von den Macleans wusste ich noch nichts. Deswegen frage ich. Patrick, warum kommen wir denn mit den anderen Clans nicht zurecht?«

Patrick lachte. »Es *gibt* einige, die wir Freunde nennen«, erklärte er ihr.

Sie beschloss, das Thema zu wechseln und ihm endlich für das zu danken, was er für sie getan hatte. Patrick brachte sie zurück nach Hause und nach einem langen Abschiedskuss wandte er sich wieder zum Gehen.

»Patrick, du weißt, dass ich dir immer treu ergeben bin, nicht wahr?«, fragte seine Frau.

Er wandte sich ihr noch einmal zu. »Natürlich.«

»Ich nehme stets Rücksicht auf deine Gefühle, oder?«

»Sicher.«

»Wenn ich also etwas wüsste, das dich beunruhigen würde, müsste ich es doch für mich behalten, nicht wahr?«

»Nein.«

»Aber wenn ich es täte, würde ich ein Wort brechen, das ich jemandem gegeben habe. Das kann ich nicht tun.«

Patrick kam zurück und stand nun direkt vor seiner Frau.

»He, Liebling – was versuchst du, mir *nicht* zu sagen?«

Sie schüttelte den Kopf. »Ich will nicht, dass Iain Judith zwingt«, rief sie aus, in der Hoffnung, ihn von ihrem Gerede über Versprechen und seine Gefühle abzulenken. »Wenn sie nicht herkommen kann, soll er sie nicht drängen.«

Wieder rang sie ihm ein Versprechen ab, das er bereitwillig gab, um sie zu beruhigen. Doch diesmal hatte er nicht die Absicht, sein Wort zu halten. Er würde es keinesfalls zulassen, dass diese Engländerin seiner Frau das Herz brach. Dennoch gefiel es ihm nicht, Frances Catherine zu belügen, und so war seine Stimmung nicht die beste, als er wieder auf dem Hügel anlangte. Er wartete, bis sein Bruder hinauskam und rief ihm zu: »Iain! Wir müssen miteinander reden.«

»Himmel, Patrick, wenn es sich wieder um ein Versprechen handelt, das du deiner Frau gegeben hast, warne ich dich von vornherein: Ich will's nicht hören!«

Patrick lachte, ließ seinen Bruder herankommen und sagte dann: »Ich muss mit dir über diese Freundin reden. Es ist mir egal, was sie will oder nicht will. Schleif sie an den Haaren her, wenn nötig, Iain, hörst du? Ich will meiner Frau eine Enttäuschung ersparen. Sie wird genug Sorgen mit dem Baby haben.«

Iain schlug den Weg zu den Ställen ein. Er hatte seine Hände auf dem Rücken verschränkt und hielt den Kopf gesenkt. Patrick ging neben ihm her.

»Du bist dir doch darüber im Klaren, dass ich einen Krieg mit ihrer Familie vom Zaun breche, wenn ich diese Frau zwinge, nicht wahr? Und sollte da eine Verbindung zu König John bestehen, vielleicht sogar zu England …«

Patrick sah seinen Bruder an, um herauszufinden, wie ernst es ihm war. Iain grinste, und so antwortete Patrick. »John mischt sich nur ein, wenn er Nutzen daraus ziehen kann. Ihre Familie könnte allerdings zum Problem werden. Sie wird sie sicher nicht ohne Weiteres auf solch eine Reise gehen lassen.«

»Es könnte haarig sein.«

»Wäre das schlimm?«

»Nein.«

Patrick stieß einen erleichterten Seufzer aus. »Wann wirst du reisen?«

»Morgen früh, bei Sonnenaufgang. Heute Abend rede ich mit Frances Catherine. Ich will so viel wie möglich über diese Familie erfahren.«

»Da ist etwas, was Frances Catherine mir verheimlicht«, sagte Patrick zögernd. »Sie fragte mich über die Fehde mit den Macleans aus …«

Er konnte nicht weitersprechen. Iain starrte ihn

an, als hätte er den Verstand verloren. »Und du hast sie nicht gezwungen, dir zu verraten, was zum Teufel sie vor dir verbirgt?«

»So einfach ist das nicht«, erklärte Patrick. »Du musst mit einer Frau sehr … behutsam umgehen. Irgendwann wird sie mir schon erzählen, was ihr Sorgen bereitet. Man muss Geduld haben … Übrigens ziehe ich wahrscheinlich falsche Schlüsse. Meine Frau macht sich momentan über alles und nichts Sorgen.«

Aber Iains Blick blieb misstrauisch, und Patrick bereute, dass er es überhaupt erwähnt hatte.

»Ich würde dir gerne danken, dass du die Reise machst, aber du wärest wohl nur beleidigt.«

»Es ist keine Pflicht, die ich freudig erledige«, gab Iain zu. »Ich werde sieben oder acht Tage bis dorthin brauchen. Mit einer zeternden Frau im Schlepptau also mindestens neun zurück. Hölle, lieber nähm ich es einhändig mit einer Armee der Macleans auf!«

Patrick hätte beinah über Iains frustrierten Tonfall gelacht. Er wagte es jedoch nicht, denn sein Bruder würde ihm wahrscheinlich einen Kinnhaken verpassen, wenn er auch nur den Mund verzog.

Für einige Minuten gingen die Brüder schweigend nebeneinanderher, jeder in seinen Gedanken versunken.

Plötzlich hielt Patrick an. »Du kannst diese Frau nicht zwingen. Wenn sie nicht mitkommen will, lass sie in Ruhe!«

»Warum zum Teufel reite ich dann überhaupt los?«

»Meine Frau könnte recht haben«, sagte Patrick. »Vielleicht kommt Lady Judith Elizabeth freiwillig mit.«

Iain warf seinem Bruder einen harten Blick zu. »Freiwillig? Du bist verrückt, wenn du das glaubst. Sie ist Engländerin!« Er stieß einen langen Seufzer aus. »Freiwillig? Nie!«

Kapitel 2

Wartend stand sie auf der Türschwelle.

Natürlich war Lady Judith vorgewarnt worden. Zwei Tage zuvor hatte ihr Cousin Lucas vier schottische Krieger – nur einen Steinwurf entfernt vom Grenzübergang bei Horton Ridge – gesichtet. Lucas war nicht zufällig da gewesen, sondern hatte dort gemäß Tante Millicents Anweisungen ausgeharrt. Und nach einem Monat Däumchendrehen und Tagträumerei machte er schließlich die Schotten aus.

Lucas war beim Anblick der vier Vollblut-Highlander zunächst so überrascht gewesen, dass er fast vergessen hätte, was als Nächstes zu tun war. Er hatte sich jedoch schnell wieder gefasst und war im halsbrecherischen Tempo zu Lady Judiths Aufenthaltsort gejagt, damit sie sich auf ihre Besucher vorbereiten konnte.

Dazu brauchte Judith allerdings nicht lange. Seit sie durch das verzwickt-verschlungene Nachrichtensystem der Klatschgeschichten erfuhr, dass

Frances Catherine schwanger war, hatte sie ihr Gepäck so gut wie vollständig gepackt und die Geschenke für ihre Freundin mit hübschen rosa Samtbändern versehen.

Frances Catherine hätte sich jedoch einen besseren Zeitpunkt aussuchen können. Judith war gerade wieder zu ihrem sechsmonatigen Zwangsaufenthalt auf Onkel Tekels Gut angelangt, als sie die Nachricht erreichte. Sie konnte schlecht einfach wieder zu Tante Millicent und Onkel Herbert zurückkehren, sondern war gezwungen, ihre Bündel auf dem Stallboden zu verstecken und zu warten, bis ihre Mutter, die auf einem ihrer seltenen, kurzen Besuche da war, sich genug gelangweilt hatte und wieder abreiste. Dann würde Judith mit ihrem Vormund über ihre Absicht reden, nach Schottland zu gehen. Der ältere Bruder ihrer Mutter war das genaue Gegenteil von seiner Schwester, Lady Cornelia – ein sanftmütiger, friedlicher Mann. Es sei denn, er hatte getrunken, dann konnte er sich in eine bösartige Schlange verwandeln.

Soweit Judith zurückdenken konnte, war Onkel Tekel ein Invalide gewesen, und in den ersten Jahren hatte er selten die Beherrschung verloren, auch wenn ihm an manchen Abenden seine malträtierten Beine unerträgliche Schmerzen bereiteten. Judith wusste, dass es wieder besonders schlimm war, wenn er begann, die Beine zu massieren und den Diener bat, ihm einen Kelch heißen Weins zu bringen. Mit der Zeit hatten die Diener gelernt, ihm gleich einen vollen Krug hinzustellen. An solchen Abenden gelang es Judith manchmal, sich in ihre Kammer fortzustehlen. Normalerweise befahl er ihr aber, sich neben ihn zu setzen und ihm zuzuhören, während er in der Vergangenheit versank. Dann ergriff er ihre Hand und erzählte von den Zeiten, als er noch jung und stark war – ein Krieger, mit dem man rechnen musste –, und erst 22 Jahre alt, als ein umstürzender Wagen seine Beine zermalmte. Wenn der Wein dann seine Schmerzen gelindert und seine Zunge gelöst hatte, fluchte er über die Ungerechtigkeit dieses sinnlosen Unfalls.

Er fluchte auch über Judith, die ihn nicht wissen ließ, wie sehr sein Zorn sie traf. Die Selbstbeherrschung, die sie an diesen langen Abenden aufbringen musste, kostete sie viel Kraft, und sie war jedes Mal erleichtert, wenn sie entlassen wurde und sich zu Bett legen konnte.

Tekels Trunksucht wurde mit den Jahren immer schlimmer. Er verlangte bald schon am Tag nach Wein, und mit jedem Kelch, den er hinuntergoss, verschlimmerte sich seine Gemütsverfassung. Bei Anbruch der Nacht war er dann so weit, dass er entweder in Selbstmitleid zerfloss oder ihr die widersinnigsten Beleidigungen an den Kopf warf, die ihr die Sprache verschlugen, als hätte sie einen Kloß im Hals.

Am nächsten Morgen wusste Tekel von nichts mehr. Judith dagegen konnte sich an jedes Wort erinnern und versuchte verzweifelt, ihm seine Brutalität ihr gegenüber zu vergeben. Sie *wollte* glauben, dass sein Schmerz unerträglicher war als der ihre. Onkel Tekel brauchte ihr Verständnis, ihr Mitleid, redete sie sich ein.

Judiths Mutter, Lady Cornelia, hatte kein Mitgefühl für ihren Bruder. Es war ein Segen, dass sie niemals länger als einen Monat zu Hause war. Selbst dann kümmerte sie sich kaum um Onkel Tekel oder ihre Tochter. Als Judith noch klein war und viel leichter durch das kühle, distanzierte Verhalten ihrer Mutter verletzt werden konnte, pflegte Onkel Tekel sie zu trösten. Er erklärte ihr, dass sie ihre Mutter ständig an ihren Vater erinnere, den Lady Cornelia so geliebt habe, dass seine Abwesenheit ihr immer noch das Herz zerriss. Wenn sie Judith ansah, sagte Tekel, wüchse der Schmerz in ihrem Inneren so gewaltig, dass nur noch wenig Raum für andere Gefühle übrig bliebe.

Da Tekel zu dieser Zeit weniger trank, hatte Judith keinen Grund, an seiner Interpretation zu zweifeln. Dennoch konnte sie eine solche Liebe – die zwischen einem Mann und seiner Frau – damals nicht begreifen, und sie sehnte sich verzweifelt nach der Zuneigung und Anerkennung ihrer Mutter. Die ersten vier Jahre ihres Lebens hatte Judith bei ihrer Tante Millicent und Onkel Herbert verbracht. Doch dann, als sie zum ersten Mal mit ihrer Mutter und Onkel Tekel gemeinsam die beiden besuchte, beging sie den Fehler, Onkel Herbert mit Papa anzureden. Judiths Mutter geriet in Zorn, und auch Tekel war nicht sonderlich begeistert. So beschloss Lady Cornelia, dass Judith mehr Zeit mit ihrem Bruder verbringen sollte. Sie befahl Tante Millicent, das Kind jedes halbe Jahr zu seinem Gut zu bringen.

Tekel verabscheute den Gedanken, Judith könnte ihren Onkel Herbert als Vater betrachten. Aus diesem Grund nahm er sich jeden Morgen, wenn sein Kopf noch nicht durch Wein benebelt war, eine Stunde Zeit, um ihr Geschichten über ihren richtigen Vater zu erzählen. Das lange gebogene Schwert, das über dem Herd hing, war seines gewesen. Damit hatte er die Drachen besiegt, die den Versuch gewagt hatten, England dem rechtmäßigen König abzunehmen. »Er starb in Erfüllung seiner Pflicht, den König, seinen obersten Lehnsherrn, zu schützen«, schloss Tekel seinen Bericht.

Tekels Erzählungen waren endlos ... und voller Fantasie. Schon bald sah Judith ihren Vater als Heiligen. Man hatte ihr gesagt, er wäre am 1. Mai gestorben, und von nun an sammelte sie am Morgen seines Todestages jedes Jahr eine Schürze voller Frühlingsblumen und bedeckte sein Grab mit den Blüten. Dabei sprach sie ein Gebet für seine Seele, obwohl sie sicher war, dass ihre Fürsprache nicht nötig sein würde. Bestimmt war ihr Vater längst im Himmel, wo er seinem Schöpfer ebenso ergeben diente wie einst seinem irdischen Herrn.

Judith war elf und gerade auf dem Weg zum Fest an der Grenze, als sie die Wahrheit über ihren Vater erfuhr. Er starb nicht im Kampf gegen ungetreue Engländer. Er *war* nicht einmal selbst Engländer. Ihre Mutter beklagte auch nicht den Tod ihres Gatten – sie hasste ihn mit einer Leidenschaft, die auch die Jahre nicht verringerten. Tekel hatte ihr nur die halbe Wahrheit verraten. Ja, Judith erinnerte ihre Mutter tatsächlich ständig an etwas ... und zwar an den schrecklichen Fehler, den sie damals gemacht hatte.

Tante Millicent nahm Judith beiseite und erzählte ihr alles, was sie wusste. Ihre Mutter hatte den schottischen Clansherrn aus Zorn darüber geheiratet, dass ihr Vater und der König den englischen Baron, den sie auserwählte, als nicht standesgemäß abgelehnt hatten. Lady Cornelia war es nicht gewohnt, dass man ihre Wünsche zurückwies. Und so gab sie dem Highlander zwei Monate nach ihrem ersten Treffen am englischen Hof ihr Jawort. Cornelia wollte sich an ihrem Vater rächen, wollte ihm wehtun, und dieses Ziel hatte sie damit erreicht. Aber im Gegenzug hatte sie sich selbst noch mehr Schaden zugefügt.

Die Ehe dauerte fünf Jahre. Dann kehrte Lady Cornelia nach England zurück, wo sie ihren Bruder ohne weitere Erklärungen um Obdach bat. Als es jedoch offensichtlich wurde, dass sie ein Kind erwartete, erzählte sie Onkel Tekel, ihr Mann habe sie verbannt, sobald er von ihrer Schwangerschaft erfuhr. Er wollte sie nicht mehr. Und er wollte ihr Kind nicht.

Tekel beschloss, ihr zu glauben. Er war einsam, und der Gedanke, eine Nichte oder einen Neffen zu erziehen, gefiel ihm. Doch als Judith geboren war, konnte ihre Mutter ihren Anblick im Haus nicht mehr ertragen. Millicent und Herbert überredeten Tekel, ihnen das Kind zu überlassen. Sie mussten nur versprechen, Judith niemals etwas über ihren Vater zu erzählen.

Millicent dachte nicht daran, dieses Versprechen zu halten, aber sie wollte warten, bis Judith reif genug für diese Wahrheit wurde. Als sie meinte, dass es so weit war, klärte sie Judith über ihre Herkunft auf.

Judith hatte Hunderte von Fragen. Aber Millicent konnte nur wenige beantworten. Sie wusste nicht einmal, ob der schottische Clansmann noch lebte. Seinen Namen wusste sie allerdings: Er lautete Maclean.

Da sie ihn niemals kennengelernt hatte, konnte sie Judith keine Beschreibung bieten. Weil aber Judith ihrer Mutter überhaupt nicht ähnlich sah, war anzunehmen, dass ihr blondes Haar und ihre blauen Augen von ihres Vaters Seite stammten.

Für Judith waren diese neuen Informationen schlichtweg zu viel. Ihre Gedanken konnten sich nur noch auf die Lügen konzentrieren, die man ihr all die Jahre über erzählt hatte.

Zu der Zeit wartete Frances Catherine bereits auf dem Fest auf ihre Freundin. Als sie endlich allein waren, berichtete Judith ihr alles, was sie erfahren hatte. Ihre Tränen flossen. Da nahm Frances Catherine sie in den Arm und weinte mit ihr. Wozu all diese Lügen notwendig gewesen waren, begriffen sie nicht. Und nachdem sie tagelang darüber nachgedacht hatten, erkannten beide, dass es gar nicht wichtig für sie war.

Schließlich legten sie sich einen Plan zurecht. Dazu gehörte, dass Judith weder ihre Mutter noch Onkel Tekel mit der Wahrheit konfrontieren sollte. Sie würde herausbekommen, dass Millicent Judith die Geschichte verraten hatte, und sicherlich müsste Judith dann ständig bei ihnen leben.

Allein diese Vorstellung jagte Judith Entsetzen ein. Tante Millicent, Onkel Herbert und Frances Catherine waren Judiths Familie, die einzigen Menschen, denen sie vertraute. Sie würde keinesfalls zulassen, dass ihre Mutter sie von ihr trennte.

Judith musste sich also in Geduld üben und warten, bis sie älter war. Dann wollte sie in die Highlands reisen und jenen Mann aufspüren, der sie gezeugt hatte. Frances Catherine versprach, ihr dabei zu helfen.

Die folgenden Jahre verstrichen schnell, selbst für eine junge Frau, die die Welt erobern wollte. Frances Catherine wurde einem Mann von der Grenze, aus dem Stewart-Clan, versprochen. Aber drei Monate vor dem Hochzeitstag überwarfen die Kircaldys sich mit dem Stewart-Clansherrn. Patrick Maitland nutzte die Fehde aus und hielt eine knappe Woche, nachdem der Vertrag mit den Stewarts gebrochen war, um Frances Catherines Hand an.

Als Judith erfuhr, dass ihre Freundin einen Highlander geheiratet hatte, war sie sicher, dass das Schicksal ihr eine helfende Hand reichte. Sie hatte Frances Catherine einst versprochen, zu ihr zu kommen, sobald sie ein Kind erwartete. Und dort würde sie gewiss einen Weg finden, ihren Vater zu treffen.

Morgen sollte die Reise losgehen. Frances Catherines Verwandte waren in diesem Moment auf dem Weg, sie zu holen. Das Problem war nur, wie sie es Onkel Tekel erklären sollte.

Wenigstens war ihre Mutter endlich wieder in London. Der Haushalt geriet stets in Aufruhr, wenn ihre Mutter zu Hause war. Aber wie immer war ihr das Landleben schnell zu eintönig geworden, und so war sie letzte Woche schließlich wieder abgereist. Lady Cornelia liebte das Durcheinander und den Klatsch am Hof, die lasche Moral des alltäglichen Lebens und – dies ganz besonders – Intrigen und Geheimnisse, die mit den verworrenen Liebschaften und Beziehungen Hand in Hand gingen. Momentan hatte sie ein Auge auf Baron Ritch, den schönen Gatten einer ihrer besten Freundinnen, geworfen und sich einen Plan zurechtgelegt, wie sie ihn innerhalb von zwei Wochen in ihr Bett bekommen konnte. Judith hatte gehört, wie ihre Mutter damit vor Tekel geprahlt und über sein anschließendes Entsetzen laut gelacht hatte.

Nichts was ihre Mutter tat, überraschte Judith. Sie war dankbar, dass sie nur mit Onkel Tekel auskommen musste. Bis zum Vorabend ihrer Abreise hatte sie damit gewartet, ihn über ihre Pläne zu unterrichten. Sie dachte nicht daran, ihn um Erlaubnis zu bitten, aber es wäre einfach ungehörig gewesen, ohne Erklärung das Haus zu verlassen.

Dennoch fürchtete sie das Gespräch. Auf der Treppe zu seiner Schlafkammer spürte sie wieder den vertrauten Kloß im Hals und betete im Stillen darum, dass das Ale ihn heute Abend melancholisch und nicht jähzornig stimmen möge. Das Zimmer war dunkel. Ein feuchter, moschusartiger Geruch hing in der Luft. Judith hatte jedes Mal, wenn sie seine Kammer betrat, das unangenehme Gefühl, ersticken zu müssen. Auch jetzt erging es ihr so, und sie atmete tief ein, um ihre Nerven zu beruhigen.

Auf der Truhe neben Tekels Bett brannte eine Kerze. Judith konnte in dem Schatten kaum das Gesicht ihres Onkels ausmachen. Tief in ihrem Inneren regte sich wie immer die Angst vor einem Brand, der durch eine vergessene Kerze entfacht werden könnte, wenn Tekel betrunken einschlief.

Sie rief seinen Namen, doch er gab keine Antwort. Also trat sie ins Zimmer. Da bemerkte Tekel sie und winkte sie heran. Sein unsicheres Lächeln sagte ihr, dass er heute Abend nicht jähzornig war, seine Stimme war undeutlich, als er zu ihr sagte: »Bleib bei mir. Ich will dir eine Geschichte aus der Zeit erzählen, als ich mit deinem Vater in den Kampf zog. Wusstest du schon, dass er stets dieselbe Ballade sang, sobald die Fanfaren zum Angriff bliesen? Er sang immer, wenn er kämpfte. Die ganze Zeit.«

Judith setzte sich auf den Stuhl neben dem Bett. »Onkel, bevor du anfängst, muss ich mit dir über eine wichtige Sache sprechen.«

»Ist es nicht wichtiger, etwas über deinen Vater zu hören?«

Sie ignorierte die Frage. »Ich muss dir etwas sagen«, gab sie stattdessen zurück.

»Was ist es?«

»Versprichst du, dass du möglichst nicht böse wirst?«

»Wann bin ich wegen dir schon einmal wütend geworden?«, fragte er, ohne sich an all die Nächte zu erinnern, in denen er sie zornig angegriffen hatte. »Jetzt sag mir, was dich quält, Judith. Ich werde während deiner Beichte lächeln.«

Sie nickte und faltete die Hände in ihrem Schoß.

»Jeden Sommer haben Tante Millicent und Onkel Herbert mich mit zu den Spielen an der Grenze genommen. Onkel Herbert hat Verwandte dort.«

»Ich weiß«, bemerkte Onkel Tekel. »Gib mir den Kelch da und fahre fort. Ich will wissen, warum du mir das mit dem Fest bisher verheimlicht hast.«

Judith sah zu, wie Onkel Tekel einen großen Schluck aus dem Kelch nahm und sich sofort neu einschenkte. Der Kloß in ihrem Hals verstärkte sich.

»Millicent hielt es für besser, wenn ich dir und Mutter nichts sagte. Sie meinte, ihr würdet euch Sorgen machen, wenn ihr wüsstet, dass ich mit Schotten verkehre.«

»Damit hatte sie gewiss recht«, sagte Tekel und nahm wieder einen großen Schluck. »Ich billige normalerweise solchen Hass nicht, aber ich sage dir, deine Mutter hat gute Gründe, so zu empfinden. Natürlich kann ich nachvollziehen, was für eine schöne Zeit du gehabt haben musst. So alt bin ich schließlich auch noch nicht. Dennoch muss ich es jetzt verbieten. Du wirst nicht mehr zur Grenze gehen.«

Judith holte tief Luft und versuchte, ihren aufkommenden Zorn zu beherrschen. »Als ich das erste Mal bei den Spielen war, lernte ich ein Mädchen, Frances Catherine Kircaldy, kennen. Wir mochten uns auf Anhieb und jedes Jahr trafen wir uns wieder, bis Frances Catherine heiratete und von der Grenze wegzog. Ich gab ihr ein Versprechen, und die Zeit, es einzulösen, ist nun gekommen. Ich werde für eine Weile fort sein«, schloss sie. Die letzten Worte kamen leise und zaghaft.

Ihr Onkel starrte sie mit blutunterlaufenen Augen an. Es war offenkundig, dass er ihrer Erklärung nicht ganz folgen konnte.

»Was soll das?«, fragte er. »Wohin willst du denn gehen?«

»Vielleicht sollte ich dir erst von dem Versprechen erzählen, das ich ihr mit elf Jahren gab.« Sie wartete auf sein Nicken, bevor sie fortfuhr. »Frances Catherines Mutter starb während der Geburt ihres Kindes. Und ihre Großmutter ebenfalls.«

»Das ist nichts Außergewöhnliches«, murmelte Tekel. »Viele Frauen sterben in Erfüllung ihrer Pflicht.«

Judith gab sich Mühe, diese Gefühllosigkeit zu ignorieren. »Vor einigen Jahren erfuhr ich dann von Frances Catherine, dass ihre Großmutter erst in der Woche nach der Geburt starb. Und das machte uns Hoffnung.«

»Warum machte euch das Hoffnung?«

»Weil ihr Tod dann nicht mit einem zu schmalen Becken zusammenhängen konnte.«

Judith war sich bewusst, dass ihre Erklärung in falsche Bahnen geriet, aber Tekels finsterer Gesichtsausdruck störte ihre Konzentration.

Tekel hob die Schulter. »Sie ist immer noch bei der Geburt gestorben«, sagte er und setzte hinzu: »Du solltest dich wirklich nicht mit solch unschicklichen Einzelheiten beschäftigen!«

»Frances Catherine glaubt, dass sie sterben muss«, gab Judith zurück. »Deswegen beschäftige ich mich damit.«

»Erzähl mir von dem Versprechen«, befahl er. »Aber schenk mir vorher noch etwas von dem süßen Ale ein.«

Judith leerte den zweiten Krug in seinen Kelch und sagte: »Frances Catherine bat mich, zu ihr zu kommen, wenn sie ein Kind erwarten würde. Sie will mich an ihrer Seite haben, wenn sie sterben muss. Ich sagte natürlich sofort zu. Und jeden Sommer versprach ich ihr wieder, dass ich meine Zusage einhalten würde. Ich will nicht, dass meine Freundin stirbt«, setzte sie hinzu. »Aus diesem Grund habe ich so viel wie möglich über die neuesten Geburtsmethoden gelernt. Tante Millicent war mir dabei eine wundervolle Hilfe. In den letzten zwei Jahren hat sie mich zu vielen gestandenen Hebammen gebracht, die ich befragen konnte.«

Onkel Tekels Gesicht hatte sich verdüstert.

»Fühlst du dich etwa als Beschützerin dieser Frau, Judith? Wenn Gott sie zu sich holen will, lädst du eine große Schuld auf deine Seele. Du bist nur ein kleines Nichts, und doch hältst du dich für wichtig genug, dich in Gottes Willen einzumischen!« Seine Stimme war voller Hohn.

Judith wollte nicht mit ihm streiten. Sie war an seine Kränkungen schon so gewöhnt, dass sie nicht mehr zu ihr durchdrangen. Darum schloss sie ihre Augen, holte tief Atem und fuhr dann fort: »Frances Catherine wird bald niederkommen und ihre Verwandten sind auf dem Weg hierher, um mich zu holen. Gewiss werden mindestens zwei Frauen und eine ausreichende Anzahl von Männern dabei sein, um mir Geleit zu geben. Mir kann also nichts geschehen!«

Tekel ließ den Kopf auf das Kissen zurücksinken. »Guter Gott, du fragst mich, ob du zur Grenze reisen darfst? Und was soll ich deiner Mutter erzählen, wenn sie zurückkommt?«

Judith hatte ihn nicht um Erlaubnis gefragt, hütete sich aber, ihn darauf hinzuweisen. Ihr Onkel schloss die Augen und schien einzuschlummern. Sie musste sich beeilen, wenn sie ihm noch alles Nötige sagen wollte, bevor er seinen Rausch ausschlief.

»Ich will nicht zur Grenze«, begann sie. »Ich

will weiter nach Norden, in die Highlands. Genauer gesagt, in eine einsame Gegend in der Nähe der Moray-Bucht.«

Ihr Onkel riss die Augen auf. »Das wirst du nicht«, grollte er.

»Onkel …«

Er holte aus und schlug nach ihr, aber Judith hatte ihren Stuhl bereits aus seiner Reichweite geschoben.

»Ich will kein Wort mehr darüber hören«, brüllte er. Der Zorn ließ seine Adern am Hals dick hervortreten.

Judith nahm ihren ganzen Mut zusammen. »Ich habe dir aber noch etwas darüber zu sagen!«, antwortete sie.

Onkel Tekel war verblüfft. Judith war stets ein stilles, braves Kind gewesen. Sie hatte sich ihm noch nie widersetzt. Was war in sie gefahren? »Hat Millicent dir Flausen in den Kopf gesetzt?«, fragte er scharf.

»Ich weiß von meinem Vater.«

Eine Weile betrachtete er sie aus halb geschlossenen Augen, dann griff er nach dem Ale. Seine Hand zitterte.

»Natürlich weißt du von deinem Vater. Ich habe dir alles über diesen edlen Mann erzählt. Er war …«

»Sein Name ist Maclean und er lebt irgendwo in den Highlands. Er ist kein englischer Edelmann. Er ist ein schottischer Clansherr!«

»Wer hat dir denn diesen Unsinnsbären aufgebunden?«

»Tante Millicent. Vor langer Zeit.«

»Das ist eine Lüge«, schrie er. »Hör nicht auf Millicent! Meine Schwester …«

»Wenn das nicht stimmt, warum darf ich nicht in die Highlands reisen?«

Das Ale hatte seine Gedanken zu sehr verwirrt, als dass ihm noch eine überzeugende Antwort einfiel. »Du wirst nicht gehen, und dabei bleibt es. Hast du verstanden?«

»Nicht einmal der Teufel kann mich daran hindern, zu Frances Catherine zu reisen«, gab sie ruhig zurück.

»Wenn du gehst, bist du hier nicht mehr willkommen.« Sie nickte. »Dann kehre nicht hierher zurück.«

»Undankbares Balg«, brüllte Tekel. »Ich wollte nur dein Bestes. Das, was ich über deinen Vater erfunden habe …« Er hielt inne.

Judith schüttelte langsam den Kopf. »Warum hast du Geschichten über meinen Vater erfunden?«, fragte sie.

»Ich wollte dir etwas zum Träumen geben. Deine Mutter konnte deinen Anblick nicht ertragen, und du weißt das. Du tatest mir leid, und ich wollte deinen Kummer ein wenig lindern.«

Judiths Hals schnürte sich so eng zu, dass sie befürchtete zu ersticken. Der Raum um sie herum schien sie zu erdrücken. »Ich hörte Mutter sagen, Onkel Herbert sei minderwertig, weil verseuchtes Blut durch seine Adern fließt. Das denkt sie auch über mich, nicht wahr?«

»Es gibt keine angenehme Antwort darauf«, sagte er. Seine Stimme klang müde und besiegt. »Ich konnte nur versuchen, ihren Einfluss auf dich abzuschwächen.«

»Das Schwert über dem Herd … wem gehört es wirklich?«, fragte sie.

»Es ist meines.«

»Und der Rubinring, den ich an der Kette trage?«, fragte sie und zog den Ring hervor, der an ihrem Busen ruhte. »Ist das auch deiner?«

Er schnaubte. »Der Ring gehört diesem Maclean-Bastard. Die verschnörkelten Ornamente um den Stein haben für diese Familie irgendeine Bedeutung. Deine Mutter nahm ihn mit, um ihn zu ärgern.«

Judith ließ den Ring wieder von ihrem Hals herabbaumeln.

»Was ist mit dem Grab?«

»Es ist leer.«

Judith hatte keine Fragen mehr. Sie saß einen Moment da, die Hände in ihrem Schoß geballt. Als sie wieder aufblickte, war ihr Onkel eingeschlafen. Schon begann er zu schnarchen. Sie nahm den leeren Kelch aus seiner Hand und das Tablett vom Bett, blies die Kerze aus und ging aus der Kammer.

Plötzlich wusste sie, was sie tun wollte. Sie konnte *eine* Lüge nichtig machen.

Die Sonne ging unter, als sie über die Zugbrücke rannte und den Hügel zum Friedhof hinaufhastete. Nicht eher hielt sie an, bis sie das leere Grab erreichte. Sie trat die verwelkten Blumen zur Seite und packte den gemeißelten Grabstein am oberen Ende des Grabhügels. Lange brauchte sie, um ihn aus dem harten Boden zu zerren, und noch länger, ihn vollkommen zu zerstören ... Am nächsten Morgen war sie reisefertig. Den Weg zu Tekels Kammer sparte sie sich. Sie würde ihm nicht Lebwohl sagen.

Die Diener wieselten eifrig um sie herum, immer bereit, ihr zu helfen, wenn es nötig war. Judith war sich bisher nicht klar darüber gewesen, dass sie ihr weitaus treuer ergeben waren als Onkel Tekel. Sie war gerührt über den Eifer und die Unterstützung ihrer Leute. Paul, der Stallmeister, hatte bereits das Packpferd mit ihrem Gepäck beladen. Gerade sattelte er ihr Lieblingspferd, eine gefleckte Stute namens Glory, als Jane mit einer Tasche aus dem Haus geeilt kam, die Verpflegung für die gesamte Reise enthielt. Nach Janes vor Anstrengung verzerrtem Gesicht zu urteilen, war die Tasche enorm schwer. Judith nahm an, dass sich Lebensmittel für eine komplette Armee darin befanden. Die Magd kämpfte förmlich, um den Proviant zum Stall zu schleppen.

Samuel, der Torwächter, kündigte plötzlich die Ankunft der schottischen Truppe an. Die Zugbrücke wurde augenblicklich herabgelassen. Judith stand auf der obersten Stufe der Eingangstreppe und rang sich nervös ein Willkommenslächeln ab.

Doch als die Krieger die Holzplanken der Brücke erreicht hatten und die Hufe ihrer Pferde im Hof klapperten, schwand ihr Lächeln. Sie schauderte. Bei der Truppe war nicht eine einzige Frau! Es gab nur Krieger, insgesamt vier, und sie wirkten riesig und primitiv. Angst zog ihr wieder einmal den Hals zu, als sie nah genug herangekommen waren, dass sie ihre Gesichter betrachten konnte. Keiner von ihnen lächelte. Weiß Gott, ihre Mienen waren ausgesprochen feindlich.

Die vier trugen ihre Jagdplaids. Wie Judith

wusste, besaß jeder Clan zwei verschiedene Plaids. Die gedämpften Farben Gold, Grün und Braun wurden für die Jagd auf Wild bevorzugt … oder auf Feinde, denn diese Farben ließen die Träger der Plaids mit dem Wald verschmelzen, sodass sie unsichtbar für ihre Opfer waren. Für alle anderen Gelegenheiten wurden farbigere Stoffe benutzt.

Ihre nackten Knie überraschten Judith nicht. Sie war an diese seltsame Kleidung gewöhnt, denn alle Männer, die zu den Spielen an der Grenze kamen, trugen kniefreie Röcke. Sie konnte sogar einige Clans anhand der Farben ihrer Kleidung identifizieren. In England waren es die Banner, die die Farben ihres Barons trugen, aber in Schottland – so hatte Frances Catherine ihr erklärt – erkannte man einen Clansherrn und seine Gefolgsleute an den Farben ihrer Kleidung.

Was Judith allerdings überraschte, waren ihre zornigen Mienen. Die konnte sie sich nicht erklären. Doch dann überlegte sie, dass sicher die lange Reise daran schuld war; die Männer waren erschöpft. Ein schwaches Argument – aber sie fand kein besseres.

Keiner der Krieger stieg vom Pferd, als sie vor Judith anhielten. Drei der Männer bildeten eine Reihe hinter dem vierten, den Judith für ihren Anführer hielt. Lange Zeit sagte keiner ein Wort. Unhöflich starrten sie sie nur an. Judith konnte nicht anders als zurückzustarren, obwohl ihre Aufmerksamkeit sich ausschließlich auf den Anführer konzentrierte. Sie konnte sich nicht erinnern, jemals zuvor solch eine Gestalt vor Augen gehabt zu haben. Der Mann faszinierte sie. Er war der Größte der vier, und seine breiten Schultern schirmten das Licht der Sonne hinter ihm ab. Die Strahlen, die ihn umgaben, ließen ihn wie eine unbesiegbare, magische Erscheinung wirken. Das war er natürlich nicht. Er war schließlich auch nur ein Mann, von robuster Schönheit allerdings, und ganz gewiss der muskelbepackteste, den sie je sah. Der Rock, den er trug, klaffte an seinem linken Oberschenkel auf und das kraftvolle Bein, das hervorkam, wirkte wie aus Stahl. Da es sich für sie nicht schickte, auf solche Körperteile zu starren, hob sie ihre Augen wieder zu seinem Gesicht. Seine Miene verriet nicht, ob er ihren unverschämten Blick bemerkt hatte, und sie atmete erleichtert auf.

Himmel, sie hätte den Rest ihres Lebens nur noch diesen Kriegsherrn anstarren können. Seine Haare, von einem dunklen, satten Braun, waren nur leicht gewellt, seine nackten Arme so gebräunt wie sein Gesicht mit dem markanten Profil. O ja, alles an ihm strotzte vor Gesundheit und Kraft. Aber es waren seine Augen, die sie am stärksten fesselten: wundervolle, strahlende, graue Augen!

Der Blick des Kriegers war direkt und unverschämt. Die Aura von Macht, die ihn umgab, nahm ihr fast den Atem. Verwirrt wollte sie unter seinem intensiven Starren erröten, obwohl sie sich nicht denken konnte, welchen Grund sie dazu haben sollte.

Lieber Gott, betete sie im Stillen, lass das nicht Frances Catherines Mann sein. Er wirkte so streng, so beherrscht. Sicher hatte man mit ihm nicht viel zu lachen.

Dennoch. Da war etwas an ihm, das sie in den Bann schlug, das sie wünschen ließ, sie könne ihn berühren. Und je länger sie ihn betrachtete, desto mehr zerstreuten sich ihre Ängste.

Ja, sie würde ein herrliches Abenteuer erleben, erkannte sie plötzlich und verstand nicht, warum sie sich da so sicher war. Sie wusste nur, dass sie sich keine Sorgen zu machen brauchte. Und sie würde sicher sein. Zwar deutete die Miene des Kriegers darauf hin, dass ihm die Aufgabe, die er übernommen hatte, nicht sonderlich passte. Aber sie wusste genau, dass er sie auf dem Weg zu seinem Zuhause beschützen würde.

Es machte ihr auch nichts mehr aus, dass keine Frauen sie begleiten würden, um der Schicklichkeit Genüge zu tun. Verstaubte Sitten! Sie konnte es nicht erwarten, loszureiten.

Nun würde sie alle Lügen, Kränkungen und Täuschungen, die Zurückweisung ihrer Familie hinter sich lassen. Und sie gab sich in diesem Moment ein Versprechen: Nie wollte sie zurückkehren. Niemals. Sie würde bei Tante Millicent und Onkel Herbert bleiben, und bei Gott, wenn es ihnen Freude machte, würde sie sie auch Mutter und Vater nennen. Wer sollte sie noch daran hindern!

Judith verspürte fast ein unbezähmbares Bedürfnis zu lachen. Sie fühlte sich plötzlich unglaublich glücklich. Doch sie unterdrückte den Wunsch, denn die Schotten würden sie bestimmt für verrückt erklären. Wie sollten die Fremden auch verstehen, was sie sich selbst nicht erklären konnte!

Das Schweigen schien eine Ewigkeit zu dauern, obwohl höchstens ein paar Minuten verstrichen waren. Jetzt öffnete Paul die Stalltüren. Das Geräusch der rostigen Angeln, die knirschend nach Öl schrien, zog sofort die Aufmerksamkeit der Krieger auf sich. Alle, bis auf ihren Anführer, wandten blitzartig den Kopf und griffen zum Schwert. Judith dämmerte es langsam, dass sie sich auf feindlichem Gebiet wähnten und stets bereit waren, Angriffe abzuwehren.

Natürlich! Endlich verstand Judith ihre finsteren Blicke und begriff ihr unfreundliches Verhalten. Sie wandte sich dem Anführer zu.

»Seid Ihr Frances Catherines Mann?«

Er gab keine Antwort. Sie setzte gerade an, ihre Frage in Gälisch zu wiederholen, als der Krieger dahinter zu sprechen begann. »Patrick ist bei seiner Frau geblieben. Wir sind seine Verwandten.«

Seine Stimme war so kehlig, dass sie Schwierigkeiten hatte, ihn zu verstehen. Der Krieger trieb sein Pferd an und kam an der Seite des Anführers zu stehen. »Seid Ihr Lady Judith Elizabeth?«

Ein Lächeln erschien auf ihrem Gesicht. Niemand außer Frances Catherine hatte sie jemals mit beiden Namen genannt. Eine warme Erinnerung stieg in ihr auf. »Das bin ich«, gab sie zurück. »Aber Ihr könnt mich Judith nennen. Bitte sagt mir, Sir, wie sieht Frances Catherine aus?«

»Dick.«

Sie musste über diese knappe Antwort lachen. »Das ist kein Wunder«, sagte sie. »Aber ich wollte wissen, ob es ihr gut geht.«

Er nickte. »Madam, wir sind einen langen Weg geritten, damit Ihr uns sagt, dass Ihr nicht mitreiten werdet. Seid so gütig und erteilt uns nun die Absage, und wir sind wieder fort.«

Judith riss erstaunt die Augen auf. Der, der sie so gedankenlos beleidigt hatte, sah sie mit seinen freundlichen, grünen Augen an. Judith ließ ihren Blick über die anderen Männer schweifen.

»Ihr glaubt, ich würde nicht mitreiten?«

Jeder einzelne der Krieger nickte.

Judith verstand nichts mehr. »Ihr seid den weiten Weg gekommen, nur um ein ›Nein‹ von mir zu hören?«

Wieder ein einhelliges Nicken. Judith konnte sich nicht mehr zurückhalten. Sie brach in Gelächter aus.

»Ihr lacht Frances Catherine aus, weil sie unschuldig daran glaubte, Ihr würdet Euer Wort halten?«, fragte einer der Krieger.

»Nay, Sir!«, erwiderte sie. »Ich lache *Euch* aus!«

Im gleichen Moment wünschte sie, sie hätte ihren Mund gehalten. Der Schotte sah aus, als wollte er sie erwürgen.

Sie zwang sich, wieder ernst zu blicken. »Ich bitte um Vergebung, wenn ich Euch beleidigt habe, Sir«, sagte sie. »Ich lachte Euch aus, aber nur ganz wenig. Versteht doch, Eure Erklärung hat mich vollkommen überrascht.«

Der Mann sah nur wenig besänftigt aus. Judith seufzte. Die Unterhaltung begann nicht gerade vielversprechend. Sie beschloss, noch einmal neu anzufangen.

»Wie heißt Ihr, Sir?«

»Alex!«

»Ich freue mich, Eure Bekanntschaft zu machen, Alex!«, sagte sie und deutete einen Knicks an.

Wie in Verzweiflung verdrehte er seine Augen zum Himmel. »Madam, wir verschwenden hier unsere Zeit«, sagte er. »Gebt uns Eure Absage und wir reisen ab. Ihr braucht Euch nicht in Erklärungen zu verlieren. Ein einfaches ›Nein‹ reicht.«

Sofort nickten die Krieger erneut. Und Judith fürchtete, an ihrem Lachen zu ersticken.

»Ich bin untröstlich, dass ich nicht geben kann, worauf Ihr offenbar hofft«, begann sie. »Ich bin fest entschlossen, das Wort, das ich meiner Freundin gab, zu halten. Ich freue mich sehr darauf, sie wiederzusehen. Und ich finde, je eher wir aufbrechen, desto besser. Natürlich sollt Ihr Euch gerne erst ein wenig erfrischen, wenn Ihr mögt.«

Offensichtlich hatten sie so etwas nicht erwartet. Alex machte ein verblüfftes Gesicht. Die anderen, abgesehen von ihrem Anführer, der überhaupt noch keine Reaktion gezeigt hatte, sahen vielleicht ein wenig grünlich aus. Judith verkniff sich das Lachen, grinste jedoch. Sie hatte außerdem fließend Gälisch gesprochen, um sie zu beeindrucken, und anscheinend hatte sie ihr Ziel erreicht.

Judith nahm sich fest vor, jeden einzelnen Gesichtsausdruck in Erinnerung zu behalten, damit sie Frances Catherine genau von diesem ersten Zusammentreffen berichten konnte. Ihre Freundin hätte gewiss den gleichen Spaß daran wie sie jetzt.

»Ihr wollt tatsächlich mit uns kommen, Weib?«, fragte Alex verblüfft.

Hatte sie sich nicht deutlich genug ausgedrückt? Judith verbarg die aufkommende Ungeduld. »Ja, ich will tatsächlich mit Euch kommen!«, bestätigte sie mit fester Stimme. Sie wandte sich wieder an den Anführer. »Und Ihr sollt wissen, dass es keinen Unterschied macht, ob Ihr meine Begleitung schätzt oder nicht. Nichts wird mich daran hindern, mein Versprechen zu halten. Wenn ich zu Fuß zu Frances Catherine gehen muss, dann werde ich das, bei Gott, eben tun. Und ich hoffe«, setzte sie mit sanfterer Stimme hinzu, »dass ich mich deutlich ausgedrückt habe.«

Der Anführer schwieg immer noch, doch er hob eine Augenbraue. Judith entschied, dass dies als Bestätigung zu werten war. Ein Pfiff von Paul lenkte ihre Aufmerksamkeit ab. Sie winkte ihm, dass er die Pferde herausbringen sollte, raffte den Saum ihres blauen Kleides und eilte die Stufen in den Hof herab. Als sie die Reihe der Krieger passierte, hörte sie gemurmelte Worte: »Ich kann dir jetzt schon sagen, dass sie schwierig sein wird, Iain.«

Sie tat nicht einmal so, als hätte sie die Bemerkung nicht gehört. »Das stimmt wohl. Ich werde wahrscheinlich schwierig sein«, rief sie aus, während sie lachend ihren Weg zu den Ställen fortsetzte.

Sie hatte sich nicht umgedreht und so entging ihr das Grinsen, das ihr Ausruf auf den Gesichtern der Männer hervorrief.

Iain konnte keinen Blick von der Frau wenden. Gewiss war er überrascht, dass sie ihr Wort tatsächlich halten wollte, aber verdammt, so eine reizvolle Frau hatte er niemals erwartet. Ihre erschreckende Anziehungskraft überrumpelte ihn vollkommen und vernebelte seinen sonst so klaren Verstand.

Ihr langes weizenblondes Haar wogte im Wind, als sie zu ihrem Stallmeister eilte. Der sanfte Schwung ihrer Hüften entging ihm nicht und er musste zugeben, dass ihm die Grazie ihrer Bewegungen Spaß machte. Sie war wirklich wunderschön. Ja, er bewunderte ihre hübschen violetten Augen. Aber es war vor allem ihr Lachen, das ihn unwiderstehlich anzog. Es lag so viel Lebensfreude darin. Iain war entschlossen, diese Frau zu zwingen, mit ihm zu gehen. Diese Entscheidung würde er seinen Gefährten später mitteilen. Wenn die Zeit gekommen war, würden sie schon tun, was er ihnen befahl. Obwohl Zwang nicht nötig schien. Diese Frau erstaunte ihn wirklich. Sie schien ihr Wort wirklich halten zu wollen, und dennoch war sie Engländerin. Kopfschüttelnd sinnierte er über diesen Widerspruch.

»Was denkst du über sie?«

Es war Gowrie, Iains zweiter Cousin, der die Frage gestellt hatte. Er starrte der Engländerin hinterher, während er seinen dunklen Bart ausdauernd kratzte, als würde ihm dies zu einer Schlussfolgerung verhelfen. »Sie ist ein süßes, kleines Ding, nicht wahr? Ich denke, sie gefällt mir langsam.«

»Und ich denke, du redest zu viel«, brummte Alex. »Hölle, Gowrie, dir gefällt alles, was einen Rock trägt.«

Gowrie grinste. Die Bemerkung seines Freundes beleidigte ihn nicht im Geringsten. Er nahm sie als Kompliment. »Sie hält unserer Frances Catherine gegenüber Wort«, sagte er. »Und das ist der einzige Grund, warum mir eine Engländerin gefallen könnte.«

Iain hatte genug von dem müßigen Geplauder. Er wollte endlich wieder nach Hause. »Lasst uns losreiten«, befahl er. »Ich kann in England nicht atmen!«

Die Krieger waren der gleichen Meinung. Iain

wandte sich im Sattel zu Brodick um. »Sie reitet mit dir. Binde ihr Gepäck hinter deinen Sattel.«

Der blonde Krieger schüttelte den Kopf. »Du erbittest zu viel von mir, Iain.«

»Ich bitte nicht«, erwiderte Iain mit schneidender Stimme. »Ich befehle es dir. Willst du immer noch ablehnen?«

Brodick begriff die Drohung. »Hölle«, murmelte er. »Wie du wünschst.«

»Sie kann mit mir reiten«, schlug Gowrie vor. »Ich habe nichts dagegen.«

Iain warf ihm einen stechenden Blick zu. »Aye, du hast nichts dagegen, aber für meinen Geschmack zu viel dafür, Gowrie, hast du verstanden?«

Er wartete nicht ab, bis Gowrie etwas erwidern konnte, sondern wandte sich wieder zu Brodick. »Vorwärts!«, befahl er.

Judith hatte sich gerade auf ihre Stute geschwungen, als der Krieger zu ihr aufschloss. »Ihr reitet mit mir«, verkündete er. Als er die große Anzahl Taschen sah, die auf ihrem Pferd befestigt waren, schüttelte er den Kopf. »Ihr könnt dies nicht alles …«

Judith unterbrach ihn. »Vielen Dank für Euer Angebot, Sir, aber es ist wirklich nicht nötig, mit Euch zu reiten. Meine Stute ist sehr kräftig. Sie wird diese Reise gewiss überstehen.«

Brodick war nicht gewohnt, dass ihm eine Frau widersprach. Wie sollte er darauf reagieren? Er streckte seine Hand nach ihr aus, hielt aber mittendrin inne.

Iain bemerkte das Zögern des Kriegers. Als Brodick sich Hilfe suchend zu ihm umwandte, war seine Verwirrung überdeutlich.

»Sie ist schwierig«, murmelte Alex.

»Aye, das ist sie«, gluckste Gowrie. »Und ich habe mich getäuscht, Alex. Sie ist nicht hübsch. Sie ist verdammt schön.« Alex nickte. »Aye, ist sie!«, stimmte er zu.

»Sieh dir Brodick an«, sagte Gowrie. »Wenn ich es nicht besser wüsste, würde ich sagen, er bricht gleich in Tränen aus.«

Alex fand diese Vorstellung zum Bersten komisch. Aber Iain schüttelte den Kopf und trieb sein Pferd an.

Judith hatte von all dem nichts mitbekommen. Sie war damit beschäftigt, ihre Röcke über den Knöcheln zu ordnen, zupfte den schweren Umhang auf ihren Schultern zurecht, verknotete das schwarze Band und langte schließlich nach den Zügeln, die Paul geduldig für sie hielt.

Iain winkte mit einer Geste Brodick aus dem Weg und brachte sein Pferd an ihres heran. »Ihr werdet nur eine dieser Taschen mitnehmen, Weib.«

Diese Worte waren im Befehlston gesprochen worden, doch Judith ließ sich nicht beirren. »Ich nehme sie alle mit«, erwiderte sie. »In den meisten sind Geschenke für Frances Catherine und das Baby, und die lasse ich nicht zurück.«

Sie fand sich sehr mutig, in Anbetracht der Tatsache, dass der Krieger offenbar versuchte, mit seinem brennenden Blick geradewegs in ihre Seele zu dringen. Sie holte tief Atem und setzte dann hinzu: »Ich möchte auch nicht mit diesem jungen Mann reiten. Mein Pferd kann mich sehr gut tragen.«

Einen langen Moment sagte er gar nichts. Sie erwiderte seinen finsteren Blick trotzig, bis er sein Schwert plötzlich aus der Scheide zog. Ein kleiner Schrei entrang sich Judiths Kehle. Bevor sie ihm ausweichen konnte, hob er die Waffe, ließ sie hinunterfahren und durchschnitt die Seile, mit denen ihr kostbares Gepäck auf dem Pferderücken befestigt war.

Ihr Herz hämmerte laut in ihrer Brust. Als er das Schwert wegsteckte, versuchte sie, sich zu beruhigen. Iain winkte seine Krieger herbei und befahl ihnen, jeder ein Gepäckstück zu nehmen. Während die grimmig dreinblickenden Krieger ihre Taschen verstauten, sagte Judith kein Wort. Doch dann stieß sie wieder einen Schrei aus. Der

Anführer versuchte, sie aus dem Sattel zu ziehen! Wütend schlug sie seine Hand weg.

Eine alberne Verteidigung gegen solch einen riesigen Krieger, sie wusste es. Und das Funkeln in seinen Augen sagte ihr, dass er höchst belustigt war. »Der Ritt in die Berge wird sehr anstrengend werden, Weib, und es wäre für Euch eine Erleichterung, wenn Ihr mit einem von uns reiten würdet!«

Sie schüttelte den Kopf. Der Gedanke daran, dem gut aussehenden Mann so nahe zu sein, war zwar ganz und gar nicht abstoßend, aber sie wollte nicht mehr als minderwertig gelten. So hatte sie sich in der Vergangenheit viel zu oft gefühlt.

»Ich bin stark genug für diese Reise«, prahlte sie. »Ihr müsst Euch keine Sorgen um mich machen!«

Iain war der Verzweiflung nahe. »Streckenweise werden wir feindliches Gebiet durchqueren«, erklärte er ihr, mühsam beherrscht. »Unsere Pferde sind darauf getrimmt, besonders leise zu gehen …«

»Mein Pferd wird das auch können!«, warf sie ein.

Plötzlich lächelte er sie an. »Wird es so leise wie Ihr sein?« Sie nickte, ohne zu zögern.

Er stieß einen Seufzer aus. »Das dachte ich mir.«

Erst als er erneut nach ihr griff, erkannte sie, dass er sie beleidigt hatte. Und diesmal ließ er ihr keine Zeit, seine Hände wegzuschlagen. Wenig sanft hob er sie aus dem Sattel und setzte sie auf seinen Schoß, ohne auf die Unschicklichkeit dieser Position zu achten. Nun saß sie mit gespreizten Beinen wie ein Mann im Sattel. Und wenn dies noch nicht unschicklich genug war, dann die Tatsache, dass ihre Schenkel auf den seinen ruhten. Sie spürte, wie ihr das Blut in die Wangen schoss.

Er gab ihr keine Chance, sich aus dieser beschämenden Situation zu befreien. Sein Arm lag fest um ihre Taille, sodass sie sich nicht bewegen konnte. Immerhin – sie konnte atmen. Und dafür sollte sie wahrscheinlich dankbar sein, dachte sie. Um Haltung bemüht, winkte sie ihren Dienern zum Abschied zu.

Es verwirrte sie, dass sich dieser Mann einfach nahm, was er wollte. Dennoch musste sie sich eingestehen, dass sie sich in seinen Armen wohlfühlte. Und der Duft, der ihn umgab, dieser maskuline Geruch, gefiel ihr. Sehr.

Judith lehnte sich an seine Brust. Ihr Kopf lag genau unter seinem Kinn. Sie versuchte gar nicht erst, ihn anzusehen, als sie ihn nach seinem Namen fragte.

»Iain.«

Sie nickte, um ihm zu zeigen, dass sie seine raue, mehr geknurrte Antwort gehört hatte, und stieß dabei gegen seinen Kiefer.

»Wie seid Ihr mit Frances Catherine verwandt?«

»Ihr Ehemann ist mein Bruder!«

Sie hatten die Zugbrücke überquert und ritten nun den Hügel hinauf, neben dem sich der Familienfriedhof befand.

»Und sein Name ist Patrick?«

»Ja.«

Es war deutlich, dass er keine Lust auf Konversation hatte. Judith rückte ein Stück ab, um ihn ansehen zu können. Er hielt seinen Blick starr geradeaus gerichtet und ignorierte sie.

»Ich möchte Euch nur noch eines fragen, Iain«, sagte sie. »Dann verspreche ich, ruhig zu sein.«

Endlich sah er auf sie herab. Judith verschlug es augenblicklich den Atem. Lieber Gott, was für wundervolle Augen! Es war ein Fehler, ihn um volle Aufmerksamkeit zu bitten, stellte sie fest. Sein durchdringender Blick raubte ihr die ganze Konzentration.

Trotzdem, was war schlimm daran, ihn attraktiv zu finden? Nichts konnte passieren. Sicher, sie würde mit zu ihm reiten, doch sie war dort eine Außenseiterin, ein Gast. Einmal angekommen, würde sie wahrscheinlich nichts mehr mit ihm zu tun haben.

Außerdem war sie Engländerin. Nein, wirklich – nichts konnte aus dieser harmlosen Bewunderung jemals entstehen.

»Seid Ihr verheiratet?«, platzte sie heraus.

Sie schien über ihre Frage überraschter zu sein als er. »Nein. Ich bin unverheiratet.«

Sie lächelte.

Iain konnte sich keinen Reim darauf machen: Sie hatte ihre Frage gestellt, und nun konnte er sie ignorieren. Dummerweise gelang ihm das aber nicht. Er musste sie einfach weiter ansehen.

»Ich hätte noch eine Frage«, flüsterte sie. »Dann bin ich wirklich still.«

Einen Augenblick verfingen sich ihre Blicke ineinander.

»Was wollt Ihr wissen?«

Seine Stimme hatte weich und leise geklungen – fast wie eine Liebkosung. Das verwirrte sie und sie wandte ihren Blick von diesem schönen Teufel ab, um die scheinbare Sinneswandlung einzuordnen.

Er bemerkte ihr Zögern. »Eure Frage scheint nicht wichtig zu sein.«

»Oh, aber doch«, gab sie zurück. Dann hielt sie einen Moment inne. Was war es noch, das sie fragen wollte? Sie fixierte sein Kinn, um sich besser zu konzentrieren. »Jetzt weiß ich es wieder«, hob sie mit einem Lächeln an. »Ist Patrick gut zu Frances Catherine? Behandelt er sie anständig?«

»Ich denke schon«, antwortete er mit einem Achselzucken. Wie zur weiteren Erklärung setzte er hinzu: »Er schlägt sie nicht.«

Sie sah ihm in die Augen, damit er sehen konnte, wie lustig sie seine Bemerkung fand. »Das wusste ich schon!«

»Woher konntet Ihr das wissen?«

»Wenn er je die Hand gegen sie erhoben hätte, wäre sie von ihm fortgelaufen!«

Das schien Iain so undenkbar, dass er nicht wusste, was er antworten sollte. Doch rasch fand er seine Fassung wieder.

»Und wohin hätte sie laufen sollen?«

»Zu mir.«

Ihre Antwort kam so ernsthaft, dass Iain begriff, dass sie tatsächlich glaubte, was sie da sagte. Iain hatte niemals zuvor so etwas Verrücktes gehört. Eine Frau lief einfach nicht ihrem Mann davon, egal aus welchem Grund auch immer.

»Keiner aus dem Maitland-Clan würde je einer Frau aus Zorn ein Haar krümmen.«

»Iain. Was hältst du *davon?*«

Mit seinem Ausruf hatte Alex ihre Unterhaltung unterbrochen.

Judith wandte den Kopf und sah gerade noch,

wie Alex zu dem Grab hinüberwies, das sie am Abend zuvor zerstört hatte. Sofort richtete sie ihren Blick auf die Baumreihen oberhalb der Hügelkette.

Iain spürte, wie sich ihr Körper spannte. »Wisst Ihr, wer das getan hat?«

»Ja«, sagte sie leise.

»Wessen Grab war …«

Sie unterbrach ihn harsch. »Es war meines Vaters Grab.«

Alex, zu dem sie gerade aufschlossen, hatte ihre Bemerkung gehört. Der grünäugige Krieger sah Iain an, dann wieder Judith. »Möchtet Ihr, dass wir den Grabstein wieder aufrichten, bevor wir fortreiten?«

Sie schüttelte den Kopf. »Dann müsste ich ihn nur wieder ausreißen. Aber habt Dank für das Angebot.«

Alex konnte sein Erstaunen nicht verbergen. »Soll das heißen, *Ihr* habt das getan?«

Nicht ein Hauch von Scham lag auf ihrem Gesicht, als sie antwortete: »Ja. Und es hat mich fast eine Stunde gekostet. Der Boden war hart wie Stein.«

Der Schotte wirkte angewidert. Iain zwang sie, ihn anzusehen, indem er ihr Kinn mit dem Daumen anhob. »Warum tut Ihr so etwas?«

Unbekümmert hob sie die Schultern. »Ich dachte, es ist endlich an der Zeit.«

Iain begriff gar nichts. Diese Abscheulichkeit passte nicht zu dem, was er bereits über ihren Charakter erfahren hatte. Er hatte sie bisher für eine sanfte, unschuldige Frau gehalten. Sicher, ein wenig stur, wie die Szene mit ihrem eigenen Pferd bewiesen hatte. Aber sie schien ihm nicht die Frau zu sein, die geheiligten Boden entweihte.

»Es ist Eures Vaters Grab?«, fragte er noch mal, entschlossen, dieses verwirrende Geheimnis zu lüften.

»Ja«, antwortete sie. Dann seufzte sie. »Ihr braucht Euch keine Gedanken zu machen. Das Grab ist leer.«

»Leer?«

»Ja.«

Es sah nicht so aus, als wollte sie dies näher erklären. Und er beschloss, nicht nachzubohren. Sie war mittlerweile in seinem Arm vollkommen steif geworden. Offenbar war dies ein Thema, das sie meiden wollte.

Iain wies Alex an, wieder die Führung zu übernehmen, und lenkte sein Pferd hinter das seine. Als sie den Friedhof endlich verließen, entspannte Judith sich sichtlich.

Schweigend ritten sie weiter, bis die Sonne unterging und es Zeit wurde, ein Lager für die Nacht zu finden. Sie waren lange Stunden unterwegs gewesen, doch die Laune der Männer hatte sich merklich gebessert, nun, da sie die Grenze überschritten hatten und sich wieder im heimatlichen Schottland befanden.

Als sie endlich anhielten, war Judith erschöpft. Iain merkte es, als er sie vom Pferd herunterhob. Sie konnte kaum auf den Beinen stehen. Also hielt er sie mit seinem starken Arm eine Weile, bis sie wieder zu Kräften kam.

Er spürte ihr Zittern und blickte auf ihren Scheitel herab. Ein wenig schwankend hielt sie sich an ihm fest, doch als sie ihn losließ, löste er sofort seinen Arm von ihrer Taille.

Augenblicklich wandte er sich zu seinem Hengst um. Langsam ging sie auf den kleinen Fluss zu, den sie halb versteckt hinter einer Reihe Bäume am Rand der Lichtung ausgemacht hatte. Iain sah ihr hinterher. Wieder zog ihn ihre aufrechte Haltung in den Bann. Wie eine Prinzessin bewegte sie sich, dachte er. Gott, sie war wirklich eine Schönheit. Und verdammt unschuldig, so wie sie über jede Kleinigkeit rot wurde. Einfach bezaubernd.

Diese Frau konnte ihm sein Herz stehlen! Die Erkenntnis überfiel ihn so plötzlich und unerwartet, dass ihm das Blut aus dem Gesicht wich.

»Was hat dich denn geärgert?«, fragte Alex, der hinter ihm auftauchte.

Iain legte seinen Arm auf den Sattel seines Pferdes. »Dumme Gedanken«, gab er zurück.

Sein Freund blickte hinüber zu den Bäumen, wo Judith verschwunden war. »Dumme Gedanken – über eine wunderschöne Engländerin vielleicht?«

Iain hob die Schultern. »Vielleicht«, gab er zu.

Alex kannte seinen Freund zu gut, um nachzuhaken. Sein Clansherr sah über dieses Geständnis nicht gerade glücklich aus.

»Der Heimritt wird verflucht lang werden«, prophezeite er, bevor er ging, um sein eigenes Pferd zu versorgen.

Judith hatte es geschafft, eine würdevolle Haltung zu bewahren, bis sie den sicheren Schutz der Bäume erreicht hatte. Dort krümmte sie sich zusammen und hielt sich den schmerzenden Rücken. Ihre Kehrseite und ihre Schenkel fühlten sich an, als hätte jemand auf sie eingeschlagen.

Sie schritt im Kreis herum, um wieder Gefühl in ihre steifen Beine zu bekommen. Dann wusch sie Gesicht und Hände in dem kalten Wasser. Bald fühlte sie sich besser. Außerdem hatte sie Hunger. Sie beeilte sich, auf die Lichtung zurückzukommen, wo sie die Männer reden hören konnte. Doch sobald sie in Sicht kam, schwiegen sie.

Schnell stellte sie fest, dass Iain nicht dabei war. Einen Moment verspürte sie reine Panik, die ihr den Magen zusammenkrampfte. Doch dann entdeckte sie seinen Hengst, und ihre Angst schwand augenblicklich. Mochte es angehen, dass der schottische Krieger sie verließ – sein treues Reittier würde er niemals im Stich lassen, dessen war sie sich sicher.

Sie war also allein in einem Wald mit vier praktisch fremden Männern. Wenn dies auch nur andeutungsweise nach England dringen würde, wäre ihr Ruf für alle Zeiten vernichtet. Ihre Mutter würde sie wahrscheinlich umbringen. Seltsam genug, aber dieser Gedanke kümmerte Judith überhaupt nicht. Sie schien absolut nichts mehr für ihre Mutter empfinden zu können. Onkel Tekel hatte ihre Gefühlskälte ihrer Tochter gegenüber mit einer Lüge entschuldigt. Lügen, nichts als Lügen.

»Ihr solltet Euch etwas ausruhen, Frau!«

Vor Schreck machte Judith fast einen Satz, als Alex' tiefe Stimme hinter ihr erklang. Sie presste die Hand auf ihr Herz und atmete ein paar Mal tief ein und aus. Dann antwortete sie: »Wir sollten zuerst etwas essen. Wo habt Ihr mein Gepäck hingetan?«

Alex zeigte zur anderen Seite der Lichtung und

Judith lief hinüber. Jane hatte in die Tasche mit der Verpflegung auch eine hübsche weiße Decke gepackt. Judith breitete das Tuch auf dem harten Boden aus und verteilte die Leckereien darauf. Es gab knuspriges Schwarzbrot, Ecken von gelbem und rotem Käse, fette Streifen gesalzenes Schweinefleisch und frische, saftig grüne Äpfel.

Als alles fertig war, lud Judith die Männer ein, sich zu ihr zu gesellen. Sie wartete. Erst nach einem langen Augenblick begriff sie: Die Krieger hatten nicht die Absicht, mit ihr zu essen. Die Demütigung trieb ihr die Röte ins Gesicht. Sie setzte sich auf das Tuch, zog ihre Beine unter die Rockschichten und faltete die Hände im Schoß. Vor Scham senkte sie den Kopf. Niemand sollte sehen, was sie empfand.

Es war ein dummer Fehler gewesen, ihnen ihre Verpflegung anzubieten. Schließlich war sie Engländerin, und wahrscheinlich würde ihnen der Gedanke allein den Appetit nehmen.

Doch dann sagte sie sich, dass *sie* sich nicht zu schämen brauchte. *Sie* verhielt sich nicht wie ein Barbar. Die Männer taten es.

Inzwischen kam Iain auf die Lichtung zurück und hielt verwirrt an. Ein Blick auf Judith sagte ihm, dass etwas nicht stimmte. Ihr Gesicht leuchtete flammend rot. Dann betrachtete er seine Männer. Alex und Gowrie saßen auf der anderen Seite der Lichtung, mit dem Rücken an Baumstämme gelehnt. Alex war wach, doch Gowrie sah aus, als wäre er eingeschlafen. Brodick, schweigsam wie immer, dämmerte vor sich hin. Er war so vollständig in sein Plaid eingewickelt, dass nur noch sein weißblonder Haarschopf herauskam.

Als Iain schließlich das leckere Picknick entdeckte, das vor Judith aufgebaut stand, begriff er, was geschehen sein musste. Seufzend verschränkte er die Hände hinter dem Rücken und ging zu ihr hinüber. Sie schaute nicht hoch.

Stattdessen begann sie, das Essen wieder einzupacken und in die Tasche zu stopfen. Als Iain die Decke erreicht hatte, setzte er sich vor sie hin und nahm sich einen der Äpfel. Sie riss ihm ihn aus der Hand, doch er holte ihn sich wieder. Sie war so erstaunt über diese Geste, dass sie ihn anblickte. Seine Augen funkelten vor unterdrücktem Gelächter und Judith konnte sich nicht vorstellen, was er so lustig daran fand. Während sie sich anblickten, biss er herzhaft in die Frucht, beugte sich dann vor und bot ihr das Obst an. Sie biss hinein, bevor ihr klar wurde, was sie da tat.

Plötzlich erschien Alex an ihrer Seite. Ohne ein Wort setzte er sich nieder und griff in die Tasche. Er holte die Dinge heraus, die sie eben wieder eingepackt hatte, brach ein Stück Brot ab und reichte es Iain. Dann schob er sich zufrieden ein Stück Käse in den Mund.

Nun tauchte auch Gowrie auf. Judith legte einen der Äpfel in ihren Schoß. Schüchtern erklärte sie, dass sie ihn für den schlafenden Krieger aufbewahren wollte. Er konnte ihn in der Frühe essen. »Er muss furchtbar erschöpft sein, dass er sich nicht zu uns gesellt«, schloss sie.

Alex grunzte vor Vergnügen. »Brodick ist nicht erschöpft, er ist bloß stur. Er wird Euren Apfel auch nicht morgen früh essen, denn schließlich seid Ihr Engländerin. Nein, er …«

Judiths Miene hatte sich verfinstert. Sie wandte sich, um Brodick anzusehen, schätzte die Entfernung und nahm dann den Apfel hoch. »Wenn Ihr wirklich sicher seid, dass er den Apfel morgen nicht will, dann soll er ihn jetzt essen.«

Sie hob den Arm, fest entschlossen, ihn dem sturen Schotten an den Kopf zu werfen, doch bevor sie noch zielen konnte, packte Iain ihre Hand.

»Das werdet Ihr nicht tun«, sagte er.

Seine Hand hielt die ihre fest umschlossen, und sie wehrte sich einige Sekunden vergebens. Dann sagte sie: »Ihr habt recht. Dieser wunderschöne, leuchtend grüne Apfel – ein erstklassiger englischer Apfel, sollte ich vielleicht hinzufügen

– wäre an einen bösartigen, barbarischen Schotten sicherlich verschwendet.« Sie hielt inne und schüttelte den Kopf. »Ich kann nicht glauben, dass er mit Frances Catherine verwandt ist. Ihr könnt meine Hand jetzt loslassen, Iain.«

Doch er machte keine Anstalten. Offensichtlich traute er ihr nicht. Er wand ihr den Apfel aus der Hand und grinste sie plötzlich an. Nun war Judith vollkommen verwirrt.

»Ihr wollt Brodick doch nicht zum Feind, Judith«, sagte Alex.

»Aber er ist es doch schon«, gab sie zurück. Es gelang ihr kaum, ihren Blick von Iain zu wenden, als sie seinem Freund antwortete. »Brodick war fest entschlossen, mich nicht zu mögen, noch bevor er mich gesehen hat, nicht wahr?«

Niemand antwortete ihr. Gowrie wechselte das Thema. »Wenn Ihr immer so reagiert, wenn jemand Euch anscheinend nicht mag, dann werdet Ihr bei uns daheim den ganzen Tag mit Apfelwerfen beschäftigt sein.«

»Erstklassige schottische Äpfel«, neckte Alex.

Judith sah den Krieger wütend an. »Es kümmert mich nicht, ob man mich mag oder nicht«, sagte sie. »Frances Catherine braucht mich. Das ist alles, was zählt. Und meine Gefühle sind dabei gewiss nicht wichtig.«

»Warum soll sie Euch brauchen?«, ertönte Brodicks Stimme.

Judith war so überrumpelt, dass der knurrige Schotte sie angesprochen hatte, dass sie ihm ein bezauberndes Lächeln schenkte. Doch bevor sie antworten konnte, sagte er: »Sie hat Patrick.«

»Und uns«, fügte Alex hinzu. »Wir sind ihre Verwandten.«

Judith sah in die Runde. »Ich bin sicher, dass sie so viel Loyalität zu schätzen weiß, aber Ihr seid schließlich Männer.«

Iain hob erstaunt eine Augenbraue. Er schien nicht zu begreifen, was sie sagen wollte. Auch Alex und Gowrie hatten offenbar Schwierigkeiten.

»Frances Catherine hat auch weibliche Verwandte«, sagte Gowrie.

»Das nehme ich wohl an«, sagte Judith.

»Warum braucht sie dann Euch?«, fragte Gowrie, während er nach einer dritten Portion Schweinefleisch griff. Sein Blick blieb jedoch auf sie geheftet.

»Für die Niederkunft«, überlegte Iain laut.

»Dann fürchtet sie, es könnte Schwierigkeiten geben?«, fragte Gowrie seinen Clansherrn.

Iain nickte. »Es sieht so aus.«

Alex grunzte nur, was Judith ärgerte. »Sie hat allen Grund dazu, sich Sorgen zu machen. Sie ist keine überängstliche, schwache Frau, wenn es das ist, was ihr glaubt. Frances Catherine ist die mutigste Frau, die ich kenne. Sie ist stark und …«

»Ihr braucht Euch nicht so zu verausgaben«, unterbrach Alex sie grinsend. »Wir wissen alle um Frances Catherines viele hervorragende Talente. Ihr müsst sie nicht verteidigen.«

»Glaubt sie, dass sie sterben wird?«, fragte Gowrie erschrocken, als wäre ihm diese Möglichkeit gerade erst aufgegangen.

Bevor Judith antworten konnte, rief Brodick aus: »Wenn Patricks Frau den Tod fürchtet, warum schickt sie dann ausgerechnet nach einer Engländerin, Weib?«

Sie schickte ihm einen eisigen Blick hinüber. Dann wandte sie sich wieder um und beschloss, den groben Krieger zu ignorieren. Sollte er ihr doch hundert Fragen stellen. Sie würde ihm nicht antworten!

Die Krieger warteten. Doch Judith begann erneut, wortlos die Lebensmittel einzupacken.

Es zeigte sich, dass Brodicks Neugier stärker war als seine Abneigung. Er stand auf, kam herüber, schubste die anderen Krieger beiseite und ließ sich neben sie fallen. Sie rückte ab, um ihm Platz zu machen, aber als er endgültig saß, rieb sein Arm immer noch gegen den ihren. Judith sah Iain an, doch er zeigte keine Reaktion. Er nahm aber den Apfel und reichte ihn dem Krieger. Judith wollte den Mann nicht ansehen, hörte aber das Knacken, als er in den Apfel biss.

»Muss ich die Frage wiederholen, Engländerin?«, knurrte Brodick mit vollem Mund.

Genau das sollte er tun, fand sie. »Was für eine Frage denn?« Sie versuchte, ihrer Stimme einen ernsthaft-erstaunten Klang zu geben.

Sein Knurren war grimmig genug, den Boden zum Beben zu bringen. Judith biss sich auf die Unterlippe, um nicht loszuprusten.

»Wollt Ihr mich absichtlich reizen?«, fragte er.

Sie nickte.

Alex und Gowrie lachten laut. Brodicks Augen verengten sich zu Schlitzen. »Beantwortet mir meine Frage«, befahl er.

»Wenn Frances Catherine glaubt, sterben zu müssen, warum, zum Donner, hat sie nach Euch geschickt?«

»Ihr würdet es nicht verstehen.«

»Weil ich Schotte bin?«

Judith machte keinen Hehl aus ihrer Verzweiflung. »Wisst Ihr, man hat mir immer erzählt, wie sturköpfig Schotten sein können. Ich habe so einen Unsinn niemals geglaubt, aber nun, da ich

Euch kennengelernt habe, muss ich wohl meine Meinung nochmals überdenken.«

»Verärgert ihn nicht«, warnte Alex glucksend.

»Aye, Brodick kann sehr ungemütlich werden, wenn er schlecht gelaunt ist«, klärte Gowrie sie auf.

Sie riss die Augen verblüfft auf. »Soll das heißen, er ist jetzt gut gelaunt?«

Gowrie und Alex nickten gleichzeitig. Und Judith brach in Lachen aus. Sie war sicher, dass die beiden einen Scherz machen wollten. Verständnislos sahen die Krieger sie an. Würde das Weib ihren Verstand verlieren?

Alex sprach als Erster wieder. »Wir möchten alle gerne wissen, warum Frances Catherine nach Euch geschickt hat«, sagte er.

Sie nickte, als sie sich wieder unter Kontrolle hatte.

»Da Ihr mich nicht kennt, muss ich Euch ein wenig über meine schlechten Eigenschaften erzählen«, begann sie. »Ich bin unglaublich stur und eingebildet, obwohl ich nichts habe, worauf ich mir etwas einbilden könnte. Und außerdem bin ich ein richtiges Faultier … habe ich das schon erwähnt?«

Alle außer Iain verneinten kopfschüttelnd. Seine Augen hatten einen warmen Glanz angenommen.

Die Anwesenheit dieses gut aussehenden Mannes brachte sie erneut aus dem Konzept. Sie musste sich zwingen wegzusehen, damit sie sich konzentrieren konnte, und starrte auf ihre Hände im Schoß. »Frances Catherine kennt meine Schwächen ganz genau. Und genau deswegen zählt sie auf mich.«

»Warum das?«, fragte Brodick verständnislos.

»Weil sie befürchtet, sterben zu müssen«, wiederholte Judith leise. Dann stieß sie einen Seufzer aus und fuhr fort: »Und ich bin ein zu stures Faultier, um sie sterben zu lassen. Dann müsste ich mir nämlich eine neue Freundin suchen.« Sie gähnte ausgiebig. »Und das ist mir zu anstrengend.«

Kapitel 3

Niemand lachte. Iain lächelte, doch keiner der Männer zeigte eine Reaktion auf ihre Vermessenheit. Dennoch fühlte sie, wie sie rot wurde. Sie versuchte die verräterische Farbe zu verbergen, indem sie sich wieder mit dem Einpacken der Nahrungsmittel beschäftigte.

Doch da war nichts mehr zum Einpacken. Brodick hatte nicht einen Krümel übrig gelassen.

Judith entschuldigte sich und ging zurück zu dem Fluss, um ihre vom Saft der Äpfel klebrigen Finger zu waschen. Sie hockte sich ans Ufer und begann ihr Haar zu bürsten, bis ihre Kopfhaut prickelte. Sie war sehr müde, genoss aber die Schönheit und die friedliche Stille um sie herum zu sehr, um zur Lichtung zurückzukehren.

Als die Sonne fast am Horizont verschwunden war und nur noch ein rotgoldener Schimmer den Himmel bedeckte, kam Iain sie holen.

Ihr Begrüßungslächeln überrumpelte ihn. Und so klang seine Stimme noch bärbeißiger als gewöhnlich. »Ihr müsst ein wenig Schlaf bekommen, Judith. Morgen wird das ein beschwerlicher Tag für Euch.«

»Auch für Euch?«, fragte sie. Sie stand auf, glättete die Falten ihres Kleides und wollte sich zum Gehen wenden. In ihrer Hast vergaß sie die Bürste, die sich zwischen ihren Knöcheln verfing. Sie versuchte, das Gleichgewicht zu halten, doch vergebens: Schon segelte sie auf den Waldboden zu.

Iain bewegte sich mit einer für einen solch großen Mann erstaunlichen Schnelligkeit. Er packte sie, bevor sie unsanft landen konnte.

Judith war entsetzt über ihre Tollpatschigkeit. Sie wandte den Kopf, um ihm zu danken, doch ihre Worte blieben ihr im Hals stecken. Sein brennender Blick ließ sie im Innersten erbeben. Sie konnte ihre Reaktion auf den Krieger nicht begreifen und daher auch nicht kontrollieren.

»Nein.«

Er hatte es geflüstert, und sie hatte nicht die leiseste Ahnung, was er damit meinte.

»Was nein?«, flüsterte sie zurück.

»Nein, für mich wird es morgen kein beschwerlicher Tag«, erklärte er.

»Dann auch nicht für mich«, gab sie zurück.

Ein lustiges Blitzen erschien in seinen Augen. Als er lächelte, wurden ihr die Knie schwach. O

Gott, er war ein hübscher Teufel. Sie versuchte, ihren Kopf klar zu bekommen und zwang sich, ihren Blick von ihm zu lösen. Sie wollte sich gerade bücken, um die Bürste aufzuheben, doch er hatte die gleiche Idee. Mit einem dumpfen Laut stießen ihre Köpfe zusammen. Judiths Hand ergriff die Bürste als Erste. Die seine legte sich über die ihre. Verwirrt spürte sie die Wärme seiner Finger und sie blickte herab. Seine Hand war mindestens doppelt so groß wie ihre und ihre Kraft so offensichtlich. Er kann mich zerquetschen, wenn er will, dachte sie bei sich. Seine Kraft war überwältigend, doch die Zärtlichkeit seiner Berührung ebenso. Sie wusste, sie würde ihre Hand nicht einfach unter der seinen wegziehen können, selbst wenn sie es wollte.

Beide richteten sich gleichzeitig auf, aber immer noch hatte sie nicht das Bedürfnis, ihre Hand fortzunehmen. Ihm schien es genauso zu gehen, und so standen sie eine Weile da, die Judith wie eine Ewigkeit vorkam.

Mit verwirrtem Gesichtsausdruck sah er auf sie herab. Plötzlich riss er seine Hand aus der ihren.

Judith verstand gar nichts mehr.

»Ihr verwirrt mich, Iain.«

Ganz plötzlich wurde ihr klar, was sie gesagt

hatte. Sie wich von ihm zurück und lief den kleinen Abhang hinunter.

Iain sah ihr hinterher, seine Hände waren hinter seinem Rücken verschränkt. Er bemerkte, dass er wie erstarrt dastand, und zwang sich, seine Muskeln zu entspannen.

»Hölle«, murmelte er vor sich hin. Wie sehr er sie wollte. Iain akzeptierte diese Tatsache, ohne mit der Wimper zu zucken. Schließlich musste sich jeder Mann mit gesundem Appetit zu ihr hingezogen fühlen: Sie war eine verdammt schöne Frau, unglaublich weiblich und weich.

Was ihm zu schaffen machte, war die Tatsache, dass *sie* sich ebenfalls zu *ihm* hingezogen fühlte. Diese Erkenntnis machte ihn nicht eben glücklich. Er wusste, er konnte seine Begierde beherrschen. Aber konnte er ihre ebenso unter Kontrolle halten?

Dieser simple Auftrag fing langsam an, kompliziert zu werden. Iain beschloss, dass es das Beste sein würde, wenn er sich für den Rest der Reise so oft wie möglich von ihr fernhalten würde. Er musste sie einfach ignorieren.

Nach diesem Gedanken fühlte er sich besser. Als er zur Lichtung zurückkehrte, sah er, dass Judith in das Zelt geschlüpft war, das Alex und Gowrie für sie errichtet hatten. Die beiden Krieger schliefen schon fest und Iain setzte sich neben Brodick, der, mit dem Rücken an einem Baumstamm gelehnt, ebenfalls zu schlafen schien.

Plötzlich jedoch wandte sich Brodick ihm zu und sagte: »Sie ist Engländerin, Iain. Vergiss das nicht.«

»Das soll heißen?« Iain starrte seinen Freund an.

»Du willst sie.«

»Woher, zur Hölle, weißt du, was ich will?«

Brodick ließ sich nicht durch Iains grimmigen Tonfall einschüchtern. Sie waren schon zu viele Jahre befreundet. Im Übrigen wollte Brodick für seinen Clansmann nur das Beste und er wusste, dass sein Freund ihm keine Boshaftigkeit unterstellen würde.

»Wenn du deine Gefühle nicht verbirgst, werden Alex und Gowrie es auch bald merken.«

»Verdammt, Brodick …«

»Ich will sie auch.«

Iain war ehrlich erstaunt. »Du kannst sie nicht haben«, sagte er im Befehlston, bevor er es verhindern konnte.

»Du hörst dich an, als wärest du eifersüchtig, Iain.«

Der Clansherr antwortete nicht. Und Brodick seufzte.

»Ich dachte, du hasst Engländer«, bemerkte Iain nach einigen Minuten des Schweigens.

»Sicher«, antwortete Brodick. »Aber wenn ich sie ansehe, kann ich das vergessen. Ihre Augen … wie ein Fluch …«

»Dann wehr dich.«

Iains Stimme klang eiskalt. Brodick hob eine Augenbraue über den barschen Tonfall seines Freundes. Iain hatte genug von der Unterhaltung, schloss die Augen und atmete tief ein. Irgendwie verstand er seine Reaktion Brodick gegenüber selber nicht. Er war zornig geworden, als der Krieger zugab, wie sehr ihn Judith bezaubert hatte. Hölle, er war immer noch wütend. Aber was zum Teufel kümmerte es ihn, ob Brodick die Frau besitzen wollte oder nicht? Nein, es sollte ihm egal sein. Dennoch – der Gedanke daran, dass jemand sich selbst ausgenommen, musste er sich eingestehen – Judith berühren könnte, brachte sein Blut in Wallung.

Noch lange lag Iain wach, während er versuchte, seine eigenen Gefühle zu begreifen.

Am nächsten Morgen hatte sich seine Laune nicht gebessert. Er wartete bis zur letzten Minute, bis er Judith weckte. Sie hatte sich die ganze Nacht nicht einmal bewegt. Das konnte er mit Sicherheit behaupten, weil er sie beobachtet hatte. Obwohl das niedrige Zelt den größten Teil ihres Körpers verbarg, ragten doch ihre Füße und Knöchel heraus, und diese hatten sich in den Stunden, die er wach lag, nicht gerührt.

Erst als die Pferde angeschirrt waren, raffte Iain sich auf. Er warf die Felle, die über die Stöcke gespannt waren, Alex zu, kniete sich dann nieder und berührte sanft Judiths Schulter. Leise rief er ihren Namen.

Sie rührte sich nicht. Iain stupste sie kräftiger an.

»Himmel, sie hat wirklich einen gesunden Schlaf«, bemerkte Gowrie. Er war herübergekommen und hatte sich an Iains Seite gestellt. »Atmet sie noch?«

In diesem Moment öffnete Judith die Augen. Was sie sah, waren zwei Riesen, die auf sie hinabstarrten, und fast hätte sie geschrien. Doch sie riss sich gerade noch zusammen, und nur ein ersticktes Keuchen entrang sich ihrer Kehle.

Iain spürte ihre Angst. Und er bemerkte auch, dass sie seine Hand ergriffen hatte. Er stand auf und half ihr hoch.

»Wir müssen weiter, Judith«, sagte er. »Warum geht Ihr nicht zum Fluss und erfrischt Euch?«

Sie nickte.

Als sie sich schließlich in Bewegung setzte, war plötzlich Brodick hinter ihr. Er legte ihr die Hände auf die Schultern, drehte sie in die richtige Richtung und gab ihr einen sanften Schubs, woraufhin sie endlich auf den Fluss zuging.

Obwohl die Männer sich königlich über ihre Benommenheit amüsierten, grinste keiner, bis sie außer Sichtweite war.

»Ob sie wohl direkt ins Wasser marschiert?«, fragte Alex.

»Vielleicht wacht sie ja vorher auf«, gluckste Gowrie.

Aber Judith war hellwach, als sie schließlich das Ufer erreichte, erfrischte sich im kühlen Wasser und eilte dann auf die Lichtung zurück.

Alle außer Iain saßen bereits wartend auf ihren Pferden. Mit wem sollte sie heute reiten? Alex und Gowrie winkten sie herüber, Iain stand weiter entfernt bei seinem Pferd. Sie beobachtete, wie er aufsaß. Als er immer noch nicht zu ihr herüberblickte, entschied sie, mit Alex zu reiten. Sein Pferd stand einfach näher bei ihr.

Iain sah, wie Judith auf Alex zuging. Und plötzlich war sein nächtlicher Entschluss, sich von ihr fern zu halten, vollkommen vergessen.

Judith wollte gerade die Hand des Kriegers ergreifen, als sie hochgerissen wurde. Iains Hengst bremste nicht einmal, als sein Reiter die Frau in vollem Galopp um die Taille packte und in seinen Sattel hob.

Sie hatte noch nicht mal eine Möglichkeit, sich festzuhalten, Iain hatte sie vollkommen in seiner Gewalt. Irgendjemand lachte hinter ihnen, und sie wollte sich umwenden, um zu sehen, wer sich so offensichtlich über sie amüsierte. Aber Iain zog sie fest an seine Brust, sodass sie sich nicht bewegen konnte.

Sein Griff war schmerzhaft, doch Judith brauchte ihn nicht zu bitten, loszulassen. Sobald sie seinen Arm berührte und sich an seiner Brust entspannte, ließ er locker.

Die nächsten Stunden waren für Judith eine kräftezehrende Prüfung. Sie waren von der nördlichen Straße abgewichen und geritten, als wäre der Teufel hinter ihnen her. Erst als sie die raue Gebirgsgegend erreicht hatten, verlangsamten sie das Tempo, und Iain gewährte seinen Männern endlich eine kurze Rast.

Auf einer kleinen Lichtung, die von dichtem Dornengebüsch umgeben war, hielten sie an. Die stacheligen Pflanzen blühten in lebhaftem Purpur und Gelb. Judith fand es wunderschön und sie wanderte durch dieses Farbenparadies, wobei sie sorgsam darauf bedacht war, auf keine der Blüten zu treten. Langsam kehrte das Blut in ihre steifen Beine zurück, und sie hätte sich gerne ihre Kehrseite gerieben, traute sich aber wegen den Blicken der Männer nicht.

Da die Truppe wenig beredt war, vertrieb sie sich die Zeit damit, die erstaunlich widerstandsfähigen Blumen zu bewundern und den ungewöhnlichen Duft tief einzuatmen.

Schließlich wanderte sie zu dem kleinen Tümpel, den Gowrie ihr gezeigt hatte, und trank von dem kalten, frischen Wasser. Als sie auf die Lichtung zurückkam, reichte ihr Alex ein Stück Käse und eine dicke Scheibe Brot.

Sie ließ sich auf einem runden Stein nieder und begann zu essen. Unterdessen kehrte Iain zu den anderen zurück, die bei ihren Pferden standen und sich unterhielten. Während er sich am Gespräch beteiligte, sah er hin und wieder zu ihr herüber, als wollte er sicher sein, dass sie da blieb, wo sie sein sollte. Genüsslich verzehrte sie ihr frugales Mahl, wobei sie die meiste Zeit Iain beobachtete. Ihr ging auf, dass sie wirklich kaum etwas über diese Männer wusste, außer dass sie mit Frances Catherine verwandt und ihr treu ergeben waren. Hoffentlich begriff Frances Catherine, wie froh sie sein konnte, so viele treu sorgende Menschen um sich herum zu haben. Andererseits konnte sie selbst sich ebenfalls verdammt glücklich schätzen, jemand wie Frances Catherine in ihrer Familie zu haben.

Ihr fiel wieder ein, wie sie sich zum ersten Mal getroffen hatten. Sie war damals zu jung gewesen, um sich im Einzelnen an diesen Tag zu erinnern. Aber in den Jahren darauf hatte Frances Catherines Vater die Geschichte von dem Bienenstich oft und gerne wiederholt. So oft, dass sie nicht mehr wusste, woran sie sich wirklich erinnerte und was man ihr nur berichtet hatte …

»Was gibt es zu lächeln, Frau?«

Judith hatte die Augen geschlossen und war so in Erinnerungen versunken, dass sie Alex' Herannahen nicht bemerkt hatte. Nun schreckte sie auf und sah den Krieger wenige Zentimeter vor sich stehen.

»Ich habe gerade daran gedacht, wie ich zum ersten Mal Frances Catherine traf«, erklärte sie.

»Wann war denn das?«, fragte Alex.

Er schien tatsächlich interessiert und sie nahm an, dass er gerne mehr über Frances Catherines Kindheit wissen wollte. So begann sie ihre Geschichte, und als sie endete, waren auch Gowrie und Iain näher getreten und hörten zu.

Alex stellte ihr ein paar Fragen, und Judith schmückte ihre Antworten nicht aus oder schönte sie, bis das Thema auf Frances Catherines Vater kam. Da dehnte sie den Bericht um sein Auftauchen aus und beschrieb sogar sein Aussehen, wobei ihre Stimme einen weichen, liebevollen Klang annahm.

Iain war diese Veränderung nicht entgangen, genauso wenig wie die Tatsache, dass Judith mehrmals betonte, wie freundlich dieser Vater zu ihr gewesen war. Es kam ihm vor, als wäre sie auch nach all diesen Jahren noch überrascht über diese Feststellung.

»Hat Frances Catherine Euren Vater genauso gemocht wie Ihr den ihren?«, fragte Gowrie.

»Mein Vater war nicht dort.«

Ihr Lächeln erlosch. Sie stand auf und ging auf eine der Busch- und Baumgruppen zu, weil sie allein sein wollte. »In ein paar Minuten bin ich zurück«, rief sie über die Schulter.

Für den Rest des Tages blieb Judith sehr schweigsam. Selbst während der Mahlzeit brütete sie vor sich hin. Gowrie, der Gesprächigste der Truppe, fragte, ob etwas nicht stimme. Sie lächelte dankbar für die Fürsorge und entschuldigte sich mit der Begründung, sie sei ein wenig erschöpft.

In dieser und den vier folgenden Nächten schliefen sie draußen. Am sechsten Tag der Reise war Judith schließlich wirklich am Ende ihrer Kräfte.

Die kalten Nächte machten es nicht besser. Je weiter sie nach Norden kamen, desto harscher wurde der Wind. Schlafen schien fast unmöglich, und wenn sie eindöste, wachte sie nach ein paar Augenblicken wieder auf. Das Zelt bot nur wenig Schutz vor dem Wetter, und in den dunklen Stunden der Nacht war ihr oft, als würde die Kälte ihr in die Knochen schneiden.

Iain hatte sich fast ganz von ihr zurückgezogen. Er bestand zwar immer noch darauf, dass sie mit ihm ritt, redete aber kaum ein Wort dabei.

Von Alex erfuhr sie, dass er vor Kurzem zum Clansherrn bestimmt worden war, was sie nicht überraschte. Er war der geborene Führer und sein Amt, fand sie, konnte nur ein Segen sein. Viel zu hochmütig, um Befehlen Folge zu leisten, erwartete er, dass die Dinge nach *seinem* Wunsch liefen. Oh, das hatte sie schnell zu spüren bekommen.

»Habt Ihr Probleme zu Hause, die Euch zu schaffen machen?«, fragte sie ihn einmal, als sie das Schweigen der langen Reise nicht mehr ertragen konnte. Sie ritten langsam über einen schwierigen Bergpass und Judith wandte sich mit einem Lächeln zu ihm um.

»Nein.« Das war seine ganze Antwort. Und dabei bleib es.

Eine weitere Stunde verstrich schweigend. Dann beugte sich Iain herab und fragte: »Und Ihr?«

Sie hatte keine Ahnung, wovon er sprach. Wieder drehte sie den Kopf zurück, um ihn anzusehen. Sein Mund war nur wenige Zentimeter von dem ihren entfernt. Sofort wich er zurück. Judith wandte sich schnell wieder nach vorn. »Was meint Ihr?«, fragte sie mit dünner Stimme.

»Habt Ihr Probleme zu Hause, die Euch zu schaffen machen?«

»Nein.«

»Wir waren erstaunt, dass Eure Familie Euch mit uns reisen ließ.«

Sie zuckte die Schultern. »Wird es im Sommer wärmer, oder ist es hier immer so kalt?«, versuchte sie das Thema zu ändern.

»Wärmer wird es nicht«, antwortete er. Seine amüsierte Stimme verwirrte sie. »Gibt es einen Edelmann zu Hause, der um Eure Hand angehalten hat, Judith? Seid Ihr jemandem versprochen?«

»Nein.«

Der Krieger hatte noch nicht genug erfahren.

»Warum nicht?«

»Das ist sehr kompliziert«, gab sie zurück. »Ich möchte wirklich nicht darüber reden. Warum seid Ihr denn nicht verheiratet?«

»Ich hatte bisher weder die Zeit noch den Wunsch.«

»Seht Ihr, ich habe auch nicht den Wunsch.«

Er lachte. Sie war so überrascht über seine Reaktion, dass sie ihn wieder anblickte. »Warum erheitert Euch das so?«, fragte sie.

Verflucht, es war erschreckend, wenn er fröhlich war. Kleine Lachfalten erschienen in seinen Augenwinkeln, und seine Augen funkelten silbrig. »Ihr macht Euch also nicht über mich lustig?«, fragte er.

Sie schüttelte den Kopf und er lachte umso lauter. Judith verstand gar nichts mehr.

Gowrie übrigens auch nicht. Er drehte sich im Sattel um, um zu sehen, was los war. Aus seiner erstaunten Miene schloss Judith, dass der Krieger seinen Clansherrn nicht oft lachen hörte.

»In den Highlands fragt man eine Frau nicht, ob sie heiraten will oder nicht«, erklärte Iain. »Ich dachte, in England wäre es ebenso.«

»Das ist es auch«, sagte sie. »Eine Frau hat keinen Einfluss auf Fragen, die ihre Zukunft betreffen.«

»Aber dann …«

»Ich sagte ja schon«, sagte Judith. »Es ist kompliziert.«

Iain gab es auf. Er stellte keine Fragen mehr,

und Judith war ihm dankbar dafür. Sie wollte nicht über ihre Familie sprechen und hatte sich über ihre Zukunft auch nie viel Gedanken gemacht; Im Übrigen zweifelte sie daran, dass ihre Mutter für sie eine Hochzeit arrangieren konnte. Schließlich waren Mutter und Tochter immer noch Besitz des Clansherrn Maclean … wenn er noch lebte. Wenn er gestorben war, wäre Onkel Tekel ihr Beschützer – oder nicht?

Aye, es *war* kompliziert. Im Moment fühlte sie sich einfach zu müde, um darüber nachzudenken. Sie schloss die Augen und lehnte sich an Iain.

Kurze Zeit später beugte sich Iain vor und flüsterte: »In etwa einer Stunde reiten wir durch feindliches Gebiet. Ihr dürft keinen Laut von Euch geben, Judith, bis ich es wieder erlaube.«

Ihre Sicherheit lag in seinen Händen und sie nickte, ohne zu zögern. Minuten später schlief sie sein. Iain rückte sie zurecht, sodass beide Beine über einem von seinen Schenkeln lagen. Ihre Wange ruhte auf seiner Schulter.

Er winkte Gowrie und Alex, die Vorhut zu übernehmen und bedeutete Brodick, ihrer aller Rücken zu sichern.

Das einsame Terrain war dicht mit Laubwerk und Sommerblumen bewachsen. Das Brausen eines Wasserfalls, der in eine tiefe Schlucht herabdonnerte, übertönte die Schritte ihrer Pferde. Plötzlich zügelte Gowrie sein Reittier und streckte die Faust in die Luft. Iain wandte sich augenblicklich östlich und trieb seinen Hengst in ein kleines dichtes Wäldchen. Die anderen Krieger folgten und versteckten sich und ihre Pferde zwischen den Bäumen.

Gelächter drang von dem holprigen Pfad – keine zwanzig Fuß entfernt – zu ihnen herüber. Anderes Gelächter gab Antwort. Iain lauschte angestrengt über das Rauschen des Wasserfalls. Er überschlug, dass zumindest fünfzehn Macphersons in der Nähe waren. Seine Hand zuckte zu seinem Schwert. Verdammt, wie er sich wünschte, sie aus dem Hinterhalt zu überfallen. Die Chancen standen zu seinen Gunsten. Mit Brodick, Alex und Gowrie an seiner Seite würden fünfzehn oder zwanzig unfähige Macphersons nicht mal einen Sieg ausmachen, mit dem es sich zu prahlen lohnte.

Judiths Sicherheit kam jedoch an erster Stelle. Instinktiv drückte Iain sie fester an sich. Sie kuschelte sich enger an ihn und stieß einen kleinen Seufzer aus. Sofort presste sich seine Hand auf ihren Mund. Judith wachte auf, ihre Augen blickten ihn fragend an. Er schüttelte den Kopf, ohne seine Hand fortzunehmen. Endlich begriff sie, dass sie sich im feindlichen Gebiet befanden. Für Sekunden weiteten sich ihre Augen vor Schreck. Doch dann zwang sie sich zur Ruhe.

Solange sie bei ihm war, konnte sie sich sicher fühlen. Judith hatte keine Ahnung, warum sie so viel Vertrauen in seine Fähigkeiten hatte, aber in ihrem Innersten wusste sie, dass er sie vor allem beschützen würde.

Gut zwanzig Minuten verstrichen, bis er seine Hand fortnahm. Sein Daumen rieb sanft über ihre Unterlippe und sie fragte sich, warum er das tat, wenngleich wohlige Schauer durch ihren Körper liefen. Wieder schüttelte er den Kopf, um ihr – wie sie annahm – zu bedeuten, weiterhin zu schweigen. Sie nickte ihm zu: Sie hatte verstanden.

Wirklich, sie musste aufhören, ihn anzustarren. In ihrem Magen flatterten Schmetterlinge und ihr Herz klopfte heftig. Sie war sich sehr darüber im Klaren, dass sie sofort rot werden würde, wenn sie ihren Gedanken freien Lauf ließ. Inbrünstig hoffte sie, dass er nicht merkte, welche Reaktionen er bei ihr auslöste. Also schloss sie die Augen und lehnte sich wieder gegen ihn. Er hielt beide Arme um ihre Taille geschlungen und es wurde so leicht, sich vorzustellen, er *wolle sie* umarmen; so einfach, sich unmöglichen Träumen über den gut aussehenden Clansherrn hinzugeben.

Innerlich rief sie sich zur Ordnung, denn sie war stark und vernünftig genug, um ihre Gefühle und Gedanken zu beherrschen. So einen Unsinn durfte sie sich einfach nicht erlauben.

Die ganze Zeit warteten sie lautlos. Als Iain schließlich sicher war, dass die Macphersons sich weit genug von ihrem Versteck entfernt hatten, löste er seinen festen Griff. Sanft hob er ihren Kopf, bis sie ihn ansah.

Eigentlich wollte er ihr sagen, dass die Gefahr vorüber sei. Doch als ihre Blicke sich trafen, vergaß er diese Absicht. Ein Verlangen, wie er es noch nie verspürt hatte, füllte seinen ganzen Verstand aus, seine Beherrschung verschwand. Er fühlte sich ihrer Anziehungskraft gegenüber vollkommen hilflos und konnte nun nicht mehr warten. Rasch beugte er sich vor, gab ihr aber genug Zeit, zurückzuweichen, falls sie es wollte. Sie bewegte sich jedoch nicht. Seine Lippen strichen weich über die ihren. Ein Mal. Zwei Mal.

Immer noch rührte sie sich nicht.

Er wollte mehr. Seine Hand griff unter ihr Kinn, und er presste seinen Mund heftig auf ihre Lippen. Sie schnappte nach Luft, doch er ignorierte es, entschlossen, diese unselige Anziehungskraft mit einem intensiven Kuss zu beenden. Seine Neugier würde befriedigt sein, wenn er ihren Kuss gekostet und ihre zarten Lippen gespürt hatte. Ganz sicher war sein Verlangen dann gestillt.

Es lief jedoch ganz anders als geplant, wie Iain sehr schnell klar wurde. Er konnte plötzlich nicht genug von ihr bekommen. Verdammt, ihr Kuss schmeckte so gut. Sie war so weich, so warm, so biegsam in seinen Armen. Er brauchte mehr. Er zwang ihre Lippen auseinander, und bevor sie merkte, was er vorhatte, drang seine Zunge in ihren Mund ein.

Sofort versuchte sie, ihm auszuweichen, doch nur für einen sehr kurzen Augenblick. Dann schlang sie die Arme um seine Hüften und presste sich an ihn. Seine Zunge spielte mit ihrer, bis er vor Verlangen zitterte. Sie verhielt sich nicht schüchtern. Im Gegenteil, sie erwiderte seinen Kuss willig.

Ein tiefes Knurren kam aus seiner Kehle. Judith wimmerte leise. Leidenschaft überfiel die beiden so heftig, dass sie sich wieder und wieder wie ausgehungert küssten. Als er feststellte, dass er nicht zufrieden sein würde, bis sie zwischen seinen Schenkeln lag, zwang er sich aufzuhören.

Iain war wie vor den Kopf geschlagen, wütend auf sich selbst. Wie hatte er so die Beherrschung verlieren können? Judith schaute ihn nur ungläubig an, die Verwirrung stand ihr ins Gesicht geschrieben. Ihre Lippen glühten … und er wollte sie wieder küssen!

Ungeduldig schob er ihren Kopf an seine Schulter und gab dann seinem Pferd einen leichten Klaps mit den Zügeln, um es anzutreiben. Judith war dankbar, dass er einen Moment nicht auf sie achtete. Immer noch bebte sie von den Küssen und war selbst erstaunt, wie leidenschaftlich sie diese erwidert hatte. Es war die wundervollste und erschreckendste Erfahrung ihres Lebens.

Sie wollte mehr, glaubte jedoch nicht, dass es Iain genauso ging. Denn die Art, wie er abrupt von ihr abgelassen hatte, und das Aufblitzen von Zorn in seinen Augen zeigten ihr deutlich sein Missfallen.

Plötzlich fühlte sie sich sehr unerfahren und voller Scham. Am liebsten hätte sie diesen Schuft angeschrien, weil er ihre Gefühle und ihren Stolz verwundet hatte. Ihre Augen füllten sich mit Tränen. Tief holte sie Atem, um ihre Fassung wiederzuerringen, und wenige Minuten später ließ ihr Zittern auch nach.

Gerade glaubte sie, den Kampf mit ihren verwirrten Gefühlen gewonnen zu haben, als Iain erneut ihre Selbstachtung empfindlich anknackste. Er hatte seinen Hengst neben Alex' Braunen angehalten, und bevor Judith sich versah, hatte er sie auf Alex' Schoß gehoben.

Also gut. Wenn er nichts mehr mit ihr zu tun haben wollte, würde sie es ihm eben mit gleicher Münze heimzahlen. Sie wollte ihn noch nicht mal mehr ansehen. Sorgfältig ordnete sie ihre Röcke, hielt ihren Kopf gesenkt und betete zu ihrem Schöpfer, dass Iain ihre Röte nicht bemerkte. Ihr Gesicht fühlte sich an, als ob es glühte.

Iain übernahm die Führung. Gowrie lenkte sein Pferd hinter ihn, und sie und Alex schlossen sich an. Brodick bildete wieder die Nachhut.

»Friert Ihr, Frau?«

Alex hatte ihr die Frage direkt ins Ohr geflüstert und sein Mitgefühl war deutlich.

»Nein«, antwortete sie.

»Warum zittert Ihr dann?«

»Weil mir kalt ist.«

Im gleichen Moment wurde sie sich des Widerspruchs bewusst und sie seufzte leise. Wenn Alex sich keinen Reim darauf machen konnte, so war er jedenfalls freundlich genug, dies nicht zu erwähnen. Den ganzen langen Nachmittag sprachen sie nicht mehr miteinander.

Judith konnte in Alex' Armen keine bequeme Position finden. Da sie sich nicht an ihn lehnen wollte, stießen sie auf dem Ritt mehrmals unsanft aneinander. Als die Nacht hereinbrach, war Judith so erschöpft, dass sie kaum die Augen offen halten konnte.

Sie hielten an einer hübschen strohbedeckten Steinhütte, die sich an einen Berghang schmiegte. Die Südseite des Häuschens war mit Efeu bewachsen und ein kleiner steinerner Pfad führte vom Stall zur Eingangstür der Hütte.

Ein grauhaariger, bärtiger Mann mit breiten Schultern stand auf der Schwelle, lächelte zur Begrüßung und kam dann herausgeeilt. Judith sah die Frau, die sich ins Innere zurückzog, als ihr Mann die Schwelle verließ. Sie hatte wohl hinter ihm gestanden, aber nun verschwand sie im Dunkel des Wohnraums.

»Wir verbringen die Nacht hier«, erklärte Alex. Er stieg ab und reichte ihr die Hand, um ihr herunterzuhelfen. »Ihr werdet ein Dach über dem Kopf haben und Euch richtig ausruhen können.«

Sie nickte und fand Alex wirklich mitfühlend. Er hatte ihr beim Absteigen geholfen, ließ sie aber noch nicht los, weil er merkte, dass sie sonst gestrauchelt wäre. Dennoch erwähnte er mit keinem Wort ihren Zustand, sondern stützte sie, bis ihre Beine wieder Kraft gefunden hatten.

Seine Hände lagen an ihrer Taille, und sie wusste, dass er ihr Zittern spüren konnte.

»Nimm deine Finger von ihr, Alex!«

Iains schneidende Stimme erklang direkt hinter Judith. Augenblicklich ließ Alex sie los, und ihre Knie knickten ein. Iain packte sie von hinten, bevor sie stürzen konnte. Sein linker Arm hielt sie fest um die Taille, dann zog er sie alles andere als sanft an seine Seite und bedachte Alex mit einem seiner Blicke. Der Krieger wich zurück, drehte sich um und ging auf das Haus zu.

Einige Minuten lang standen die beiden so dort. Ihre Schultern ruhten an seiner Brust. Sie hielt den Kopf gesenkt und war so müde, dass sie nur noch die Augen schließen und sich von ihm hineintragen lassen wollte. Was natürlich nicht schicklich gewesen wäre.

Wie konnte ein Mann nach einem so langen Ritt noch so wundervoll duften? Iain roch nach frischer Luft und … männlich! Er strahlte eine Wärme aus, die sie anzog, und als sie sich darüber klar wurde, wusste sie, dass sie sich von ihm lösen sollte.

Er war so weit fort von ihr wie die Stürme im Süden. Judith war sich sicher, dass er sie nur festhielt, weil er wusste, wie sehr sie eine Stützte brauchte. Er fühlte sich für sie verantwortlich und tat seine Pflicht. Mehr nicht.

»Dank für Eure Hilfe«, sagte sie. »Ihr könnt mich jetzt loslassen. Es geht schon wieder!«

Sie versuchte, seinen Arm wegzuschieben, aber er hatte andere Absichten. Er drehte sie zu sich um und hob ihr Kinn an. Sein Lächeln verwirrte sie vollkommen. Eben noch hatte er sich brummig wie ein Bär verhalten, obwohl Judith zugeben musste, dass das Ziel seines Zorns Alex gewesen war.

»Ich lasse Euch los, wenn *ich* es will«, flüsterte er rau. »Nicht, wenn Ihr mir die Erlaubnis gebt!«

Sie hasste seine Arroganz. »Und wann denkt Ihr, wird das sein? Oder darf ich vielleicht nicht fragen?«

Er hob die Augenbrauen über den zornigen Tonfall. Dann schüttelte er den Kopf. »Ihr seid wütend auf mich«, stellte er fest. »Sagt mir, warum.«

Sie versuchte, seine Hand von ihrem Kinn zu schieben, gab jedoch auf, als er fester zupackte.

»Ich lasse Euch nicht los, bevor Ihr mir nicht gesagt habt, was Euch so zornig macht«, sagte er.

»Ihr habt mich geküsst.«

»Ihr mich auch.«

»Ja, stimmt«, gab sie zu. »Und das bereue ich auch nicht. Was sagt Ihr nun *dazu?*«

In ihren Augen, in ihrer Stimme lag die Herausforderung. Ein Gedanke kam Iain glasklar zu Bewusstsein: Ein Mann konnte alles vergessen, wenn er es zuließ, sich von ihrer Schönheit gefangen nehmen zu lassen. »Ich bereue es auch nicht«, sagte er.

Sie warf ihm einen grimmigen Blick zu. »Vielleicht nicht, als es geschah. Aber jetzt tut Ihr es, nicht wahr?« Er hob die Schultern, und sie hätte ihm am liebsten einen Tritt versetzt. »Ihr sollt mich nie wieder berühren, Iain.«

»Ihr habt mir keine Befehle zu geben, Weib!«

Seine Stimme hatte einen harten Klang angenommen, doch sie ignorierte das.

»Wenn es darum geht, wen ich küsse, kann ich alle Befehle geben, die mir passen. Ich gehöre Euch nicht«, setzte sie hinzu, wobei ihre Stimme weicher wurde.

Er sah aus, als wollte er sie erwürgen. Sie fürchtete, zu hochmütig gewesen zu sein.

»Ich wollte nicht unhöflich werden«, begann sie darum. »Ihr seid gewohnt, dass alles nach Eurem Willen geht, da Ihr der Clansherr seid. Dennoch habe ich als Außenstehende nicht die Pflicht, Euren Befehlen zu gehorchen«, versuchte sie ihren Standpunkt ihm in vernünftigem Tonfall zu erklären. »Ich meine, als Euer Gast …«

Sie hielt inne, als er den Kopf schüttelte. »Judith, würdet Ihr mir zustimmen, dass Ihr unter meines Bruders Schutz steht, solange Ihr Euch in seinem Haus aufhaltet?«

»Ja.«

Er nickte. Ein Lächeln erschien auf seinem Gesicht. Er tat ganz so, als hätte er gerade ein wichtiges Argument angeführt, und sie hatte keine Ahnung, was er ihr eigentlich damit sagen wollte.

Abrupt drehte er sich um und ging weg. Judith rannte ihm nach. Als sie ihn eingeholt hatte, nahm sie seine Hand. Augenblicklich blieb er stehen.

»Ja?«, fragte er.

»Warum lächelt Ihr?«

»Weil Ihr mir eben zugestimmt habt!«

»Ich? Wieso?«

Zuerst dachte er, sie wollte ihn absichtlich ärgern, aber ihr verständnisloser Blick belehrte ihn eines anderen. »Bis Ihr wieder nach England zurückkehrt, bin ich für Euch verantwortlich. Ihr werdet also meinen Befehlen gehorchen«, fügte er mit einem Nicken hinzu. »Und Ihr habt mir zugestimmt!«

Sie schüttelte den Kopf. War der Mann verrückt? Wie in Gottes Namen hatte ihn ihre Erklärung, dass er sie nicht mehr küssen durfte, zu dieser unsinnigen Schlussfolgerung gebracht?

»Ich habe nichts dergleichen getan«, sagte sie.

Noch immer hielt sie seine Hand und er bezweifelte, dass sie sich darüber klar war. Er hätte sie wegziehen können, aber er tat es nicht.

»Ihr gabt zu, dass ich unter Patricks Schutz stehe«, erinnerte sie ihn. »Das heißt, *er* ist für mich verantwortlich, nicht Ihr!«

»Stimmt«, sagte er. »Aber ich bin der Clansherr, und Patrick dient daher mir. Versteht Ihr nun?«

Sie zog ihre Hand weg. »Ich verstehe, dass Ihr glaubt, sowohl Patrick als auch Ihr könntet mir Befehle geben,« antwortete sie. *»Das* ist es, wie ich es verstehe.«

Er grinste und nickte. Judith lachte laut auf, doch Iain begriff nicht, warum sie so reagierte.

Doch er musste nicht lange darüber nachdenken.

»Ihr glaubt also, dass sowohl Ihr als auch Patrick für alles, was ich tue, verantwortlich seid?«

Er nickte wieder.

»Meine Vergehen sind demnach Eure?«

Iain verschränkte die Hände auf dem Rücken. »Wollt Ihr irgendeinen Unsinn anstellen?«

»O nein, natürlich nicht«, antwortete sie hastig. »Ich bin wirklich sehr dankbar, dass ich in Eurem Heim verweilen darf und möchte bestimmt keine Probleme bereiten.«

»Euer Lächeln lässt mich an Eurer Ernsthaftigkeit zweifeln«, bemerkte er.

»Ich lächle aus anderen Gründen«, erklärte sie.

»Ich habe soeben begriffen, was für ein widersprüchlicher Mann Ihr seid.«

Er sah sie ungläubig an, doch sie nickte zur Bekräftigung ihrer Worte.

»Ich bin nicht im Mindesten widersprüchlich«, schnappte er.

Sie hatte nicht bemerkt, dass sie ihn schon wieder beleidigt hatte. »Oh, doch, das seid Ihr«, entgegnete sie. »Es sei denn, Ihr könnt mir verraten, wie Ihr durch meinen Wunsch, mich nicht von Euch küssen zu lassen, auf diese seltsame Unterhaltung gekommen seid.«

»Das Thema, ob ich Euch küsse oder nicht, ist nicht bedeutend genug für eine Unterhaltung«, gab er zurück. »Es ist unwichtig.«

Er hätte sie ebenso gut ins Gesicht schlagen können; seine bedenkenlos hingesagten Worte waren genauso brutal. Doch sie wollte ihm nicht zeigen, wie verletzt sie war. Stattdessen nickte sie, drehte sich um und ging.

Er stand dort und sah ihr hinterher. Schließlich stieß er einen Seufzer aus. Judith konnte es nicht wissen, aber sie bereitete ihm bereits Probleme. Seine Männer konnten ihre Blicke nicht von ihr abwenden. Und verdammt, er schon gar nicht.

Sie war eine schöne Frau. Kein Mann konnte das übersehen. Ja, das ergab Sinn. Nur so war es.

Doch sein leidenschaftlicher Wunsch, sie für sich zu haben, war dummerweise eine ganz andere Sache. Das ergab überhaupt keinen Sinn.

Er hatte ihr gesagt, dass letztlich er für sie verantwortlich war … bis sie wieder nach England zurückginge. Hölle, er wäre fast an seinen Worten erstickt. Der Gedanke daran, sie zurückzubringen, gefiel ihm überhaupt nicht. Was, zum Donner, stimmte nicht mit ihm?

Wie sollte er sie jemals wieder gehen lassen?

Kapitel 4

Judith brannte darauf, ihn endlich los zu sein. Sie konnte nicht mehr vernünftig denken. Die lange Reise hatte sie so ausgezehrt, dass ihr Geist zu nichts mehr taugte, und sie gestand sich ein, dass sie auf Iains Worte überreagiert hatte. Es war ihr unmöglich, ihre Gedanken zu ordnen, weil ihre Gefühle ihr ständig im Weg standen. Wahrscheinlich liegt es an seiner Zurückweisung, sagte sie sich.

»Judith, kommt und begrüßt Cameron«, rief Alex. Alle hatten sich umgewandt und sahen sie an, sodass sie sich beeilte, zu ihrem Gastgeber zu kommen. Sie knickste und zwang sich zu einem Lächeln. Was ihr nicht leicht fiel, da Cameron sie anblickte, als hätte sie sich in einen Dämon verwandelt … oder sogar in etwas Schlimmeres. Sein Gesichtsausdruck ließ keinen Zweifel an seinen Gedanken: Er war alles andere als begeistert, dass sie überhaupt da war.

Oh, Himmel, sie hatte wirklich keine Energie

mehr, diesen Unsinn weiterhin zu ertragen. Sie stieß einen leisen Seufzer aus und sagte dann: »Einen guten Abend, Sir.«

»Sie ist Engländerin!«

Cameron presste diese Feststellung mit so viel Kraftaufwand hervor, dass die Adern an seinen Schläfen hervortraten. Judith hatte in einwandfreiem Gälisch gesprochen, doch ihr englischer Akzent war offensichtlich. Ihre Kleider wiesen ebenfalls auf ihre Herkunft hin. Und obwohl sie die Feindseligkeit zwischen Schotten und Engländern sehr wohl verstand, schien ihr Camerons Ablehnung doch so unbegreiflich und so voller Abscheu, dass Angst sie packte. Unwillkürlich trat sie einen Schritt zurück, um vor seinem Zorn sicher zu sein.

Sie stieß gegen Iain, der hinter ihr stand, und wollte zur Seite treten, doch er legte ihr die Hände auf die Schultern und presste sie an sich.

Lange Zeit sagte Iain kein Wort. Plötzlich bewegte sich Alex und stellte sich an die eine Seite seines Clansherrn. Gowrie schlenderte auf die andere Seite. Dann fehlte nur noch Brodick. Er sah zu Iain hin und wartete auf seine Erlaubnis, bis dieser endlich seinen Blick von Cameron nahm, um seinem Krieger zuzunicken. Brodick kam heran und stellte sich direkt vor Judith.

Judith stand buchstäblich eingekeilt zwischen den Kriegern. Als sie versuchte, an Brodicks Rücken vorbei auf ihren Gastgeber zu schielen, packte Iain nur fester zu, sodass sie sich gar nicht mehr bewegen konnte.

»Wir haben auch schon festgestellt, dass sie Engländerin ist, Cameron«, begann Brodick mit leiser Stimme, die sich immer mehr steigerte. »Ich möchte, dass dir klar wird, dass Lady Judith unter unserem Schutz steht und wir sie mit nach Hause nehmen.«

Der ältere Mann schien sich aus seiner Starre mit einem Schütteln befreien zu wollen. »Ja, natürlich«, stammelte er. »Ich war nur überrascht, wisst Ihr, als ich … ihre Stimme hörte.« Cameron mochte den Ausdruck in den Augen des Clansherrn nicht. Er beschloss, sein Verhalten so schnell wie möglich wiedergutzumachen, und trat einen Schritt zur Seite, um die Engländerin ansehen zu können, wenn er seine Entschuldigung vorbrachte. Doch Brodick blockierte ihm die Sicht, indem er ebenfalls zur Seite trat.

»Sind wir *alle* willkommen?«

»Gewiss seid ihr das«, erwiderte Cameron. Nervös fuhren seine Finger durch sein dichtes weißes Haar und er hoffte inständig, dass der Clansherr nicht merkte, wie seine Hände zitterten. Er hatte die Begrüßung gründlich verdorben, das wusste er. Das wäre das Letzte, einen solch mächtigen, unbarmherzigen Mann zu beleidigen …, weil es wahrscheinlich wirklich das Letzte wäre, was er auf dieser süßen Erde vollbringen würde.

Cameron widerstand dem fast übermächtigen Wunsch, ein Kreuz zu schlagen. Da er Iains gnadenlosen Blick nicht mehr ertragen konnte, wandte er sich zu Brodick, räusperte sich und sagte dann: »Seit dem Tag, an dem dein Bruder meine einzige Tochter geheiratet hat, bist du und jeder Maitland hier willkommen. Dies gilt natürlich auch für die Frau des Clansherrn«, fügte er hastig hinzu, wandte sich halb um und bellte: »Margaret, stellt das Essen für unsere Gäste auf den Tisch.«

Judith hatte sich gewundert, warum Iain die ganze Zeit über schwieg. Doch nun, da sie hörte, dass Brodicks Bruder mit Camerons Tochter verheiratet war, verstand sie, warum er Brodick die Aufgabe überlassen hatte, die Situation zu entschärfen. Cameron bat seine Gäste hinein. Judith streckte die Hand aus und griff nach Brodicks Plaid. Er drehte sich augenblicklich zu ihr um. »Danke, dass Ihr für mich gesprochen habt«, flüsterte sie.

»Ihr braucht mir nicht zu danken«, sagte er mit vor Verlegenheit schroffer Stimme.

»Doch, das muss ich«, widersprach sie. »Brodick, könnt Ihr Eurem Verwandten bitte erklären, dass ich nicht Iains Frau bin? Er hat da wohl etwas missverstanden.«

Brodick sah sie schweigend an, dann blickte er zu Iain. Warum zögerte er denn? »Ich bitte Euch nur, den Mann aufzuklären«, sagte sie.

»Nein.«

»Nein?«, fragte sie. »Warum in Gottes Namen nicht?«

Brodick lächelte nicht gerade, aber seine Augen blitzten.

»Weil Ihr Iains Frau seid«, sagte er gedehnt.

Sie schüttelte den Kopf. »Woher habt Ihr denn diesen Unsinn? Ich bin nur ein Gast, der ...«

Doch Brodick wartete ihre Erklärung nicht ab, sondern drehte sich um und ging ins Haus. Sie sah ihm hinterher. Alex und Gowrie folgten, wobei sie offen grinsten.

Judith blieb stehen, wo sie war. Iain ließ endlich ihre Schultern los und gab ihr einen kleinen Schubs, doch sie bewegte sich nicht. Er trat an ihre Seite, neigte seinen Kopf zu ihr herunter und sagte: »Ihr könnt jetzt hineingehen.«

»Warum habt Ihr nichts gesagt, als Cameron mich Eure Frau nannte?«

Er hob die Schultern. »Ich hatte keine Lust.«

Das war nicht ganz die Wahrheit. Sicher, Cameron hatte sich geirrt, sie war nicht seine Frau. Doch es hatte sich für ihn so gut angehört, dass er es nicht richtigstellen *wollte.* Oh, Herr, er war dieser verrückten Gedanken wirklich müde. »Kommt mit hinein«, befahl er, wobei seine Stimme barscher klang, als er gewollt hatte.

Wieder schüttelte sie den Kopf und blickte zu Boden. »Was ist?«, verlangte er zu wissen. Er nahm ihr Kinn und zwang ihren Kopf hoch.

»Ich will nicht hineingehen.«

Ihre Stimme klang so kläglich, dass er sich zusammenreißen musste, um nicht zu lächeln. »Warum nicht?«

Sie zuckte die Schultern. Er drückte leicht ihr Kinn und sie wusste, dass er nicht nachlassen würde, bis sie ihm eine zufriedenstellende Antwort gegeben hatte. »Ich will einfach nicht dort sein, wo ich nicht erwünscht bin«, flüsterte sie. Sein Lächeln war voller Zärtlichkeit und sie hatte plötzlich das Bedürfnis zu weinen. Schon stiegen ihr Tränen in die Augen und sie entschuldigte sich: »Ich bin wohl vollkommen übermüdet.«

»Aber das ist nicht der Grund, warum Ihr hier draußen bleiben wollt, nicht wahr?«

»Ich habe doch schon gesagt … ich war gedemütigt!«, platzte sie heraus. »Ich weiß, ich sollte seinen Hass nicht persönlich nehmen. Alle Highlander hassen uns Engländer, und die meisten Engländer hassen die Schotten, sogar die an der Grenze … und *ich* hasse diesen ganzen unsinnigen Hass. Er ist … so dumm, Iain.«

Er nickte zustimmend. Ein Teil ihres Zorns verrauchte. Es war schwer, empört zu bleiben, wenn er nicht mir ihr stritt.

»Er hat Euch Angst gemacht?«

»Sein Zorn hat mir Angst gemacht«, gab sie zu. »Oder bin ich wieder zu empfindlich? Ich weiß nicht mehr, ich bin zu müde.«

Sie war sogar völlig erschöpft. Er hatte wohl nicht genug auf sie geachtet, sonst wären ihm die dunklen Schatten unter ihren Augen schon vorher aufgefallen. Sie hatte seine Hand bei ihrem Ausbruch ergriffen und noch nicht wieder losgelassen.

Ja, Judith sah müde, besiegt und einfach wunderschön aus.

Plötzlich richtete sie sich kerzengerade auf. »Ihr müsst jetzt hineingehen. Ich werde gerne hier draußen auf Euch warten.«

Er lächelte sie an und zog seine Hand aus der ihren. »*Ich* wäre aber glücklicher, wenn Ihr mit hineingehen würdet«, sagte er und schaute sie bittend an.

Dann ließ er keine weiteren Diskussionen mehr zu, legte ihr den Arm um die Schultern, drückte sie leicht und schob sie in Richtung Tür.

»Ihr sagtet ja schon, dass Ihr vielleicht wieder einmal zu empfindlich reagiert«, sagte er, während er sie zum Haus führte, wobei er ignorierte, dass sie sich in seinem Arm steif wie ein Brett machte. Diese Frau hatte wirklich einen sturen Charakter – eine Schwäche, die ihn aber amüsierte. Keine Frau hatte sich ihm gegenüber je so übel gelaunt gezeigt: Judith war sehr verschieden von den Frauen, die er bisher kennengelernt hatte. Alle paar Augenblicke warf sie ihm einen Blick zu und er fand ihre Reaktionen erfrischend ehrlich. Sie versuchte nicht, ihn zu beeindrucken, und es lag absolut nicht in ihrer Natur, sich vor ihm demütig zu geben. Seltsam – doch ihr ungehemmtes Benehmen machte ihn frei. Er musste vor ihr nicht den Clansherrn herauskehren. Die Tatsache, dass sie eine Fremde war, schien die Ketten der Tradition, die ihm als Führer seines Clans auferlegt waren, zu sprengen.

Iain musste sich zu der Frage zwingen, die ihn beschäftigte.

»Wann habt Ihr zum ersten Mal überreagiert?«, fragte er endlich.

»Als Ihr mich geküsst habt!«, flüsterte sie, als sie die Türschwelle erreicht hatten.

»Ich verstehe nicht«, sagte er. »In welcher Hinsicht?«

Sie konnte spüren, wie ihr die Röte ins Gesicht stieg und schüttelte den Arm von ihrer Schulter. »Ihr wart offensichtlich wütend auf mich … danach. Und das machte mich auch wütend. Es hätte mich nicht kümmern sollen«, fügte sie mit einem bekräftigenden Nicken hinzu.

Sie wartete nicht ab, bis er auf ihre ehrliche Antwort reagierte. Stattdessen eilte sie hinein, wo die ältere Frau, die sie im Schatten des Türrahmens bemerkt hatte, auf sie zukam, um sie zu begrüßen. Das Lächeln dieser Frau schien Judith aufrichtig zu sein, und als sie es erwiderte, fiel ein großer Teil der Spannung von ihr ab.

Margaret war eine hübsche Frau. Die kleinen Fältchen um ihre Augen und den Mund verminderten ihre Anziehungskraft nicht. Sie hatte wunderschöne grüne Augen, in denen goldene Sprenkel funkelten, und ihr dichtes braunes Haar, das sie im Nacken zu einem Zopf geflochten trug, war mit grauen Strähnen durchzogen. Obwohl gut einen Fuß größer als Judith, war sie alles andere als einschüchternd; sie strahlte pure Freundlichkeit aus.

»Danke, dass Ihr mich in Eurem Heim aufgenommen habt«, sagte Judith mit einem kleinen Knicks.

Margaret wischte sich die Hände an ihrer weißen Schürze ab, bevor sie den Knicks erwiderte. »Wenn Ihr am Tisch Platz nehmen mögt, werde ich das Essen fertig machen.«

Judith wollte nicht dort bei den Männern sitzen. Iain hatte sich zu ihnen gesellt, und Cameron beugte sich gerade über den Tisch, um ihm von dem goldenen Wein einzuschenken. Judiths Kehle zog sich augenblicklich zusammen. Sie atmete tief ein, um sich zu beruhigen. Ein einziger Becher Wein würde ihn doch nicht bösartig werden lassen wie Onkel Tekel … oder? Sie sagte sich selbst, dass dieser Gedanke absolut lächerlich war. Denn Iain war vollkommen anders als der Onkel. Er würde nicht grausam werden. Er nicht.

Zufällig sah Iain auf und entdeckte sofort, dass mit Judith irgendetwas nicht stimmte. Die Farbe war aus ihrem Gesicht gewichen und sie sah aus, als hätte ihr etwas einen furchtbaren Schreck eingejagt. Er wollte gerade aufstehen und zu ihr gehen, als er bemerkte, dass sie auf seinen Becher starrte. Was in Gottes Namen war in sie gefahren?

»Judith? Möchtet Ihr gerne etwas von dem …«

Sie schüttelte heftig den Kopf. »Wäre Wasser nach so einer langen Reise … nicht viel erfrischender?«, fragte sie.

Er lehnte sich zurück. Offenbar maß sie dem,

was sie tranken, verflucht viel Bedeutung bei, wobei er sich nicht im Mindesten vorstellen konnte, warum. Nun, es war nicht wichtig. Wenn diese Frau wollte, dass sie Wasser tranken, dann würden sie eben Wasser trinken.

»Ja«, stimmte er zu. »Wasser wäre gewiss erfrischender.« Erleichtert sank sie in sich zusammen.

Auch Brodick war ihr Verhalten aufgefallen. »Wir müssen früh aufstehen, Cameron«, sagte er, wobei sein Blick auf Judith geheftet blieb. »Wir trinken besser erst Wein, wenn wir zu Hause sind.«

Margaret hatte zugehört und eilte bereits mit einem Krug voll frischem Quellwasser heran. Judith brachte mehr Becher herbei. »Setzt Euch besser und ruht Euch aus«, sagte Margaret zu ihr.

»Ich würde Euch lieber helfen«, gab Judith zurück.

Margaret nickte. »Nehmt den Stuhl und setzt Euch an den Herd. Ihr könntet den Eintopf rühren, während ich das Brot schneide.«

Judith war erleichtert. Die Männer waren in ihre Unterhaltung vertieft und aus ihren finsteren Mienen schloss sie auf ein ernstes Thema. Sie wollte nicht stören, aber noch weniger wollte sie neben Cameron sitzen, neben dem sich der einzige freie Platz bot.

Also trug sie den Stuhl an den Herd und tat, was Margaret ihr gesagt hatte. Sie bemerkte wohl, dass die Frau ihr verstohlene Blicke zuwarf. Sicher wollte sie mit ihr reden, wusste offenbar aber nicht, wie ihr Mann darauf reagierte. Immer wieder schaute sie zum Tisch herüber, um zu sehen, ob jemand auf sie achtete.

»Wir haben selten Besuch«, flüsterte sie endlich.

Judith nickte, sah, wie Margaret wieder zum Tisch hinüberschielte, um sich schließlich wieder ihr zuzuwenden.

»Ich würde gerne wissen, was Ihr bei den Maitlands zu tun habt«, flüsterte sie weiter. Judith lächelte. »Meine Freundin hat einen Maitland geheiratet und bat, dass ich bei der Geburt ihres ersten Kindes dabei wäre«, antwortete sie genauso leise, wie Margaret ihre Frage gestellt hatte.

»Wie konntet Ihr Euch denn kennenlernen?«, wollte Margaret wissen.

»Auf dem Fest an der Grenze«, antwortete Judith.

Margaret nickte. »Wir haben auch solche Feste hier in den Highlands, aber sie finden im Herbst statt, nicht im Frühling.«

»Wart Ihr jemals dabei?«

»Als Isabelle noch bei uns lebte, gingen wir hin«,

sagte Margaret. »Doch seitdem hat Cameron zu viel zu tun«, fügte sie mit einem Schulterzucken hinzu. »Es war immer sehr schön.«

»Ich habe gehört, dass Isabelle mit Brodicks Bruder verheiratet ist. War die Hochzeit vor Kurzem?«

»Nein, es ist schon über vier Jahre her«, sagte Margaret, und die Trauer in ihrer Stimme war nicht zu verhehlen. Judith hörte auf, in dem Eintopf zu rühren und wich ein Stück vom Feuer zurück, um der Frau ihre volle Aufmerksamkeit zu schenken. Es war seltsam, aber obwohl sie beide praktisch Fremde waren, hatte sie das starke Bedürfnis, Margaret zu trösten. Sie schien so schrecklich einsam, und Judith verstand dieses Gefühl nur zu gut.

»Habt Ihr denn noch keine Zeit gehabt, Eure Tochter zu besuchen«, fragte sie.

»Nicht, seit sie verheiratet ist«, gab Margaret zurück. »Die Maitlands bleiben unter sich. Sie wollen keine Fremden.«

Judith konnte nicht glauben, was sie da hörte. »Aber Ihr seid doch gewiss keine Fremde«, protestierte sie.

»Isabelle gehört nun Winslow. Es wäre nicht schicklich, sie zu bitten, zu uns zu kommen. Es wäre auch nicht schicklich, zu ihr zu reisen.«

Judith schüttelte verständnislos den Kopf. Sie hatte noch nie so etwas Unsinniges gehört. »Schickt sie Euch denn wenigstens Briefe?«

»Wer sollte sie bringen?«

Eine lange Minute verstrich in Schweigen.

»Ich«, flüsterte Judith.

Margaret warf ihrem Mann einen raschen Blick zu, dann wandte sie sich wieder zu Judith. »Das würdet Ihr für mich tun?«

»Natürlich.«

»Aber es ist gewiss nicht schicklich«, gab Margaret zu bedenken.

»Aber doch«, antwortete Judith. »Und es wird auch nicht schwer sein, Margaret. Wenn Ihr eine Nachricht für Isabelle habt, so könnt Ihr sie mir mitgeben. Ich verspreche, ich werde Isabelle finden und ihr den Brief übergeben. Wenn ich nach England zurückkehre, bringe ich Euch ihre Botschaft. Vielleicht enthält sie eine Einladung«, fügte sie hinzu.

»Wir gehen hinaus, um nach den Pferden zu sehen, Frau«, sagte Cameron in diesem Moment mit seiner dröhnenden Stimme. »Wir brauchen nicht lange. Ist das Essen bald fertig?«

»Aye, Cameron«, sagte Margaret schnell. »Es wird auf dem Tisch stehen, wenn ihr zurückkommt.«

Die Männer gingen nach draußen und Cameron zog die Tür hinter sich zu. »Euer Mann klingt sehr wütend«, bemerkte Judith.

»Oh, nein, das ist er nicht«, gab Margaret hastig zurück. »Aber er ist ein wenig nervös. Es ist eine große Ehre, den Maitland-Herrn bei uns zu haben. Cameron wird damit gut ein oder zwei Monate prahlen.«

Margaret stellte die Teller auf den Tisch und holte einen weiteren Krug mit frischem Wasser. Das Brot war in große Stücke geschnitten. Judith half ihr, den Eintopf in eine große Schüssel umzufüllen und sie in die Mitte des Tisches zu stellen.

»Vielleicht könnt Ihr während des Essens Brodick nach Isabelles Befinden fragen«, schlug Judith vor.

Margaret sah sie entsetzt an. »Das wäre beleidigend«, sagte sie. »Wenn ich frage, ob sie glücklich ist, würde ich damit andeuten, dass Winslow sie *nicht* glücklich macht. Versteht Ihr denn nicht, wie kompliziert das ist?«

Judith fand es nicht kompliziert, sie hielt es für lächerlich und spürte, wie sie wieder einmal wütend wurde. Die Maitlands erschienen ihr hartherzig. Hatte denn keiner von ihnen irgendein Mitgefühl für enge Verwandte wie Mutter und Vater?

Sie konnte sich nicht vorstellen, was sie täte,

wenn man ihr sagte, sie dürfte Tante Millicent und Onkel Herbert nicht mehr sehen. Allein der Gedanke daran ließ ihre Augen feucht werden. »Wenn *Ihr* dagegen fragtet …« Margaret lächelte Judith an.

Judith nickte. »Brodick würde meinen, dass ich es nicht besser wüsste, weil ich Engländerin bin.«

»Genau.«

»Ich frage gern, Margaret«, versprach sie. »Sind alle Clans in den Highlands wie die Maitlands? Lassen sie nie einen Fremden an sich heran?«

»Die Dunbars und die Macleans schon«, antwortete Margaret. »Wenn sie nicht miteinander kämpfen, bleiben sie unter sich«, erklärte sie. »Das Dunbar-Land liegt zwischen den Maitlands und den Macleans, und Cameron hat gesagt, dass sie sich dauernd über Besitzrechte streiten. Keiner von ihnen ist bei den Festen dabei, alle anderen Clans aber kommen. Sind alle Engländer wie Ihr?«

Judith hatte Mühe, sich auf Margarets Frage zu konzentrieren. Vor allem wegen der Bemerkung Margarets, dass die Maitlands Feinde der Macleans waren.

»Mylady«, fragte Margaret und betrachtete sie besorgt, »fühlt Ihr Euch nicht gut?«

»Oh, doch, sehr gut«, antwortete Judith. »Ihr wolltet wissen, ob ich wie alle Engländer bin, nicht wahr?«

»Ja«, gab Margaret zurück und runzelte die Stirn über die plötzliche Blässe ihres Gastes.

»Ich weiß es nicht«, begann Judith nachdenklich. »Ich habe bisher ein recht abgeschirmtes Leben geführt. Margaret, wie in Himmels Namen können die Männer jemals Frauen finden, wenn sie immer unter sich bleiben?«

»Oh, das geht schon«, antwortete Margaret. »Winslow kam hierher, um eine gefleckte Stute einzutauschen. Er traf Isabelle, und sie gefiel ihm auf Anhieb. Ich war gegen die Verbindung, weil ich wusste, dass ich meine Tochter nie wiedersehen würde, aber Cameron hörte nicht auf mich. Außerdem verweigert man einem Maitland nichts, zumindest habe ich von niemandem gehört, der es versucht hat. Und Isabelle wollte ihn unbedingt heiraten.«

»Ähnelt Winslow Brodick?«

»Aye, das tut er. Er ist allerdings viel schweigsamer.«

Judith lachte laut auf. »Dann muss er schon tot sein«, bemerkte sie. »Brodick spricht praktisch nie ein Wort.«

Margaret kicherte. »Sie sind schon seltsam, die Maitlands, wirklich, aber zu ihrer Verteidigung muss ich sagen, dass Cameron nur jemanden zu den Maitlands schicken müsste, wenn er einmal angegriffen oder wirklich Hilfe brauchen würde.« Sie hielt inne.

»Vor der Hochzeit verschwanden immer wieder ein paar Schafe aus der Herde«, fuhr sie fort. »Sobald bekannt wurde, dass Isabelle einen Maitland geheiratet hatte, hörten die Diebstähle auf. Cameron hat auch mehr Ansehen gewonnen. Allerdings könnte seine Reaktion auf Euch vorhin diesen Status geändert haben.«

»Meint Ihr seine Überraschung, als er merkte, dass ich Engländerin bin?«

»Aye, er war allerdings sehr überrascht.«

Die zwei Frauen sahen sich einen Moment an und brachen plötzlich in Lachen aus, gerade als die Männer hereinkamen. Iain nickte Margaret zu und bedachte Judith mit einem finsteren Blick. Wahrscheinlich hielt er ihr Verhalten für unpassend. Dieser Gedanke brachte Judith noch mehr zum Lachen.

»Geht und setzt Euch an den Tisch«, wies Margaret sie an.

»Setzt Ihr Euch nicht zu uns?«

»Ich trage zuerst auf, dann komme ich.«

Damit hatte sie Judith eine Ausrede gegeben, sich nicht neben Cameron setzen zu müssen. Judith nahm ihren Stuhl und trug ihn zur anderen Tischseite. Dann schob sie sich zwischen Iain und Brodick.

Wenn die Krieger darüber erstaunt waren, so zeigten sie es nicht. Stattdessen rückte Brodick ein Stück beiseite, sodass sie Platz hatte.

Sie aßen schweigend. Judith wartete, bis die Männer satt waren, bevor sie nach Isabelles Wohlergehen fragte. Sie wollte es geschickt machen.

»Margaret, der Eintopf war sehr gut.«

»Danke«, sagte Margaret und errötete leicht.

Judith wandte sich an Brodick. »Seht Ihr Euren Bruder oft?«

Der Krieger sah sie an und hob dann die Schultern.

»Seht Ihr manchmal seine Frau Isabelle?«, bohrte sie.

Er hob wieder die Schultern. Sie stieß ihn unterm Tisch mit dem Fuß an. Erstaunt hob er eine Braue. »Habt Ihr mich gerade getreten?«

So weit zur Geschicklichkeit, dachte Judith. »Ja, ich habe Euch getreten.«

»Warum?«

Iain hatte diese Frage gestellt. Sie wandte sich um und schenkte ihm ein Lächeln. »Ich wollte nicht, dass Brodick wieder nur die Schultern zuckte. Ich wollte, dass er mir von Isabelle erzählt.«

»Aber Ihr kennt die Frau doch nicht einmal«, erinnerte Iain sie.

»Ich möchte aber von ihr hören«, sagte Judith.

Iain sah sie an, als hätte sie den Verstand verloren. Sie seufzte und begann, mit den Fingern auf die Tischplatte zu trommeln. »Bitte erzählt mir von Isabelle«, bat sie Brodick erneut.

Er ignorierte sie.

»Brodick, würdet Ihr bitte eine Minute mit mir hinauskommen? Ich muss Euch etwas schrecklich Wichtiges unter vier Augen sagen.«

»Nein.«

Sie konnte sich nicht zurückhalten. Wieder trat sie ihn. Dann wandte sie sich zu Iain, wobei ihr Brodicks Grinsen entging.

»Iain, bitte befehlt Brodick, mit mir hinauszugehen.«

»Nein.«

Sie trommelte weiter auf der Tischplatte herum, während sie ihren nächsten Schachzug überlegte.

»Also gut«, verkündete sie. »Dann muss ich Brodick eben morgen auf unserer Weiterreise fragen. Ich reite mit Euch«, fügte sie mit einem unschuldigen Lächeln hinzu. »Wahrscheinlich werde ich von Sonnenaufgang bis Einbruch der Nacht reden, also solltet Ihr Euch heute Nacht wirklich gut ausruhen.«

Die Drohung wirkte augenblicklich. Brodick wuchtete sich vom Tisch hoch und stand auf. Sein

Blick ließ alle am Tisch erkennen, wie wütend er war.

Judith war nicht wütend. Sie war fuchsteufelswild. Bei Gott, sie konnte es kaum erwarten, diesen gefühllosen Klotz nach draußen zu begleiten. Sie zwang sich zu einem Lächeln, knickste vor ihrem Gastgeber und ging dann hinaus, wobei sie die Tür fest hinter sich zuzog.

In ihrem brennenden Wunsch, sich den Krieger vorzunehmen, vergaß sie die Fenster an beiden Seiten des Hauses. Margaret und Gowrie saßen mit dem Rücken zur Tür, aber Iain und Alex hatten freie Sicht auf das grüne Land außerhalb des Hauses.

Überflüssig zu sagen, dass alle vor Neugier fast barsten. Gowrie drehte sich halb auf seinem Stuhl um, damit auch er sehen konnte, was vor sich ging.

Iain beobachtete Brodick genau. Der Krieger stand breitbeinig, mit auf dem Rücken verschränkten Händen und mit dem Gesicht zum Fenster. Er versuchte nicht, seinen Zorn vor Judith zu verhehlen. Brodick war jähzornig, und obwohl Iain wusste, dass er ihr niemals ein Haar krümmen würde, konnte er sie doch mit ein paar grausamen Bemerkungen verletzen.

Iain hielt sich bereit, einzugreifen. Das Letzte,

was er heute Nacht gebrauchen konnte, war eine heulende und zeternde Frau, und Brodicks Einschüchterungstaktiken waren mindestens so gut wie die seinen.

Plötzlich erschien unwillkürlich ein Lächeln auf seinem Gesicht. Iain konnte nicht glauben, was er da sah. Alex ging es nicht besser. »Seht euch das an«, flüsterte er.

»Ich seh's«, verkündete Gowrie. »Aber ich glaub's nicht. Ist das *unser* Brodick, der da den Rückzug antritt?« Er grunzte vor Vergnügen. »So einen Gesichtsausdruck hab ich noch nie auf seinem Gesicht gesehen. Was glaubt ihr, was sie zu ihm sagt?«

Sie macht ihm die Hölle heiß, dachte Iain. Judith hatte ihre Hände in die Hüften gestemmt und bewegte sich auf den Krieger zu. Brodick wich buchstäblich vor ihr zurück. Er wirkte verblüfft.

Ihre Worte wurden vom Wind davongetragen, aber Iain war sich sicher, dass sie nicht flüsterte. Nay, sie brüllte wahrhaftig, und gelegentlich zuckte Brodick richtiggehend zusammen.

Iain warf Margaret einen Blick zu. Sie hatte die Hand auf den Mund gepresst, und als sie merkte, dass er sie beobachtete, senkte sie hastig ihren Blick. Doch sie war nicht schnell genug. Er hatte die Sorge in ihren Augen gesehen und wusste, dass sie irgendwie etwas damit zu tun hatte.

Die Tür ging auf.

Judith rang sich ein Lächeln ab und eilte zum Tisch zurück. Sie setzte sich, faltete die Hände im Schoß und stieß einen Seufzer aus. Brodick kam mit einigem Abstand nach, und als er schließlich wieder Platz genommen hatte, wandten sich die Krieger ihm zu. Judith nickte Margaret heimlich zu und machte eine Geste. Iain hatte es bemerkt, und seine Neugier wurde nur noch mehr angestachelt.

Brodick räusperte sich. »Isabelle und Winslow haben fast so eine große Hütte wie diese hier«, murmelte er.

»Nun, wie schön zu hören«, gab Cameron zurück.

Brodick nickte. Er schien sich absolut nicht in seiner Haut wohl zu fühlen. »Sie kann jetzt jeden Tag ihr Baby bekommen.«

Margaret seufzte glücklich. Ihre Augen füllten sich mit Tränen. Sie langte über den Tisch und ergriff die Hand ihres Mannes. »Wir werden ein Enkelkind haben«, flüsterte sie.

Cameron nickte. Judith bemerkte, dass auch seine Augen sich verschleierten. Verlegen sah er auf seinen Becher hinab.

Nun verstand Iain, was Judith getan hatte. Sie hatte einen Streit vom Zaun gebrochen, sich selbst gedemütigt, und alles nur, weil sie Margaret helfen wollte, Informationen über ihre Tochter zu bekommen. Judith hatte wirklich ein edles Herz. Es wäre ihm nie in den Sinn gekommen, dass die Eltern gerne etwas über ihre Tochter erfahren hätten, aber eine Fremde hatte es erkannt und war zur Hilfe geeilt.

»Gibt es irgendetwas Bestimmtes, was du über deine Tochter wissen möchtest?«, fragte Brodick.

Margaret hatte nicht nur eine Frage, sie hatte Hunderte. Auch Alex und Gowrie gaben einige Antworten.

Judith war höchst zufrieden. Ja, es machte sie wütend, dass Brodick nur erzählte, weil sie ihm gedroht hatte, mit ihm zu reiten. Offensichtlich war der Gedanke, sie berühren zu müssen, abschreckender als eine Unterhaltung über die Familie. Aber was bedeuteten schon ihre Gefühle? Das Glück in Margarets Augen war genug Entschädigung für Brodicks Abscheu.

In der Hütte war es herrlich warm. Judith versuchte, der Unterhaltung zu folgen, aber sie war zu erschöpft, um sich richtig konzentrieren zu können. Sie sah, wie Cameron Brodicks Becher neu füllen wollte, aber der Krug war leer.

Judith stellte den Stuhl, auf dem sie gesessen hatte, zurück an den Herd und brachte einen vollen Krug Wasser mit. Cameron nickte ihr als Dank zu.

Gott, sie war so müde. Die Männer hatten den Platz, den sie besetzt hatte, wieder belegt, aber ihr Rücken schmerzte sie ohnehin zu sehr, um sich dort wieder niederzulassen. Sie ging zum Hocker am Herd, setzte sich, lehnte sich gegen die kühle Mauer, schloss ihre Augen und war eine Minute später fest eingeschlafen.

Iain konnte seinen Blick einfach nicht von ihr abwenden. Sie war so schön und ihr Gesicht wirkte wie das eines Engels. Er starrte sie lange an, bis er bemerkte, dass sie auf ihrem Hocker zusammensackte.

Er nickte Brodick zu, mit seiner Erzählung fortzufahren, stand auf und schlenderte zu Judith hinüber. Wie unabsichtlich lehnte er sich entspannt an die Wand, verschränkte die Arme vor der Brust und lauschte weiter Brodicks Bericht über Isabelle und Winslow. Margaret und Cameron hingen an seinen Lippen, und beide lächelten, als Brodick erwähnte, wie gutherzig und edelmütig ihre Tochter sei.

In diesem Moment verlor Judith das Gleichgewicht. Sie wäre nach vorne gefallen, wäre Iain nicht mit einem Schritt bei ihr gewesen. Er setzte sich auf die Ofenbank und zog ihren Kopf zu sich. Ihre Wange ruhte nun auf seinem Oberschenkel.

Eine gute Stunde verstrich, bevor Iain die Unterhaltung unterbrach. »Wir werden beim ersten Tageslicht aufbrechen, Cameron. Und wir haben noch zwei volle Tage vor uns, bis wir zu Hause sind.«

»Eure Frau kann unser Bett haben«, schlug Cameron vor. Er hatte laut gesprochen, aber als er sah, dass Judith schlief, senkte er die Stimme zu einem Flüstern.

»Sie schläft draußen bei uns«, entgegnete Iain. Um sein ›Nein‹ abzuschwächen, fügte er hinzu: »Sie würde nicht wollen, dass Ihr auf Euer Bett verzichtet.«

Weder Margaret und Cameron widersprachen der Entscheidung des Clansherrn. Iain beugte sich hinab, hob Judith in seine Arme und richtete sich auf.

»Das Weib schläft immer wie tot«, bemerkte Alex grinsend. »Möchtet Ihr noch zusätzliche Decken haben? Der Wind ist eisig geworden«, warnte Margaret.

Gowrie öffnete Iain die Tür. »Wir haben alles, was wir brauchen«, sagte er.

Iain trug Judith durch die Tür und hielt draußen plötzlich inne. Er drehte sich um und sagte: »Danke für das Essen, Margaret. Es war sehr gut.«

In seinen Ohren klang das Kompliment eher kläglich, aber Margaret sah erfreut aus. Lebhafte Röte stieg ihr ins Gesicht. Auch Cameron benahm sich, als hätte das Kompliment ihm gegolten und warf sich in die Brust.

Iain ging auf die Bäume zu, die dem Stall gegenüber standen. Das Blattwerk würde sie vor dem Wind schützen. Und vor anderen Blicken! Er hielt Judith auf dem Arm, während Alex ihr einen kleinen Unterschlupf baute. Dann kniete Iain nieder und legte Judith auf das Plaid, das Gowrie unter ein Dach aus Fellen gebreitet hatte.

»Ich habe dem Weib versprochen, dass es heute Nacht ein warmes Bett in der Hütte haben wird«, sagte Alex.

Iain schüttelte den Kopf. »Sie bleibt bei uns«, verkündete er. Niemand widersprach. Als Iain Judith mit einem zweiten Plaid zudeckte, gingen die Männer fort.

Unterdessen hatte Judith nicht einmal die Augen aufgeschlagen. Mit dem Handrücken strich er ihr über die Wange.

»Was soll ich bloß mit dir machen?«, flüsterte er.

Er hatte keine Antwort erwartet und bekam auch keine. Judith kuschelte sich in die Decken und stöhnte leise.

Er wollte sie nicht verlassen. Endlich zwang er

sich aufzustehen und nahm eins von den Plaids, die Alex ihm auf seinem Weg zum nächsten Baum hinhielt. Er setzte sich nieder, lehnte sich an den Stamm und schloss die Augen.

Mitten in der Nacht weckte ihn ein seltsames Geräusch. Auch die anderen Männer waren aufgewacht. »Was in Gottes Namen ist das für ein Lärm?«, murmelte Brodick.

Es war Judith, die es verursachte. Sie war hellwach – und sie fühlte sich hundeelend. Da sie entsetzlich fror, konnte sie nicht aufhören zu zittern. Ihre Zähne klapperten heftig, und von dem Geräusch waren die Krieger geweckt worden.

»Ich wollte Euch nicht wach machen, Brodick«, rief Judith mit bebender Stimme. »Mir war nur so kalt!«

»Euch ist wirklich kalt, Weib?«, fragte Alex vollkommen erstaunt.

»Sehr, oh wie sehr«, antwortete Judith.

»Kommt her«, befahl Iain ziemlich barsch.

»Nein«, sagte sie im gleichen Tonfall.

Er lächelte in der Dunkelheit. »Dann komme ich eben zu Euch.«

»Ihr haltet Euch von mir fern, Iain Maitland«, sagte sie bestimmt. »Und wenn Ihr mir befehlen wollt, mein Zittern einzustellen, dann warne ich Euch – es wird nicht klappen!«

Er stand auf und kam zu ihr herüber. Zuerst sah sie nur die Spitzen seiner Stiefel, bis er die Felle zur Seite schob. In Sekunden hatte er ihr Zelt zerstört.

»Das hilft bestimmt«, murmelte sie. Sie setzte sich auf, um ihn anzusehen.

Iain schob sie zurück und streckte sich neben ihr aus. Er lag auf der Seite und gab ihr die Wärme seines Rückens.

Plötzlich erschien Brodick auf ihrer anderen Seite. Er legte sich auf die Seite mit dem Rücken zu ihr, und Judith rückte unwillkürlich näher zu Iain. Brodick rutschte nach, bis sein Rücken sich gegen den ihren presste.

Nun wurde ihr wirklich warm. Die Hitze, die die beiden Krieger ausstrahlten, war erstaunlich. Es fühlte sich wunderbar an. »Sie ist kalt wie ein Eisblock«, bemerkte Brodick.

Judith begann zu lachen. Und sowohl Brodick als auch Iain lächelten.

»Brodick?«

»Was ist?«

Schon hörte er sich wieder grimmig an. Aber Judith ließ sich davon nicht einschüchtern. Sie wusste ihn langsam zu nehmen und begriff, dass unter seiner zur Schau getragenen Knurrigkeit ein freundliches Herz steckte. »Danke.«

»Wofür?«

»Weil Ihr von Isabelle erzählt habt!«

Der Krieger grunzte, und sie musste wieder lachen. »Judith?« Die Stimme des Clansherrn war etwas mürrisch.

Sie kuschelte sich enger an ihn. »Ja, Iain?«

»Hört auf zu tratschen und schlaft!«

Sie gehorchte widerspruchslos und war sofort eingeschlafen.

Einige Zeit verstrich, bevor Brodick zu flüstern begann. Er wollte sicher sein, dass Judith fest schlief und nichts mitbekam. »Jedes Mal, wenn man ihr die Wahl lässt, kommt sie zu dir.«

»Was meinst du damit?«

»Sie schmiegt sich an deinen Rücken, nicht an meinen. Außerdem reitet sie am liebsten mit dir. Hast du nicht den Ausdruck auf ihrem Gesicht gesehen, als du sie heute auf Alex' Pferd setztest? Sie sah verdammt unglücklich aus.«

Iain lächelte. »Ich hab's bemerkt«, gab er zu. »Aber das tut sie nur, weil ich Patricks Bruder bin.«

»Da steckt verflucht mehr dahinter.«

Iain erwiderte nichts.

Wieder verging einige Zeit, dann sprach Brodick erneut. »Lass es mich wissen.«

»Dich was wissen lassen?«

»Ob du sie haben willst oder nicht.«
»Und wenn nicht?«
»Dann will ich sie.«

Kapitel 5

Sie brauchten noch zwei Tage, bis sie den Maitland-Besitz erreichten. Die letzte Nacht verbrachten sie in einem wunderschönen Wald namens Glennden Falls. Die Eichen, Birken und Kiefern standen so dicht an dicht, dass die Pferde kaum durchkamen. Ein fast weißer Nebel, der streckenweise in Hüfthöhe waberte, gab der grünen fruchtbaren Gegend den magischen Hauch eines Paradieses.

Judith kam sich wie verzaubert vor. Sie lief durch den Nebel, bis er sie vollkommen einhüllte. Iain beobachtete sie, und als sie sich umwandte, fing sie seinen Blick auf. Mit leiser, ehrfurchtsvoller Stimme erklärte sie ihm, dass dies gewiss der schönste Ort auf Erden sein müsse. »So stelle ich mir den Himmel vor, Iain!«

Er schien überrascht, schaute sich um und antwortete dann in seiner arroganten Art: »Vielleicht.«

Der Krieger hatte sich offenbar noch niemals

die Zeit genommen, die Schönheit, die ihn umgab, wahrzunehmen. Als sie ihm das sagte, musterte er sie mit einem durchdringenden Blick von oben bis unten, trat zu ihr und berührte sanft ihre Wange. »Ich habe es sehr wohl schon bemerkt«, sagte er.

Sie spürte, wie sie rot wurde. Er meinte sie! Fand er sie wirklich schön? Sie traute sich nicht, ihn danach zu fragen. Da brachte er sie auf andere Gedanken, indem er ihr versprach, sie könne sich nun richtig baden.

Judith war aufgeregt. Das Wasser, das die kleine Böschung herabrauschte, war eisig, aber sie war zu glücklich, sich endlich wieder ganz und gar zu waschen, dass sie sich nicht um die Kälte scherte. Sie wusch sogar ihr Haar, das sie nun nass flechten musste, aber auch das kümmerte sie nicht.

So gut wie möglich wollte sie aussehen, wenn sie ihre Freundin wiedersah. Judith spürte eine leichte Unruhe, als sie an Frances Catherine dachte. Fast vier Jahre hatten sie sich nicht mehr gesehen. Ob Frances Catherine sich verändert hatte? Und waren sie beide im Herzen Freundinnen geblieben?

Judith gestattete sich nicht, allzu lange über ihr erstes Treffen nachzudenken. Tief innen wusste sie, dass alles gut gehen würde. Sobald sie ihre dumme Sorge verdrängt hatte, wuchs ihre Aufregung, und als sie mit dem Essen fertig waren, umkreiste sie buchstäblich das Feuer.

»Wusstet Ihr, dass Camerons Frau die ganze Nacht für uns gekocht hat?«, sagte sie zu niemandem Bestimmten gewandt.

»Sie wollte Isabelle ihre Lieblingskekse schicken, aber sie hat genug für uns mitgebacken.«

Alex, Gowrie und Brodick saßen um das Feuer herum. Iain lehnte an einer dicken Birke und beobachtete sie. Keiner erwiderte etwas auf ihre Bemerkung.

Judith ließ sich nicht beirren. Nichts konnte ihre Begeisterung dämpfen. »Warum haben wir heute denn ein Feuer?«, fragte sie. »Bisher haben wir nie eins angezündet!«

Gowrie antwortete. »Wir sind jetzt auf Maitland-Gebiet. Das waren wir vorher nicht«, erklärte er.

Sie schnappte überrascht nach Luft. »Dieses Wunderland gehört Euch?«

Alex und Gowrie grinsten. Brodick runzelte die Stirn.

»Wollt Ihr endlich aufhören, hin- und herzurennen, Frau? Wenn man Euch zusieht, bekommt man Kopfschmerzen!«

Sie warf ihm ein Lächeln zu und schlenderte dann hinter ihn.

»Dann seht nicht zu«, schlug sie ihm vor.

»Warum tut Ihr es überhaupt?«, wollte Iain wissen.

»Ich bin zu gespannt auf morgen, um still sitzen zu können. Ich habe Frances Catherine vier Jahre nicht mehr gesehen und es gibt so viel zu erzählen. Ich wette, ich kann heute Nacht kein Auge zumachen.«

Iain wettete heimlich, dass sie es doch tat. Er gewann die Wette. Judith war fest eingeschlafen, kaum dass sie die Augen geschlossen hatte.

Der Morgen kam, und sie ließ sich nicht zur Eile drängen. Sie sagte ihnen, dass sie sich diesmal ein wenig mehr Zeit nehmen würde, und als sie zum Lager zurückkehrte, wo die Krieger bereits ungeduldig in ihren Sätteln warteten, sah sie bezaubernd aus. Sie hatte ein leuchtend blaues Kleid gewählt, das die Farbe ihrer Augen unterstrich. Das Haar trug sie offen, und dicke Locken fielen ihr von den Schultern herab, als sie sich bewegte.

Etwas zog sich in Iains Brust zusammen. Er konnte seinen Blick einfach nicht von ihr wenden, und dieser Mangel an Disziplin entsetzte ihn. Er schüttelte den Kopf über sein lächerliches Verhalten und betrachtete grimmig die Frau, die ihn so verwirrte.

Judith war auf der Lichtung angekommen und

hielt inne. Iain verstand zunächst nicht, warum sie zögerte, bis er sah, dass seine Männer ihr alle die Hand hinhielten. Jeder lud sie ein.

»Sie reitet mit mir!«

Seine Stimme ließ keinen Widerspruch zu und Judith fürchtete, dass er verärgert war, weil sie so lange gebraucht hatte, um sich zurechtzumachen.

Langsam ging sie zu ihm herüber. »Ich *habe* Euch gesagt, dass es heute etwas länger dauern würde. Ihr habt also keinen Grund, so böse zu gucken.«

Er stieß einen Seufzer aus. »Es schickt sich nicht für eine Dame, in so einem Ton mit mir zu reden«, wies er sie zurecht.

Sie riss die Augen auf. »Was für ein Ton?«

»Den Befehlston!«

»Ich habe nichts befohlen.«

»Außerdem solltet Ihr auch nicht mit mir streiten.«

Sie machte keinen Hehl aus ihrer Verzweiflung. Sie stemmte die Hände in die Hüften und sagte: »Iain, ich weiß ja, dass Ihr als Clansherr gewohnt seid, die Leute herumzukommandieren, aber …«

Sie konnte den Satz nicht mehr zu Ende sprechen. Er beugte sich herab, packte sie um die Taille und hob sie auf seinen Schoß. Judith stieß ein Quieken aus. Er hatte ihr nicht weh getan, aber die erstaunliche Schnelligkeit seiner Bewegung hatte sie vollkommen überrumpelt.

»Ihr und ich werden irgendwie zu einer Einigung kommen müssen«, sagte er mit harter Stimme, die keinen Widerspruch zuließ.

Er wandte sich an seine Kumpanen. »Reitet vor«, befahl er. »Wir holen euch ein.«

Während er wartete, bis seine Männer sich entfernt hatten, wand sich Judith auf seinem Schoß, um ihn ansehen zu können. Er packte sie jedoch nur fester um die Taille – ein stiller Befehl, zu bleiben, wo sie war.

Sie sah zu ihm hoch. Er hatte sich heute Morgen nicht rasiert und sah etwas zerzaust und sehr, sehr männlich aus.

Plötzlich wandte er ihr seine volle Aufmerksamkeit zu. Eine lange Minute starrten sie sich gegenseitig an. Er überlegte, wie in Gottes Namen er sie in Ruhe lassen sollte, wenn sie einmal zu Hause waren. Sie fragte sich, wie ein solcher Mann ein so fein geschnittenes, makelloses Profil haben konnte. Sie sah auf seinen Mund und hielt den Atem an. Der Himmel mochte ihr helfen, sie *wollte,* dass er sie küsste.

Und er wollte sie küssen. Tief holte er Atem, um seine Gedanken in den Griff zu bekommen. »Judith, die gegenseitige Anziehungskraft, die wir verspüren, kommt wahrscheinlich daher, dass wir nun schon über eine Woche gezwungen waren, die Gegenwart des anderen zu ertragen. Diese Nähe …«

Seine Wortwahl brachte sie auf: »Ihr findet also, Ihr wart *gezwungen,* meine Gegenwart zu *ertragen?«*

Er ignorierte die Unterbrechung. »Wenn wir den Maitland-Besitz erreichen, wird sich alles ändern. Dort gibt es eine besondere Befehlskette, und jedes Mitglied des Maitland-Clans hält sich an dieselben Regeln.«

»Warum?«

»Damit es kein heilloses Durcheinander gibt.«

Er wartete, bis sie nickte, bevor er fortfuhr, und musste sich zwingen, nicht auf ihren süßen Mund zu sehen.

»Die Regeln, denen wir alle gehorchen, wurden für diese Reise außer Kraft gesetzt, weil es nicht anders ging. Aber wenn wir erst mal unser Ziel erreicht haben, können wir nicht mehr so locker miteinander umgehen.«

Er hielt erneut inne. Sie nahm an, dass er auf ihre Zustimmung wartete, und nickte pflichtgetreu. Er wirkte erleichtert, bis sie fragte: »Und warum das?«

Er seufzte. »Weil ich der Clansherr bin.«

»Das weiß ich bereits«, gab sie zurück. »Und ich bin sicher, Ihr macht es auch gut. Dennoch begreife ich nicht, was Ihr mir sagen wollt. Ich hatte doch schon erwähnt, dass ich keines von Euren Clansmitgliedern bin.«

»Und ich hatte schon erklärt, dass Ihr als Gast auf meinem Land den Regeln zu gehorchen habt wie alle anderen auch.«

Sie tätschelte seinen Arm. »Ihr habt immer noch Angst, dass ich Unruhe stiften werde, nicht wahr?«

Am liebsten hätte er sie gewürgt.

»Ich werde mich bestimmt bemühen, mit allen gut auszukommen«, flüsterte sie. »Ich will keinen Ärger machen.«

Er lächelte. »Da bin ich nicht sicher, ob das möglich ist. Sobald die anderen begreifen, dass Ihr Engländerin seid, werden Sie gegen Euch eingenommen sein.«

»Aber das ist nicht fair!«

Er war nicht in der Stimmung, mit ihr zu diskutieren. »Fairness hat damit nichts zu tun, ich möchte Euch nur vorwarnen. Wenn die Leute ihre anfängliche Überraschung verdaut haben …«

»Soll das heißen, keiner weiß, dass ich komme?«

»Unterbrecht mich nicht, wenn ich mit Euch rede«, befahl er.

Sie tätschelte wieder seinen Arm. »Verzeiht mir«, flüsterte sie. Sie klang nicht im Mindesten reumütig. Wieder seufzte er.

»Patrick, Frances Catherine und die Ratsmitglieder wissen von Eurem Kommen. Die anderen werden es bei Eurer Ankunft erfahren. Judith, ich will nicht, dass Ihr einen … schwierigen Einstieg habt.«

Er schien ernsthaft besorgt um sie zu sein und dies durch seine Barschheit überspielen zu wollen. »Ihr seid ein guter Mensch«, sagte sie darum mit vor Rührung heiserer Stimme.

Er reagierte, als hätte sie ihn beleidigt. »Zur Hölle damit.«

Sie würde diesen Mann wirklich nie verstehen! Judith strich ihr Haar zurück, stieß einen Seufzer aus und fragte: »Weshalb seid Ihr nun wirklich besorgt? Glaubt Ihr, man könnte mich für minderwertig halten?«

»Anfangs vielleicht«, begann er. »Aber wenn sie erst …«

Sie unterbrach ihn wieder. »Das macht mir nichts. Meine Gefühle sind nicht so leicht zu verletzen. Ich kenne das von früher, bitte hört auf, Euch um mich Sorgen zu machen.«

Er schüttelte den Kopf. »Aye, man wird Eure Gefühle verletzen«, erwiderte er und dachte an ihren Gesichtsausdruck, als seine Männer sich am ersten Abend nicht gleich zu ihr gesellen wollten. Er hielt inne, versuchte sich zu erinnern, was er hatte sagen wollen, und platzte dann plötzlich heraus: »Wer, zum Teufel, glaubte denn früher, Ihr wäret minderwertig?«

»Meine Mutter«, antwortete sie, bevor sie sich's versah. »Ich möchte jetzt aber nicht über meine Familie reden«, fügte sie hinzu. »Sollten wir nicht besser losreiten?«

»Judith, ich will nur, dass Ihr eins wisst: Solltet Ihr jemals in ernsthafte Schwierigkeiten kommen, sagt es Patrick. Er wird mich finden.«

»Warum kann ich es nicht einfach Euch sagen? Warum muss ich Frances Catherines Mann vorschieben?«

»Die Befehlskette ...« Ihr plötzliches Lächeln unterbrach ihn mitten im Satz. »Was ist?«

Sie hob die Schultern. »Ich freue mich, dass Ihr Euch um mein Befinden sorgt.«

»Was ich Euch gegenüber fühle, hat nichts hiermit zu tun«, sagte er scharf. Er hatte seiner Stimme absichtlich Härte verliehen, damit sie verstand, wie wichtig es war, was er ihr zu sagen hatte. Verdammt, er wollte sie schützen. Wenn Patrick recht hatte, waren Frauen schrecklich empfindlich, und er wollte nicht, dass Judith verletzt wurde. Er wollte, dass ihr Besuch so friedlich wie möglich verlief, und er wusste auch, dass die Ratsmitglieder ihr das Leben unerträglich machen würden, wenn sie sich nicht auf schickliche Art und Weise benahm. Jede ihrer Bewegungen würde genau beobachtet werden. Judith hatte vollkommen recht: Eine vorgefertigte Abneigung war nicht fair. Aber wie naiv, so denken zu wollen. Iain war realistisch genug, um zu wissen, dass Fairness keine Rolle spielte. Es ging ums Überleben. Und wenn er sie einschüchtern musste, damit sie ihre delikate Position begriff, dann, bei Gott, würde er sie eben einschüchtern.

»Ihr schreckt mich wirklich nicht mit Eurem finsteren Blick, Iain. Ich habe nichts Falsches getan.«

Er schloss ergeben die Augen. Man konnte sie einfach nicht kleinkriegen. Gott, am liebsten hätte er laut gelacht. »Mit Euch zu reden ist wirklich mühsam«, bemerkte er.

»Weil ich eine Fremde bin oder weil ich eine Frau bin?«

»Beides, denke ich«, antwortete er. »Ich habe noch nicht mit so vielen Frauen gesprochen.«

Sie riss staunend die Augen auf. »Warum nicht?«

Er hob die Schultern. »Es war nicht nötig«, erklärte er.

Sie konnte nicht glauben, was er da sagte. »Ihr redet, als sei das Schwerstarbeit!«

Er grinste. »Das ist es.«

Ob das eine Beleidigung sein sollte? Aber es kümmerte sie nicht, denn ein Lächeln milderte seine Bemerkung.

»Gibt es bei Euch keine Frauen, mit denen Ihr gern redet?«

»Das ist im Moment nicht die Frage«, sagte er knapp.

Er wollte gerade wieder auf das ursprüngliche Thema zurückkommen, als sie ihm die Aufgabe abnahm. »Ich weiß, ich weiß«, murmelte sie. »Obwohl Eure Gesetze eigentlich nichts mit mir zu tun haben, verspreche ich, mich anzupassen, solange ich bei Euch bin. So, seid Ihr nun beruhigt?«

»Judith, ich verbitte mir jede Anmaßung.«

Seine Stimme hatte sanft geklungen, ohne einen Hauch von Zorn. Er hatte nur eine Tatsache festgestellt, und sie reagierte auf die gleiche Art. »Ich war nicht anmaßend«, sagte sie. »Zumindest nicht absichtlich.«

Sie meinte es ehrlich und er nickte zufrieden. Dann setzte er noch mal an. »Solange Ihr auf *meinem* Land seid, werdet Ihr *meinen* Anweisungen folgen, denn ich bin letztlich für Euch verantwortlich. Versteht Ihr das jetzt?«

»Ich verstehe, dass Ihr entsetzlich besitzergreifend seid«, gab sie zurück. »Und bei Gott, ich bin dieser Unterhaltung müde!«

Sein wilder Blick verriet ihr, dass ihn das überhaupt nicht interessierte. Sie versuchte, das Thema zu wechseln. »Iain, Ihr habt nicht oft Besuch, nicht wahr?«

Wollte die Frau ihn absichtlich ärgern? Nein, das konnte er sich nicht vorstellen. »Sehr wenig Fremde dürfen unser Land betreten«, erwiderte er etwas schwülstig.

»Und warum?«

Ihm fiel keine Antwort darauf ein. Tatsächlich hatte er keine Ahnung, warum es so war. Er hatte niemals darüber nachgedacht. »So ist es eben schon immer gewesen«, bemerkte er lahm.

»Iain?«

»Ja?«

»Warum habt Ihr mich geküsst?«

Dieser abrupte Themenwechsel verlangte seine volle Aufmerksamkeit. »Verflucht will ich sein, wenn ich das wüsste.« Ein Hauch Röte überzog ihre Wangen. »Wäret Ihr auch verflucht, wenn Ihr noch mal nachdenken müsstet?« Sein verwirrter Blick sagte ihr, dass er nicht begriff. Sie unterdrückte ihr Schamgefühl. Wahrscheinlich würde dies das letzte Mal sein, dass sie allein waren, und sie war entschlossen, diesen letzten Moment auszunutzen. Sie streckte die Hand aus und berührte seine Wange. »Was tut Ihr?« Er hielt ihre Hand fest, schob sie aber nicht weg.

»Ich berühre Euch.« Sie hatte unbekümmert klingen wollen, wusste aber, dass ihr das nicht gelungen war. Sein brennender Blick ließ ihr Herz klopfen. »Ich wollte wissen, wie sich Eure Bartstoppeln anfühlen.« Sie lächelte ihn an. »Jetzt weiß ich es.« Sie nahm ihre Hand fort und legte sie in ihren Schoß. »Sie kitzeln.«

Sie fühlte sich wie eine Närrin, und Iain erwiderte nichts, was ihre Verlegenheit hätte abschwächen können. Ihre Dreistigkeit hatte ihn wohl vollkommen verblüfft. Wahrscheinlich hielt er sie nun für eine schamlose Dirne ohne Moral. Nun, so hatte sie sich auch benommen. Was war bloß in sie gefahren? Sonst war sie doch nicht so keck!

Immer wieder strich sie über seinen Oberarm, während sie über ihr eigenes Verhalten nachgrübelte. Sie bemerkte nicht einmal, dass sie ihn liebkoste. Er dagegen schon. Die zärtliche Berührung trieb ihn fast zum Wahnsinn.

Sie starrte auf sein Kinn, als sie endlich ihre Entschuldigung vorbrachte: »Normalerweise bin ich nicht so neugierig oder so forsch.«

»Kaum zu glauben.«

Sie war über diese Antwort so verdutzt, dass sie ihn direkt ansah. Seine Augen funkelten vor Vergnügen. Wollte er sich über sie lustig machen?

Iain sah, dass er sie verletzt hatte. Um das gutzumachen, strichen nun *seine* Finger über ihre Wange. Ihre Reaktion erfreute ihn. Sie lehnte sich an ihn und presste sich wie ein Kätzchen, das mehr bekommen will, sanft gegen seine liebkosende Hand.

»Ich muss immer daran denken, wie Ihr mich geküsst habt, Iain, aber ich wünschte mir, Ihr würdet es noch einmal tun. Ich weiß, das ist schamlos, aber ich habe bisher ganz zurückgezogen gelebt …«

Sein Mund erstickte ihre Erklärung. Sein Kuss war sanft, ohne zu fordern, bis sie die Arme um seinen Hals schlang. Er konnte sich nicht mehr beherrschen, und der Kuss wurde hitzig und verlangend, leidenschaftlich und wundervoll erregend. Sie schmolz in seinen Armen dahin. Alles an ihm liebte sie: seinen Geschmack, das Gefühl seiner Zunge, die sich um die ihre schlang, die Art, wie seine Lippen ihren Mund immer wieder in Besitz nahmen. Sie liebte das tiefe Grollen, das aus seiner Kehle emporstieg und die raue Zärtlichkeit seiner Umarmung.

Doch sie hasste den Blick, den er ihr nun zuwarf, als er sie von sich schob. Es war der gleiche Ausdruck wie vor einigen Tagen, als er sie zum ersten Mal geküsst hatte. Iain war wütend, dass er sie berührt hatte, vielleicht sogar angewidert.

Diese Miene wollte sie nicht an ihm sehen. Sie schloss ihre Augen und ließ sich gegen ihn fallen. Ihr Herz hämmerte und sie konnte hören, dass auch sein Herz laut in seiner Brust klopfte. Der Kuss hatte ihn erregt, vielleicht so sehr wie sie. War er deswegen zornig? Offenbar *wollte* er keinen Gefallen daran finden.

Der Gedanke machte sie traurig und verlegen. Plötzlich brauchte sie Abstand zu ihm. Sie drehte sich in seinem Schoß um, bis ihr Rücken an seiner Brust ruhte. Dann versuchte sie, hinunterzurutschen, aber er ließ es nicht zu. Er packte sie an den Hüften und zog sie wieder grob an sich. »Hör auf, dich so zu bewegen!« Seine Stimme klang harsch und wütend.

Hatte sie ihm wehgetan? »Es tut mir leid«, antwortete sie. Sie hielt ihren Blick gesenkt. »Ich hätte dich nicht bitten dürfen, mich zu küssen. Ich tu's nie wieder.«

»Nicht?«

Nun hörte er sich an, als würde er sich das Lachen verkneifen. Sie versteifte sich sofort, und Iain hatte das Gefühl, plötzlich einen Eisblock in den

Armen zu halten. »Judith, sag mir, was los ist«, flüsterte er mit rauer Stimme.

Vielleicht hätte sie es ihm erklären können, wenn er sich nicht zu ihr herabgebeugt und sein Kinn über ihr Gesicht gerieben hätte. Wohlige Schauer liefen ihr den Rücken hinunter. O Himmel, sie verabscheute sich selbst. Warum konnte sie bloß ihre Gefühle nicht beherrschen?

»Antworte mir.«

»Ich weiß, dass wir keine gemeinsame Zukunft haben«, begann sie schließlich. Ihre Stimme zitterte. »Ich bin keine Vollidiotin, obwohl ich mich wie eine benehme. Meine einzige Entschuldigung ist, dass ich mich bisher aus eben diesem Grund sicher gefühlt habe.« Ihre Erklärung war unverständlich, das wusste sie. Verzweifelt rang sie die Hände.

»Erklär mir ›eben diesen Grund‹«, verlangte er.

»Eben der Grund, weil du Schotte bist und ich nicht«, antwortete sie. »Jetzt fühle ich mich nicht mehr sicher!«

»Du fühlst dich bei mir nicht sicher?« Er klang entsetzt.

»Du verstehst nicht«, flüsterte sie. Sie schaute zu Boden, sodass er ihre Verlegenheit nicht sehen konnte. »Ich glaubte, ich könnte dich ohne Sorge anziehend finden, weil du Clansherr bist und ich

Engländerin. Doch nun merke ich, wie riskant es ist. Du kannst mir das Herz brechen, Iain Maitland, wenn ich es zuließe. Bitte, versprich mir, dass du dich von mir fern hältst. Es ist … unmöglich!«

Sein Kinn ruhte auf ihrem Kopf. Tief atmete er ihren süßen Duft ein und versuchte zu vergessen, wie schön sie sich in seinen Armen anfühlte. »Nicht unmöglich«, murmelte er. »Nur verdammt kompliziert!«

Er war sich nicht über die Bedeutung dessen klar, was er sagte, bis er die Worte tatsächlich ausgesprochen hatte. Augenblicklich erkannte er die Konsequenzen. Ein Berg von Problemen türmte sich vor ihm auf. Er entschied, dass er Zeit und Distanz von Judith brauchte, um darüber nachzudenken.

»Ich glaube, es ist besser, wenn wir uns einfach ignorieren«, schlug Judith vor. »Wenn wir am Ziel sind, musst du dich wieder deinen Pflichten widmen, und ich werde damit beschäftigt sein, mich um Frances Catherine zu kümmern. Bestimmt ist es dann einfacher für uns, nicht wahr, Iain?«

Er gab keine Antwort, nahm die Zügel in die Hand und trieb sein Pferd in vollen Galopp. Mit dem Arm wehrte er die Zweige ab, als sie über den engen Pfad ritten. Er spürte ihr Zittern, und als sie die Felder am Rand des Maitland-Besitzes erreicht hatten, zog er ihren Umhang, der hinter dem Sattel befestigt war, hervor und legte ihn ihr um die Schultern.

Die nächsten Stunden sprach keiner von ihnen ein Wort. Sie ritten durch ein wunderschönes Rapsfeld, dessen leuchtendes Gelb so intensiv war, dass sie die Augen vor dieser Naturschönheit abschirmen musste. Kleine Häuser schmiegten sich an die mit stolzen Kiefern bewachsenen Hügel. Blumen in allen Farben des Regenbogens wuchsen verschwenderisch auf den Hangwiesen, umgeben von einem dicken Teppich aus smaragdgrünem, saftigem Gras.

Sie ritten über eine Brücke, die sich in einem Bogen über den klaren, sprudelnden Fluss spannte, und begannen dann einen steilen Abstieg. Die Luft war erfüllt vom Geruch des Sommers. Der Duft der Blumen mischte sich mit dem sauberer, feuchter Erde.

Schotten, männliche und weibliche, kamen aus ihren Häusern, um den Trupp vorüberreiten zu sehen. Die Clansmitglieder trugen alle die gleichen Farben, ihre Plaids waren mit Iains identisch, und Judith wusste, dass er sein Zuhause erreicht hatte.

Plötzlich war sie so gespannt auf Frances Catherine, dass sie kaum noch still sitzen konnte. Sie drehte den Kopf und lächelte Iain an, doch er starrte geradeaus und tat, als ob er sie nicht bemerkte.

»Reiten wir geradewegs zu Frances Catherines Haus?«

»Sie werden bei der Festung oben auf dem Kamm auf uns warten«, sagte Iain.

Er hatte ihr nicht mal einen kurzen Blick zugeworfen. Da wandte sie sich wieder nach vorne. Sie wollte sich durch seine schlechte Laune nicht ihre Erregung verderben lassen. Bezaubert von der rauen Schönheit des Landes, das sie umgab, konnte sie es kaum erwarten, Frances Catherine davon vorzuschwärmen.

Kurz darauf konnte sie Iains Besitz sehen. Gott, war das hässlich! Der riesige steinerne Bau lag oben auf dem Gipfel, und noch nicht mal eine Mauer umgab das Haus. Iain schien sich keine Sorgen über mögliche Feinde zu machen. Aber wahrscheinlich brauchte ein Eindringling so lange, dort hochzuklettern, dass Iain genug Zeit zur Verteidigung hatte, überlegte sie.

Graue Nebel hingen über dem Dach des Gebäudes. Das Haupthaus war rechteckig und genauso farb- und trostlos wie der Himmel darüber.

Der Vorplatz sah nicht besser aus. Er war schmutzig und abgenutzt wie die Doppeltür, die ins Haus hineinführte.

Judith betrachtete die Menschenmenge, die sich versammelt hatte. Die Männer nickten Iain zu, doch die Frauen zeigten keine Reaktionen auf ihre Ankunft. Sie standen nur da, schweigend und wartend.

Judith suchte Frances Catherines Gesicht in der Menge.

Dann entdeckte sie ihre Freundin und sah ihren Blick … Frances Catherine schien den Tränen nah. Ihr Gesicht war totenblass und sie hatte ganz offensichtlich Angst. Judith wusste zwar nicht, wovor, aber die Panik sprang augenblicklich auf sie über.

Iain hielt sein Pferd an, und Gowrie, Alex und Brodick taten es ihm nach. Frances Catherine wollte einen Schritt vortreten, doch der Mann an ihrer Seite packte sie am Arm, um sie zurückzuhalten.

Judith betrachtete Patrick Maitland aufmerksam. Sie hatte keinen Zweifel, dass dies Frances Catherines Mann war. Er sah Iain sehr ähnlich, und wenn er auch weniger kräftig vom Körperbau her war, so hatte sein düsterer Blick doch die gleiche Intensität wie Iains.

Auch er sah besorgt aus. Und als er seiner Frau einen Blick zuwarf, erkannte Judith, dass seine Angst Frances Catherine galt. Ihre Freundin rang die Hände, sah zu Judith hinauf und machte erneut einen zögernden Schritt nach vorne. Diesmal versuchte Patrick nicht, sie aufzuhalten.

Die Menge starrte sie an, und Judith fühlte sich entsetzlich unbehaglich. »Wovor hat Frances Catherine solche Angst?«

Sie hatte die Frage geflüstert, und Iain beugte sich hinab, um ihr mit einer Gegenfrage zu antworten: »Warum hast *du* Angst?«

Sie wollte gerade heftig verneinen, als Iain sie ablenkte, indem er ihre Hand sanft von seinem Arm löste. Himmel, sie hatte sich förmlich an ihn gekrallt.

Er drückte sie kurz, bevor er abstieg. Dann nickte er Patrick zu, drehte sich zu Judith zurück und half ihr aus dem Sattel.

Nun würdigte sie *ihn* keines Blickes. Stattdessen wandte sie sich um und schritt auf ihre Freundin zu. Wenige Fuß vor ihr blieb sie stehen.

Sie wusste nicht, was sie sagen sollte, um Frances Catherine die Angst zu nehmen – oder sich selbst zu beruhigen. Sie dachte daran, dass sie in ihrer Kindheit immer miteinander weinen konnten. Diese Erinnerung rief ihr etwas anderes ins Gedächtnis. Und plötzlich wusste sie genau, was sie ihrer lieben Freundin zur Begrüßung sagen wollte.

Ihr Blick heftete sich auf Frances Catherines

hoch gewölbten Leib. Sie trat einen Schritt vor und sah ihr strahlend in die angstvollen Augen. Leise, dass nur ihre Freundin sie verstehen konnte, sagte sie: »Ich kann mich genau erinnern, dass wir uns gegenseitig versprochen haben, niemals den Kelch eines Mannes auszutrinken, in den er gespuckt hat. So wie du aussiehst, Frances Catherine, fürchte ich – du hast dein Wort gebrochen.«

Kapitel 6

Frances Catherine sog hörbar den Atem ein. Überrascht riss sie die Augen auf. Dann, plötzlich, brach sie in lautes Lachen aus und warf sich Judith in die Arme. So gut konnte sie sich noch daran erinnern, wie sicher und altklug sie geklungen hatte, als sie Judith damals erklärte, dass eine Frau nur dann schwanger werden konnte, wenn sie den Becher eines Mannes austrank! Überglücklich knuffte und umarmte sie die Freundin, als wollte sie sie erdrücken. Die beiden Frauen lachten und weinten, und für die Menge, die verdutzt um sie herumstand, mussten sie scheinbar den Verstand verloren haben.

Alle Spannung und Sorge fiel von Patricks Schultern ab. Er warf seinem Bruder einen Blick zu und nickte dann langsam. Iain erwiderte das Nicken.

Die Reise war den Ärger wert gewesen, entschied Patrick. Er verschränkte die Arme hinter dem Rücken und wartete ab, dass seine Frau sich wieder an ihre gute Erziehung erinnerte. Doch die Freude in ihren Augen machte ihre Unaufmerksamkeit ihm gegenüber mehr als wett. O Herr, wie sehr hatte er ihr Lachen vermisst. Ein Teil von ihm hätte die Engländerin am liebsten selbst in den Arm genommen, nur um ihr klar zu machen, wie sehr er ihre Treue zu schätzen wusste.

Er musste noch weitere Minuten warten, bis seine Frau sich daran erinnerte, dass er auch noch da war. Beide Frauen redeten zur gleichen Zeit, fragten und antworteten auf ihre eigenen Fragen und schufen ein heilloses, aber glückliches Durcheinander.

Iain freute sich wie Patrick über das Zusammentreffen. Außerdem war er tatsächlich überrascht: Er hatte bis zu diesem Moment nicht gewusst, dass Frauen untereinander auch echte, verlässliche Freundschaften schließen konnten. Das starke Band zwischen Judith und Frances Catherine war unverkennbar. Es faszinierte ihn. Von Judith wusste er, dass die beiden Freundschaft geschlossen hatten, als sie zu jung waren, um zu erkennen, dass sie sich eigentlich hassen sollten. Und er musste feststellen, dass er sie noch viel mehr dafür bewunderte, sich gegenseitig die Freundschaft und Treue über all die Jahre hinweg erhalten zu haben – auch nachdem sie ihre Lektionen in Misstrauen und Hass gelernt hatten.

Judith fand zuerst wieder zur Etikette zurück. »Wir haben so viel aufzuholen«, sagte sie. »Aber jetzt muss ich Iain und seinen Männern danken, dass sie mich hergebracht haben.«

Frances Catherine nahm ihre Hand. »Zuerst möchte ich dich meinem Mann vorstellen«, sagte sie, drehte sich um und lächelte Patrick an. »Das ist Judith.«

Patricks Lächeln war dasselbe wie Iains. »Das dachte ich mir schon«, sagte er zu seiner Frau. »Ich freue mich, dich kennenzulernen, Judith.«

Sie hätte brav vor ihm geknickst, wenn Frances Catherine ihre Hand losgelassen hätte. So aber lächelte sie nur. »Und ich freue mich, hier zu sein. Danke für die Einladung.«

Ihr Blick suchte Iain. Er hatte die Zügel genommen und lenkte sein Pferd in Richtung Stallung. Sie versprach Frances Catherine, gleich zurückzukommen, und eilte hinter dem Clansherrn her. »Iain, bitte warte«, rief sie. »Ich wollte dir danken!«

Er hielt nicht an, warf jedoch einen Blick über die Schulter zurück, nickte kurz und ritt dann weiter. Judith dankte Alex, Gowrie und Brodick, als sie an ihr vorbeikamen, doch sie reagierten genauso. Distanziert, barsch.

Judith versuchte sich einzureden, dass sie nicht mehr hätte erwarten dürfen. Die vier hatten ihre

Pflicht getan und waren sie endlich los. Sie behielt ihr Lächeln bei, als sie sich umdrehte und zurückging. Als sie an einer Gruppe Frauen vorbeiging, fing sie ein Flüstern auf: »Lieber Gott, man könnte meinen, sie sei Engländerin. Aber das kann doch nicht sein, oder?«

Wenn Judiths Kleider sie nicht schon verraten hätten, dann hatte es gewiss ihr Akzent getan.

Ohne innezuhalten, warf sie den Frauen ein Lächeln zu. »Aye, ich bin Engländerin.«

Der einen Frau fiel tatsächlich die Kinnlade herab. Judith hätte gerne gelacht, aber sie unterdrückte den Wunsch. Sicher wäre es furchtbar unhöflich gewesen, Belustigung über die offensichtliche Verwirrung zu zeigen.

Als sie ihre Freundin erreichte, bemerkte sie: »Jeder hier scheint meine Anwesenheit aufregend zu finden.«

Frances Catherine kicherte, aber Patrick, der ihre Feststellung für ernst gemeint hielt, reagierte genau andersherum: »Judith, ich glaube nicht, dass ›aufgeregt‹ der richtige Ausdruck ist. Tatsächlich möchte ich wetten …«

Er sah Hilfe suchend seine Frau an. Wie konnte man die Wahrheit erträglicher klingen lassen? Frances Catherine stand ihm jedoch nicht bei: Sie lachte noch immer!

Judith schenkte Patrick ein Lächeln. »Wäre ›entsetzt‹ der richtige Ausdruck?«

»Nay«, sagte Frances Catherine. »Eher ›empört‹, ›angewidert‹, vielleicht …«

»Genug!«, unterbrach Patrick mit einem ärgerlichen Knurren. Seine Augen funkelten zornig. »Du hast dich also gerade über mich lustig gemacht, als du sagtest …«

Judith nickte. »Ja, das habe ich. Ich weiß, dass ich nicht willkommen bin. Iain hat mich gewarnt.«

Bevor Patrick etwas erwidern konnte, rief ihn ein älterer Krieger herüber. Er verbeugte sich vor Frances Catherine und Judith und ging dann zu der Gruppe Männer, die nahe den Stufen vor dem Gebäude standen. Frances Catherine hakte sich bei Judith ein und sie gingen die Böschung hinunter.

»Du bleibst bei Patrick und mir«, erklärte sie. »Es wird etwas eng werden, aber ich möchte dich gerne nah bei mir haben.«

»Habt ihr mehr als einen Raum in eurer Hütte?«

»Nein. Patrick will noch eine Kammer anbauen, wenn das Baby da ist.«

In diesem Moment kam Patrick den Hügel hinunter. Der Ausdruck auf seinem Gesicht sagte Judith, dass er bereits ihre Anwesenheit hatte verteidigen müssen.

»Wirst du Schwierigkeiten bekommen, weil du mich eingeladen hast, Patrick?«

Er gab ihr keine direkte Antwort. »Sie werden sich schon daran gewöhnen.«

Dann erreichten sie die Hütte, die am Anfang einer Reihe Häuschen stand. Rote und rosa Blumen blühten vor dem kleinen Bau, dessen Steine so lange geschrubbt worden waren, bis es blendend weiß und sauber strahlte.

An beiden Seiten der Tür befand sich ein großes, rechteckiges Fenster, und das Innere war mindestens genauso einladend wie das Äußere. Ein steinerner Herd nahm die Mitte der einen Wand ein. Ein großes Bett mit einer schönen, farbenfrohen Überdecke war gegen die gegenüberliegende Wand gerückt. Ein runder Tisch mit sechs Stühlen füllte den übrigen Raum aus. Der Waschplatz befand sich bei der Tür.

»Vor Einbruch der Nacht holen wir noch ein Bett herein«, versprach Frances Catherine.

Patrick nickte zustimmend, aber er sah nicht besonders glücklich aus. Nay, er wirkte resigniert!

Die Sache war delikat, forderte aber nichtsdestoweniger sofortige Klärung. Judith trat an den Tisch und setzte sich. »Patrick, geh bitte noch nicht«, rief sie, als er sich in Richtung Tür bewegte. »Ich würde gerne über die Sache mit den Betten reden.«

Er wandte sich um, lehnte sich an die Tür, verschränkte die Arme vor der Brust und wartete. Sie wollte ihm gewiss vorschlagen, dass er woanders schlafen sollte, solange sie hier war, und er bereitete sich schon auf die Enttäuschung seiner Frau vor, denn er würde Judith ein klares ›Nein‹ geben. Mochte es ja im Moment auch nicht möglich sein, mit ihr zu schlafen, so liebte er es dennoch, sie nachts in seinen Armen zu halten. Und, bei Gott, das würde er bestimmt nicht aufgeben…

… bis Frances Catherine wieder in Tränen aufgelöst war, setzte er in Gedanken hinzu. Alles würde er geben, um ihren Kummer zu mildern.

Judith war bestürzt über Patricks finstere Miene. Er schien genauso übellaunig wie sein Bruder zu sein. Dennoch minderte das nicht ihre Sympathie für ihn, denn aus den Blicken, die er seiner Frau zuwarf, ging hervor, wie sehr er sie liebte.

Sie legte ihre Hände zusammen und begann: »Ich glaube nicht, dass es richtig ist, wenn ich hier bei euch bleibe. Ihr beide solltet nachts für euch sein.« Als sie sah, dass Frances Catherine etwas einwerfen wollte, fügte sie hastig hinzu: »Bitte, fühlt euch nicht angegriffen. Ich finde nur, eine Frau und ein Mann sollten Zeit für sich haben. Allein. Gibt es nichts hier in der Nähe, wo ich wohnen könnte?«

Frances Catherine schüttelte den Kopf, doch Patrick sagte: »Zwei Hütten weiter steht eine leer. Sie ist kleiner als unsere, aber ich denke, es würde gehen.«

»Patrick, sie soll bei uns bleiben!«

»Sie hat gerade gesagt, sie will nicht, Liebes. Lass sie doch.«

Judith fühlte sich unbehaglich. »Es ist nicht so, dass ich nicht bei euch …«

»Da, siehst du? Sie will doch …«

»Frances Catherine, diese Sache entscheide ich«, verkündete Judith und nickte ihrer Freundin bestimmt zu. »Aber warum?«

»Weil ich an der Reihe bin«, erklärte sie. »Du kannst den nächsten Streit gewinnen.«

»Herrgott, bist du stur. Aber gut. Du kannst in Elmonts Hütte wohnen. Ich helfe dir, es dort gemütlich zu machen!«

»Das wirst du nicht«, warf Patrick ein. »Du wirst dich ausruhen, Frau. Ich kümmere mich um deine Freundin.«

Patrick sah bereits viel glücklicher aus, sehr erleichtert, dass sie woanders schlafen wollte. Er schenkte ihr sogar ein Lächeln, das sie erwiderte.

»Ich nehme doch an, dass Elmont nicht mehr dort lebt und es ihm nichts ausmachen wird.«

»Er ist tot«, sagte Patrick. »Ihm macht das überhaupt nichts mehr aus.«

Frances Catherine sah ihren Mann kopfschüttelnd an. Er winkte ihr und verließ das Haus. »Mein Mann meint es nicht so. Aber Elmont war sehr alt, als er starb, und er ist friedlich eingeschlafen. Patrick wollte sich nur ein wenig über dich lustig machen. Ich glaube, du gefällst ihm.«

»Du liebst ihn sehr, nicht wahr?«

»Oh, ja«, antwortete Frances Catherine. Sie setzte sich an den Tisch, und eine gute Stunde verging, in der sie nur über Patrick sprach. Sie erzählte Judith, wie sie sich kennengelernt hatten, und wie hartnäckig er sie verfolgt hatte. Sie endete ihren Bericht, indem sie etwa hundert von seinen hervorragenden Fähigkeiten aufzählte. Das Einzige, was dieser Mann offenbar nicht konnte, war, übers Wasser zu gehen … *noch* nicht!

Das bemerkte zumindest Judith gegenüber ihrer Freundin, als diese zum Luftholen innehielt. Frances Catherine lachte. »Ich bin so froh, dass du hier bist!«

»Du bist nicht verletzt, weil ich woanders schlafen möchte?«

»Oh, nein. Im Übrigen bist du nah genug, um

mich rufen zu hören, wenn es nötig sein sollte. Ich muss wirklich aufpassen, dass ich Patrick nicht ausschließe. Mein Mann ist nämlich sehr schnell verletzt, wenn er glaubt, ich widme ihm nicht genug Aufmerksamkeit.«

Judith versuchte, nicht zu lachen. Patrick war für sie ein ziemlicher Rohling. Der Gedanke, man könnte seine Gefühle verletzen, war wirklich komisch … und schrecklich süß!

»Er sieht aus wie sein Bruder!«

»Vielleicht ein bisschen«, stimmte Frances Catherine zu. »Aber Patrick sieht viel besser aus.«

Judith war der Meinung, dass genau das Gegenteil der Fall war. Iain sah um einiges besser aus. Aber Liebe verfälscht wohl das Wahrnehmungsvermögen, dachte sie.

»Patrick ist unglaublich sanft und liebevoll.«

»Iain auch«, sagte Judith, bevor sie sich bremsen konnte. Ihre Freundin hakte natürlich sofort nach.

»Woher willst du das wissen?«

»Er hat mich geküsst.« Sie hatte geflüstert und spürte, wie sie rot wurde. Verlegen senkte sie den Blick. »Zwei Mal.«

Frances Catherine war vollkommen verblüfft. »Hast du seinen Kuss erwidert? … Beide Male?«

»Ja.«

»Ich verstehe.«

Judith schüttelte den Kopf. »Nein, du verstehst nicht. Wir fühlten uns sehr stark zueinander hingezogen. Ich weiß nicht, warum, aber es ist jetzt vorbei. Wirklich«, fügte sie hinzu, als sie sah, dass Frances Catherine ihr nicht glaubte.

Sie schüttelte den Kopf. »Ich kann mir denken, dass er sich zu dir hingezogen fühlt«, sagte sie.

»Warum?«

Frances Catherine verdrehte die Augen zum Himmel. »Lieber Himmel, Judith, eitel bist du wahrhaftig kein bisschen. Hast du dich jemals in einem Spiegel betrachtet? Du bist wunderschön, Judith!« Sie hielt inne und stieß einen Seufzer aus. »Bisher hat sich nur noch niemand Zeit genommen, es dir zu sagen.«

»Das stimmt nicht«, widersprach Judith. »Millicent und Herbert haben mir sehr viele Komplimente gemacht. Sie zeigten mir, wie sehr sie mich liebten.«

»Ja«, gab Frances Catherine zu. »Aber die eine, von der du am meisten Anerkennung brauchtest, hat sich von dir abgewandt.«

»Fang nicht so an, Frances Catherine«, warnte Judith. »Mutter ist nun mal, wie sie ist.«

Frances Catherine schnaubte. »Ist Tekel immer noch jeden Abend betrunken?«

Judith nickte. »Er trinkt mittlerweile auch am Tag«, sagte sie.

»Was meinst du, wäre aus dir geworden, wenn Millicent und Herbert dich nicht in den frühen Jahren, wo du so verletzlich und jung warst, beschützt hätten? Ich denke viel darüber nach, seit ich mein Baby erwarte.«

Judith wusste nicht, was sie dazu sagen sollte. Ihr Schweigen war beredt genug, dass ihre Freundin einlenkte.

»War es schwer, abzureisen?«, fragte sie. »Ich hatte mir Sorgen gemacht, denn ich dachte mir, dass du wahrscheinlich bei Tekel warst. Ich weiß ja, dass du jeweils sechs Monate dort verbringst, aber ich wusste nicht mehr genau, wann.«

»Ich *war* bei Onkel Tekel, aber die Abreise war dennoch kein Problem«, gab Judith zurück. »Mutter war schon wieder nach London an den Königshof gereist.«

»Und Tekel?«

»Er war, besoffen, als ich ihm erzählte, ich würde gehen. Ich weiß noch nicht einmal, ob er sich am nächsten Morgen daran erinnern konnte. Aber Millicent und Herbert werden es ihm schon sagen, wenn nötig.«

Judith wollte nicht mehr über ihre Familie sprechen. Viel wichtiger war die Traurigkeit, die sie in

Frances Catherines Augen entdeckte, und sie wollte herausfinden, was der Grund dafür war.

»Geht es dir gut? Wann soll das Baby kommen?«

»Ich fühle mich unförmig«, antwortete Frances Catherine. »Und ich schätze, ich habe noch etwa acht oder neun Wochen, bis es so weit ist.«

Judith nahm die Hand ihrer Freundin in die ihre. »Sag mir, was dich bedrückt, bitte.«

Sie musste nicht näher erklären, was sie meinte. Ihre Freundin wusste, wonach Judith fragte.

»Wenn Patrick nicht wäre, würde ich alles hier hassen!«

Die Heftigkeit in Frances Catherines Worten sagte Judith, dass sie ihr Unbehagen nicht übertrieb.

»Du vermisst deinen Vater und deine Brüder?«

»Oh, ja«, antwortete sie. »Sie fehlen mir schrecklich.«

»Dann bitte Patrick, und hole sie auf einen schönen, langen Besuch her.«

Frances Catherine schüttelte den Kopf. »Ich kann um nichts mehr bitten«, sagte sie leise. »Wir mussten schon den Rat um Erlaubnis fragen, um dich holen zu dürfen.«

Auf Judiths Drängen hin begann Frances Catherine, alles über den Rat und seine Macht zu erklären. Sie erzählte Judith, wie Iain eingegriffen hatte, als die Alten die Erlaubnis verweigern wollten, und welche Angst sie während der Anhörung ausgestanden hatte.

»Ich verstehe aber nicht, warum erst der Rat gefragt werden musste«, bemerkte Judith. »Auch wenn ich in England geboren bin, sehe ich nicht ein, warum er zuerst zustimmen muss.«

»Die meisten Mitglieder der Maitlands haben gute Gründe, die Engländer nicht zu mögen«, erklärte Frances Catherine. »Sie haben Familie und Freunde in Schlachten gegen England verloren, und sie hassen euren König John.«

Judith hob die Schultern. »Tatsächlich können die meisten englischen Barone den König auch nicht leiden.« Sie widerstand dem Bedürfnis, das Zeichen des Kreuzes zu schlagen, damit sie nicht wegen Verleumdung ihres Regenten im Fegefeuer schmoren musste. »Er ist eigennützig und hat einige schreckliche Fehler begangen. Das meint zumindest Onkel Herbert.«

»Wusstest du, dass der König eine Schottin heiraten sollte, vorher aber seine Meinung geändert hat?«

»Das wusste ich nicht, aber es wundert mich auch nicht. Frances Catherine, was meintest du damit, als du sagtest, du könntest Patrick um nichts mehr bitten? Warum kann er deinen Vater denn nicht holen?«

»Die Maitlands mögen keine Fremden«, erklärte sie. »Sie mögen nicht mal mich!« Der Satz brach aus ihr heraus wie aus einem Kind. Judith entschuldigte im Stillen ihre Gefühlsausbrüche mit dem Zustand der Schwangerschaft. »Ich bin ganz sicher, dass dich hier jeder mag.«

»Ich bilde mir das nicht nur ein«, sagte Frances Catherine heftig. »Die Frauen halten mich für schlecht und eigenwillig.«

»Woher weißt du das?«

»Eine hat es mir gesagt.« Tränen begannen, über ihre Wangen zu rinnen. Sie wischte sie mit dem Handrücken weg. »Ich habe solche Angst. Und auch um dich. Ich weiß, wie selbstsüchtig es war, dich hierher zu bitten.«

»Ich habe dir vor Jahren mein Wort gegeben«, erinnerte Judith sie. »Ich wäre sehr traurig gewesen, wenn du nicht nach mir geschickt hättest. Also rede nicht solchen Unsinn.«

»Aber das Versprechen, dass ich dir abverlangt habe … das war, bevor ich wusste, dass ich hier landen würde«, stammelte sie. »Die Menschen hier sind so … so kalt. Ich hatte Angst, sie würden dich angreifen.«

Judith lächelte. Typisch Frances Catherine, dass sie sich so sehr um ihr, Judiths, Wohlergehen sorgte. »Frances Catherine, hast du von Anfang an so gedacht, oder hasst du das alles hier, seit du schwanger bist?«

Ihre Freundin musste einen Augenblick lang nachdenken. »Zuerst war ich glücklich, aber bald wurde mir klar, dass ich nicht hierher passte. Ich fühlte mich wie eine Fremde. Ich bin seit über drei Jahren verheiratet, aber sie akzeptieren mich immer noch nicht als eine Maitland.«

»Und warum nicht?«

»Vielleicht, weil ich an der Grenze aufgewachsen bin«, anwortete sie. »Das ist zumindest zum Teil der Grund. Aber Patrick sollte eine andere heiraten. Er hatte nicht um sie angehalten, aber alle nahmen an, dass er es tun würde. Dann lernte er mich kennen.«

»Hast du mit Patrick über deine Gefühle gesprochen?«

»Ich habe es ein paar Mal erwähnt«, sagte sie. »Es hat uns schwer zu schaffen gemacht. Mein Mann kann die Frauen nicht ändern. Aber ich will hier nicht sterben. Ich wünschte, Patrick würde mich vor der Geburt zu Vater bringen und bei mir bleiben, bis es vorbei ist.«

»Du wirst nicht sterben!« Judith brüllte fast. »Nach all dem Ärger, den ich durchgemacht habe, wirst du dich, verdammt noch mal, hüten!«

Frances Catherine fühlte sich durch die Wut in

der Stimme ihrer Freundin tatsächlich getröstet. »Erzähl mir von dem Ärger, den du durchgemacht hast«, verlangte sie neugierig.

»In den vergangenen zwei Jahren habe ich mit mindestens fünfzig Ammen gesprochen, und ich schwöre, ich habe jedes einzelne Wort von ihnen behalten. Millicent war natürlich begeistert bei der Sache, und ich schickte ihre Diener durch das ganze Land auf der Suche nach solchen Frauen. Ich weiß nicht, was ich ohne ihre Hilfe hätte tun sollen.«

»Millicent ist eine wundervolle Frau.«

»Aye, das ist sie«, stimmte Judith zu. »Sie schickt dir ihre Liebe.«

Frances Catherine nickte dankbar. »Erzähl mir, was du von all diesen Hebammen gelernt hast.«

»Um dir die Wahrheit zu sagen, hörte ich anfangs so viele widersprüchliche Meinungen, dass ich fast die Hoffnung verloren hätte. Eine erzählte mir, die Kammer müsste so heiß wie das Fegefeuer sein, die Nächste vertrat genau das Gegenteil. Es war niederschmetternd, Frances Catherine. Dann kam das Wunder! Eines Morgens nämlich stand eine Hebamme namens Maude in unserem Hof und benahm sich, als wäre sie zu Hause. Sie war alt, wirkte furchtbar gebrechlich, hatte einen ganz krummen Rücken und knotige Hände. Was für ein Anblick! Ich muss gestehen, dass ich ihren Fähigkeiten erst einmal gar nichts zutraute. Bald musste ich jedoch feststellen, wie dumm das war. Frances Catherine, sie ist wunderbar! Und voller Verständnis. Sie hat mir erklärt, dass die meisten ihrer Erkenntnisse nur auf gesundem Menschenverstand gründen. Seit Jahrzehnten ist sie Hebamme, aber ihre Methoden sind sehr modern. Sie hat sich über alle Veränderungen auf dem Laufenden gehalten und ist an den neuesten Techniken interessiert. Wenn sie nicht so alt und gebrechlich wäre, hätte ich sie mitgebracht. Aber die Reise wäre zu viel für sie gewesen.«

»Die Frauen hier würden keine Einmischung erlauben«, sagte Frances Catherine. »Du verstehst das nicht, Judith.«

»Dann hilf mir, es zu verstehen. Hast du mit der hiesigen Amme über deine Ängste gesprochen?«

»Herr im Himmel, nein«, gab Frances Catherine hastig zurück. »Wenn ich ihr so etwas gesagt hätte, würde sie alles noch schlimmer machen. Sie heißt Agnes, und ich will sie nicht bei mir haben, wenn die Zeit gekommen ist. Sie und eine andere Frau, Helen, sind die einzigen Ammen hier. Beide. Und beide halten sich für übermächtig und einzigartig. Agnes' Tochter Cecilia soll wohl Iain heiraten, wenn er irgendwann dazu kommt, um ihre Hand anzuhalten. Das ist wahrscheinlich der Grund, warum Agnes ihre Nase immer so hoch trägt. Sie sieht sich schon als zukünftige Schwiegermutter des Clansherrn.«

Judiths Herz zog sich zusammen. Sie senkte ihren Blick auf die Tischplatte, sodass ihre Freundin nicht sah, wie betroffen diese Neuigkeit sie machte.

Frances Catherine merkte gar nichts, sondern fuhr mit ihrem Geplauder fort. »Allerdings sieht kaum einer – außer Agnes – diese Verbindung als gesichert an. Patrick glaubt nicht, dass Iain die Absicht hat, um Cecilia anzuhalten.«

»Warum ist sich Agnes denn dann so sicher?«

»Ihre Tochter ist eine wunderschöne Frau. Sie ist wahrscheinlich die schönste Frau im ganzen Clan. Das mag zwar ein schwacher Grund sein, aber Agnes glaubt, dass Iain auf jeden Fall auf ihre Schönheit anspringen wird. Dabei ist Cecilia unfassbar dämlich und kann keinen Gedanken lange im Kopf behalten.«

Judith schüttelte den Kopf. »Schäm dich, so etwas über die Frau zu sagen.« Sie versuchte, ihrer Stimme einen strafenden Tonfall zu geben, machte den Effekt aber dadurch zunichte, dass sie in Lachen ausbrach. »Dämlich, Frances Catherine?«

Ihre Freundin nickte. Dann stimmte sie in das

Lachen ein. »O Judith. Ich bin so froh, dass du da bist.«

»Ich bin auch froh!«

»Was können wir nur tun?«

Frances Catherine Stimmungswechsel kam so schnell, dass Judith sie überrascht ansah. Eben hatte sie noch gelacht, und nun sah sie aus, als wollte sie wieder in Tränen ausbrechen.

Maude hatte Judith gelehrt, dass schwangere Frauen zu Gefühlsausbrüchen neigten. Ebenso hatte sie ihr eingeschärft, dass innere Ruhe und Frieden zwingend für eine problemlose Niederkunft waren. Machte sich die zukünftige Mutter Sorgen, musste man sie augenblicklich beruhigen.

Judith folgte den Anweisungen jetzt. Sie tätschelte Frances Cath erines Hand und lächelte sie an. Sie wollte ihr Zuversicht einflößen. »Was denn tun? Alles wird gut werden, Frances Catherine.«

»Agnes wird es nicht zulassen, dass du hilfst, wenn meine Wehen einsetzen. Und ich will diese bösartige Frau nicht in meiner Nähe haben.«

»Du hast gesagt, es gäbe noch eine andere Hebamme, Helen. Was ist mit ihr?«

»Agnes hat ihr alles beigebracht, was sie weiß«, antwortete Frances Catherine. »Ich glaube, ich will auch sie nicht bei mir haben.«

»Es muss doch noch mehr Ammen hier geben«, sagte Judith. »Von der Anzahl der Häuser und der Menge, die ich gesehen habe, als ich ankam, dachte ich, es würden mindestens fünfhundert Männer und Frauen hier leben.«

»Eher das Doppelte«, schätzte Frances Catherine. »Du hast nicht alle Häuser gesehen, zum Beispiel nicht die auf der anderen Seite des Berges. Nur die Krieger werden gezählt, und beim letzten Stand waren es über sechshundert.«

»Dann muss es viele Hebammen geben«, sagte Judith noch mal.

Frances Catherine schüttelte den Kopf. »Agnes regelt alles«, erklärte sie. »Und weil ich die Schwägerin des Clansherrn bin, wird sie darauf bestehen, das Baby zu holen. *Wenn* es andere Hebammen gibt, dann verhalten sie sich still, weil sie nicht Agnes' Wut auf sich ziehen wollen.«

»Aha!«

Plötzlich wurde Judith übel. Panik ergriff sie. Lieber Himmel, sie war nicht gut genug, um diese Aufgabe allein zu lösen. Ja, sie hatte Wissen über die neuesten Geburtsmethoden zusammengesammelt, aber nie bei einer tatsächlichen Geburt dabei sein dürfen. Sie fühlte sich absolut außerstande, Frances Catherines Pflege zu übernehmen.

Judith hatte sich ausgemalt, wie sie neben ihrer

Freundin sitzen, ihre Stirn trocknen und gelegentlich beruhigend »na, na«, murmeln würde, während die erfahrene Hebamme sich um die wichtigsten Dinge kümmerte.

Über Frances Catherines Gesicht rannen wieder Tränen. Judith seufzte leise. »Eins ist jedenfalls sicher«, verkündete sie. »Du wirst dieses Baby bekommen. Ich bin hier, um dir zu helfen, und wir beide gemeinsam können bestimmt jedes Problem lösen, wie schwierig es auch erscheinen mag.«

Ihr bestimmter Tonfall tröstete Frances Catherine wieder. »Ja«, stimmte sie zu.

»Ist es möglich, Agnes auf unsere Seite zu ziehen, oder geben wir sie auf?«

»Ich will sie nicht«, antwortete Frances Catherine. »Sie wird nichts anders machen wollen! Judith, sie ist so grausam! Bei jeder Gelegenheit macht sie furchtbare Bemerkungen über die Schmerzen, die ich werde ertragen müssen. Und sie erzählt ständig von schwierigen Geburten.«

»Du darfst nicht auf sie hören«, sagte Judith. Sie spürte, dass Zorn in ihr aufstieg. Niemals hatte sie so etwas Widerwärtiges gehört. Judith schüttelte den Kopf, während sie die Situation überdachte. Oh, ja, Agnes war wirklich grausam.

»Ich weiß, was du denkst«, flüsterte ihre Freundin. »Du versuchst, Agnes zu verstehen, nicht wahr? Aber das kümmert mich nicht«, fügte sie hinzu. »Selbst wenn sie sich in einen Engel verwandelte, sie soll mir nicht zu nahe kommen.«

»Nein, ich versuche nicht, sie zu verstehen. Ich weiß bereits, warum sie tut, was sie tut. Sie will Macht, Frances Catherine. Sie nutzt die Angst und die Verletzbarkeit der Frauen aus, um zu bekommen, was sie will. Sie nährt sich von ihrer Schwäche. Maude erzählte mir von Frauen, die so sind wie sie. Und nichts, was ich unternehmen könnte, würde sie ändern. Aber mach dir keine Sorgen. Ich lasse sie nicht in deine Nähe kommen. Versprochen!«

Frances Catherine nickte. »Endlich fühle ich mich nicht mehr so allein«, gestand sie. »Immer wenn ich mit Patrick über die Geburt reden will, kippt seine Stimmung. Er hat Angst um mich, und am Ende muss ich immer *ihn* trösten.«

»Er liebt dich«, sagte Judith. »Deswegen macht er sich solche Sorgen.«

»Ich verstehe schon gar nicht mehr, warum er mich liebt. Ich bin in letzter Zeit so schwierig. Dauernd fange ich an zu weinen.«

»Daran ist doch nichts Schlimmes! Das vergeht wieder.«

Frances Catherine lächelte. Judith hatte sie immer schon verteidigt, und sie konnte dankbar sein, eine solche Freundin zu haben.

»Nun habe ich lange genug über meine Probleme geredet. Lass uns über deine reden. Willst du versuchen, deinen Vater zu finden, während du hier bist?«

Judith zuckte die Schultern. »Es ist alles komplizierter geworden. Zum einen weiß ich jetzt erst, wie riesig die Highlands sind«, sagte sie. »Und zum zweiten habe ich gehört, dass die Macleans mit den Maitlands in Fehde liegen.«

»Wie hast du das herausbekommen?«

Judith erzählte von dem Gespräch, das sie mit Isabelles Mutter geführt hatte.

Frances Catherine runzelte die Stirn.

»Was sie gesagt hat, stimmt. Die Macleans sind Feinde.«

»Mein Vater könnte längst tot sein.«

»Das ist er nicht.«

»Woher weißt du das?«

»Ich habe Patrick gefragt, wie der Maclean-Clan so sei. Ich tat natürlich nur mäßig interessiert, weißt du, und er sagte mir, es sei ein alter Mann, der seinen Clan seit vielen Jahren regiere.«

»Was hat er noch gesagt?«

»Nichts weiter«, antwortete Frances Catherine. »Ich wollte nicht weiter bohren, sonst hätte er mich gefragt, warum ich an den Macleans solchen

Anteil nehme. Ich habe dir versprochen, niemals jemandem zu erzählen, wer dein Vater ist, und da ich mein Wort gegeben habe, bevor ich Patrick heiratete, will ich auch *ihm* nichts verraten. Außerdem würde er wohl in Ohnmacht fallen. Judith, niemand darf das erfahren, solange du hier bist. Es könnte gefährlich für dich werden.«

»Iain würde mich beschützen.«

»Er hat keine Ahnung von Maclean. Ich weiß nicht, was er täte, wenn er es herausfände.«

»Er würde mich dennoch beschützen.«

»Himmel, du scheinst dir ja sicher zu sein.«

Judith lächelte. »Ich *bin* mir sicher«, sagte sie. »Aber das ist unwichtig, denn Iain wird es nicht herausfinden. Ich weiß nicht einmal, ob ich meinen Vater treffen *will.* Obwohl ich hoffte, ich könnte ihn einmal aus der Ferne betrachten.«

»Und was brächte dir das?«

»Meine Neugier wäre befriedigt.«

»Du solltest aber mit ihm reden«, hakte Frances Catherine nach. »Du weißt doch nicht, ob er deine Mutter wirklich verbannte, nach all den Lügen, die sie die Jahre über erzählt hat. Du musst endlich die Wahrheit herausfinden.«

»Ich weiß vor allem, dass er niemals nach England gekommen ist, um uns zu holen«, warf Judith ein. Ihre Hand glitt unwillkürlich an ihren Busen.

Ihres Vaters Ring ruhte an der Goldkette zwischen ihren Brüsten, verdeckt von ihrem Kleid. Sie hätte den Ring zu Hause lassen sollen, aber sie hatte es nicht übers Herz gebracht – ohne zu wissen, warum. Herr im Himmel, was für ein Durcheinander.

Sie ließ ihre Hand wieder auf den Tisch sinken. »Versprich mir, dass du diese Sache vergisst, wenn sich nicht von selbst eine Gelegenheit ergibt. Tust du das?«

Frances Catherine gab nach, um ihre Freundin zu beruhigen. Sie wusste, wie qualvoll dies alles für Judith war. Sie beschloss, das Thema zu wechseln, und begann, in Erinnerungen an die Festspiele zu schwelgen. Im Handumdrehen erfüllte Gelächter die Hütte.

Patrick konnte das Lachen seiner Frau von draußen hören. Ihre Freundin half ihr jetzt schon, dachte er dankbar. Brodick, der neben Patrick herging, lächelte vor sich hin. »Frances Catherine scheint sich wirklich über Judith zu freuen«, bemerkte er.

»Aye, das kann man wohl sagen«, bestätigte Patrick schmunzelnd. Er lächelte immer noch, als er die Hütte betrat. Diesmal erinnerte sich Frances Catherine sofort an ihre Erziehung. Sie sprang auf und ging zu ihrem Mann. Judith stand ebenfalls auf. Sie legte die Hände zusammen und erbot den Kriegern ihren Gruß.

Brodick trug drei von ihren Gepäckstücken hinein, Patrick zwei. Die Männer ließen die Taschen auf das Bett fallen.

»Wie lange willst du bleiben?«, fragte Patrick.

»Nur ein, zwei Jahre«, sagte sie. Patrick versuchte, nicht zu erbleichen, aber Judith lachte. »Ich habe nur Spaß gemacht«, sagte sie.

»Brodick, bitte bleib zum Essen«, sagte Frances Catherine.

»Judith, mach dich nicht über Patrick lustig. Sieh nur, wie blass er geworden ist.«

Beide Frauen fanden das umwerfend komisch und lachten noch, als Alex und Gowrie in der Tür erschienen. Die Krieger blickten ein wenig schüchtern, und Frances Catherine lud sie gleich zum Essen ein.

Patrick schien überrascht, Besucher zu haben. Judith half ihrer Freundin, das Mahl zu bereiten, das aus einem reichhaltigen Lamm-Eintopf und runden Laiben frischen, schwarzen Brotes bestand. Die Männer scharten sich um den Tisch. Judith und Frances Catherine trugen das Essen auf, bevor sie sich schließlich an Patricks beide Seiten quetschten.

Doch weder Judith noch Frances Catherine hatten großen Appetit. Sie redeten die ganze Zeit miteinander. Alex seinerseits starrte lieber Judith an, anstatt zu essen, wie Patrick feststellte. Und als er entdeckte, dass auch Gowrie kaum etwas angerührt hatte, begriff er den Grund für ihren spontanen Besuch. Judith hatte es beiden angetan. Patrick musste sich zusammenreißen, um nicht laut aufzulachen.

Unterdessen beachteten die Frauen die Männer nicht. Sie entschuldigten sich, standen auf und gingen zum Bett herüber. Dort gab Judith Frances Catherine die Geschenke, die sie mitgebracht hatte und errötete vor Glück über die Freude ihrer Freundin. Bis auf eines waren alle Geschenke für das Baby, aber Judith hatte extra für ihre Freundin ein weißes Nachtkleid gemacht, das am Halsausschnitt mit blauen und rosa Rosen bestickt war. Es hatte Judith einen ganzen Monat Arbeit gekostet, aber die Mühe war es wert gewesen, denn Frances Catherine war entzückt.

Da die Frauen die Männer nicht beachteten, hielten diese es für unnötig, ihr Interesse zu verbergen. Ihre Blicke folgten nur Judith, und Patrick stellte fest, dass sie jedes Mal lächelten, wenn Judith es auch tat. Am meisten überraschte Patrick Brodicks Verhalten, denn er kannte den Krieger als einen, der seine Gefühle gewöhnlich fest im Griff hatte.

»Worüber grinst du?«, fragte Brodick ihn plötzlich.

»Über dich«, antwortete Patrick.

Bevor Brodick etwas sagen konnte, rief Judith: »Brodick, ich habe vergessen, Isabelle die Kekse zu bringen.«

»Ich erledige das«, sagte Brodick.

Doch Judith schüttelte ihren Kopf. »Ich möchte sie gerne kennenlernen«, erklärte sie und kam zum Tisch herüber. »Ich habe Nachrichten von ihrer Mutter.«

»Ich zeige dir gerne den Weg«, bot sich Alex an.

»Ich gehe«, verkündete Gowrie mit erhobener Stimme.

Brodick verneinte heftig. »Isabelle ist *meine* Schwägerin«, schnappte er. *»Ich* werde Judith hinführen!«

Iain stand in der Türöffnung und lauschte dem Geplänkel. Er konnte nicht fassen, was er da hörte … und sah! Seine Krieger benahmen sich wie liebeskranke Halbwüchsige, während sie sich darüber zankten, wer nun Judith begleiten durfte.

Judith indes begriff nichts. Das Theater, das die Männer um sie machten, verwirrte sie.

Alex stemmte die Hände auf die Tischplatte und lehnte sich zu Brodick, um ihm direkt in die

Augen zu sehen. »Isabelles Haus ist in der Nähe von dem meines Onkels, und ich wollte dort sowieso vorbeigehen. Also übernehme *ich* die lästige Aufgabe, Judith den Weg zu zeigen.«

Patrick konnte sich nicht mehr halten. Er lachte auf. Im gleichen Moment entdeckten alle den Clansherrn. Für Patrick war Judiths Reaktion mehr als vielsagend, denn sie konnte die Freude in ihrem Gesichtsausdruck nicht verbergen.

Iain sah wütend aus. Er würdigte Judith kaum eines Blickes, sondern widmete seine volle Aufmerksamkeit dem Bruder. »Verstehst du jetzt meine Gründe?«

Patrick nickte.

Judith und Frances Catherine warfen sich einen schnellen Blick zu. »Was für Gründe, Clansherr Iain?«, fragte Frances Catherine.

»Clansherr Iain?«, wiederholte Judith, bevor Iain antworten konnte. »Warum nennst du ihn nicht einfach Iain?«

Frances Catherine legte ihre Hände in den Schoß. »Weil er unser Clansherr ist«, erklärte sie.

»Er ist immer noch dein Schwager«, gab Judith zurück. »Zu dem musst du wohl kaum so formell sein.«

Ihre Freundin nickte. Sie sah zu Iain auf und zwang sich zu einem Lächeln. Der Krieger machte ihr Angst, und es kostete sie eine enorme Willensanstrengung, ihm in die Augen zu blicken.

Der Mann nahm den ganzen Türrahmen ein. Er duckte sich unter dem oberen Balken, als er eintrat. Drinnen lehnte er sich an die Wand und kreuzte in lässiger Haltung die Arme vor der Brust.

»Iain«, begann Frances Catherine erneut und ärgerte sich im Stillen über das Zittern in ihrer Stimme. »Welche Gründe meinst du?«

Iain erkannte, dass seine Schwägerin echte Furcht vor ihm hatte. Diese Entdeckung erstaunte ihn, und er versuchte, seiner Stimme mehr Milde zu geben, als er ihr antwortete. »Patrick fragte mich, ob Judith in der leeren Hütte bleiben könne. Ich habe seine Bitte abgelehnt. Dein Mann weiß, warum.«

Frances Catherine nickte augenblicklich. Sie würde bestimmt nicht mit dem Clansherrn streiten. Außerdem passte ihr die Entwicklung sehr gut. Sie wollte Judith viel lieber bei sich und Patrick haben.

»Deine Gäste werden jetzt gehen«, sagte Iain seinem Bruder. Sofort setzten sich Alex, Gowrie und Brodick in Bewegung und verließen das Haus. Iain ließ sie vorbei und nahm dann wieder seine vorherige Haltung ein. Er sagte etwas zu den Kriegern, als sie ihn passierten, doch seine Stimme war so leise, dass weder Judith noch Frances Catherine etwas verstehen konnten. Patrick dagegen schon, und sein spontanes Lächeln war vielsagend.

»Iain, kann ich bitte einen Moment unter vier Augen mit dir sprechen?«, fragte Judith.

»Nein.«

Judith ließ sich nicht beirren. Schließlich gab es mehrere Wege, einen Hasen zu fangen. »Patrick?«

»Ja, Judith?«

»Ich muss mit dem Clansherren unter vier Augen sprechen. Würdest du das bitte arrangieren?«

Patrick sah sie an, als hätte sie den Verstand verloren. Judith stieß einen Seufzer aus. Sie warf ihr Haar über die Schulter zurück und sagte: »Ich folge eurer Befehlskette. Ich muss dich vorher fragen, und du musst den Clansherren fragen.«

Patrick wagte es nicht, Iain anzusehen. Er wusste, dass sein Bruder bereits kochte. Den Ausdruck in seinen Augen, als er Alex, Gowrie und Brodick um Judith streiten sah, hatte Patrick nie zuvor bei ihm gesehen. Wenn er es nicht besser gewusst hätte, hätte er schwören können, sein Bruder wäre eifersüchtig.

»Iain …«, begann er.

»Nein.« Die Absage kam wie ein Peitschenschlag.

»Herrgott, bist du schwierig«, murmelte Judith.

Frances Catherine stieß einen Laut aus, der irgendwo zwischen Schnaufen und Schreckensschrei lag. Sie saß immer noch auf dem Bett und streckte nun den Arm aus, um Judith zu berühren. »Du kannst doch nicht den Clansherrn kritisieren«, zischte sie.

»Warum denn nicht?«, flüsterte Judith zurück.

»Weil Ramsey sagt, Iain kann ein ganz gemeiner Schuft werden, wenn er verärgert ist«, erwiderte Frances Catherine.

Judith brach in Lachen aus. Sie wandte den Kopf, um Iain anzusehen, und erkannte sofort, dass er Frances Catherines Bemerkung gehört hatte. Aber er war nicht wütend. Nay, das Blitzen in seinen Augen besagte genau das Gegenteil. Patrick dagegen zeigte sein Entsetzen über die laut geflüsterte Bemerkung seiner Frau ganz offen.

»Bei der Liebe Gottes, Frances Catherine …«, begann er.

»Das Kompliment hat Ramsey gemacht«, gab seine Frau zurück. »Außerdem war es nicht für deine Ohren bestimmt.«

»Wer ist Ramsey?«, fragte Judith.

»Ein unglaublich hübscher Jüngling«, erklärte Frances Catherine. »Patrick, runzle nicht so die Stirn. Ramsey ist hübsch. Du kannst ihn leicht erkennen, Judith. Er hat ständig einen Pulk junger

Ladys um sich herum. Er hasst das, aber was soll er dagegen tun? Er wird dir auch gefallen.«

»Nein, wird er nicht.«

Iain hatte sehr bestimmt gesprochen und trat nun einen Schritt vor. »Du hältst dich von ihm fern, Judith. Hast du verstanden?«

Sie nickte. Sein schneidender Tonfall schüchterte sie nicht im Geringsten ein, aber sie beschloss, das jetzt nicht mit ihm zu diskutieren.

»Wie sollen wir Ramsey von *ihr* fern halten?«, wollte Patrick wissen.

Iain antwortete nicht. In diesem Moment fiel Judith wieder ein, was sie noch erledigen wollte. Sie nahm Margarets Tasche mit den Keksen vom Bett auf.

»Patrick, könntest du Iain bitten, mir den Weg zu Isabelles Haus zu zeigen? Ich möchte ihr das Geschenk und die Botschaft von ihrer Mutter überbringen.«

»Judith, der Mann steht direkt vor dir. Warum fragst du ihn nicht selbst?«, wunderte sich Frances Catherine.

»Da ist diese Sache mit der Befehlskette«, gab Judith mit einer wegwerfenden Geste zurück. »Ich muss sie befolgen.«

»Komm her, Judith.«

Seine Stimme war weich, aufregend. Sie zwang

sich zu einem angemessenen Lächeln und ging zu ihm. »Ja, Iain?«

»Versuchst du, mich absichtlich zu provozieren?«

Er wartete auf ihr ›Nein‹. Und auf eine Entschuldigung. Er sollte keines von beiden bekommen.

»Ja, ich versuche, dich absichtlich zu provozieren.«

Sein erstaunter Blick verwandelte sich langsam in eine finstere Miene. Er trat einen Schritt heran, und Judith wich nicht zurück. Im Gegenteil: Sie trat ebenfalls einen Schritt auf ihn zu

Sie standen sehr dicht voreinander. Judith musste ihren Kopf ganz zurückbiegen, um seinen Blick zu erwidern. »Um fair zu bleiben, muss ich wohl darauf hinweisen, dass du mich zuerst provoziert hast.«

Diese Frau war die Versuchung pur. Iain hatte Schwierigkeiten, ihrer Erklärung zu folgen. Er konnte sich nur auf ihren Mund konzentrieren, und sein erneuter Mangel an Disziplin machte ihn wütender als ihr freches Benehmen.

Es ging nicht. Er konnte sich nicht von ihr fern halten. Diese Frau hatte sich noch nicht mal in seines Bruders Hütte eingerichtet, und er war bereits gekommen, um nach ihr zu sehen.

Judith wünschte sich inständig, er möge etwas sagen. Seine Miene verriet nichts von dem, was er dachte. Sie spürte Nervosität in sich aufsteigen und versuchte, das mit seiner enormen Größe zu erklären, die den ganzen Raum einzunehmen schien. Seine unglaubliche Nähe trug auch nicht dazu bei, ihr Unbehagen zu vermindern.

»Ich habe dich gebeten, mir einen Moment deiner Zeit zu schenken, und deine Absage kam schroff und unhöflich. Oh, ja, du hast mich zuerst provoziert.«

Iain konnte sich nicht entscheiden, ob er diese Frau lieber erdrosseln oder küssen wollte. Dann lächelte er sie an, ein süßes, unschuldiges Lächeln, und er spürte das Bedürfnis zu lachen. Er begriff, er würde ihr niemals ein Haar krümmen, niemals die Hand gegen sie erheben können.

Und sie wusste es auch.

Dennoch: Sie wünschte, sie hätte seine Gedanken lesen können. Warum hatte sie bloß diese Kraftprobe angefangen? Man sollte niemals einen Wolf reizen, und tief im Innern hielt sie Iain – trotz seiner Zärtlichkeit – für gefährlicher als ein wildes Tier. Die Kraft, die er ausstrahlte, überwältigte sie fast.

Sie senkte ihren Blick. »Ich bin sehr dankbar für alles, was du für mich getan hast, Iain, und ich bitte dich, mir zu verzeihen, wenn du glaubst, ich hätte versucht, dich zu reizen.«

Sie dachte, sie hätte zerknirscht geklungen, doch als sie ihren Blick erneut hob, war sie überrascht über sein Lächeln.

»Du *hast* versucht, mich zu reizen, Judith.«

»Ja, stimmt«, gab sie zu. »Aber es tut mir trotzdem leid.«

In diesem Moment bemerkte sie, dass sie die Tasche umklammerte. Bevor Iain begriff, was sie vorhatte, war sie schon hinausgelaufen.

»Sie wird an jede Tür klopfen, bis ihr jemand sagt, wo Isabelle wohnt«, warnte Frances Catherine. »Patrick, geh bitte hinterher und …«

»Ich gehe schon«, brummte Iain.

Er wartete nicht auf Zustimmung. Sein Seufzen war fast so laut wie das Knallen der Tür, die er fest hinter sich zuzog.

Er holte Judith ein, als sie gerade den Hügel hinablaufen wollte. Er sagte kein Wort, griff aber nach ihrem Arm, um sie aufzuhalten.

»Ich habe Margaret ein Versprechen gegeben, Iain, und ich will es halten.«

Ihr Ausbruch wäre nicht nötig gewesen, denn Iain nickte zustimmend. »Du gehst in die falsche Richtung. Winslows Haus ist auf der anderen Seite der Festung.«

Er nahm ihr die Tasche ab und setzte sich in Richtung des anderen Hügels in Bewegung. Judith ging dicht neben ihm, und ihre Arme rieben sich aneinander. Keiner der beiden rückte ab.

»Iain, jetzt, wo wir alleine sind …«

Sein Lachen stoppte sie mitten im Satz. »Was ist denn daran so lustig?«

»Wir sind nicht allein«, antwortete er. »Ich schätze, dass mindestens zwanzig Clansmitglieder uns beobachten.«

Sie schaute sich um, konnte aber niemanden entdecken.

»Bist du sicher?«

»Ja«, gab er knapp zurück.

»Und warum beobachten sie uns?«

»Neugier!«

»Iain, warum bist du böse auf mich? Ich habe mich doch schon dafür entschuldigt, dass ich dich reizen wollte.«

Sie klang wirklich geknickt und er seufzte. Er würde ihr die Gründe für seine Wut bestimmt nicht erklären. Teufel, ihre Nähe störte, verdammt noch mal, seinen Seelenfrieden. Er wollte sie berühren, doch dies ganz sicher nicht zugeben.

»Ich bin nicht böse auf dich. Du nimmst dich selbst zu wichtig, wenn du annimmst, ich könnte etwas anderes im Sinn haben als die Pflicht meinem Bruder gegenüber, auf dich aufzupassen.«

Er hätte sie ebenso gut ohrfeigen können, so verletzt fühlte sie sich. Aber er war wohl im Recht. Sie hatte sich wirklich zu viel Bedeutung beigemessen und geglaubt, er wäre besorgt um sie. Anziehungskraft war eine Sache – Sorge eine ganz andere. Tränen verschleierten ihren Blick, aber das schwindende Tageslicht verbarg gnädig ihren unglücklichen Gesichtsausdruck vor ihm. Sie hielt den Kopf gesenkt und entfernte sich von seiner Seite, bis zwischen sie bequem zwei Pferde gepasst hätten.

Iain fühlte sich wie ein Schuft. Er verfluchte sich selbst wegen seiner harten Worte, wenn er auch wünschte, sie hätte ein weniger zart besaitetes Herz gehabt.

Gerade wollte er zu einer Entschuldigung anheben, als er die Idee schon wieder verwarf. Krieger entschuldigten sich nicht. Das war Frauensache.

»Judith …«

Sie gab keine Antwort.

Gut, er gab auf. Er hatte sich bei noch niemanden, ob Frau oder Mann, für seine Taten entschuldigen müssen, und bei Gott, er würde jetzt nicht damit anfangen.

»Ich wollte dir nicht wehtun.«

Er konnte nicht fassen, dass *er* diese Worte gemurmelt hatte.

Kopfschüttelnd stellte er fest, dass sein Verhalten für ihn selbst unerklärlich war.

Judith ließ nicht erkennen, ob sie die Entschuldigung annahm oder nicht. Er war dankbar für diesen Takt, denn gewiss hatte sie aus seiner erstickten Stimme herausgehört, wie schwer sie ihm gefallen war.

Iain war erleichtert, als sie endlich ihr Ziel erreichten. An der Schwelle zögerte er jedoch. Aus der Hütte drang das Geräusch von Isabelles Weinen. Sie konnten auch Winslows Stimme vernehmen, und obwohl seine Worte nicht zu verstehen waren, sagte sein beruhigender Tonfall doch genug.

Judith wollte gerade vorschlagen, sie sollten am nächsten Morgen wiederkommen, als Iain schon an die Tür klopfte.

Kurz darauf öffnete Winslow. Sein wütender Blick machte deutlich, wie wenig glücklich er über die Störung war. Als er jedoch Iain erkannte, glättete seine Stirn sich sofort.

Brodicks Bruder sah diesem gar nicht ähnlich, nur die Augen hatten dieselbe intensiv blaue Farbe. Er war kleiner als Brodick und sah längst nicht so gut aus. Sein Haar war von dunklerem Blond und hatte widerspenstige Wirbel.

Nachdem Iain den Grund für ihren Besuch erklärt hatte, öffnete Winslow achselzuckend die Tür weiter und bat sie herein.

Die Hütte war fast so groß wie Patricks, doch hier lagen überall verstreut Kleidungsstücke herum. Auf dem Tisch stapelten sich benutzte Teller. Offenbar war Isabelle nicht die geborene Hausfrau. Das hübsche Mädchen saß im Bett, gestützt von dicken Kissen in ihrem Rücken. Ihre Augen waren geschwollen und rot vom Weinen.

Sie musste krank sein. Ihr braunes Haar hing strähnig und matt auf die Schultern, und ihr Gesicht war fahl wie der Mond.

»Ich möchte dich nicht stören«, begann Judith. Sie nahm Iain die Tasche ab und wollte sie auf den Tisch legen, als sie feststellte, dass dort kein Platz mehr war. Da die beiden Stühle ebenfalls Kleidungsstücke bedeckten, stellte sie die Tasche auf dem Boden ab. »Deine Mutter schickt dir ein Geschenk, Isabelle, und viele Neuigkeiten. Aber ich komme morgen wieder, wenn es dir besser geht.«

»Sie ist nicht krank«, bemerkte Winslow.

»Und warum liegt sie dann im Bett?«, fragte Judith. Winslow schien über diese Frage überrascht. Hatte sie vielleicht etwas Unschickliches gesagt?

»Sie wird jeden Moment meinen Sohn bekommen«, erklärte Winslow. Judith wandte sich wieder zu Isabelle. Sie sah die Tränen in ihren Augen. »Haben die Wehen schon eingesetzt?«

Isabelle schüttelte heftig den Kopf. Judith runzelte die Stirn. »Warum bist du dann im Bett?«, fragte sie wieder, verständnislos.

Winslow begriff nicht, warum diese Engländerin so dumme Fragen stellte. Er zwang sich zu einem geduldigen Tonfall. »Sie liegt im Bett, damit sie ihre Kräfte schont.«

Maude, die Hebamme, der Judith bedingungslos vertraute, hätte darüber Herzklabastern bekommen. Sie lächelte Isabelle an, dann wandte sie sich wieder deren Mann zu.

»Dann frage ich mich, warum ein Krieger seine Kräfte nicht schont, bevor er in die Schlacht zieht.«

Winslow hob die Augenbrauen, doch Iain grinste. »Ein Krieger muss stets für den Kampf üben«, erklärte Winslow. »Er wird schwach und unnütz, wenn er seine Kräfte nicht ständig stärkt. Machen die Engländer es nicht genauso?«

Judith zuckte die Schultern. Ihre Aufmerksamkeit war von einem Gebärstuhl abgelenkt worden, den sie in der Ecke entdeckt hatte. Sie ging hinüber, um die Konstruktion in Augenschein zu nehmen.

Winslow bemerkte ihr Interesse und erinnerte

sich an eine Aufgabe, die er zu erfüllen hatte. »Iain, kannst du mir helfen, das hinauszutragen? Es macht Isabelle nervös«, sagte er leise. »Ich bringe ihn morgen Agnes zurück.«

Judith war sowohl von der Gestaltung als auch von der Kunstfertigkeit fasziniert. Der Stuhl war geformt wie ein Hufeisen. Die halbrunde Lehne war hoch und wirkte solide. Der Sitz bestand nur aus einer schmalen Leiste, auf der die Schenkel der Frau ruhen sollten. Die hölzernen Griffe und die Seiten waren mit Gold eingelegt, und der Handwerker hatte die Flanken zusätzlich mit Engeln versehen.

Sie versuchte, ihre Neugier zu unterdrücken. »Möchtest du sehen, was deine Mutter dir schickt?«, fragte sie.

»Ja, bitte.«

Judith brachte die Tasche zum Bett hinüber. Sie blieb an der Seite stehen und lächelte über Isabelles Freude.

»Deinen Eltern geht es gut«, sagte sie. »Margaret lässt dir sagen, dass deine Kusine Rebecca im Herbst einen Stuart heiraten wird.«

Isabelle rieb sich die Augenwinkel mit dem Zipfel eines Leinentuchs trocken. Sie schnitt eine Grimasse, packte die Decken mit beiden Händen und stieß dann einen Seufzer aus. Kleine Schweißperlen erschienen auf ihrer Stirn. Judith hob das Leinentuch auf, das sie hatte fallen lassen, und tupfte ihr das Gesicht ab.

»Es geht dir nicht besonders gut, nicht wahr?«, flüsterte sie.

Isabelle schüttelte den Kopf. »Ich habe zu viel von Winslows Mahlzeit gegessen«, flüsterte sie zurück. »Sie schmeckte furchtbar, aber ich hatte großen Hunger. Ich wünschte, er ließe mich aufstehen. Warum bist du hier?«

»Um dir Neuigkeiten von deinen Eltern zu berichten.«

»Nein, ich meine, warum du hier in den Highlands bist«, wollte Isabelle wissen.

»Meine Freundin, Frances Catherine, bat mich zu kommen«, erwiderte Judith. »Warum flüsterst du?«

Die hübsche Frau lächelte. Doch dann machte Winslow unabsichtlich ihre aufkommende gute Laune zunichte.

Iain hatte die Tür geöffnet, und Winslow trug den Gebärstuhl nach draußen. Isabelles Augen schwammen augenblicklich wieder in Tränen. Sie wartete, bis Iain die Tür hinter sich zugezogen hatte und fragte dann: »Frances Catherine hat auch Angst, nicht wahr?«

»Isabelle, jede Frau wird ein bisschen ängstlich,

wenn die Geburt bevorsteht. Macht der Stuhl dir Sorgen?«

Isabelle nickte. »Ich benutze ihn bestimmt nicht.«

Sie erregte sich genauso, wie Frances Catherine es getan hatte, als sie von der bevorstehenden Geburt erzählte. Judith kannte Isabelle kaum, sie tat ihr aber schon innig leid. Ihre Panik war offensichtlich.

»Der Stuhl ist kein Folterinstrument. Maude hat mir gesagt, dass gebärende Frauen sich glücklich schätzen können, es so bequem zu haben. Sei froh, dass es hier einen gibt.«

»Bequem?«

»Ja«, gab Judith zurück. »Maude sagt, der Stuhl ist so konstruiert, dass Beine und Rücken der Frauen bestens gestützt sind.«

»Wer ist Maude?«

»Eine Hebamme«, antwortete Judith.

»Was hat sie denn noch gesagt?«, fragte Isabelle und hörte auf, den Zipfel der Decke zu verdrehen.

»Maude lebte für gut sechs Wochen bei uns«, erzählte Judith. »Sie hat mir viele gute Ratschläge für Frances Catherine mitgegeben.«

Das Durcheinander in der Hütte machte Judith unruhig, und so faltete sie die Kleidungsstücke zusammen und stapelte sie am Fußende des Bettes, während sie Isabelle von Maude erzählte. »Du solltest aufstehen und dich bewegen«, sagte Judith, als sie sich der Unordnung auf dem Tisch zuwandte.

»Frische Luft und lange Spaziergänge sind mindestens genauso wichtig wie die innere Ruhe.«

»Winslow hat Angst, dass ich fallen könnte«, warf Isabelle ein.

»Dann bitte ihn doch, dich zu begleiten«, schlug Judith vor. »Die ganze Zeit in einem Haus eingepfercht zu sein, würde mich wahnsinnig machen, Isabelle.«

Der Klang von Isabelle Lachen füllte den Raum. »Es *macht* mich ja wahnsinnig«, gab sie zu. Sie schlug die Decken zurück und schwang ihre Beine aus dem Bett.

»Bist du in England eine Hebamme?«

»Herr im Himmel, nein«, wehrte Judith ab. »Ich bin nicht einmal verheiratet. Ich wollte nur so viel Wissen wie möglich von erfahrenen Hebammen sammeln, dass ich meiner Freundin Frances Catherine helfen kann.«

»Willst du damit sagen, dass in England eine unverheiratete Frau offen über *solche* Dinge reden darf?«

Isabelle klang so erstaunt, dass Judith lachen

musste. »Nay, überhaupt nicht, und meine Mutter wäre entsetzt, wenn sie gewusst hätte, was ich lernte.«

»Hätte sie dich bestraft?«

»Ja, natürlich!«

»Du hast das Risiko für deine Freundin auf dich genommen?«

»Sie hätte dasselbe für mich getan«, antwortete Judith.

Isabelle starrte Judith einen langen Moment an, dann nickte sie bedächtig. »Ich kenne solche Freundschaften zwischen Frauen nicht, aber ich beneide dich darum. Du nimmst ein Risiko auf dich und sagst mir, sie täte dasselbe für dich … Ja, ich beneide eine solche Treue wirklich.«

»Hattest du keine Freundinnen, als du klein warst?«

»Nur Verwandte«, antwortete Isabelle. »Und natürlich meine Mutter. Als ich älter war und ihr eine Hilfe sein konnte, war sie manchmal wie eine Freundin zu mir.«

Isabelle stand auf und griff nach ihrem Plaid. Sie war gut einen Kopf kleiner als Judith, aber ihre Körpermitte schien den doppelten Umfang zu haben.

»Hast du hier Freunde?«

»Winslow ist mein liebster Freund«, antwortete

Isabelle. »Die Frauen sind nett zu mir, aber wir haben alle sehr viel mit unseren Pflichten zu tun, und es ist wenig Zeit, sich zu treffen und zu plaudern.«

Judith beobachtete erstaunt, wie die Frau geschickt den langen Stoffstreifen wieder und wieder um ihren Körper wand. Als sie fertig war, trug sie das Plaid vom Hals bis zu den Knöcheln, und exakte Falten öffneten sich über ihrem großen Bauch.

»Es tut gut, mit dir zu reden«, sagte Isabelle leise und schüchtern. »Frances Catherine ist sicher froh über deine Gesellschaft. Sie braucht neben Patrick jemanden zum Reden«, fügte sie hinzu. »Ich glaube, sie hat es schwer gehabt, ihren Platz hier zu finden.«

»Wie kommst du darauf?«, fragte Judith.

»Einige der älteren Frauen halten sie für hochnäsig«, sagte Isabelle.

»Und warum?«

»Sie bleibt für sich«, erklärte die junge Frau. »Ich glaube, sie hat Heimweh.«

»Und du, hast du Heimweh?«

»Manchmal, ja«, gestand Isabelle. »Aber Winslows Tanten waren sehr freundlich zu mir. Willst du mir nicht sagen, was diese Hebamme noch für Methoden hatte? Hält sie den Gebärhaken auch für unersetzlich?«

Isabelle wandte sich um, um die Laken auf dem Bett zu glätten, doch Judith hatte bereits die Angst in ihren Augen entdeckt.

»Woher weißt du denn von *diesem* Gerät?«

»Agnes hat es mir gezeigt!«

»Lieber Gott«, rutschte es Judith heraus. Sie holte tief Atem, um ihren Zorn niederzukämpfen. Sie war nicht gekommen, um Ärger zu verursachen, und sie wusste, dass es ihr nicht zustand, die Methoden zu kritisieren, die die hiesigen Hebammen anwandten. »Maude hält davon überhaupt nichts«, sagte sie und achtete darauf, dass ihre Stimme ruhig, fast heiter klang. »Sie findet es barbarisch!«

Isabelle zeigte keine Reaktion. Stattdessen stellte sie weitere Fragen. Hin und wieder biss sie sich auf die Unterlippe, und Schweißtropfen bildeten sich über ihren Brauen. Wahrscheinlich machte ihr das Thema Angst.

Winslow und Iain waren immer noch nicht wieder hereingekommen. Als Judith das erwähnte, lachte Isabelle auf. »Mein Mann genießt wahrscheinlich die friedvolle Stille draußen. Ich war in letzter Zeit nicht gerade einfach.«

Judith lachte auch. »Das muss ein weitverbreitetes Leiden sein, Isabelle. Frances Catherine hat mir vor einer Stunde genau dasselbe gesagt.«

»Hat sie Angst vor Agnes?«

»Und du?«

»Ja.«

Judith stieß einen Seufzer aus. Bei Gott, auch sie begann langsam, diese Frau zu fürchten. Agnes schien ein wahres Ungeheuer zu sein. Fehlte ihr denn jegliches Mitgefühl?

»Wie viel Zeit hast du, bevor deine Wehen einsetzen werden?«

Isabelle sah Judith nicht an, als sie antwortete. »Ein oder zwei Wochen.«

»Morgen sprechen wir noch einmal darüber. Kannst du zu Frances Catherines Hütte kommen? Vielleicht können wir zu dritt einen Weg finden, wie wir das Problem Agnes lösen. Isabelle, ich habe überhaupt keine Erfahrung. Ich habe noch nicht mal mit eigenen Augen eine Geburt gesehen, aber ich weiß ganz sicher, dass man immer weniger Angst haben muss, je mehr man weiß. Ist es nicht so?«

»Du würdest mir helfen?«

»Natürlich«, antwortete Judith. »Warum gehen wir jetzt nicht ein bisschen nach draußen? Die frische Luft wird dir guttun.«

Isabelle nickte. Judith trat gerade auf die Tür zu, als Winslow sie von außen öffnete. Er wandte sich gleich mit finsterem Blick an seine Frau.

»Warum bist du nicht im Bett?«

»Ich brauche etwas frische Luft«, gab sie zurück. »Hast du den Gebärstuhl schon zu Agnes zurückgebracht?«

Er verneinte kopfschüttelnd. »Ich will es morgen tun.«

»Bitte bring ihn wieder hinein«, bat sie ihn. »Es wird mich beruhigen, ihn hier drin zu haben.«

Sie lächelte Judith an, während sie mit ihrem Mann sprach.

Winslow sah sie verwirrt an. »Aber du wolltest ihn doch auf keinen Fall haben«, erinnerte er sie. »Du hast gesagt …«

»Ich habe meine Meinung geändert«, unterbrach Isabelle ihn. »Und ich weiß auch wieder, was sich gehört. Guten Abend, Clansherr Iain«, rief sie.

Judith war bereits nach draußen gegangen und stand nun neben Iain. Sie würdigte ihn keines Blickes, verbeugte sich leicht vor Winslow und Isabelle und machte sich auf den Weg zu Frances Catherines Haus.

Iain holte sie am Hügelkamm ein. »Winslow und Isabelle möchten dich wissen lassen, wie dankbar sie dir dafür sind, dass du Margarets Geschenk vorbeigebracht hast. Du hast auch aufgeräumt, nicht wahr?«

»Ja.«

»Warum?«

»Das Haus hatte es nötig.« Ihre Worte kamen knapp, kalt.

Iain verschränkte die Hände auf seinem Rücken und spazierte neben ihr her. »Judith, mach es nicht schwerer, als es ohnehin schon ist«, flüsterte er rau.

Ihr Schritt war so schnell, dass sie fast lief. »Ich habe nicht die Absicht, irgendetwas schwer zu machen«, gab sie zurück. »Ich halte mich von dir fern, und du hältst dich von mir fern. Ich habe diese unbedeutende, lächerliche, aufwallende Leidenschaft bereits überwunden. Ich kann mich noch nicht einmal an deinen Kuss erinnern!«

Das war eine infame Lüge.

Inzwischen waren sie fast bei Patricks Haus angelangt.

»Du hast verdammt noch mal nichts vergessen«, murmelte er.

Er packte ihre Schultern und zwang sie, sich zu ihm zu drehen. Dann nahm er ihr Kinn und hob ihren Kopf an.

»Was willst du?«

»Deine Erinnerung auffrischen.«

Sein Mund senkte sich auf ihren und erstickte jeden Protest. Und Himmel – wie er sie küsste! Sein Mund war heiß, hungrig, und seine Zunge drang mit sanfter Bestimmtheit ein. Judith bekam weiche Knie, doch sie fiel nicht, sondern lehnte sich an ihn. Er schlang die Arme um ihre Taille und zog sie zu sich hoch. Seine Lippen verschlossen die ihren wieder und wieder, und Gott mochte ihm helfen – er konnte nicht genug von ihr bekommen.

Sie erwiderte seinen Kuss mit gleicher Leidenschaft, und bevor ihr seine Begierde jegliche Fähigkeit zum Denken raubte, erkannte sie etwas mit Gewissheit: Iain war wirklich geschickt darin, ihre Wut zu besänftigen.

In diesem Moment öffnete Patrick die Tür. Bei dem Anblick, der sich ihm bot, stieß er ein Gelächter aus, das wie ein Schnauben klang. Iain ignorierte ihn völlig, und Judith war blind für alles, außer für den Mann, der sie so zärtlich in den Armen hielt.

Endlich schob er sie ein Stück von sich und sah mit arrogantem Gefallen auf die schöne Frau in seinen Armen. Ihr Mund war leicht geschwollen und rosig und ihre Augen verschleiert vor Leidenschaft. Sofort verspürte er das Bedürfnis, sie erneut zu küssen.

»Geh hinein, Judith, solange ich mich noch genug beherrschen kann, um dich gehen zu lassen.«

Sie begriff nicht, was er damit meinte. Und sie

verstand auch seinen finsteren Blick nicht. »Wenn du mich so ungern küsst, warum tust du es dann immer wieder?«

Sie sah so beleidigt aus, dass er grinsen musste.

Das machte sie erst recht wütend. »Du kannst mich jetzt loslassen«, befahl sie.

»Das habe ich schon.«

Judith bemerkte erst jetzt, dass sie es war, die ihn immer noch hielt, und wich sofort zurück. Sie strich ihr Haar über die Schulter zurück und wandte sich zur Tür. Als sie Patrick sah, der lässig am Türrahmen lehnte, stieg ihr heiße Röte ins Gesicht.

»Du musst dir nichts dabei denken, was du eben gesehen hast«, verkündete sie. »Iain und ich mögen uns noch nicht einmal.«

»Da hättet ihr mich doch fast zum Narren gehalten«, sagte Patrick gedehnt und verbiss sich das Lachen.

Sie nahm an, dass es unhöflich war, ihren Gastgeber zu treten, deswegen warf sie ihm nur einen hochfahrenden Blick zu, als sie an ihm vorbeirauschte.

Patrick hatte aber offenbar Lust, sie zu necken. »Aye, es schien mir tatsächlich, als würdet ihr beide euch sogar ziemlich mögen, Judith.«

Iain hatte sich umgedreht, um nach Hause zu

gehen. Er hörte Patricks Bemerkung und wandte sich abrupt wieder um. »Lass es gut sein, Patrick.«

»Warte«, rief Patrick. »Ich muss etwas mit dir besprechen«, fügte er hinzu, als er hastig die Tür hinter sich zuzog.

Judith war dankbar, dass sie einen Moment allein war. Ihre Freundin schlief tief und fest, und Judith empfand das als einen Segen. Frances Catherine hätte sie mit Fragen bestürmt, wenn sie sie mit Iain draußen gesehen hätte, und Judith fühlte sich einfach nicht in der Lage, Antworten zu geben.

Patrick hatte hinter den Tisch in der Ecke des Raumes einen kleinen Paravent gestellt, der ein schmales Bett mit einer schönen waldgrünen Überdecke abschirmte. Ihr Gepäck war an einer Wand säuberlich gestapelt. Daneben befand sich eine kleine Truhe, auf der ein weißer Porzellankrug, eine Schüssel und eine Vase mit frischen wilden Blumen standen.

Natürlich hatte Frances Catherine bei der Einrichtung dieser improvisierten Schlafkammer ihre Hand im Spiel gehabt. Man sah es gleich. Patrick wäre gewiss nicht auf die Idee gekommen, ihr Blumen hinzustellen. Er hätte auch bestimmt nicht ihre Bürste und ihren Spiegel ausgepackt und in erreichbare Nähe auf einen Hocker an der anderen Seite des Bettes gelegt.

Judith lächelte über die Fürsorge ihrer Freundin. Erst jetzt, als sie versuchte, die Bänder ihres Kleides zu lösen, merkte sie, dass ihre Hände immer noch zitterten. Iains Kuss hatte sie regelrecht aus der Bahn geworfen, und lieber Gott, was sollte sie deswegen bloß unternehmen? Kaum anzunehmen, dass Iain sie auch nur angefasst hätte, wenn er wüsste, dass sie seines Feindes Macleans Tochter war.

Sie hatte zwar ihrer Freundin versichert, dass Iain sie beschützen würde. Aber nun verspürte sie ein verzweifeltes Bedürfnis, sich vor *ihm* zu schützen. Sie wollte ihn nicht lieben. Oh, es war ihr einfach unmöglich, ihre Gedanken zu ordnen. Am liebsten hätte sie geweint, aber Tränen würden keine Lösung bringen. Sie war zu erschöpft von dem langen Tag und der Reise, um die Situation logisch zu durchdenken. Außerdem waren Probleme im Morgenlicht immer nur noch halb so schlimm …

Dennoch wollte der Schlaf lange Stunden nicht kommen. Als sie es geschafft hatte, ihre Sorge wegen Iain zu verdrängen, wandte sich ihr Geist augenblicklich der um ihre Freundin zu. Judith konnte auch die Angst in Isabelles Augen nicht vergessen, als sie von Agnes sprachen. Und als Judith endlich der Schlaf übermannte, war sie gefangen in einem Albtraum über Geburtshaken und Schreie.

Mitten in der Nacht wurde Judith geweckt. Als sie die Augen aufschlug, sah sie Iain, der neben ihrem Bett kniete. Sie streckte die Hand aus, berührte leicht seine Wange und schloss erneut ihre Augen. Sicher war es nur ein unglaublich realistischer Traum.

Iain hörte jedoch nicht auf, sie anzutippen. Also öffnete sie die Augen wieder und sah diesmal, dass Patrick hinter Iain stand. Frances Catherine war an seiner Seite.

Judith wandte sich zu Iain. »Bringst du mich jetzt nach Hause?« Diese Frage ergab zwar keinen Sinn, aber seine Anwesenheit genauso wenig.

»Winslow bat mich, dich zu holen«, erklärte Iain.

Sie setzte sich langsam auf. »Warum?«, fragte sie. Dann ließ sie sich gegen ihn sinken und schloss wieder die Augen.

»Judith, wach endlich auf«, befahl Iain nun lauter.

»Sie ist erschöpft«, stellte Frances Catherine fest.

Judith schüttelte den Kopf. Sie zog ihre Decken

bis unter ihr Kinn und hielt sie dort fest. »Iain, so etwas schickt sich nicht«, flüsterte sie. Dann: »Was will Winslow denn?«

Er erhob sich. »Isabelle braucht dich. Ihre Wehen haben begonnen. Aber Winslow sagt, du hast noch viel Zeit. Die Schmerzen sind noch nicht sehr stark.«

Mit einem Schlag war Judith ganz wach. »Sind die Hebammen schon da?«

Iain verneinte kopfschüttelnd. »Sie will nicht, dass sie es erfahren.«

»Sie will dich, Judith«, erklärte Frances Catherine.

»Ich bin aber doch keine Hebamme.«

Iain lächelte sie zärtlich an. »Es sieht so aus, als würdest du jetzt eine werden.«

Kapitel 7

Er befürchtete, sie würde wieder in Ohnmacht fallen. Innerhalb von Sekunden war alle Farbe aus ihrem Gesicht gewichen, und sie war so weiß wie ihr Nachtgewand geworden. Sie warf die Decken von sich, schwang sich aus dem Bett und knickte in den Knien ein. Er fing sie auf, als sie auf das Bett zurücksank.

Judith war von seiner Ankündigung so überrumpelt, dass sie ihre spärliche Bekleidung ganz vergaß. Die Decke war auf den Boden gerutscht und sie trug nur ihr dünnes, weißes Nachtkleid. Das obere Teil war weit ausgeschnitten. Es zeigte zwar nicht zu viel, reizte ihn aber dennoch genug. Teufel, diese Frau hätte auch mit einem Mehlsack bekleidet noch anziehend auf ihn gewirkt. Er fühlte sich fast wie ein Flegel, dass er sie so ansah. Aber verdammt, er war ein Mann und sie eine schöne Frau. Die weiche Linie ihrer Brüste machte ihn konfus und er griff nur deswegen nach der Goldkette an ihrem Hals, weil er sich von ihrem Körper ablenken musste.

Er zog die Kette hervor und starrte eine gute Minute auf den goldenen und rubinroten Ring. Irgendetwas daran war ihm vertraut, aber Iain konnte sich nicht erinnern, ob und wann er ihn schon einmal gesehen hatte. Nur eines wusste er ganz sicher: Dies war ein Männerring, und *sie* trug ihn.

»Das ist der Ring eines Kriegers«, flüsterte er.

»Was …?« Sie konnte sich nicht auf seine Worte konzentrieren. Immer noch wirbelte seine Bemerkung in ihrem Kopf herum, sie würde die Rolle einer Hebamme übernehmen müssen. Iain war verrückt, aber sie war dennoch entschlossen, ihm ihre Grenzen klarzumachen. »Ich kann unmöglich …«

Er unterbrach sie. »Das ist der Ring eines Kriegers, Judith.«

Endlich begriff sie, dass er von dem Ring ihres Vaters sprach. Hastig nahm sie ihm das Schmuckstück aus der Hand und ließ es wieder an ihren Busen zurückgleiten.

»Bei Gott, Iain, wen interessiert jetzt der Ring? Willst du mir bitte einmal zuhören? Ich kann nicht Isabelles Hebamme werden. Ich habe überhaupt keine Erfahrung.«

Sie wollte so verzweifelt, dass er endlich begriff, und sie begann, an seinem Plaid zu zerren.

»Von wem hast du den Ring?«

Lieber Gott, er *wollte* nicht zuhören. Am liebsten hätte sie ihn durchgeschüttelt. Dann bemerkte sie, dass sie es bereits versuchte, ohne dass Iain sich im Geringsten bewegte.

Sie gab auf, ließ ihn los und trat einen Schritt zurück.

»Du hast mir erzählt, dass du in England noch keinem Mann versprochen wurdest. War das die Wahrheit?«

Er hatte erneut die Kette hervorgezogen und drehte sie nun um seinen Finger. Seine Knöchel strichen über ihre Brüste, und er machte nicht den Eindruck, als wollte er mit dieser intimen Berührung aufhören.

»Antworte mir«, befahl er.

Judith erkannte überrascht, dass der Mann wütend war. »Mein Onkel Tekel hat ihn mir gegeben«, sagte sie. »Er gehörte meinem Vater.«

Er schien ihr kein Wort zu glauben, denn seine gerunzelte Stirn glättete sich nicht.

Sie schüttelte den Kopf. »Der Ring gehört keinem jungen Mann, der mich einmal heiraten soll. Ich *habe* dich nicht belogen. Also hör auf, mich so anzustarren.«

Sie fühlte sich keinesfalls schuldig, obwohl sie ihm nicht die volle Wahrheit gesagt hatte. Aber Onkel Tekel *hatte* ihr den Ring gegeben und Iain brauchte niemals zu erfahren, dass er gerade Macleans Familienerbstück in der Hand hielt.

»Dann darfst du ihn behalten.«

Seine Arroganz war unfassbar. »Ich brauche deine Erlaubnis nicht«, sagte sie.

»O doch.«

Er zog sie an der Kette zu sich heran, beugte sich herab und küsste sie hart, fordernd. Als er seinen Kopf wieder hob, entdeckte er ihren verwirrten Gesichtsausdruck. Das gefiel ihm.

Für Judith war das plötzliche Funkeln in seinen Augen noch unbegreiflicher als sein albernes Verhör wegen des Rings.

»Ich habe dir bereits gesagt, dass du mich nicht nach Belieben küssen kannst.«

»Doch, ich kann.«

Um seine Behauptung zu untermauern, küsste er sie erneut. Judith hatte sich von ihrer Überraschung noch nicht wieder erholt, als er sie plötzlich hinter sich schob.

»Patrick, Judith ist für Herrenbesuch nicht passend angezogen. Geh.«

»Iain, du bist zufällig in seinem Haus, nicht in deinem«, erinnerte Judith ihn.

»Ich weiß, wo ich bin«, gab er zurück, ohne die Verärgerung in seiner Stimme zu verhehlen. »Patrick, geh jetzt.«

Patrick befolgte den Befehl für Iains Geschmack nicht schnell genug. Außerdem grinste er, und das passte Iain noch weniger. Drohend trat er einen Schritt vor. »Findest du meinen Befehl vielleicht komisch?«

Judith packte sein Plaid, um ihn zurückzuhalten. Das war natürlich ein armseliger Versuch bei einem Mann von seiner Größe. Und ein lächerliches Verhalten ihrerseits.

Iain rührte sich ohnehin nicht. Stattdessen legte Patrick den Arm um seine Frau und führte sie hinter dem Wandschirm hervor auf die andere Seite des Raumes. Frances Catherine wollte etwas sagen, aber Patrick bedeutet ihr zu schweigen.

Mit einer Kopfbewegung zum Paravent hin gab er ihr ohne Worte zu verstehen, dass er die Diskussion hinter dem Schirm mithören wollte. Frances Catherine presste die Hand auf ihren Mund, um nicht loszukichern.

»Ich will, dass du gehst«, befahl Judith. »Sofort.«

Iain wandte sich um und sah sie an. Sie riss die Decke vom Bett hoch und bedeckte sich damit. »Das ist unschicklich.«

»Judith, es ist vor allem unschicklich, in solchem Ton mit mir zu reden.«

Ihr war zum Schreien zumute, aber sie seufzte stattdessen nur.

»Ich mag deinen Tonfall auch nicht«, gab sie zurück.

Er sah sie erstaunt an. Fast hätte er gelacht, konnte sich aber noch rechtzeitig beherrschen. Diese Frau musste wirklich endlich ihren Rang begreifen. »Ich warte draußen«, sagte er barsch. »Zieh dich an!«

»Und warum?«

»Isabelle«, erinnerte er sie. »Schon vergessen?«

»O Gott, Isabelle!«, schrie sie auf. »Iain, ich kann nicht …«

»Schon gut«, unterbrach er. »Du hast Zeit genug.«

Er ging fort, bevor sie es ihm erklären konnte. Judith knurrte ein wenig damenhaftes Schimpfwort. Sie musste sich wohl oder übel anziehen, um ihm nach draußen zu folgen und ihn zum Zuhören zu zwingen. Dieser unwissende Kerl schien offenbar zu glauben, eine Frau wäre so gut wie die andere, wenn es darum ging, ein Baby auf die Welt zu holen. Sie würde das richtigstellen, damit Isabelle erfahrene Hilfe bekommen konnte.

Frances Catherine half ihr beim Anziehen.

Danach hieß sie Judith sich hinsetzen, damit sie ihr Haar bürsten konnte.

»Bei der Liebe Gottes, Frances Catherine. Ich gehe nicht auf ein Fest, also lass mein Haar so wie es ist.«

»Du hast Iain gehört«, gab ihre Freundin zurück. »Du hast alle Zeit der Welt. Das erste Baby einer Frau kostet sie immer lange Stunden Schmerz und Mühe. Und Isabelles Wehen haben gerade erst begonnen.«

»Woher weißt du das mit den Schmerzen und den langen Stunden?«

»Agnes hat es mir erzählt.«

Judith fasste ihr Haar im Nacken zusammen und schlang ein Band darum. »Reizende Mitteilung an eine werdende Mutter«, murmelte sie.

»Das blaue Band sieht hübscher aus«, warf Frances Catherine ein und versuchte, das rosa Band um Judiths Haar zu lösen.

Judith fühlte sich wie in einem Albtraum, in dem selbst ihre beste Freundin eine Rolle übernommen hatte. »Um Himmels willen, Frances Catherine, wenn du nicht aufhörst, an mir herumzuzerren, dann schwöre ich, brauchst du dir um dein erstes Kind keine Sorgen mehr zu machen. Ich erwürge dich vorher!«

Frances Catherine ließ sich durch diese leere Drohung nicht beirren. Aber sie trat zurück und lächelte. »Soll ich wach bleiben und auf dich warten?«

»Ja … nein, ach, ich weiß nicht«, murmelte Judith, als sie auf die Tür zuging.

Patrick und Iain standen draußen, als Judith hinausgeeilt kam. Sie trat auf den Steinweg, knurrte irgendetwas und hastete wieder hinein. Sie fand ihre Schuhe unterm Bett, zog sie an und rannte wieder hinaus.

»Sie scheint ein wenig durcheinander«, bemerkte Patrick besorgt.

»Aye, das kann man sagen«, stimmte Iain zu.

»Sag Isabelle, ich bete für sie«, rief Frances Catherine ihnen hinterher.

Iain wartete, bis Judith an seiner Seite war und wandte sich dann zu seinem Bruder. »Winslow möchte nicht, dass irgendjemand davon erfährt, bis es vorbei ist.«

Patrick nickte.

Jetzt reichte es Judith. Sie wartete lächelnd, bis Patrick die Tür zugezogen hatte und Frances Catherine sie nicht mehr sehen konnte. Dann wandte sie sich zu Iain.

»Ich kann das nicht tun«, platzte sie heraus. »Ich habe überhaupt keine Erfahrung. Du musst das begreifen, Iain.«

Wieder packte sie sein Plaid und zerrte daran, als könnte sie ihre Erklärung damit unterstützen.

»Judith, wie willst du denn Frances Catherine helfen, wenn du …«

Sie ließ ihn seine Frage erst gar nicht beenden.

»Ich wollte ihr die Stirn abtupfen, ihre Hand tätscheln und ›na, na‹ flüstern und …«

Sie konnte nicht fortfahren. Iain zog sie in seine Arme und hielt sie fest. Er wusste nicht, was er sagen sollte, um ihr ihre Angst zu nehmen.

»Iain?«

»Ja?«

»Ich habe solche Angst.«

Er lächelte. »Ich weiß.«

»Ich will das nicht tun.«

»Alles wird gut werden.«

Er nahm ihre Hand und führte sie den Weg zu Isabelles Haus hinunter. Es war so finster, dass sie kaum den Pfad erkennen konnten.

»Ich hatte gedacht, die Hebammen würden die Arbeit machen«, flüsterte sie, während sie sich von ihm mitziehen ließ. »Und ich wollte bloß Vorschläge machen. O Gott, wie vermessen ich war!«

Einige Minuten gingen sie schweigend weiter, dann setzte Judith erneut an. »Ich weiß nicht, was ich tun soll.«

»Isabelle wird es wissen, wenn die Zeit kommt. Sie will nur, dass du bei ihr bist.«

»Aber ich verstehe nicht, warum.«

Iain lächelte. »Ich schon. Du bist eine freundliche und mitfühlende Frau. Isabelle braucht jetzt beides. Aye, du wirst das wundervoll schaffen.«

»Was, wenn es Komplikationen gibt?«

»Ich werde direkt vor der Tür sein.«

Seltsam genug, aber sein Versprechen tröstete sie. »Und du wirst hereinkommen, wenn es nötig ist und weitermachen? Du wirst das Baby holen?«

»Hölle, nein!«

Er schien vollkommen entsetzt bei dem Gedanken. Sie würde gelacht haben, hätte sie nicht solche Angst gehabt.

Judith verstand immer noch nicht, warum Isabelle sie ausgewählt hatte. »Wenn du in die Schlacht ziehen müsstest und einen Krieger als Begleitung auswählen könntest, würdest du deinen Knappen mitnehmen?«

Er begriff den Vergleich, den sie ziehen wollte. »Ja.«

»Isabelle ist wie ein Krieger, der in die Schlacht ziehen muss, und sie braucht … Du hast ja gesagt? Du würdest wirklich einen unerfahrenen Knappen mitnehmen?«, fragte sie ungläubig.

Er lachte. »Allerdings!«

Sie lächelte. »Du lügst mich an, um mich zu trösten. Und es wirkt. Bitte lüg mich noch einmal an. Bitte sag mir noch einmal, dass alles gut werden wird. Vielleicht glaube ich es dir dieses Mal.«

»Judith, wenn es Schwierigkeiten gibt, schicke ich sofort jemanden nach Agnes.«

»Dann möge Gott Isabelle helfen«, flüsterte Judith. »Iain, fragst du dich denn nicht, warum sie nicht längst Agnes gerufen hat?«

Er nickte. »Doch«, gab er zu.

Judith erzählte ihm nun, was sie über Agnes und ihre Gehilfin gehört hatte, und sagte ihm auch, was sie davon hielt. Als sie geendet hatte, zitterte ihre Stimme vor Zorn.

Sie hätte gerne gewusst, was Iain zu Agnes' Verhalten sagte, aber sie hatten schon den kleinen Hof von Isabelles Haus erreicht und es war keine Zeit mehr, um ihn zu fragen.

Winslow riss die Tür auf, bevor Iain noch die Hand zum Klopfen erhoben hatte. Durch die Öffnung quoll eine Welle von Hitze, die Judith wie eine offene Flamme ins Gesicht schlug. Winslows Stirn glänzte schweißnass und dicke Tropfen fielen von seinen Schläfen herab.

Drinnen war die Luft so unerträglich heiß, dass Judith Mühe hatte zu atmen. Sie trat ein und blieb abrupt stehen. Isabelle saß vornübergebeugt an einer Seite des Bettes und war in mehrere Decken eingehüllt. Judith konnte ihr leises Wimmern bereits an der Tür hören.

In diesem Moment erkannte sie, dass sie nicht einfach fortlaufen konnte. Sie würde bleiben und tun, was immer nötig war, um dieser Frau zu helfen. Ihre Qual zog Judith das Herz zusammen.

Iain legte ihr die Hände auf die Schulter. Erst jetzt bemerkte sie, dass er direkt hinter ihr stand.

»Winslow, Judith glaubt nicht, dass …«

Sie unterbrach ihn. »Ich glaube nicht, dass die Hitze hier drin hilfreich ist«, sagte sie bestimmt. Sie wandte sich um und sah zu Iain hoch. »Mach dir nicht solche Sorgen«, flüsterte sie. »Es wird alles gut.«

Der plötzliche Wandel überraschte ihn. In ihrer Stimme, ihren Augen war kein Anzeichen mehr von Angst zu entdecken. Judith wirkte gelassen … sie übernahm das Kommando!

Langsam durchquerte sie den Raum und blieb vor Isabelle stehen.

»Lieber Gott, Isabelle, hier ist es heiß wie im Fegefeuer«, sagte sie mit erzwungener Heiterkeit.

Isabelle schaute nicht auf. Judith kniete sich vor sie auf den Boden. Vorsichtig befreite sie die Frau aus dem Wust von Decken um Kopf und Schultern. Dann hob sie sanft ihren Kopf, damit sie sie ansehen konnte.

Isabelles Gesicht war tränenüberströmt. Auch ihr Haar war tropfnass und hing in unordentlichen Strähnen auf ihre Schultern herab. Judith schob es zurück und begann, ihr das Gesicht mit einer Decke abzutupfen. Als sie damit fertig war, nahm sie ihre Hand in die ihre.

Die Angst in Isabelles Augen brachte sie fast zum Weinen. Sie riss sich zusammen, denn sie wusste, dass ihre neue Freundin jetzt all ihre Kraft benötigte, und Judith war entschlossen, sie ihr zu geben. Sie konnte später weinen, wenn sie beide diese erschreckende Erfahrung durchgestanden hatten.

Sie drückte Isabelles Hand. »Hör mir bitte genau zu, was ich dir jetzt sage«, wies sie die junge Frau an. Sie wartete auf Isabelles Nicken und fuhr dann fort: »Wir werden das schon schaffen.«

»Du bleibst bei mir? Du gehst nicht weg?«

»Ich bleibe«, sagte Judith. »Versprochen.«

Isabelle nickte.

»Wie lange hast du schon diese Schmerzen?«, fragte Judith.

»Seit heute früh«, antwortete Isabelle. »Ich hab's nicht einmal Winslow gesagt.«

»Warum hast du gewartet?«

»Ich habe gehofft, es würde vorbeigehen«, sagte sie sehr leise. »Und ich hatte Angst, er würde nicht auf mich hören und Agnes holen. Ich musste ihn lange überreden, bis er Iain um Erlaubnis bat, dich rufen zu dürfen.«

Wieder rannen ihr die Tränen über das Gesicht. Sie griff nach Judiths Hand. »Vielen Dank, dass du gekommen bist.«

»Und ich freue mich, dass ich hier bin«, gab Judith zurück und hoffte, Gott würde verstehen und ihr verzeihen, dass sie keinesfalls hatte herkommen wollen. Sie spürte immer noch so viel Angst, dass ihr Magen schmerzte. Außerdem zerrte die Hitze im Haus an ihren Kräften.

»Isabelle, es ist normal, dass du ein bisschen ängstlich bist, aber du solltest auch aufgeregt und glücklich sein. Du bringst neues Leben auf diese Welt.«

»Mir wäre es lieber, wenn Winslow es täte.«

Diese Bemerkung verblüffte Judith so sehr, dass sie lachen musste. Isabelle lächelte ebenfalls.

»Wir sollten uns vorbereiten«, sagte Judith dann. »Fühlst du dich gut bei der Wärme hier drin?«

Isabelle schüttelte den Kopf. Judith stand auf und drehte sich zu den beiden Männern um, die an der Tür standen. Sie musste lächeln, als sie Iains Gesicht sah. Der arme Mann fühlte sich schrecklich unwohl. Er versuchte, das Haus zu verlassen, aber Winslow verhinderte das. Er stand direkt in der Tür und warf Judith düstere Blicke zu.

Sie strahlte ihn an. »Winslow, bitte zieht die Felle von den Fenstern. Wir brauchen frische Luft.«

Dann wandte sie sich zu Iain, der gerade hinausgehen wollte. Sie hielt ihn mit ihrer Frage zurück. »Ist der Holzbalken dort stark genug, um dein Gewicht zu tragen?«

»Ich denke schon«, antwortete er.

Wieder versuchte er zu gehen. »Warte!«, rief sie. Hastig durchwühlte sie den Stapel Leinentücher am Fußende des Bettes, konnte aber nichts finden, was für ihre Zwecke lang genug war. Dann fiel ihr das Plaid ein. Der Stoff war lang, schmal in der Breite und bestens geeignet für das, was sie vorhatte. Sie reichte es Iain. »Kannst du das bitte für mich über den Balken werfen und ausprobieren, ob du dich daranhängen kannst? Ich will nicht, dass das Holz herunterkommt und Isabelle erschlägt.«

»Du willst sie festbinden?«, platzte Winslow heraus.

Sie schüttelte den Kopf. »Sie soll etwas zum Festhalten haben, wenn sie steht«, erklärte sie. »Es macht es ihr leichter, Winslow.«

Der Krieger war keinesfalls überzeugt, bis seine Frau nickte. Also half er Iain, Judiths Anweisungen auszuführen. Kurz darauf hingen die zwei Enden des Plaids an beiden Seiten des Balkens auf gleicher Länge herab.

Als Winslow noch einen Scheit auf das Feuer werfen wollte, wehrte sie ab und komplimentierte die beiden Männer hinaus. Winslow zögerte. »Ich will draußen vor der Tür stehen bleiben, Frau. Wenn ich Agnes holen soll, ruf einfach nach mir.«

»Ich werde niemals nach ihr schicken«, antwortete Isabelle mit zorniger Stimme.

Winslow stieß einen müden Seufzer aus. Seine Sorge um seine Frau war deutlich, seine Resignation auch. Er strich sich mit den Fingern durchs Haar, ging einen Schritt auf Isabelle zu und hielt dann wieder inne. Judith erkannte, dass er einen Moment mit ihr allein sein wollte. Hastig drehte sie ihnen den Rücken zu und tat so, als wäre sie mit dem Schürhaken an der Feuerstelle beschäftigt.

Sie hörte das Flüstern hinter sich, und einen Moment später wurde die Tür zugezogen. Da ging sie zu Isabelle zurück, um sie langsam auf die Geburt vorzubereiten. Sie versuchte, die Decken wegzuziehen, aber Isabelle hielt sie fest. Sie versuchte sich sogar unter dem Berg von Tuch zu verstecken.

»Isabelle, hast du wieder Schmerzen?«

»Nein.«

»Was ist es dann?«

Isabelle brauchte eine ganze Zeit, bis sie genug Mut gesammelt hatte, Judith zu sagen, was los war.

Endlich gestand sie flüsternd, dass sie ihr Wasser nicht mehr hatte halten können und nun die Laken ruiniert hätte. Sie klang furchtbar beschämt und gedemütigt. Nachdem sie es endlich ausgesprochen hatte, brach sie in Tränen aus.

»Bitte sieh mich an«, bat Judith mit sanfter Stimme. Sie wartete, bis Isabelle ihren Blick hob, und zwang sich dann zu einem Lehrmeister-Tonfall. »Ein Baby zur Welt zu bringen, Isabelle, ist ein Wunder, aber es ist auch unsauber. Du wirst also dein Schamgefühl ablegen und dies als gegeben hinnehmen. Morgen kannst du darüber erröten, so viel du willst. Einverstanden?«

Isabelle nickte. »Es macht dich nicht verlegen?«, wollte sie wissen.

»Nein«, antwortete Judith, »überhaupt nicht. Es gehört alles dazu.«

Isabelle sah erleichtert aus. Ihr Gesicht leuchtete rot, aber Judith war sich nicht sicher, ob Scham oder die furchtbare Hitze in dem Zimmer daran schuld war.

Die nächste Stunde verstrich mit den nötigen Vorbereitungen. Judith plauderte unentwegt, während sie das Bett neu bezog, Isabelle von Kopf bis Fuß badete, ihr Haar wusch und trocknete und ihr in ein frisches Nachtkleid half. Dazwischen bekam Isabelle immer wieder Wehen.

Maude hatte Judith erzählt, dass sie in all den Jahren gelernt hatte, den werdenden Müttern so viele Anweisungen wie möglich zu geben. Sie hatte sich sogar welche ausgedacht, nur um die Frauen zu beschäftigen. Sie erklärte, dass Frauen, die viel zu tun hätten, eher glaubten, sie hätten die Lage und die Schmerzen unter Kontrolle. Judith folgte diesem Rat jetzt, und es schien Isabelle tatsächlich zu helfen.

Die Wehen waren jetzt stärker und kamen in kürzeren Abständen. Isabelle merkte schnell, dass sie sich besser fühlte, wenn sie während der aufwallenden Schmerzen stand. Sie schlang sich die Enden des herabhängenden Plaids um die Taille und hielt sich fest. Ihr Wimmern war zu einem tiefen Stöhnen geworden, das einem die Eingeweide zusammenzog. Judith fühlte sich während der Wehen vollkommen hilflos. Sie versuchte, die Frau mit Lobesworten zu trösten, und als Isabelle sie darum bat, massierte sie ihr den unteren Rücken, um den Schmerz zu lindern.

Die letzte Stunde war die zermürbendste. Isabelle wurde herrisch. Sie wollte ihr Haar geflochten bekommen, und sie wollte es *jetzt.* Judith dachte nicht einmal daran, mit ihr zu streiten. Die sanftmütige Frau war zu einer Furie geworden, und wenn sie nicht gerade Befehle bellte, schimpfte sie auf Winslow, den sie für ihre Schmerzen verantwortlich machte.

Doch der Anfall dauerte nicht lange. Und Judiths Gebete wurden erhört – die Geburt war nicht schwierig. Isabelle entschied sich, den Gebärstuhl zu benutzen. Sie stieß einen markerschütternden Schrei aus, dann noch einen und noch einen, und das Baby kam. Judith kniete vor ihr, und wenn Isabelle sich nicht an den lederbezogenen Griffen an den Stuhlseiten festklammerte, dann packte sie Judiths Hals. Sie hätte Judith erwürgen können, ohne es überhaupt zu bemerken, denn – Herr im Himmel – sie war eine kräftige Frau! Es kostete Judith all ihre Kraft, Isabelles Finger zu lösen, sodass sie weiteratmen konnte.

Minuten später war ein hübscher kleiner Junge geboren. Plötzlich hätte sich Judith fünf weitere Paar Hände gewünscht. Sie versuchte, Winslow zur Hilfe zu rufen, aber Isabelle weigerte sich energisch. Zwischen Lachen und Weinen erklärte sie Judith, sie wolle nicht, dass ihr Mann sie so sah.

Judith widersprach ihr nicht. Isabelle war zwar schwach, aber sie strahlte. Sie hielt ihren Sohn im Arm, während Judith sich um die anderen notwendigen Dinge kümmerte.

Das Baby schien gesund zu sein. Sein Geschrei war jedenfalls kraftvoll genug. Begeistert betrachtete Judith den Winzling. Er war so klein und doch in jeder Hinsicht so perfekt! Sie zählte nach, ob auch alle Finger und Zehen da waren. Sie waren es, und Judith fühlte sich durch dieses Wunder fast überwältigt.

Viel Zeit, dieses Gefühl auszukosten, blieb ihr jedoch nicht, denn es war noch einiges zu tun. Es bedurfte noch einer vollen Stunde, Isabelle und ihren Sohn zu baden und ins Bett zu bringen. Der Kleine wurde in ein weiches, weißes Tuch gewickelt und mit dem wollenen Plaid seines Vaters bedeckt. Als Judith ihn schließlich versorgt hatte, schlief das Baby tief und fest. Sie legte es in die Armbeuge seiner Mutter.

»Bevor ich Winslow hole, musst du mir noch etwas versprechen«, sagte Judith. »Du darfst nicht zulassen, dass morgen irgendjemand etwas … mit dir macht. Wenn Agnes oder Helen dir etwas hineintun wollen, musst du dich wehren.«

Isabelle verstand nicht, und Judith beschloss, deutlicher zu werden. »Einige von den Hebammen, mit denen ich in England gesprochen habe, schworen darauf, den Geburtskanal mit Asche und Gräsern zu stopfen. Einige benutzten sogar Dreck, um daraus eine Paste zu machen. Maude hat mich davon überzeugt, dass so eine Packung mehr Schaden als Heil verursacht, aber dieses Ritual ist von der Kirche auferlegt. Also kannst du Ärger bekommen mit dem, um das ich dich bitte …«

»Ich werde mich von niemandem anfassen lassen«, flüsterte Isabelle. »Wenn jemand fragt, könnte ich ja sagen, dass ich mich darum schon gekümmert hätte.«

Judith stieß einen Seufzer der Erleichterung aus. »Ja«, sagte sie. »Wir tun so, als hätte ich dies schon getan.« Dabei zog sie die Decken auf dem Bett zurecht.

Sie ließ ihren Blick durch den Raum schweifen, um sicherzugehen, dass alles aufgeräumt war, nickte schließlich zufrieden und lief dann, um Isabelles Mann zu holen.

Winslow wartete draußen vor der Tür. Der arme Mann sah entsetzlich krank aus. »Geht es ihr gut?«

»Ja«, antwortete Judith. »Sie möchte Euch sehen.« Winslow bewegte sich nicht. »Warum weinst du? Stimmt etwas nicht?«

Judith hatte gar nicht bemerkt, dass ihr die Tränen herabliefen, bis er sie darauf angesprochen hatte. »Es ist alles in Ordnung, Winslow. Komm jetzt herein.«

Plötzlich hatte es Winslow schrecklich eilig, zu seiner Familie zu kommen, und Judith konnte eben noch beiseite treten, als er hineinstürmte.

Das erste Zusammentreffen von Vater und Sohn sollte eine private Angelegenheit sein, und Judith wollte nicht lauschen. Also zog sie die Tür von außen zu und lehnte sich dagegen.

Plötzlich fühlte sie sich vollkommen ausgelaugt. Die emotionalen Prüfungen der vergangenen Stunden hatten an ihren Kräften und ihrer Gemütsverfassung gezehrt. Sie zitterte wie ein Blatt im Sturm.

»Bist du hier fertig?«

Iain stand am Ende des schmalen Pfades zum Haus und lehnte an der kleinen Mauer. Seine Arme waren lässig vor der Brust verschränkt. Er sah sehr ausgeruht aus.

Sie sah wahrscheinlich verheerend aus. »Ich bin fürs Erste hier fertig«, antwortete sie und ging auf ihn zu. Die nächtliche Brise tat ihrem Gesicht gut, aber sie steigerte ihr Zittern noch. Ihre Beine bebten so sehr, dass sie sich kaum aufrecht halten konnte.

Judith fühlte sich, als würde sie innerlich auseinanderfallen, und atmete tief ein, um sich wieder in den Griff zu bekommen. Sie empfand es als rettende Gnade, dass Iain niemals erfahren würde, wie nah sie dem Zusammenbruch war. Eine derartige Schwäche würde ihn sicherlich selbst bei einer Frau abstoßen. Außerdem wäre es demütigend, in seiner Gegenwart zu weinen. Schließlich hatte sie immer noch ihren Stolz. Sie hatte es noch nie nötig gehabt, sich an jemanden zu lehnen, und sie würde es auch jetzt nicht tun.

Noch einmal holte sie tief Atem. Aber es half nichts. Das Zittern wurde immer stärker. Sie befahl sich im Stillen, sich zusammenzureißen. Sie würde sich nicht entwürdigen. Sie hatte ein starkes Erlebnis hinter sich, ja, aber sie hatte es überstanden, und sie würde nun in ihr Bett gehen, bevor sie zu schluchzen, zu stammeln und weiß der Himmel was anfing.

Für Judith hörte sich der Plan sehr vernünftig an, doch ihr Herz sagte etwas anderes. Sie wollte allein sein, aber gleichzeitig sehnte sie sich nach Iains Trost, nach seiner Kraft, seinen Armen. Sie selbst fühlte sich ausgelaugt. Der Himmel mochte ihr helfen, aber sie brauchte ihn.

Eine erschreckende Erkenntnis. Sie zögerte einen Sekundenbruchteil. Und dann öffnete Iain seine Arme. In diesem Moment verlor sie die Schlacht. Sie begann auf ihn zuzurennen, warf sich an seine Brust, schlang ihre Arme um seine Hüften und brach in unkontrolliertes Schluchzen aus.

Er sagte kein Wort – es war nicht nötig. Seine Berührung war alles, was sie nötig hatte. Iain lehnte immer noch an dem Mäuerchen, und Judith stand zwischen seinen Beinen, den Kopf in seiner Halsgrube und weinte hemmungslos, bis sein Umhang nass war. Zwischen ihren Schluchzern stammelte sie unzusammenhängende Sätze, und er konnte sich keinen Reim darauf machen, was sie ihm zu sagen versuchte.

Er dachte schon, der Sturm hätte sich gelegt, als sie einen Schluckauf bekam. »Atme ein paar Mal tief ein«, wies er sie an.

»Bitte lass mich allein.«

Es war ein lächerlicher Befehl, gemessen daran, wie sie sich an ihn festklammerte. Iain legte sein Kinn auf ihren Kopf und hielt sie noch ein wenig fester.

»Nein«, flüsterte er. »Ich werde dich niemals allein lassen.«

Seltsam genug, aber sein Widerspruch tröstete sie. Sie trocknete ihr Gesicht mit seinem Plaid und sank dann wieder gegen seine Brust.

»Es ist alles gut gegangen, nicht wahr?« Iain wusste die Antwort auf die Frage schon. Ihr strahlendes Lächeln, mit dem sie Winslow die Tür geöffnet hatte, war Antwort genug gewesen. Aber er dachte, dass sie sich schneller beruhigen würde, wenn er sie an den glücklichen Ausgang der Ereignisse erinnerte. Vielleicht würde sie dann ruhiger.

Judith dachte allerdings nicht daran, vernünftig zu reagieren. »Gott sei mein Zeuge, Iain – ich werde so etwas nicht noch einmal machen. Hast du mich verstanden?«

»Scht«, machte er. »Du weckst England auf.«

Sie konnte seinen Scherz nicht würdigen, senkte jedoch trotzdem ihre Stimme, als sie zum zweiten Mal schwor. »Ich werde niemals ein Baby bekommen. *Niemals.*«

»Niemals ist eine lange Zeit«, argumentierte er. »Vielleicht wird sich dein Mann einen Sohn wünschen.«

Sie entzog sich ihm. »Es wird keinen Mann geben«, verkündete sie. »Ich werde niemals heiraten. Bei Gott, dazu kann sie mich nicht zwingen!«

Er zog sie zurück in seine Arme und drückte ihren Kopf an seine Schulter. Er war entschlossen, sie zu trösten, ob sie nun wollte oder nicht. »Wen meinst du? Wer kann dich nicht zwingen?«

»Meine Mutter.«

»Was ist mit deinem Vater? Hat er bei deiner Hochzeit nicht ein Wort mitzureden?«

»Nein«, antwortete sie. »Er ist tot.«

»Aber sein Grab ist leer. Hast du vergessen?«

»Was weißt du über sein Grab?«

Er seufzte. »Du hast es mir erzählt!«

In diesem Moment erinnerte sie sich wieder.

Sie hatte den Grabstein niedergerissen und war dumm genug gewesen, damit vor den Schotten zu prahlen.

»In meinem Herzen ist der Mann so gut wie tot.«

»Dann muss ich mir um diese neue Verwicklung keine Sorgen machen?«

Sie gab keine Antwort, denn sie hatte nicht die leiseste Ahnung, wovon er sprach. Außerdem war sie viel zu erschöpft, vernünftig nachzudenken.

»Judith?«

»Ja?«

»Sag mir, was wirklich los ist!«

Seine Stimme war sanft, einschmeichelnd. Sie begann wieder zu weinen. »Ich hätte Isabelle umbringen können. Wenn Probleme aufgetaucht wären, hätte ich nicht gewusst, was ich hätte tun sollen. Sie hatte so furchtbare Schmerzen. Keine Frau sollte das durchmachen müssen. Und, Iain, das ganze Blut!« Ihre Worte überschlugen sich. »Da war so viel Blut! Lieber Gott, ich hatte solche Angst!«

Iain wusste nicht, was er darauf erwidern sollte. Sie alle hatten ihr eine unglaubliche Menge abverlangt. Und sie war so unglaublich unschuldig! Hölle, sie war nicht einmal verheiratet, und dennoch hatte man von ihr verlangt, dass sie einem

Baby auf die Welt verhalf. Er war nicht einmal sicher, ob Judith überhaupt wusste, wie Isabelle das Kind empfangen hatte ... Wie auch immer, Judith hatte sich der Aufgabe, die man ihr aufgezwungen hatte, gestellt. Sie hatte Mitgefühl, Stärke und Klugheit bewiesen. Die Tatsache, dass sie so verängstigt war, machte für Iain ihren Sieg noch weitaus erstaunlicher.

Ihr Weinen bekümmerte ihn und er empfand es als seine Pflicht, ihr zu helfen und sie zu trösten.

Er versuchte es zunächst mit Lob. »Du solltest stolz auf das sein, was du heute Nacht geschafft hast!«

Sie schnaubte undamenhaft.

Nun versuchte er es mit Logik. »Natürlich hattest du Angst. Ich denke, das ist ganz normal bei jemandem, der so unerfahren wie du ist. Du *wirst* darüber hinwegkommen.«

»Nein, das werde ich nicht.«

Als letztes Mittel versuchte er es mit Einschüchterung. »Verdammt, Judith, du wirst darüber hinwegkommen, und du wirst eines Tages Söhne haben.«

Erneut schob sie ihn von sich. »Wie typisch für einen Mann, nicht von Töchtern zu reden.«

Bevor er eine Antwort auf ihre Bemerkung geben konnte, piekte sie ihm ihren Zeigefinger in die Brust. »Töchter sind wohl nicht wichtig, was?«

»Ich würde auch für Töchter etwas übrig haben.«

»Würdest du deine Tochter so sehr wie deinen Sohn lieben?«, fragte sie.

»Natürlich.«

Er hatte sehr schnell geantwortet, ohne darüber nachdenken zu müssen, und Judith wusste, dass er es ernst meinte. Ihr Zorn legte sich langsam wieder. »Wie schön, das zu hören«, sagte sie. »Die meisten Väter denken nicht so.«

»Und deiner?«

Sie wandte sich um und schlug den Weg zu Frances Catherines Haus ein. »Was mich betrifft, ist mein Vater tot.«

Er holte sie ein, nahm ihre Hand und übernahm wieder die Führung. Sie sah zu ihm hoch, bemerkte seine gerunzelte Stirn und fragte: »Worüber bist du böse?«

»Ich bin nicht böse!«

»Aber du machst ein wütendes Gesicht.«

»Verdammt, Judith, ich will, dass du sagst, du wirst heiraten.«

»Warum denn das?«, fragte sie. »Meine Zukunft muss dich doch nicht kümmern. Außerdem, Iain Maitland, steht mein Entschluss fest!«

Er hielt abrupt inne und drehte sich zu ihr, packte sanft ihr Kinn, beugte sich hinunter und flüsterte: »Meiner auch.« Sein Mund verschloss den ihren. Sie klammerte sich an ihm fest, damit sie nicht hintenüberfiel. Ihr Mund öffnete sich für ihn, und er grollte tief unten in der Kehle und vertiefte den Kuss. Seine Zunge vereinte sich mit ihrer. Er wollte ihre Zartheit verschlingen.

Und er wollte es nicht bei dem einen Kuss belassen! Als er sich dessen bewusst war, löste er sich augenblicklich von ihr. Judith war zu unschuldig, um die Gefahr zu erkennen. Nun, er würde das Vertrauen, das sie in ihn hatte, nicht missbrauchen. Doch diese Wahrheit hielt ihn nicht davon ab, sich die Situation vorzustellen.

Er schüttelte den Kopf, um seine Gedanken von den erotischen Fantasien zu befreien, nahm dann wieder Judiths Hand und zog sie hinter sich her.

Sie musste laufen, um mit seinen ausgreifenden Schritten mithalten zu können. Iain sagte kein Wort mehr, bis sie das Haus seines Bruders erreichten. Sie hatte ihre Hand bereits auf der Klinke liegen, als er diese mit dem Arm blockierte.

»Egal wie entsetzlich diese Geburt war – mit der Zeit wirst du darüber hinwegkommen.« Sie blickte ihn mit äußerstem Erstaunen an, und er nickte, um ihr zu bedeuten, dass er meinte, was er gesagt hatte. »Das ist ein Befehl, Judith, und du wirst gehorchen.«

Er nickte noch einmal, während er ihr die Tür öffnete. Sie bewegte sich nicht. Ihr verwirrter Blick war weiterhin auf ihn gerichtet. »Entsetzlich? Ich habe niemals gesagt, dass es entsetzlich war.«

Nun war er an der Reihe, aus allen Wolken zu fallen. »Wie zum Teufel war es *dann?«*

»O Iain – ganz, ganz wundervoll!«

Ihr Gesicht strahlte vor Freude. Iain schüttelte verständnislos den Kopf. Er würde sie niemals begreifen!

Langsam kehrte er nach Hause zurück. Seine Gedanken waren ausschließlich bei Judith. Was sollte er bloß mit ihr machen? Er hatte die Türen zu seinem Anwesen erreicht, als ihm das Bild des Rings wieder durch den Kopf schoss. Wo, zum Teufel, hatte er den schon einmal gesehen?

Kapitel 8

Ihre Einmischung brachte großen Ärger mit sich.

Am folgenden Nachmittag stand der Priester auf Frances Catherines Schwelle und verlangte, sofort die Engländerin zu sprechen.

Sowohl der ernste Tonfall in Vater Laggans Stimme als auch sein Gesichtsausdruck kündeten davon, dass sich ein Unwetter zusammenbraute. Während er auf ihre Antwort wartete, trat er einen Schritt zur Seite, sodass Frances Catherine Agnes hinter ihm entdecken konnte. Sofort begriff sie, worum es ging.

Agnes sah höchst selbstzufrieden aus, und Frances Catherines Sorge vervielfältigte sich augenblicklich. Sie musste Zeit gewinnen, um ihren Mann zu finden. Patrick würde sich für Judith einsetzen, und Agnes' Miene sagte ihr, dass Judith dringend Unterstützung brauchen konnte.

»Meine Freundin war fast die ganze Nacht auf, Vater, und schläft noch. Ich will sie gern wecken, aber sie wird noch ein paar Minuten brauchen, bis sie angezogen ist.«

Vater Laggan nickte. »Wenn du sie bitten würdest, mich in Isabelles Haus zu treffen, werde ich nun dorthin gehen.«

»Ja, Vater«, flüsterte Frances Catherine. Sie knickste hastig, bevor sie ihm die Tür vor der Nase zuschlug. Dann versuchte sie, Judith wachzurütteln.

»Wir bekommen Ärger«, verkündete sie. »Los, Judith, komm schon und mach die Augen auf. Der Priester war eben hier ... mit Agnes!« Ihre Worte überschlugen sich, als sie fortfuhr: »Du musst dich anziehen. Sie warten bei Isabelle auf dich.«

Judith stöhnte auf und wälzte sich endlich auf den Rücken. Sie schob sich die Haare aus dem Gesicht und setzte sich auf. »Ist Isabelle krank? Blutet sie wieder?«

»Nein, nein«, sagte Frances Catherine hastig. »Ich denke, es geht ihr gut. Sie ... Judith! Du hörst dich ja furchtbar an. Was ist mit deiner Stimme los? Du wirst doch nichts ausbrüten, oder?«

Judith schüttelte den Kopf. »Ich bin in Ordnung.«

»Du hörst dich an, als hättest du einen Frosch verschluckt.«

»Hab ich aber nicht«, erwiderte Judith. »Jetzt

hör auf, dir um mich Sorgen zu machen«, fügte sie mit einem Gähnen hinzu.

Frances Catherine nickte. »Du musst dich sofort anziehen. Man erwartet dich bei Isabelle.«

»Das sagtest du bereits«, gab Judith zurück. »Ich würde nur gern wissen, warum. Wenn Isabelle nicht krank ist, warum werde ich dann erwartet?«

»Agnes«, verkündete Frances Catherine. »Sie will dir Ärger machen. Steht jetzt auf. Ich muss Patrick finden. Wir brauchen seine Hilfe.«

Judith packte ihre Freundin, als diese schon die Tür öffnen wollte. »Du kannst in deinem Zustand nicht hinter Patrick herrennen. Du könntest fallen und dir den Hals brechen.«

»Wie kannst du bloß so ruhig bleiben?«

Judith zuckte die Schultern. Sie öffnete den Mund, um erneut zu gähnen, und spürte einen Schmerz im Hals. Verwirrt und noch im Halbschlaf ging sie durch den Raum und nahm Frances Catherines Spiegel zur Hand. Erstaunt weiteten sich ihre Augen, als sie die blauschwarzen Druckstellen an ihrem Hals entdeckte. Kein Wunder, dass es schmerzte. Die Haut war geschwollen und fühlte sich heiß an.

»Was tust du?«

Hastig bedeckte Judith die verräterischen Flecke mit ihrem Haar. Frances Catherine brauchte nicht zu erfahren, dass Isabelle dafür verantwortlich war. Sie würde dann Einzelheiten wissen wollen, und Judith müsste ihr von den Schmerzen erzählen, die die Frau die ganze Zeit über erdulden musste. Nein, es war am besten, die Druckstellen zu verstecken, bis sie von selbst verschwanden.

Sie legte den Spiegel nieder und lächelte Frances Catherine an. »Sobald ich mich angezogen habe, suche ich Iain«, erklärte sie.

»Machst du dir denn überhaupt keine Sorgen?«

»Vielleicht ein bisschen«, gab Judith zu. »Aber ich bin eine Fremde, nicht wahr? Also was sollen sie mit mir schon anstellen? Außerdem habe ich nichts Unrechtes getan.«

»Das zählt vielleicht nicht. Agnes hat ein Talent, die Tatsachen zu verdrehen. Und da sie den Priester mit hineingezogen hat, fürchte ich, Isabelle wird auch Ärger bekommen.«

»Wieso denn?«

»Weil Isabelle nach dir gerufen hat«, erklärte Frances Catherine. »Agnes wird sich für diese Beleidigung rächen wollen.« Sie begann, vor der Feuerstelle unruhig auf und ab zu gehen. »Ich sage dir, was sie tun können. Sie können zum Rat gehen und verlangen, dass man dich nach Hause schickt.

Wenn sie das tun und der Rat zustimmt, dann, bei Gott, gehe ich mit dir. Ich schwöre es.«

»Iain wird nicht zulassen, dass ich nach Hause geschickt werde, bevor du dein Baby hast«, antwortete Judith. Sie war sich dessen sehr sicher, denn er würde sein Wort seinem Bruder gegenüber brechen, wenn er sie nun nach Hause brachte.

»Mach dir keine Sorgen, Frances Catherine, das ist nicht gut für das Baby. Jetzt setz dich einen Moment hin, bis ich mich angezogen habe.«

»Ich gehe mit dir!«

»Nach England oder auf die Suche nach Iain?«, rief Judith hinter ihrem Wandschirm aus.

Frances Catherine lächelte. Die Ruhe ihrer Freundin tröstete sie. Sie setzte sich auf das Bett und faltete die Hände über ihrem Bauch. »Wir sind immer schon in Ärger hineingeraten, wenn wir zusammen waren«, rief sie Judith zu. »Ich sollte langsam daran gewöhnt sein.«

»Nein«, erwiderte Judith. »Nicht wir sind in Ärger hineingeraten. *Du* hast mich immer hineingezogen. *Ich* war immer diejenige, der der Hintern versohlt wurde, weißt du noch?«

Frances Catherine lachte. »Deine Erinnerung ist vollkommen verzerrt. *Ich* war die arme Geprügelte, nicht du.«

Judith zog ihr blassgoldenes Kleid an, dessen

Halsausschnitt höher war als der ihrer anderen mitgebrachten Kleider. Dennoch waren die Flecken zu sehen.

»Hast du einen Schal oder einen leichten Umhang, den du mir leihen kannst?«

Frances Catherine gab Judith eine hübsche schwarze Stola, mit der sie die Male versteckte. Als sie endlich zum Ausgehen fertig war, begleitete ihre Freundin sie hinaus.

»Versuch, dir nicht zu viele Sorgen zu machen«, wies Judith sie an. »Ich werde nicht lange weg sein. Nachher erzähle ich dir alles lang und breit.«

»Ich gehe mit dir.«

»Nein, das tust du nicht.«

»Und was, wenn du weder Patrick noch Iain finden kannst?«

»Dann gehe ich eben allein zu Isabelle. Ich brauche keinen Mann, der für mich spricht«

»Hier schon«, gab Frances Catherine zurück.

Die Diskussion wurde unterbrochen, als Frances Catherine Brodick den Hügel heraufkommen sah. Sie winkte dem Krieger, und als er sie offenbar nicht bemerkte, steckte sie zwei Finger in den Mund und stieß einen ohrenbetäubenden Pfiff aus. Brodick drehte sein Pferd sofort in ihre Richtung.

»Patrick kann es nicht ausstehen, wenn ich pfeife«, gestand Frances Catherine. »Er meint, es sei nicht damenhaft.«

»Ist es auch nicht«, stimmte Judith ihr zu. »Aber es wirkt.« Sie lächelte.

»Weißt *du* noch, wie es geht? Meine Brüder wären bestimmt enttäuscht, wenn du ihre wichtigen Lektionen vergessen hättest.«

Judith lachte auf. »Keine Sorge, ich weiß noch, wie man's macht«, sagte sie.

»Brodick sieht gut aus, nicht wahr?«, bemerkte sie dann, und die Überraschung in ihrer Stimme verriet, dass sie es gerade erst festgestellt hatte.

»Du warst fast zehn Tage mit diesen Männern zusammen und merkst erst jetzt, dass Brodick gut aussieht?«

»Iain war ja dabei«, erinnerte Judith ihre Freundin. »Und er neigt dazu, jeden anderen in seiner Nähe verblassen zu lassen.«

»Aye, das stimmt allerdings.«

»Was für ein fantastisches Pferd«, sagte Judith und hoffte, das Thema damit von Iain ablenken zu können. Sie war noch nicht bereit, Frances Catherine Fragen über ihre Beziehung zu dem Clansherrn über sich ergehen zu lassen. Und tatsächlich verstand sie selbst ihre Gefühle immer noch nicht gut genug, um Antworten geben zu können.

»Das Pferd gehört Iain, aber er überlässt es ab

und zu Brodick zum Reiten. Der Hengst ist unberechenbar, und deswegen mögen sie ihn wahrscheinlich besonders. Geh nicht zu nah ran, Judith«, rief sie, als ihre Freundin loslief, um Brodick zu begrüßen. »Das bösartige Tier tritt nach dir, sobald es die Chance dazu hat.«

»Brodick wird schon aufpassen«, rief Judith zurück. Sie trat an seine Seite und lächelte zu ihm hoch. »Wisst Ihr, wo Iain ist?«

»Er ist oben in der Festung.«

»Könnt Ihr mich hinbringen?«

»Nein.«

Sie tat, als hätte sie seine Weigerung nicht gehört. Sie legte ihre Hand auf die seine und hielt ihr Lächeln um Frances Catherines willen aufrecht, während sie leise zu ihm sprach. »Ich bin in Schwierigkeiten, Brodick. Ich muss mit ihm reden!«

Sie hatte die Worte noch nicht einmal zu Ende gesprochen, als sie sich schon auf seinem Schoß wiederfand. Er trieb den Hengst in vollen Galopp, und Minuten später half er ihr auf dem trostlosen Platz vor der riesigen Festung zu Boden.

»Iain ist beim Rat«, sagte Brodick. »Wartet hier. Ich hole ihn.«

Er drückte ihr die Zügel seines Pferdes in die Hand und ging hinein.

Der Hengst war tatsächlich von schwierigem Charakter. Es war ein wahrer Kampf, ihn zu halten, doch Judith ließ sich von seinem wilden Schnauben nicht einschüchtern. Von Kind an hatte man ihr beigebracht, mit Pferden umzugehen.

Judith wartete eine ganze Weile auf Brodick und Iain, bis ihre Geduld schließlich ein Ende hatte. In einem verborgenen Winkel ihres Kopfes meldete sich die Sorge, dass der Priester schon gegen sie eingenommen war, weil sie nicht sofort zu ihm kam. Sie wollte auch nicht, dass Isabelle sich im Stich gelassen fühlte. Vielleicht glaubte sie inzwischen, Judith wolle sie das Verhör allein durchstehen lassen.

Sie beschloss, keine Zeit mehr zu verlieren. Mit honigsüßen Worten besänftigte sie das Pferd, während sie aufstieg und es im Trab den Hügel hinablenkte. Einmal bog sie falsch ab, musste zurückreiten und erreichte Minuten später Isabelles Hütte. Vor dem Haus hatte sich eine Menschenmenge angesammelt. Winslow stand auf der Schwelle und sah wütend aus … bis er sie entdeckte. Sofort wandelte sich seine Miene zu höchster Verblüffung.

Hatte er nicht geglaubt, dass sie kommen würde? Offenbar nicht, was sie ein wenig in ihrem Stolz verletzte. Eine alberne Reaktion, schimpfte sie sich, denn schließlich kannte Winslow sie ja nicht genug, um sich irgendeine Meinung über sie bilden zu können.

Dem Hengst gefiel die Menge genauso wenig wie ihr. Er versuchte zu steigen und gleichzeitig seitlich auszubrechen, und Judith konzentrierte sich darauf, das sture Tier zu beruhigen und wieder in den Griff zu bekommen.

Winslow kam ihr zu Hilfe. Er packte die Zügel und zwang den Hengst, sich gesittet zu benehmen.

»Iain hat dir wirklich erlaubt, dieses Pferd zu reiten?«, fragte er ungläubig.

»Nein«, antwortete sie. Sie zog den Schal um ihren Hals zurecht und stieg ab. »Brodick hatte es geritten.«

»Wo ist mein Bruder?«

»Er ist beim Rat, um Iain zu holen. Ich *habe* ja gewartet, Winslow, aber keiner von beiden kam heraus.«

»Nur Iain und Brodick haben es bisher geschafft, dieses Pferd des Teufels zu reiten«, sagte er. »Mach dich auf das Schlimmste gefasst, wenn sie dich erwischen.«

Sie konnte nicht einschätzen, ob er scherzte oder ihr Angst einjagen wollte. »Ich habe das Pferd nicht gestohlen, sondern nur geliehen«, verteidigte sie sich. »Muss ich mich *jetzt* auch auf das Schlimmste gefasst machen?« Die letzte Frage hatte sie ihm leise zugeflüstert.

»Irgendeiner wird das wohl müssen«, antwortete er. »Komm herein. Isabelle wird sich nicht beruhigen, bis das hier vorbei ist.«

Der Krieger nahm sie am Ellenbogen und geleitete sie durch die schweigende Menge. Die Leute starrten sie an, aber sie schienen nicht feindlich, nur neugierig. Sie versuchte so gelassen wie möglich zu wirken. Es gelang ihr sogar, ein Lächeln auf ihr Gesicht zu zaubern.

Als der Priester auf der Schwelle erschien, hatte sie jedoch Schwierigkeiten, den heiteren Schein zu bewahren. Sein Blick war finster, und sie hoffte inständig, dass ihr Zuspätkommen daran schuld war und nicht die Tatsache, dass er sich bereits entschlossen hatte, gegen sie vorzugehen.

Vater Laggan hatte dickes, silbriges Haar, eine Hakennase und ein wettergegerbtes Gesicht, dessen Haut von tiefen Falten durchzogen war. Er hatte Winslows Größe, war dabei aber dünn wie ein Brett. Eine schwarze Soutane und ein schmales Plaid über einer Schulter, das mit einer Kordel um seine Taille gehalten wurde, hing an ihm herunter. Die Farben des Stoffs waren andere als die Maitland-Farben, was bedeutete, dass der Priester aus einem anderen Clan stammte. Hatten die Maitlands denn keinen eigenen Priester? Sie beschloss, später Frances Catherine danach zu fragen.

Sobald der Priester sich in der Türöffnung zeigte, ließ Winslow ihren Arm los. Sie eilte vorwärts und hielt an der Schwelle an, senkte demütig den Kopf und machte einen Knicks. »Verzeiht mir, dass ich so lange brauchte, um zu Euch zu kommen, Vater. Ich weiß, wie kostbar Eure Zeit ist, doch ich hatte mich im Weg geirrt. Am Hügel stehen so viele hübsche Häuschen, und ich bin einmal falsch abgebogen.«

Der Priester nickte und schien zufrieden mit ihrer Entschuldigung. Er lächelte zwar nicht, aber seine Miene hellte sich auf. Judith nahm es als gutes Zeichen.

»Winslow, vielleicht ist es besser, wenn du draußen wartest, bis wir fertig sind«, sagte der Priester mit einer Stimme, die das Alter hatte heiser werden lassen.

»Nay, Vater«, erwiderte Winslow. »Mein Platz ist bei meiner Frau.«

Der Priester nickte langsam. »Du wirst dich aber nicht einmischen«, befahl er.

Dann wandte er sich wieder Judith zu. »Bitte kommt mit mir ins Haus. Ich möchte Euch ein paar Fragen stellen, was gestern Nacht betrifft.«

»Natürlich, Vater«, antwortete sie, hob den Saum ihres Kleides und folgte ihm ins Haus.

Überrascht sah sie die vielen Leute in dem kleinen Raum. Zwei Männer und drei Frauen mittleren Alters saßen am Tisch, und zwei weitere Frauen standen vor der Feuerstelle.

Isabelle saß auf einem Stuhl neben dem Bett und hielt ihren Sohn in den Armen. Judith hatte sich bisher über diese Befragung keine großen Sorgen gemacht, doch als sie Isabelles Gesicht sah, durchfuhr sie ein Schreck: Die junge Mutter sah vollkommen verängstigt und entsetzt aus.

Judith eilte zu ihr. »Isabelle, warum bist du nicht im Bett? Du musst dich ausruhen, nach allem, was du gestern Nacht durchgemacht hast.« Winslow hatte sich neben Judith eingefunden. Sie nahm Isabelle das Baby ab und trat dann einen Schritt zurück. »Bitte helft ihr, sich wieder ins Bett zu legen, Winslow.«

»Isabelle hat also gestern Nacht Schlimmes durchgemacht?«, fragte Vater Laggan.

Judith war über die Frage so bestürzt, dass sie mit ihrer Antwort nicht zurückhielt. »Das kann man verdammt noch mal sagen, Vater!«

Er hob die Augenbrauen über ihren heftigen Tonfall. Dann senkte er den Kopf, doch Judith hatte die Erleichterung in seiner Miene bereits gesehen.

Sie wusste nicht, was sie davon halten sollte. War der Priester auf Isabelles Seite? Himmel, sie hoffte es. Judith warf einen kurzen Blick auf das wunderschöne Kind in ihren Armen, um zu sehen, ob sie es nicht vielleicht geweckt hatte. Dann wandte sie sich wieder zu Vater Laggan und sagte mit viel weicherer Stimme: »Ich wollte damit nur sagen, Vater, dass Isabelle wirklich Ruhe braucht.«

Der Priester nickte. Er stellte ihr kurz Winslows Verwandte am Tisch vor, wies dann auf die beiden Frauen, die nebeneinander vor dem Herd standen.

»Die Frau, die links steht, ist Agnes«, sagte er. »Neben ihr steht Helen. Sie sind Eure Anklägerinnen, Lady Judith.«

»Meine Anklägerinnen?«

Sie hatte nicht nur ungläubig geklungen, sie *war* es auch. Ein dumpfer Zorn machte sich in ihr breit, doch sie ließ ihn sich nicht anmerken.

Stattdessen bedachte sie die beiden Unruhestifterinnen mit einem langen Blick. Helen trat einen Schritt vor und nickte Judith kurz zu. Sie war keine besonders hübsche Frau. Vor allen Dingen schien sie nervös, wie ihre geballten Fäuste bewiesen, und sie konnte Judiths Blick nicht lange standhalten.

Agnes' Äußeres war eine echte Überraschung.

Von dem, was Judith über sie gehört hatte, war sie auf eine Xanthippe, mindestens aber auf eine alte Hexe mit einer Warze auf der Nase gefasst gewesen. Agnes jedoch hatte das Gesicht eines Engels und die schönsten grünen Augen, die Judith je sah. Das Alter hatte sie gnädig behandelt. Nur wenige leichte Falien zeichneten ihr Gesicht. Frances Catherine hatte Judith erzählt, dass Agnes Tochter Iain zu heiraten gedachte – das hieß, Agnes war so alt wie Judiths Mutter, doch sie hatte es geschafft, ihre jugendliche Haut und Statur zu erhalten. Die Hebamme war um ihre Mitte nicht einmal dicker geworden, wie es sonst den meisten älteren Frauen passierte.

Aus dem Augenwinkel beobachtete Judith, wie Isabelle Winslows Hand ergriff. Ihr Zorn wurde stärker. Eine junge Mutter sollte nicht mit derartigem Aufruhr belastet werden.

Judith trug das Baby zu Winslow, legte es in seine Arme, machte dann kehrt und stellt sich in die Mitte des Raumes. Sie wandte sich zu dem Priester und drehte den Hebammen absichtlich den Rücken zu.

»Was ist es, war Ihr mich fragen wollt, Vater?«

»Wir haben keine Schreie gehört.«

Agnes war mit dieser Feststellung herausgeplatzt, doch Judith weigerte sich, sie zur Kenntnis zu nehmen. Sie hielt ihren Blick auf den Priester gerichtet und wartete offenbar auf seine Erklärung.

»Gestern Nacht«, begann Vater Laggan, »haben sowohl Agnes als auch Helen kein Schreien gehört, obwohl sie in der Nähe wohnen, Lady Judith. Sie meinen, sie hätten etwas hören müssen.«

Er räusperte sich, bevor er fortfuhr. »Beide Hebammen suchten mich daher auf, um mir ihre Sorgen anzutragen. Nun, wie ihr sicherlich wisst, gemäß der Lehre unserer Kirche – und Eurer Kirche desgleichen, da Euer König John immerhin die Gesetze befolgt, die unsere heiligen Väter aufgestellt haben …«

Er hielt plötzlich inne, schien den Faden verloren zu haben, und einige Minuten verstrichen in Schweigen, währenddessen die Anwesenden darauf warteten, dass er fortfuhr. Schließlich trat Agnes einen Schritt vorwärts. »Die Sünden Evas«, erinnerte sie den Priester.

»Ja, ja, die Sünden Evas«, stimmte Vater Laggan zu. »Da habt Ihr's, Lady Judith.«

Judith hatte nicht die leiseste Ahnung, wovon er sprach, die Verwirrung in ihrem Blick sprach Bände.

Der Priester nickte. »Die Kirche sagt, dass der Schmerz, den eine Frau während der Geburt zu erleiden hat, eine notwendige und angemessene Buße für die Sünden Evas ist. Die Frauen werden durch die Qual und den Schmerz errettet. Wenn entschieden werden muss, dass Isabelle nicht genug Schmerzen erlitten hat, nun, dann …«

Er sprach nicht weiter. Sein gepeinigter Blick verriet ihr, dass er sich über diesen Punkt der kirchlichen Rechtsprechung nicht weiter auslassen wollte.

»Nun, dann *was?«,* fragte Judith, entschlossen, ihn zu einer Antwort zu zwingen.

»Dann wird Isabelle von der Kirche verdammt«, flüsterte Vater Laggan. »Und das Baby auch.«

Judith empfand solche Übelkeit über das, was sie gerade gehört hatte, dass sie kaum noch vernünftig denken konnte. Himmel, war sie zornig! Nun verstand sie alles. Die Hebammen wollten nicht über *sie* herfallen – sie wollten Isabelle bestrafen und benutzten die Kirche dazu, ihr Ziel zu erreichen. Es handelte sich auch nicht einfach um eine Frage des verletzten Stolzes. Nay, weit schlimmer. Die Machtposition der beiden Frauen im Clan war erschüttert worden, und die Maßnahme der Kirche sollte zur Drohung für andere werdende Mütter dienen.

Ihre Rachsucht widerte Judith so an, dass sie die beiden am liebsten niedergeboxt hätte. Doch das würde Isabelle kaum helfen, also verhielt sie sich ruhig.

»Ihr seid vertraut mit den kirchlichen Bestimmungen, die die Sünden Evas betreffen, nicht wahr, Lady Judith?«, fragte der Priester.

»Ja, natürlich«, antwortete sie. Das war eine glatte Lüge, aber darum konnte sie sich jetzt keine Gedanken machen.

Der Priester sah erleichtert aus. »Ich frage Euch also, Lady Judith, ob Ihr gestern Nacht irgendetwas getan habt, um Isabelles Schmerzen zu lindern.«

»Nein, Vater, das habe ich nicht.«

»Dann muss Isabelle etwas getan haben«, rief Agnes. »Oder der Teufel hatte seine Hand dabei im Spiel.«

Einer der Männer, die am Tisch saßen, erhob sich. Der zornige Ausdruck auf seinem ledrigen Gesicht war beängstigend. Winslow trat im gleichen Augenblick einen Schritt vorwärts. »Ich dulde solche Reden in meinem Haus nicht«, bellte er.

Der ältere Mann am Tisch nickte, offenbar zufrieden mit Winslows Einspruch, und ließ sich dann wieder auf dem Stuhl nieder.

Das Kind stieß einen schrillen Schrei des Jammers aus. Winslow war so wütend, dass er nicht zu bemerken schien, wie Isabelle versuchte, ihm das Baby abzunehmen. Er trat noch einen Schritt auf die Hebammen zu.

»Verschwindet endlich aus meinem Haus«, befahl er wütend und machte mit dem Kopf eine entsprechende Bewegung.

»Mir gefällt das ebenso wenig wie dir, Winslow«, sagte Vater Laggan voller Kummer. »Aber diese Sache muss aufgeklärt werden.«

Winslow schüttelte den Kopf. Judith trat zu ihm und legte ihm die Hand auf den Arm. »Winslow, wenn Ihr mir erlaubt, es ihnen zu erklären, kann ich diesen Unsinn bestimmt schnell richtigstellen.«

»*Unsinn?* Du bezeichnest diese ernste Angelegenheit als Unsinn?«, fauchte Agnes. Aber Judith weigerte sich immer noch, sie zur Kenntnis zu nehmen. Sie wartete, bis Winslow zustimmend nickte, dann wandte sie sich wieder dem Priester zu. Winslow ging zum Bett hinüber und legte Isabelle seinen Sohn in den Arm. Der Kleine hörte auf zu schreien, als Isabelle ihn sanft wiegte.

Judith stand nun direkt vor dem Priester. »Isabelle hatte furchtbare Schmerzen«, erklärte sie mit harter Stimme.

»Wir haben aber nichts gehört«, rief Agnes aus.

Judith ignorierte sie nach wie vor. »Vater, wollt

Ihr Isabelle verdammen, weil sie versucht hat, tapfer zu sein? Sie hat geschrien, sogar mehrmals, aber nicht bei jeder Wehe, denn sie wollte Ihrem Mann nicht so viele Sorgen bereiten. Er wartete direkt vor der Tür, und sie wusste, dass er sie hören konnte. Selbst in ihrer Qual hat sie an ihn gedacht.«

»Haben wir das Wort einer Engländerin darauf?«, forderte Agnes sie offen heraus.

Judith drehte sich zu den Verwandten um, die am Tisch saßen, ohne die Hebamme zu beachten. »Ich habe Isabelle gestern zum ersten Mal gesehen, und gebe daher zu, dass ich sie nicht besonders gut kenne. Doch ich halte sie für eine ausgesprochen sanftmütige Frau. Würdet Ihr sagen, dass ich sie richtig einschätze?«

»Aye, das tut Ihr«, stimmte eine dunkelhaarige Frau zu. Dann warf sie den Hebammen einen Blick zu und fuhr fort: »Sie ist freundlich und gutherzig. Wir sind glücklich, sie in unserer Familie zu haben. Auch ist sie gottesfürchtig. Sie würde niemals versuchen, ihren Schmerz absichtlich zu schmälern.«

»Ich kann ebenfalls bestätigen, dass Isabelle eine sanftmütige Frau ist«, warf der Priester ein.

»Das hat nichts mit dieser Frage zu tun«, schnappte Agnes. »Der Teufel …«

Judith unterbrach sie absichtlich, indem sie sich wieder der Gruppe am Tisch zuwandte. »Wäre es auch richtig anzunehmen, dass Isabelle niemandem bewusst wehtun würde? Dass ihre Gutherzigkeit ein solches Benehmen nicht dulden könnte?«

Alle nickten. Judith drehte sich wieder zu Vater Laggan um. Sie nahm den Schal ab, der um ihren Hals lag. »Jetzt frage ich Euch, Vater, ob Ihr glaubt, Isabelle habe genug gelitten!« Sie schob ihr Haar von den Schultern und neigte den Kopf zu einer Seite, damit der Priester die Male auf ihrer Haut sehen konnte.

Er riss die Augen erstaunt auf. »Heilige Mutter Gottes, hat unsere süße Isabelle Euch das angetan?«

»Ja«, sagte Judith. Und Gott sei gepriesen, dass sie es getan hat, fügte sie in Gedanken hinzu. »Isabelle hatte gestern Nacht solche Schmerzen, dass sie sich an mir festkrallte und nicht mehr losließ. Ich musste ihr die Finger aufbiegen, Vater, und sie dazu bringen, die Handgriffe an dem Gebärstuhl zu packen.«

Der Priester sah Judith einen langen Augenblick an. Die Erleichterung in seinem Blick wärmte ihr Herz. Er glaubte ihr!

»Isabelle hat genug für die Kirche gelitten«,

verkündete der Priester. »Wir können dieses Gespräch beenden.«

Agnes gab sich nicht so leicht geschlagen. Sie hastete mit einem weißen Leinentuch herbei, das sie aus ihrem Kleid gezogen hatte. »Das kann eine Täuschung sein«, rief sie. Sie packte Judith am Arm, und versuchte, ihr die Male vom Hals zu wischen.

Judith zuckte vor Schmerz zusammen. Sie versuchte jedoch nicht, der Frau Einhalt zu gebieten. Denn bestimmt würde Agnes dann das Gerücht verbreiten, Judith hätte sich die Flecken mit farbigen Ölen angemalt.

»Nimm deine dreckigen Hände von ihr!«

Iains Grollen schien die ganze Hütte auszufüllen. Agnes sprang ein Stück zurück und stieß gegen den Priester – auch er hatte einen Satz gemacht.

Judith war so glücklich, Iain zu sehen, dass sich ihre Augen mit Tränen füllten. Der Drang, zu ihm zu laufen, überwältigte sie fast.

Er richtete seinen Blick auf sie, während er sich unter dem Türbalken duckte und eintrat. Brodick kam direkt hinter ihm, und beide Krieger sahen unglaublich zornig aus. Iain hielt nur ein oder zwei Schritte vor ihr an und musterte sie von Kopf bis Fuß, um sicherzugehen, dass sie nicht verletzt war.

Sie war äußerst dankbar dafür, dass sie ihre Fassung bewahrt hatte. Iain brauchte niemals zu erfahren, wie erschreckend dieses Verhör gewesen war. Judith hatte sich bereits gestern Nacht gründlich erniedrigt, als sie den Mann mit ihren Tränen durchnässt hatte, und allein sein Anblick im hellen Tageslicht war ihr peinlich genug. Sie würde kein zweites Mal solche Verletzlichkeit zeigen.

Iain fürchtete, sie würde gleich in Tränen ausbrechen. Ihre Augen waren feucht, und es schien ihm offensichtlich, dass sie versuchte, ihre Würde zu bewahren. Judith war wohl nicht körperlich verletzt worden, aber man hatte bestimmt auf ihren Gefühlen herumgetrampelt.

»Winslow?« Iains Stimme war barsch, wütend.

Isabelles Mann trat hervor. Er wusste, was sein Clansherr von ihm wollte und gab augenblicklich eine knappe Zusammenfassung der Ereignisse. Aber auch er hatte seinen Zorn noch nicht verdaut, und seine Stimme zitterte, während er sprach.

Iain legte Judith die Hand auf die Schulter. Er konnte ihr Beben spüren, was ihn noch wütender machte. »Judith ist Gast im Haus meines Bruders.«

Er wartete, bis diese Feststellung zu jedem im Raum durchgedrungen war, und fügte dann hinzu: »Aber sie steht ebenso unter *meinem* Schutz.

Wenn es Ärger gibt, wendet Ihr Euch an mich. Ist das deutlich?«

Die kräftigen Männer in dem Zimmer duckten sich vor dem Zorn in seiner Stimme. Judith hatte Iain noch nie so aufgebracht erlebt. Sie fand es überwältigend … und auch beängstigend. Sie versuchte sich einzureden, dass er schließlich nicht auf sie wütend war, doch Logik half ihr nicht viel. Sein brennender Blick ließ sie erbeben.

»Clansherr Iain, wisst Ihr, was Ihr da sagt?«, flüsterte Vater Laggan. Iain starrte Judith an, als seine knappe Antwort kam. »Ja.«

»Hölle«, murmelte Brodick.

Iain wirbelte herum, um seinen Freund anzusehen. »Willst du mich herausfordern?«

Brodick musste einige Zeit über diese Frage nachdenken, bevor er antwortete. »Nein. Du hast meine Unterstützung. Gott weiß, du wirst sie brauchen.«

»Du hast meine auch!«, rief Winslow.

Iain nickte. Seine Kinnmuskeln entspannten sich wieder und Judith überlegte, dass der Loyalitätsbeweis seiner Freunde seinen Ärger wohl besänftigt hatte.

Warum sie ihm extra Unterstützung zusicherten, war ihr allerdings rätselhaft. In England dehnte sich Gastfreundschaft auf alle Familienmitglieder aus, hier war es offenbar anders.

»Der Rat?«, fragte Winslow.

»Bald«, gab Iain zurück.

Hinter Judith sog jemand scharf die Luft ein. Sie wandte sich zu den Hebammen um. Überrascht sah sie, dass Helen über den Ausgang des Verhörs erleichtert zu sein schien. Sie hatte Mühe, ein Lächeln zu unterdrücken. Judith verstand nun überhaupt nichts mehr.

Agnes' Miene ließ jedoch keinen Zweifel an ihrer Laune. Ihre Augen blitzten vor Zorn und Judith wandte sich ab. Sie bemerkte, dass Vater Laggan sie gespannt musterte.

»Vater, gibt es noch Fragen, die Ihr mir stellen wollt?«

Er schüttelte den Kopf und lächelte. Da niemand sie beide zu beachten schien, trat Judith zu ihm. Winslow, sein Bruder Brodick und Iain hatten eine Unterhaltung begonnen, und die Verwandten am Tisch begannen alle auf einmal zu reden.

»Vater, darf ich Euch etwas fragen?«, flüsterte sie.

»Natürlich.«

»Wenn ich keine blauen Flecken am Hals gehabt hätte, wären Isabelle und ihr Baby wirklich von Euch verdammt worden?« Sie legte sich wieder den Schal um die Schultern, während sie auf seine Antwort wartete.

»Nein«, antwortete er.

Nun fühlte sie sich besser. Sie hatte nicht glauben wollen, dass ein Mann der Kirche wirklich so hart sein könnte. »Ihr hättet also mein Wort allein als Beweis genommen, obwohl ich eine Fremde bin?«

»Ich hätte auch einen Weg gefunden, Eure Behauptungen zu unterstützen. Vielleicht wären all ihre Verwandten von mir aufgefordert worden, zu Ihren Gunsten zu sprechen.« Er ergriff Judiths Hand und tätschelte sie. »Die Druckstellen machten meine Aufgabe sehr viel einfacher.«

»Ja, das stimmt wohl«, sagte sie. »Wenn Ihr mich jetzt entschuldigen würdet, möchte ich gern gehen.«

Sie eilte nach draußen, sobald er ihr die Erlaubnis gegeben hatte. Wahrscheinlich war es sehr unhöflich, ohne ein Abschiedswort zu verschwinden, aber Judith konnte den Gedanken nicht mehr ertragen, noch eine Minute länger mit Agnes im selben Raum zu sein.

Mittlerweile hatte sich die Menge vor dem Haus mehr als verdoppelt, aber Judith war nicht in der Stimmung, deren Neugier zu befriedigen. Mit hoch erhobenem Kopf trat sie hindurch und auf den Baum zu, wo sie das Pferd zurückgelassen hatte.

Ebenso wenig war sie bereit, dem Hengst seine Launen durchgehen zu lassen. Sie versetzte ihm einen kräftigen Klaps auf die Flanke, der ihn lange genug ruhig hielt, dass sie sich in den Sattel schwingen konnte.

Noch war sie zu aufgewühlt durch die Befragung, die sie über sich ergehen lassen musste, um direkt zu Frances Catherine zu reiten. Sie musste erst zur Ruhe kommen. Ohne ein bestimmtes Ziel lenkte sie den Hengst auf den Pfad, der zum Kamm führte. Sie wollte reiten, bis sich ihr Ärger gelegt hatte, und es war ihr egal, wie lange das dauern würde.

Vater Laggan trat eine knappe Minute nach Judith aus der Hütte. Er hob die Arme, um die Menge zum Schweigen zu bringen. Dann lächelte er breit. »Alles hat sich zu meiner Zufriedenheit gelöst«, rief er aus. »Lady Judith hat die Angelegenheit in kürzester Zeit aufgeklärt.«

Laute Hochrufe erklangen. Der Priester trat einen Schritt zur Seite, um Brodick vorbeizulassen. Iain und Winslow folgten. Die Menschen wichen vor Brodick zurück, der festen Schritts auf die Bäume zuging, wo Judith sein Pferd angebunden hatte. Er hatte sie fast erreicht, als er bemerkte, dass der Hengst fort war.

Brodicks Blick war ungläubig, als er zu den anderen herumwirbelte. »Bei Gott, sie hat es schon wieder getan!«, grollte er. Es war ihm unbegreiflich, warum Judith ihn so beleidigte. Sie hatte sein Pferd genommen! Die Tatsache, dass es eigentlich Iain gehörte, änderte daran nichts.

»Lady Judith hat dein Pferd nicht gestohlen«, rief Winslow hinter ihm. »Sie hat es sich nur ausgeborgt. Das hat sie jedenfalls gesagt, als sie hier ankam, und ich kann mir vorstellen, dass sie immer noch glaubt ...« Er konnte nicht fortfahren, weil er in lautes Lachen ausbrechen musste.

Iain hatte mehr Disziplin. Er lächelte nicht einmal, sondern stieg auf sein Pferd und reichte Brodick die Hand. Dieser wollte sich gerade hinter seinen Clansführer auf den Rücken. des Tiers schwingen, als Bryan, ein älterer Mann mit gebeugten Schultern und feuerrotem Haar, einen Schritt vortrat. »Die Frau hat Euer Pferd nicht gestohlen, und Ihr solltet das auch nicht glauben, Brodick.«

Brodick wandte den Kopf, um den Mann anzusehen. Plötzlich schob sich ein anderer Krieger durch die Menge. Er stellte sich neben Bryan. »Aye, Lady Judith war wahrscheinlich schrecklich in Eile«, sagte er.

Dann kam der Nächste, noch einer und noch einer, um Gründe anzubringen, warum Judith das

Pferd genommen haben könnte. Iain hätte nicht zufriedener sein können. Natürlich ging es nicht um das Pferd. Was die Männer sagen wollten, war, dass Judith ihren Beistand gewonnen hatte … und ihre Herzen. Sie hatte sich für Isabelle eingesetzt, nun setzten sie sich für sie ein.

»Sie hätte unserer Isabelle gestern Nacht nicht helfen müssen. Und sie hätte heute nicht zurückkommen müssen, um Vater Laggans Fragen zu beantworten«, stellte Bryan fest. »Du wirst nicht schlecht über Lady Judith sprechen, Brodick, oder du bekommst es mit mir zu tun!«

Eine kräftige Brise konnte Bryan umwehen, so schwach wie er war. Dennoch forderte er mutig und offen Brodick heraus.

»Hölle«, murmelte Brodick wieder einmal, und seine Verblüffung war deutlich.

Nun lächelte auch Iain. Er nickte Judiths Fürsprecher zu, wartete, bis Brodick endlich aufgesessen war und trieb sein Pferd dann an. Iain nahm an, dass Judith direkt zum Haus seines Bruders geritten war, doch das Pferd stand nicht davor. Wo konnte sie nur sein?

Iain hielt sein Pferd an, damit Brodick sich zu Boden gleiten lassen konnte. »Sie ist wahrscheinlich zur Festung geritten«, sagte er. »Ich werde dort zuerst nachschauen.«

Brodick nickte. »Ich suche weiter unten«, sagte er, marschierte los, blieb dann aber plötzlich stehen und wandte sich noch einmal um. »Ich gebe dir eine faire Warnung, Iain. Wenn ich sie finde, mache ich ihr die Hölle heiß.«

»Du hast meine Erlaubnis.«

Brodick versteckte sein Grinsen. Er wartete auf den Haken bei der Sache. Er kannte Iain gut genug, um zu wissen, wie seine Gedanken abliefen. »Und?«, bohrte er nach, als sein Clansherr die Erlaubnis nicht von selbst einschränkte.

»Du kannst ihr die Hölle heiß machen, aber du wirst dabei deine Stimme nicht erheben.«

»Und warum nicht?«

»Du könntest sie erschrecken«, erklärte Iain mit einem Schulterzucken. »Das kann ich nicht zulassen.«

Brodick öffnete den Mund, um etwas zu erwidern, besann sich dann aber eines Anderen. Iain hatte ihm gerade allen Wind aus den Segeln genommen. Wenn er die Frau nicht anschreien durfte, warum sollte er sie dann überhaupt maßregeln?

Er wandte sich um und ging den Hügel hinab, wobei er Unverständliches vor sich hin murmelte.

Iains Lachen folgte ihm.

Judith erwartete ihn nicht an der Festung. Also ritt er zurück und nahm den Weg, der nach Westen zur Hügelkette führte. Er fand sie auf dem Friedhof. Sie ging schnellen Schritts den Pfad entlang, der zwischen Bäumen und dem geheiligten Boden lag.

Sie hatte geglaubt, dass ein zügiger Ritt sie von dem Ärger befreien konnte, den sie immer noch über die Ereignisse des Nachmittags spürte, und war zufällig am Friedhof angelangt. Neugierig hatte sie angehalten, um sich umzuschauen.

Die letzte Ruhestätte war ein hübscher, friedlicher Ort. Ein weißer, frisch getünchter Lattenzaun begrenzte den Platz an drei Seiten. Verzierte Grabsteine, manche abgerundet, manche eckig, standen in ordentlichen Reihen innerhalb der Umzäunung. Frische Blumen bedeckten fast jedes übrige Fleckchen. Wer immer die Aufgabe hatte, sich um diesen Ort des Friedens für die Toten zu kümmern, hatte seine Arbeit gut gemacht. Die liebevolle Pflege war nicht zu verhehlen.

Judith schlug das Zeichen des Kreuzes, als sie über den Pfad schritt. Sie verließ den Friedhof, wie es sich schickte, und erklomm dann den schmalen Steig hinter den Bäumen, die die Sicht auf das Tal dahinter versperrten. Der Wind pfiff durch die Zweige und erzeugte einen traurigen Laut.

Der Platz für die Verdammten war direkt vor ihr. Sie hielt abrupt inne, als sie den Rand des kargen Geländes erreicht hatte. Hier gab es keine hübschen, weiß getünchten Zäune oder verzierte Grabsteine. Hier ragten nur verwitterte Holzkreuze auf. Judith wusste, wer hier begraben lag. Es waren die armen Seelen, über die die Kirche entschieden hatte, dass sie in die Hölle gehörten. Aye, hier lagen Räuber und Mörder, Frauenschänder, Diebe und Verräter … und all die Frauen, die während der Geburt ihres Kindes gestorben waren!

Die Wut, die sie loszuwerden gehofft hatte, schwoll erneut an. Gab es denn auch nach dem Tod keine Gerechtigkeit?

»Judith?«

Schnell sah sie sich um und entdeckte Iain, nur ein paar Schritte von ihr entfernt. Sie hatte ihn nicht kommen hören. »Glaubst du, sie sind alle in der Hölle?«

Er hob eine Augenbraue über die Erregung in ihrer Stimme. »Von wem sprichst du?«

»Die Frauen, die hier begraben sind«, erklärte sie mit einer vagen Geste. Sie wartete jedoch keine Antwort ab. »Ich glaube nicht, dass sie in der Hölle sind. Sie sind in Erfüllung ihrer heiligen Pflicht gestorben, verdammt noch mal. Sie haben qualvolle

Wehen erlitten und starben, weil sie das taten, was ihre Männer und die Priester von ihnen erwarteten. Und wofür, Iain? Um für ewig in der Hölle zu schmoren, nur weil die Kirche sie für den Himmel nicht rein genug hält? So ein Schwachsinn!«

Ihre Stimme war zu einem harschen Flüstern geworden. »Alles Wahnideen! Und wenn mich das zur Gotteslästerin macht, ist mir das egal. Ich kann einfach nicht glauben, dass Gott so grausam sein soll.«

Iain fiel keine Erwiderung ein. Sein Verstand sagte ihm, dass sie recht hatte – es *war* schwachsinnig. Tatsächlich hatte er sich niemals die Zeit genommen, über solche Dinge nachzudenken.

»Die Pflicht einer Frau ist es, ihrem Mann Erben zu schenken, ist das richtig?«

»Ja«, stimmte er zu.

»Dann frage ich mich, warum sie keine Kirche mehr betreten darf, sobald sie weiß, dass sie schwanger ist. Sie wird als unrein angesehen, nicht wahr?«

Er wollte gerade antworten, als sie die nächste Frage stellte. »Hältst du Frances Catherine für unrein? Nein, natürlich nicht«, antwortete sie sich selbst. »Aber die Kirche tut es. Und wenn sie Patrick einen Sohn schenkt, braucht sie nur dreiunddreißig Tage zu warten, bevor sie sich dem Reinigungsritual unterzieht und wieder in die Kirche gehen kann. Wenn es allerdings eine Tochter wird, muss sie doppelt so lange warten … und wenn sie zufällig *dabei* stirbt oder irgendwann *vor* diesem Ritual, dann bekommt sie noch nicht einmal diesen Segen. Sie endet hier oben! Wie passend für Frances Catherine, neben einem Mörder begraben zu werden oder …«

Endlich hörte sie auf. Sie senkte den Kopf und stieß einen müden Seufzer aus. »Es tut mir leid. Ich hätte dich nicht so anbrüllen dürfen. Wenn ich mich bloß dazu zwingen könnte, nicht über solche Dinge nachzudenken, würde ich nicht dauernd so wütend werden.«

»Es liegt in deiner Natur, dich um andere zu kümmern.«

»Woher willst du wissen, was in meiner Natur liegt?«

»Die Art, wie du Isabelle geholfen hast, ist ein Beispiel«, antwortete er. »Und ich weiß noch viele andere Beispiele.«

Seine Stimme war voller Zärtlichkeit und es war für sie wie eine Liebkosung. Sie wünschte sich plötzlich, sich an ihn zu lehnen, ihre Arme um ihn zu schlingen und ihn festzuhalten. Iain war so wunderbar stark, und sie fühlte sich im Augenblick entsetzlich verletzbar.

Bis zu diesem Moment hatte sie nicht erkannt, wie sehr sie ihn bewunderte. Er war stets seiner Sache sicher, ja, seiner selbst sicher. Eine Aura ruhiger Autorität umgab ihn. Er verlangte von seinen Gefolgsleuten keinen Respekt. Nein, er hatte sich ihre Loyalität und ihr Vertrauen *verdient.* Nur selten erhob er seine Stimme jemand anderem gegenüber. Sie musste lächeln, als ihr einfiel, dass er *ihr* gegenüber schon mehrmals die Stimme erhoben hatte. Er schien in ihrer Gegenwart nicht ganz so diszipliniert zu sein und sie überlegte, wie das zu deuten war.

»Wenn dir etwas nicht gefällt, ist es dann nicht deine Pflicht, es zu ändern?«, fragte er.

Sie hätte über seine Frage fast gelacht, bis sein Blick ihr sagte, dass er es ernst gemeint hatte. Das verblüffte sie vollends. »Du glaubst, ich könnte es mit der Kirche aufnehmen?«

Er schüttelte den Kopf. »Ein Flüstern, Judith, zusammen mit tausend anderen, wächst zu einem Gebrüll heran, das selbst die Kirche nicht ignorieren kann. Fang mit Vater Laggan an. Stell ihm deine Fragen. Er ist ein gerechter Mann, er wird dir zuhören.«

Er lächelte bei dem Wort ›gerecht‹, und sie erwiderte es. Sie wusste, dass er sich nicht über sie lustig machen wollte. Nay, er wollte ihr helfen.

»Ich bin nicht wichtig genug, um Veränderungen zu bewirken. Ich bin bloß eine Frau, die …«

»Solange du, solchen Unsinn glaubst, wirst du wirklich nichts erreichen. Dann hemmst du dich selbst.«

»Aber, Iain«, warf sie ein. »Was kann ich denn tun? Ich werde verdammt, wenn ich offen die Lehren der Kirche kritisiere. Und was würde das helfen?«

»Du sollst sie nicht direkt angreifen«, erklärte er. »Du besprichst die Widersprüche in der Regel mit den Leuten. Eine Person wird begreifen, dann noch eine und noch eine …«

Er brauchte nicht fortzufahren. Sie nickte. »Ich muss darüber nachdenken«, sagte sie. »Ich kann mir nicht vorstellen, wie ich irgendjemanden von meinen Ansichten überzeugen soll. Besonders hier nicht.«

Er lächelte wieder. »Das hast du doch schon, Judith. Du hast mich die Widersprüche erkennen lassen. Warum bist du hierher gekommen?«, fragte er dann.

»Nicht absichtlich«, antwortete sie. »Ich wollte ein bisschen spazieren gehen, bis meine Wut sich gelegt hat. Du hast es wahrscheinlich nicht gemerkt, aber ich war sehr aufgewühlt, als ich Isabelles Haus verließ. Ich hätte am liebsten geschrien. Es war so ungerecht, was sie ihr angetan haben.«

»Wenn du hier schreist, wird dich niemand hören.« Das Funkeln in seinen Augen unterstrich seinen Vorschlag. »Du würdest es hören«, sagte sie.

»Das macht mir nichts.«

»Aber mir macht es was. Das ist nicht schicklich!«

»Nicht?«

Sie schüttelte den Kopf. »Und nicht sehr damenhaft«, fügte sie bedauernd hinzu.

Sie sah so ernsthaft aus, dass er nicht widerstehen konnte. Er beugte sich nieder und küsste sie. Sein Mund strich gerade lang genug über den ihren, um ihre Zartheit zu spüren. Fast augenblicklich zog er sich wieder zurück.

»Warum hast du das getan?«

»Damit du mich nicht mehr so böse ansiehst.«

Er ließ ihr keine Zeit, in irgendeiner Weise zu reagieren. Er nahm ihre Hand. »Komm, Judith, wir gehen spazieren, bis deine Wut endgültig vorüber ist.«

Sie musste laufen, um mit ihm Schritt zu halten. »Iain, wir machen kein Wettrennen. Können wir nicht langsamer gehen?«

Er tat es, und sie gingen ein paar Minuten schweigend nebeneinanderher, jeder in seine eigenen Gedanken versunken.

»Judith, tust du immer nur das, was sich schickt?«

Sie fand die Frage reichlich seltsam. »Ja und nein«, antwortete sie. »Ich benehme mich stets in den sechs Monaten im Jahr anständig, in denen ich gezwungen bin, mit Mutter und Onkel Tekel zu leben.«

Der Ausdruck »gezwungen« machte ihn hellhörig, aber er beschloss, sie jetzt nicht auszufragen. Sie war nicht auf der Hut gewesen, und er wollte so viel wie möglich über ihre Familie erfahren, bevor sie sich wieder vor ihm verschloss.

»Und die anderen sechs Monate im Jahr?«, fragte er wie beiläufig.

»Benehme ich mich überhaupt nicht schicklich«, antwortete sie. »Onkel Herbert und Tante Millicent lassen mir ziemlich viel Freiheit. Sie schränken mich nicht ein.«

»Gib mir ein Beispiel dafür«, verlangte er, »damit ich dich verstehe.«

Sie nickte. »Ich wollte so viel wie möglich über die Geburt herausfinden, und Tante Millicent ließ mich nicht nur tun, was ich wollte, sie half mir sogar, so gut sie konnte.«

Die nächsten Minuten erzählte sie ihm von Millicent und Herbert. Die Liebe, die sie für die beiden empfand, sprach deutlich aus jedem Wort.

Iain fragte nur sehr wenig und arbeitete sich auf Umwegen an das Thema Mutter heran.

»Dieser Onkel, den du erwähnt hast, Tekel«, begann er. »Ist er der Bruder deines Vaters oder deiner Mutter?«

»Er ist der ältere Bruder meiner Mutter.«

Er wartete, dass sie ihm mehr erzählte, doch sie sagte kein Wort mehr. Sie kehrten zu den Pferden zurück, und erst als sie den Friedhof überquert hatten, sprach sie wieder.

»Glaubst du, dass ich anders bin als andere Frauen?«

»Ja.«

Sie sackte in sich zusammen und sah sehr bestürzt aus.

Er unterdrückte ein Lachen. »Das heißt nicht ›schlechter‹, nur ›anders‹. Du lebst bewusster als andere Frauen. Du nimmst nicht einfach alles hin.«

»Das wird mich eines Tages in Schwierigkeiten bringen, nicht wahr?«

»Ich beschütze dich.«

Es war ein süßes Versprechen, aber auch ein arrogantes. Sie glaubte nicht, dass er es wirklich ernst meinte. Sie lachte und schüttelte den Kopf.

Sie waren bei den Pferden angelangt, und er hob sie in den Sattel. Sie warf ihr Haar zurück und strich sanft über die blauen Flecken an ihrem Hals.

»Tut es weh?«

»Ein bisschen«, gab sie zu.

Dann entdeckte er wieder die Kette. Er zog sie hervor und betrachtete den Ring, der daran baumelte.

Sofort entriss sie ihm das Schmuckstück und verbarg es in ihrer Faust. Und es war die Faust, die ihm schließlich seine Erinnerung zurückbrachte. Er trat einen Schritt zurück, weg von ihr.

»Iain? Was ist denn los? Du bist ja ganz grau geworden!«

Er antwortete nicht.

Es dauerte einige Zeit, bis Judith Frances Catherine in allen Einzelheiten von dem Verhör erzählte. Außerdem unterbrach Frances Catherine sie ständig mit ihren Fragen.

»Ich finde, du solltest mit mir zu Isabelle gehen, um ihr Baby anzuschauen«, schlug Judith vor.

»Ich würde ihr gerne helfen«, antwortete Frances Catherine.

»Und *ich* würde es gern sehen, wenn du dich mit ihr anfreundest. Du musst lernen, diesen Leuten dein Herz zu öffnen. Bestimmt sind einige so nett wie Isabelle. Ich weiß, dass du sie mögen wirst. Sie erinnert mich an dich, Frances Catherine.«

»Ich werd's versuchen«, versprach die Freundin. »O Gott, ich werde so einsam sein, wenn du wieder fort bist. Patrick sehe ich doch nur abends, und meistens bin ich dann so schläfrig, dass ich mich kaum darauf konzentrieren kann, was er sagt.«

»Ich werde dich auch sehr vermissen«, gab Judith zurück. »Ich wünschte, du würdest in meiner Nähe leben. Vielleicht könntest du dann hin und wieder zu uns kommen. Onkel Herbert und Tante Millicent würden sich bestimmt freuen, dich wiederzusehen.«

»Patrick würde mich niemals nach England gehen lassen«, sagte sie. »Er glaubt, es wäre zu gefährlich. Kannst du mein Haar flechten, während wir warten?«

»Natürlich«, sagte Judith. »Worauf warten wir denn?«

»Patrick hat mir das Versprechen abgenommen, zu Hause zu bleiben, bis er eine wichtige Sache erledigt hat. Er wird sicher gern mit zu Isabelle kommen.«

Sie reichte Judith ihre Bürste, setzte sich auf einen Stuhl und fragte die Freundin wieder über die gestrigen Ereignisse aus.

Die Zeit verging im Eiltempo, und erst eine gute Stunde später bemerkten sie, dass Patrick immer noch nicht zurückgekehrt war. Da es Zeit fürs

Abendessen wurde, beschlossen sie, den Besuch auf den nächsten Morgen zu verschieben.

Sie waren gerade dabei, die Mahlzeit zu bereiten, als Iain an die Tür klopfte. Frances Catherine hatte irgendetwas Lustiges gesagt, und Judith lachte immer noch, als sie die Tür öffnete.

»Oh, Himmel … Iain, du willst mir doch wohl nicht sagen, dass Vater Laggan sich noch ein paar Fragen ausgedacht hat, die er mir unbedingt stellen muss?«

Sie war sich sicher gewesen, dass Iain auf ihren Scherz mit einem Grinsen antworten würde. Stattdessen vernahm sie nur sein knappes »Nein«.

Er trat ein, nickte Frances Catherine kurz zu, verschränkte die Hände hinter dem Rücken und wandte sich zu Judith.

Sie konnte nicht glauben, dass dies derselbe Mann sein sollte, der noch vor zwei Stunden so zärtlich und gut zu ihr gewesen war. Jetzt benahm er sich kalt und distanziert wie ein Fremder.

»Es wird keine Fragen mehr seitens des Priesters geben«, kündigte er an.

»Ich weiß«, erwiderte sie. »Ich wollte auch nur einen Scherz machen.«

Er schüttelte den Kopf. »Jetzt ist nicht die Zeit für Scherze. Ich habe wichtigere Dinge im Kopf.«

»Was ist denn so dringend?«

Er gab ihr keine Antwort, sondern sprach Frances Catherine an. »Wo ist mein Bruder?«

Seine Schroffheit beunruhigte sie. Sie setzte sich an den Tisch, faltete die Hände im Schoß und versuchte, ruhig zu wirken. »Ich weiß es nicht. Er wird jeden Moment zurück sein.«

»Was willst du denn von Patrick?«, fragte Judith, denn sie wusste, dass ihre Freundin sich nicht traute.

Iain wandte sich um und ging zur Tür. »Ich will mit ihm sprechen, bevor ich gehe.«

Judith hastete hinter ihm her, lief um ihn herum und verstellte ihm den Weg, bevor er die Tür erreicht hatte. Er war so verblüfft über diese Dreistigkeit, dass er tatsächlich stehen blieb. Dann erschien ein Lächeln auf seinem Gesicht. Sie hatte den Kopf zurückgebogen, sodass sie zu ihm aufschauen konnte. Sie wollte, dass er ihren missbilligenden Gesichtsausdruck bemerkte.

Bevor sie begriff, was er beabsichtigte, hatte er sie bereits aus seinem Weg gehoben. Sie sah zu Frances Catherine herüber. Ihre Freundin gestikulierte hinter Iain her, und sie nickte und rannte hinaus.

»Wohin gehst du? Wirst du lange weg sein?«

Er drehte sich nicht um, als er ihr antwortete. »Ich weiß nicht, wie lange ich weg sein werde.«

»Warum willst du mit Patrick sprechen? Soll er mit dir gehen?«

Er hielt plötzlich an und wandte sich endlich zu ihr. »Nein, er soll nicht mitgehen. Judith, warum fragst du mich das alles?«

»Warum tust du so eiskalt?«, platzte sie heraus und wurde augenblicklich rot. »Ich wollte sagen«, begann sie, »du warst vorhin in viel besserer Stimmung. Habe ich etwas getan, was dich verärgert hat?«

Er schüttelte den Kopf. »Vorhin waren wir allein«, sagte er. »Jetzt nicht.«

Wieder wollte er weitergehen. Wieder versperrte sie ihm den Weg, indem sie eilig vor ihn trat. »Du wolltest fortgehen, ohne dich zu verabschieden, stimmt's?«

Sie stieß die Frage wie eine Anklage hervor, ließ ihm aber keine Zeit zu antworten. Sie drehte sich um und ging zum Haus zurück.

Er stand da und sah ihr nach. Undeutlich hörte er sie etwas von ›verdammt unhöflich‹ murmeln und nahm an, dass sie ihn damit meinte. Er seufzte über ihre Frechheit.

Patrick kam den Hügel hinab und lenkte Iain von diesen Gedanken ab. Er teilte seinem Bruder mit, dass er mit Ramsey und Erin in der Festung der MacDonalds den Clansführer der Dunbars treffen wollte. Die Konferenz würde zwar auf neutralem Boden stattfinden, aber Iain traf trotzdem gewisse nötige Vorbereitungen, denn wenn den Macleans etwas davon zu Ohren kam, würden sie sofort zuschlagen.

Iain brauchte Patrick nicht viel zu erzählen – sein Bruder verstand die Bedeutung dieses Treffens nur zu gut.

»Der Rat hat seine Zustimmung dazu nicht gegeben, habe ich recht?«, fragte Patrick.

»Er weiß nichts davon.«

Patrick nickte. »Das bringt Ärger.«

»Ja.«

»Willst du, dass ich mitgehe?«

»Ich möchte, dass du dich um Judith kümmerst, während ich fort bin«, sagte Iain. »Pass auf, dass sie nicht in Schwierigkeiten gerät.«

Patrick nickte. »Was glauben die Alten, wohin du gehst?«

»Zu den MacDonalds«, antwortete Iain. »Ich habe nur nicht erwähnt, dass die Dunbars auch da sein werden.« Er stieß einen lauten Seufzer aus. »Gott, wie ich diese Heimlichtuerei hasse.«

Er erwartete keine Antwort auf seine Bemerkung, drehte sich um und ging zu seinem Hengst hinüber. Plötzlich hielt er inne, drückte Patrick die Zügel in die Hand und lief zurück zum Haus.

Diesmal klopfte er gar nicht erst an die Tür. Judith stand an der Feuerstelle. Sie wirbelte herum, als die Tür gegen die Steinmauer krachte, und riss die Augen auf. Frances Catherine saß am Tisch und hatte Brot geschnitten. Sie wollte gerade aufstehen, setzte sich jedoch wieder hin, als Iain an ihr vorbeilief.

Er sagte kein Wort. Stattdessen packte er Judith an den Schultern und zog sie heftig zu sich heran. Sein Mund verschloss den ihren, und als sie zunächst vor Verblüffung nicht reagierte, zwang er ihre Lippen auseinander. Seine Zunge drang mit wilder Entschlossenheit in ihren Mund. Der Kuss war besitzergreifend, leidenschaftlich – und gerade, als sie ihn erwidern wollte, schob er sie von sich. Sie sackte gegen die Kante des Herdes. Iain drehte sich um, nickte Frances Catherine zu und verließ das Haus.

Judith war zu verdutzt, um etwas zu sagen. Frances Catherine warf ihrer Freundin einen Blick zu und biss sich auf die Unterlippe, um nicht loszulachen.

»Hast du mir nicht gesagt, die Leidenschaft sei vorbei?«

Judith fiel darauf keine Erwiderung ein. Den Rest des Abends seufzte sie oft und vernehmlich. Nach dem Essen gingen die beiden Frauen mit Patrick zu Isabelle, wo Judith noch mehr Verwandte von Winslows Seite kennenlernte. Eine hübsche, kleine Frau stellte sich als Willa vor. Sie war hochschwanger, und nachdem sie erklärt hatte, dass sie Winslows dritte Kusine zweiten Grades war, bat sie Judith, mit ihr ein paar Minuten nach draußen zu gehen. Sie habe mit ihr eine wichtige Sache zu besprechen. Judith fürchtete sich vor dem, was kommen musste: Die Frau wollte sie sicher bitten, ihr bei ihrer Niederkunft beizustehen.

Natürlich konnte sie der flehenden Frau keine Absage erteilen, aber sie machte ihr klar, wie unerfahren sie war. Willas ältere Tante Louise war ihnen nach draußen gefolgt. Sie, die selbst keine Kinder gehabt und auch noch keiner Geburt beigewohnt hatte, versprach nun, dass auch *sie* gerne helfen wollte.

Drei volle Wochen war Iain fort. Judith vermisste ihn schrecklich. Sie hatte allerdings wenig Zeit, sich selbst zu bemitleiden, denn in seiner Abwesenheit half sie Willas Tochter zur Welt, dann Carolines und Winifreds Söhnen.

Jedes Mal war sie aufs Neue schockiert. Es schien überhaupt nicht einfacher zu werden. Patrick hatte alle Hände voll zu tun, ihr ihre Ängste wenigstens teilweise zu nehmen.

Judith hatte schon eine Art Ritual entwickelt, das Iains Bruder durch und durch verwirrte. Bei allen drei Frauen setzten die Wehen mitten in der Nacht ein, und jedes Mal reagierte Judith gleich: Zunächst war sie vollkommen entsetzt und stammelte und jammerte alle Gründe hervor, warum sie unmöglich diese schwere Aufgabe erledigen konnte. Auch während Patrick sie zu dem jeweiligen Haus begleitete, ging die Litanei weiter, wobei sie ihm gewöhnlich fast das Plaid von der Brust gerissen hatte, als sie ihr Ziel endlich erreichten. Ihre Selbstquälerei war augenblicklich vergessen, wenn sie die Schwelle des Hauses überschritt. Von diesem Moment an war Judith ruhig, tatkräftig und entschlossen, der werdenden Mutter die Geburt so gut wie möglich zu erleichtern. Dieser Zustand hielt an, bis das Kind auf der Welt war und sicher in den Armen der Mutter ruhte.

Nachdem sie ihre Aufgabe erfüllt hatte, brach sie in Tränen aus und weinte den ganzen Nachhauseweg über. Es machte überhaupt nichts aus, wer sie zurückbegleitete. Sie durchnässte mit ihren Tränen Patricks Kleidung, ein anderes Mal Brodicks, und das dritte Mal hatte Vater Laggan das Pech, zufällig vorbeizukommen, und so war am Ende auch *seine* Soutane völlig durchweicht.

Patrick wusste nicht, wie er Judith helfen sollte,

zumal sie wild entschlossen war, diese Prüfungen durchzustehen. Er war ungemein erleichtert, als Iain endlich wieder heimkehrte.

Die Sonne war bereits untergegangen, als sein Bruder, flankiert von Ramsey und Erin, den Hang hinaufritt. Patrick pfiff ihm zu, und Iain bedeutete seinem Bruder, ihnen zu folgen.

Patrick kehrte ins Haus zurück, um seine Frau wissen zu lassen, dass er zur Festung müsse, doch Frances Catherine schlief bereits fest. Er warf einen Blick hinter den Wandschirm und sah, dass auch Judith in süßen Träumen schwelgte.

Brodick und Alex warteten auf dem Vorplatz auf Patrick und gingen nun gemeinsam hinein.

Iain stand vor der Feuerstelle. Er wirkte erschöpft. »Patrick?«, rief er sofort, als er seinen Bruder entdeckte.

»Es geht ihr gut«, rief Patrick zurück. Er kannte seinen Bruder und wusste, was dieser zuerst hatte wissen wollen. Er ging zu ihm herüber und stellte sich vor ihn. »Sie hat drei Babys auf die Welt gebracht, während du weg warst«, fügte er hinzu. Dann, mit einem Lächeln: »Sie hasst es.«

Iain nickte. Er schickte Alex nach Winslow und Gowrie und wandte sich wieder zu seinem Bruder.

Patrick bedeutete ihm alles, er war seine Familie. So lange sie beide denken konnten, hatten sie füreinander gesorgt und aufeinander aufgepasst. Iain brauchte nun die Unterstützung seines Bruders für das, was er vorhatte. Und Patrick schwieg, bis Iain ihm die ganze Reihe von Konsequenzen aufgezählt hatte, die sein Plan vielleicht haben könnte. Dann nickte er nur. Und mehr brauchte Iain nicht.

»Du hast jetzt eine Familie, Patrick. Denk daran …«

Sein Bruder unterbrach ihn. »Wir halten zusammen, Iain.«

»Sie sind da, Iain!«, rief Brodick in diesem Moment.

Iain klopfte seinem Bruder als Zeichen seiner Zuneigung auf die Schulter und richtete dann seine Aufmerksamkeit auf seine treuen Männer. Er hatte den Rat nicht hinzugerufen, und das war keinem entgangen.

Nun fasste er kurz zusammen, was das Treffen ergeben hatte: Der Dunbar-Anführer war alt und müde und begierig, eine Allianz einzugehen. Und wenn die Maitlands kein Interesse hätten, würde er sich eben an die Macleans wenden.

»Der Rat wird dem nicht zustimmen«, gab Brodick zu bedenken, nachdem sein Clansherr seinen Bericht geendet hatte. »Ihre uralte Abneigung gegen diesen Clan wird jede Art von Einigung unmöglich machen.«

»Die Dunbars befinden sich in der heiklen Lage direkt zwischen uns und den Macleans. Wenn sie mit unseren Feinden eine Allianz eingehen, haben sie mindestens zehn Mal so viele Krieger wie wir. Dieses Zahlenspiel schmeckt mir gar nicht«, rief Alex unmutig.

Iain nickte. »Ich werde den Rat morgen zusammenrufen«, kündigte er an. »Und zwar aus zwei verschiedenen Gründen. Zum einen wird es um das Bündnis gehen.«

Er schwieg. »Und zum anderen?«, fragte Brodick. Iain lächelte. »Um Judith.«

Patrick und Brodick waren die Einzigen, die sofort begriffen.

»Vater Laggan will morgen früh abreisen«, sagte Brodick.

»Dann haltet ihn auf.«

»Wozu denn das?«, fragte Alex.

»Wegen der Hochzeit«, antwortete Iain.

Patrick lachte. Brodick stimmte ein. Nur Alex sah immer noch verwirrt aus. »Was ist mit Judith?«, fragte er. »Wird sie ja sagen?«

Iain gab keine Antwort.

Kapitel 9

Patrick sagte weder Frances Catherine noch Judith etwas von Iains Rückkehr. Früh am nächsten Morgen verließ er das Haus und ging zur Festung. Judith half ihrer Freundin, das Haus gründlich auf Vordermann zu bringen.

Es war kurz nach Mittag, als Iain an die Tür klopfte und Judith öffnete. Ihr Gesicht war fleckig und voller Schmutz und ihr Haar strähnig und zerzaust. Sie sah aus, als hätte sie gerade den Kamin geschrubbt.

Iain war so verdammt glücklich, sie wiederzusehen, dass er die Stirn runzelte. Unterdessen versuchte sie hektisch, alles an sich glatt zu streichen und zu ordnen. Gott, wie sie aussehen musste!

»Du bist wieder da«, flüsterte sie.

Er war kein Mann von vielen Begrüßungsworten. »Ja. Judith, komm in etwa einer Stunde hinauf zur Festung.«

Mit diesen Worten drehte er sich um und ging.

Judith war schockiert über sein eisiges Verhalten. Sie hastete hinter ihm her.

»Warum soll ich zur Festung kommen?«, fragte sie. »Weil ich es wünsche«, antwortete er.

»Aber vielleicht habe ich heute Nachmittag schon etwas anderes vor.«

»Sag es ab.«

»Du bist so stur wie ein Ziegenbock«, brummte sie.

So wie Frances Catherine auf der Türschwelle nach Luft schnappte, nahm Judith an, dass sie die Bemerkung sehr wohl gehört hatte. Judith war dennoch nicht schuldbewusst, denn schließlich stimmte es doch. Iain *war* stur!

Sie drehte ihm den Rücken zu. »Ich habe dich überhaupt nicht vermisst!«

Er ergriff ihre Hand und zog sie wieder zu sich herum. »Wie lange war ich eigentlich weg?«

»Drei Wochen und zwei Tage«, antwortete sie. »Warum?«

Er grinste. »Aber du hast mich überhaupt nicht vermisst, richtig?«

Erst jetzt merkte sie, dass sie sich hatte hereinlegen lassen.

»Du bist zu schlau für mich«, muckte sie auf.

»Stimmt, das bin ich wohl«, stimmte er ihr zu und grinste noch breiter.

Himmel, wie würde sie die bissigen Wortgeplänkel mit ihm vermissen. Und, lieber Gott, sie würde vor allem *ihn* vermissen.

»Wenn ich zur Festung kommen soll«, begann sie, »wäre es schicklich, wenn du die Bitte zuerst an Patrick richtest, sodass der Befehlskette auch wirklich Folge geleistet wird. Lass mich doch wissen, was er gesagt hat.«

Sie versuchte ganz offen, ihn zu provozieren. Aber er lachte nur laut.

»Iain?«, rief Frances Catherine vom Haus. »Ist der Rat versammelt?«

Er nickte. Als Judith die Reaktion ihrer Freundin sah, entzog sie ihm sofort die Hand.

»Jetzt hast du's geschafft«, flüsterte sie ihm zu.

»Was geschafft?«

»Du hast ihr einen Schreck eingejagt. Sieh dir Frances Catherine doch an. Sie macht sich Sorgen, und daran bist du schuld.«

»Was hab ich denn getan?«, fragte er vollkommen verwirrt.

Frances Catherine sah wirklich verängstigt aus, aber er konnte sich einfach nicht vorstellen, warum.

»Du hast ihr gesagt, dass der Rat in der Festung versammelt ist«, erklärte Judith. »Und nun glaubt sie, dass ich etwas angestellt habe, wofür sie mich nach Hause schicken werden, bevor ihr Baby da ist.«

»Das hast du alles aus ihrer Miene herausgelesen?«

»Natürlich«, antwortete sie ungeduldig. Sie verschränkte die Arme vor der Brust und sah ihn finster an. »Nun?«

»Nun was?«

»Bieg es wieder hin.«

»Was hinbiegen?«

»Du brauchst nicht laut zu werden«, befahl sie. »Du hast sie erschreckt, also beruhige sie wieder. Sag ihr, du würdest es nicht zulassen, dass der Rat mich schon nach Hause schickt. Das ist das Mindeste, was du tun kannst. Sie ist immerhin deine Schwägerin, und du wirst sicher nicht wollen, dass sie unglücklich ist.«

Er stieß einen heftigen Seufzer aus. Dann drehte er sich zu Frances Catherine um und brüllte: »Judith geht nirgendwo hin!« Dann sah er wieder Judith an. »War das zu deiner Zufriedenheit?«

Frances Catherine lächelte jetzt, und Judith nickte. »Ja. Danke.«

Er setzte sich wieder in Bewegung. Noch einmal hastete Judith hinter ihm her und packte ihn an der Hand.

»Iain?«

»Was ist?«

Sein barscher Ton kümmerte sie nicht. »Hast *du* mich vermisst?«

»Vielleicht.«

Seine Antwort ärgerte sie. Sie ließ seine Hand los und wollte fortgehen, doch er packte sie von hinten und schlang die Arme um ihre Taille. Dann beugte er sich zu ihr herab und flüsterte: »Du solltest wirklich versuchen, dein Temperament zu beherrschen, Weib.«

Dann küsste er sie auf den Hals. Judith lief ein Wonneschauer den Rücken herunter.

Dass er ihre Frage nicht beantwortet hatte, bemerkte sie erst, als er schon fortgeritten war.

Dieser Mann störte ihre Denkfähigkeit schon, wenn er sie nur berührte! Aber bevor Judith darüber nachgrübeln konnte, erinnerte Frances Catherine sie energisch an ihre Anwesenheit. Sie schob Judith durch die Tür und schloss sie dann heftig hinter sich.

»Iain liebt dich«, sagte Frances Catherine aufgeregt.

Judith schüttelte nur den Kopf. »Über Liebe will ich erst gar nicht nachdenken«, sagte sie.

Ihre Freundin lachte. »Kann sein, dass du darüber nicht nachdenken willst, Judith, aber du bist doch auch verliebt, nicht wahr? Ich habe lange genug meinen Mund gehalten. Er wird es niemals erfahren müssen.«

Ihre letzte Bemerkung alarmierte Judith. »Was erfahren?«

»Das über deinen Vater. Niemand muss es je erfahren. Lass dich einfach …«

»Nein.«

»Denk doch nur mal über meinen Vorschlag nach«, bat Frances Catherine sie.

Judith ließ sich auf einen Stuhl sinken. »Ich wünschte, du würdest dein Baby bekommen, damit ich endlich nach Hause kann. Jeden Tag wird es schwieriger. Lieber Gott, was soll bloß werden, *wenn* ich mich in ihn verliebe? Wie soll ich es verhindern?«

Frances Catherine stellte sich hinter ihren Stuhl und legte ihr die Hände auf die Schultern. »Würde es dir helfen, wenn du über all seine schlechten Eigenschaften nachdenkst?«

Frances Catherine hatte einen Scherz machen wollen, aber Judith nahm ihren Vorschlag ernst und versuchte, möglichst viele Charakterschwächen aufzuzählen. Leider fielen ihr nur wenige ein. Der Mann war fast perfekt. Frances Catherine war der Meinung, dass das durchaus ebenfalls als schlechte Eigenschaft gerechnet werden könnte, und Judith stimmte ihr zu.

Die beiden Freundinnen waren so vertieft in ihre Unterhaltung, dass sie Patrick gar nicht bemerkten. Er hatte die Tür aus Rücksicht auf seine Frau sehr leise geöffnet. Sie machte oft am Nachmittag ein Nickerchen, und er wollte sie in ihrem Zustand nicht unnötig stören. Nun stand er im Eingang und stellte interessiert fest, dass Judith sich gerade über Iain ausließ. Er musste lächeln. Diese Frau kannte seinen Bruder fast so gut wie er, und als sie erwähnte, wie sturköpfig er war, stimmte er unwillkürlich nickend zu.

»Aber du fühlst dich dennoch zu ihm hingezogen, nicht wahr?«

Judith seufzte. »Ja, Frances Catherine. Was soll ich bloß tun? Mich packt die nackte Angst, wenn ich merke, was mit mir geschieht. Ich *kann* ihn nicht lieben.«

»Und er kann unmöglich *dich* lieben, ja, ja«, sagte Frances Catherine. »Judith, du belügst dich selbst, wenn du das glaubst. Der Mann will dich. Warum kannst du das nicht einfach hinnehmen?«

Judith schüttelte den Kopf. »Was denkst du denn, wie er reagiert, wenn er jemals herausfindet, dass mein Vater der Maclean-Clansherr ist? Glaubst du denn ernsthaft, er würde mich immer noch wollen?«

Nur die in Jahren antrainierte Selbstbeherrschung hielt Patrick auf seinen Füßen. Herr im Himmel, er fühlte sich, als hätte man ihm einen mächtigen Schlag in die Magengrube versetzt. Er stolperte nach draußen und zog die Tür leise und fest hinter sich zu. Dann hastete er zur Großen Halle, wo er Iain fand.

»Wir müssen uns unterhalten«, kündigte er an. »Ich habe gerade etwas erfahren, was du unbedingt wissen musst.« Patricks Gesichtsausdruck zeigte Iain deutlich, dass etwas Schlimmes geschehen sein musste.

»Lass uns draußen spazieren gehen«, schlug Iain vor. »Ich würde das lieber in aller Ruhe hören.«

Keiner der Brüder sagte ein Wort, bis sie ein ganzes Stück von der Festung entfernt waren. Schließlich wiederholte Patrick, was er gehört hatte. Iain war nicht überrascht. »Eine verdammte Bescherung«, murmelte Patrick.

Iain stimmte ihm zu. Es *war* in der Tat eine verdammte Bescherung.

Judith brauchte fast eine Stunde, um sich umzuziehen. Immer wieder kam das Gespräch auf Iain. Frances Catherine war entschlossen, Judith das Geständnis abzuringen, dass sie längst in den Clansherr verliebt war, und Judith war genauso entschlossen, nichts dergleichen zuzugeben.

»Du solltest mir lieber helfen, über die ganze Sache hinwegzukommen«, schimpfte Judith. »Weißt du, wie schlimm es sein wird, wenn ich nach England zurückkehre? Und ich *muss* zurück, Frances Catherine, ob ich will oder nicht. Jetzt möchte ich aber nicht mehr darüber reden. Das macht alles nur noch schlimmer.«

Frances Catherine hielt augenblicklich den Mund. Sie sah, dass ihre Freundin den Tränen nahe war. Sanft tätschelte sie Judiths Schulter. »In Ordnung«, sagte sie mit leiser, beruhigender Stimme. »Wir reden nicht mehr darüber. Komm, ich helfe dir mit deinem Kleid. Ich gehe gleich mit dir zur Festung. Wer weiß, was der Rat wieder will. Irgendwas scheint sich zusammenzubrauen.«

Judith stand auf. »Du bleibst hier. Ich gehe allein. Aber ich verspreche dir, dass ich dir nachher jede Einzelheit erzähle.«

Frances Catherine ließ sich nicht beirren. Sie würde ihrer Freundin zur Seite stehen, falls es Ärger geben sollte. Judith war jedoch ebenso entschlossen, Frances Catherine *nicht* mitzunehmen, und so kam Patrick dazu, als beide mitten in einem ausgewachsenen Streit waren.

Er versuchte, mit einem Gruß die Aufmerksamkeit auf sich zu ziehen, und als das nichts fruchtete, hob er herrisch die Hand.

Sie ignorierten ihn. »Du warst schon immer so stur wie ein Esel«, schimpfte Frances Catherine.

Patrick war entsetzt. »Du kannst doch nicht so mit einem Gast reden«, rief er.

»Warum nicht. *Sie* hat mich noch ganz anders genannt!«

Judith grinste. »Stimmt, das habe ich«, gab sie zu.

»Du hältst dich da raus, Patrick«, sagte seine Frau. »Ich hole langsam auf, und ich werde gewinnen. Ich bin an der Reihe!«

Judith schüttelte den Kopf. »Nein, du wirst nicht gewinnen«, entgegnete sie. »Patrick, bitte halt sie hier fest. Ich muss hinauf zur Festung. Aber ich bleibe nicht lange fort.« Sie eilte aus dem Haus, bevor ihre Freundin etwas dagegen tun konnte. Jetzt war es an Patrick, sie zurückzuhalten.

Judith wusste, dass sie wahrscheinlich zu spät kommen würde, und Iain war gewiss verärgert. Auf ihrem Weg dachte sie über diese erstaunliche Tatsache nach. Iain war ein so großer und grimmiger Krieger, und allein diese Tatsache sollte ihr schon die Haare zu Berge stehen lassen. Sie erinnerte sich, wie sie ein wenig unruhig geworden war, als sie ihn das erste Mal auf der Zugbrücke von Onkel Tekels Besitz gesehen hatte. Aber das Gefühl war sehr bald verschwunden, und sie hatte sich niemals hilflos oder verloren gefühlt, wenn sie bei ihm war. Iain benahm sich so brummig wie ein Bär, doch wenn er sie berührte – war es der Himmel!

Onkel Tekel war derjenige, der ihr Angst machte! Diese Erkenntnis tauchte plötzlich in ihrem Geist auf. Sie konnte jedoch nicht verstehen, warum es so war, denn Onkel Tekel war ein Invalide, der in einer Sänfte von Ort zu Ort getragen werden musste. Solange sie sich aus seiner Reichweite fernhielt, konnte er ihr nicht wehtun. Dennoch – immer wenn sie gezwungen war, neben ihm zu sitzen, stieg die Angst in ihr auf. Sie musste sich eingestehen, dass seine grausamen Worte immer genug Kraft hatten, sie zu verwunden. Wenn sie nur lernen könnte, ihre Gefühle abzuschirmen, wenn sie es schaffen könnte, Herz und Verstand voneinander zu trennen … es wäre ihr auch gleichgültig, ob sie Iain jemals wiedersah … wenn sie stärker wäre!

Oh, was machte es schon? Sie musste nach Hause – und Iain würde irgendjemanden heiraten. Und er wäre wahrscheinlich sogar glücklich – so lange er seine Frau für den Rest seines Lebens herumkommandieren könnte.

Sie stöhnte voller Widerwillen auf. Das Bild von Iain, der eine andere Frau küsste, verursachte ihr ein hässliches Ziehen im Herzen. Lieber Gott, hilf mir, ich benehme mich wie eine verliebte Gans, dachte sie. Dann schüttelte sie den Kopf. Sie war viel zu klug, um sich das Herz brechen zu lassen. So naiv konnte sie doch nicht sein, oder?

Plötzlich brach sie in Tränen aus. Herzzerreißende Schluchzer schüttelten sie, und sie konnte nicht mehr aufhören. Es war Frances Catherines Schuld. Sie hatte so lange gebohrt und gestichelt, bis Judith nichts mehr anderes übrig geblieben war, als vor sich selbst die Wahrheit einzugestehen!

Judith verließ den Pfad aus Angst, jemand könnte vorbeikommen und ihre elende Verfassung sehen. Hinter einer mächtigen Kiefer wollte sie Schutz suchen.

»Gütiger Himmel, Judith! Was ist passiert?«

Patricks Stimme ließ sie aufstöhnen. Sie wich einen Schritt zurück, doch er folgte ihr. »Hast du dich verletzt?«, fragte er mit echter Sorge in der Stimme.

Sie schüttelte den Kopf. »Du hättest mich nicht sehen sollen«, flüsterte sie. Sie wischte sich das Gesicht mit dem Handrücken ab und atmete ein paar Mal tief ein, um sich zu beruhigen.

»Ich habe dich nicht gesehen«, erklärte Patrick. »Ich habe dich gehört!«

»Es tut mir leid«, wisperte sie.

»Was tut dir leid?«

»Dass ich so laut war«, antwortete sie. »Ich wollte nur einen Moment allein sein, aber das ist hier wohl unmöglich, nicht wahr?«

Sie klang so entsetzlich elend! Er musste sie trösten. Sie war die beste Freundin seiner Frau, und er empfand es als Pflicht, sie wieder aufzubauen. Und so legte er ihr den Arm um die Schulter und führte sie auf den Weg zurück.

»Sag mir, was los ist, Judith. Egal, wie schlimm dein Problem ist, ich kann es bestimmt irgendwie hinbiegen.«

Es war reichlich vermessen von ihm, aber Judith entschuldigte das mit der Tatsache, dass er Iains Bruder war. Wahrscheinlich färbte dessen Arroganz ab.

»Das kannst du nicht«, sagte sie. »Trotzdem danke für das Angebot.«

»Du weißt nicht, was ich bewirken kann, bevor du mir nicht erzählt hast, um was es geht.«

»Also gut«, seufzte sie. »Ich habe gerade eben festgestellt, wie naiv ich bin. Kannst du das wieder hinbiegen?«

Sein Lächeln war sehr weich. »Du bist nicht naiv, Judith.«

»O doch, und wie«, schrie sie plötzlich. »Ich

hätte mich besser schützen müssen!« Sie unterbrach sich.

»Judith?«

»Lass es gut sein. Ich möchte nicht darüber reden.«

»Du solltest wirklich nicht weinen. Nicht ausgerechnet heute«, sagte Patrick.

Sie tupfte wieder Tränen aus den Augenwinkeln. »Ja, es ist ein wunderschöner Tag, und ich sollte nicht weinen.« Sie holte erneut tief Atem. »Du kannst mich jetzt loslassen. Ich habe mich wieder erholt!«

Er nahm seinen Arm von ihrer Schulter und ging an ihrer Seite den Hügel hinauf und schließlich über den Vorplatz. Patrick hatte noch etwas zu erledigen, bevor er eintrat, und so verbeugte er sich kurz vor Judith und wandte sich dann ab.

»Seh ich sehr verheult aus?«, fragte sie ihn besorgt.

»Nein«, log er.

Sie lächelte. »Danke, dass du mir geholfen hast, das durchzustehen.«

»Aber ich hab doch nicht …«

Er sparte sich jedes weitere Wort, als sie sich umwandte und die Stufen zur Festung hinaufrannte. Seufzend schüttelte er den Kopf und machte sich wieder an den Abstieg.

Judith klopfte nicht an. Sie holte tief Atem, dann schob sie die schwere Tür auf und trat schnell ein.

Das Innere der Festung sah so scheußlich aus wie das Äußere. Der Eingang war mit grauen Steinen gepflastert, und zu ihrer Rechten an der Mauer entlang befand sich eine mächtige Treppe. Die Große Halle lag zu ihrer Linken. Sie hatte enorme Ausmaße und war zugig wie ein offener Platz. Eine steinerne Feuerstelle nahm einen guten Teil der dem Eingang gegenüberliegenden Mauer ein. Ein Feuer brannte, doch es wärmte nicht, sondern verbreitete mehr Rauch als Hitze.

Es gab keinerlei Gerüche, die an ein Heim erinnerten, wie der Duft von gebackenem Brot oder von brutzelndem Fleisch. Es gab auch nichts, was nach persönlichen Besitztümern aussah, die darauf schließen ließen, dass hier jemand lebte. Der Saal war so karg wie ein Kloster.

Fünf Stufen führten in den Saal hinunter. Judith wartete oben darauf, dass Iain sie bemerkte. Er saß mit dem Rücken zu ihr am Kopf eines langen, schmalen Tisches. Fünf ältere Männer, von denen Judith annahm, dass sie zum Rat gehörten, drängelten sich am anderen Ende zusammen.

Knisternde Spannung lag in der Luft. Irgendetwas Schreckliches schien geschehen zu sein – der

Blick der Ratsmitglieder sprach Bände. Judith entschied, dass sie besser nicht in diese schlechte Stimmung hineinplatzen sollte. Sie würde besser später wiederkommen, wenn die Männer sich von den offenbar furchtbaren Neuigkeiten erholt hatten. Sie wich einen Schritt zurück, wandte sich um und wollte gehen.

Alex und Gowrie versperrten ihr den Weg. Sie war so überrascht, sie zu sehen, dass sie ihre Augen weit aufriss. Die beiden Krieger waren lautlos hereingekommen. Judith wollte gerade um sie herumgehen, als die Tür aufflog und Brodick hereinstolzierte. Patrick kam direkt hinter ihm und hielt den einen Türflügel fest, bevor er ihn lautstark zuknallen konnte.

Dann winkte er dem Priester einzutreten. Vater Laggan sah alles andere als glücklich aus, dennoch warf er Judith ein gezwungenes Lächeln zu und eilte die Stufen in die Halle hinab.

Sie sah ihm nach, bis er an Iains Seite stand. Ja, es musste wirklich etwas Furchtbares passiert sein. Warum sonst wurde der Priester benötigt? Sie sprach ein stilles Gebet für die Person, die es brauchen würde – wer immer es auch sein mochte –, und versuchte erneut, die Halle zu verlassen.

Die Krieger hatten sich hinter ihr in einer Reihe aufgestellt.

Alex, Gowrie, Brodick und Patrick versperrten ihr den Weg … absichtlich. Patrick befand sich der Tür am nächsten. Sie trat zu ihm. »Ist jemand gestorben?«, flüsterte sie.

Brodick fand die Frage offenbar sehr lustig, aber die anderen behielten ihren finsteren Blick bei. Keiner der vier machte Anstalten, sie durchzulassen. Keiner beantwortete ihre Frage. Sie wollte den groben Kerlen gerade die Meinung sagen, als Winslow eintrat.

Isabelles Mann wirkte entschlossen, sich in die Schlacht zu stürzen. Er nickte Judith nur kurz zu und nahm dann seinen Platz in der Reihe ein.

»Judith, komm her.«

Iain bellte diesen Befehl in einem Tonfall, der sie zusammenfahren ließ. Sie wandte den Kopf, um ihm einen verärgerten Blick zuzuwerfen, doch er sah nicht einmal in ihre Richtung.

Sie konnte sich nicht entscheiden, ob sie dieser Frechheit gehorchen sollte oder nicht. Aber Brodick nahm ihr die Entscheidung ab, indem er ihr einen Schubs gab, der nicht gerade sanft war. Sie wandte den Kopf, um sich zu beschweren, doch er zwinkerte ihr nur zu.

Alex bedeutete ihr mit einer Geste, dem Befehl des Clansherrn Folge zu leisten. Auch ihn bedachte sie mit einem finsteren Blick. Es wurde wirklich

Zeit, dass irgendjemand diesen Kriegern die einfachsten Regeln der Höflichkeit beibrachte. Jetzt war jedoch nicht der richtige Zeitpunkt dazu. Judith hob den Saum ihres Kleides, nahm die Schultern zurück und schritt die Stufen hinab.

Der Priester war hochgradig nervös. Er ging vor der Feuerstelle auf und ab, und sie zwang sich für ihn zu einem heiteren Gesichtsausdruck, als sie die Halle durchquerte. Als sie bei Iain ankam, legte sie ihm die Hand auf die Schulter, um auf sich aufmerksam zu machen, und beugte sich dann herab. »Wenn du mich noch einmal anschreist, kannst du darauf wetten, dass ich dich erwürge!«

Nach dieser leeren Drohung richtete sie sich wieder auf. Iain sah verblüfft aus. Sie nickte ihm bekräftigend zu: Sie meinte, was sie gesagt hatte!

Er lächelte, um ihr zu bedeuten, wie albern er sie fand. Graham betrachtete die beiden und stellte fest, dass Lady Judith ihn faszinierte. Es war leicht zu begreifen, warum ein Mann sich zu ihr hingezogen fühlte, warum er sogar vergaß, dass sie schließlich nur eine Engländerin war. Aye, sie war schön anzusehen mit ihrem hübschen goldenen Haar und ihren großen blauen Augen. Dennoch war es nicht ihre äußere Erscheinung, die ihn letztendlich interessierte. Es war das, was er über ihr

Wesen erfahren hatte, das machte ihn neugierig, sie näher kennenzulernen.

Winslow hatte ihm berichtet, wie Lady Judith geholfen hatte, seinen Sohn auf die Welt zu bringen. Kurz danach hatte Vater Laggan ihr Verhalten am folgenden Tag gepriesen. Judith hatte die Aufgabe nicht übernehmen wollen. Sie war furchtbar verängstigt, wie Winslow erzählt hatte; Dennoch hatte sie getan, was nötig war. Während Iain fort war, hatte sie drei weitere Babys auf die Welt geholt, jedes Mal außer sich vor Angst und Sorge um die werdenden Mütter.

Graham wusste nicht, was er davon halten sollte. Natürlich entsprachen die Berichte der Wahrheit, doch solche Freundlichkeit und solchen Mut bei einer Engländerin zu finden, verwirrte ihn. Das war ein Widerspruch in sich.

Später würde noch Zeit genug sein, über diese Gegensätze nachzugrübeln. Er konnte aus Judiths Gesichtsausdruck lesen, dass sie noch nichts von dem Entschluss wusste, den Iain soeben dem Rat mitgeteilt hatte. Graham sah seine Gefährten an, die die Nachricht noch zu verdauen hatten. Duncan machte ein Gesicht, als hätte er einen Krug Essig getrunken. Vincent, Gelfrid und Owen standen dem jedoch in nichts nach.

Es schien, als wäre er der Einzige, der nicht mehr

mit der unerhörten Ankündigung rang. Nun, natürlich hatte Iain ihn schon vor dem Treffen beiseite genommen und seine Absicht vorgetragen. Patrick hatte seinem Bruder zur Seite gestanden. Und spätestens da war Graham klar, dass es sich um etwas ungemein Wichtiges handeln musste – noch bevor Iain überhaupt ein Wort gesagt hatte. Die zwei Brüder hielten immer zusammen, wenn es brenzlig wurde. Doch obwohl er es gewusst hatte, verschlug es ihm schließlich die Sprache.

Graham stand mit gemischten Gefühlen auf. Als Anführer des Rates war seine erste Pflicht, Iain Vernunft beizubringen. Und wenn das nichts nützte, wenn das dessen Entschluss nicht ändern konnte, ihn durch Abstimmung zu zwingen.

Und doch empfand Graham noch eine andere Pflicht, nämlich Iain in seiner Entscheidung zu unterstützen. Der Grund dafür war simpel und schlicht: Er wollte, dass Iain glücklich war. Gott allein wusste, dass der Clansherr es verdiente, endlich Liebe und Geborgenheit zu finden.

Er fühlte eine starke Verantwortung für Iain. In all den Jahren, die sie zusammen gedient hatten, war Graham für Iain wie ein Vater geworden. Er lehrte ihn, der Beste zu sein. Und Iain hatte ihn nicht enttäuscht. Er erfüllte jede Erwartung, übertraf jedes Ziel, das Graham ihm gesteckt hatte, und selbst als junger Bursche ließen seine Entschlossenheit und seine Stärke die Erfolge Gleichaltriger und sogar älterer Jungen weit hinter sich.

Im zarten Alter von zwölf war Iain für seinen damals fünfjährigen Bruder Patrick zu Vater- und Muttterersatz zugleich geworden. Iains Leben hatte schon immer aus Verantwortung bestanden, und es schien, als könne man noch so viel auf seine Schultern laden – er würde die Last mit Leichtigkeit tragen. Wenn es nötig war, arbeitete er von Tagesanbruch bis in die Dunkelheit. Seine Unermüdlichkeit hatte ihm eine hohe Ehre eingebracht: Er war der jüngste Krieger, der je zum Clansführer ernannt wurde.

Doch es hatte auch seinen Preis. In all den Jahren der harten Arbeit und des ständigen Kampfes war Iain niemals Zeit für Lachen, Freude oder Glück geblieben.

Graham verschränkte die Hände auf dem Rücken und räusperte sich. Er beschloss, zunächst die Argumente *gegen* Iains Wunsch durchzugehen. Wenn er die Ratsmitglieder mit seiner Pflichterfüllung als ihr Anführer zufrieden gestellt hatte, würde er öffentlich seinen Beistand für Iain verkünden.

»Iain, noch ist Zeit, von deinem Entschluss abzugehen«, begann er mit harter Stimme. Die anderen Ratsmänner nickten augenblicklich. Iain stand so schnell auf, dass sein Stuhl nach hinten umkippte. Judith wiederum war so überrumpelt, dass sie zurückwich und gegen Brodick stieß. Das verblüffte sie nur noch mehr. Sie wandte sich um und sah, dass die Krieger sich wieder hinter ihr aufgestellt hatten.

»Warum verfolgt ihr mich?«, fragte sie verzweifelt.

Iain drehte sich um. Ihre lächerlich klingende Frage nahm ihm die Spitze seines Zorns. »Sie verfolgen dich nicht, Judith. Sie zeigen mir ihre Loyalität.«

Seine Erklärung befriedigte sie nicht. »Dann lass sie die doch bitte von da hinten zeigen«, bat sie ihn mit einer vagen Geste. »Sie versperren mir dauernd den Weg, und ich möchte gerne gehen.«

»Aber ich will, dass du bleibst«, sagte er.

»Iain, ich gehöre hier nicht hin.«

»Aye, das ist richtig!«

Gelfrids Ruf ließ ihn herumfahren.

Dann brach plötzlich die Hölle los. Judith glaubte, mitten in einem Gewittersturm zu stehen. Das Gebrüll verursachte ihr Kopfschmerzen. Zwar erhob Iain kein einziges Mal seine Stimme, doch die älteren Männer dafür umso mehr.

Der Streit schien sich um eine Art von Bündnis zu drehen. Zumindest war dies das Wort, das immer wieder aufkam und den Rat immer mehr reizte. Iain stimmte für dieses Bündnis, und die Ratsmitglieder wehrten sich heftig dagegen.

Einer der Älteren hatte sich im Handumdrehen so in Rage geredet, dass er nach einem laut gebrüllten Argument einen Hustenanfall bekam. Der arme Kerl würgte und schnappte wild nach Luft. Judith schien die Einzige in diesem Raum zu sein, die die Not des Mannes bemerkt hatte. Sie stellte den Stuhl wieder auf, den Iain umgestoßen hatte und eilte zu dem Gestell hinüber, auf dem der Wasserkrug stand, wo sie einen der Becher füllte. Niemand versuchte, sie aufzuhalten – der Streit hatte seinen Höhepunkt erreicht. Judith kehrte zum Tisch zurück und gab dem Mann den Becher, und nachdem er einen großen Schluck genommen hatte, begann sie, ihm auf den Rücken zu klopfen.

Er wedelte mit der Hand, um ihr zu bedeuten, dass sie ihre Behandlung nicht fortzuführen brauchte, dann drehte er den Kopf, um seinen Dank auszusprechen. Er hatte bereits die ersten Worte gesprochen, als er plötzlich innehielt. Ungläubig riss er seine wässrigen Augen auf und Judith begriff, dass er erst jetzt bemerkte, wer ihm geholfen hatte. Er keuchte auf und begann dann erneut zu husten.

»Ihr solltet Euch wirklich nicht so verausgaben«, mahnte sie ihn, als sie ihm wieder auf den Rücken klopfte.

»Ihr solltet mich übrigens auch nicht einfach so verachten«, bemerkte sie nebenbei. »Es ist eine Sünde zu hassen, Ihr braucht nur Vater Laggan zu fragen, wenn Ihr mir nicht glaubt. Außerdem habe ich Euch nichts getan.«

Sie war so damit beschäftigt, dem Älteren ihre gut gemeinten Ratschläge zu verabreichen, dass sie die plötzliche Stille um sich herum gar nicht bemerkte.

»Judith, hör auf, Gelfrid zu schlagen.«

Iains Befehl ließ Judith aufschauen. Überrascht sah sie, dass er lächelte.

»Hör auf, mir Befehle zu geben«, erwiderte sie. »Ich helfe ihm nur. Nehmt noch einen Schluck Wasser«, wies sie Gelfrid an. »Ich bin sicher, es wird Euch guttun.«

»Lasst Ihr mich zufrieden, wenn ich es tue?«

»Ihr braucht nicht in solchem Tonfall mit mir zu reden«, sagte sie. »Ich lasse Euch gerne zufrieden.«

Sie drehte sich um und kehrte an Iains Seite zurück. Leise fragte sie: »Warum muss ich denn hier bleiben?«

»Das Weib hat ein Recht darauf, es zu erfahren«, rief Vater Laggan. »Sie muss schließlich zustimmen, Iain.«

»Das wird sie«, erwiderte Iain.

»Dann solltet Ihr nun endlich beginnen«, sagte der Priester.

»Ich muss noch vor Einbruch der Nacht zu den Dunbars gelangen. Merlin hält sich nicht mehr lange. Natürlich kann ich danach zurückkommen, wenn Ihr noch mehr Zeit braucht, sie zu überzeugen …«

»Nicht nötig.«

»Ich soll bei irgendetwas zustimmen?«, fragte Judith.

Er antwortete ihr nicht sofort, sondern wandte sich zu seinen Kriegern und bedeutete ihnen mit einem Stirnrunzeln, zurückzutreten. Sie ignorierten jedoch alle diesen stillen Befehl.

Als er ihr hämisches Grinsen sah, wurde ihm klar, dass sie sein Unbehagen voll auskosten wollten.

»Graham?«

»Ich unterstütze deinen Entschluss!«

Iain nickte: »Gelfrid?«

»Nay.«

»Duncan?«

»Nay.«

»Owen?«

»Nay.«

»Vincent?«

Der alte Mann gab keine Antwort. »Jemand soll ihn aufwecken«, befahl Graham.

»Ich bin wach. Ich habe meine Entscheidung nur noch nicht getroffen.«

Alle warteten geduldig. Gute fünf Minuten verstrichen in Schweigen. Die Spannung im Saal steigerte sich ins Unerträgliche. Judith rückte näher an Iain heran, bis ihr Arm den seinen berührte. Sie spürte seinen Zorn und wollte ihm bedeuten, dass sie ihm beistand. Fast musste sie über ihr Benehmen lächeln. Sie wusste nicht einmal, worum es hier ging, doch sie war ohne Einschränkung bereit, zu ihm zu halten.

Sie mochte es nicht, wenn er unglücklich aussah. Sie ergriff seine Hand. Und obwohl er sie nicht ansah, drückte er doch leicht ihre Finger.

Alle Anwesenden starrten immer noch auf Vincent. Es war schwer zu sagen, ob er nicht doch eingeschlafen war, denn seine Augen waren durch buschige Augenbrauen verdeckt und er hatte den Kopf über die Tischplatte gebeugt.

Endlich sah er auf. »Du hast meine Unterstützung, Iain.«

»Ich zähle also drei dagegen, und mit unserem Clansherrn drei dafür«, verkündete Graham.

»Was, zum Donner, sollen wir tun?«, rief Owen aus.

»In so einer Lage waren wir noch nie«, warf Gelfrid ein. »Aber unentschieden ist unentschieden!«

»Die Entscheidung über *dieses* Bündnis wird also vertagt«, bestimmte Graham. Dann wandte er sich an Iain.

»Du kannst ebenso gut fortfahren, Sohn.«

Iain drehte sich augenblicklich zu Judith um. Und plötzlich fühlte er sich schrecklich unwohl.

Nichts war so gelaufen, wie er es geplant hatte. Er hatte erwartet, dass alle außer Graham gegen seinen ersten Antrag stimmen würden: Der Streit hätte nicht so lange dauern sollen, und er hatte gehofft, mindestens fünf Minuten mit Judith allein sein zu können, bevor der Priester eintraf. Sicher hätte es nicht länger gedauert, ihr zu sagen, was er von ihr erwartete.

Er hasste das Gefühl, dass ihm alle zusahen. Und schon platzte Brodick seinem ungeduldigen Wesen gemäß heraus: »Judith, du wirst nicht nach England zurückkehren. Nicht jetzt. Nicht irgendwann. Iain wird dich nach Hause bringen.«

Der Krieger hörte sich an, als wäre er glücklich darüber. Sie richtete ihren Blick auf ihn. »Nicht? Wer bringt mich dann nach England?«

»Keiner«, gab Brodick zurück.

Iain ergriff ihre beiden Hände und drückte sie leicht. Dann holte er tief Atem. Auch wenn die Männer ihn beobachteten, wollte er doch den richtigen Tonfall treffen und ihr seine Erklärung unvergessen machen. Es war ein verdammt schwieriges Unterfangen, sich liebevolle Worte einfallen zu lassen, und er hatte wirklich keinerlei Erfahrung auf diesem Gebiet. Aber er wollte es auf keinen Fall verpatzen. Alles sollte perfekt für sie sein.

»Judith«, begann er.

»Ja, Iain?«

»Ich behalte dich.«

Kapitel 10

»Du kannst mich nicht einfach … behalten.«

»Oh, doch, er kann, Frau«, erwiderte Alex fröhlich.

»Er ist der Clansherr«, erinnerte Graham sie. »Er kann alles tun, was er möchte.«

»Es ist unwichtig, ob er Clansherr ist oder nicht«, warf Brodick ein. »Franklen hat sich Marrian genommen, und er ist kein Clansführer. Robert nahm Meagan«, fügte er mit einem Schulterzucken hinzu.

»Ich habe Isabelle genommen«, sagte Winslow.

»So ist es bei uns, Weib«, erklärte Gowrie.

»Du hast Isabelle nicht einfach genommen«, sagte Brodick zu seinem Bruder. »Du hast um sie angehalten. Und das ist ein Unterschied.«

»Ich hätte sie aber genommen, wenn ihr Vater Schwierigkeiten gemacht hätte«, argumentierte Winslow.

Judith konnte nicht glauben, was sie da hörte. Die waren doch wohl alle verrückt! Sie zog ihre

Hände aus Iains Griff und wich vor diesem Wahnsinn zurück. Dabei trat sie auf Grahams Fuß. Sie wandte sich um.

»Verzeiht, Graham, ich wollte nicht … Er kann mich doch nicht einfach behalten, nicht wahr?«

Graham nickte. »Gowrie hat recht. So ist das bei uns nun mal«, erklärte er. »Natürlich müsst Ihr zustimmen.«

Seine Stimme war voller Sympathie. Iain hatte der hübschen Frau ziemlich zugesetzt. Sie schien etwas überwältigt, aber ganz sicher höchst aufgeregt über seine Ankündigung. Es war die größte Ehre, vom Clansherrn erwählt zu werden. Aye, sie schien so glücklich zu sein, dass sie kein einziges Wort des Dankes zustande brachte. Glaubte Graham jedenfalls.

Doch er glaubte falsch. Innerhalb von ein oder zwei Minuten hatte sich Judith erholt. Dann schüttelte sie den Kopf. Vielleicht hätte sie ihren Zorn hinunterschlucken können, wenn Iains Gefolgsleute nicht sofort alle wieder genickt hätten. Herr im Himmel, am liebsten hätte sie alle nacheinander getreten. Sie atmete tief ein, um ihre Beherrschung wiederzufinden, und sagte dann mit heiserer Stimme: »Iain, können wir einen Moment unter vier Augen reden?«

»Es ist jetzt wirklich keine Zeit für Geplänkel,

Weib«, rief Vater Laggan. »Merlin wird sich nicht halten.«

»Merlin?«, fragte sie verwirrt.

»Ein Dunbar«, erklärte Graham. Dann setzte er mit einem Lächeln hinzu: »Er braucht einen Priester.«

Judith sah Vater Laggan an. »Dann müsst Ihr zu ihm«, sagte sie. »Stirbt er?«

Der Priester schüttelte den Kopf. »Er ist tot, Judith. Ich soll ihn begraben. Die Hitze, versteht Ihr? Er wird sich nicht mehr lange halten.«

»Aye, er wird ihn schon unter die Erde bringen«, warf Brodick ein. »Aber erst verheiratet er Euch. Die Maitlands kommen vor den Dunbars.«

»Merlin hält sich nicht?«, wiederholte Judith und presste sich die Hand auf die Stirn.

»Die Hitze«, erinnerte Brodick sie.

Sie begann plötzlich zu zittern. Iain hatte Mitleid mit ihr. Er hatte tagelang grübeln müssen, bevor er zu dem Entschluss gekommen war, dass er sie unmöglich heimkehren lassen konnte. Nun wurde ihm klar, dass er auch ihr mehr Zeit hätte geben müssen, um über seinen Antrag nachzudenken.

Unglücklicherweise *blieb* keine Zeit mehr. Nachdem Patricks Bericht seine eigenen Befürchtungen bestätigt hatte, wurde ihm klar, dass er Judith so schnell wie möglich heiraten musste. Er wollte kein Risiko eingehen, dass irgendjemand von ihrem Vater erfuhr. Nein, er musste sie jetzt heiraten. Nur so konnte er sie vor diesem Bastard Maclean schützen.

Er nahm sie an die Hand, und sie stolperte hinter ihm her, als er sie in eine Ecke der Halle führte. Dort schob er sie mit dem Rücken an die Mauer und stellte sich direkt vor sie, sodass ihr die Sicht auf den Rest des Saales versperrt war.

Dann hob er ihr Kinn, bis sie ihn ansehen musste. »Ich möchte, dass du mich heiratest.«

»Nein.«

»Ja.«

»Ich kann nicht.«

»Doch, du kannst.«

»Iain, sei bitte vernünftig. Ich kann dich nicht heiraten. Selbst, wenn ich wollte – es geht nicht!«

»Du *willst* mich heiraten«, entgegnete er. »Oder etwa nicht?«

Die Möglichkeit, dass sie ihn nicht wollen könnte, brachte ihn plötzlich aus der Fassung. »Du willst es doch, verdammt noch mal.«

»Ach ja? Und warum sollte ich?«

»Du traust mir.«

Ihre Wut sank in sich zusammen. Von allen Gründen, die er hätte anbringen können, hatte er den genannt, dem sie wirklich nicht widersprechen konnte. Ja, sie traute ihm, mit ganzem Herzen!

»Du fühlst dich bei mir sicher.«

Auch dagegen konnte sie nichts sagen. »Du weißt, dass ich dich beschützen werde«, fügte er mit einem zärtlichen Nicken hinzu.

Tränen schossen ihr in die Augen. Lieber Gott, wie sehr wünschte sie sich, dass es möglich wäre! »Liebst du mich, Iain?«, fragte sie.

Er beugte sich herab und küsste sie. »Ich wollte noch nie eine Frau so und so sehr wie dich«, sagte er. »Und du willst mich auch. Bestreite es nicht.«

Ihre Schultern sanken herab. »Ich bestreite es nicht«, flüsterte sie. »Aber wollen und lieben sind zwei verschiedene Dinge. Vielleicht liebe ich dich ja nicht«, fügte sie hinzu.

Sobald die Worte ausgesprochen waren, wusste sie, dass das eine Lüge war.

Er wusste es auch.

»Aye, du liebst mich.«

Eine Träne kullerte ihr die Wange hinunter. »Du machst mir unmögliche Hoffnungen«, sagte sie sehr leise.

Er wischte ihr sanft die Träne fort. »Nichts ist unmöglich, Judith. Heirate mich. Lass mich dich beschützen.«

Nun musste sie ihm die Wahrheit erzählen. Nur dann würde er seine Ansicht und seinen Entschluss ändern. »Da ist etwas, was du nicht weißt«, begann sie. »Mein Vater …«

Sein Mund schloss den ihren und unterbrach ihr Geständnis. Der Kuss war lang und leidenschaftlich, und als er von ihr abließ, konnte sie kaum noch einen klaren Gedanken fassen.

Sie versuchte es erneut. Er unterbrach sie noch einmal mit einem Kuss.

»Judith, ich will nichts mehr über deine Familie hören«, befahl er schließlich. »Es ist mir egal, ob dein Vater der König von England ist. Du wirst kein Wort mehr darüber fallen lassen, hast du verstanden?«

»Aber Iain …«

»Das, was war, ist unwichtig«, sagte er. Er packte sie an den Schultern und drückte sie. »Vergiss es, Judith. Du sollst zu mir gehören. Ich will deine Familie sein. Ich will für dich sorgen.«

Es hörte sich so verlockend an. Judith wusste nicht mehr, was sie tun sollte. »Ich muss darüber nachdenken«, entschied sie. »In ein paar Tagen …«

»Gütiger Herr!«, rief Vater Laggan aus. »Wir können Merlin nicht so lange warten lassen, Weib. Denkt nur an die Hitze!«

»Warum warten?«, sagte Patrick laut.

»Aye, er hat gesagt, dass er dich will. Nun vollzieht schon die Hochzeit.«

Erst in diesem Moment wurde Judith klar, dass alle mitgehört hatten. Am liebsten hätte sie geschrien. Und dann tat sie es.

»Ich werde mich nicht drängen lassen«, fauchte sie entschlossen. Dann fügte sie mit sanfterer Stimme hinzu: »Es gibt viele Gründe, warum ich Euren Clansherr nicht heiraten sollte. Ich brauche Zeit nachzudenken …«

»Was sind das für Gründe?«, fragte Graham.

Iain wandte sich zum Sprecher des Rates um. »Bist du für oder gegen uns?«, fragte er.

»Ich bin nicht gerade besonders glücklich, aber du weißt, dass ich zu dir stehe. Meine Stimme hast du. Gelfrid, was ist mit dir?«

Gelfrid warf Judith einen finsteren Blick zu und sagte: »Ich bin deiner Meinung.«

Die anderen Ratsmitglieder gaben einer nach dem anderen ihre Zustimmung. Judith hatte genug gehört. »Wie könnt Ihr zustimmen und mich gleichzeitig so wütend ansehen?«, wollte sie wissen. Sie drehte sich wieder zu Iain um und piekste ihm den Zeigefinger auf die Brust. »Ich will hier nicht leben. Ich habe längst beschlossen, bei meiner Tante Millicent und Onkel Herbert zu wohnen. Und weißt du auch, warum?« Sie ließ ihm keine Zeit zu antworten. »Weil sie mich nicht für jemand Minderwertiges halten. Deshalb. Nun?«, fragte sie herausfordernd.

»Nun was?«, fragte Iain. Ihre Entrüstung amüsierte ihn, doch er versuchte, sich sein Lächeln zu verkneifen. Die Frau war sehr reizbar, wenn sie in Rage geriet.

»Sie mögen mich«, stammelte sie.

»Wir mögen Euch auch, Judith«, sagte Alex.

»Wir alle mögen dich«, fügte Patrick mit einem Nicken hinzu. Sie konnte diesen Unsinn nicht glauben. Brodick auch nicht. Er warf Patrick einen Blick zu, der deutlich machte, dass er ihn für vollkommen verrückt hielt.

»Aber *ich* mag euch Grobiane nicht besonders«, verkündete sie. »Der Gedanke, hier zu leben, ist mir einfach unerträglich. Ich will keine Kinder in solch … O Gott, Iain, ich werde ja gar keine haben. Du weißt doch …«

»Judith, beruhige dich«, befahl Iain. Er zog sie zu sich hoch und drückte sie fest.

»Sie will keine Kinder?«, fragte Graham entsetzt. »Iain, du darfst solche Reden nicht erlauben. Du brauchst einen Erben!«

»Ist sie unfruchtbar?«, rief Gelfrid.

»Das hat sie nicht gesagt«, murmelte Vincent.

»Das ist meine Schuld«, warf Winslow ein.

»*Du* bist schuld, dass die Frau unfruchtbar ist?«, fragte Gelfrid verständnislos. »Wie kann denn das sein, Winslow?«

Patrick lachte laut auf. Brodick stieß ihm den Ellenbogen in die Seite, damit er aufhörte. »Sie musste Isabelle bei der Geburt ihres Kindes helfen«, erklärte Brodick dem Ratsmitglied. »Das hat sie verängstigt. Und mehr steckt da nicht hinter. Judith ist *nicht* unfruchtbar.«

Graham grunzte vor Erleichterung. Iain schenkte Judith nun seine volle Aufmerksamkeit. Er beugte sich herab und flüsterte: »Du hast recht, du brauchst mehr Zeit zum Nachdenken. Nimm dir so viel, wie du brauchst.«

Da war etwas in seiner Stimme, das sie misstrauisch machte. Sie bemerkte auch fast augenblicklich, was es war. Iain war vollkommen vergnügt. »Wie lange habe ich wirklich Zeit?«

»Nun, du schläfst heute Nacht in meinem Bett. Ich dachte, du wärest vielleicht vorher gern verheiratet.«

Sie schob sich aus seinen Armen und sah zu ihm auf. Er lächelte. Gott, ja, sie liebte ihn! Und in diesem Augenblick war es ihr absolut rätselhaft, warum.

Diese Leute hatten sie ganz aus der Fassung

gebracht. »Warum in Gottes Namen liebe ich dich?«

Erst als Patrick laut lachte, bemerkte sie, dass sie die Frage herausgeschrien hatte.

»Nun, das war's. Sie hat zugestimmt«, rief Vater Laggan. Er eilte quer durch die Halle. »Lasst es uns hinter uns bringen. Patrick, Ihr steht zu Iains Rechten, und Graham, Ihr stellt Euch neben Judith. Ihr könnt als Brautführer dienen. Im Namen des Vaters, des Sohnes …«

»Wir führen die Braut gemeinsam«, verkündete Gelfrid, ängstlich darauf bedacht, bei dieser wichtigen Zeremonie nicht außen vor zu bleiben.

»Aye, genau«, murmelte Duncan.

Das Geschiebe und Geschurre der Stühle störte den Priester gewaltig, also wartete er, bis sich die Ratsmitglieder alle um Judith drängelten, dann begann er von Neuem. »Im Namen des Vaters …«

»Du willst mich ja nur heiraten, damit du mich herumkommandieren kannst«, sagte Judith.

»Es *hat* seine Vorteile«, sagte Iain gedehnt.

»Ich dachte, die Dunbars sind eure Feinde«, sagte sie dann. »Aber euer Priester …«

»Rate mal, wie Merlin gestorben ist«, sagte Brodick.

»Wirklich, Sohn, diesen Tod kannst du nicht als euren Verdienst betrachten«, mahnte Graham.

»Es war der Sturz von der Klippe, der ihm den Garaus machte.«

»Winslow, hast *du* ihm nicht den Stoß versetzt, als er mit dem Messer auf dich zukam?«, fragte Brodick.

Sein Bruder schüttelte den Kopf. »Er ist ausgerutscht, bevor ich ihn zu fassen kriegte.«

Judith war entsetzt. Patrick beschloss, ihre anfängliche Frage zu beantworten, da niemand anderer diese Aufgabe übernehmen zu wollen schien. »Hier gibt es nicht genug Geistliche«, sagte er. »Vater Laggan darf daher kommen und gehen, wie es ihm gefällt!«

»Er bedient ein großes Gebiet«, warf Alex ein, »und alle Clans, mit denen wir verfeindet sind. Also die Dunbars, die Macphersons, die Macleans und natürlich die anderen.«

Sie war überrascht über die Anzahl ihrer Feinde und sprach Graham darauf an. Sie wollte so viel wie möglich über die Maitlands erfahren, aber sie hatte auch noch einen anderen Grund. Sie brauchte Zeit, um sich zu sammeln, denn sie fühlte sich wie benebelt und zitterte wie ein Kind, das man gerade in kaltem Wasser gebadet hat.

»Alex hat nur einen Teil aufgezählt«, erklärte Graham ihr.

»Mögt ihr denn gar niemanden?«, fragte sie ungläubig.

Graham zuckte die Schultern.

»Können wir jetzt vielleicht weitermachen?«, brüllte Vater Laggan. »Im Namen des Vaters …«

»Ich werde Tante Millicent und Onkel Herbert hierher einladen, und ich denke nicht daran, den Rat um Erlaubnis zu fragen.«

»… und des Sohnes …«, brüllte der Priester noch lauter.

»Als Nächstes will sie König John einladen«, warnte Duncan.

»Das können wir nicht zulassen, Weib«, murmelte Owen.

»Bitte nehmt Euch jetzt an der Hand und konzentriert euch auf diese Zeremonie«, schrie Vater Laggan.

»Ich will König John nicht einladen«, warf Judith ein. Sie bedachte Duncan mit einem finsteren Blick für seine empörende Bemerkung. »Ich will meine Tante und meinen Onkel. Und ich kriege sie.« Sie musste sich vorbeugen, um an Graham vorbei zu Iain hochschauen zu können. »Ja oder nein, Iain!«

»Wir werden sehen. Graham, *ich* heirate Judith, nicht du. Also lass ihre Hand los. Judith, komm hier herüber.«

Vater Laggan gab es auf, eine gewisse Ordnung aufrechtzuerhalten. Er fuhr einfach mit dem Ritual fort. Iain war nun einigermaßen aufmerksam und gab sein Jawort.

Sie war keinesfalls so bereitwillig. Iain tat die hübsche Frau ein wenig leid. Sie sah so entsetzlich verwirrt aus.

»Judith, wollt Ihr Iain zu Eurem Mann nehmen?«

Sie sah zu ihm hoch, bevor sie ihre Antwort gab. »Mal sehen.«

»Das reicht nicht, Weib. Du musst ›Ich will‹ sagen«, ermahnte er sie.

»Ach ja?«

Er lächelte. »Deine Tante und dein Onkel werden willkommen sein.«

Sie erwiderte sein Lächeln. »Danke.«

»Ihr habt mir noch nicht geantwortet«, erinnerte Vater Laggan sie.

»Wird er versprechen, mich zu lieben und zu ehren?«, fragte Judith.

»Lieber Gott, das hat er gerade«, rief Brodick ungeduldig aus.

»Iain, wenn ich hier bleibe, will ich einige Dinge verändert haben.«

»Nun, Judith, wir mögen die Dinge so, wie sie sind«, sagte Graham.

»Ich aber nicht«, sagte Judith. »Iain, bevor wir anfangen, musst du mir noch eins versprechen«, platzte sie heraus.

»Bevor wir anfangen? Wir sind mitten drin …«, versuchte der Priester zu erklären.

»Was für ein Versprechen?«, fragte Graham. »Der Rat wird es erwägen müssen …«

»Ihr werdet *nichts* erwägen«, warf sie ein. »Das ist eine persönliche Sache. Iain?«

»Ja, Judith?«

O Gott, wie sie sein Lächeln liebte. Sie stieß einen kleinen Seufzer aus, während sie ihn näher zu sich heranwinkte. Graham musste einen Schritt zurücktreten, um ihr Platz zu machen. Sobald Iain sich hinunterbeugte, beugten sich alle anderen neugierig vor, um möglichst alles mitzubekommen.

Sie mussten sich jedoch auf Vermutungen beschränken. Fest stand jedenfalls, dass ihre Bitte, was immer es gewesen war, den Clansherr seinem Gesichtsausdruck zufolge im höchsten Maße erstaunt hatte. Und das machte alle anderen nur noch neugieriger.

»Ist das so wichtig für dich?«

»Ja.«

»Gut«, antwortete er. »Ich verspreche es.«

Judith hatte die Luft angehalten, bis er ihr das Versprechen gab. Jetzt stieß sie einen lauten Seufzer aus.

Tränen stiegen ihr in die Augen. Dieser Mann

war so wunderbar. Er hatte nicht gelacht oder sich beleidigt gefühlt. Er hatte nicht einmal nach einer Erklärung gefragt. Er hatte nur wissen wollen, ob es ihr wichtig war, und hatte dann einfach zugestimmt!

»Hast du zufällig irgendetwas davon mitbekommen, Graham?«, flüsterte Alex so laut, dass es jeder hörte.

»Irgendetwas über Trinken«, flüsterte Graham zurück.

»Sie will etwas trinken?«, bellte Gelfrid.

»Nay, ich habe etwas von ›betrunken‹ aufgeschnappt«, verkündete Owen.

»Warum will sie sich betrinken?«, wollte Vincent wissen.

Judith verbiss sich ihr Lachen. Sie wandte sich wieder Vater Laggan zu. »Ich werde jetzt mein Ja-Wort geben«, sagte sie. »Sollten wir nicht anfangen?«

»Das Weib hat Probleme mit dem Zuhören«, knurrte Vincent.

Vater Laggan gab seinen Segen, während Judith mit dem Ratsmitglied über seine grobe Bemerkung stritt. Heftig bestand sie darauf, dass sie sehr wohl und sehr genau zuhörte. Sie quetschte aus Vincent eine Entschuldigung heraus, bevor sie sich wieder dem Priester zuwandte. »Patrick, würdest du bitte Frances Catherine holen? Ich hätte sie während der Zeremonie gern an meiner Seite.«

»Ihr könnt die Braut nun küssen«, verkündete Vater Laggan.

Frances Catherine ging in ihrem Haus unruhig auf und ab, als Judith endlich die Tür öffnete.

»Gott sei Dank, da bist du. Judith, was hat denn so lang gedauert? Ich habe mir solche Sorgen gemacht! Oh, Judith, du bist schrecklich blass! Sie haben dir etwas angetan, nicht wahr?« Sie hielt inne und unterdrückte einen kleinen Schrei. »Sie haben doch nicht gewagt, dich nach England zurückzuschicken?«

Judith setzte sich an den Tisch. »Sie sind weggegangen«, flüsterte sie.

»Wer ist weggegangen?«

»Alle. Sie gingen … einfach fort. Sogar Iain. Er hat mich geküsst und ist dann gegangen. Ich weiß nicht, wohin sie alle sind.«

Frances Catherine hatte ihre Freundin noch niemals so erlebt. Judith schien in einer Art Trance zu sein. »Judith, du machst mir Angst. Bitte sag mir, was geschehen ist.«

»Ich habe geheiratet.«

Frances Catherine sank auf einen Stuhl. »Du hast geheiratet?«

Judith nickte. Sie starrte weiterhin ins Leere, während ihre Gedanken um die seltsame Hochzeitszeremonie kreisten.

Frances Catherine war so verblüfft, dass sie einige Minuten kein Wort hervorbrachte. Sie saß Judith gegenüber und starrte sie einfach an.

»Hast du Iain geheiratet?«

»Ich glaube ja.«

»Was meinst du damit, du *glaubst?*«

»Graham stand zwischen uns. Vielleicht habe ich ihn geheiratet … Nein, ich bin sicher, es war Iain. Er hat mich danach geküsst. Graham nicht.«

Frances Catherine hatte keine Ahnung, was sie davon halten sollte. Zwar freute sie sich, weil ihre Freundin nun nicht mehr nach England zurückkehren würde, aber sie war auch wütend.

»Warum denn so Hals über Kopf? Es gab sicher keine Blumen, oder? Du kannst auch in keiner Kapelle geheiratet haben … hier gibt es keine. Judith, du hättest bei Iain darauf bestehen müssen.«

»Ich weiß nicht, warum es so schrecklich schnell gehen musste«, gab Judith zu. »Aber Iain wird sicher seine Gründe haben. Bitte reg dich nicht darüber auf.«

»Ich hätte dabei sein sollen«, jammerte Frances Catherine.

»Aye, das hättest du wirklich«, stimmte Judith zu.

Eine weitere Minute verstrich in Schweigen. Dann sagte Frances Catherine: »Sind wir glücklich über diese Hochzeit?«

Judith hob die Schultern. »Ich nehme an, wir sind es.«

Tränen füllte Frances Catherines Augen. »Du hast verdient, dass dein Traum wahr wird.«

Judith wusste, wovon Frances Catherine sprach. Sie schüttelte den Kopf und sprach tröstend auf ihre Freundin ein. »Träume sind etwas für kleine Mädchen, die sich gemeinsam etwas ausmalen. Sie werden nie wirklich wahr. Ich bin eine erwachsene Frau, Frances Catherine. Ich denke mir keine unmöglichen Fantastereien mehr aus.«

Ihre Freundin ließ sich nicht beirren. »Du vergisst, mit wem du sprichst, Judith. Ich kenne dich besser als jeder andere Mensch auf dieser Welt. Ich weiß alles über dein schreckliches Leben mit dieser Hexe von deiner Mutter und deinem ständig betrunkenen Onkel. Ich weiß von deinem Schmerz, deiner Einsamkeit. Deine Träume sind dein Schutzschild geworden. Du kannst ruhig behaupten, es wäre nun alles unwichtig, du hättest bloß eine lebhafte Fantasie gehabt. Aber ich weiß es besser.« Ihre Stimme brach mit einem Schluchzen. Sie holte tief Atem, um dann fortzufahren. »Deine Träume haben dir geholfen, nicht zu verzweifeln. Tu doch nicht so, als wären sie dir nun egal. Ich glaube dir kein Wort!«

»Frances Catherine, bitte sei vernünftig«, sagte Judith händeringend. »Es war ja nicht immer schrecklich. Millicent und Herbert haben viel ausgeglichen. Außerdem war ich sehr jung, als ich mir diese schönen Dinge ausdachte. Ich habe mir ja nur *überlegt,* wie ich einmal heiraten wollte. Mein Vater war immer dabei, weißt du noch? Ich dachte, er wäre tot, aber ich stellte mir immer vor, dass er an meiner Seite stehen würde. Mein Ehemann sollte unglaublich glücklich sein, fast schon den Tränen nahe … Und nun frage ich dich: Kannst du dir vorstellen, dass Iain bei meinem Anblick zu weinen anfängt?«

Frances Catherine konnte nicht anders, sie musste lächeln.

»Mein Mann hätte auch in Würde Tränen vergießen sollen. Er tat es allerdings nicht. Er grinste.«

»Ich werde meine Mutter nie mehr sehen müssen.«

Judith hatte diesen Gedanken leise ausgesprochen. Frances Catherine nickte. »Außerdem wirst du *mich* nicht mehr verlassen müssen.«

»Ich will, dass du dich über die ganze Sache freust.«

»Also gut. Ich freu mich. Und jetzt erzähl mir ganz genau, was passiert ist. Ich will alles wissen.«

Judith tat, worum ihre Freundin sie gebeten hatte. Als sie endlich fertig war, musste Frances Catherine lachen. Judith hatte Schwierigkeiten gehabt, sich zu erinnern, und sie entschuldigte sich immer wieder damit, dass alles furchtbar verwirrend gewesen sei.

»Ich fragte Iain, ob er mich liebt«, erzählte sie. »Er gab mir keine Antwort, aber das habe ich erst gemerkt, als alles vorbei war und er mich küsste. Er hatte mir nur versichert, er wollte mich. Ich versuchte auch, ihm von meinem Vater zu erzählen, aber er ließ mich nicht. Er meinte, dass es keinen Unterschied mache. Ich musste es aufgeben. Wirklich, er hat so reagiert. Ich *habe* es versucht, aber vielleicht hätte ich mir noch mehr Mühe geben sollen.«

Frances Catherine schnaubte undamenhaft. »Hör auf, dir über deinen Vater Gedanken zu machen. Wir werden ihn nicht mehr erwähnen. Niemand wird es je erfahren.«

Judith nickte. »Ich habe Iain zwei Versprechen abverlangt: Millicent und Herbert dürfen mich besuchen kommen.«

»Und das andere?«

»Iain wird sich in meiner Gegenwart nicht betrinken.« Tränen schossen Frances Catherine in die Augen. Sie hätte Patrick niemals um so etwas gebeten, aber sie konnte gut verstehen, warum Judith darauf bestanden hatte. »So lange, wie ich hier lebe, habe ich Iain noch nicht betrunken gesehen.«

»Er wird sein Wort halten«, flüsterte Judith. Dann seufzte sie.

»Ich bin gespannt, wo ich heute Nacht schlafen werde.«

»Iain wird kommen und dich holen.«

»Was habe ich mir damit bloß angetan?«

»Du liebst ihn.«

»Ja.«

»Und er muss *dich* lieben.«

»Ich hoffe es«, sagte Judith. »Er hat schließlich keinen anderen Nutzen aus der Hochzeit. Er muss mich wohl wirklich lieben.«

»Machst du dir Sorgen wegen heute Nacht?«

»Ein bisschen. Hattest *du* Angst?«

»Ich habe geheult.«

Aus unerfindlichen Gründen fanden die beiden Frauen das Geständnis ungemein lustig. Und als Patrick und Iain eintraten, mussten sie unwillkürlich über Frances Catherines und Judiths Gelächter grinsen.

Patrick wollte wissen, was die beiden denn so komisch fanden, doch diese Frage reizte sie nur noch mehr zum Lachen. Er gab es schnell auf. Frauen waren seiner Meinung nach unergründlich.

Iains Blick konzentrierte sich auf Judith. »Warum bist du hier?«, fragte er.

»Ich wollte Frances Catherine erzählen, was passiert ist. Wir haben doch geheiratet, oder?«

»Sie dachte, sie hätte vielleicht Graham geheiratet«, erklärte Frances Catherine ihrem Mann.

Iain schüttelte den Kopf. Er ging zu seiner Braut und zog sie auf die Füße. Sie hatte ihn noch nicht angesehen, seit er hereingekommen war, und das machte ihn betroffen. »Es ist Zeit, nach Hause zu gehen.«

Judith war plötzlich furchtbar verzagt. »Ich hole nur ein paar von meinen Sachen«, sagte sie. Mit gesenktem Kopf ging sie auf den Wandschirm zu. »Wo ist zu Hause?«, fragte sie plötzlich.

»Da, wo du geheiratet hast«, sagte Patrick.

Sie schnitt eine Grimasse, denn hinter dem Schirm konnte sie niemand sehen. Sie würde also in der hässlichen Festung wohnen müssen. Aber was machte es aus. Iain lebte auch da, und das war das Einzige, was zählte.

Judith konnte hören, wie die beiden Brüder

sich unterhielten, während sie ihr Nachtgewand, den Hausmantel und andere Dinge einpackte. Den Rest würde sie morgen holen. Ihre Hände zitterten, als sie ihr Nachtkleid zusammenfaltete.

Endlich war sie fertig, blieb aber noch in ihrem provisorischen Kämmerlein. Und endlich drang die Bedeutung der Ereignisse zu ihr durch.

Sie setzte sich aufs Bett und schloss die Augen. Plötzlich begann ihr Herz heftig zu schlagen und sie konnte kaum Atem holen: Sie war eine verheiratete Frau! Ihr wurde klar, dass Panik sie zu überwältigen drohte, und sie versuchte, sich wieder zu beruhigen.

Guter Gott, wenn sie nun einen Fehler gemacht hatte? Es war alles so schnell gegangen. Iain liebte sie doch, oder? Und es war nicht wichtig, ob er die Worte ausgesprochen hatte. Er hatte sie heiraten wollen und keinen Profit davon, nur eine Ehefrau. Welchen anderen Grund außer Liebe sollte es dafür also geben?

Was würde daraus, wenn sie sich hier nicht einfügen konnte? Wenn die Leute sie nicht akzeptierten? Und schließlich drängte sich ihr eine Hauptsorge auf: Was machte sie bloß, wenn sie keine gute Ehefrau sein konnte? Sie hatte keine Ahnung, wie man einem Mann im Bett Vergnügen bereitete. Aber Iain wusste ja, wie unerfahren sie war. Es war seine Pflicht, sie dies alles zu lehren. Und wenn sie es nicht lernte?

Sie wollte nicht, dass er sie für unfähig hielt. Lieber sterben!

»Judith?«

Seine Stimme war kaum lauter als ein Flüstern. Dennoch zuckte sie zusammen. Er merkte es, merkte auch, wie nahe sie einer Ohnmacht war. Und er glaubte zu wissen, warum.

»Wir können jetzt gehen«, sagte sie mit bebender Stimme. Aber sie bewegte sich nicht. Sie hatte ihre Tasche im Schoß liegen und schien sich am Griff festklammern zu wollen. Iain verbarg sein Lächeln. Er kam zu dem Bett hinüber und setzte sich neben sie.

»Warum sitzt du denn hier?«, fragte er.

»Ich habe nur nachgedacht.«

»Worüber?«

Sie gab ihm keine Antwort und sah ihn auch nicht an. Ihr Blick war auf ihren Schoß geheftet.

Iain wollte sie nicht drängen. Er beschloss, so zu tun, als hätten sie alle Zeit der Welt. So saßen sie einige Minuten lang schweigend nebeneinander auf dem Bett. Judith konnte hören, wie Frances Catherine mit ihrem Mann flüsterte. Das Wort ›Blumen‹ fiel, und sie nahm an, ihre Freundin beschwerte sich gerade bei Patrick über die Hochzeitszeremonie.

»Kann ich heute Abend ein Bad nehmen?«

»Ja.«

Sie nickte. »Sollten wir nicht gehen?«

»Hast du genug nachgedacht?«

»Ja, danke.«

Er stand auf. Sie reichte ihm ihre Tasche. Dann nahm er ihre Hand und führte sie zur Tür.

Frances Catherine versperrte ihnen den Weg. Sie wollte, dass die beiden zum Essen blieben. Da bereits alles fertig war, nahm Iain an. Judith war viel zu nervös, um zu essen, doch Iain hatte solche Probleme nicht. Er und Patrick aßen beide wie Männer, die gerade die vierzigtägige Fastenzeit überstanden hatten.

Nach dem Essen wollte er jedoch keine Zeit mehr verlieren und Judith genauso wenig. So gingen sie Hand in Hand zur Festung.

Drinnen war es finster und Iain brachte sie in den zweiten Stock hinauf. Seine Schlafkammer lag links von der Treppe, die erste von drei Türen in einem langen Flur.

Das Zimmer glühte vor Licht und Wärme. Ein helles Feuer brannte und verbreitete eine wohlige Hitze. Iains Bett nahm einen großen Teil der Wand links von der Tür ein. Eine Überdecke in den Clansfarben war darübergebreitet und daneben befand sich eine kleine Truhe mit zwei Kerzen darauf.

Es gab nur einen Stuhl in der Nähe des Kamins. Eine viel größere Truhe war an die gegenüberliegende Wand geschoben worden. Auf ihrem Deckel stand ein viereckiges, verziertes und goldgefasstes Kästchen.

Iain schien nichts für Tand übrig zu haben. Der Raum war zweckmäßig und nüchtern, ganz wie der Mann, der in ihm schlief. Vor die Feuerstelle hatte man eine riesige Holzwanne gestellt und Dampf stieg vom Wasser hoch. Iain hatte sie also schon geordert, bevor sie darum bat.

Er warf ihre Tasche aufs Bett. »Brauchst du noch irgendetwas?« Sie brauchte etwas, das ihr die Angst nahm, aber sie sprach diesen Gedanken nicht aus. »Nein, vielen Dank.« Mit gefalteten Händen stand sie in der Mitte des Raumes und wartete und betete, dass er gehen möge, damit sie allein ihr Bad nehmen konnte.

Iain dagegen wunderte sich, warum sie noch zögerte. »Brauchst du Hilfe beim Auskleiden?«, fragte er.

»Nein«, platzte sie entsetzt heraus. »Ich weiß, wie es geht«, fügte sie etwas sanfter hinzu.

Er nickte und winkte sie dann mit gekrümmtem

Finger zu sich heran. Diesmal zögerte sie nicht. Einen Schritt vor ihm blieb sie stehen.

Er war zufrieden, dass sie nicht zurückwich, als er seine Hand nach ihr ausstrecke. Sanft strich er ihr das Haar über die Schultern zurück und schob seine Finger dann in den Ausschnitt ihres Kleides, um die Kette hervorzuziehen.

Er sagte kein Wort, bis er ihr die Kette und den Ring abgenommen hatte.

»Erinnerst du dich an das Versprechen, das du mir heute abverlangt hast?«

Sie nickte. Lieber Gott, er wollte ihr doch jetzt nicht sagen, dass er seine Meinung geändert hatte?

Er sah die Angst auf ihrem Gesicht und schüttelte den Kopf.

»Ich habe noch nie mein Wort gebrochen, Judith, und ich werde es auch jetzt nicht tun.« Sie entspannte sich sofort wieder und er wusste, dass er ins Schwarze getroffen hatte. »Wenn du mich besser kennen würdest, hättest du dir darüber keine Sorgen zu machen brauchen.«

»Aber ich kenne dich nicht besser«, flüsterte sie als Entschuldigung.

»Es gibt etwas, das du mir versprechen sollst«, erklärte er ihr. Er ließ Kette und Ring in ihre Hand fallen. »Trage dies niemals im Bett.«

In ihren Ohren klang das nicht wie eine Bitte, sondern wie ein Befehl. Judith wollte fragen, warum ihm das so wichtig war, besann sich dann aber anders. Er hatte von ihr auch keine Erklärung verlangt, als er sein Versprechen gab, und nun verdiente er es, dass sie genauso rücksichtsvoll war.

»Einverstanden.«

Er nickte und wirkte zufrieden.

»Willst du, dass ich sie wegwerfe?«

»Nein«, antwortete er. »Leg sie dort hinein!« Er zeigte auf das Kästchen auf der Truhe. »Niemand wird darin herumstöbern.«

Sie beeilte sich, seinen Anweisungen zu folgen: »Kann ich die Brosche von Tante Millicent auch hineinlegen?«, fragte sie. »Ich will sie nicht verlieren.«

Er gab ihr keine Antwort. Sie drehte sich um und stellte fest, dass er das Zimmer verlassen hatte, ohne dass sie es hörte.

Judith schüttelte den Kopf. So klammheimlich zu verschwinden … sie musste ihn wirklich mal auf diese schlechte Angewohnheit ansprechen!

Judith hatte keine Ahnung, wie lange er wohl wegbleiben würde, also beeilte sie sich, in die Wanne zu kommen. Schließlich begann sie auch noch, ihr Haar zu waschen.

Iain kam herein, als sie gerade dabei war, die

nach Rosen duftende Seife aus ihren Haaren zu spülen. Er erhaschte einen Blick auf goldene Haut, bevor er kehrtmachte und die Tür wieder fest hinter sich zuzog. Draußen lehnte er sich an die Wand und wartete, dass Judith das Bad beendete. Er wollte sie nicht in Verlegenheit bringen. Aber diese Frau brauchte ja ewig! Er ging die weite Strecke zum Wasserbecken, wusch sich und kehrte dann zurück.

Er gab ihr noch weitere fünfzehn Minuten, dann trat er ein. Judith saß auf einer Decke vor dem Kamin und trocknete sorgfältig ihr Haar. Sie trug ein braves weißes Nachtkleid und einen Hausmantel darüber.

Unglaublich schön sah sie aus. Ihr Gesicht war rosig geschrubbt und ihr Haar hatte die Farbe von blassem Gold.

Iain lehnte sich an den Türrahmen und starrte sie lange Zeit einfach nur an. Etwas zog sich in seiner Brust zusammen. Sie war seine Frau! Aye, sie gehörte jetzt zu ihm. Das Glücksgefühl, das ihn bei dem Gedanken überkam, überraschte ihn im höchsten Maß. Alles schien so unvermeidlich gewesen zu sein. Warum hatte er sich nur damit gequält, von ihr fern zu bleiben? Von dem Augenblick an, als er sie zum ersten Mal küsste, hätte er die Wahrheit akzeptieren sollen. Sein Herz wusste schon immer, dass er sie unmöglich einem anderen Mann überlassen konnte. Warum hatte sein Kopf so lange gebraucht, um das zuzugeben?

Ja, Herzensangelegenheiten waren verdammt verwirrend. Er erinnerte sich daran, wie er zu Patrick gesagt hatte, eine Frau wäre so gut wie die andere. Jetzt verstand er, wie falsch diese hochtrabenden Worte waren. Es gab nur eine Judith!

Iain versuchte, diese albernen Gedanken abzuschütteln. Er war ein Krieger, sollte sich also gar nicht erst mit solchen unproduktiven Dingen befassen.

Er machte kehrt, ging zurück in die Halle und stieß einen schrillen Pfiff aus, der in der Treppenflucht widerhallte. Dann betrat er erneut seine Schlafkammer, spazierte zur Feuerstelle, lehnte sich gegen den Kamin und zog seine Stiefel aus.

Judith wollte ihn gerade fragen, warum er die Tür offen gelassen hatte, als drei Männer hereingehastet kamen. Sie nickten ihrem Clansherrn zu, bemühten sich, Judith nicht anzusehen, und trugen die schwere Wanne aus dem Zimmer. Iain folgte ihnen und wollte die Tür gerade schließen, als er seinen Namen rufen hörte. Er seufzte vernehmlich und verließ erneut den Raum.

Fast eine Stunde blieb er fort. Die Wärme des Feuers machte Judith schläfrig. Ihr Haar war nur noch ein wenig feucht, also stand sie auf, legte die Bürste auf den Kaminsims und trat an das Bett heran. Sie zog gerade ihren Hausmantel aus, als Iain wiederkam.

Er schloss die Tür, verriegelte sie und streifte dann sein Plaid ab. Er trug nichts darunter.

Judith fürchtete, sie würde vor Verlegenheit sterben. Verstohlen warf sie ihm einen Blick zu, bevor sie die Augen zur Decke richtete. Kein Wunder, dass Frances Catherine in ihrer Hochzeitsnacht geweint hatte. Wenn Patrick ähnlich ausgestattet war wie Iain – und das nahm sie an –, konnte sie die Tränen nachempfinden. Guter Gott, ihre Augen verschleierten sich ja schon. Himmel, auf so etwas war sie wirklich nicht vorbereitet. Sie hatte also *doch* einen Fehler begangen. Nein, sie war wirklich noch nicht bereit für derartige Intimitäten. Sie kannte ihn doch gar nicht gut genug! Sie hätte niemals …

»Es wird alles gut, Judith.«

Er stand direkt vor ihr, aber sie konnte ihn nicht ansehen. Er legte ihr die Hände auf die Schultern und drückte sie zärtlich an sich. »Glaub mir, es wird wirklich alles gut. Du vertraust mir doch, oder?«

Seine Stimme war so weich, so zärtlich. Aber es half nichts. Sie atmete ein paar Mal tief ein, um sich wieder zu beruhigen. Aber auch das half nichts.

Und dann zog er sie in seine Arme und hielt sie fest. Sie stieß einen kleinen Seufzer aus und entspannte sich. Ja, es würde alles gut werden. Iain würde ihr nicht wehtun. Er liebte sie. Ein wenig beugte sie sich zurück, sodass sie ihm in die Augen sehen konnte. Was sie dort sah, war Wärme und auch ein wenig Belustigung.

»Hab keine Angst«, sagte er mit leiser, beruhigender Stimme.

»Woher weißt du, dass ich Angst habe?«

Er lächelte. ›Angst haben‹ war vielleicht nicht der richtige Ausdruck. ›Entsetzt‹ wäre treffender gewesen. »Du siehst mich genauso an wie in der Nacht, als ich dir mitteilte, Isabelle wollte dich bei sich haben, um ihr Baby zur Welt zu bringen.«

Sie senkte ihre Augen zu seiner Brust. »Ich wollte nicht helfen, weil ich Angst hatte, ich könnte nicht in der Lage sein, es … Iain, ich glaube nicht, dass ich dies hier tun will. Ich weiß, dass alles gut werden wird, aber ich würde lieber nicht …« Judith unterbrach sich selbst. Sie lehnte sich wieder an seine Brust, in seine Arme.

Iain freute sich, dass sie ehrlich zu ihm war, aber er war auch deprimiert. Er hatte noch nie mit einer Jungfrau geschlafen, und es war ihm bisher nicht klar gewesen, wie wichtig es war, es für sie so leicht wie möglich zu machen. Es würde ihn Zeit, Geduld und jede Menge Zurückhaltung kosten.

»Wovor hast du denn besonders Angst?«, fragte er.

Sie antwortete ihm nicht. Sie hatte zu zittern begonnen und er wusste, dass nicht die Kälte daran schuld war.

»Sicher, es wird vielleicht wehtun, aber wenn ich …«

»Ich habe keine Angst vor Schmerz«, platzte sie heraus.

Nun war er wirklich verwirrt. »Aber was ist es dann?« Er streichelte ihren Nacken, während er auf eine Antwort wartete.

»Ein Mann kann immer … du weißt, was ich meine«, stotterte sie. »Aber manche Frauen können nicht, und wenn sich herausstellt, dass ich so eine Frau bin, dann bist du enttäuscht.«

»Du wirst mich nicht enttäuschen.«

»Doch, das werde ich bestimmt«, wisperte sie unglücklich. »Ich glaube, ich bin wirklich eine von diesen Frauen, die *nicht* können, Iain.«

»Du kannst«, sagte er bestimmt. Er war sich zwar ganz und gar nicht sicher, worüber sie überhaupt sprach, aber er spürte, dass es wichtig für sie war. Sie brauchte sein Vertrauen. Er war schließlich der

Erfahrene und wusste, dass sie alles glaubte, was er ihr sagte.

Immer noch streichelte er ihren Nacken. Judith schloss die Augen und genoss seine Berührung. Er war bestimmt der rücksichtsvollste Mann auf der Welt, und wenn er so zärtlich zu ihr war, konnte sie ihn einfach nur noch lieben.

Sie brauchte nicht lange, um ihre Angst zu bekämpfen. Sicher, sie war noch ein wenig nervös, aber sie nahm an, dass das vollkommen normal war. Tief holte sie Atem und entzog sich ihm dann. Sie wagte nicht, ihn anzusehen, und wusste, dass ihr die Röte ins Gesicht stieg, aber das hinderte sie nicht. Langsam hob sie ihr Kleid und zog es über den Kopf, ließ ihm aber keine Zeit, sie zu betrachten, sondern flüchtete in seine Arme.

Er schauderte spürbar. »Du fühlst dich so gut an«, flüsterte er heiser.

Für sie fühlte es sich noch viel besser als gut an. Einfach wunderbar. Mit schüchterner, verzagter Stimme sagte sie ihm das.

Er ließ sein Kinn auf ihren Kopf sinken. »Du machst mich glücklich, Judith.«

»Ich habe doch gar nichts getan«, gab sie zurück.

»Du brauchst auch nichts zu tun«, erklärte er ihr.

Sie konnte das Lachen in seiner Stimme hören und reagierte ihrerseits mit einem Lächeln. Weil er sie nicht drängte, fiel es ihr leichter, die Verlegenheit zu überwinden. Sie wusste, dass er genau das bezweckte, aber es machte ihr nichts aus. Überwältigt von seiner Rücksicht auf ihre Gefühle wurde sie nicht einmal rot.

Die Hitze seines Geschlechts, das sich gegen ihren Unterleib presste, machte ihr zwar immer noch Sorgen, aber er verlangte nichts, war nur zärtlich, unsagbar zärtlich, und es dauerte nicht lange, da schien ihr auch diese Angst nicht mehr wichtig.

Sie wollte ihn berühren, nahm die Arme von seinen Hüften, die sie bisher umklammert hielt und begann zaghaft, über seine breiten Schultern, seinen Rücken und schließlich über sein Gesäß zu streicheln. Unter ihren Fingerspitzen fühlte sich seine Haut wie glühender Stahl an. Sein Körperbau, seine Muskeln, seine Haut – all das war so vollkommen anders und neu, dass sie nicht aufhören konnte, dieses Wunder zu bestaunen. Sehnen wie knotige Seile traten an seinen Oberarmen hervor, und Judith fühlte sich plötzlich noch winziger und zerbrechlicher.

»Du bist so stark, Iain, und ich bin so schwach. Es kommt mir unmöglich vor, dir Vergnügen bereiten zu können.«

Er lachte. »Du bist nicht schwach. Du bist weich und biegsam und sehr, sehr aufregend.«

Vor Freude schoss ihr die Röte ins Gesicht. Sie rieb ihr Gesicht an seiner Brust und lächelte über das Kitzeln seiner harten Härchen an ihrer Nase. Dann beugte sie den Kopf etwas zurück und küsste ihn am Halsansatz, wo das Blut pulsierte.

»Ich berühre dich so gerne«, gestand sie leise.

Sie schien selbst überrascht über ihre Bemerkung. Iain dagegen wusste, dass sie ihn gerne berührte, und er genoss es. Einer ihrer anziehendsten Wesenszüge war das Bedürfnis zu berühren, zu streicheln, ihn festzuhalten, wann immer es möglich war. Er erinnerte sich an die vielen Male, als sie unwillkürlich nach seiner Hand gegriffen oder seinen Arm gestreichelt hatte, während sie ihm die Hölle wegen einer seiner Bemerkungen heiß gemacht hatte.

Aye, es war ihm aufgefallen, wie reserviert sie mit seinen Kriegern auf der langen Reise hierher umgegangen war. Natürlich war sie freundlich gewesen, aber sie hatte es stets vermeiden wollen, einen der Männer zu berühren. Kein einziges Mal hatte sie sich entspannt, wenn sie mit Alex reiten musste, doch in seinen eigenen Armen war sie sogar eingeschlafen. Sie vertraute ihm ganz und gar, und dies war für ihn mindestens so wichtig wie ihre Liebe zu ihm.

Und – guter Gott – sie liebte ihn wirklich.

»Judith?«

»Ja?«

»Kannst du jetzt aufhören, dich vor mir zu verstecken?«

Sie hätte fast gelacht. Ja, sie hatte sich vor ihm verstecken wollen, und er hatte diese Absicht erkannt. Also ließ sie ihn los und trat einen Schritt zurück. Dann hob sie den Kopf, sah ihm in die Augen und nickte langsam.

Er hatte das wundervollste Lächeln der Welt, dachte sie, während sie ihn ansah.

Sie hat den wundervollsten Körper der Welt, dachte er, während er sie musterte. Sie hatte vom Kopf bis zu den Füßen perfekte Formen, und Himmel, wenn er sie nicht bald in seinen Armen liegen hatte, würde er seinen Verstand verlieren.

Im gleichen Moment kamen beide aufeinander zu. Sie legte ihm die Arme um den Hals, während er sie an sich zog. Da beugte er sich herab und küsste sie tief und verschlingend – ein Kuss, der ihnen beiden den Atem nahm. Seine Zunge bewegte sich tief in ihrer Mundhöhle, um ihre Süße zu kosten. Ein tiefes Knurren der Befriedigung entrang sich seiner Kehle, als Judith sein Liebesspiel nachahmte und mit ihrer Zunge die seine liebkoste.

Sie sank gegen seine Brust, und Iain hielt sie mit einem Arm fest, während er sich umdrehte und die Decke auf dem Bett zurückschlug. Sie wollte auf seine Küsse nicht verzichten, also zupfte sie ihm an den Härchen in seinem Nacken, und als er nicht schnell genug reagierte, beugte sie den Kopf zurück und presste ihre Lippen auf seinen Mund.

Er liebte ihre Kühnheit, und er liebte ihr leises Stöhnen. Iain hob sie hoch und legte sie auf das Bett. Er ließ ihr keine Zeit, in Panik zu geraten, sondern beugte sich über sie und teilte ihre Schenkel mit einem Knie. Er verlagerte sein Gewicht auf die Ellenbogen und deckte ihren Körper mit dem seinen zu. Und, lieber Gott, er hatte noch nie so etwas Wunderbares gespürt.

Ihre Hingabe überwältigte seine Absicht, sich Zeit zu nehmen, langsam vorzugehen. Er wollte sich darauf konzentrieren, sie auf das, was kommen sollte, vorzubereiten, sie geschickt und gezielt streicheln und liebkosen, bis sie ihren Kopf verlor und nur noch Lust verspürte. Aber Judith machte seinen rücksichtsvollen Plan zunichte. Sie bewegte sich unablässig unter ihm und machte ihn halb wahnsinnig. Er küsste sie heiß und feucht und spürte, wie ihre Erwiderung ihn wild machte. Endlich zog er sich von ihren Lippen zurück und bewegte sich abwärts, um das zarte Tal zwischen ihren Brüsten zu liebkosen. Seine Hände streichelten, rieben und neckten sie, und schließlich konnte er keine Sekunde mehr warten. Er umschloss eine Brustwarze mit seinen Lippen und begann zu saugen.

Judith fiel fast aus dem Bett. Schauer purer Lust ließen ihren Körper erbeben, und sie glaubte schon, sie könnte unmöglich noch mehr von dieser süßen Qual ertragen. Sie klammerte sich an seine Schultern, schloss die Augen und ergab sich der Ekstase, die seine Berührung in ihr aufkommen ließ.

Iain zitterte vor Begierde, sie zu nehmen. Er spürte, wie ihm die Beherrschung entglitt. Sein heißer Wunsch, sie überall zu kosen, überlagerte jeden anderen Gedanken. Seine Hand strich ihren flachen Bauch hinab, dann noch tiefer, bis er das Innere ihrer Schenkel liebkoste und sie sanft auseinanderdrückte.

Er beugte sich hinunter und küsste das weiche, lockige Dreieck, das ihre Jungfräulichkeit bewahrte.

»Iain, nicht …«

»Doch.«

Sie versuchte, ihn fortzuschieben, doch da senkte sich sein Mund in ihre feuchte Hitze herab, und seine Zunge, lieber Himmel, seine Zunge begann sie liebkosend zu lecken, bis glühend heiße Lust jeden Protest erstickte.

Unwillkürlich hob sie die Hüften, um seiner Berührung entgegenzukommen. Ihre Nägel bohrten sich in seine Schulterblätter. Sie hatte noch nie einen Mann gekannt und nicht gewusst, dass man eine Frau auf so eine Art lieben konnte, aber sie war weder abgestoßen noch spürte sie Scham. Sie wollte ihm die gleichen Zärtlichkeiten geben, wollte auch ihn schmecken. Aber als sie versuchte, ihm auszuweichen, hielt er sie nur noch fester.

Iain rutschte zur Seite und begann vorsichtig, mit einem Finger in ihre enge Höhle einzudringen. Sein Daumen strich sanft über den zarten Knopf, der hinter ihren Schamlippen verborgen war, und Judiths Reaktionen raubte ihm fast die eigene Beherrschung. Er hatte noch nie eine Frau gehabt, die sich so aufrichtig hingab. Ihr Vertrauen in ihn war so vollkommen, dass sie frei von allen Hemmungen war. Sie gab ihm willig und begierig ihren Körper, und er würde lieber sterben, bevor er *ihr* nicht Befriedigung verschafft hatte. Sie sollte vor seinen eigenen Bedürfnissen Erfüllung finden … und wenn ihn das umbrachte.

Judiths letzter zusammenhängender Gedanke war die Gewissheit, dass ihn zu lieben ihren Tod bedeutete. Sie schrie es heraus, aber sie versuchte so verzweifelt, sich an den Überresten ihrer Selbstbeherrschung festzuhalten, dass sie nicht mehr wusste, was sie sagte oder tat.

Sie hatte das Gefühl, sich aufzulösen. Sie stammelte seinen Namen, und Iain verlor nun seinerseits die Beherrschung. Er spürte ihre bebenden Schauer und spreizte ihre Schenkel. Dann kniete er sich zwischen ihre Beine. »Leg deine Arme um mich, Geliebte«, flüsterte er heiser, streckte sich auf ihr aus, verschloss ihre Lippen mit seinem Mund und hielt sie an den Hüften fest.

Noch ein oder zwei Sekunden zögerte er, dann drang er langsam in sie ein, bis er die Sperre ihrer Jungfräulichkeit spürte. Er tat ihr weh, doch Judith empfand den Schmerz kaum. Seine Küsse machten alles andere unwichtig. Der Schmerz in ihrem Inneren wurde stärker, und sie begann sich unwillkürlich zu bewegen, um die süße Qual ein wenig zu lindern.

Iain biss die Zähne zusammen. Er spürte bereits jetzt die unglaubliche Lust, die ihn überkam, wusste jedoch, dass er ihr wehtun musste. Dann drang er mit einem einzigen kraftvollen Stoß vollkommen in sie ein.

Sie schrie auf vor Überraschung und Schmerz. Es war, als hätte er sie auseinandergerissen, und ihre Leidenschaft schwand. Sie begann zu weinen und flehte ihn an, von ihr abzulassen.

»Ich will das nicht«, flüsterte sie schluchzend.

»Still, Süße«, sagte er leise, beruhigend. »Es wird alles gut. Beweg dich nicht. Der Schmerz geht vorüber. O Gott, Judith, bitte beweg dich nicht.«

Er klang wütend und zärtlich zugleich, und sie war außerstande zu verstehen, was er sagte. Da war der überwältigende Schmerz, doch plötzlich vermischte er sich mit einem anderen Gefühl, einem Empfinden, das mit nichts, was sie jemals gespürt hatte, vergleichbar war, und ihre Verwirrung wurde immer größer.

Sein Gewicht drückte sie auf das Bett. Er holte tief Atem und versuchte verzweifelt, sich zurückzuhalten. Sie war so verdammt wunderbar heiß und eng, und alles, was er wollte, war, immer und immer wieder in sie hineinzustoßen, bis er seine eigene Erfüllung erreicht hatte.

Iain stützte sich auf die Ellenbogen und küsste sie wieder. Er wollte ihr unbedingt mehr Zeit geben, ihn einzuholen, und er fühlte sich wie ein niederes Tier, als er ihre Tränen sah. »O Gott, Judith, es tut mir so leid. Ich musste dir wehtun, aber ich …«

Die Sorge in seinem Gesicht tröstete sie weit mehr als seine halb gestammelte Entschuldigung.

Sie streckte die Hand aus und streichelte seine Wange. »Es wird alles gut«, flüsterte sie ihm seine eigenen Worte zu. »Der Schmerz ist vorbei.«

Er wusste, dass sie nicht die Wahrheit sagte. Er küsste ihre Augenbraue, dann ihren Nasenrücken und drang schließlich lang und leidenschaftlich mit seiner Zunge in ihren Mund. Seine Hand strich zwischen ihren Körpern herab und liebkoste erneut ihre glühende Hitze.

Es dauerte nicht lange, bis er ihre Leidenschaft wiedererweckt hatte. Er begann sich zu bewegen, erst langsam, bis er ihr wohliges Stöhnen hörte. Noch konnte er seine Selbstbeherrschung aufrechterhalten, die ihm bei all den anderen Frauen niemals Schwierigkeiten bereitet hatte, doch nun machte Judith sie mit einem einzigen Satz zunichte.

»Ich liebe dich, Iain!«

Die Leidenschaft übernahm den Befehl über seinen Körper und Geist. Er stieß zu, wieder und wieder, und sie hob ihre Hüften, um seiner Bewegung entgegenzukommen. Sie wollte keine Zärtlichkeiten mehr, nay, sie grub ihre Fingernägel in seine Schultern und verlangte immer mehr von seinen unglaublichen Stößen.

Er verbarg sein Gesicht in ihrer Halsgrube und versuchte verzweifelt, die verzehrende Lust in seinem Inneren aufzuhalten.

Der Druck in Judiths Körper wurde langsam unerträglich. Gerade als sie glaubte, ihre Sinne würden schwinden, spürte sie, wie die Intensität der Gefühle sie noch fordernder, noch kraftvoller machten.

Sie versuchte zu begreifen, was mit ihr geschah, aber Iain ließ es nicht zu. Sie bekam plötzlich Angst – als hätte sich ihr Geist von ihrem Körper getrennt.

»Iain, ich kann nicht …«

»Still, Liebes«, flüsterte er. »Halt mich nur fest. Ich passe auf dich auf.«

Ihr Verstand akzeptierte nun, was ihr Körper schon immer gewusst hatte. Sie ergab sich. Es war die wunderbarste Erfahrung ihres Lebens. Ein Glücksgefühl, wie sie es noch nie verspürt hatte, erfüllte sie. Sie bog ihren Rücken, klammerte sich an ihren Mann und ließ sich von der Ekstase überrollen.

Sobald er ihre Entspannung spürte, fand er seine eigene. Mit einem tiefen Stöhnen ergoss er seinen Samen in sie. Sein ganzer Körper zitterte, als er sich hingab.

Dann ließ er sich mit einem Grunzen der Befriedigung auf sie fallen. Der Duft ihres Liebesspiels hing noch zwischen ihnen und erinnerte an das Vergnügen, das sie eben geteilt hatten. Iains Herz hämmerte wie ein Trommelfeuer und er war so erstaunt über seine vollkommene Hingabe zu ihr, dass er sich eine ganze Weile nicht rühren konnte. Für immer wollte er in ihr bleiben. Sie streichelte seinen Rücken und seufzte hin und wieder, und er wünschte, dass dies niemals aufhörte.

Guter Gott, er war so zufrieden.

Judith brauchte weitaus länger, um sich von diesem Erlebnis zu erholen. Sie konnte nicht aufhören, ihn zu berühren, und wollte ihm mindestens hundert Fragen stellen. Die erste und wichtigste von allen war, ob sie es gut gemacht habe. Sie tippte ihm auf die Schulter. Er glaubte, sie wollte ihm bedeuten, dass er zu schwer für sie war. Sofort rollte er sich auf die Seite, und sie rollte sich mit ihm herüber. Seine Augen waren geschlossen. »Iain, hat es dir Spaß gemacht?«

Er grinste.

Das war nicht genug. Sie wollte, dass er es aussprach.

Er öffnete die Augen und sah, dass sie ihn anstarrte. Ängstlich musterte sie ihn. »Wie kannst du nur daran zweifeln?«, fragte er und ließ ihr keine Zeit, etwas zu sagen. Er schlang die Arme um sie und hob sie auf seinen Körper. Dann küsste er sie zärtlich.

»Wenn du noch mehr getan hättest, hättest du mich umgebracht. Zufrieden?«

Sie schloss die Augen und legte den Kopf auf seine Brust. Aye, sie *war* zufrieden.

Kapitel 11

In dieser Nacht bekam Judith nicht viel Schlaf, Iain weckte sie immer wieder auf. Es war nicht seine Absicht, aber jedes Mal, wenn er sich umdrehte, wurde sie aus ihrem Schlaf gerissen. Sie rückte ein Stück von ihm ab, und er nahm sofort den Platz ein, bis er sich schließlich auf dem ganzen Bett breitgemacht hatte und Judith buchstäblich hinaushing.

Kurz vor der Dämmerung sank sie endlich in einen unruhigen Schlummer. Ein paar Minuten später berührte Iain ihren Arm. Sie richtete sich ruckartig auf und stieß eine entsetzten Schrei aus. Iain war alarmiert. Im Handumdrehen hatte er sein Schwert in der Hand und sprang aus dem Bett, um sie zu verteidigen, bis er schließlich bemerkte, dass kein Eindringling im Zimmer war.

Vor irgendetwas hatte Judith schreckliche Angst, und endlich drang die Erkenntnis zu ihm durch, dass er der Grund war. Ihre Augen blickten wild, und als er das Schwert niederlegte und die Hand nach ihr ausstreckte, wich sie zurück.

Aber er ließ sich nicht abweisen. Er packte sie um die Taille, legte sich auf den Rücken und zog sie auf seinen Körper. Seine Beine umklammerten ihre und er begann, ihren Rücken beruhigend zu streicheln.

Sie entspannte sich augenblicklich. Er gähnte laut und fragte dann: »Hast du schlecht geträumt?«

Ihre Stimme war noch heiser vom Schlaf. Es tat ihr schrecklich leid, dass sie ihn so aufgestört hatte. »Nein«, flüsterte sie leise. »Schlaf wieder ein. Du brauchst deine Ruhe.«

»Sag mir, was passiert ist. Warum hast du geschrien?«

»Ich habe es vergessen«, erklärte sie. Sie rieb ihre Wange an seiner warmen Brust und schloss die Augen.

»Du hast vergessen, warum du geschrien hast?«

»Nein«, gab sie zurück. »Ich habe vergessen, dass ich verheiratet bin. Bis eben … Als du mich zufällig berührt hast, war ich einfach … verschreckt. Ich bin es nicht gewohnt, mit einem Mann in einem Bett zu schlafen.«

Er lächelte in die Dunkelheit. »Das hatte ich mir fast gedacht«, sagte er. »Jetzt hast du doch keine Angst mehr, oder?«

»Nein, bestimmt nicht«, flüsterte sie. »Danke, dass du dich so um mich kümmerst.«

Himmel, sie hatte so höflich gesprochen. Er war ihr Mann, und doch behandelte sie ihn wie einen Fremden. Judith fühlte sich unbehaglich … und furchtbar verletzlich. Sie sagte sich, dass sie absolut übermüdet sein musste. Viel geschlafen hatte sie nicht, seit sie in die Highlands gekommen war, und all die Aufregungen machten es nicht besser.

Sie hatte nicht die Absicht zu weinen, und die Tränen überraschten sie selbst. Natürlich war sie sich darüber klar, dass sie sich wie ein kleines Kind benahm, aber sie konnte es nicht verhindern.

»Judith?« Sein Daumen wischte ihr eine Träne von der Wange. »Warum weinst du denn?«

»Es waren keine Blumen da, Iain. Es hätten doch Blumen da sein müssen.«

Sie hatte so leise gesprochen, dass er nicht sicher war, ob er sie richtig verstanden hatte. »Blumen?«, fragte er. »Wo waren keine Blumen?«

Er wartete auf ihre Antwort, aber sie schien sturköpfig. Er drückte sie leicht.

»In der Kapelle.«

»Welche Kapelle?«

»Die, die ihr nicht habt«, antwortete sie. Sie wusste, dass sie sich kläglich anhörte. Und dass er sie unmöglich verstehen konnte. »Ich bin erschöpft«, entschuldigte sie ihre verwirrenden Reden. »Bitte werde nicht böse.«

»Ich bin nicht böse«, antwortete er. Er streichelte weiter ihren Rücken, während er über ihre seltsame Bemerkung nachdachte. Was meinte sie mit Blumen in der Kapelle, die sie nicht hatten? Er begriff kein Wort, entschied aber, bis morgen zu warten, um herauszufinden, was ihr wirklich Kummer bereitete.

Ihr süßer, warmer Körper brachte ihn sehr bald auf andere Gedanken. Aber er durfte sie nicht noch einmal anfassen, nicht heute Nacht. Es würde ihr zu viel werden, sie brauchte Zeit, das Geschehene zu verarbeiten und sich zu erholen.

Dennoch konnte er seine Gedanken nicht zurückhalten, und in kürzester Zeit war er wieder hart und bereit. Aber das zählte nicht. Er wollte ihr auf keinen Fall noch einmal wehtun. Iain zog seine zarte Frau an sich und schloss die Augen. Patrick hatte ihm versichert, dass er für Frances Catherine durch die Hölle gehen würde, und er hatte damals nur darüber gelacht.

Sein Bruder hatte jede Abwehr seiner Frau gegenüber aufgegeben. Er war verletzbar geworden, und Iain hatte ihn damals für einen Narren gehalten. Es war in Ordnung, sich um sein Weib zu kümmern, aber sich als Krieger maßregeln zu lassen, der Frau stets alles recht zu machen, so wie Patrick es tat, war für Iain immer noch nicht annehmbar. Keine Frau sollte ihm je auf der Nase herumtanzen. Er durfte sich einfach nicht erlauben, gefühlsmäßig derart eingebunden zu sein. Oh, er empfand viel für Judith, mehr als er jemals beabsichtigt hatte. Und nun, da sie seine Frau war, würde er sich erlauben, zufrieden zu sein. Aber er sollte verdammt sein, wenn er sich verletzbar zeigte.

Natürlich war er sehr glücklich darüber, dass sie ihn liebte. Das würde ihr die Anpassung an das Leben hier erleichtern. Iain schlief noch lange nicht ein. Er überlegte sich weitere logische Gründe, die ihn alle daran hindern würden, sich in einen liebeskranken Schwächling wie sein Bruder Patrick zu verwandeln, und als er schließlich in Schlaf fiel, hatte er sich selbst davon überzeugt, dass er Herz und Verstand trennen konnte.

Dann träumte er die ganze restliche Nacht von ihr.

Judith hatte fast den ganzen Morgen verschlafen. Iain war schon längst fort, als sie sich endlich streckte und reckte. Sie fühlte sich steif und zerschlagen und stieß ein undamenhaftes Stöhnen aus, bevor sie aus dem Bett stieg.

Sie hatte keine Ahnung, was von ihr als Frau des Clansherren erwartet wurde. Also beschloss sie, sich erst einmal anzuziehen und dann ihren Mann zu suchen, um ihn zu fragen. Sie hatte frische Unterwäsche und das blassrosa Kleid in ihre kleine Tasche gepackt. Zum Anziehen nahm sie sich Zeit, und als sie schließlich fertig war, machte sie das Bett und faltete das zusätzliche Plaid, das Iain auf der Überdecke zurückgelassen hatte.

Die große Halle war leer. In der Mitte des Tisches stand eine Schüssel mit Äpfeln. Ein Laib Schwarzbrot lag daneben. Judith goss sich einen Becher voll Wasser und aß einen Apfel. Sie erwartete, dass jeden Moment ein Diener hereinkommen würde, aber als auch nach einer Weile niemand kam, nahm sie an, dass alle draußen anderen Pflichten nachgingen.

Dann entdeckte sie Graham, der oben auf dem Treppenabsatz erschien. Sie wollte ihm gerade zurufen, als sie es sich anders überlegte. Der Sprecher des Rates merkte nicht, dass er beobachtet wurde. Er sah schrecklich traurig und müde aus, warf einen Blick über seine Schulter, schüttelte den Kopf und betrat dann die Stufen. Judiths Herz flog dem älteren Mann zu, obwohl sie keine Ahnung hatte, was ihn so unglücklich machte. Sie war sich nicht einmal sicher, ob sie ihn stören sollte oder nicht. Graham trug ein kleines Kästchen auf dem Arm. Als er halb unten war, hielt er wieder an, um seine Last zu verlagern, und sah sie dann unten stehen.

Sie lächelte augenblicklich. »Guten Morgen, Graham«, rief sie ihm zu.

Er nickte, aber sein Lächeln kam ihr gezwungen vor. Sie eilte zu ihm herüber und deutete auf das Kästchen.

»Soll ich das für Euch tragen?«

»Nein, Frau«, antwortete er. »Ich mache das schon. Brodick und Alex holen den Rest meiner und Gelfrids Sachen. Wir sind Euch im Handumdrehen aus dem Weg.«

»Ich verstehe nicht«, sagte sie. »Ihr seid mir nicht im Weg. Was meint Ihr denn damit?«

»Wir ziehen hier aus«, erklärte Graham. »Nun, da Iain eine Frau hat, ziehen wir in die Häuser unten am Weg.«

»Warum?«

Graham hielt an, als er die letzte Stufe erreicht hatte. »Weil Iain jetzt verheiratet ist«, erklärte er geduldig.

Judith trat einen Schritt heran und stand nun direkt vor ihm. »Ihr zieht aus, weil Iain mich geheiratet hat?«

»Ich glaube, das sagte ich gerade, nicht wahr? Ihr werdet Eure Ruhe haben wollen, Judith!«

»Graham, bevor Iain und ich geheiratet haben,

habt Ihr – daran kann ich mich noch genau erinnern – ihm Eure Unterstützung zugesagt.«

Graham nickte. »Das stimmt.«

»Dann könnt Ihr nicht gehen.«

Er hob erstaunt die Augenbrauen. »Was hat das eine mit dem anderen zu tun?«

»Wenn Ihr geht, zeigt Ihr mir, dass Ihr diese Heirat nicht wirklich akzeptiert! Doch wenn Ihr bleibt …«

»Aber, Judith, darum geht es wirklich nicht. Ihr seid frisch verheiratet und Ihr habt ein Recht auf Zweisamkeit. Wir zwei alten Männer würden dabei nur stören.«

»Dann geht Ihr nicht, weil Ihr ungern mit einer Engländerin unter einem Dach wohnen wollt?«

Ihr Blick zeigte ihm, wie ernst es ihr war. Er schüttelte heftig den Kopf. »Wenn es so wäre, würde ich es sagen!«

Sie glaubte ihm, stieß einen erleichterten Seufzer aus und sagte dann: »Wo leben denn Vincent, Owen und Duncan?«

»Bei ihren Frauen.«

Er wollte an ihr vorbeigehen, doch sie versperrte ihm den Weg. Das Problem war natürlich sein Stolz. Also musste sie einen Weg finden, beides zu vereinbaren.

»Wie lange habt Ihr hier gelebt?«, begann sie in

der Absicht, ihn hier zu halten, bis ihr etwas Vernünftiges einfiel.

»Fast zehn Jahre jetzt. Als ich Clansherr wurde, zog ich mit meiner Annie ein. Sie ist vor fünf Jahren gestorben. Vor sechs Monaten übertrug ich Iain das Amt. Ich hätte zu dem Zeitpunkt gehen müssen, aber ich habe es stets hinausgezögert. Ich weiß aber, dass es nun an der Zeit ist.«

»Und Gelfrid?«, fragte sie, als er wieder versuchte, an ihr vorbeizukommen. »Wie lange hat er hier gelebt?«

Er sah sie verwirrt an. »Drei Jahre«, gab er zur Antwort. »Er kam hierher, als seine Frau starb. Judith, die Kiste wird langsam schwer. Lasst mich vorbei.«

Er setzte sich in Bewegung, und sie hastete hinter ihm her. Sie überholte ihn, erreichte die Tür vor ihm und presste sich mit dem Rücken dagegen, die Arme weit ausgebreitet. »Ich lasse Euch nicht gehen, Graham.«

Er war erstaunt über ihre Dreistigkeit. »Warum nicht?«, verlangte er zu wissen.

Er klang verärgert, aber sie glaubte nicht, dass er es wirklich war. »Warum?«, fragte sie.

»Ja, warum?«, wiederholte er.

Gott mochte ihr helfen, aber ihr fiel einfach kein einziges logisches Argument ein. Also mussten es unlogische tun.

»Weil Ihr dann meine Gefühle verletzt.« Judith spürte, wie sie rot wurde. Sie fühlte sich wie eine Närrin. »Aye, das werdet Ihr«, bekräftigte sie mit einem Nicken.

»Was, in Gottes Namen, tut Ihr da, Judith?«, rief Brodick vom Treppenabsatz herab. Judith bewegte sich nicht von der Tür weg, als sie hochschaute. Gelfrid und Brodick standen nebeneinander und starrten auf sie herunter.

»Ich lasse Gelfrid und Graham nicht gehen«, rief sie zurück. »Iain hat mich behalten, und ich behalte sie.«

Es war eine anmaßende und großspurige Behauptung, und der Effekt war sofort zerstört, als Iain die Türen von außen öffnete. Judith fiel nach hintenüber und Iain konnte sie gerade noch auffangen. Gleichzeitig ließ Graham das Kästchen fallen und griff ebenfalls nach ihr. Plötzlich fand sie sich eingekeilt zwischen den beiden Männern wieder und wurde über ihre eigene Ungeschicktheit feuerrot.

»Judith, was machst du?«, fragte Iain.

Lächerlich machte sie sich, aber das würde sie ihm natürlich nicht sagen. Im Übrigen war sie ziemlich sicher, dass es ihm bereits aufgefallen war.

»Ich versuche Graham zu überreden«, erklärte sie. »Er und Gelfrid wollen ausziehen.«

»Sie lässt sie nicht«, rief Brodick.

Iain drückte Judiths Hand. »Wenn sie gehen möchten, solltest du nicht eingreifen«, sagte er.

»Willst *du* denn, dass sie gehen?«, fragte sie.

Sie wandte den Kopf, um ihn anzusehen, und wartete auf seine Antwort. Er schüttelte den Kopf.

Judith lächelte. Dann drehte sie sich wieder zu Graham um.

»Ihr wart sehr grob, Graham.«

Er lächelte, aber Iain war entsetzt. »Du kannst nicht so mit einem Ratsmitglied sprechen«, schimpfte er.

»Und ich sollte ihre Gefühle nicht verletzen«, warf Graham mit einem Nicken ein. »Wenn es wichtig für Euch ist, Frau, dann werden Gelfrid und ich wohl bleiben.«

»Danke.«

Gelfrid war die Treppen hinuntergeeilt. Er wirkte ungemein erleichtert, versuchte aber dennoch, ihr einen finsteren Blick zuzuwerfen. Dabei versagte er jämmerlich, weil es ihm nicht gelingen wollte.

»Wir werden uns bestimmt streiten«, verkündete er. Judith nickte. »Ja«, antwortete sie einfach.

»Ihr werdet nicht jedes Mal auf meinem Rücken herumklopfen, wenn mich etwas im Hals kitzelt?«

»Nein.«

Er grunzte. »So sei es. Brodick, bring meine Sachen zurück. Ich bleibe.«

Gelfrid eilte wieder die Treppen hinauf. »Pass auf, was du tust, Junge. Ich will nicht, dass etwas fällt und kaputtgeht wie das da.« Er wies auf Grahams Kästchen, das auf dem Boden lag.

Iain wollte gerade die kleine Truhe des Älteren aufheben, als Graham seine Hand wegschob. »Ich bin noch nicht zu alt, um so etwas selbst zu erledigen«, erklärte er. Dann wurde seine Stimme weicher. »Sohn, deine Frau ist ein wenig aufbrausend. Sie hat sich gegen die Türen geworfen und solch einen Aufstand gemacht, dass Gelfrid und ich einlenken mussten.«

Endlich verstand Iain, was genau passiert war. »Ich schätze eure Bereitschaft einzulenken«, sagte er ernsthaft. »Judiths Anpassung an unser Leben wird sicher seine Zeit brauchen, und ich bin froh, wenn mich jemand dabei unterstützt.«

Graham nickte. »Sie ist herrschsüchtig.«

»Aye, das ist sie.«

»Gelfrid und ich können daran arbeiten.«

»Und ich auch«, sagte Iain.

Graham ging wieder auf die Treppen zu. »Ich weiß allerdings nicht, was du gegen ihre zarten Gefühle tun kannst. Ich glaube nicht, dass irgendeiner von uns daran arbeiten könnte.«

Judith stand neben Iain und sah Graham nach, bis dieser um die Ecke verschwunden war. Sie wusste, dass ihr Mann sie beobachtete. Nun war es wohl angebracht, ihm eine Erklärung für ihr seltsames Verhalten zu liefern.

Sie ergriff seine Hand und sah zu ihm hoch. »Es ist genauso ihr Zuhause wie unseres. Ich glaube nicht, dass sie wirklich gehen *wollten,* und deswegen habe ich …«

»Du hast was?«, fragte er, als sie plötzlich schwieg.

Sie stieß einen Seufzer aus und sah auf den Boden. »Deswegen habe ich mich gründlich lächerlich gemacht. Ich wollte, dass sie bleiben. Und mir ist nichts anderes eingefallen, um ihren Stolz nicht anzuknacksen.« Sie ließ seine Hand los und setzte sich in Bewegung. »Wahrscheinlich werden sie noch Wochen darüber lachen.«

Als sie die Mitte der Großen Halle erreicht hatte, schnappte er sie, legte ihr die Hände auf die Schultern und drehte sie zu sich herum.

»Du bist weitaus scharfsinniger als ich«, bemerkte er.

»Bin ich das?«

Er nickte. »Ich wäre niemals auf den Gedanken gekommen, dass Gelfrid und Graham lieber bleiben wollten.«

»Aber hier ist doch so viel Platz.«

»Warum wirst du denn rot?«

»Tu ich das?«

»Geht es dir heute besser?«

Sie starrte ihn an und dachte einen Moment über seine Frage nach. »Ich fühlte mich auch gestern Nacht nicht krank.«

»Ich habe dir aber wehgetan.«

»Ja.« Sie spürte, wie ihr Gesicht vor Verlegenheit glühte und konzentrierte ihren Blick auf sein Kinn. »Es geht mir heute viel besser. Danke, dass du nachgefragt hast.«

Er musste sich heftig zusammenreißen, um nicht laut zu lachen.

Wann immer Judith verlegen war, flüchtete sie sich in ausgesuchte Höflichkeit. Ihm war diese Angewohnheit schon auf der Hinreise aufgefallen und er fand sie sehr liebenswert. Nach der leidenschaftlichen Nacht empfand er es vor allem als sehr komisch.

»Gern geschehen«, sagte er gedehnt.

Er hob ihr Kinn an und beugte sich zu ihr. Sein Mund berührte ihren sanft, dann noch einmal, dann wollte er mehr. Er zog sie an sich und küsste sie tief und innig.

Judith vergaß ihre Verlegenheit und erwiderte seinen Kuss. Als er sich schließlich von ihr löste, sank sie gegen ihn.

»Judith, ich habe ein Plaid auf dem Bett liegen lassen. Du sollst es tragen.«

»Ja, Iain.«

Er küsste sie wieder, weil sie ihm so rasch zugestimmt hatte.

»Iain!«, brüllte Brodick in diesem Moment. Vergnügt beobachtete er ihre Reaktionen: Judith hüpfte, und Iain warf ihm einen tödlichen Blick zu.

»Erin wartet darauf, seinen Bericht abliefern zu können«, verkündete der Krieger direkt hinter ihnen. »Wenn du vielleicht deine Frau zu Ende traktiert hast, sag ich ihm, er könnte jetzt hereinkommen.«

»Ich gehe«, sagte Judith.

Iain schüttelte den Kopf. »Du sagst mir nicht, was du vorhast, Judith. Du fragst um meine Erlaubnis.«

Es hörte sich an, als wollte er ein Kind erziehen. Judith spürte Wut im Bauch, unterdrückte sie aber, weil Brodick zusah. »Ich verstehe«, flüsterte sie.

»Und wohin wolltest du gehen?«

»Zu Frances Catherine, meine restlichen Sachen holen.«

Sie beschloss, ihm keine Zeit für eine Erlaubnis zu geben. Darum streckte sie sich, küsste ihn und eilte dann auf die Türen zu.

»Ich werde nicht lange fort sein.«

»Aye, ganz sicher nicht. Du wirst in zehn Minuten zurück sein, Judith. Ich muss mit dir über ein paar wichtige Dinge reden.«

»Ja, Iain.«

Er sah ihr hinterher, und sobald die Tür wieder zugefallen war, fing Brodick an zu lachen.

»Was zur Hölle ist so lustig?«

»Ich würdige das Feuer in den Augen deiner Frau, als du ihr eben sagtest, sie brauche deine Erlaubnis.«

Iain grinste. Er wusste ihre Reaktion ebenfalls zu schätzen. Ja, in dieser Frau steckte wahrhaftig ein ungezähmtes Temperament.

Dann kam Erin in die Halle und lenkte Iains Aufmerksamkeit auf wesentlichere Dinge. Er schickte Brodick nach Graham, damit dieser ebenfalls hören konnte, was Erin zu berichten hatte.

Unterdessen lief Judith eilig den Hügel hinab, bis sie in einiger Entfernung ihren Schritt wieder verlangsamte. Es war ein wunderschöner Tag. Die Sonne strahlte vom Himmel und es wehte ein leichter, warmer Wind. Sie versuchte, sich auf die Schönheit um sich herum zu konzentrieren, statt über Iains hochmütigen Befehl nachzugrübeln, sie müsse ihn um Erlaubnis bitten für alles, was immer sie tun wollte. Glaubte er wirklich, sie würde erst seine Zustimmung einholen, bevor sie ihre Freundin besuchte? Ja, wahrscheinlich glaubte er es wirklich.

Judith wusste, dass sie mit ihrem Ehemann auskommen musste. Sie sollte ihm gehorchen, so wie sie es während der Hochzeitszeremonie versprochen hatte. Dazu kam natürlich noch die Tatsache, dass ihr Gatte zufällig der Clansherr war. Die Ehe verlangte offenbar von ihr, dass sie einige ihrer Sichtweisen korrigierte.

Sie hielt auf halber Strecke an und lehnte sich gegen einen dicken Baum, um über ihre neue Stellung nachzudenken. Sie liebte Iain und traute ihm vollkommen. Es wäre nicht richtig, sich ihm offen zu widersetzen. Sie würde also geduldig warten, bis er es nicht mehr für nötig hielt, sie ständig im Auge zu behalten.

Vielleicht wusste Frances Catherine Rat. Judith wollte Iain zwar glücklich machen, aber sie wollte sich selbst nicht zur Sklavin degradieren lassen. Ihre Freundin war seit langer Zeit verheiratet und hatte bestimmt anfängliche Probleme mit Patrick gehabt. Wie hatte sie es wohl geschafft, Patrick dazu zu bringen, sich ihre Meinungen anzuhören?

Judith stieß sich vom Baumstamm ab und setzte ihren Weg fort.

Der erste Stein traf genau ihre Wirbelsäule. Sie fiel vornüber und landete hart auf den Knien. Sie war so überrascht, dass sie sich unwillkürlich umdrehte, um nach ihrem Angreifer zu sehen.

Sie entdeckte den Jungen – Sekunden, bevor sie der zweite Stein traf. Das schartige Felsstück bohrte sich in das zarte Fleisch unter ihrem rechten Auge. Sie spürte das Blut ihre Wange herunterlaufen.

Es blieb keine Zeit zu schreien. Der dritte Stein traf sie an der linken Schläfe. Judith brach auf dem Boden zusammen. Ob noch andere Steine folgten, konnte sie nicht mehr sagen, weil sie in Ohnmacht fiel.

Iain wurde wütend, als Judith nicht pünktlich zur Festung zurückkehrte. Er lauschte Erins Bericht über die Möglichkeit einer Allianz zwischen den Dunbars und den Macleans, war aber nicht wirklich bei der Sache. Erin sagte ihm nur, was er schon wusste, und der Bericht wurde ausschließlich für Graham wiederholt. Der Sprecher des Rates hatte nicht an ein eventuelles Zustandekommen eines solchen Bündnisses geglaubt, denn er hielt die Führer beider Clans für zu alt und zu verbohrt, ihre Macht zugunsten einer anderen Familie auch nur einzuschränken. Nun aber, als er hörte, was Erin auf dem Treffen beobachtet hatte, musste er seine Meinung ändern.

Und immer noch war Judith nicht zurückgekehrt. In seinen Eingeweiden spürte Iain instinktiv, dass etwas nicht stimmte. Dann sagte er sich wieder, dass sie einfach die Zeit verplaudert hatte. Wahrscheinlich saß sie bei Frances Catherine am Tisch, tief versunken in das eine oder andere Thema, und bemerkte gar nicht, wie viel Zeit verstrichen war. Doch auch diese logische Erklärung ließ seine Sorge nicht geringer werden.

Schließlich konnte er nicht mehr still herumsitzen. Er verkündete nicht, dass er gehen wollte, sondern stand einfach auf und setzte sich in Bewegung.

»Wohin willst du, Iain?«, rief Graham hinter ihm her. »Wir müssen einen Plan entwerfen.«

»Ich bleibe nicht lange weg«, antwortete Iain. »Ich möchte Judith suchen. Sie hätte längst wieder hier sein müssen.«

»Wahrscheinlich hat sie die Zeit vergessen«, vermutete Brodick.

»Nein.«

»Vielleicht stellt sie dich auf die Probe?«, fragte der Krieger und grinste. »Die Frau ist stur, Iain. Sie war ganz schön wütend über deinen Befehl.«

Iain schüttelte heftig den Kopf. »Sie würde sich mir nicht widersetzen.«

Brodick stand abrupt auf. Er verbeugte sich vor Graham und eilte dann seinem Clansherren hinterher. Iain nahm den Weg, der zu seines Bruders Haus hinabführte. Brodick bestieg sein Pferd und ritt den längeren Weg um die Bäume herum ab.

Iain war es, der sie fand. Sie lag zusammengekrümmt auf der Seite, und das, was er von ihrem Gesicht sehen konnte, war blutüberströmt.

Er konnte nicht entdecken, ob sie tot oder lebendig war. Und nacktes Entsetzen erfüllte ihn, als er mit Riesenschritten an ihre Seite stürzte. Nur ein einziger Gedanke raste durch seinen Kopf: Er durfte sie nicht verlieren. Nicht jetzt, wo sie gerade erst in sein ödes Leben getreten war.

Sein panischer Schrei hallte die Hügel hinunter. Männer kamen mit gezückten Schwertern herbeigerannt. Patrick war eben mit seiner Frau aus dem Haus getreten, als das markerschütternde Gebrüll erklang. Er schob Frances Catherine wieder ins Haus, befahl ihr, die Tür zu verriegeln und lief so schnell er konnte den Hügel hinauf.

Iain war sich nicht bewusst, dass er geschrien hatte. Er kniete neben Judith nieder und drehte sie vorsichtig um, bis sie auf dem Rücken lag. Sie wimmerte leise, und für Iain war es der schönste

Laut, den er je gehört hatte: Sie war nicht von ihm gegangen! Er begann wieder zu atmen.

Seine Männer bildeten einen Halbkreis um ihn herum und beobachteten schweigend, wie ihr Clansherr Judith nach einem gebrochenen Knochen untersuchte.

Brodick brach als Erster die Stille. »Was zum Teufel ist mit ihr passiert?«

»Warum macht sie denn nicht die Augen auf?«, fragte Gowrie gleichzeitig.

Patrick schob sich rücksichtslos durch die Menge und kniete sich neben seinen Bruder. »Wird sie wieder auf die Beine kommen?«

Iain nickte nur. Er traute seiner Stimme noch nicht. Sein Blick fiel auf die dicke Schwellung an ihrer Schläfe. Zärtlich strich er ihr die Haare aus dem Gesicht, um die Verletzung genauer betrachten zu können.

»Herr im Himmel«, flüsterte Patrick. »Der Sturz hätte sie töten können.«

»Sie ist nicht gestürzt«, sagte Iain. Seine Stimme zitterte vor Zorn.

Patrick war verblüfft. Wenn sie nicht gefallen war, was war dann passiert?

Brodick beantwortete die Frage, bevor Patrick sie überhaupt laut stellte. »Irgendjemand hat sie absichtlich verletzt.« Er hockte sich auf Judiths andere Seite und wischte ihr sanft das Blut mit einem Zipfel seines Plaids aus dem Gesicht. »Sieh dir die Steine an, Patrick. An einem ist Blut. Das war kein Unfall.«

Es kostete Iain seine ganze Selbstbeherrschung, um den Zorn nicht überhandnehmen zu lassen. Judith kam zuerst, Rache konnte warten. Er tastete sie noch einmal ab, um sicherzugehen, dass alle Knochen heil waren, dann hob er sie in seine Arme. Patrick half ihm dabei.

Gleichzeitig standen die beiden Brüder auf. Iains Blick richtete sich auf Brodick. Die Qual, die der Krieger in den Augen seines Clansherrn sah, sagte mehr als Worte.

Iain wollte Judith nicht nur in seinem Bett haben. Er liebte sie!

Zusammengekrümmt lag sie an seiner Brust. Iain begann, den Hügel hinaufzusteigen, hielt aber plötzlich wieder an. Er drehte sich zu Brodick um.

»Finde den Bastard.« Er wartete nicht auf Zustimmung, sondern wandte sich an seinen Bruder. »Patrick, geh und hole Frances Catherine. Judith wird froh sein, sie bei sich zu haben, wenn sie aufwacht.«

Das Beben in seiner Stimme holte sie aus ihrer Bewusstlosigkeit zurück. Sie öffnete die Augen und versuchte zu begreifen, wo sie war. Alles drehte sich um sie herum, ihr wurde übel und ihr Herz pochte wild. Sie schloss ihre Augen wieder und überließ sich Iain.

Erst als Iain sie auf dem großen Bett niedergelegt hatte, kam sie wieder zu sich. Sie versuchte sich aufzusetzen, aber sofort begann das Zimmer sich zu drehen. Sie griff nach Iains Arm und hielt sich fest, bis die Dinge langsam wieder in ihre normale Position zurückkehrten.

Alles tat ihr weh, ihr Rücken brannte wie Feuer. Iain ließ sie sitzen, als sie ihn darum bat. Kurz darauf kam Graham mit einer Schüssel Wasser hereingeeilt, die so voll war, dass sie bei jedem seiner Schritte überschwappte. Gelfrid folgte ihm mit einem Stapel Leinentücher.

»Mach Platz, Iain. Lass mich mal ran«, befahl Graham.

»Das arme Kind ist heftig gestürzt, was?«, bemerkte Gelfrid. »Ist sie immer so ungeschickt?«

»Nein, ist sie nicht«, gab Judith zurück.

Gelfrid lächelte.

Iain wollte seine Frau nicht anderen Händen überlassen. »Ich kümmere mich schon um sie«, sagte er zu Graham. »Sie gehört zu mir, verdammt noch mal.«

»Natürlich tut sie das«, stimmte Graham sofort zu, um Iain zu besänftigen.

Judith sah ihren Mann an. Er sah so zornig aus und sein Griff tat ihr weh.

»Meine Verletzungen sind nicht so schlimm«, verkündete sie und hoffte inständig, dass das stimmte. »Iain, bitte lass meinen Arm los. Ich hab schon genug blaue Flecken.«

Er ließ sie augenblicklich los. Graham stellte die Schüssel auf die Truhe und Gelfrid tauchte eines der Leinentücher in das Wasser, um es Iain zu reichen.

Er schwieg, während er ihr sanft das Blut aus dem Gesicht wischte. Die Wunde war tief, aber Iain glaubte nicht, dass sie genäht werden musste. Judith war sehr erleichtert, als sie das hörte. Der Gedanke daran, dass ihr jemand – selbst wenn es Iain war – eine Nadel in die Haut piekste, war nicht verlockend.

Iain schien sich zu beruhigen. Doch dann stachelte Gelfrid unbedachterweise seine Wut wieder an. »Es ist ein Wunder, dass sie nicht blind ist. Sie hätte sich ihr Auge glatt ausstoßen können!«

»Hab ich aber nicht«, sagte Judith hastig, als sie sah, dass der glühende Zorn wieder in Iains Augen aufflammte. Sie tätschelte den Arm ihres Mannes. »Ist schon gut«, sagte sie besänftigend. »Mir geht es schon viel besser jetzt.«

Sie versuchte, *ihn* zu trösten; Iain konnte es einfach nicht fassen. »Du wirst dich besser fühlen, wenn ich Salbe auf die Verletzungen gestrichen habe. Zieh deine Kleider aus. Ich will mir deinen Rücken ansehen.«

Im gleichen Moment beugte Graham sich vor und drückte ihr einen kalten, feuchten Lappen auf die Schläfe. »Haltet das fest, Judith, es lindert den Schmerz.«

»Danke, Graham. Iain, ich werde meine Kleider *nicht* ausziehen.«

»Dieser Schlag auf den Kopf hätte ihr wirklich den Garaus machen können«, bemerkte Gelfrid. »Aye, sie hat Glück gehabt, dass sie noch lebt.«

»Doch, du ziehst dein Kleid jetzt aus«, verlangte Iain.

»Würdet Ihr bitte aufhören, Iain aufzuregen, Gelfrid? Ich weiß, dass Ihr das nicht absichtlich tut, aber was alles hätte geschehen *können,* ist jetzt nicht wichtig. Mir geht es gut, wirklich.«

»Natürlich geht es Euch gut«, stimmte Gelfrid ihr zu. »Wir müssen sie genau beobachten, Graham. Sie ist wahrscheinlich für ein oder zwei Tage furchtbar durcheinander.«

»Gelfrid, *bitte«,* stöhnte Judith. »Und ich werde mein Kleid ganz bestimmt nicht ausziehen«, erklärte sie noch einmal.

»Doch! Du wirst!«

Sie winkte ihn näher heran.

»Iain, wir haben … Gesellschaft.«

Endlich lächelte er wieder. Ihre Sittsamkeit war erfrischend, und ihr finsterer Blick reizte ihn zum Lachen. Sie würde nicht so bissig reagieren, wenn ihre Verletzungen ernsthaft wären.

»Wir sind keine Gesellschaft«, warf Graham empört ein. »Wir leben hier, erinnert Ihr Euch?«

»Ja, natürlich, aber …«

»Seht Ihr alle Dinge mehr als einmal, Judith?«, fragte Gelfrid.

»Weißt du noch, Graham, wie es bei Lewis war? Er sah alles zweimal, kurz bevor er zu Boden ging.«

»Bei der Liebe …«, begann Judith.

»Komm schon, Gelfrid. Das Weib stirbt gleich vor Verlegenheit. Sie wird ihr Kleid nicht ausziehen, bis wir weg sind.«

Judith wartete, bis die beiden Männer die Tür von außen geschlossen hatten, dann wandte sie sich wieder zu Iain.

»Du kannst doch nicht ernsthaft erwarten, dass ich mich vor Gelfrid und Graham ausziehe. He, was machst du?«

»Ich ziehe deine Kleider aus«, sagte er geduldig.

Ihr Ärger löste sich bei seinem Grinsen auf. Sie brauchte einige Zeit, um herauszufinden, auf welche Art sein Lächeln ihn noch besser aussehen ließ, und als sie es herausgefunden hatte, war es zu spät für Proteste. Er hatte sie bis aufs Hemd ausgezogen und beugte sich nun über ihren Rücken, um die blauen Flecken zu untersuchen.

»Dein Rücken ist in Ordnung«, sagte er. »Die Haut ist nicht verletzt worden.«

Seine Finger strichen ihre Wirbelsäule entlang. Er musste über ihren Wonneschauer lächeln. »Du bist überall weich und glatt!« Er senkte den Kopf und küsste sie auf die Schulter.

»Frances Catherine wartet wahrscheinlich schon unten. Ich habe Patrick gebeten, sie herzuholen.«

»Iain, ich bin wirklich wieder vollkommen in Ordnung. Ich brauche keine …«

»Widersprich mir nicht!«

Sein Tonfall und die zusammengepressten Kiefer sagten ihr, dass ein Streit nutzlos war. Weil er darauf bestand, zog sie ihr Nachtkleid an. Sie fand es lächerlich, da es heller Tag war, aber Iain musste besänftigt werden. Er sah immer noch furchtbar besorgt aus.

Frances Catherine kam wenige Minuten später herein. Patrick hatte sie die vielen Stufen hinaufgetragen und stöhnte nun laut über ihr Gewicht, sodass Frances Catherine ihn mit einem feurigen Blick des Zimmers verwies.

Gelfrid und Graham servierten das Essen. Judith, die es nicht gewohnt war, umsorgt zu werden, genoss die Aufmerksamkeit, die man ihr zollte. Dann kam Isabelle, um nach ihr zu sehen, und als Iain schließlich zurückkehrte, war Judith von den vielen Besuchern vollkommen erschöpft.

Er bat sie alle heraus. Judith erhob halbherzigen Protest und fiel Minuten später in tiefen Schlaf.

Sie erwachte wenige Minuten vor Sonnenaufgang. Iain lag auf dem Bauch. So leise wie möglich versuchte sie, aus dem Bett zu klettern. Erst schwang sie ein Bein auf den Boden.

»Tut dir dein Kopf noch weh?«

Sie drehte sich zu ihm um. Iain hatte sich auf einen Ellenbogen gestützt und sah sie mit halb geschlossenen Augen an. Sein Haar war zerzaust, und er sah zum Anbeißen aus.

Sie kam ins Bett zurück und drückte ihn wieder auf die Kissen. Sie beugte sich über ihn, küsste seine gerunzelte Stirn und knabberte dann an seinem Ohr.

Iain war überhaupt nicht nach Neckereien. Er knurrte tief, schlang die Arme um sie und küsste sie. Ihre Erwiderung machte ihn wild. Der Kuss wurde heiß, nass und verlangte nach mehr. Seine Zunge stieß immer wieder in ihren Mund, und als sie ihr Liebesspiel endlich beendet hatten, sank sie an seiner Brust zusammen.

»Liebling, antworte mir. Tut dir dein Kopf noch weh?«

Seine Stimme klang ehrlich besorgt, und es schmerzte auch noch ein wenig, aber sie wollte nicht, dass er aufhörte.

»Die Küsse tun mir wirklich gut«, flüsterte sie.

Er lächelte. Sicher, ihre Antwort war unsinnig, aber es gefiel ihm. Er richtete sich halb auf und rieb seine Nase an ihrem Hals. »Mich macht es heiß«, sagte er.

Sie stieß einen wohligen Seufzer aus.

»Willst du mich, Judith?«

Sie wusste nicht, ob sie scheu oder forsch reagieren sollte. Was mochten Ehemänner lieber? Dann beschloss sie, sich darum keine Gedanken zu machen. Sie hatte schon forsch begonnen, und Iain schien sich nicht daran gestört zu haben.

»Ich will dich … ein bisschen.«

Mehr brauchte er nicht zu hören. Er entzog sich ihr, stand auf und hob sie hoch. Dabei sah er ihr in die Augen und sagte: »Ich bringe dich dazu, mich so sehr zu begehren, wie ich dich begehre!«

»Das willst du? Iain, du willst mich schon … jetzt?«

Sie verstand nicht. Gott, sie war wirklich noch

unschuldig. Sie hätte ihn nur betrachten müssen, um festzustellen, wie sehr er sie begehrte. Natürlich tat sie es nicht. Ihr Schamgefühl ließ das nicht zu. Also beschloss er, es ihr zu zeigen. Er nahm ihre Hand und legte sie auf sein hartes Geschlecht. Judith reagierte, als hätte sie sich verbrannt: Blitzschnell zog sie ihre Hand weg und wurde dunkelrot. Iain stieß einen Seufzer aus. Seine zarte Frau war noch nicht so weit, ihre Hemmungen fallen zu lassen. Und er würde nicht darauf bestehen. Iain konnte geduldig sein, er konnte warten. Zart drückte er ihr einen Kuss auf das Haar und half ihr, ihr Nachtkleid auszuziehen. Sie hielt den Kopf gesenkt, bis er sie wieder in seine Arme zog.

Dann begann er die angenehme Aufgabe, sie von ihrer Schüchternheit zu befreien. Zunächst streichelte er ihre Schultern, Arme, ihren Rücken, doch sie reagierte nicht so, wie er es sich gewünscht hatte. Erst als er ihren süßen Po liebkoste, sagte ihm ihr wohliges Seufzen, wie sehr sie seine Berührung mochte.

Endlich begann sie, *seinen* Körper mit ihren Fingerspitzen zu erforschen. Sie nahm sich viel Zeit, um sich vorzuarbeiten, und Iain biss vor lauter Erwartung die Zähne zusammen.

Doch sein Ausharren wurde belohnt. Endlich hatte sie seinen Unterbauch erreicht. Sie zögerte, ließ dann ihre Hand tiefer gleiten, bis sie schließlich sein Glied berührte.

Seine Reaktion machte sie unternehmungslustiger. Er stöhnte tief auf und packte ihre Schultern fester. Sie küsste ihn auf die Brust und rutschte langsam tiefer zu seinem harten, muskulösen Bauch. Er spannte sich, als sie seinen Nabel küsste, und sie musste es einfach noch einmal tun – nur um ihn wild zu machen.

Iain ließ sie gewähren, bis sie seine Leistengegend erreicht hatte. Er zog sie zu sich herauf und küsste ihren Mund lange, hart und leidenschaftlich. Doch sie ließ sich nicht ablenken.

»Iain, ich will …«

»Nein.«

Seine Stimme klang barsch, doch er konnte es nicht verhindern. Allein der Gedanke, was sie tun wollte, machte seine Begierde fast unerträglich. Er wollte aber auf gar keinen Fall zuerst zum Höhepunkt kommen, was ganz sicher passieren würde, wenn sie ihn in den Mund nahm.

»Doch«, flüsterte sie.

»Judith, du begreifst nicht«, begann er.

Ihr Blick war verschleiert vor Leidenschaft, und er erbebte. Erregte es sie, ihn zu berühren? Sie ließ ihm keine Zeit, darüber nachzugrübeln. »Ich begreife, dass ich jetzt dran bin«, sagte sie leise. Sie kam zu ihm und küsste ihn, um ihn zum Schweigen zu bringen. Ihre Zunge drang in seinen Mund ein, bevor er etwas erwidern konnte. »Lass mich«, bat sie.

Sie bekam ihren Willen. Iain ballte die Hände an den Seiten, atmete tief ein und vergaß, wieder auszuatmen. Judith war so wunderbar unbeholfen und so begierig zu geben, dass er sich im siebten Himmel fühlte.

Er konnte diese süße Qual nicht lange aushalten. Er hatte keine Ahnung, wie sie aufs Bett gekommen war, vielleicht hatte er sie dahin geworfen. Er konnte keinen einzigen vernünftigen Gedanken fassen, er wollte sie nur noch erregen, bis sie bereit für ihn war.

Seine Finger tauchten in ihre Enge, und als er spürte, wie feucht und heiß sie sich dort anfühlte, war es um ihn geschehen. Er rutschte zwischen ihre Schenkel und stieß ein tiefes Knurren purer Begierde aus.

Und doch – bevor er in sie eindrang, zögerte er. »Liebling?«

Er bat um Erlaubnis! Judith schossen die Tränen in die Augen. Gott, wie sie diesen Mann liebte. »Oh, ja!«, schrie sie. Sie würde sterben, wenn er jetzt nicht zu ihr kam.

Iain versuchte sanft zu sein, doch sie wollte es

nicht. Sie hob fordernd ihre Hüften, um ihm entgegenzukommen, zog ihn an den Hüften zu sich heran und bohrte ihre Nägel in seine Haut.

Sein Mund blieb auf dem ihren, während ihr Liebesspiel immer heftiger wurde. Das Bett quietschte unter seinen kraftvollen Stößen, und sein tiefes Stöhnen vermischte sich mit ihrem lustvollen Wimmern. Keiner hätte mehr einen vernünftigen Gedanken fassen können, und als Iain merkte, dass er kurz vor seinem Höhepunkt stand, glitt seine Hand zwischen ihren Körpern nach unten, um ihr zuerst die Erfüllung zu schenken. Das Feuer der Leidenschaft verzehrte ihn. Er kam und fühlte sich schwach und unbesiegbar zugleich. Dann brach er auf ihr zusammen und stöhnte laut auf vor Befriedigung.

Oh, er liebte ihren Duft. Er atmete ihr leichtes weibliches Parfum tief ein und fühlte sich wie im Paradies. Sein Herz hämmerte, als ob es platzen wollte, aber auch das hätte ihn nicht gekümmert. Er war viel zu glücklich, um sich Gedanken zu machen.

Judith hatte sich auch noch nicht erholt, und diese Erkenntnis freute ihn. Er hatte es geschafft, dass sie ihre Hemmungen und auch die Kontrolle über sich verloren hatte, und das machte ihn stolz. Er küsste sie auf den Halsansatz, wo ihr Herz heftig schlug, und lächelte, als seine Liebkosung ihr den Atem verschlug.

Schließlich versuchte er, die Kraft zu finden, von ihr hinabzugleiten. Er hatte Angst, sie zu erdrücken, aber verdammt, am liebsten hätte er sich nie wieder bewegt. Mit keiner anderen Frau hatte er jemals solche Befriedigung erreicht. Ja, bisher war er immer in der Lage gewesen, einen Teil von sich zurückzuhalten. Doch gegen Judith konnte er sich nicht schützen. Diese Feststellung erschütterte ihn – plötzlich fühlte er sich unglaublich verletzbar.

»Ich liebe dich, Iain.«

Solch ein einfacher Satz, und doch so befreiend. Sie wischte seine Besorgnis fort, bevor sie sich ernsthaft in ihm festsetzen konnte.

Iain gähnte und stützte sich auf seine Ellenbogen, um sie zu küssen. Doch dann entdeckte er wieder die Wunde und die Schwellung unter ihrem Auge.

Judith hatte gelächelt, bis sie seinen finsteren Blick sah.

»Iain, was ist? Hab ich es nicht gut gemacht?«

»Natürlich hast du das«, erwiderte er.

»Aber warum …«

»Du hättest dein Auge verlieren können.«

»O Gott, du hörst dich an wie Gelfrid«, sagte sie.

Sie hatte ihn zum Lächeln bringen wollen, aber es funktionierte nicht. »Du hast verdammtes Glück gehabt, Judith. Du hättest auch …«

Sie legte ihm die Hand auf den Mund. »Du warst eben so wunderbar«, flüsterte sie.

Er ging nicht darauf ein, sondern fragte: »Als du gestürzt bist, hast du da einen Mann … oder eine Frau in deiner Nähe gesehen?«

Judith dachte eine Weile darüber nach, bevor sie sich entschloss, ihm nichts von dem Jungen zu sagen, den sie entdeckt hatte. Das Kind war zu jung, um vor den Clansherrn geschleift zu werden. Es wäre eine erschreckende Erfahrung für ihn, ganz zu schweigen von der Demütigung und der Schande für seine Familie. Nein, das konnte sie nicht zulassen. Im Übrigen war sie überzeugt, dass sie sich selbst darum kümmern konnte. Sie würde den kleinen Bengel finden und dann ein ernsthaftes, langes Gespräch mit ihm führen. Wenn er nicht zerknirscht genug reagierte, konnte sie Iain immer noch um Hilfe bitten … oder dem Jungen damit drohen. Und wenn der Junge alt genug war – obwohl sie nicht glaubte, dass er die sieben Jahre schon überschritten hatte –, würde sie ihn zu Vater Laggan schleppen, damit er seine Sünde beichtete.

»Judith?«, bohrte Iain nach.

»Nein, Iain, ich habe weder Mann noch Frau gesehen.«

Er nickte, hatte es auch nicht angenommen. Ja, er glaubte nicht einmal, dass sie von dem Angriff viel mitbekommen hatte. Wahrscheinlich war sie vom ersten Treffer bewusstlos geworden und viel zu gutherzig, um an böse Absichten zu denken.

Er beugte sich zu ihr herunter und küsste sie, bevor er sich aus dem Bett schwang. »Die Sonne geht schon auf. Ich habe einiges zu tun«, erklärte er.

»Habe *ich* etwas zu tun?«, fragte sie, als sie die Decke zu sich heranzog.

»Natürlich«, antwortete er. »Judith, warum versteckst du deinen Körper vor mir?«

Sie wurde sofort rot, und er musste lachen. Dann trat sie die Decken weg und stand langsam auf. Iain nahm sich Zeit, sie zu betrachten. Unterdessen starrte sie auf den Kaminsims.

»Du darfst mich auch gerne ansehen«, sagte er gedehnt.

Die Belustigung in seiner Stimme entlockte ihr ein Lächeln. »Du genießt meine Verlegenheit, nicht wahr, lieber Ehemann?«

Er schwieg, und sie sah ihm endlich in die Augen. Er wirkte … überrascht. Mochte er ihren Körper vielleicht nicht? Sie griff nach der Decke, um ihren Körper damit einzuhüllen.

Seine nächste Bemerkung ließ sie innehalten. »Du hast mich Ehemann genannt. Das gefällt mir.«

Sie ließ die Decke aufs Bett zurückfallen. »Gefalle *ich* dir?«

Er grinste. »Manchmal.«

Lachend stürzte sie sich auf ihn und warf sich in seine Arme. Er hob sie vom Boden und küsste sie.

»Wegen dir vergesse ich noch meine Pflichten.«

Es war ihr egal. Sie genoss es, dass ihre Küsse ihm seine Beherrschung nehmen konnten. Schließlich machte sie sich von ihm los und setzte sich aufs Bett, um ihm beim Ankleiden zuzusehen. Es schien ihr, als ob der Mann mit jedem Kleidungsstück, das er anzog, immer mehr zum Führer des Clans und immer weniger der zärtliche Liebhaber wurde, dem sie eben noch ergeben war. Als er abschließend den Gürtel um seine Taille befestigte, war er von Kopf bis Fuß Clansherr und behandelte sie wie sein Eigentum.

Ihre Pflichten, so erklärte er ihr, bestanden darin, den Dienern ihre Aufgaben zuzuteilen. Es gab keinen ständigen Koch in der Festung, und die Frauen des Clans wechselten damit ab, sich um die Verpflegung zu kümmern. Wenn sie diese Aufgabe übernehmen wollte, so konnte sie dies tun.

Ebenso war sie verantwortlich dafür, dass die Inneneinrichtung der Gebäude instand gehalten wurde. Und da Gelfrid und Graham nun bei ihnen wohnen blieben, sollte sie sich auch um deren Bedürfnisse kümmern.

Judith machte sich keine Sorgen. Seit frühester Kindheit hat sie auf dem Besitz ihres Onkel Tekel die Dienerschaft befehligt. Es würde sicher keine Probleme geben, mit denen sie nicht umgehen konnte.

Iain dagegen machte sich Sorgen. Sie war so jung und bekam nun solche Pflichten aufgeladen. Er wies sie an, sofort zu ihm zu kommen, sobald es Schwierigkeiten geben würde.

Judith war nicht beleidigt, dass er anscheinend so wenig Vertrauen in ihre Fähigkeiten hatte. Er konnte ja nicht wissen, was sie schon früher geleistet hatte. Sie würde ihm beweisen, dass sie die Pflichten als Frau des Clansherrn sehr wohl bewältigen konnte und seine Sorge unbegründet war.

Begierig darauf, etwas zu tun, verkündete sie: »Ich gehe hinunter und fange gleich an.«

Er schüttelte den Kopf. »Du bist noch nicht wiederhergestellt. Du brauchst Ruhe.«

Bevor sie widersprechen konnte, zog er sie auf die Füße, küsste sie auf die Stirn und ging zur Tür.

»Zieh das Plaid an, Frau.«

Sie vergaß ihre Nacktheit und lief zu ihm. »Ich möchte dich um etwas bitten.«

»Was denn?«

»Kannst du bitte alle Frauen und Kinder zusammenrufen? Ich möchte mich um deinetwillen bei ihnen vorstellen.«

»Warum?«

Sie gab ihm keine Erklärung. »Bitte!«

Er seufzte. »Wann soll es sein?«

»Heute Nachmittag ist früh genug.«

»Ich hatte vor, meine Krieger zu versammeln und ihnen die Neuigkeit unserer Heirat mitzuteilen. Sie werden es dann ihren Frauen sagen, aber wenn du unbedingt willst ...«

»Oh, ja, bitte.«

»Also gut«, gab er nach.

Schließlich ließ sie ihn gehen. Sie zog sich nicht gleich an. Das Liebesspiel hatte sie erschöpft. Sie kroch zurück ins Bett und kuschelte sich auf seiner Seite in die Decken, um näher bei ihm zu sein. Dann schloss sie die Augen.

Ihr Nickerchen dauerte drei Stunden. Erst am frühen Nachmittag war sie so weit fertig, dass sie das Zimmer verlassen konnte. Sie fühlte sich schuldig, so viel Zeit zu verschwenden, mochte sich aber trotzdem nicht beeilen. Zuerst zog sie dasselbe weiße Unterkleid an, da sie ihre Sachen noch nicht von Frances Catherine abgeholt hatte. Dann versuchte sie, das Plaid anzulegen, aber es gelang ihr nicht. Schließlich ging sie hinaus, um einen der beiden älteren Männer zu finden, damit er ihr helfen konnte.

Gelfrid erledigte es schließlich. Dann geleitete er sie die Treppen hinunter.

Iain wartete mit Graham in der Großen Halle. Beide lächelten, als sie sie sahen.

Dann kam Brodick in den Saal geschlendert, und sie wandte sich lächelnd zu ihm.

Er verbeugte sich vor ihr. »Alle warten auf dich, Iain«, rief er. »Judith, Ihr hättet Euer Auge verlieren können. Ihr habt verdammtes Glück gehabt.«

»Aye, das hat sie«, warf Gelfrid ein. Dann fügte er hinzu: »Ich habe keine Ahnung, warum unser Clansherr zu den Frauen sprechen will.«

Es war deutlich, dass er auf eine Erklärung wartete, aber Judith dachte nicht daran, ihm eine zu geben. Sie schenkte dem älteren Mann ein Lächeln und wandte sich ihrem Mann zu. Er nahm sie bei der Hand und führte sie zur. Tür.

»Iain, du vertraust mir doch, nicht wahr?«, fragte sie.

Ihre Frage bestürzte ihn. »Sicher«, antwortete er. »Judith, was soll diese Frage?«

»Weil es da eine besondere … Sache zu regeln gibt, und ich möchte sichergehen, dass du mir genug vertraust, um dich nicht einzumischen.«

»Wir besprechen das heute Abend«, sagte er.

»Oh, bis dahin wird es wohl schon erledigt sein.«

Er hielt ihr die Tür auf und folgte ihr nach draußen. Als sie die Treppe hinuntergehen wollte, legte er den Arm um ihre Schulter und zog sie an seine Seite.

Dann wandte er sich an die versammelte Menge. Die Frauen, zu viele, als dass sie sie hätte zählen können, nahmen mit ihren Kindern den gesamten Vorplatz und einen guten Teil der Hügel ein.

Judith achtete kaum darauf, was Iain der Menge sagte. Sie hatte wenig Hoffnung, den Jungen in einer solchen Menschenmasse zu finden, aber sie wollte es wenigstens versuchen. Frances Catherine entdeckte sie dagegen bald und war zufrieden, ihre Freundin neben Isabelle zu sehen.

Iain hörte auf. »Rede weiter«, flüsterte sie.

»Ich bin fertig.«

»Iain, bitte! Ich habe ihn noch nicht gefunden. Und sieh mich nicht so an. Sie müssen ja denken, du hältst mich für verrückt.«

»Ich *halte* dich auch für verrückt«, brummte er.

Sie stieß ihn in die Seiten und er setzte seine Rede fort. Judith war schon drauf und dran aufzugeben, als ihr Blick auf eine der Hebammen, Helen, fiel. Die Hebamme sah aus, als fühlte sie sich unwohl. Und als hätte sie Angst! Judith beobachtete sie ein wenig länger als nötig, während sie überlegte, warum die Kunde der Hochzeit sie so sichtbar betroffen machte. Indessen drehte sich Helen halb um, um hinter sich zu schauen. Da sah Judith den Jungen. Er versuchte hartnäckig, sich in den Röcken seiner Mutter zu verstecken.

Sie stieß Iain wieder in die Seite. »Du kannst jetzt aufhören.« Iain tat dies sofort. Der Clan brauchte eine volle Minute, bis er feststellte, dass ihr Anführer seine Rede geendet hatte. Dann wurde seine Verkündung mit Hochrufen bedacht. Krieger, die an der Seite der Festung gestanden hatten, traten vor, um ihrem Clansherrn zu gratulieren. »Das war die längste Rede, die ich je aus Eurem Mund gehört habe«, bemerkte einer.

»Das war die *einzige* Rede, die du je von ihm gehört hast«, warf Patrick ein.

Judith achtete nicht auf die Männer. Sie wollte sich den Jungen schnappen, bevor seine Mutter ihn wegbringen konnte.

»Bitte entschuldigt mich«, sagte sie.

Sie war fort, bevor Iain etwas sagen konnte. Judith winkte Frances Catherine im Vorübergehen zu und eilte durch die Menge. Einige Frauen hielten sie auf, um ihr zu gratulieren, und sie schienen es ernst zu meinen. Judith dankte mit der Einladung zu einem Besuch in der Festung.

Inzwischen hatte Helen ihren Sohn an der Hand genommen. Je näher Judith kam, umso erschreckter blickte sie.

Offenbar hatte der Junge seiner Mutter die Tat gestanden. Judith drängte sich weiter durch die Frauen, bis sie schließlich vor Helen stand.

»Guten Tag, Helen«, begann sie.

»Wir waren gerade auf dem Weg zum Clansherrn«, platzte die Hebamme heraus. »Dann kam der Aufruf, uns auf dem Vorplatz zu versammeln, und ich ...«

Helen schluchzte auf. Schon sahen einige Frauen herüber, und Judith wollte nicht, dass sie etwas mitbekamen. »Helen«, begann sie leise. »Ich habe etwas Wichtiges mit deinem Sohn zu besprechen. Kann ich ihn bitte für einen Augenblick mitnehmen?«

Tränen verschleierten Helens Blick. »Andrew und ich wollten dem Clansherrn wirklich ...«

Judith unterbrach sie mit einem Kopfschütteln. »Diese Sache geht nur deinen Sohn und mich etwas an«, sagte sie. »Euer Clansherr braucht davon nichts zu erfahren. Mein Mann ist sehr beschäftigt, Helen. Wenn das, was du mit ihm besprechen wolltest, das Werfen von Steinen betrifft, denke ich, wir sollten es unter uns dreien ausmachen.«

Endlich verstand Helen. Ihre Erleichterung war so groß, dass sie aussah, als wollte sie zusammenbrechen. Sie nickte heftig. »Soll ich hier warten?«

»Warum gehst du nicht nach Hause zurück? Ich schicke Andrew zu dir, sobald wir unser kleines Gespräch beendet haben.«

Helen blinzelte durch ihre Tränen hindurch. »Danke«, flüsterte sie.

Iain hatte Judith nicht aus den Augen gelassen und fragte sich, worüber sie wohl mit Helen sprechen mochte. Helen sah elend aus, Judiths Gesicht war jedoch von ihm abgewandt und er konnte nicht sehen, ob sie verärgert war oder nicht. Er beobachtete, wie sie nach dem Jungen hinter Helen griff. Das Kind wehrte sich, doch Judith ließ sich nicht beirren. Sie zog ihn hinter seiner Mutter hervor, drehte sich dann um und ging den Hügel hinab, wobei sie das jammernde Kind hinter sich her zerrte.

»Wohin geht Judith denn?«, fragte Patrick.

Iain antwortete nicht schnell genug für Brodick. »Soll ich ihr folgen? Sie sollte nicht alleine herumlaufen, bis wir den Angreifer gefunden haben. Solange ist sie nicht sicher.«

Jetzt plötzlich verstand Iain, was vor sich ging.

»Mein Bruder kann sehr gut auf seine Frau aufpassen, Brodick. Du brauchst dich wegen ihr nicht so aufzuregen«, sagte Patrick.

Iain wandte sich seinem Bruder und Brodick zu. »Es ist nicht nötig, Judith zu folgen. Ich weiß, wer die Steine geworfen hat. Sie ist nicht in Gefahr.«

»Wer zum Teufel war es?«, fragte Brodick.

»Helens Sohn.«

Beide Krieger waren verblüfft. »Aber sie hatte ihn doch an der Hand«, bemerkte er.

Patrick nickte. »Sie muss ihn gestern gesehen haben. Habt ihr beobachtet, wie sie ihn hinter sich her zerrte? Oh, sie weiß es sehr gut. Sie macht ihm wahrscheinlich gerade die Hölle heiß.«

Iain hatte recht. Genau das tat Judith in diesem Moment. Ihre Standpauke dauerte jedoch nicht lange. Der Junge war so zerknirscht und hatte solche Angst vor ihr, dass sie ihn schließlich trösten musste. Er war gerade erst sieben Jahre alt geworden. Auch wenn er groß und kräftig für sein Alter war, so blieb er dennoch nur ein kleiner Junge.

Der Junge durchnässte mittlerweile ihr ganzes Plaid mit seinen Tränen und flehte um Verzeihung. Er hatte sie nicht verletzen wollen. Nay, er wollte sie doch bloß erschrecken, dass sie wieder zurück nach England gehen würde.

Judith war schon halb bereit, ihn um Vergebung zu bitten, dass sie die Highlands nicht verlassen würde, so herzzerreißend klang sein Schluchzen in ihren Ohren.

»Wegen dir hat meine Mama geweint.«

Judith konnte sich nicht vorstellen, warum Helen wegen ihr geweint haben sollte, und der Junge brachte keine vernünftige Erklärung heraus. Sie beschloss, mit Helen darüber zu reden, und die Sache zu klären.

Sie setzte sich mit dem weinenden Jungen auf dem Schoß auf einen flachen Stein. Sie war froh, dass der Junge ehrlich bereute, was er getan hatte. Da er bereits alles seiner Mutter gestanden hatte, war es nicht nötig, den Clansherrn damit zu behelligen, sagte sie ihm.

»Was denkt denn dein Vater von deinem Verhalten?«, fragte Judith.

»Papa ist letzten Sommer gestorben«, antwortete Andrew. »Ich sorge jetzt für Mama.«

Judiths Herz flog dem Jungen zu. »Andrew, du gibst mir jetzt dein Wort, dass du keinen Unsinn mehr machst, und ich werde dir glauben. Die Sache ist damit erledigt.«

»Aber ich muss doch dem Clansherrn sagen, dass es mir leid tut.«

Sie fand das sehr edel und tapfer von dem Jungen. »Hast du Angst davor, mit dem Clansherrn zu sprechen?«

Andrew nickte.

»Soll ich es denn für dich tun?«, fragte sie.

Er verbarg sein Gesicht an Judiths Schulter. »Kannst du es ihm jetzt sagen?«, flüsterte er.

»Einverstanden«, sagte Judith. »Wir gehen zurück und …«

»Er ist hier«, wisperte der Junge mit vor Angst zitternder Stimme.

Judith drehte sich um und entdeckte ihren Mann direkt hinter sich. Er lehnte mit vor der Brust verschränkten Armen an einem Baum.

Kein Wunder, dass Andrew versuchte, sich unter ihrem Plaid zu verstecken. Sie spürte, wie er zitterte.

Judith beschloss, den Jungen nicht länger zu quälen. Sie zog ihn von sich und brachte ihn zum Aufstehen. Dann nahm sie seine Hand und führte ihn zu Iain.

Andrew hielt den Kopf gesenkt. Iain musste ihm wie ein Riese vorkommen. Sie lächelte zu ihrem Mann hoch und drückte Andrews Hand.

»Dein Clansherr wartet. Sag ihm, was du zu sagen hast«, wies sie ihn an.

Andrew linste hoch. Sein Blick war entsetzt, und seine Sommersprossen waren eher weiß als braun. Seine Augen schwammen in Tränen.

»Ich hab die Steine geworfen«, platzte er plötzlich heraus. »Ich wollte Eurer Lady nichts tun, ich wollte ihr bloß Angst machen, damit sie nach Hause geht. Dann muss Mama nicht mehr weinen.« Sofort senkte er wieder den Kopf, bis sein Kinn sich in seine Brust bohrte. »Es tut mir leid«, murmelte er.

Iain schwieg eine ganze Weile. Judith konnte es nicht ertragen, das Kind so leiden zu sehen. Sie wollte den Jungen gerade verteidigen, als er die Hand hob und den Kopf schüttelte.

Sie sollte sich nicht einmischen. Langsam bewegte er sich von dem Baum weg, an dem er gelehnt hatte, und bedeutete Judith, still zu bleiben.

Dann stand er direkt vor Andrew. »Du sollst dich nicht bei deinen Füßen entschuldigen«, sagte er. »Du wirst dich bei *mir* entschuldigen.«

Judith war damit überhaupt nicht einverstanden. Sie war diejenige, die verletzt worden war, und der Junge hatte sich doch schon bei ihr entschuldigt. Warum muss er es nun auch noch bei seinem Clansherrn tun?

Sie hielt es allerdings nicht für sinnvoll, jetzt

mit Iain zu streiten. Er könnte glauben, sie wolle seine Autorität untergraben.

Andrew sah wieder hoch. Er packte Judiths Hand fester. Sah Iain denn nicht, wie verängstigt das Kind war?

»Es tut mir leid, dass ich Eurer Lady wehgetan habe.«

Iain nickte. Er verschränkte die Hände hinter seinem Rücken und starrte Andrew eine lange Minute an. Er schien seine Qual absichtlich ausdehnen zu wollen.

»Du wirst mit mir kommen«, befahl er. »Judith, du wartest hier.«

Er ließ ihr keine Zeit zu widersprechen, sondern ging den Pfad hinunter. Andrew ließ ihre Hand los und rannte hinter ihm her.

Sie blieben lange weg. Als sie schließlich wiederkamen, hatte Iain immer noch seine Hände hinter dem Rücken verschränkt. Andrew ging neben ihm und tat dasselbe. Judith musste darüber lächeln, wie der Junge versuchte, seinen Clansherren nachzuahmen. Seine Haltung war so hochmütig wie Iains geworden. Er plapperte auf den Mann ein, und hin und wieder nickte Iain.

Andrew wirkte, als wäre ihm eine schwere Last von den Schultern genommen worden. Iain entließ ihn, wartete, bis er außer Hörweite war und sagte dann: »Ich habe dich gefragt, ob du jemanden gesehen hast. Würdest du mir bitte erklären, warum du mir nicht die Wahrheit gesagt hast?«

»Tatsächlich hast du mich gefragt, ob ich einen Mann oder eine Frau gesehen habe«, erinnerte sie ihn. »Ich habe nicht gelogen. Ich sah ein Kind!«

»Hör auf mit deiner spitzfindigen Logik«, erwiderte er. »Du wusstest, was ich wissen wollte. Und jetzt sag mir, warum du es mir nicht gesagt hast?«

Sie seufzte. »Weil die Sache nur das Kind und mich anging«, erklärte sie. »Ich wollte dich damit nicht behelligen.«

»Ich bin dein Ehemann«, sagte er. »Was, zum Teufel, soll das heißen, du wolltest mich damit nicht behelligen?«

»Iain, ich war sicher, ich würde das allein regeln können.«

»Das hast du nicht zu entscheiden.«

Er war nicht verärgert, sondern wollte Judith nur erklären, wie man hier mit Problemen umging.

Sie versuchte, sich nicht darüber aufzuregen, aber sie scheiterte kläglich. Darum verschränkte sie die Arme vor der Brust und sah ihn wütend an: »Hab ich *überhaupt* etwas zu entscheiden?«

»Es ist meine Pflicht, mich um dich zu kümmern.«

»Und das schließt auch meine Probleme ein?«

»Natürlich.«

»Das heißt, du behandelst mich wie ein Kind. Himmelherrgott, ich glaube nicht, dass mir die Ehe gefällt. Ich hatte in England mehr Freiheiten.«

Er stieß einen Seufzer aus. Sie sagte die unschicklichsten Dinge und tat so, als wäre ihr erst jetzt aufgegangen, welches Los eine Frau in diesem Leben hatte. »Judith, niemand ist ganz und gar frei.«

»Du schon.«

Er schüttelte den Kopf. »Als Clansherr sind mir mehr Beschränkungen als jedem anderen Krieger auferlegt worden. Jede meiner Handlungen ist vom Rat abzusegnen. Jeder hier hat seinen Platz und auch Verantwortung zu tragen. Und, Frau, ich mag es gar nicht, wenn du sagst, du bist nicht gerne mit mir verheiratet.«

»Ich sagte nicht, ich bin nicht gerne *mit dir* verheiratet Ich sagte, mir gefällt die Ehe nicht sehr. Das ist ein Unterschied.«

Sein Gesichtsausdruck sagte ihr, dass er nicht zustimmte. Dennoch zog er sie an sich und küsste sie. »Du wirst gerne mit mir verheiratet sein. Ich befehle es dir.«

Das war lächerlich. Sie schob sich von ihm und sah ihm in die Augen, um dort ein Lächeln zu finden. Sie war sicher, dass er scherzte.

Iain scherzte keinesfalls. Himmel, er sah ... besorgt aus. Und unglaublich verletzbar. Judith war überrascht und sehr, sehr glücklich. Sie kam in seine Arme zurück. »Ich liebe dich«, flüsterte sie. »Natürlich bin ich gerne mit dir verheiratet.«

Er drückte sie fest an sich. »Und du wirst mir daher auch gern deine Probleme überlassen«, folgerte er.

»Manchmal bestimmt«, sagte sie. Sie dachte nicht daran, ihm ganz zuzustimmen. »Und manchmal werde ich sie selbst regeln.«

»Judith ...«

Sie unterbrach ihn. »Frances Catherine hat mir erzählt, dass du für Patrick immer mehr Vater als Bruder gewesen bist. Du hast schon als Kind seine Probleme gelöst, nicht wahr?«

»Vielleicht als wir jünger waren«, gab er zu. »Heute, da wir erwachsen sind, entscheiden wir gemeinsam, was zu tun ist. Er verlässt sich genauso auf mich wie ich mich auf ihn. Aber was hat mein Bruder mit uns zu tun? Du willst doch, dass ich für dich sorge, oder?«

»Ja, natürlich«, antwortete sie. »Ich will dir nur keine Last sein. Meine Probleme möchte ich mit dir teilen, nicht sie an dich abgeben. Verstehst du? Ich will zu dir gehören, möchte wichtig genug für dich sein, dass du auch *deine* Sorgen mit *mir* teilst. Kannst du nicht lernen, mich genauso ernst zu nehmen wie Patrick?«

Iain wusste darauf keine Antwort. »Ich will darüber nachdenken«, sagte er schließlich.

Sie lehnte sich gegen ihn, sodass er ihr Lächeln nicht sehen konnte. »Das ist alles, worum ich dich bitte.«

»Ich versuche, offen für neue Ideen zu sein, Judith.«

»Ja, natürlich tust du das.«

Sie berührte sein Kinn mit ihren Lippen. Er beugte sich nieder und küsste sie lang und innig und bedauerte sehr, sie wieder loslassen zu müssen, aber schließlich schob er sie von sich weg.

Judith entdeckte Andrew, der in einiger Entfernung wartete.

Ohne sich umzudrehen, rief Iain: »Bist du bereit, Andrew?«

»Ja, Clansherr«, rief er zurück.

»Woher wusstest du, dass er dahinten steht?«, wunderte Judith sich.

»Ich habe ihn gehört.«

»Ich nicht.«

Er lächelte. »Das brauchtest du ja auch nicht.«

Seine Bemerkung ergab in ihren Augen keinen Sinn, hörte sich nur ziemlich arrogant an.

»Wohin bringst du ihn?«, fragte sie so leise, dass der Junge sie nicht verstand.

»Zu den Ställen«, antwortete Iain. »Er wird dem Stallmeister helfen.«

»Ist das seine Strafe? Iain, glaubst du nicht …?«

»Wir reden heute Abend darüber«, unterbrach er sie.

Sie nickte, glücklich darüber, dass er ihr nicht befohlen hatte, sich ganz aus dieser Sache herauszuhalten. »Wie du möchtest«, sagte sie deshalb gefügig.

»Ich möchte, dass du zur Festung zurückkehrst.«

Sie nickte, verbeugte sich kurz vor ihm und ging dann den Hügel hinauf.

»Ruh dich diesen Nachmittag aus«, rief er hinter ihr her.

»Ja, Iain.«

»Ich meine, was ich gesagt habe, Judith.«

Sie begriff, dass er Widerspruch erwartet hatte, und als er keinen bekam, schien er angenommen zu haben, sie würde ihm ohnehin nicht gehorchen. Judith verbiss sich das Lachen. Ihr Mann begann sie zu verstehen.

Sie hielt ihr Versprechen. Frances Catherine kam sie besuchen, und als Patrick schließlich seine Frau wieder nach Hause geleitete, ging sie hinauf in ihr Zimmer. Ihre Gedanken kreisten um Frances Catherines bevorstehende Geburt, die ihr noch Sorgen machte, aber Judith war eine mögliche Lösung eingefallen. Sie hielt sich nicht für erfahren genug, zu wissen, was zu tun war, falls es Komplikationen gäbe. Aber sollte Helen das Problem nicht lösen können? Judith hoffte zumindest, dass Andrews Mutter sich ihr gegenüber nun freundlicher verhalten würde. Und wenn sie es geschickt anpackte, konnte sie die Hebamme vielleicht zur Mitarbeit überreden, ohne Agnes hineinziehen zu müssen.

Frances Catherine würde garantiert einen Anfall bekommen. Judith wollte ihre ganze Überzeugungskraft mobilisieren, um ihre Freundin davon zu überzeugen, dass Helen eine Hilfe und kein Hindernis sein würde.

Inständig hoffend, dass sie damit recht hatte, übermannte sie schließlich der Schlaf.

Kapitel 12

Judith schlief diesmal die ganze Nacht durch. Als sie aufwachte, hatte Iain das Zimmer schon verlassen. Dann fiel ihr ein, dass sie sich beeilen musste, es gab eine Menge zu tun.

In einer Ecke entdeckte sie ihre Taschen, die jemand sorgfältig gestapelt hatte. Sie nahm an, dass es Iain gewesen war. Nachdem sie die Sachen in die kleine Truhe geräumt und das Zimmer in Ordnung gebracht hatte, ging sie hinunter.

Gelfrid und Duncan saßen am Tisch und nahmen ihr Morgenmahl ein. Als sie hinunterkam, machten beide Anstalten, sich zu erheben, doch Judith bedeutete ihnen, sitzen zu bleiben.

»Wollt Ihr uns nicht Gesellschaft leisten, Frau?«, fragte Gelfrid.

»Ich nehme nur einen Apfel mit, danke. Ich habe etwas Wichtiges zu tun.«

»Ihr seht nett aus in unserem Plaid«, murmelte Duncan und blickte sie dabei so finster an, als hätte ihn dieses Lob einiges gekostet.

Sie musste lächeln. Duncan war Gelfrid doch sehr ähnlich: nach außen hin rau und grimmig, doch im Inneren voll zarter Gefühle.

»Ihr Gesicht sieht aber immer noch entsetzlich aus«, bemerkte Gelfrid. »Sie hätte das Auge glatt verlieren können, Duncan!«

»Aye, das hätte sie wirklich«, fand auch Duncan.

Judith verbarg ihre Belustigung. »Gelfrid, gibt es irgendetwas, das ich für Euch tun kann, bevor ich gehe?«

Er schüttelte den Kopf.

»Habt Ihr Graham heute Morgen schon gesehen?«, fragte sie. »Vielleicht hat er eine Aufgabe für mich. Ich möchte mir meinen Tag im Kopf schon einmal durchorganisieren, bevor ich anfange.«

»Graham ist mit Patrick und einigen anderen Kriegern zur Jagd geritten. Er wird zum Mittagsmahl wieder da sein, denn sie sind schon bei Tagesanbruch aufgebrochen«, erklärte Gelfrid.

»Ist Iain mit dabei?«

Duncan schaltete sich ein. »Er und seine Männer sind in die entgegengesetzte Richtung geritten, um ein, zwei Dinge mit den Macphersons zu besprechen. Ihr Gebiet stößt an unsere westliche Grenze.«

Judith hatte das Zögern in seiner Stimme wohl bemerkt, »Ich glaube nicht an ›ein, zwei Dinge besprechen‹, Duncan. Wir sind mit den Macphersons verfeindet, nicht wahr?«

Der Alte nickte. »Macht Euch bloß keine Sorgen. Es ist nur eine halbherzige Fehde. Der Macpherson-Clansherr ist so unfähig, dass er keinen anständigen Kampf wert ist. Es wird kein Blutvergießen geben.«

»Seid Ihr Euch da sicher, Duncan?«

»Ja«, antwortete er. »Sie werden nicht kämpfen.«

»Aye, Iain wird sich eher langweilen als amüsieren«, sagte Gelfrid, und Duncan fügte hinzu: »Aber vor Einbruch der Nacht wird er nicht zurück sein.«

»Danke für die Auskunft«, sagte Judith, machte einen Knicks und eilte dann aus der Halle.

Judith war schon halb den Hügel hinabgelaufen, bevor ihr einfiel, dass sie ja gar nicht wusste, wo Helen lebte. Ganz sicher wollte sie nicht Frances Catherine danach fragen, denn ihre Freundin würde sofort eine Erklärung verlangen, was Judith mit der Hebamme vorhabe. Und Judith hatte beschlossen, erst mit Andrews Mutter zu reden, bevor sie mit Frances Catherine das Thema besprach.

Sie schlug den Weg zu Isabelles Haus ein. Sie könnte ihr sicher den Weg sagen, denn hatte nicht Agnes während des schrecklichen Verhörs behauptet, sie und Helen hätten keine Schreie gehört? Sie mussten also irgendwo in der Nähe von Isabelles Haus wohnen.

In diesem Moment sah sie Vater Laggan den Abhang hinaufkommen. Erleichtert winkte sie ihm zu und lief zu ihm hin.

»Habt Ihr Merlin gut unter die Erde gebracht?«, fragte sie.

Er lächelte. »Ja«, antwortete er. »Und jetzt bin ich gekommen, um Isabelles Sohn meinen Segen zu geben.«

»Seid Ihr immer so beschäftigt, Vater?«

»Allerdings«, erwiderte er. Dann umschloss er ihre Hand mit der seinen und sagte: »Ihr macht einen glücklichen Eindruck. Also behandelt Iain Euch gut?«

»Ja, Vater«, gab sie zurück. »Wollt Ihr nicht heute Abend zum Essen zu uns kommen?«

»Das würde ich gerne«, sagte er. »Und wollt *Ihr* nicht auf einen Sprung zu Isabelle mitkommen?«

»Natürlich«, antwortete Judith. »Aber zuerst möchte ich mit einer der beiden Hebammen plaudern. Wisst Ihr zufällig, wo Helen wohnt?«

Der Priester nickte und brachte sie sogar hin.

Dann klopfte er für sie an der Tür. Helen war überrascht, den Priester und Judith gemeinsam auf ihrer Schwelle vorzufinden. Unwillkürlich presste sie die Hand auf ihren Busen.

Als Judith ihren unglücklichen Gesichtsausdruck sah, versuchte sie gleich, die Hebamme zu beruhigen.

»Guten Tag, Helene‹, begann sie. »Vater Laggan war so freundlich, mir den Weg zu deinem Haus zu zeigen. Er möchte zu Isabelle und ihren Sohn segnen.« Dann setzte sie hinzu: »Und ich wollte mit dir über etwas Persönliches sprechen … wenn du Zeit hast. Ich kann aber auch gerne später wiederkommen.«

Helen trat von der Tür zurück und bedeutete ihren Gästen mit einer Geste, bei ihr einzutreten.

Im Haus hing der Duft von frisch gebackenem Brot. Vater Laggan ließ Judith den Vortritt und folgte ihr dann.

Das kleine Haus war blitzsauber und der Holzboden so heftig geschrubbt worden, dass die Dielen glänzten.

Judith setzte sich an den Tisch, doch der Priester ging zur Feuerstelle hinüber und schaute neugierig in den eisernen Kessel, der an einer Kette über der Glut hing.

»Was haben wir denn da?«, fragte er.

»Hammeleintopf«, sagte Helen fast unhörbar leise. Sie hielt ihre Schürze so fest gepackt, dass ihre Fingerknöchel weiß hervortraten.

»Darf man es schon probieren?«, fragte Vater Laggan.

Der Wink war überdeutlich und es beruhigte Helen etwas, den Priester abfüttern zu können. Sie schob ihn zum Tisch hinüber und gab ihm dann eine riesige Portion vom Fleisch. Judith war überrascht von seinem Appetit – der Priester war klapperdürr, aß aber für zwei ausgewachsene Männer.

Helen sah schon nicht mehr so ängstlich aus, und es war offensichtlich, wie sehr die Komplimente des Priesters sie freuten. Judith aß frisches Brot, dick mit Marmelade bestrichen, und lobte auch dieses in höchsten Tönen.

Trotzdem fand Helen keine Ruhe, sich zu setzen. Nachdem Vater Laggan sein Mahl beendet hatte, dankte er der Hebamme für ihre Gastfreundlichkeit und ging dann schließlich. Judith blieb sitzen und wartete, bis Vater Laggan die Tür hinter sich zugezogen hatte. Dann bat sie Helen, sich zu ihr zu setzen.

»Ich möchte Euch noch mal danken, dass …«, begann Helen sofort.

Judith unterbrach sie. »Ich bin nicht gekommen, um noch mehr Entschuldigungen zu hören. Diese Sache ist erledigt, und Andrew hat seine Lektion gelernt.«

»Als sein Vater starb, ist der Junge sehr … anhänglich geworden. Er glaubt, er müsse ständig bei mir sein und mich beschützen.«

»Wahrscheinlich fürchtet er sich tief im Innern, dass auch du noch sterben könntest und er dann ganz allein ist«, sagte Judith mitleidig.

Helen nickte. »Ja, wir haben nur noch uns beide. Das ist sehr schwer für ihn.«

»Gibt es Onkel oder Vettern, die …«

Sie hielt inne, als Helen den Kopf schüttelte. »Wir sind wirklich allein, Lady Judith.«

»Nein, seid ihr nicht«, widersprach Judith. »Ihr gehört zu diesem Clan. Dein Sohn wird einmal ein Maitland-Krieger sein. Wenn kein Onkel oder Vetter seine Erziehung übernehmen kann, dann muss Iain davon erfahren. Helen, du weißt, dass ein Kind das Gefühl braucht, wichtig zu sein.« Sie lächelte und setzte dann hinzu: »Und eine Frau braucht das auch, nicht wahr?«

»Aye, Ihr habt recht«, stimmte Helen zu. »Es ist nicht leicht, hier zu leben, Ich komme aus der MacDougall-Familie. Ich habe acht Schwestern und zwei Brüder.« Sie nickte und fuhr dann fort: »Da war natürlich immer jemand zum Reden da. Und auch immer Zeit für einen kurzen Besuch. Hier ist es ganz anders. Die Frauen arbeiten von morgens bis abends und sonntags auch noch. Trotzdem … ich beneide sie. Sie können sich um ihre Männer kümmern.«

Judith stellte interessierte Fragen, und schon bald plauderte Helen bereitwillig über ihr Leben. Sie hatte erst spät geheiratet und war ihrem Mann, Harold, so dankbar, dass er sie davor bewahrt hatte, als alte Jungfer zu enden, dass sie jede freie Minute damit verbrachte, ihr Heim so perfekt wie möglich in Ordnung zu halten.

Sie musste zwar zugeben, dass sie nach seinem Tod froh war, den Boden nicht mehr jeden Tag zu schrubben, erklärte aber, dass die Langeweile bald schlimmer wurde. Dann lachte sie und gestand, dass sie mittlerweile fast genauso oft putzte wie früher.

Judith hörte überrascht, dass Helen es vermisste, für ihren Mann etwas Besonderes zu kochen. Sie liebte es, neue Gerichte zu erfinden, und schwor, mindestens hundert verschiedene Zubereitungsarten für Hammel zu kennen.

»Bist du gerne Hebamme?«, fragte Judith dann.

»Nein.«

Ihre Antwort kam schnell und heftig. »Ich war

schon bei etwa zwanzig Geburten dabei gewesen, bevor ich hierher kam«, erklärte sie. »Nach Harolds Tod glaubte ich, meine Erfahrung würde mir helfen … mich einzufügen. Aber jetzt will ich nicht mehr. Nach dieser Sache wegen Isabelle habe ich mich entschieden, etwas anderes …«

Judith ließ sie nicht weiterreden. »Helen, glaubst du, dass eine Frau besonders schrecklich leiden muss, nur um Gott zu gefallen?«

»Die Kirche …«

»Ich will wissen, was *du* glaubst«, unterbrach Judith.

»Jede Geburt ist schmerzhaft«, erwiderte Helen. »Aber ich kann mir nicht vorstellen, dass Gott wirklich jede Frau für Evas Sünden bestrafen will.«

Sie hatte dieses Zugeständnis sehr leise gemacht und sah bedrückt aus. Judith beeilte sich, sie zu beruhigen. »Ich werde Vater Laggan schon nichts sagen. Ich glaube nämlich auch, dass Gott viel gnädiger ist, als uns die Kirche glauben machen will. Ich möchte zwar nicht die Weisheit unserer Herrscher anzweifeln, Helen, aber ich finde manche Gesetze und Regeln einfach verwirrend und unsinnig.«

»Ihr habt recht« stimmte Helen zu. »Wir können aber nichts dagegen tun oder werden sofort exkommuniziert.«

»Nun, ich bin ganz von meinem eigentlichen Problem abgekommen«, sagte Judith endlich. »Ich wollte mit dir über meine Freundin Frances Catherine sprechen und dich um deine Hilfe bitten.«

»Was soll ich denn tun?«

Judith begann zu erklären. »Ich weiß, dass du mir gerade gesagt hast, du wolltest bei Geburten nicht mehr dabei sein, Helen, aber ich weiß nicht, an wen ich mich sonst wenden soll. Ich mache mir große Sorgen um meine Freundin. Wenn es bei ihrer Niederkunft Komplikationen gibt, weiß ich nicht, was zu tun ist.«

Helen konnte ihr diese Bitte schlecht abschlagen. Nicht, nachdem Judith die Sache mit Andrew so geschickt in die Hand genommen hatte.

»Frances Catherine hat Angst vor dir«, sagte Judith. »Wir müssen sie also davon überzeugen, dass du ihr nicht wehtun willst. Und wir müssen es für uns behalten. Ich dulde nicht, dass Agnes sich einmischt.«

»Sie wird es bestimmt versuchen«, warnte Helen. »Und Ihr würdet nichts bewirken, wenn Ihr mit ihr redet. Agnes weicht nicht von ihren Ansichten ab. Außerdem ist sie wütend auf Euch, weil Ihr ihrer Tochter den Mann weggeschnappt habt.«

Judith schüttelte den Kopf. »Iain war schließlich nicht mit Cecilia verheiratet«, bemerkte sie. »Und Frances Catherine meinte, Iain hatte auch keinerlei Absichten, um sie anzuhalten.«

Helen zuckte die Schultern. »Agnes verbreitet Gerüchte«, flüsterte sie. »Sie erzählt herum, er hätte Euch heiraten müssen, um Eure Ehre zu bewahren.«

Judith riss die Augen auf. »Du meinst, sie behauptet, dass Iain und ich … dass wir …?!«

Sie konnte den Satz nicht zu Ende bringen. Helen nickte. »Oh, ja, genau das behauptet sie. Sie deutet an, dass Ihr schwanger seid. Gott mag ihr helfen, wenn unser Clansherr von, diesen Klatschgeschichten erfährt.«

»Ich hoffe, das passiert nicht«, erwiderte Judith. »Er würde sich Sorgen machen.«

Helen stimmte ihr zu.

Judith wollte nun gehen, aber Helen erzählte ihr schüchtern, dass sie die Erste seit über drei Monaten sei, die ihr Gesellschaft leiste. Da blieb Judith noch eine ganze Stunde, bevor sie sich schließlich erhob.

»Es war schön, mit dir zu reden, Helen«, sagte sie. »Ich spreche heute Abend mit Frances Catherine, und es wäre nett von dir, wenn du morgen zu ihr gehen könntest. Gemeinsam müssten wir es eigentlich schaffen, ihr die Angst zu nehmen.«

Judith war schon fast an der Tür, als sie sich plötzlich noch einmal zu Helen umwandte. »Wusstest du, dass sich die Frauen damit abwechseln, das Essen für Iain und die zwei Ratsmitglieder, die dort leben, zuzubereiten?«

»Sicher«, sagte Helen. »So ist es hier schon immer gehandhabt worden. Ich wollte freiwillig helfen, aber gerade da wurde Harold krank, und ich hatte keine Zeit mehr.«

»Ist das eine Belastung für die Frauen?«

»Oh, ja, allerdings«, rief Helen aus. »Besonders in den Wintermonaten. Es sind sieben Frauen, wisst Ihr, eine für jeden Tag der Woche, und da sie ja auch noch ihre eigenen Familien versorgen müssen, haben sie sehr viel Arbeit.«

»Aber *du* kochst sehr gerne.«

»Ja, gerne und gut!«

»Woher bekommst du denn die Lebensmittel dafür?«

»Die Krieger versorgen mich«, antwortete sie. »Und manchmal geben mir die Frauen die Reste.«

Judith runzelte die Stirn. Für sie hörte es sich wie Almosen an. »Ich kann leider überhaupt nicht kochen«, gestand sie.

»Ihr seid die Frau des Clansherrn. Ihr braucht so etwas nicht zu können.«

»Andrew sollte genauso von einem Mann wie von einer Frau erzogen werden, nicht wahr?«

»Ja, das ist richtig«, sagte Helen, verwirrt darüber, wie Judith von einem Thema zum anderen sprang.

»Und du kochst gerne! … Ja, das ist die Lösung! Dann ist es abgemacht – natürlich nur, wenn du willst, Helen«, schloss Judith. Dann setzte sie hinzu: »Das ist kein Gefallen, um den ich dich bitte, und du solltest lange und gründlich darüber nachdenken, bevor du dich entscheidest. Wenn du meinen Vorschlag *nicht* annehmen willst, kann ich auch das verstehen.«

»War für einen Vorschlag, Mylady?«

»Meine Haushälterin zu werden«, erklärte Judith. »Du kannst die Dienstmädchen überwachen und die Mahlzeiten kochen. Natürlich bekommst du alle Hilfe, die du brauchst, aber du hast den Oberbefehl. Ja, ich denke, das ist ein guter Plan. Du und Andrew könnt in der Festung essen, und dein Sohn wird viel Zeit mit Gelfrid, Graham und natürlich auch mit Iain verbringen. Die Ratsmitglieder brauchen jemanden, der sie versorgt, und ich habe das Gefühl, *du* brauchst manchmal noch jemand anderen als Andrew, den du versorgen kannst.«

»Das würdet Ihr für mich tun?«

»Du verstehst das falsch«, widersprach Judith. »Wir brauchen dich viel mehr als ihr beide uns. Übrigens könntet ihr bestimmt auch in der Festung bleiben. Es wäre einfacher, als wenn ihr hier wohnt. Aber ich will dich damit nicht drängen. Andrew soll sich erst einmal an den Gedanken gewöhnen, dass seine Mutter den ganzen Tag in der Festung ist, dann kann man immer noch über das Thema Umziehen sprechen. Hinter der Speisekammer steht ein schöner, großer Raum mit einem Fenster leer.«

Judith bemerkte, dass sie bereits alles verplante und unterbrach sich selbst. »Willst du darüber nachdenken?«

»Ich wäre geehrt, wenn ich diese Aufgabe übernehmen dürfte«, platzte Helen heraus.

»Also – abgemacht!« Judith verließ das Haus in Hochstimmung. Sie hatte eine wichtige Veränderung bewirkt, und eine positive dazu, wovon sowohl Helen und ihr Sohn wie auch Judiths gesamter Haushalt profitieren könnten.

Beim Abendessen berichtete sie von ihren Plänen und erwartete, dass Gelfrid erst einmal brummig reagieren würde, denn sie hatte bereits herausgefunden, dass er von allen Ratsmitgliedern Veränderungen am wenigsten schätzte. Aber Gelfrid hatte überhaupt keine Einwände.

Mitten in ihrem Gespräch kam Iain in die Halle. Er nahm am Kopfende des Tisches Platz, nickte Gelfrid und Graham zu und zog Judith dann kurz an sich, um sie zu küssen.

Graham klärte Iain über Judiths Entscheidung auf, und als er fertig war, nickte Iain nur, ohne ein Wort zu sagen.

»Was hältst du davon?«, hakte Judith nach.

Er nahm den Becher, den Judith vor ihn hingestellt hatte, und trank einen Schluck von dem frischen, kalten Wasser. »Von mir aus gern«, bemerkte er.

»Ich denke, das ist eine gute Veränderung«, verkündete Graham. »Dann müssen wir uns nicht mehr durch Millies Essen quälen. Gott, wie ich mittlerweile diesen Mittwoch hasse!«

»Ist Helen eine gute Köchin?«, fragte Gelfrid.

»Außergewöhnlich gut«, antwortete Judith. Dann wandte sie sich zu Graham. »Was die Veränderungen betrifft … da gibt es noch etwas, aber ich brauche Eure Unterstützung. Und Iains natürlich auch.«

Graham runzelte die Stirn. »Ist es eine Sache für den Rat?«

»Nein«, sagte sie. Dann drehte sie sich ihrem Mann zu. »Ich bin sicher, dass der Rat für diese Winzigkeit nicht extra hinzugezogen werden muss.«

»Um was geht es?«, fragte Gelfrid.

Sie holte tief Atem. »Ich möchte Sonntage«, platzte sie heraus.

In diesem Moment betrat Patrick die Halle, der ihre letzten Worte mitgehört hatte. »Die kannst du ihr doch geben, Iain«, rief er schon von weitem.

»Was meint das Weib damit, sie will Sonntage?«, fragte Gelfrid zu Graham gewandt.

»Ich glaube, wir haben sie nicht richtig verstanden«, antwortete Graham. »Sie wird wohl kaum …«

Gelfrid unterbrach den anderen. »Wenn das Weib lernen würde, ihre Worte vernünftig und rollend auszusprechen, so wie wir es tun, könnten wir sie auch besser verstehen.«

Nun kam Duncan in die Halle geschlendert, Vincent und Owen folgten ihm. Judith beugte sich näher zu Iain. »Findet hier gleich eine Versammlung statt?«

Er nickte. »Wir fangen allerdings erst an, nachdem du uns deine merkwürdige Bitte wegen der Sonntage erklärt hast«, sagte er dann.

Judith schüttelte den Kopf. Er hob die Augenbrauen, und so lehnte sie sich noch weiter zu ihm herüber, bis sie schief auf ihrem Stuhl hing. »Ich will die Sache nicht vor dem ganzen Rat besprechen«, erklärte sie leise.

»Und warum nicht?«, fragte er. Er streckte den Arm aus und strich ihr eine Locke aus dem Gesicht.

Sie legte ihre Hand auf seine. »Weil es etwas Persönliches ist und ich möchte, dass du mir zuerst deine Unterstützung zusicherst.«

»Graham und Gelfrid haben aber gehört, was du …«

Sie unterbrach ihn. »Die beiden gehören sozusagen zu unserer Familie, Iain. Sie müssen natürlich auch gefragt werden.«

»Hast du das gehört, Graham?«, bellte Gelfrid. »Sie nennt uns ihre Familie!«

Judith drehte sich um und warf ihm einen grimmigen Blick zu, weil er ihre geflüsterte Unterhaltung belauscht hatte. Er grinste jedoch nur.

Dann sah sie wieder Iain an. »Ich werde es dir gerne in unserem Zimmer erklären, wenn du ein paar Minuten Zeit hast.«

Iain hätte am liebsten laut gelacht, wagte es jedoch nicht, weil er damit bestimmt Judiths Gefühle verletzt hätte. Sie sah unruhig und besorgt aus. Außerdem überzog eine zarte Röte ihre Wangen. War diese Sache, die sie unbedingt mit ihm allein besprechen wollte, denn irgendetwas Peinliches? Er stieß einen Seufzer aus. Natürlich wusste er genau, was geschehen würde, wenn er mit seiner Frau hinaufginge. *Reden* würden sie nicht. Stattdessen würde er mit ihr schlafen wollen und garantiert die Versammlung sausen lassen. Da er nun aber den Rat zusammengerufen hatte, um noch einmal die Möglichkeit eines Bündnisses zu besprechen, konnte er jetzt keinesfalls gehen.

Die Ratsmitglieder setzten sich auf die freien Plätze am Tisch. Ein junger Krieger, den Judith noch nicht gesehen hatte, kam herbei und füllte die Becher der Älteren mit Wein. Iain wehrte mit einer Geste ab, als der Knappe mit dem Krug zu ihm kam. Judith bemerkte erst, dass sie den Atem angehalten hatte, als sie erleichtert aufseufzte.

Owen hatte Iains Weigerung gesehen. »Was ist? Du musst doch auf deine eigene Hochzeit anstoßen, Sohn«, verkündete er. »Das ist unser erstes Treffen, bei dem du uns als verheirateter Mann berätst.«

»Warum berät *er Euch?*«

Judith hatte nicht bemerkt, dass ihr der Gedanke laut herausgerutscht war, doch nun war es zu spät. Alle starrten sie mit verdutzten Gesichtern an.

»Was ist denn das für eine Frage?«, wollte Owen wissen.

»Er ist unser Clansherr«, erinnerte Vincent sie. »Es ist seine Pflicht, uns zu beraten.«

»Hier ist wirklich alles vollkommen anders«, sagte Judith und nickte bekräftigend.

»Erklärt Euch bitte, Frau«, verlangte Graham.

Sie wünschte, sie hätte gar nicht erst damit angefangen. Wie sie es hasste, im Mittelpunkt zu stehen. Sie spürte, dass ihr Gesicht feuerrot wurde, Aber nun musste sie Farbe bekennen. »Euer Clansherr ist jung und kann nicht so weise sein wie Ihr. Ich fände es viel angebrachter, wenn Ihr, die Alten, die Ratgeber seid. Das ist alles, was ich damit meinte.«

»Aber so wie jetzt ist es schon immer gewesen«, entgegnete Gelfrid.

Die anderen nickten zustimmend. Judith sah, dass der Knappe auf Owens Drängen hin vorgetreten war und nun Iains Kelch mit dem dunklen, roten Wein füllte. Ihre Gedanken kreisten jedoch noch um eine andere Frage, und so zwang sie sich, nicht überzureagieren, nur weil ihr Mann sich ein oder zwei Gläser Wein genehmigte.

»Gelfrid, bitte haltet mich nicht für unverschämt, wenn ich Euch noch eine bestimmte Frage stelle«, begann sie. »Aber wie ist es bloß gekommen, dass Ihr so eingefahren denkt, und noch nicht einmal Veränderungen in Betracht zieht, wenn es dem ganzen Clan Nutzen bringt.«

Sie wusste, dass diese Frage mehr als dreist war,

und fürchtete sich vor seiner Reaktion. Gelfrid rieb sich das Kinn, während er offenbar nachdachte. Dann zuckte er die Schultern.

»Ich lebe mit einer Engländerin in einem Haushalt«, sagte er. »Und ich denke, das ist durchaus eine Veränderung. Ich kann nicht allzu eingefahren sein, Judith.«

Iain bemerkte, dass sie den Druck auf seine Hand löste. Sie schien sich zu freuen.

»Lasst uns nun den Toast aussprechen, und dann kann Iains Frau uns erklären, warum sie Sonntage will«, kündigte Graham an.

»Hast du das gehört, Owen? Unser Weib will Sonntage«, flüsterte Gelfrid seinem Freund lautstark zu.

»Das geht doch nicht, oder?«, fragte Vincent. »Man kann doch keinen Tag für sich allein haben. Er gehört allen.«

»Es ist absonderlich« murmelte Duncan.

»Sie ist Engländerin«, erinnerte Vincent rücksichtsvoll seine Gefährten.

»Willst du damit sagen, sie ist unterentwickelt?«, fragte Owen.

»Sie ist *nicht* unterentwickelt«, griff Gelfrid hitzig ein.

Die Diskussion geriet außer Kontrolle. Iain versuchte, sein Lächeln zu unterdrücken, und Judith versuchte, nicht wütend zu werden. Sie schenkte

Gelfrid für seine Verteidigung ein Lächeln – glücklich, dass wenigstens *er sie* nicht für schwachsinnig hielt.

Gelfrid machte das aber schnell wieder zunichte, indem er bemerkte: »Sie ist nur unlogisch. Sie kann wahrscheinlich nichts dafür. Was meinst du, Owen?«

Judith warf Iain einen Blick zu, um ihm zu bedeuten, er sollte sie nun aber wirklich verteidigen. Er zwinkerte ihr zu.

»Aber, aber!«, schimpfte Graham, um jedermanns Aufmerksamkeit auf sich zu ziehen. Er stand auf, hob seinen Kelch hoch und setzte zu einem weitschweifigen Toast auf die Braut und ihren Gatten an.

Alle, Iain eingeschlossen, leerten den Inhalt ihres Bechers auf einen Zug. Augenblicklich huschte der Knappe herum und füllte jedem nach.

Judith schob ihren Stuhl vom Tisch weg. Es war eine Reaktion, die von einer jahrelangen Angewohnheit herrührte, und sie war sich derer nicht bewusst.

Iain merkte es jedoch. Er merkte auch, dass sie mit jedem Schluck, den er trank, immer weiter abrückte. Indes konzentrierte sie sich auf Graham. Der Sprecher des Rates hieß sie nun offiziell im Clan willkommen.

Dann kam Frances Catherine in die Halle, gestützt von Alex' starkem Arm. Patrick wirkte gleichzeitig überrascht und verärgert, seine Frau hier zu sehen.

Sie winkte ab, bevor er ihr eine Standpauke halten konnte. »Ich brauchte frische Luft und wollte meine Freundin besuchen. Sie lebt schließlich auch hier, Patrick, also sieh mich nicht so finster an. Alex hat schon gut auf mich aufgepasst.«

»Ich wollte sie auf meinem Pferd mitnehmen, aber …«

»Er wusste nicht, wie er mich hochhieven sollte«, erklärte Frances Catherine. Sie tätschelte ihren prallen Bauch und lächelte ihren Mann an.

»Komm her zu uns«, rief Judith ihr zu. »Graham hat eben gerade einen wunderschönen Trinkspruch gehalten, um mich in der Familie willkommen zu heißen.«

Ihre Freundin nickte und sah zu Alex hoch. »Siehst du? Ich sagte doch, dass hier keine Versammlung stattfinden würde. Sonst wäre Judith doch nicht hier!«

»Wieso das denn nicht?«, fragte Judith.

Frances Catherine kam zum Tisch herüber und setzte sich neben ihren Mann, nahm seine Hand, um ihn zu besänftigen, und lächelte Judith zu, während sie ihn kniff.

Patrick wusste, sie wollte ihm bedeuten, sich zu benehmen. Er musste über ihr freches Verhalten grinsen. Sobald sie allein waren, würde er ihr mitteilen, dass er *seine* Befehle befolgt sehen wollte. Sie durfte sich nicht einfach darüber hinwegsetzen. Er konnte sich sehr gut daran erinnern, dass er ihr befohlen hatte, heute Abend zu Hause zu bleiben. Der Gedanke daran, dass seine Geliebte stürzen könnte, entsetzte ihn. Er hatte nur noch ihre Sicherheit im Kopf – wenn ihr irgendetwas geschehen würde, wäre er verloren.

Allein diese finstere Überlegung machte ihn ganz krank. Dann lenkte Frances Catherine ihn davon ab: Sie drückte seine Hand und lehnte sich gegen ihn. Patrick seufzte. Es war ihm egal, ob es hier angebracht war oder nicht, und so legte er den Arm um ihre Schulter und zog sie noch näher an sich.

Frances Catherine bat Graham schüchtern, seinen Trinkspruch noch einmal zu wiederholen, damit sie ihn auch kennenlerne. Der Alte tat das gern. Und wieder leerten alle auf einen Zug ihre Kelche.

Judith rückte noch ein Stück ab. Schon spürte sie wieder das vertraute Engerwerden der Kehle. Iain hatte ihr versprochen, sich niemals in ihrer Gegenwart zu betrinken. Aber was, wenn er – nur ganz zufällig – ein bisschen angeheitert wurde? Würde er so grausam und aufbrausend werden wie Onkel Tekel? Sie zwang sich zur Ruhe. Außerdem verlangte nun Gelfrid ihre ganze Aufmerksamkeit. »Sagt uns, warum Ihr Sonntage wollt«, wies er sie an.

»Was in Gottes Namen tut Ihr da in der Ecke, Judith?«, fragte Graham, der gerade bemerkt hatte, wie sie sich zurückzog.

»Sie ist selbst dahin gerückt«, erklärte Owen.

Judith konnte nicht verhindern, dass sie rot wurde. Sie holte tief Atem und stand auf. »Der Sonntag soll ein Tag der Ruhe sein«, verkündete sie. »So will es die Kirche. In England befolgen wir dieses Gesetz.«

»Das tun wir auch«, sagte Graham. »Wir ruhen uns aus, nicht wahr, Gelfrid?«

»Aye, tun wir«, stimmte sein Freund zu.

»Alle Männer hier ruhen dann«, bemerkte Frances Catherine plötzlich. Sie sah ihre Freundin aufmerksam an. »Das ist es, was du meinst, nicht wahr?«

Judith nickte. »Ich habe festgestellt, dass die Frauen hier nicht einen Tag der Ruhe haben«, erklärte sie. »Sonntag ist also für sie ein Tag wie jeder andere.«

»Wollt Ihr damit etwa unsere Frauen kritisieren?«, fragte Duncan.

»Nein«, antwortete Judith. »Ich kritisiere die Männer.«

Iain lehnte sich in seinem Stuhl zurück und lächelte. Judith hatte ihn gewarnt, dass sie einige Veränderungen durchzuführen gedachte, und er nahm an, dies war eine davon. Hölle, er hatte ihr schließlich vorgeschlagen, all das umzustellen, was ihr nicht gefiel. Er rief sich ihre Unterhaltung zurück, die sie auf dem Friedhof geführt hatten. Oh, ja. Er war es gewesen.

»Ihr wollt, dass wir den Frauen befehlen, am Sonntag nicht zu arbeiten?«, fragte Graham.

»Nein, natürlich nicht. Wenn Ihr es befehlt, ist es nur eine weitere Pflicht.«

»Glaubt Ihr etwa, wir würden unsere Frauen schlecht behandeln?«, fragte Duncan.

Judith schüttelte den Kopf. »Oh, nein«, sagte sie. »Als anständige Krieger sorgt Ihr gut für Eure Frauen. Ihr hegt und pflegt und beschützt sie. Dafür machen sie Euch Eure Heime wohnlich und kümmern sich um Eure Bedürfnisse.«

»Und das ist der ganze Sinn der Ehe«, verkündete Graham.

»Klagt sie denn dann die Ehe an?«, fragte Owen, der zu verstehen versuchte.

Gelfrid wiegte den Kopf hin und her. »Daran sind die Steine schuld. Sie haben ihren Verstand verwirrt«, entschied er. »Einer hat ihr fast das Auge ausgerissen.«

Am liebsten hätte Judith geschrien. Sie tat es natürlich nicht, sondern versuchte es erneut mit Logik und wandte sich an hin. »Wann haben die Frauen einmal Zeit für Vergnügungen?«, fragte sie ihn. »Euer Clan ist niemals bei den Spielen dabei, nicht wahr? Hast du jemals gesehen, dass eine Frau ihr Mittagsmahl draußen eingenommen hat, sodass sie die Sonne genießen konnte, während sie mit anderen plaudert? Ich nicht!« Sie bekräftigte ihre Aussage mit einem Nicken.

Als Nächstes wandte sie sich zu Graham. »Hat irgendeine von Euren Frauen ein Pferd? Sind schon mal für sie Reiterspiele veranstaltet worden?« Sie ließ ihm keine Zeit zu antworten. »Ich wollte ja nur vorschlagen, dass der Sonntag vielleicht für Vergnügen frei gehalten wird. Das ist alles.«

Judith setzte sich wieder. Sie war entschlossen, ihren Mund jetzt zu halten. Sie würde ihnen Zeit geben, darüber nachzudenken und sie dann später noch einmal darauf ansprechen.

»Wir schätzen jedes Mitglied dieses Clans hoch«, verkündete Gelfrid etwas zu salbungsvoll.

»Ich finde, wir sollten jetzt mit der Versammlung beginnen«, warf Duncan ein. »Wenn die Frauen bitte gehen wollen, können wir anfangen.«

Judith sprang erneut von ihrem Stuhl auf. »Die Frauen sind offenbar kein Teil Eures Clans. Sonst wäre es ihnen erlaubt, ihre Probleme vor den Rat zu bringen.«

»Also, Judith, das stimmt aber nicht«, widersprach Owen. »Vor wenigen Monaten noch haben wir Frances Catherine zu uns gebeten.«

»Ja, das ist wahr«, sagte Frances Catherine. »Sie wollten mit mir über deinen Besuch hier sprechen.«

»Lasst uns noch einen Toast ausbringen und dieses Gerede vergessen«, schlug Vincent vor. »Iain, du solltest wirklich deine Frau wegen dieser närrischen Gedanken ins Gebet nehmen. Wenn wir ihr ihren Willen lassen, müssen wir bald unseren Frauen gehorchen.«

Judith sackte in sich zusammen. Also würde der Rat ihr keine Unterstützung bieten.

Nun mischte sich Iain ein. Er sah Vincent an und schüttelte den Kopf. »Ich kann meiner Frau keine Standpauke halten«, sagte er. »Denn ich denke, sie hat recht!«

Judith war so dankbar, dass sie zu ihm hinlaufen wollte. Doch er hob den Becher und trank. Sie setzte sich sofort wieder.

»Was sagst du da, Iain?«, fragte Graham.

»Judith war eine Fremde, als sie zu uns kam«,

begann Iain. »Alles hier war neu für sie, und dadurch konnte sie Dinge entdecken, die wir längst nicht mehr sehen ... oder akzeptiert haben, weil sie eben schon seit Jahren so sind. Ich sehe keinen Grund, warum unsere Frauen nicht sonntags ruhen sollten.

Die Alten nickten. Graham war jedoch noch nicht zufrieden. »Du rätst uns also, durch Befehl diesen Tag zum freien Tag zu machen?«

»Nein«, erwiderte Iain. »Wie Judith schon sagte: Ein Befehl erzeugt nur weitere Pflichten. Wir machen den Vorschlag, Graham, und können sie ermutigen. Verstehst du den Unterschied?«

Graham lächelte. »Seht Ihr jetzt, warum er unser Clansherr ist? Er ist ein guter Ratgeber, Judith!«

In ihrem Kopf ging zwar immer noch alles drunter und drüber, aber Judith war zu glücklich über Iains Einmischung, um Einwände zu erheben.

»Und Ihr versteht jetzt vielleicht, warum ich ihn geheiratet habe. Ich hätte niemals einen unvernünftigen Mann genommen«, antwortete sie.

»Sie rückt mit dem Stuhl noch bis in die Speisekammer«, flüsterte Gelfrid laut. »Und *das* verstehe ich überhaupt nicht.«

»Judith«, rief Iain. »Ich habe Brodick und Gowrie befohlen, draußen zu warten, bis die Versammlung beginnt. Könntest du sie bitte hereinholen!«

Seine Bitte war seltsam in Anbetracht der Tatsache, dass sein Knappe direkt neben ihm stand. Der junge Krieger wollte offenbar Iain gerade darauf hinweisen, doch dieser hob abwehrend die Hand.

»Ich gehe gerne, Iain«, sagte Judith. Sie freute sich so sehr über die Art, wie Iain seinen Befehl verpackt hatte, dass sie ihr Lächeln nicht unterdrücken konnte.

Iain wartete, bis sie draußen war. Dann wandte er sich zu Frances Catherine. »Es war nur ein Vorwand, Judith hinauszuschicken«, vertraute er ihr leise an. »Ich wollte dich etwas fragen.«

»Ja?«, fragte Frances Catherine und unterdrückte die Panik, die seine gerunzelte Stirn in ihr bewirkte.

Iain wies mit der Hand auf Judiths Stuhl in der Ecke. Dann fragte er: »Warum?«

Frances Catherine begriff. Er wollte wissen, warum Judith während der Unterhaltung immer mehr Abstand zwischen sich und den Männern geschaffen hatte. »Der Wein«, flüsterte sie ebenso leise zurück.

Er schüttelte den Kopf, weil er sich dabei nichts vorstellen konnte.

Frances Catherine holte tief Atem. »Das hat sie schon immer so gemacht, seit sie klein war … sie will sich selbst schützen. Mein Vater wurde darüber ganz nervös, bis er aufhörte, in ihrer Gegenwart zu trinken. Bitte … seid nicht böse. Ich glaube nicht, dass sie es überhaupt noch merkt.«

»Ich möchte es gerne verstehen«, sagte Iain, »und ich werde bestimmt nicht böse. Aber erzähl mir doch, warum sie es tut. Warum rückt sie ab, sobald ich einen Schluck trinke? Warum hat sie sich so etwas angewöhnt?«

»Judith versucht, sich …« Iain wartete geduldig, während Frances Catherine ihren Blick verlegen auf die Tischplatte senkte.

»… versucht, sich außer Schlagweite zu bringen!«

Das hatte Iain nicht erwartet. Er lehnte sich in seinem Stuhl zurück und dachte einen Moment nach. Dann fragte er: »Gab es denn Zeiten, in denen sie nicht rechtzeitig wegkam?«

»Oh, ja«, antwortete Frances Catherine. »Das kam sehr, sehr oft vor.«

Die anderen hatten natürlich jedes Wort mitgehört. Gelfrid stieß einen lauten Seufzer aus. Graham schüttelte den Kopf.

»Warum sollte sie befürchten, dass du sie schlägst?«, fragte Owen.

Iain war bisher noch nicht aufgefallen, wie sehr er den Mangel an Privatleben in seinem Alltag hasste. »Das ist eine Familienangelegenheit«, sagte er knapp.

Er wollte diese Unterhaltung beenden, bevor sie ausgeweitet wurde. Frances Catherine hatte den Wink jedoch nicht verstanden und wandte sich zu Owen, um seine Frage zu beantworten. »Sie fürchtet nicht, dass Iain sie schlägt«, erklärte sie. »Sie hätte ihn nicht geheiratet, wenn sie Angst vor ihm gehabt hätte.«

»Aber dann …«, begann Owen.

»Wenn Judith möchte, dass du über ihr Vorleben Bescheid weißt, wird sie dich schon aufklären«, sagte Iain mit harter, keinen Widerspruch duldender Stimme. Er stand auf. »Die Versammlung findet morgen statt«, entschied er.

Er ließ ihnen keine Zeit für Proteste, sondern drehte sich um und verließ die Halle.

Judith stand auf dem Vorplatz und wandte sich um, als sie die Tür hinter sich gehen hörte. Sie schenkte ihrem Gatten ein etwas gezwungenes Lächeln.

»Sie sind noch nicht hier, Iain«, rief sie. »Ich schicke sie bestimmt sofort herein, wenn sie ankommen.«

Er ging die Stufen hinunter und machte ein paar Schritte auf sie zu. Sie wich zurück, obwohl sie bemerkte, dass ihr Mann keinesfalls betrunken wirkte. Aber sie hatte gezählt, und es waren drei volle Becher gewesen … oder hatte er nur daran genippt? Nein, benebelt sah er nicht aus. Doch sie wollte lieber kein Risiko eingehen. Erneut trat sie einen Schritt zurück.

Er hielt an. Auch Judith blieb stehen.

»Judith?«

»Ja?«

»Als ich fünfzehn Jahre alt war, habe ich mich einmal entsetzlich betrunken. Ich weiß es noch, als ob es gestern war.«

Ihre Augen weiteten sich, und er kam noch einen Schritt näher.

»Es war eine qualvolle Erfahrung«, setzte er mit einem weiteren Schritt hinzu. »Ich werde niemals vergessen, wie ich mich am nächsten Tag gefühlt habe.«

»War dir schlecht?«

Er lachte. »Und ob!« Er war jetzt nur noch wenige Zentimeter von ihr entfernt. Er hätte nach ihr greifen können, aber er tat es nicht. Er wollte, dass sie freiwillig zu ihm kam. Und so faltete er die Hände hinter dem Rücken und sah sie an. »*Graham* hatte mich so abgefüllt und kümmerte sich am nächsten Tag um mich. Er hatte mich eine wichtige Lektion lehren wollen, doch ich war damals zu hochmütig, um es zu merken.«

Ihre Neugier wurde nun stärker als ihre Angst. Sie wich nicht mehr zurück, als er noch einen Schritt näher herantrat. »Und was war das für eine Lektion?«, fragte sie.

»Ein Krieger, der seine Selbstbeherrschung für ein paar Becher aufs Spiel setzt, ist ein Narr. Der Wein macht ihn verletzlich und für andere sogar gefährlich.«

Sie nickte heftig. »Das ist allerdings wahr«, sagte sie. »Manche Männer tun oft Dinge, an die sie sich am nächsten Tag nicht mehr erinnern können. Sie können jemandem wehtun und es einfach vergessen. Ständig müssen andere um sie herum auf der Hut sein. Nein, Betrunkenen kann man nicht trauen!«

Was sie ihm sagte, machte sein Herz schwer. Aber er achtete sorgsam darauf, sich nichts anmerken zu lassen. »Und wer hat *dich* diese Lektion gelehrt?«, fragte er mit weicher, beruhigender Stimme.

»Onkel Tekel«, antwortete sie. Nervös rieb sie ihre Arme, während sie ihm von des Onkels Verletzungen erzählte und davon, wie er den Schmerz mit Wein betäubte. Sie zitterte, als sie die Bilder ihrer Vergangenheit beschwor. »Nach einiger Zeit … hatte der Wein ihm seinen Verstand zerstört. Man konnte ihm nicht mehr trauen.«

»Traust du denn mir?«

»Oh, ja.«

»Dann komm zu mir.«

Er breitete seine Arme aus. Sie zögerte nur einen kurzen Moment, dann stürzte sie auf ihn zu. Er schlang die Arme um sie und hielt sie fest.

»Ich habe dir versprochen, niemals in deiner Gegenwart betrunken zu werden, und du beleidigst mich, wenn du annimmst, ich würde mein Wort nicht halten.«

»Ich wollte dich nicht beleidigen«, flüsterte sie an seiner Brust. »Ich weiß, dass du es nicht absichtlich tun würdest. Aber es gibt Gelegenheiten wie heute Abend, wo du mit anderen trinken musst, und wenn gefeiert wird ...«

»Das wäre keine Entschuldigung«, unterbrach er sie. Er rieb sein Kinn über ihren Kopf und genoss das Gefühl ihres seidigen Haares auf seiner Haut. Er atmete ihren sanften, femininen Duft ein und lächelte vor Wohlgefallen.

»Liebster Gatte, du verpasst deine wichtige Versammlung«, flüsterte sie.

»Ja«, stimmte er zu und ließ sie los. Er wartete, bis sie zu ihm hochsah, und beugte sich dann herab, um sie zu küssen.

Schließlich nahm er sie an die Hand und führte sie ins Haus zurück. Drinnen zog er sie die Treppen herauf.

»Wohin gehen wir denn?«, fragte sie ihn leise.

»In unser Zimmer.«

»Aber deine Versammlung ...«

»*Wir* haben eine Versammlung.«

Sie begriff nicht. Er öffnete die Tür zur Schlafkammer, zwinkerte seiner Frau zu und schob sie dann sanft hinein.

»Und um was geht es bei unserer Versammlung?«

Er schloss die Tür, verriegelte sie und wandte sich dann Judith zu. »Befriedigung«, sagte er. »Zieh deine Kleider aus, und ich erkläre dir ganz genau, was ich meine.«

Ihre plötzliche Röte sagte ihm, dass sie endlich verstanden hatte. Sie lachte hell auf, und sein Herzschlag beschleunigte sich. Er lehnte sich gegen die Tür und beobachtete, wie sie mit ihrer Verlegenheit kämpfte.

Noch nicht einmal berührt hatte er sie und fühlte sich doch schon unglaublich zufrieden. Bevor sie in sein Leben getreten war, hatte er gar nicht gewusst, wie leer und kalt es gewesen war. Es kam ihm vor, als wäre er bisher in einem Labyrinth von Pflicht und Verantwortung herumgeirrt, ohne sich jemals die Frage zu gestatten, ob er etwas vermisste.

Judith hatte sein Leben verändert. Er war schon

glücklich, nur bei ihr zu sein, und nahm sich nun auch Zeit für Unsinn – zum Beispiel, wenn er sie neckte, nur um ihre stets erfrischende Reaktion zu provozieren. Und er liebte es, sie zu berühren. O Himmel, wie er es liebte, ihren weichen Körper an sich gedrückt zu spüren. Er liebte es, wenn sie über die albernsten Dinge rot wurde und schüchtern versuchte, ihm Befehle zu erteilen.

Sie war für ihn eine wunderbare ständige Verwirrung. Er wusste, wie schwer es für sie gewesen sein musste, für die Frauen aus dem Clan einzutreten. Und doch hatte sie ihre Schüchternheit überwunden, um für bessere Bedingungen zu bitten.

Judith war willensstark, mutig und außergewöhnlich zartfühlend.

Und er liebte sie.

Jetzt mochte ihm Gott helfen, dachte er sich. Sie hatte sein Herz erobert. Er wusste nicht, ob er lieber lachen oder schreien sollte. Judith, die gerade dabei war, ihre Sachen abzulegen, hielt inne, um ihn anzusehen. Sie trug nur noch ihr weißes Hemd und langte gerade nach der Goldkette, die um ihren Hals hing, als sie seinen finsteren Ausdruck bemerkte.

»Stimmt etwas nicht?«, fragte sie.

»Ich bat dich, diesen Ring nicht mehr zu tragen«, erinnerte er sie.

»Du hast mich gebeten, ihn nicht im Bett zu tragen«, erwiderte sie. »Und das habe ich nicht, oder?«

Sein Gesicht wurde noch düsterer. »Warum trägst du ihn denn am Tag? Hat das Ding für dich eine besondere Bedeutung?«

»Nein.«

»Dann – warum zur Hölle trägst du ihn?«

Judith verstand nicht, was ihn plötzlich so ärgerlich machte.

»Weil Janet und Bridget jetzt immer in unserem Zimmer sauber machen und ich nicht will, dass sie ihn finden und sich Gedanken machen.« Sie hob die Schultern. »Der Ring wird langsam wirklich lästig. Ich würde ihn gerne loswerden.«

Jetzt war der richtige Zeitpunkt gekommen, ihm zu gestehen, wem der Ring gehörte und warum sie befürchtete, jemand könnte es zufällig herausfinden.

Sie legte Kette und Ring zurück in das Kästchen und schloss den Deckel. Dann wandte sie sich zu ihm um. Ja! Sie musste es ihm nun endlich sagen. »Erinnerst du dich daran, was du kurz vor unserer Hochzeit gesagt hast? Dass die Vergangenheit für dich nicht zählt?«

Er nickte. »Ich kann mich erinnern«, sagte er.

»Hast du es auch so gemeint?«

»Ich meine immer, was ich sage.«

»Du brauchst mich nicht anzufauchen«, flüsterte sie. Sie begann unwillkürlich die Hände zu ringen. Wenn Iain sie liebte, würde die Wahrheit, die sie ihm zu sagen gedachte, doch nicht alles kaputtmachen … oder doch?

»Liebst du mich?«

Er stieß sich von der Tür ab. Sein Gesichtsausdruck war fast bedrohlich geworden. »Du wirst mich nicht herumkommandieren, Judith.«

Judith war vollkommen entsetzt. »Natürlich nicht«, sagte sie schnell. »Ich frage doch nur, weil …«

»Ich lasse mich nicht zu einem Jammerlappen machen. Und ich will, dass du das hier und jetzt verstehst.«

»Das weiß ich«, sagte sie. »Und ich will dich überhaupt nicht ändern.«

Aber auch das besänftigte ihn nicht. »Ich werde nicht wie ein Schwächling herumlaufen.«

Die Unterhaltung hatte eine groteske Wende genommen. Iains Laune war vollkommen umgeschlagen. In ihrem Herzen wusste sie, dass er sie liebte, aber die Reaktion auf ihre simple Frage verwirrte sie so sehr, dass sie begann, sich Sorgen zu machen.

»Hat meine Frage dich so aus der Fassung gebracht?«, fragte sie, und allein die Möglichkeit versetzte ihr einen Stich.

»Krieger geraten nicht aus der Fassung. Nur Frauen tun das.«

Sie nahm die Schultern zurück. »Ich nicht.«

»Oh, doch«, entgegnete er. »Du ringst deine Hände.«

Sie zwang sich sofort zur Ruhe. »Aber du bist derjenige, der angefangen hat«, sagte sie.

Er zuckte die Schultern. »Ich habe … nachgedacht.«

»Worüber?«

»Über die Hölle.«

Sie musste sich setzen. Jetzt verstand sie gar nichts mehr. »Was meinst du damit?«, fragte sie.

»Patrick sagte mir einmal, er würde durch die Hölle gehen, wenn er seiner Frau damit einen Gefallen tun könnte.«

Sie ging zum Bett und setzte sich auf die Kante. »Und?«, hakte sie nach, als er schwieg.

Er streifte seine Kleider ab und kam zu ihr herüber. Dann zog er sie auf die Füße und sah ihr in die Augen.

»Und mir ist gerade aufgefallen, dass ich dasselbe für dich tun würde.«

Kapitel 13

Zwei volle Wochen lief Judith durch einen Nebel des Glücks. Iain liebte sie. Oh, er hatte nicht genau diese Worte gebraucht, aber das, *was* er gesagt hatte, war gewiss Beweis genug, dass er sie wirklich liebte.

Sie konnte ihr Lächeln nicht unterdrücken. Iain dagegen runzelte nur noch die Stirn. Es war deutlich, dass er Schwierigkeiten hatte, seine Gefühle für sie zu akzeptieren. Sie zu lieben machte ihm Sorgen. Sie konnte es verstehen. Krieger waren dazu erzogen, zu kämpfen und zu schützen. Sie härteten viele Jahre Körper und Geist dazu ab, unbesiegbar zu sein, und hatten keine Zeit für zarte Empfindungen. Sie nahm an, dass Iain sich nun wie eingefangen fühlte. Aber mit der Zeit würde er lernen, seiner Liebe zu vertrauen und dieselbe Freude zu verspüren wie sie.

Immer wieder ertappte sie ihren Mann, wenn er sie heimlich beobachtete. Er wirkte wie ständig in Gedanken versunken. Sie wollte ihn nicht bedrängen, über seine unsinnige Verletzlichkeit hinwegzukommen, denn wahrscheinlich würde er schon aus der Fassung geraten, wenn sie nur dieses Wort benutzte. Also fasste sie sich in Geduld und dachte sich ihren Teil.

Gelfrid fand heraus, dass sie gut mit Nadel und Faden umgehen konnte, und schleppte umgehend einen ganzen Korb mit Kleidung an, die ausgebessert werden musste. Graham wollte da nicht nachstehen und gab ihr die seine auch.

Judith hatte drei Stühle mit hohen Lehnen und weicher Polsterung in die Halle getragen und sie im Halbkreis vor den Kamin gestellt. Die Polster waren natürlich mit den Maitland-Farben bezogen.

Nach dem Essen setzte sie sich gewöhnlich auf einen der Stühle und holt ihr Nähzeug hervor, während sie der Unterhaltung am Tisch folgte. Oft fragte Graham sie nach ihrer Meinung und nickte meistens zustimmend, wenn sie ihre Ansichten dargelegt hatte. Wenn eine offizielle Versammlung stattfand, verließ sie jedes Mal den Saal, weil ihr klar war, dass Iain es zu schätzen wusste, sie nicht erst darum bitten zu müssen.

Judith stellte fest, dass sie den beiden alten Männern Graham und Gelfrid so gut tat, dass sie sich ihrerseits Mühe gaben, ihr Gefallen zu erweisen.

Eines Morgens sprach sie darüber, wie schön sie es fände, wenn die kargen Steinwände mit farbigen Bannern geschmückt wären. Sofort gingen Graham und Gelfrid in ihre Zimmer und kamen mit wunderschönen Seidenbannern zurück, die einst in ihren Häusern gehangen hatten.

Helen half, die Tücher aufzuhängen. Sie war schon jetzt ein willkommener Zuwachs im Haushalt. Mit Judiths Hilfe und Beistand regelte sie den Küchenbetrieb und verwandelte die Festung in ein anheimelndes Zuhause für alle. Der Duft der Gewürze, gemischt mit dem Geruch frisch gebackenen Brotes zog nun täglich durchs Haus und entlockte Graham und Gelfrid zufriedene Seufzer.

Der erste Sonntag, der als Ruhetag deklariert war, brachte nicht das, was Judith sich vorgestellt hatte. Die meisten Frauen kümmerten sich nicht um den Vorschlag, ihre Arbeit beiseite zu legen. Judith ließ sich dennoch nicht beirren. Sie wusste, wenn sie die Kinder nach draußen locken konnte, würden auch die Frauen kommen. Also dachte sie sich Spiele für die Kleinen aus und schickte Andrew durchs Dorf, um an jeder Tür zu verkünden, dass am nächsten Sonntag ein Fest für die Maitland-Kinder gefeiert würde.

Es war ein voller Erfolg. Die Mütter ließen alles stehen und liegen, nur um ihren Kindern bei den Spielen zusehen zu können. Judith hatte das erwartet. Was sie nicht erwartet hatte, war die Anwesenheit der Männer. Manche kamen aus bloßer Neugier, andere wollten ihren Sprössling begutachten. Helen übernahm die Verpflegung und andere Mütter halfen ihr bereitwillig. Tische wurden nach draußen getragen und bogen sich bald unter Obstkuchen, Brot und Marmelade und deftigeren Leckereien wie gesalzenem Lachs, geräuchertem Lamm und Geflügel.

Es gab nur einen unangenehmen Augenblick an diesem Tag. Ein elfjähriges Mädchen namens Elizabeth gewann den Wettbewerb im Bogenschießen. Sie schlug alle, sogar dreizehnjährige Jungen. Niemand wusste, was zu tun war. Wenn man dem Mädchen zujubelte, wäre das doch eine Demütigung für die älteren Jungen. Judith war sich nicht sicher, wie sie mit dieser delikaten Situation umgehen sollte. Glücklicherweise kam Iain gerade dazu, als der Wettbewerb zu Ende war. Judith ging zu ihm, gab ihm eines der hübschen, kleinen Banner, die sie für die Sieger gemacht hatte, und bat ihn, den Preis zu überreichen. Sie sagte ihm nicht, wer gewonnen hatte.

Ihr Mann wusste nichts, bis er auf die Zielscheiben sah. Ihm war es jedoch egal. Er lobte Elizabeths Geschicklichkeit, während er ihr das Fähnchen an ihr Plaid heftete. Die Eltern des Mädchens kamen heran. Und der Vater erzählte lautstark, dass er dem Kind das Bogenschießen beigebracht hatte und sie schon von klein auf dafür besonders begabt war.

Judith verbrachte den größten Teil des Tages damit, so viele Clansmitglieder wie möglich kennenzulernen. Sie sah Agnes zwei Mal, aber immer, wenn sie Anstalten machte, die Frau zu begrüßen, wandte ihr die Hebamme demonstrativ den Rücken zu und ging in die andere Richtung. Nach dem dritten vergeblichen Versuch gab Judith es auf.

Frances Catherine saß auf einer Decke auf dem Hügel und sah den Spielen zu. Judith kam zur Mittagsmahlzeit zu ihr. Andrew lief ihr hinterher, und erst als sie sich zu ihrer Freundin gesetzt hatte, entdeckte sie, dass alle anderen Kinder folgten.

Die Kleinen waren schrecklich neugierig auf sie. Auch wenn sie die Frau des Clansherrn war, so war sie doch auch immerhin noch Engländerin, und sie hatten ihr eine Menge Fragen zu stellen. Sie beantwortete jede einzelne, wobei sie sorgsam darauf bedacht war, sich nicht von einigen hahnebüchenen Vorurteilen über ihr Volk beleidigen zu lassen.

Frances Catherine erzählte ihnen die Geschichte, wie sie und Judith sich kennengelernt hatten. Die Kinder wollten dann mehr über die Spiele an der Grenze wissen und Judith berichtete von dem jährlichen Festival. Die Kinder hingen an ihren Lippen und manche auch an ihr selbst. Ein kleiner Junge von höchstens drei Jahren stand die ganze Zeit geduldig neben ihr. Sie konnte sich nicht vorstellen, was er wollte, bis sie die übrig gebliebenen Preisfähnchen von ihren Röcken zupfte. Augenblicklich kam der Kleine heran, drehte sich um und ließ sich auf ihren Schoß fallen. Judith fuhr mit ihren Geschichten fort und kurz darauf schlief der Junge tief und fest.

Die Kinder konnten nicht genug bekommen. Sie wollten immer wieder noch eine Geschichte hören. Judith versprach schließlich, dass sie morgen Nachmittag mit ihrem Nähzeug auf den Hügel käme, und dann würde sie noch mehr Geschichten erzählen.

Alles in allem entwickelten sich die Dinge gut. Frances Catherines bevorstehende Geburt belastete Judith allerdings noch sehr, und bis das Baby gesund zur Welt gekommen und ihre Freundin wieder ganz bei Kräften war, würde sie nicht aufatmen können. Frances Catherine hatte es zuerst rundweg abgelehnt, Helen zu vertrauen, aber wenn Judith meinte, Helen könnte eine Hilfe sein, dann vielleicht … doch nur, wenn diese Anweisungen von Judith bekam!

Falls die Schätzungen stimmten, stand Frances Catherines Niederkunft in einer Woche bevor. Sie fand, dass ihre Freundin Umfang genug hatte, um drei Babys in die Welt zu setzen, und machte den Fehler, dies Patrick gegenüber zu erwähnen. Er wurde bemerkenswert bleich und sie beeilte sich, ihm zu versichern, dass sie bloß einen Scherz hatte machen wollen. Er befahl ihr, solche Scherze in Zukunft zu unterlassen.

Iain hielt sich in den nächsten Tagen von Judith fern. Nachts dagegen war er allerdings ganz, ganz anders. Er liebte sie fast jede Nacht leidenschaftlich, und sie schliefen dicht aneinander gekuschelt ein.

Iain hatte ihr gegenüber niemals vollkommen seine Selbstbeherrschung oder seinen Hochmut verloren. Bis zu jenem Abend, als sie Ramsey kennenlernte!

Frances Catherine war soeben in die Halle gekommen, um ein oder zwei Stündchen mit ihrer Freundin zu plaudern. Patrick half ihr, sich auf einem Stuhl an der Feuerstelle niederzulassen, befahl ihr, dort zu bleiben, bis er etwas Wichtiges erledigt hatte, und durchquerte den Saal, um sich zu Iain und Brodick zu gesellen.

»Mein Mann entwickelt sich zu einem Nervenbündel«, flüsterte Frances Catherine.

Judith lachte. Frances Catherine sah zu Iain hinüber und entdeckte sein Lächeln. Ein paar Minuten später sagte sie etwas anderes, was Judith urkomisch fand, und Frances Catherine bemerkte, dass Iain sich stets mitfreute, wenn seine Frau lachte. Sie fand das unglaublich süß und verriet es ihrer Freundin.

In diesem Moment kamen Ramsey und zwei andere Krieger in die Halle.

Judith bemerkte die Männer nicht, Frances Catherine aber umso mehr. »Erinnerst du dich, wie ich dir von Ramsey erzählt habe? Und wie gut er aussieht?«

Judith verneinte. »Sieh nur«, wisperte Frances Catherine. »Dann weißt du, was ich gemeint habe.«

Natürlich war Judiths Neugier sofort geweckt. Sie linste um ihren Stuhl herum, um einen Blick auf die Männer zu erhaschen. Dann sog sie scharf die Luft ein. Fast fiel ihr die Kinnlade herunter. Oh, lieber Himmel, war der schön! Und das war das einzige Wort, das seinem Aussehen gerecht wurde, fand Judith. Man konnte ihn unmöglich jemandem beschreiben, der ihn nicht gesehen hatte. Er war einfach makellos! Schwarzbraunes

Haar, braune Augen und ein Lächeln, das allen Frauen Herzflattern verursachte. Und er lächelte jetzt.

»Hast du das Grübchen gesehen?«, flüsterte Frances Catherine. »Gott, Judith, ist er nicht einfach ein Wunder?«

Wie hätte man das Grübchen nicht bemerken sollen? Es war unwiderstehlich. Das wollte sie jedoch keinesfalls ihrer Freundin zugeben. Sie beschloss, Frances Catherine ein wenig zu necken. »Welcher von denen ist denn nun Ramsey?«, fragte sie unschuldig.

Frances Catherine brach in Lachen aus, und die Männer wurden auf die beiden aufmerksam. Ramsey lächelte Patricks Frau zu und wandte sich dann zu Judith.

Sie starrten einander einen langen Augenblick an, während sie überlegte, wie man nur so gut aussehen konnte, und er sich wahrscheinlich fragte, wer zum Teufel sie sei.

Dann bemerkte sie, dass Iain aufstand. Er sah nicht gerade überglücklich aus und blickte sie unverwandt an.

Sie fragte sich, was sie getan hatte, um ihn zu verärgern. Sie würde sich bemühen, es herauszufinden, sobald es ihr gelang, ihren Blick von diesem Krieger abzuwenden. Dachte sie.

Iain war nicht bereit, darauf zu warten. »Judith, komm her!«, befahl er knapp und barsch.

Sie runzelte die Stirn, um ihm zu bedeuten, wie wenig sie seine Herumkommandiererei schätzte, doch er kümmerte sich nicht darum. Er winkte sie gebieterisch zu sich.

Sie ließ sich Zeit, ihm zu gehorchen. Erst faltete sie sorgfältig die Strümpfe, die Gelfrid ihr zum Stopfen gegeben hatte, legte sie dann in den Korb und stand schließlich langsam auf.

»Ich glaube, dein Mann ist ein wenig eifersüchtig«, flüsterte Frances Catherine.

»Das ist doch lächerlich«, flüsterte Judith zurück.

Ihre Freundin schnaubte. Judith zwang sich, nicht wieder zu lachen und durchquerte den Raum, wobei sie darauf achtete, direkt an den drei Gästen vorbeizugehen. Schließlich hielt sie vor ihrem finster blickenden Ehemann an.

»Möchtest du etwas?«, fragte sie.

Er nickte. Dann packte er ihre Hand. Judith konnte sich nicht vorstellen, was plötzlich über ihn gekommen war, denn nun zog er sie an seine Seite und legte den Arm fest und fordernd um ihre Schulter.

Er benahm sich ungemein besitzergreifend. Judith musste sich auf die Unterlippe beißen, um nicht zu lachen. Frances Catherine hatte recht gehabt. Iain war eifersüchtig. Sie wusste nicht, ob sie darüber glücklich oder beleidigt sein sollte.

Er stellte sie den Neuankömmlingen vor. Judith war sorgsam bedacht, jedem Krieger die gleiche Aufmerksamkeit zu widmen. Sie hätte am liebsten Ramsey angestarrt, aber sie wagte es nicht. Iain würde es merken.

Sobald die Formalitäten erledigt waren, wollte Judith zu ihrer Freundin zurück, doch Iain ließ sie nicht gehen. Sie wandte sich um und sah ihn an. Seine Stirn blieb immer noch gerunzelt.

»Kann ich mal unter vier Augen mit dir sprechen?«, bat sie.

Statt einer Antwort zog er sie in die Speisekammer.

»Was willst du mir sagen?«

»Ramsey sieht unglaublich gut aus!«

Ihre Bemerkung passte ihm überhaupt nicht. Judith musste lächeln.

»Aber du tust das auch, mein geliebter Mann. Ich würde für ihn übrigens nicht durch die Hölle gehen, egal wie treu er dir ergeben ist. Ich liebe ihn nicht, ich liebe *dich.* Ich dachte, du würdest das gerne von mir hören. Ja, ich würde für dich durch die Hölle gehen … und *nur* für dich!«

Er ließ ihre Hand los. »Hab ich mich so eindeutig benommen?«

Sie nickte und er grinste. Dann beugte er sich hinunter und küsste sie. Es war ein zärtlicher Kuss, der zwar nichts verlangte, ihnen beiden aber Lust auf mehr machte.

»Ich bin ein sehr besitzergreifender Mann, Judith. Das solltest du zur Kenntnis nehmen.«

Ihr Lächeln machte ihn glücklich. »Das habe ich schon bemerkt«, sagte sie leise. »Und ich liebe dich auch dafür!«

Er lachte. »Meine Männer warten«, sagte er dann. »Gibt es noch etwas, das du mir sagen wolltest?«

Seine Arroganz war wiederhergestellt. Sie schüttelte. den Kopf. »Nay, Ehemann!«

Und sie brach in Lachen aus, als Frances Catherine und sie nach draußen gegangen waren und die schwere Tür hinter sich schlossen.

Judith hatte keine leeren Phrasen gemacht. Sie würde durch die Hölle gehen, um Iain zu schützen, doch sie hatte niemals wirklich geglaubt, es einmal tun zu müssen.

Die Hölle sollte Maclean-Land sein.

Schon am nächsten Nachmittag wurde Judith auf die Probe gestellt. Iain war mit Ramsey und Brodick fortgeritten, um wieder einmal einen Disput mit den schwierigen Macphersons nahe der

Westgrenze zu bereinigen, und Patrick und Graham machten sich für die Jagd bereit. Graham erzählte ihr, sie wollten vielleicht auch fischen.

»Wenn genug Zeit ist, versteht sich«, erklärte der Alte. »Patrick will seine Frau wegen ihres Zustandes nicht länger als vier Stunden allein lassen.« Er hielt inne und kicherte. »Der Bursche erzählt mir ständig, dass seine Frau überängstlich reagiert, sobald er außer Sichtweite ist, und ein paar Minuten später nimmt sie mich beiseite und verlangt, dass ich ihren Gatten einen vollen Tag mit der Jagd beschäftige, sodass sie endlich mal Ruhe und Frieden finden kann.«

»Er macht sie noch verrückt«, bestätigte Judith. »Er beobachtet sie unablässig. Frances Catherine schwört, dass er sogar nachts wach liegt und sie anstarrt.«

Graham schüttelte den Kopf. »Er macht uns alle verrückt«, gab er zu. »Aber er ist keiner Vernunft zugänglich. Wir wollen wirklich froh sein, wenn Frances Catherines Baby endlich da ist.«

Judith konnte nur zustimmen. Dann wechselten sie das Thema. »Geht Ihr bei den Wasserfällen jagen?«

»Ja«, sagte er. »Dort kann man am besten fischen.«

»Frances Catherine hat gesagt, dort wäre es wunderschön.«

Die Sehnsucht in ihrer Stimme entging dem Ratsmitglied nicht.

»Warum kommt Ihr nicht einfach mit? Dann könnt Ihr es selbst beurteilen!«

Aufgeregt lief Judith zu Helen und fragte sie. »Wenn du natürlich heute Hilfe brauchst, bleibe ich gern zu Hause.«

Helen freute sich, dass ihre Herrin so viel Rücksicht nahm.

»Nun, da Janet und Bridget die gröbsten Arbeiten machen, habe ich außerhalb der Küche nicht viel zu tun, Mylady«, sagte Helen.

»Dann ist es also abgemacht«, verkündete Graham. »Lauft und macht Euch fertig, Judith. Helen, vielleicht bekommst du heute frischen Fisch zum Abendessen.«

Judith rannte die Treppe hinauf, zog ihre Reitkleider an, band ihr Haar im Nacken zusammen und lief dann eilig wieder hinunter.

Patrick war nicht glücklich über ihre Begleitung. Sie konnte ihn verstehen und war nicht verletzt.

»Frances Catherine kann nichts geschehen, wenn wir weg sind«, versprach sie. »Helen wird nachher bei ihr vorbeigehen, nicht wahr?« Die

Haushälterin nickte schnell. Patrick war jedoch immer noch nicht beruhigt. Graham musste ihn mehrmals kräftig schubsen, damit er sich in Richtung Ställe bewegte.

Es war ein strahlender Morgen. Judith hatte ihren dicken Umhang mitgenommen, aber es würde ganz sicher nicht nötig sein, ihn anzulegen. Der Wind wehte mild, die Sonne schien hell und die Gegend war genauso atemberaubend farbenfroh, wie Frances Catherine sie geschildert hatte.

Bis zu den Wasserfällen kamen sie jedoch nicht. Die Dunbars griffen sie vorher an.

Die Attacke kam ohne Vorwarnung. Graham ritt als Erster durch den dichten, diesigen grünen Wald. Judith kam direkt hinter ihm und Patrick schloss sich an. Ihre Wachsamkeit war nicht besonders groß, da sie sich noch auf Maitland-Gebiet befanden.

Plötzlich waren sie von mindestens zwanzig Kriegern umzingelt, die ihre Schwerter gezogen hatten. Sie trugen keine Maitland-Farben, aber Judith war viel zu überrascht, um Angst zu bekommen.

»Ihr seid auf unserem Land«, bellte Graham mit einem Zorn, den Judith an ihm noch nicht kennengelernt hatte. »Verschwindet von hier, Dunbars, bevor ihr den Waffenstillstand verletzt!«

Die Krieger reagierten nicht. Sie standen da wie Statuen und schienen noch nicht einmal zu blinzeln.

Einige der Krieger starrten Judith an. Sie hob das Kinn und starrte zurück. Der Feind würde sie nicht einschüchtern. Und sie würde ihnen gewiss nicht zeigen, dass Panik in ihr hochstieg.

Man hörte das Hufgetrappel herannahender Pferde, gerade als Patrick sich an ihre rechte Seite schob. Er rückte so dicht zu ihr auf, dass sein Bein an ihrem Schenkel rieb.

Sie wusste, dass er sein Leben für ihres geben würde, und Judith schickte ein kurzes Gebet an ihren Schöpfer, dass dies unnötig sein würde.

Niemand bewegte sich, bis das Geräusch der Pferde, die durch das Dickicht brachen, direkt von vorne kam. Da drehten sich einige Dunbars erwartungsvoll um.

Fünf weitere Männer erschienen. Sie trugen ebenfalls Plaids, aber die Farben waren nicht die der Dunbars. Judith konnte sich nicht vorstellen, was das zu bedeuten hatte. Patrick dagegen schon. Er stieß einen unterdrückten Fluch aus.

Sie sah ihn an. »Wer sind sie?«, flüsterte sie.

»Maclean-Soldaten.«

Judiths Augen weiteten sich. Judith sah wieder auf die Männer. Ihr Anführer trieb sein Pferd nun näher, und Judith betrachtete ihn genauer. Es war etwas Vertrautes an ihm, obwohl sie nicht wusste, was es sein konnte. Er war groß, breitschultrig und hatte dunkelblondes Haar und Augen von intensivem Blau.

Graham brach das Schweigen. »Ihr habt Euch also mit den Dunbars verbündet.«

Das war eine Feststellung, keine Frage, doch der MacleanKrieger gab dennoch eine Antwort.

»Euer Clansherr hat versucht, die Allianz zu verhindern. Er hätte Erfolg gehabt, wenn er nicht Euch und die anderen, die den Clan regieren, hätte bekämpfen müssen, alter Mann. Wer ist diese Frau?«

Weder Patrick noch Graham gaben eine Antwort.

Der Maclean-Krieger gab seinen Männern ein Zeichen. Selbst wenn Graham und Patrick unvorsichtig genug gewesen wären, es zu versuchen, hätten sie keine Zeit mehr gehabt, nach ihren Schwertern zu greifen. Die Klingen der Dunbars zeigten nun auf ihre Kehlen, während die Krieger auf den nächsten Befehl ihres Anführers warteten.

»Ich frage Euch noch mal«, sagte er zu Graham. »Wer ist diese Frau? Sie kommt mir bekannt vor.«

Graham schüttelte den Kopf.

Judiths Herz begann wild zu hämmern. »Ich kann für mich selbst sprechen«, rief sie aus.

Patrick legte ihr die Hand aufs Knie und drückte. Er wollte ihr klar machen, dass sie nichts erzählen durfte.

Der Anführer brachte sein Pferd nah an ihre linke Seite. Er starrte Patrick lange an, dann wandte er sich zu Judith. »Dann sprecht!«, befahl er hochmütig.

»Sagt mir, wer Ihr seid, und ich beantworte Eure Frage«, gab sie den Befehl ebenso hochmütig zurück.

Der Druck von Patricks Hand wurde schmerzhaft.

»Mein Name ist Douglas Maclean«, antwortete der Mann.

»Seid Ihr der Anführer dieser Männer oder nur der Vorlauteste?«

Er ignorierte ihre direkte Beleidigung. »Ich bin der Sohn des Clansherrn«, sagte er. »Nun sag mir endlich, wer …«

Er hielt inne, als er die heftige Reaktion in der Miene der wunderschönen Frau entdeckte. Die Farbe war aus ihrem Gesicht gewichen, und sie fiel fast vom Pferd, ohne es überhaupt zu merken. Er streckte schnell die Hand aus und hielt sie am Arm fest.

Sie wagte es, ihn kopfschüttelnd anzusehen. »Ihr könnt nicht sein Sohn sein.«

Die Heftigkeit in ihrer Stimme verwirrte ihn. »Und ob ich das kann«, antwortete er.

Sie weigerte sich, ihm zu glauben, bis ihr blitzartig ein Gedanke kam. Ihr Vater musste schon einmal verheiratet gewesen sein. Ja, das musste es sein. Douglas war wohl ein paar Jahre älter als sie ... »Wer war Eure Mutter?«, verlangte sie zu wissen.

»Was soll diese Frage?«

»Antwortet mir!«

Ihr offensichtlicher Zorn überraschte ihn, »Und wenn ich es tue, verratet Ihr mir dann endlich, wer Ihr seid?«

»Ja«, versprach sie.

Er nickte. »Also gut«, sagte er dann weitaus weicher. »Meine Mutter war eine englische Dirne. Sie sprach ähnlich wie Ihr, soweit ich mich erinnere. Nun sagt mir, wer Ihr seid«, verlangte er wieder.

Judith versuchte verzweifelt, ihre Fassung zu wahren. »Wie alt seid Ihr?«

Er sagte es ihr und drückte ihr dann schmerzhaft den Arm.

Judith glaubte, ihr müsse übel werden. Douglas war fünf Jahre älter als sie, und seine Augen, lieber Gott, seine Augen hatten dieselbe Farbe wie ihre.

Und sein Haar? Nein, nein, sagte sie sich. Ihres war viel heller.

Judith musste tief Atem holen, um ihr Zittern zu unterdrücken. Sie sackte seitlich in ihrem Sattel zusammen.

Lieber Himmel, es stimmte! Douglas war ihr Bruder!

Patrick versuchte, den Arm um sie zu legen, doch Douglas schoss hervor, hob sie aus dem Sattel und setzte sie auf seinen Schoß.

»Was zur Hölle hat sie?«, fragte er.

Keiner antwortete ihm. Douglas knurrte vor Ärger. Er wusste immer noch nicht, wer sie war, Patrick hingegen war ihm zur Genüge bekannt.

»Der Clansherr der Maitlands wird seinen Bruder suchen«, sagte er zu seinen Männern. »Wir werden ihn angemessen begrüßen. Bringt sie zu Vaters Festung!« Er nickte in Grahams und Patricks Richtung.

Der lange Weg zum Maclean-Besitz wurde erheblich abgekürzt, da sie quer über das Dunbar-Land reiten konnten. Patrick prägte sich jede Einzelheit für den späteren Gebrauch genau ein. Judith achtete nicht darauf, wo sie entlangritten. Sie hielt die Augen fest geschlossen, während sie über diese furchtbare Situation nachdachte.

Sie hätte am liebsten aus Scham über den Verrat ihrer Mutter geweint. Wie hatte sie nur ihr Kind im Stich lassen können? Judith war so übel, dass sie sich auf kaum etwas anderes konzentrieren konnte, als ihren Mageninhalt bei sich zu behalten.

Und sie überlegte, wie Douglas wohl reagieren würde, wenn sie ihm die Wahrheit an den Kopf warf.

Schließlich öffnete sie ihre Augen wieder. Er bemerkte es.

»Entsetzt Euch der Name Maclean so sehr, dass Ihr darüber in Ohnmacht fallen müsst?«

»Ich bin nicht ohnmächtig geworden«, schnappte sie. »Ich will auf meinem eigenen Pferd reiten.«

»Ich will, dass Ihr mit mir reitet«, gab er zurück. »Ihr seid sehr schön«, setzte er hinzu. »Ich könnte mich dazu entschließen, Euch mein Bett wärmen zu lassen.«

»Das ist widerlich!«

Sie hatte nicht vorgehabt, so herauszuplatzen, aber sie konnte es nicht verhindern. Douglas war über ihren angeekelten Gesichtsausdruck verärgert. Er nahm ihr Kinn in die Hand und zwang ihren Kopf hoch.

Grundgütiger, wollte er sie etwa küssen? »Mir wird schlecht«, stammelte sie. Hastig ließ er sie los.

Sie atmete ein paar Mal tief ein, um ihn zu überzeugen, dass es ihr wirklich nicht gut ging, und entspannte sich dann wieder.

»Es ist schon wieder besser«, log sie.

»Alle Engländer sind schwach«, sagte er. »Das ist ein Grund, warum wir sie verachten.«

»Männer wie Frauen?«, fragte sie.

»Aye«, antwortete er.

»Ich bin Engländerin«, sagte sie. »Und Ihr widersprecht Euch. Wenn Ihr uns alle hasst, warum deutet Ihr dann an, dass Ihr mich in Eurem Bett haben wollt?«

Er gab ihr keine Antwort. Ein paar Minuten verstrichen, bevor er wieder sprach. »Sagt mir Euren Namen.«

»Judith«, antwortete sie.

»Warum tragt Ihr die Maitland-Farben?«

»Meine Freundin hat es mir gegeben. Ich bin hier zu Besuch und kehre nach England zurück, sobald sie ihr Baby hat.«

Er schüttelte den Kopf. »Die Maitlands werden Euch nicht gehen lassen. Ihr lügt, Judith!«

»Warum sollten sie mich nicht gehen lassen?«

»Ihr seid zu schön, um …«

»Ich bin Engländerin«, unterbrach sie ihn. »Sie mögen mich nicht.«

»Lügt mich nicht an«, befahl er. »Zu wem gehört Ihr?«

»Sie sagt die Wahrheit«, rief Patrick. »Sie ist ein Gast, nichts weiter.«

Douglas lachte. Er glaubte kein Wort. Der Griff um ihre Taille wurde fester und tat ihr weh. Sie versuchte, seine Finger aufzubiegen und entdeckte den Ring an seinem Finger. Sie unterdrückte einen Schrei und griff unwillkürlich an ihren Busen, wo der gleiche Ring verborgen war.

»Woher habt Ihr dieses hässliche Schmuckstück?«, fragte sie.

»Er gehörte meinem Onkel«, antwortete er. »Findet Ihr nicht, dass Ihr ziemlich dreiste Fragen stellt?«

»Ich war nur neugierig«, gab sie zurück.

Mit sehr leiser Stimme flüsterte er: »Ihr gehört zu Iain, nicht wahr?«

»Ich unterhalte mich nicht mit Schweinen.«

Er lachte wieder. Er schien offenbar gar nicht zu bemerken, dass er beleidigt worden war. Sie wies ihn darauf hin.

»Der Tag ist zu erfolgreich, um beleidigt oder etwas in der Art zu sein«, verkündete er. »Ich habe Graham für meinen Vater gefangen und Euch für mich selbst. Aye, wirklich ein guter Tag.«

Gott mochte ihr helfen! Sie war tatsächlich mit diesem Barbaren *verwandt!* Für gut eine Stunde hüllte sie sich in Schweigen, doch ihre Neugier siegte über die Absicht, ihn gar nicht zur Kenntnis zu nehmen. Da sie inzwischen ein ganzes Stück vor Graham und Patrick ritten und nicht belauscht werden konnten, beschloss sie, mehr über ihren Vater herauszufinden.

»Wie ist der Maclean-Clansherr denn so?«

»Bösartig.«

Sie hörte die Belustigung aus seiner Stimme heraus. »Und?«

»Und was?«

»Schon gut.«

»Warum seid Ihr so interessiert daran?«

»Man sollte so viel wie möglich über seinen Feind wissen«, erklärte sie. »Wird sich Euer Vater freuen, wenn er Graham sieht?«

»Er hat etwas mit ihm zu klären«, antwortete Douglas. »Der Hass dauert schon viele Jahre an. Ja, er wird sich freuen, Graham wiederzusehen.«

Dann schwiegen sie, bis sie das Maclean-Gebiet erreichten. Judith durfte sich einen Moment zurückziehen. Als sie aus dem Schutz der Bäume zurückkehrte, ignorierte sie Douglas' ausgestreckte Hand und schwang sich auf ihr eigenes Pferd, bevor er es verhindern konnte.

Patrick versuchte immer wieder, nah genug an sie heranzukommen, um mit ihr zu reden, aber die Dunbars wussten es zu verhindern. Die Krieger verließen die Truppe, als weitere Maclean-Soldaten erschienen, und Judith nahm an, dass sie nun zu ihrer eigenen Festung zurückkehren würden.

Judith wusste, was Patrick ihr sagen wollte: Sie sollte schweigen. Die Macleans durften nicht wissen, dass sie die Frau des Clansherrn gefangen hatten – sie würden sie sonst als Köder für Iain benutzen. Douglas hatte bloß aufs Geratewohl gefragt, ob sie zu Iain gehörte. Er konnte nicht sicher sein, bis es ihm jemand bestätigte.

Aber nichts davon zählte. Iain würde ohnehin kommen, und Patrick musste sich darüber klar sein. Die zwei Brüder hatten sich noch nie im Stich gelassen, und Iain würde Patrick zur Hilfe kommen, selbst wenn sie nicht unter den Gefangenen wäre. Judith dachte über die Situation nach.

Es würde ein Blutbad geben. Iain würde nach Vergeltung schreien, und der Gedanke an das, was dann passieren konnte, ließ Judith erneut übel werden. Sie wollte niemanden sterben sehen. Sie wusste nicht, was sie tun konnte, um einen Krieg zu verhindern, aber sie war wild entschlossen, alles zu versuchen.

Vielleicht konnte sie ihren Vater allein sprechen und ihm sagen, wer sie war. Dann konnte sie um Gnade bitten. Wenn er nur ein bisschen mitleidig war, würde er vielleicht Graham und Patrick ziehen lassen, bevor Iain eintraf.

Judith hatte noch niemals um etwas gefleht, und in ihrem Herzen bezweifelte sie, dass es funktionierte. Sie konnte sich nicht vorstellen, dass ihr Vater sie willkommen hieß. Er hatte sich nicht die Mühe gemacht, sie oder ihre Mutter zu suchen … warum sollte er nun seine Einstellung geändert haben?

Und wenn sie ihm verriet, wer sie war? Iain würde ihr niemals verzeihen. Das konnte sie ihm nicht verübeln. Sie hätte ihm einfach die Wahrheit sagen müssen, hätte darauf bestehen müssen, dass er ihr zuhörte.

Sie dachte an all die warmen, dunklen Nächte, wenn sie sich in den Armen gehalten und sich ihre Gedanken zugeflüstert hatten … oh, ja, sie hätte es ihm schon viele Male sagen können.

Aber da war diese Angst gewesen, dass er sie nicht mehr lieben würde, wenn er die Wahrheit erführe …

Versunken in ihre Sorgen, hatte Judith gar nicht bemerkt, dass sie in den Hof der Maclean-Festung eingeritten waren. Sie blickte hoch, sah die dicken, gewaltigen Mauern aufragen und errang augenblicklich ihre Haltung zurück … und ihre Entschlossenheit.

Sie gab der Maclean-Festung einen Namen: Hölle.

Douglas versuchte ihr vom Pferd zu helfen, aber sie trat seine Hand weg. Dann wollte er ihren Arm packen, als sie auf dem Boden angelangt war, doch sie schob ihn nur zur Seite und betrat die Stufen.

Ihr Verhalten war einer Königin ebenbürtig. Graham folgte ihr, und er war so stolz auf sie, dass er lächeln musste. Patrick tat es ihm nach, und die Krieger blieben rätselnd zurück, warum die Maitlands so gut gelaunt waren. Verwundert und kopfschüttelnd eilten sie ihnen nach, um zu sehen, wie ihr Clansherr auf ihre »Geschenke« reagieren würde.

Der Clansherr der Macleans ließ sie drei volle Stunden warten. Judith wurde in eine Ecke der riesigen Halle gebracht, und Patrick und Graham mussten in der gegenüberliegenden ausharren. Beiden hatte man die Hände auf dem Rücken gefesselt.

Judith konnte nicht still sitzen. Sie schritt nervös vor dem langen Tisch auf und ab. Je länger sie warten musste, desto ängstlicher wurde sie. Die meisten Sorgen machte sie sich über Frances Catherine. Vielleicht setzten bei ihr die Wehen ein, wenn sie von Patricks Gefangennahme erfuhr. Und – o Himmel – sie war nicht da, um ihr beizustehen!

Ihr Herz flog Patrick zu. Gewiss hatte er die gleichen bedrückenden Gedanken.

Die Maclean-Krieger schienen von ihrem unruhigen Auf- und Abgehen langsam verrückt zu werden. Plötzlich griff einer nach ihr, und Judith war zu überrascht, um zu reagieren, als er sie in seinen Arm zog.

Patrick stieß vor Zorn ein Knurren aus und kam durch die Halle auf sie zugestürzt. Douglas hastete vom Eingang herbei. Bevor einer der Männer sie noch erreichen konnte, reagierte Judith. Sie rammte dem Krieger ihr Knie zwischen die Beine. Der Mann heulte auf – vor Entsetzen und vor Schmerz, wie sie erfreut feststellte. Dann klappte er zusammen und fiel zu Boden.

Judith war durch und durch zufrieden. In diesem Moment griff Douglas nach ihr, um sie von dem sich windenden Soldaten am Boden wegzuzerren. Doch auch Patrick war mittlerweile angelangt und kümmerte sich nicht um seine gefesselten Hände. Mit der Schulter krachte er gegen Douglas, um ihn von Judith wegzustoßen.

Douglas prallte an die steinerne Wand und Judith flog mit ihm. Sie wäre mit dem Hinterkopf gegen die Mauer geschlagen, doch Douglas' Hand fuhr blitzschnell dazwischen, um sie zu schützen.

Wieder versuchte Patrick, den Maclean zu rammen, doch Judith stand ihm im Weg. Douglas schob sie aus der Gefahrenzone und wollte sich auf Patrick stürzen.

»Wagt es nicht, ihn zu schlagen!«, schrie Judith. »Er ist gefesselt! Wenn Ihr unbedingt zuhauen müsst, dann nehmt mich!«

»Halt dich da raus, Judith«, grollte ihr Schwager.

»Genug!«

Der scharfe Befehl kam vom Eingang. Jeder in der Halle wandte sich um.

Der Clansherr der Macleans stand auf der Türschwelle. Judith erstarrte beim Anblick des riesigen Mannes.

Der Clansherr hatte seine Hände in die Hüften gestemmt und sah sie bösartig an. »Bringt den Soldaten raus«, befahl er.

Douglas nickte. Er half dem Mann, den Judith niedergestreckt hatte, auf die Füße und gab ihm einen Stoß in Richtung Tür.

Der Clansherr nickte zufrieden und kam dann in die Halle hinunter. Er ging an Judith vorbei, ohne sie eines Blickes zu würdigen, umrundete den Tisch und setzte sich auf einen Stuhl in dessen Mitte nieder.

Eine Frau kam hereingeeilt, die etwa zehn Jahre älter als Judith zu sein schien. Sie hatte dunkles

Haar, war stämmig und machte einen selbstgefälligen Eindruck. Sie hielt kurz an, um Judith zu mustern, und lief dann weiter zum Tisch. Judith beschloss, sie zu hassen.

Dann richtete sie ihre Aufmerksamkeit auf ihren Vater. Sie wollte nicht, dass er gut aussah, und doch war es so. Er ähnelte Douglas … und ihr, wie sie mit sinkendem Mut annahm. Seine Haut sah natürlich ledriger aus als die seines Sohnes, und um Augen und Mund hatten sich tiefe Falten eingegraben. Sein braunes Haar war mit grauen Strähnen durchzogen, die ihm ein würdevolles Aussehen verliehen.

Es war deutlich, dass er nicht wusste, wer sie war. Aber als sein Blick auf Graham fiel, erschien ein böses, hässliches Lachen auf seinem Gesicht.

Douglas trat vor. Sie versuchte, ihm ein Bein zu stellen, als er an ihr vorbeikam, doch er packte sie nur am Arm und zog sie an seine Seite.

»Ich habe ein Hochzeitsgeschenk für dich, Vater«, rief Douglas, »denn ich habe das dumpfe Gefühl, diese Bestie gehört zu Iain Maitland.«

Sie rächte sich für die ›Bestie‹, indem sie nach ihm trat. Dann plötzlich drang die volle Bedeutung seiner Worte in ihren Verstand.

Ein Hochzeitsgeschenk für ihren Vater … nein, das konnte nicht sein! Sie musste sich verhört haben. »Euer Vater will doch nicht etwa heiraten, oder?«

Ihre Stimme klang, als würde sie an etwas ersticken. Douglas sah sie an. »Aye, er wird heiraten, und bei Gott, für eine Gefangene stellt Ihr wahrhaftig seltsame Fragen.«

Ihre Knie wurden weich, und Douglas musste sie stützen. Lieber Himmel, langsam reichten diese Überraschungen ihr. Zuerst musste sie feststellen, dass sie einen Bruder hatte, und dann fand sie heraus, dass ihr Vater zum Bigamisten wurde.

»Er gedenkt, diese Frau da zu heiraten?«, fragte sie mit einer Handbewegung zum Tisch.

Douglas nickte. Die Zukünftige des Clansherrn fühlte sich angegriffen. »Bringt sie nach draußen!«, schrie sie. »Sie hat mich beleidigt!«

Judith trat einen Schritt auf die Frau zu. Douglas drückte ihren Arm und sie befürchtete schon, er wollte ihr die Knochen brechen. Unwillkürlich stieß sie einen Schmerzensschrei aus und riss sich los. Der Ärmel ihres Kleides riss.

Douglas sah sie entsetzt an. »Bitte bleibt stehen«, flüsterte er ihr zu. »Ich wollte Euch nicht wehtun. Aber ein Kampf würde Euch nicht bekommen.«

Der Clansherr stieß einen lauten Seufzer aus. »Du gehst«, befahl er der Frau an seiner Seite. »Ich brauche deine Einmischung nicht.«

Sie gehorchte widerwillig. Im Vorbeigehen warf sie Judith einen zornigen Blick zu, doch Judith ignorierte sie.

»Der Maitland-Clansherr kommt den Pfad herauf«, rief ein Krieger von der Tür aus.

Judiths Herz schien auszusetzen. Iain war hier!

»Wie viele Männer sind bei ihm?«, rief der Maclean-Herr zurück.

»Er ist allein«, berichtete der Soldat. »Er reitet süß und unschuldig den Hügel herauf!«

Der Clansherr lachte auf. »Der Junge hat Mut, das muss man ihm lassen«, bemerkte er. »Er hat auch keine Waffen bei sich, nehme ich an.«

»Nay«, antwortete der Soldat.

Judith wünschte sich verzweifelt, ihrem Mann entgegenzueilen. Sie versuchte es, aber Douglas fing sie ein, hielt sie an ihrem schon malträtierten Arm fest und zog sie an sich.

»Du wirst keine Frau misshandeln, Douglas, egal wie sehr sie dich reizt. Ich will Iain, nicht die Frau.«

»Bei der Liebe Gottes, ich bitte Euch, hört auf Eure Vernunft, Clansherr Maclean. Sonst gibt es ein Blutbad!«

Vater Laggan war im Eingang erschienen, und sein Ruf erklang laut durch die Halle. Judith wandte sich um und sah den Priester die Treppe hinuntereilen. Er hielt vor Judith an. »Seid Ihr gesund, Kind?«

Sie nickte. »Vater, kamt Ihr, um diesem Clansherrn den Hochzeitssegen zu geben?«

»Aye, Judith«, antwortete der Priester müde. »Und um diesen Männern hoffentlich etwas Vernunft einzureden, bevor es zu spät ist!«

Judith schüttelte den Kopf und flüsterte: »Es wird keine Hochzeit geben, das kann ich Euch versprechen.«

»Lasst sie los, Douglas«, befahl Vater Laggan. »Seht nur, was Ihr mit ihrem Arm gemacht habt. Er ist schon ganz rot und geschwollen. Ihr tut ihr ja weh!«

Douglas beeilte sich zu gehorchen. Sofort nutzte Judith ihre Freiheit aus und stürzte auf die Tür zu. Douglas fing sie und packte sie um die Taille, gerade als Iain hereintrat.

Er zögerte nicht einmal, um die Situation richtig zu erfassen oder die Anzahl der Männer im Raum abzuschätzen. Er hielt einfach auf sie zu. Judith sah seinen Gesichtsausdruck und schloss die Augen. Iain würde jemanden umbringen. Und Douglas konnte durchaus derjenige sein.

»Lasst mich los«, flüsterte sie. »Er bringt Euch sonst um.«

Ihr Bruder war klug genug, dies sofort zu tun.

Da rannte Judith los, warf sich in Iains Arme und barg ihr Gesicht an seiner Brust.

»Bist du in Ordnung?«, fragte er. »Haben sie dir wehgetan?«

Sie spürte sein Zittern, und als sie aufsah, bemerkte sie, dass nicht Angst es erzeugte ... sondern purer Zorn!

»Niemand hat mir etwas getan«, sagte sie. »Sie haben mich gut behandelt, wirklich!«

Er nickte. Dann drückte er sie leicht und schob sie hinter seinen Rücken.

Schließlich ging er voran, um dem Feind entgegenzutreten. Judith folgte direkt hinter ihm. Patrick und Graham wurden die Fesseln gelöst, und sie stellten sich an Judiths rechte und linke Seite.

Die zwei Clansführer starrten sich eine lange Weile an und schätzten jeweils den Gegner ab. Maclean brach als Erster das Schweigen. »Es scheint, als hättet Ihr Euch in eine miserable Lage gebracht, Iain Maitland. Ich habe Eure Frau gefangen, und ich bin mir noch überhaupt nicht sicher, was ich mit ihr anstellen soll. Ihr habt versucht, mit den Dunbars ein Bündnis zu schließen und mir gleichzeitig mit einer Botschaft den gleichen Vorschlag gemacht. Habt Ihr geglaubt, Ihr könntet einen gegen den anderen ausspielen?«

»Ihr seid ein Narr, alter Mann«, entgegnete Iain

mit zornbebender Stimme. »Die Dunbars haben sich das Spiel ausgedacht!«

Macleans Faust krachte auf die Tischplatte. »Ich *habe* ein Bündnis mit den Dunbars geschlossen. Wollt Ihr mich nun einen Narren nennen?«

Iain zögerte nicht. »Ja.«

Maclean atmete tief ein, um seine aufkommende Wut zu unterdrücken. Er neigte den Kopf zu einer Seite und schüttelte ihn dann. »Ihr wollt mich absichtlich reizen«, bemerkte er. »Ich frage mich, warum. Jeder weiß, wie viel Wert ich auf Familienbeziehungen lege. Aye, mein Bündnis mit den Dunbars ist höchst sinnvoll. Auch Ihr werdet wissen, dass die zweite Cousine des Dunbar-Clansherrn, Eunice, mit meinem Bruder verheiratet ist. Ein Familienbund, Iain Maitland, und die Familie kommt vor allen anderen Überlegungen. Ihr nennt mich einen Narren, weil ich loyal bin? Nein, Ihr seid zu klug, als dass Ihr das Risiko auf Euch nehmt, ich könnte Euch töten lassen. Ihr habt zu viel zu verlieren. Welches Spiel ist also das Eure?«

Iain antwortete nicht schnell genug, um den Clansherrn daran zu hindern, noch eine Frage zu stellen. »Ist dies Eure Frau?«

»Ihr Verhältnis zu mir geht Euch nichts an!«

Maclean grinste. »Vielleicht behalte ich sie und schenke sie einem meiner Männer«, sagte er in dem Versuch, Iain dazu zu bringen, seine Beherrschung zu verlieren. »Douglas? Willst du sie fürs Bett?«

»Gerne«, rief Douglas.

Das war zu viel. Die beiden Clansführer wollten aufeinander losgehen wie wilde Stiere, die ihre Schädel gegeneinander rammen.

Judith trat an die Seite ihres Mannes. »Ihr werdet mich *nicht* behalten«, rief sie aus.

Die Augen ihres Vaters verengten sich zu Schlitzen. »Eure Frechheit gefällt mir nicht«, knurrte er.

»Danke«, gab sie zurück.

Iain konnte sein Lächeln gerade noch unterdrücken. Er spürte Judiths Zittern, und die Tatsache, dass Maclean nicht ahnen konnte, wie viel Angst sie hatte, vergnügte ihn ungemein.

»Ihr klingt wie eine Engländerin«, stellte Maclean fest. »Und Ihr seid genau so dumm wie Euer Mann.« Er blickte Judith starr an. »Seid Ihr Euch nicht darüber klar, in welcher Gefahr Ihr schwebt? Oder gefällt Euch etwa der Gedanke an den Tod Eures Gatten?«

Weder Iain noch Judith gaben ihm eine Antwort. Macleans Geduld war am Ende. Er begann, Iain anzubrüllen, doch dieser zeigte keinerlei Reaktion auf die Drohungen seines Feindes. Sein

Gesichtsausdruck war so beherrscht, dass er wie aus Stein gemeißelt schien. Tatsächlich sah er unglaublich gelangweilt aus.

Maclean dagegen hatte einen hochroten Kopf bekommen und schnappte nach Luft, als er endlich seinen Schwall Beleidigungen losgeworden war. »Aye, Ihr steckt in einer unangenehmen Lage«, murmelte er. »Denn *niemand* bezeichnet mich als Narren. *Niemand!*« Er lehnte sich in seinem Stuhl zurück, als hätte er einen Entschluss gefasst. »Ich bringe Euch um, Iain, allein für diese Bemerkung.«

»Nein!« Judith schrie auf und machte einen Satz nach vorne.

Iain griff nach ihrer Hand und zwang sie, stehen zu bleiben.

Judith wandte sich um und sah ihn an. »Ich muss mit ihm reden«, flüsterte sie. »Bitte versteh das.«

Iain ließ sie los. Sie nahm die Kette von ihrem Hals und verbarg den Ring in ihrer Faust. Dann tat sie ein paar Schritte nach vorn, um ihrem Vater entgegenzutreten.

In der Halle wurde es still. Jeder wartete darauf, was sie ihm zu sagen hatte.

»Ihr *habt* Iains Frau gefangen«, begann sie.

Maclean schnaubte. Judith öffnete ihre Faust und ließ den Ring vor ihm auf den Tisch fallen.

Der Clansherr starrte das Schmuckstück eine lange Zeit an, bevor er es schließlich in die Hand nahm. Seine Überraschung war unverkennbar. Dann sah er zu Judith hoch, immer noch ohne zu verstehen.

Judith atmete tief ein. »Aye, Ihr habt Iain gefasst«, sagte sie. »Aber er hat Eure Tochter geheiratet.«

Kapitel 14

Ihr Vater reagierte, als hätte man ihm ein Messer in die Brust gestoßen. Er schwankte nach vorne, erhob sich halb aus seinem Stuhl und sank dann wieder in die Polster. Er schüttelte den Kopf voller Unglauben. Judith nickte langsam.

»Woher hast du den Ring?«

»Meine Mutter gab ihn mir. Sie hat ihn dir gestohlen!«

»Sag mir, wie deine Mutter heißt«, befahl er mit erstickter Stimme.

Judith zeigte keinerlei Gefühlsregung, als sie ihm antwortete.

Douglas kam herangestürzt und erschien an ihrer Seite. Ihr Vater sah von einem zum anderen und musterte sie nacheinander. Die Ähnlichkeiten waren überdeutlich. Endlich begriff er, dass es möglich sein konnte. »Mein Gott …«

»Vater, wird dir schlecht?«

Der Clansherr gab seinem Sohn keine Antwort. Iain kam heran und stellte sich an Judiths Linke. Sein Arm berührte den ihren.

Sie wusste nicht, ob er sie ansah oder nicht, aber sie wagte es nicht, sich ihm zuzuwenden, denn sie wusste, wie zornig er auf sie sein musste.

»Was in Gottes Namen ist los mit dir, Vater?«, fragte Douglas. »Du machst ein Gesicht, als wäre dir gerade der Teufel begegnet.«

Jetzt wurde ihr klar, dass Douglas von ihrem geflüsterten Geständnis nichts mitbekommen hatte. Da Iain die ganze Zeit schwieg, hatte er vielleicht auch nichts gehört!

Judith war entschlossen, mit ihrem Vater einen Handel abzuschließen. Sie würde über seine erste Frau schweigen, wenn er im Austausch dafür Iain und die anderen freiließ. Wenn er noch einmal heiraten wollte, so sollte er es tun. Sie würde nicht eingreifen …

»Warum wolltest du mich nicht?«

Judith zuckte innerlich zusammen, als ihr diese Frage entfuhr. Was kümmerte es sie, ob er sie gewollt hatte oder nicht? Und, lieber Gott, sie musste sich wie ein kleines, einsames Kind angehört haben!

»Ich wusste es nicht«, antwortete er. Erregt strich er sich mit den Fingern durchs Haar. »Ich schwor, niemals nach England zurückzukehren, und sie wusste, dass ich mein Wort nicht brechen würde. Nachdem sie gestorben war, habe ich nie mehr einen Gedanken an sie verschwendet. Ich ließ die Vergangenheit ruhen.«

Judith kam näher, bis sie den Tisch berührte. Sie beugte sich noch dichter zu ihm und flüsterte: »Sie ist nicht tot.«

»Lieber Gott …«

»Wenn du wieder heiraten willst, werde ich Vater Laggan nicht sagen, dass du bereits eine Frau hast. Mich kümmert es nicht«, fügte sie mit einem Nicken hinzu. »Aber du musst die Maitlands gehen lassen.«

Sie wartete nicht auf sein Versprechen, sondern wich sofort wieder zurück.

Maclean war überzeugt, dass er keine weiteren Überraschungen mehr ertragen konnte. Das, was er eben gehört hatte; war noch längst nicht verdaut.

»Vater, was geht hier vor?«

Der Clansherr versuchte sich aus seiner Starre zu lösen und sah dann seinen Sohn an. »Du hast eine Schwester«, sagte er mit heiserer Stimme.

»Tatsächlich?«

»Aye.«

»Wo ist sie?«

»Sie steht neben dir.«

Douglas drehte sich zu Judith um und starrte sie an. Sie gab den Blick zurück.

Ihr Bruder brauchte lange, um die Wahrheit

zu akzeptieren. Er sah nicht gerade glücklich über die Neuigkeit aus, nein, tatsächlich wirkte er sogar entsetzt. »Ich will dich nicht in meinem Bett haben«, stammelte er dann. Plötzlich gelang ihm sogar ein Lächeln. »Kein Wunder, dass du so angewidert warst, als ich versuchte …«

Er unterbrach sich, denn jetzt bemerkte er, dass Iains Blick auf ihn geheftet war. Iains Stimme war tödlich sanft, als er fragte: »Was genau habt Ihr denn versucht, Douglas?«

Das Lächeln verschwand aus ihres Bruders Gesicht. »Ich wusste nicht, dass sie Eure Frau ist, Maitland«, entschuldigte er sich. »Und ich wusste ganz bestimmt noch weniger, dass sie meine Schwester ist, als ich sie zu küssen versuchte.«

Iain interessierte sich nicht für Douglas' Entschuldigungen. Er griff um Judiths Schulter herum, packte Douglas am Genick und schleuderte ihn mit einer kurzen Drehung seines Handgelenks fort.

Judiths Vater zeigte keinerlei Reaktion, als sein Sohn vor seinen Augen zu Boden ging. Sein Blick blieb auf Judith gerichtet. »Ich bin froh, dass du nicht aussiehst wie sie.«

Judith erwiderte nichts darauf.

Ihr Vater seufzte auf. »Sie hat also dein Herz gegen mich aufgehetzt?«

Jetzt war sie überrascht von seiner Frage. Sie

schüttelte den Kopf. »Mir wurde gesagt, mein Vater starb, als er England von Ungetreuen befreien wollte. Angeblich war er ein Baron!«

»Du bist also bei ihr aufgewachsen?«

»Nein«, antwortete sie. »Die ersten vier Jahre lebte ich bei Tante Millicent und Onkel Herbert, Millicent ist die Schwester meiner Mutter«, setzte sie hinzu.

»Und warum warst du nicht bei deiner Mutter?«

»Sie konnte meinen Anblick nicht ertragen. Eine lange Zeit glaubte ich, es war so, weil ich sie an den Mann erinnerte, den sie so liebte. Als ich elf Jahre alt war, fand ich die Wahrheit heraus. Sie hasste mich, weil ich ein Teil von dir war.«

»Und als du es herausgefunden hast?«

»Da sagte man mir, du habest meine Mutter verbannt, obwohl du wusstest, dass sie mit mir schwanger war, und dass du weder sie noch mich bei dir haben wolltest.«

»Lügen«, flüsterte er mit einem Kopfschütteln. »Ich wusste nichts von dir. Gott sei mein Zeuge, ich wusste es nicht.«

Judith verharrte regungslos bei seiner leidenschaftlichen Beschwörung. »Wenn du uns nur nach Hause gehen lässt«, sagte sie wieder, »dann sage ich dem Priester nichts von Mutter.«

Ihr Vater schüttelte den Kopf. »Nay, ich werde nicht noch einmal heiraten. Ich bin zu alt, um Gott solch eine Sünde ins Gesicht zu werfen. Ich will die Dinge so belassen, wie sie sind.«

Er wandte sich Iain zu. »Wusstest Ihr, dass ich Judiths Vater bin, als Ihr sie geheiratet habt?«

»Ja.«

Judith unterdrückte einen Schrei. Doch sie erholte sich schnell von ihrer Überraschung. Natürlich belog er den Maclean-Clansherrn, und sie würde später den Grund herauszufinden versuchen. Wenn er noch jemals mit ihr sprechen würde, hieß das. Immer noch wagte sie nicht, ihn anzusehen. Am liebsten hätte sie vor Scham geweint, dass ihr Vertrauen zu ihm nicht ausgereicht hatte, ihm alles rechtzeitig zu gestehen.

»Warum habt Ihr dann ein Bündnis mit den Dunbars angestrebt?«, fragte Maclean. »Oder haben die Bastarde uns angelogen?«

»Die Dunbars sind zuerst auf uns zugekommen«, erklärte Iain. »Ich traf ihren Clansherrn auf neutralem Boden, um die Möglichkeit einer Allianz zu besprechen, aber das war, bevor ich wusste, dass sie Eure Tochter ist.«

»Und wann wusstet Ihr es?«

Iain hob die Schultern. »Zu jener Zeit begriff ich, was die Dunbars für ein falsches Spiel spielten. Also schickte ich meinen Boten, Ramsey, zu Euch.«

»Ihr habt sie geheiratet, weil sie meine Tochter ist?«

»Ja.«

Der Clansherr nickte, zufrieden über Iains Ehrlichkeit. »Behandelt Ihr sie gut?«

Iain schwieg. Judith nahm an, dass man von ihr eine Antwort erwartete. »Er behandelt mich wunderbar. Sonst würde ich nicht bei ihm bleiben.«

Ihr Vater lächelte. »Du hast Temperament. Das gefällt mir.«

Judith bedankte sich nicht für das Kompliment. Keine fünf Minuten zuvor hatte er ihr gesagt, wie sehr ihm ihre Frechheit missfiel. Er widersprach sich, und nicht einmal ein ernst gemeintes Kompliment konnte ihren Schmerz lindern.

Dann bemerkte sie, dass seine Augen sich verschleierten. Sie konnte sich nicht vorstellen, warum.

»Seit wann weißt du von *mir?«,* fragte Douglas. »Hast du mit elf Jahren erfahren, dass du einen älteren Bruder hast?«

In diesem Moment war es um Judiths Fassung fast geschehen. Denn plötzlich begriff sie das ganze Ausmaß des mütterlichen Verrats.

»Ich wusste gar nichts von dir … bis heute«, flüsterte sie. »Sie hat es nie jemandem erzählt.«

Douglas zuckte die Schultern und tat so, als wäre es ihm vollkommen egal, aber Judith sah, wie verletzt er war. Sie berührte seinen Arm in einem Versuch, ihn zu trösten. »Sei froh, dass sie dich hier zurückgelassen hat, Douglas. Hier warst du besser dran.«

Douglas war gerührt, dass sie sich um seine Gefühle kümmerte. Er räusperte sich, um den Kloß aus der Kehle loszuwerden, und sagte dann: »Ich hätte auf dich aufgepasst, wie ältere Brüder es tun sollten. Das hätte ich bestimmt, Judith.«

Sie nickte und wollte ihm versichern, dass sie ihm glaubte, als ihr Vater ihre Aufmerksamkeit forderte.

»Ich möchte, dass du eine Weile hier bei mir und Douglas bleibst«, sagte er.

»Nein!« Iains Weigerung kam scharf und laut. »Judith, geh raus und warte dort auf mich. Ich muss etwas mit deinem Vater besprechen.«

Judith zögerte keine Sekunde. Sie drehte sich um und ging. Maclean sah ihr einen Augenblick nach und stand dann hastig auf. Sein Blick war auf ihren Rücken geheftet.

»Ich hätte niemals meinen Schwur gebrochen, nie mehr nach England zurückzukehren«, rief er aus. »Ganz sicher wäre ich nicht wegen meiner Frau gekommen«, fügte er noch lauter hinzu.

Judith ging weiter. Sie zitterte so sehr, dass sie befürchtete, ihre Beine könnten jeden Moment nachgeben. Wenn sie es nur bis nach draußen schaffte …

»Ich würde nicht für Land, nicht für Ehre und nicht für alles Gold, das England zu bieten hat, zurückkehren.«

Sie hatte die halbe Strecke hinter sich gebracht, als er brüllte: »Judith Maitland!«

Sie blieb stehen und drehte sich langsam um. Tränen strömten ihre Wangen hinunter, aber sie beachtete sie nicht. Sie hatte die Hände fest verschränkt, sodass niemand sehen konnte, wie sehr sie zitterten.

»Ich hätte meinen Schwur für meine Tochter gebrochen«, rief ihr Vater. »Oh, ja, *für dich* wäre ich zurückgekommen!«

Sie holte tief Atem und nickte dann. Sie wünschte sich verzweifelt, ihm glauben zu können, aber sie brauchte Zeit dafür und Abstand, um Lügen von der Wahrheit trennen zu können.

Graham stand an der Treppe, die zum Eingang hinaufführte. Zwei Wachen befanden sich direkt hinter ihm. Ihr Blick traf den des alten Mannes, und sein Gesichtsausdruck verschlug ihr den Atem.

Sein Zorn und seine Verachtung für sie waren so deutlich, dass er sie auch hätte anspucken können.

Sie war überzeugt, dass ihr schlecht werden würde. Sie eilte hinaus, überquerte den Hof und rannte in die Abgeschiedenheit der Bäume hinein. Sie lief, bis sie keine Luft mehr bekam. Dann ließ sie sich fallen und brach in herzzerreißendes Schluchzen aus.

Verwirrung übermannte sie. Hatte ihr Vater die Wahrheit gesagt? Wenn er von ihr gewusst hätte, wäre er dann wirklich gekommen? Hätte er sie *lieben* können?

O Gott, all diese verlorenen Jahre, diese Lügen, die Einsamkeit! Und nun war es zu spät. Sie hatte gestanden, wer sie war, und Graham hatte sie mit einem einzigen hasserfüllten Blick wissen lassen, dass sie alles verspielt hatte. Sie war wieder einmal eine Fremde.

»Iain«, schluchzte sie.

Hatte sie auch ihn verloren?

Iain wusste, wie sehr Judith ihn jetzt brauchte. Er nahm an, dass er sie mit seiner Bemerkung, er habe sie nur ihrer Herkunft wegen geheiratet, verletzt hatte. Am liebsten wäre er sofort hinter ihr hergelaufen, aber zuerst musste er mit ihrem Vater verhandeln. Sicherheiten waren zurzeit wichtiger als ihre Gefühle.

»Ihr habt meine Tochter benutzt, um mich zu kriegen, richtig?«, bemerkte Maclean. Er versuchte, wütend zu klingen, aber er scheiterte kläglich. Dann seufzte er. »Ich hätte wahrscheinlich dasselbe getan, wenn ich in Eurer Lage wäre.«

Iains Selbstkontrolle löste sich in nichts auf. Er langte über den Tisch, packte den Mann bei den Schultern und hob ihn halb aus dem Stuhl. Douglas kam seinem Vater zu Hilfe geeilt, doch Iain schickte ihn mit einem Schlag mit dem Handrücken erneut zu Boden.

»Ich habe Judith geheiratet, um sie vor Euch zu beschützen, Bastard«, knurrte er. Er ließ Judiths Vater wieder in den Stuhl zurückfallen. »Und nun werden Ihr und ich zu irgendeiner Übereinkunft kommen, oder ich schwöre bei Gott, dass ich Euch umbringe!«

Der Maclean-Clansherr hob die Hand, um seine Männer davon abzuhalten, Iain anzugreifen. »Raus! Alle!«, brüllte er. »Diese Sache geht nur Maitland und mich etwas an. Douglas, du kannst bleiben.«

»Patrick bleibt auch«, bestimmte Iain.

»Ich werde auch nicht gehen«, rief Graham.

»Wie Ihr wünscht«, stimmte Maclean mit jetzt müder Stimme zu. Er wartete, bis seine Soldaten die Halle verlassen hatten, dann stand er auf.

»Warum glaubt Ihr, Ihr musstet sie vor mir schützen? Ich bin ihr Vater!«

»Ihr wisst verdammt gut, warum«, gab Iain zurück. »Ihr hättet sie mit einem Dunbar verheiratet. Das konnte ich nicht zulassen.«

Der alte Clansherr widersprach Iain nicht, denn er wusste, dass er recht hatte. Er hätte sie wahrscheinlich wirklich mit einem Dunbar verheiratet, um die Allianz zu verstärken. »Ich hätte sie aber erst gefragt«, murmelte er und lehnte sich in seinem Stuhl zurück. »Lieber Gott, das ist schwer zu begreifen. Ich habe eine Tochter!«

»Und eine Frau«, erinnerte Iain ihn.

Macleans Gesicht verfinsterte sich. »Ja, eine Frau«, stimmte er zu. »Die Frau hat mich verlassen«, erklärte er. »Oh, es geschah unter dem Vorwand, ihren kranken Bruder zu besuchen, aber ich wusste, sie hatte keine Absichten, wieder zurückzukommen. Ich war froh, sie los zu sein. Als ich erfuhr, dass sie tot war, hätte ich am liebsten gefeiert, und wenn das eine Sünde ist, dann soll es das sein. Eine Frau wie sie war mir vorher noch nie begegnet«, fuhr er fort. »Nicht vorher und nicht danach. Sie hatte kein Gewissen. Sie lebte nur für ihr Vergnügen, sonst zählte nichts. Sie war ihrem Sohn gegenüber so grausam, dass ich ihn ständig vor seiner Mutter beschützen musste.«

»Judith hatte niemanden, der sie beschützte.«

»Das sehe ich nun auch«, antwortete Maclean. Er wirkte plötzlich sehr alt. »Sie sagte, sie habe die ersten vier Jahr bei ihrer Tante gelebt. Was geschah dann? Ging sie zu ihrer Mutter?«

»Ja.«

»Was ist mit dem Bruder meiner Frau? Der Säufer?«, fragte Maclean.

»Sie lebte bei ihm und ihrer Mutter. Die Tante und der Onkel versuchten, sich um sie zu kümmern. Judith lebte sechs Monate im Jahr bei ihnen. Die anderen sechs Monate verbrachte sie in der Hölle.«

»Ein seltsames Abkommen«, sagte Maclean kopfschüttelnd. »Ich werde niemals aus ihr schlau werden. Ich werde nie ...« Seine Stimme brach. Er gab vor, husten zu müssen und sagte dann: »Ihr sollt Euer Bündnis bekommen, lain, wenn Ihr es noch wollt. Die Dunbars werden sich zwar auflehnen, aber wir können sie zwischen unseren beiden Ländern unter Kontrolle halten. Ich habe nur eine Bitte.«

»Was für eine?«

»Ich möchte Judith für eine kurze Zeit hier behalten. Ich möchte sie kennenlernen.«

Iain schüttelte schon den Kopf, bevor Maclean den Satz noch zu Ende gesprochen hatte. »Meine Frau bleibt bei mir.«

»Werdet Ihr ihr erlauben, gelegentlich hierher zu kommen?«

»Das kann nur Judith entscheiden«, entgegnete Iain. »Ich werde sie nicht zwingen.«

»Aber Ihr würdet sie auch nicht davon abhalten?«

»Nein«, lenkte Iain ein. »Wenn sie Euch wiedersehen wünscht, werde ich sie Euch bringen.«

»Iain Maitland, du bist nicht befugt, solche Versprechungen zu machen«, verkündete Graham laut und scharf. »Der Rat entscheidet über Bündnisse aller Art, nicht du!«

Iain drehte sich zu Graham um. »Wir besprechen das später«, sagte er entschieden.

»Ihr solltet dankbar sein, dass meine Tochter für Euch eingetreten ist«, brüllte Maclean. Er stand auf, stützte sich auf der Tischplatte ab und beugte sich vor. »Sie hat Eure erbärmliche Haut gerettet, Graham. Ich sehne mich seit Jahren danach, Euch in Stücke zu reißen. Und ich tu es vielleicht wirklich, wenn ich höre, dass Ihr Judith nicht gebührend behandelt.«

Er hielt inne und starrte seinen Feind an. »Oh, ich habe Euren Gesichtsausdruck gesehen, als Ihr erfahren habt, dass sie eine Maclean ist. Das passt nicht in Eure Welt, was? Es muss Euch ungemein ärgern, dass Euer Clansherr mit meiner Tochter verheiratet ist.« Maclean stieß ein Knurren aus und fuhr fort: »Krümmt Judith ein Haar, und bei Gott, ich bringe Euch mit meinen eigenen Händen um.«

»Vater, was, wenn Judith bei uns bleiben will?«, fragte Douglas. »Vielleicht will sie gar nicht mit Iain heimkehren. Du solltest sie fragen.«

Iain ließ sich durch Douglas' brüderliche Sorge nicht beeindrucken. »Sie geht mit mir.«

Aber Douglas wollte nicht aufgeben. »Lässt du zu, dass er sie mitnimmt, wenn sie nicht gehen will?«

»Es zulassen?« Maclean fand sein Lächeln wieder. »Mir scheint, Iain tut, was immer er verdammt noch mal tun will.

Er wandte sich wieder Iain zu. »Vielleicht habt Ihr ja anfangs einen klugen Plan zu verwirklichen gedacht, aber irgendwann habt Ihr begonnen, sie zu lieben, nicht wahr?«

Iain gab ihm keine Antwort. Douglas dachte nicht daran, es dabei zu belassen. »Liebt Ihr Judith?«

Iain seufzte. Judiths Bruder entwickelte sich zu einer echten Plage. »Glaubt Ihr ernsthaft, ich würde eine Maclean heiraten, wenn ich sie *nicht* liebte?«

Der Maclean-Clansherr stieß einen schnaubenden Laut aus. »Willkommen in der Familie, Sohn.«

Iain fand Judith an einen Baum gelehnt, ein gutes Stück von der Festung entfernt. Das Mondlicht schien hell genug, dass er ihre Blässe erkennen konnte.

»Judith, es ist Zeit, nach Hause zu gehen.«

»Ja, natürlich.«

Sie rührte sich nicht. Er kam näher heran, und als sie ihn ansah, entdeckte er, dass sie geweint hatte.

»Ist alles in Ordnung?«, fragte er mit deutlicher Besorgnis in der Stimme. »Ich weiß, dass es schwer für dich war.«

Neue Tränen füllten ihre Augen. »Hat er mich angelogen, oder hat er die Wahrheit gesagt? In meiner Vergangenheit hat es so viele Lügen gegeben, dass ich die Wahrheit nicht mehr erkennen kann. Aber es macht auch keinen Unterschied mehr, nicht wahr? Auch das Wissen, dass mein Vater mich vielleicht geholt hätte, wiegt die verlorenen Jahre nicht mehr auf.«

»Ich denke, es macht schon einen Unterschied für dich«, entgegnete Iain. »Und ich glaube, er hat die Wahrheit gesagt. Wenn er es gewusst hätte, wäre er nach England gekommen.«

Sie stieß sich vom Baum ab und nahm die Schultern zurück.

»Und nun bist du zornig auf mich. Ich hätte dir sagen müssen, wer mein Vater ist.«

»Judith …«

Sie unterbrach ihn. »Ich hatte solche Angst, dass du mich vielleicht nicht mehr wolltest, wenn du die Wahrheit wüsstest.

Plötzlich dämmerte ihr, dass Iain gar nicht wütend war. »Aber warum bist du nicht aufgebracht? Du musst doch fassungslos sein. Und warum hast du meinen Vater angelogen?«

»Wann habe ich ihn angelogen?«

»Als du ihm sagtest, du wüsstest, dass ich seine Tochter bin.«

»Ich habe nicht gelogen. Ich wusste es vor unserer Hochzeit.«

»Das kannst du nicht gewusst haben«, schrie sie.

»Wir reden später darüber«, kündigte er an. »Wenn wir zu Hause sind.«

Sie schüttelte den Kopf. Sie wollte jetzt darüber sprechen. Sie fühlte sich, als wäre ihre ganze bisherige Welt zusammengebrochen. »Wenn du es gewusst hast … warum hast du mich dann geheiratet?«

Er griff nach ihr, doch sie wich zurück. »Judith, ich will jetzt nicht darüber sprechen.«

Gott, er hörte sich so ruhig, so unfassbar vernünftig an. »Du hast mich benutzt!«

»Ich wollte dich beschützen.«

»Du wolltest das Bündnis. Das ist der Grund, warum du mich geheiratet hast. Ich habe gedacht – o Gott, ich dachte, da du mit mir nichts zu gewinnen hättest, dass du mich *wirklich* wolltest, dass du …« Ihre Stimme erstickte in einem Schluchzen. Ihr war so schlecht von dieser Wahrheit, dass sie fast zusammengeklappt wäre. Sie trat noch einen Schritt zurück. »Ich war so unglaublich dumm«, schrie sie auf. »Ich habe wirklich geglaubt, ich könnte hier zu Hause sein. Ich dachte, ich wäre hier erwünscht und es würde dich nicht kümmern, wer mein Vater oder meine Mutter sind …«

Sie holte tief Atem, um ihre Selbstbeherrschung wiederzuerlangen. Dann sagte sie: »Ich kann niemandem außer mir selbst die Schuld geben, dass ich diesen Unsinn für wahr gehalten habe. Ich werde hier niemals erwünscht sein, Iain. Ich werde auch nicht mit dir gehen. Nicht jetzt, niemals.«

»Sprich nicht in solchem Ton mit mir«, befahl er mit gefährlich sanfter Stimme. »Und du kommst mit mir. Jetzt.«

Er bewegte sich blitzartig. Sie hatte keine Zeit mehr zum Davonlaufen. Er hatte ihre beiden Hände mit einer gepackt und zerrte sie schon den Pfad hinunter, bevor sie sich überhaupt noch wehren konnte.

Dann fiel ihr Frances Catherine ein. Ihre Freundin brauchte sie. Iain hielt am Rande der Lichtung. »Wage es nicht zu weinen«, befahl er.

»Du hast mir mein Herz gebrochen.«

»Ich bringe das später wieder in Ordnung.«

In diesem Moment wäre Judith fast erneut in Tränen ausgebrochen. Doch beim Anblick der Soldaten, die sich im Hof versammelt hatten, besann sie sich schnell eines Anderen. Sie riss sich zusammen und eilte voran, um an der Seite ihres Mannes zu gehen. Sie würde sich vor den Macleans keine Blöße geben.

Graham und Patrick saßen bereits auf ihren Pferden und warteten. Iain wollte Judith nicht selbst reiten lassen, Er reichte seinem Bruder die Zügel ihres Pferdes und hob sie dann auf den Rücken seines Hengstes. Schließlich saß er hinter ihr auf, setzte sie auf seinen Schoß und übernahm die Führung.

Als sie an Graham vorbeikamen und ihr Blick den seinen traf, wandte er sich ab. Judith sah schnell auf ihren Schoß. Sie faltete die Hände und versuchte verzweifelt, sich keinerlei Gefühle anmerken zu lassen. Niemand von ihnen brauchte zu wissen, wie verletzt sie innerlich war.

Iain war nicht entgangen, wie sehr Graham seine Frau beleidigt hatte. Er wurde augenblicklich so wütend, dass er sich kaum zusammenreißen konnte. Judith lag wie erstarrt in seinen Armen. Er zog sie näher an sich und beugte sich zu ihr herab. Leise flüsterte er ihr ins Ohr: »Du und ich, wir gehören zusammen. Vergiss das nie!«

Erst als er diese Worte laut ausgesprochen hatte, erkannte er, wie viel sie bedeuteten. Das bedrückende Gefühl in seiner Brust löste sich. Judiths Liebe schien ihn unbesiegbar zu machen. Es gab kein Problem, das sie nicht lösen konnten, solange sie einander liebten. Er dachte daran, wie sie von ihrer Hoffnung sprach, alle Sorgen miteinander zu teilen. Himmel, wie er über diesen Gedanken gespottet hatte. Dachte er doch, er, und er ganz allein, müsste jedes Problem lösen, jede Entscheidung treffen, jeden Befehl geben. Er war der Ansicht gewesen, *sie* müsse ihm *all* ihre Sorgen mitteilen, und er würde sich dann darum kümmern.

Er konnte sich nicht vorstellen, warum sie ihn liebte. Das war wirklich ein Wunder. Er fühlte sich verdammt noch mal ihrer Liebe nicht würdig. Fast hätte er gelächelt, denn ob würdig oder nicht – ihr Herz gehörte ihm … und er würde sie nie mehr gehen lassen. Niemals!

Es war, als ob er seine Gedanken laut ausgesprochen hätte, denn in diesem Moment hob Judith den Kopf und sah ihn an. »Ich will nicht mit einem Mann leben, der mich nicht liebt«, flüsterte sie.

Sie erwartete Ärger und hoffte im Stillen auf tröstende Einwände, sollte jedoch nichts davon bekommen. »In Ordnung«, stimmte er zu.

Sie wand sich aus seinen Armen und Iain wusste, dass sie nun für nichts, was er ihr jetzt auch sagte, zugänglich war. Morgen würde er ihr alles erklären.

»Mach die Augen zu und ruh dich aus«, befahl er. »Du bist erschöpft.«

Sie wollte ihm gerade gehorchen, als sie eine Bewegung in der Dunkelheit bemerkte, sich versteifte und seinen Arm ergriff. Die Bäume um sie herum schienen plötzlich zum Leben zu erwachen, und Schatten tauchten im hellen Mondlicht auf.

Es waren Maitland-Krieger, zu viele, um sie zu zählen. Alle trugen Kriegstracht. Ramsey, der die Männer anführte, trieb sein Pferd vor und wartete auf Iains Bericht.

Iain war also doch nicht allein gekommen. Offenbar hatten seine Männer nur auf den Befehl zum Angriff gewartet. Judith war auf einmal sehr dankbar, dass sie einen Krieg hatte verhindern können und fragte sich, wie viele Menschenleben wohl ausgelöscht worden wären, hätte sie die Wahrheit für sich behalten.

Bis sie die Maitland-Festung erreicht hatten, schwieg sie. Dort angekommen, sagte sie Iain, dass sie sein Bett nicht mit ihm teilen wollte, doch er hob sie nur auf und trug sie in ihre Schlafkammer. Judith war zu müde, um zu protestieren. Sie war eingeschlafen, bevor er ihr die Kleider ausgezogen hatte. Er konnte sie nicht allein lassen, hielt sie in seinen Armen, streichelte, liebkoste sie, küsste sie – und in den frühen Stunden vor der Dämmerung schlief er mit ihr.

Zuerst war sie zu verschlafen, um sich zu wehren, später zu mitgerissen von seiner Leidenschaft, als dass sie aufhören wollte. Sein Mund war so wundervoll heiß auf ihrem. Seine Hand streichelte die Innenseiten ihrer Schenkel und zwang sie sanft auseinander. Seine Finger stießen in ihre feuchte Hitze, während seine Zunge ihre Mundhöhle erschloss. Sein Liebesspiel ließ sie vor Wonne wimmern, und rastlos bewegte sie sich unter ihm. Das war die Einladung, die er brauchte. Er glitt zwischen ihre Schenkel und drang tief in sie ein. Judith krümmte sich ihm entgegen, und ihre Arme schlangen sich um seinen Nacken, um ihn noch näher an sich zu ziehen. Seine Stöße waren langsam, berechnend, kontrolliert. Diese süße Qual machte sie wild. Sie umklammerte ihn mit ihren Beinen, hob ihre Hüften fordernder, damit er seine Bewegungen beschleunigte.

Sie erreichten gemeinsam den Höhepunkt. Ein tiefes Stöhnen kam aus seiner Brust und er fiel erschöpft über sie. Sie hielt ihn umklammert, als die Wellen der Ekstase sie übermannten, und brach dann in Tränen aus.

Ihr Weinen wollte kein Ende nehmen. Sanft rollte er sich auf die Seite und zog sie mit. Dann flüsterte er ihr liebkosende, beruhigende Worte zu, bis sie sich endlich wieder entspannte und er bemerkte, dass sie eingeschlafen war. Da erst schloss er die Augen und versank ebenfalls in Schlaf.

Am folgenden Morgen verließ Iain das Zimmer eine gute Stunde bevor Judith erwachte. Helen kam die Treppe herauf, klopfte vorsichtig an die Tür und rief ihren Namen.

Judith war gerade mit dem Anziehen fertig. Sie trug ihr blassrosa Kleid. Auf ihre Aufforderung hin kam Helen ins Zimmer geeilt und hielt dann abrupt an. »Ihr tragt ja gar nicht Euer Plaid«, platzte sie heraus.

»Nein.« Judith gab ihr keine weitere Erklärung. »Was gibt es?«

»Der Rat …«

»Ja?«, fragte Judith, als Helen schwieg.

»Sie warten alle auf Euch in der Halle. Ist es denn wahr? Ist Euer Vater …«

Helen schien den Namen nicht über die Lippen zu bekommen. Judith hatte Erbarmen mit ihr. »Clansherr Maclean ist mein Vater.«

»Geht nicht runter«, schrie Helen händeringend. »Ihr seht schrecklich blass aus. Ihr müsst sofort ins Bett, sofort. Ich sage ihnen, dass Ihr krank seid.«

Judith schüttelte den Kopf. »Ich kann mich hier oben nicht verstecken«, sagte sie. Sie bewegte sich auf die Tür zu, hielt dann aber noch einmal an. »Bricht der Rat nicht eines seiner heiligen Gesetze, wenn er in offizieller Angelegenheit direkt mit mir spricht?«

Helen nickte. »Sie sind wahrscheinlich zu wütend, um sich um ihre eigenen Regeln zu kümmern. Übrigens haben sie schon einmal eine Frau vorgelassen. Eure Frances Catherine. Das war *das* Gesprächsthema hier für Wochen.«

Judith lächelte. »Frances Catherine hat mir erzählt, sie wollten sie von ihrem Vorhaben abbringen, mich holen zu lassen. Wahrscheinlich würden sie ihr jetzt am liebsten den Hals umdrehen bei dem Ärger, den ich verursacht habe.«

Helen schüttelte den Kopf. »Ihr habt keinen Ärger verursacht.«

Judith tätschelte dankbar ihren Arm. »Wartet mein Mann auch unten?«

Helen schüttelte wieder den Kopf. Sie hatte Mühe, ihre Gefühle unter Kontrolle zu halten und ihre Stimme zitterte, als sie ihrer Herrin antwortete. »Er ist bei seinem Bruder gewesen, aber Graham hat einen Boten nach ihm geschickt. Sie werden Euch doch nicht fortschicken, oder?«

»Mein Vater ist ihr Feind«, erinnerte Judith sie. »Ich kann mir nicht vorstellen, warum sie mich hier behalten wollten.«

»Aber Euer Mann ist der Clansherr«, flüsterte Helen. »Er …«

Judith mochte nicht über Iain sprechen. Im Übrigen verlor Helen nun wirklich ihre Fassung. Tränen liefen ihr die Wangen hinunter. Judith hatte Mitleid, wusste aber nicht, wie sie die Frau beruhigen sollte. Sie konnte Helen nicht sagen, dass alles wieder in beste Ordnung kommen würde. Es wäre eine alberne Lüge gewesen.

»Ich werde das schon überleben«, sagte sie. »Und du auch.«

Sie zwang sich zu einem Lächeln, kniff sich in die Wange, um etwas Farbe ins Gesicht zu bekommen und verließ das Zimmer. Iain kam an, als sie gerade die Treppen hinunterging. Er wirkte erleichtert, sie zu sehen, und sie wusste nicht, was sie davon halten sollte.

»Ich würde gerne mit dir reden, Iain«, rief sie. »Ich muss dir etwas sagen.«

»Nicht jetzt, Judith«, sagte er. »Dazu ist keine Zeit.«

»Dann nimm dir bitte die Zeit«, beharrte sie.

»Frances Catherine braucht dich, Frau.«

Ihre Haltung veränderte sich schlagartig. Sie rannte die restlichen Stufen hinunter. »Das Baby?«, fragte sie.

Er nickte. »Helen!«, rief Judith.

»Ich habe es gehört, Mylady. Ich sammle nur ein paar Dinge zusammen und komme sofort nach.«

Judith hatte Iains Hand ergriffen. Als sie bemerkte, was sie tat, versuchte sie, ihn loszulassen. Aber er hielt sie fest, drehte sich um, riss die Tür auf und zog sie hinter sich her.

Die Ratsmitglieder standen alle in einer Gruppe vor dem Kamin. Iain hatte sich verhalten, als wären sie gar nicht da gewesen.

»Wann haben die Wehen eingesetzt?«, fragte Judith.

»Das hat Patrick nicht gesagt. Er ist so durcheinander, dass er keinen einzigen zusammenhängenden Satz herausbekommt.«

Iain hatte nicht übertrieben. Frances Catherines Mann stand auf der Türschwelle. »Sie sagt, ich soll den Priester holen«, brüllte er ihnen zu, sobald sie in Sichtweite waren. »Guter Gott, es ist alles meine Schuld.«

Judith wusste darauf keine Antwort. Iain schüttelte nur den Kopf.

»Reiß dich zusammen, Patrick«, befahl er. »Du tust ihr keinen Gefallen, wenn du zusammenbrichst.«

»Ich sag dir, es ist alles nur meine Schuld«, wiederholte Patrick mit einem ängstlichen Flüstern.

»Hölle«, murmelte Iain. »Natürlich ist es das. Du hast sie mit in dein Bett genommen …«

»Das meine ich nicht«, unterbrach Patrick.

»Was denn?«, fragte Iain, als sein Bruder keine weitere Erklärung abgab.

»Ich habe ihre Wehen in Gang gesetzt. Wir haben über Judiths Vater gesprochen und sie sagte mir, dass sie es seit Jahren gewusst hatte. Ich wurde ein bisschen ärgerlich, weil sie es mir nicht früher gesagt hat, und ich glaube, ich bin auch etwas laut geworden.«

Ohne sich dessen bewusst zu sein, hatte Patrick den Eingang zum Haus blockiert, während er seinem Bruder seine Tat gestand. Da er nicht zur Seite ging, schob Judith ihn kurzerhand aus dem Weg und rannte hinein.

Wie angenagelt blieb sie stehen, als sie Frances Catherine entdeckte. Ihr Freundin saß am Tisch, bürstete ihr Haar und wirkte unglaublich gelassen. Sie summte sogar vor sich hin. Sie sah Judith an, lächelte ihr zu und bedeutet ihr dann mit einer Geste, die Tür zu schließen.

»Gib mir doch bitte das Band da«, sagte Frances Catherine. »Das rosa Band, das auf dem Bett liegt, sei so nett.«

Judith tat, worum sie gebeten hatte. Sie bemerkte, dass ihre Hände zitterten, und flüsterte voller Sorge: »Wie fühlst du dich, Frances Catherine?«

»Ganz gut, danke.«

Judith starrte ihre Freundin eine Weile an. »Haben deine Wehen nun eingesetzt, oder hast du nur so getan?«

»Wenn nicht, dann bestimmt«, antwortete Frances Catherine.

Judith kam zum Tisch herüber und ließ sich in einen Stuhl ihrer Freundin gegenüber fallen. Sie holte tief Atem, um ihr hämmerndes Herz zu beruhigen, und fragte dann, was in Gottes Namen Frances Catherine mit dieser verqueren Antwort meinte.

Frances Catherine erklärte ihr es gern. »Ich *habe* Schmerzen«, sagte sie. »Aber auch wenn es nicht so wäre, hätte ich so getan, nur um Patrick zu ärgern.

Ich verlasse ihn, Judith. Kein Mann darf mich anbrüllen, auch nicht mein Ehemann. Du kannst mir helfen, meine Habseligkeiten zusammenzupacken.«

Judith brach in Lachen aus. »Möchtest du jetzt gehen oder erst, nachdem das Baby geboren ist?«

Ihre Freundin lächelte. »Danach«, sagte sie. »Ich habe auch überhaupt keine Angst«, fügte sie flüsternd hinzu. »Ist das nicht seltsam? Ich habe monatelang nichts als Angst gehabt, und nun fürchte ich mich überhaupt nicht mehr.«

»Warum hast du dann nach dem Priester geschickt?«

»Um Patrick zu besänftigen.«

Judith konnte das alles nicht glauben. »Du wolltest Patrick Angst einjagen, nicht wahr?«

»Das auch«, gab Frances Catherine zu.

»Du kannst wirklich ziemlich gemein sein, Frances Catherine«, sagte Judith, »und hast deinen Mann absichtlich in Panik versetzt. Jetzt ruf ihn rein und bitte ihn um Verzeihung.«

»Also gut«, versprach ihre Freundin. »War es schlimm für dich?«

Sie hatte so schnell das Thema gewechselt, dass Judith einen Moment nachdenken musste, um zu begreifen. »Mein Vater ist ein gut aussehender Mann«, bemerkte sie.

»Hast du ihn angespuckt?«

»Nein.«

»Erzähl schon, was passiert ist«, verlangte ihre Freundin.

Judith lächelte. »Ich erzähle dir kein Wort, bis du nicht mit deinem Mann gesprochen hast. Hörst du nicht, wie er sich draußen Vorwürfe macht? Schäm dich, Frances Catherine.«

Ein plötzlicher Schmerz überfiel ihre Freundin. Sie ließ ihre Bürste fallen und griff nach Judiths Hand. Als die Wehen abflauten, keuchte sie ein wenig. Judith zählte im Kopf die Sekunden, die der Schmerz anhielt.

»Diese hier war etwas stärker als die vorherigen«, flüsterte Frances Catherine. »Aber die Abstände sind noch sehr groß. Tupf mir die Stirn ab, Judith, dann hol meinen Mann herein. Ich bin jetzt bereit, mir seine Entschuldigung anzuhören.«

Judith beeilte sich, ihrer Freundin zu gehorchen. Sie wartete draußen, sodass die beiden allein sein konnten, und entdeckte Iain, der auf der Mauer saß und sie beobachtete.

»Ich habe meinen Bruder noch nie so aus der Fassung gesehen«, bemerkte er.

»Er liebt seine Frau«, gab sie zurück. »Er hat Angst um sie.«

Iain zuckte die Schultern. »Ich liebe *dich,* aber

ich werde mich ganz sicher nicht wie Patrick aufführen, wenn du mir einen Sohn oder eine Tochter schenkst.«

Er hatte die Worte so beiläufig gesagt, dass sie glaubte, sich verhört zu haben. »Was hast du gerade gesagt?«

Er ließ sie seine Verärgerung spüren. »Ich sagte, ich werde nicht wie Patrick meine ganze Beherrschung aufgeben, wenn …«

»Davor«, unterbrach sie ihn. »Du hast gesagt, du liebst mich. Und du hast so getan, als meintest du es.«

»Ich meine immer, was ich sage«, gab er zurück. »Du weißt das. Judith, was glaubst du, wie lange diese Niederkunft dauern wird?«

Sie ging nicht auf seine Frage ein. »Du liebst mich nicht«, behauptete sie in leidenschaftlichem Tonfall. »Das war nur das Opfer, das du für dieses Bündnis bringen müsstest.« Sie ließ ihm keine Zeit, etwas darauf zu erwidern. »Der Ring hat mich verraten, nicht wahr? Es ist der gleiche, wie ihn Douglas trägt, und du hast ihn erkannt!«

»Der Ring kam mir bekannt vor, aber ich habe lange gebraucht, um darauf zu kommen, wo ich ihn schon gesehen hatte.«

»Und wann genau bist du darauf gekommen?«

»Als wir auf dem Friedhof waren«, erklärte er. »Dann hörte Patrick dich seine Frau fragen, was ich wohl täte, wenn ich erfahren würde, dass Maclean dein Vater ist. Er sagte mir natürlich sofort Bescheid, aber ich wusste es schon.«

Judith schüttelte den Kopf. »Das verstehe ich nicht«, gestand sie. »Warum ist er denn dann auf Frances Catherine so wütend geworden?«

»Weil sie sich ihm nicht anvertraut hat.«

»Und sobald du herausgefunden hast, wer mein Vater ist, hast du mich geheiratet.«

»Verdammt richtig«, stimmte er zu. Er stand auf und zog sie in seine Arme. »Ohne Blumen«, flüsterte er. »Es tut mir so leid. Aber deine Sicherheit war wichtiger. Ich hatte nicht die Zeit, alles richtig zu machen.«

Lieber Gott, wie sehr sie ihm glauben wollte. »Du brauchtest mich nicht zu heiraten, nur um mich zu beschützen.«

»O doch«, antwortete er. »Es war nur eine Frage der Zeit, bis einer der Ratsmitglieder diesen verdammten Ring entdeckte. Sie hätten ihn gleich erkannt.«

»Ich wollte ihn ja schon wegwerfen«, behauptete sie stolz.

Er stieß einen Seufzer aus. »Du hättest es nicht getan«, sagte er. »Du hast ein viel zu weiches Herz, um die einzige Verbindung zu vernichten, die du zu deinem Erzeuger hattest.«

Sie hielt es für besser, nicht mit ihm darüber zu streiten. »Du magst ihn nicht, oder?«

»Deinen Vater?«

»Ja.«

»Hölle, nein, ich mag ihn nicht«, antwortete er. »Er ist ein echter Bastard«, fügte er dann hinzu. »Aber er ist auch dein Vater, und da ich dich auf jeden Fall bei mir behalten wollte, schickte ich Ramsey zu ihm, um über ein Bündnis zu sprechen. Es wäre günstiger gewesen, sich mit den Dunbars zu einigen, denn ihr Land grenzt schließlich an unseres, aber der Maclean-Clansherr war wichtiger, da du das Recht haben solltest, dich zu erkennen zu geben … wenn du es gewollt hättest, Judith.«

»Aber du traust den Macleans nicht, stimmt's?«

»Nein«, antwortete er. »Aber was das angeht – ich traue den Dunbars auch nicht.«

»Magst du Douglas?«

»Nicht besonders.«

Sie fand seine Ehrlichkeit erfrischend. »Du magst eigentlich niemanden, nicht wahr?«

Sein Lächeln war voller Zärtlichkeit. »Doch. Dich.«

Es verschlug ihr stets den Atem, wenn er sie

auf diese Weise ansah. Judith musste sich zwingen, sich auf das zu konzentrieren, was sie zu sagen hatte. Sie senkte den Blick auf seine Brust. »Warum war denn ein Bündnis überhaupt nötig? In der Vergangenheit habt ihr euch doch immer von allen zurückgezogen.«

»Der Clansherr der Dunbars ist alt und müde, aber er wollte sein Amt keinem jüngeren Krieger übertragen. Als ich hörte, dass er mit den Macleans verhandelte, versuchte ich einzugreifen, bevor eine Einigung zustande kam. Die Dunbars und die Macleans gemeinsam wären uns weit überlegen gewesen. Das war ein verdammt schwieriges Problem.«

»Warum hast du mir das nicht erklärt?«

»Das habe ich doch gerade.«

Er wich ihr aus, und sie wussten es beide. »Warum hast du es nicht vorher erklärt?«, hakte sie nach.

»Es war sehr schwer für mich«, gab er schließlich zu. »Ich habe meine Sorgen noch nie mit jemandem außer Patrick besprochen.«

»Nicht einmal mit Graham?«

»Nein.«

Sie rückte ein Stück von ihm ab und sah ihm in die Augen. »Und was hat dich deine Meinung ändern lassen?«

»Du«, gab er zurück. »Und Frances Catherine.«

»Das verstehe ich nicht.«

Er nahm ihre Hand, drückte sie auf die Mauer nieder und setzte sich neben sie. »Am Anfang habe ich dieses starke Band zwischen Euch nicht begreifen können. Ihr scheint einander vollkommen zu vertrauen.«

»Wir *vertrauen* einander vollkommen«, präzisierte sie.

Er nickte. »Sie hat niemals jemandem von deinem Vater erzählt, und du hattest niemals Sorge, dass sie es täte.«

Iain versuchte offenbar, sich selbst etwas zu verdeutlichen. Er sprach langsam, zögernd. »Du hast ihr praktisch eine Waffe gegeben, die sie gegen dich hätte einsetzen können. Ein Mann würde so etwas niemals tun.«

»Manche schon.«

»Ich nicht«, gab er zu. »Und bis ich dich traf, hatte ich auch nicht geglaubt, dass es solch ein Vertrauen geben kann.«

Plötzlich stand er auf. Er faltete die Hände auf seinem Rücken und drehte sich zu ihr. »Du hast mir gezeigt, dass du deiner Freundin volles Vertrauen schenkst. Ich will dasselbe, Judith. Du hast mir gesagt, du vertraust mir. Aber wenn du es wirklich tätest – mit ganzem Herzen, vollkommen –, dann würdest du ohne Frage akzeptieren, dass ich dich liebe, wenn ich es dir sage. Erst dann werden deine Unsicherheit, deine Ängste, deine Wunden verschwinden.«

Judiths Kopf hing herab. Sie erkannte, dass er die Wahrheit sagte. »Ich habe dir nicht genug vertraut, um dir zu sagen, wessen Tochter ich bin«, flüsterte sie. »Aber ich hätte es bestimmt noch getan … eines Tages. Ich hatte solche Angst, dass du mich dann nicht mehr wolltest.«

»Wenn du mir genug vertraut hättest …«

Sie nickte. »Ich hab's ja versucht, kurz vor der Hochzeitszeremonie … Warum hast du mich denn nicht gelassen?«

»Ich wollte dich unbedingt beschützen, und der einzige Weg, der mir einfiel, war, dich zu meiner Frau zu machen. Der Rat kümmerte sich so nicht großartig darum. Hätten sie aber gewusst, dass du von Maclean abstammst, hätten sie dich benutzt, um ihn zu vernichten.«

»Wenn ich den Ring nur in England gelassen hätte. Dann wäre nichts davon …«

Er ließ sie nicht ausreden. »Geheimnisse haben die Eigenart, ans Tageslicht zu kommen«, sagte er. »Zu viele Leute wussten von der Wahrheit. Deine Verwandten in England hätten zu Maclean gehen können, um dich durch seine Unterstützung zurückzubekommen.« Er zuckte die Schultern. »Vielleicht tun sie es noch.« Doch er schien nicht besonders beunruhigt von diesem Gedanken zu sein.

»Iain, ich glaube nicht, dass ich hier bleiben kann. So wie Graham mich angesehen hat, als er es erfuhr … Er wird mich niemals als eine Maitland akzeptieren. Ich werde nur wieder eine Außenseiterin sein. Nein, ich kann nicht bleiben.«

»Also gut.«

Seine augenblickliche Zustimmung verwirrte sie. Sie hatte geglaubt, er würde sie zumindest bitten, es zu versuchen. Dann hätte sie gnädig einlenken können. Aber wie konnte er behaupten, sie zu lieben und sie gleichzeitig ohne weiteres gehen lassen?

Judith blieb keine Zeit mehr, eine Erklärung von ihm zu verlangen. Denn in diesem Moment riss Patrick die Tür auf und rief nach ihr.

Sie ging ins Haus zurück und fand Frances Catherine strahlend vor Freude vor. Judith nahm an, dass Patrick ausgiebig bereut hatte.

Die Schmerzen, die Frances Catherine im unteren Rücken verspürte, waren geringer, wenn sie sich bewegte, und so ging sie langsam vor der Feuerstelle auf und ab, während Judith die nötigen Vorbereitungen traf.

Ihre Freundin stellte ihr Hunderte von Fragen über die Macleans, wovon Judith keine einzige beantworten konnte. Als es ihr endlich möglich war, einen ganzen Satz ohne Unterbrechung auszusprechen, erzählte sie ihrer Freundin von Douglas.

»Ich habe einen Bruder. Und er ist genau fünf Jahre älter als ich«, sagte Judith. »Meine Mutter hat ihn im Stich gelassen und niemals zu jemandem ein Wort darüber verloren.«

Frances Catherine wäre fast gestürzt. Dann packte sie die Wut.

»Dieses verdammte Miststück«, rief sie aus.

Sie wollte gerade noch eine ähnlich finstere Meinung über Judiths Mutter loswerden, als sie hörte, wie sich ihr Mann draußen vor dem Fenster für sie entschuldigte. Sie schlug die Hand vor den Mund und unterdrückte das aufkommende Lachen.

»Deine Mutter ist ein Ungeheuer«, flüsterte sie. »Wenn es Gerechtigkeit auf der Welt gibt, dann bekommt sie sicher, was ihr zusteht.«

Judith glaubte zwar nicht daran, aber sie wollte jetzt nicht mit ihrer Freundin darüber diskutieren. »Vielleicht«, lenkte sie ein.

»Agnes hat auch bekommen, was sie verdient hat«, verkündete Frances Catherine mit einem bekräftigenden Nicken.

»Wieso? Was ist denn passiert?«, fragte Judith.

Frances Catherine schien sie nicht gehört zu haben. »Aye, allerdings. Sie war so dumm zu glauben, sie könnte gemeine Gerüchte über dich verbreiten, ohne dass unser Clansherr es mitbekommt.«

»Iain hat etwas darüber gehört?«, fragte Judith.

»Und ob«, sagte Frances Catherine. Sie schwieg, um sich auf den Schmerz zu konzentrieren, der sie überfiel, und klammerte sich an den Kaminsims, bis er vorbei war. Dann wischte sie sich die Stirn mit einem Leinentuch ab. »Herr im Himmel, die Wehen werden immer stärker.«

»Und sie dauern auch länger«, sagte Judith.

Frances Catherine nickte. »Also, wo war ich? Ach ja. Agnes.«

»Was hat denn Iain genau gehört?«

»Dass du schwanger warst, bevor ihr geheiratet habt.«

»Lieber Gott, muss er zornig gewesen sein …«

»Oh, das kann man wohl sagen«, bestätigte Frances Catherine. »Du, Patrick und Graham wart zum Fischen ausgeritten, und Iain kehrte etwa zwei Stunden später zurück. Er kam bei mir vorbei, um sich zu vergewissern, dass es mir an nichts fehlte. War das nicht rücksichtsvoll von ihm? Iain ist bemerkenswert aufgetaut, seitdem ihr verheiratet seid, Judith. Er hat nie zuvor …«

»Frances Catherine, weich nicht aus«, unterbrach Judith sie. »Was hat er mit Agnes gemacht?«

»Ich wollte noch darauf kommen«, sagte ihre Freundin. »Iain war also auf dem Weg zur Festung. Jemand muss ihn angehalten haben, um es ihm zu sagen. Oder vielleicht hat einer von …«

»Mich interessiert nicht, *wie* er es gehört hat«, unterbrach Judith erneut. »Ich will wissen, *was* er getan hat. Du machst mich wahnsinnig, Frances Catherine, wenn du noch länger um den heißen Brei herumredest.«

Frances Catherine lächelte. »Es hat dich aber von der Geburt abgelenkt, oder?«

Judith nickte und bat dann ihre Freundin, ihre Erklärung zu beenden.

Frances Catherine gehorchte gerne. »Er ging also direkt zu Agnes' Haus, wie mir Brodick erzählte. Er schaute ebenfalls kurz bei mir vorbei, um zu sehen, ob alles in Ordnung war, und ich nehme an, Patrick hat ihn dazu überredet. Jedenfalls verstrich etwa eine Stunde, als ich draußen etwas frische Luft schnappen wollte. Da sah ich, wie Agnes und ihre Tochter Cecilia mit Sack und Pack den Hügel hinuntergingen. Brodick sagte mir, dass sie das Maitland-Gebiet verlassen müssen. Sie kommen auch nicht mehr wieder, Judith!«

»Wohin können sie denn gehen?«

»Zu ihren Verwandten«, erklärte Frances Catherine. »Sie hatten eine Eskorte dabei.«

»Iain hat mir kein Wort davon gesagt.« Judith grübelte ein paar Minuten über diese Tatsache nach, während Frances Catherine wieder rastlos auf und ab schritt.

Dann klopfte Helen an die Tür und unterbrach damit ihre Unterhaltung. »Wir sprechen später weiter«, flüsterte Frances Catherine.

Judith nickte. Sie half Helen, einen gewaltigen Stapel Leinentücher hereinzutragen und legte sie zu den anderen auf den Tisch. Winslow folgte der Haushälterin und schleppte den Gebärstuhl hinein. Frances Catherine lud den Krieger spontan zum Mittagsmahl ein, und Winslow war viel zu überrascht darüber, als mit mehr als einem Kopfschütteln zu reagieren.

Patrick war nicht zu gebrauchen, und so übernahm Winslow die Aufgabe, das Plaid über den Türbalken zu hängen. Frances Catherine versuchte, ihm danach etwas zu trinken anzubieten. Aber Winslow lehnte den Wein ab und floh zur Tür. Plötzlich hielt er wieder an und sagte: »Meine Frau wartet draußen. Sie möchte helfen. Wenn Ihr sie aber nicht wollt ...«

»Bitte schickt sie herein«, sagte Judith. »Wir

freuen uns über ihre Gesellschaft, nicht wahr, Frances Catherine?«

Frances Catherines Gesicht hellte sich auf. »Oh, ja. Sie kann mit uns zu Mittag essen.«

Helen unterbrach ihre Arbeit und sah auf. »Habt ihr wirklich Hunger, Liebes? Ich könnte etwas von der Suppe holen, die ich gestern gekocht habe. Sie ist bestimmt gut durchgezogen.«

»Ja, vielen Dank«, antwortete Frances Catherine. »Obwohl ich überhaupt keinen Hunger habe.«

»Aber warum …«, begann Judith.

»Wenn Essenszeit ist, werden wir essen«, beharrte Frances Catherine. »Alles soll sein wie … wie immer. Nicht wahr, Judith?«

»Ja, sicher«, gab Judith zurück.

In diesem Moment kam Isabelle ins Haus geeilt. Sie schlug die Tür hinter sich zu und hastete zu Frances Catherine, ergriff ihre Hand und wiederholte all die Worte des Zuspruchs, die Judith ihr damals sagte, als ihre Wehen eingesetzt hatten. Sie sprach über das Wunder, das sich ereignen würde, gab zu, dass es auch mal unsauber, aber dennoch so wundervoll sein würde, und dass Frances Catherine niemals ihr Glück vergessen sollte, dieser Welt neues Leben schenken zu dürfen.

Ein warmes Gefühl der Zufriedenheit stieg in

Judith auf. Sie hatte das Leben eines Menschen bereichert. Sie wusste, dass sie fortgehen würde, und wahrscheinlich schon bald, wenn der Rat seinen Willen bekam, aber in der Zeit, die sie hier verbracht hatte, war es ihr gelungen, einen bleibenden Eindruck zu hinterlassen. So würde sich wenigstens noch eine Frau außer Frances Catherine an sie erinnern.

Helen lief aus dem Haus, um von der Suppe zu holen. Isabelle hatte ihr Baby in der Obhut von Winslows Tante gelassen und ging nun, um dieser zu sagen, dass sie bis nach der Geburt bei Frances Catherine bleiben würde.

Frances Catherine wartete, bis die Tür hinter den beiden Frauen geschlossen war und fragte dann: »Machst du dir Sorgen um mich?«

»Vielleicht ein bisschen«, gab Judith zu.

»Du hattest eben so einen besonderen Ausdruck im Gesicht. Worüber hast du nachgedacht, während Isabelle auf mich einredete?«

Judith lächelte. Ihrer Freundin entging wirklich nur selten etwas. »Mir ist klar geworden, dass ich Isabelles Leben ein bisschen beeinflusst habe. Ich habe ihr geholfen, ihren Sohn zur Welt zu bringen. Sie wird sich an mich erinnern. Die anderen werden mich vergessen, sie nicht.«

»Nein, bestimmt nicht«, stimmte Frances Catherine zu. Dann wechselte sie das Thema. »Patrick sagt, Iain will nicht verraten, was er vorhat. Mein Mann ist überzeugt, dass der Rat Euch beide bestrafen wird, aber als er das seinem Bruder gegenüber erwähnt hat, muss Iain nur gelächelt und den Kopf geschüttelt haben.«

Judith zuckte die Schultern. »Ich werde nicht bleiben, egal was passiert. Du verstehst das doch, nicht wahr? Ich will nicht schon wieder eine Fremde sein.«

»Judith, alle Frauen hier scheinen sich wie Fremde zu fühlen«, hielt Frances Catherine dagegen.

In diesem Moment flog die Tür auf. »Und?«, brüllte Patrick vom Eingang aus.

»Und *was,* Liebster?«

»Frances Catherine, warum dauert das denn so lange?«

»Patrick, du musst, dich wirklich zusammenreißen«, schimpfte Judith. »Ein Kind zur Welt bringen geht einfach nicht schneller, Himmel noch mal!«

Frances Catherine lief zu ihrem Mann hinüber. »Es tut mir so leid, dass es dich aufregt, aber es passiert einfach noch nichts. Und bei Babys darf man nicht drängeln.«

»Judith, kannst du denn nichts tun?«, verlangte Patrick, als hätte er ihr eben gar nicht zugehört.

»Deine Frau muss sich jetzt ausruhen«, sagte Judith, »Du wirst Geduld haben müssen.«

Patrick runzelte die Stirn. »Winslow meint, du bist doppelt so dick, wie seine Frau war.«

Frances Catherine nahm ihm seine Bemerkung nicht übel. Sie wusste, dass ihr Mann etwas suchte, über das er sich aufregen konnte. »Ich hab doppelt so viel gegessen«, sagte sie. »Wo ist Iain geblieben?«

Patrick fand sein Lächeln wieder. »Er konnte mich nicht mehr ertragen. Er übt mit seinen Männern.«

»Schließ dich ihm doch an«, schlug Frances Catherine vor. »Ich schicke jemanden nach dir, sobald die Zeit gekommen ist.«

Patrick ging widerstrebend, kam aber immer wieder, und gegen Abend hatte er sich auf der Türschwelle niedergelassen.

Isabelles Tante kam zwei Mal an diesem langen Tag, um ihre Nichte zum Stillen ihres Sohnes zu holen, und Helen verließ einmal das Haus, um sich zu vergewissern, dass die beiden Alten ein vernünftiges Mahl bekamen und für Andrew gesorgt wurde.

Frances Catherines Wehen waren bis in den späten Nachmittag hinein unregelmäßig. Dann kamen sie mit aller Gewalt, aber Frances Catherine war mittlerweile nur zu bereit, den Schmerz zu ertragen, damit es vorwärts ging.

Gegen Mitternacht schrie sie vor Pein. Sie saß auf dem Gebärstuhl und presste mit all ihrer Kraft bei jeder der langen, qualvollen Kontraktionen. Helen versuchte, mit ihrer Handfläche den Bauch nach unten zu drücken, aber ihre Bemühungen verstärkten die Schmerzen nur. Das Baby wollte nicht mitmachen.

Da stimmte etwas nicht, und jeder wusste es. Die Wehen folgten ohne Pause aufeinander, und nun hätte das Baby kommen müssen. Aber irgendetwas verhinderte die Niederkunft. Helen kniete sich vor Frances Catherine auf den Boden, um erneut nach Fortschritten zu sehen, und als sie ihre Untersuchung beendet hatte, setzte sie sich auf ihre Fersen und sah Judith an.

Die Angst in ihren Augen drehte Judith den Magen um. Helen bedeutete sie mit einer Geste in die andere Zimmerecke.

»Nicht flüstern«, schrie Frances Catherine. »Ich will wissen, was nicht stimmt!«

Judith nickte zustimmend. »Ja, sag es uns beiden«, befahl sie.

»Das Baby liegt nicht richtig. Ich konnte einen Fuß ertasten.«

Die nächste Wehe überfiel Frances Catherine.

Judith befahl ihr zu pressen, aber ihre Freundin schrie ihre Weigerung heraus. Sie klappte vornüber zusammen und brach in unkontrolliertes Schluchzen aus.

»O Gott, Judith, ich halt das nicht mehr aus. Ich will sterben. Es tut so weh ...«

»Wag es ja nicht, aufzugeben«, unterbrach Judith scharf. »Ich bekomme meine Hand nicht hinein«, wisperte Helen. »Wir brauchen den Haken!«

»Nein!«

Frances Catherine gequälter Schrei vernichtete Judiths Selbstbeherrschung. Sie war so voller Panik, dass sie kaum noch wusste, was sie tat. Sie riss ihre Hand aus der Umklammerung ihrer Freundin und hastete zu der Wasserschüssel. Sie schrubbte sich die Hände, während Maudes Anweisungen in ihrem Kopf widerhallten. Sie hatte keine Ahnung, ob das, was die Hebamme ihr beigebracht hatte, möglicherweise ebenso unsinnig war wie andere Methoden, aber es kümmerte sie jetzt auch nicht Sie würde tun, was die Hebamme sie gelehrt hatte und darauf vertrauen, dass es das Richtige war.

Helen stand auf, als Judith sich vor ihre Freundin kniete. Frances Catherine war heiser geworden. In einem herzzerreißenden Flüstern bat sie: »Sag Patrick, dass es mir leid tut!«

»Red verdammt noch mal keinen Unsinn«,

brüllte Judith. Sie konnte auf Frances Catherines Schmerzen keine Rücksicht mehr nehmen. »Wenn man dich nicht antreibt, tust du doch alles nur widerwillig.«

»Wollt Ihr das Kleine etwa drehen?«, fragte Helen. »Ihr zerreißt sie, wenn Ihr das versucht!«

Judith schüttelte den Kopf und konzentrierte sich auf Frances Catherine. »Sag mir, wenn die nächste Wehe einsetzt«, befahl sie.

Helen versuchte, Judith den Topf mit Schweinefett in die Hand zu drücken. »Schmiert Euch mit dem Fett ein«, schlug sie vor. »Dann kommt das Neugeborene einfacher durch die Öffnung.«

»Nein«, gab Judith zurück. Sie hatte sich nicht die Hände sauber geschrubbt, um sie jetzt mit dem Schmalz einzureiben.

Isabelle legte die Hände auf Frances Catherines Bauch. Eine knappe Minute später rief sie aus. »Die Schmerzen setzen ein. Ich spüre, wie es hart wird.«

Judith begann zu beten. Frances Catherine begann zu schreien. Helen und Isabelle hielten sie fest, während Judith arbeitete.

Judiths Herz setzte fast aus, als sie den kleinen Fuß spürte, der durch die Öffnung drängte. Sie betete laut, während sie ihn nach unten schob und nach dem zweiten tastete.

Da – Gott hatte ihre Gebete erhört! Sie musste nicht lange suchen, bis sie den zweiten Fuß gefunden hatte. Langsam drückte sie ihn in die Öffnung neben den ersten.

Frances Catherine tat das Übrige. Sie hätte auch nicht aufhören können zu pressen. Das Baby wäre auf seinen Füßchen gelandet, wenn Judith es nicht aufgefangen hätte.

Das wunderschöne Kind, das sie alle so in Angst und Schrecken versetzt hatte, war winzig, pausbäckig und hatte ein Büschel feuerroten Haares auf dem Kopf. Die Kleine war unglaublich niedlich … und brüllte einheitlich mit ihrer Mutter.

Sie war vollkommen!

Frances Catherine weinte vor Freude und Erleichterung, dass sie es endlich überstanden hatte. Helen ging nach draußen, um die Nachgeburt zu begraben, wie der Brauch der Kirche es verlangte, damit keine Dämonen Mutter und Kind in ihrem verletzlichen Zustand angreifen konnten, und Isabelle war damit beschäftigt, das Baby zu baden und es zu liebkosen. Judith wusch gerade ihre Freundin, als diese plötzlich wieder zu pressen begann. Judith befahl ihr, damit aufzuhören, weil sie einen Blutsturz befürchtete.

Doch Frances Catherine *konnte* nicht aufhören. Nur Minuten später wurde ihre zweite Tochter geboren. Sie war freundlich genug, mit dem Kopf zuerst zur Welt zu kommen.

Die beiden Mädchen sahen vollkommen identisch aus. Weder Helen noch Isabelle konnten sie auseinanderhalten. Die Frauen waren so vorausschauend, die beiden Kleinen in verschiedenfarbene Tücher – die erste in Weiß, die zweite in Rosa – zu wickeln, bevor sie das Maitland-Plaid darüberdeckten.

Frances Catherine hatte nicht übermäßig viel Blut verloren, aber Judiths Ängste waren noch nicht vorbei. Sie würde dafür sorgen, dass ihre Freundin noch mindestens zwei Wochen liegen blieb, damit auch wirklich keine Komplikationen eintreten konnten.

Schließlich lag Frances Catherine unter ihre Decken gekuschelt im Bett. Sie trug das hübsche Nachtkleid, das Judith ihr gemacht hatte. Ihr Haar war gebürstet und mit dem rosa Band im Nacken zusammengebunden. Selbst in ihrer Erschöpfung hatte sie ein strahlendes Aussehen, aber Judith wusste, dass sie mit dem Schlaf kämpfte.

Patrick war über den Zustand seiner Frau auf dem Laufenden gehalten worden. Er wusste, dass es ihr gut ging. Helen wollte ihm aber nicht verraten, ob er einen Sohn oder eine Tochter hatte. Dies war die kostbare Aufgabe seiner Frau.

Sie legten Frances Catherine die Babys links und rechts in den Arm. Judith strich die Kissen um die drei herum glatt und wollte dann gehen, um den frisch gebackenen Vater hereinzuholen.

»Warte«, flüsterte Frances Catherine, um ihre Töchter nicht zu wecken. Beide schliefen tief und fest.

»Ja?«, flüsterte Judith zurück.

»Wir … wir haben es geschafft, nicht wahr, Judith?«

»Ja, das haben wir«, sagte sie.

»Ich wollte dir sagen …«

»Du musst gar nichts sagen«, sagte Judith. »Ich verstehe schon.«

Frances Catherine lächelte. »Jetzt bist du dran, Judith. Gib meinen Töchtern eine Freundin, mit denen sie ihre Geheimnisse teilen können.«

»Wir werden sehen«, gab Judith zurück. Sie winkte Helen und Isabelle, ihr nach draußen zu folgen. Patrick stieß sie fast um, als er an ihr vorbeistürzte. Judith musste über seine Hast, zu seiner Familie zu kommen, lächeln.

Die frische Luft war wunderbar. Judith fühlte sich erschlagen und schwach vor Erleichterung, dass es endlich vorbei war. Sie ging hinüber zu der Steinmauer und setzte sich darauf. Isabelle folgte ihr.

»Es war schrecklich, nicht wahr?«, flüsterte Isabelle. »Ich hatte solche Angst um Frances Catherine.«

»Ich auch«, gab Judith zu.

»Sie wird noch weiter Hilfe brauchen«, mahnte Helen. »Sie hat viel hinter sich und braucht jetzt Ruhe. Sie kann sich nicht allein um zwei Babys kümmern.«

»Winslows Tanten helfen bestimmt und ich auch«, sagte Isabelle. »Wir könnten morgens da sein.«

»Ich könnte nach dem Abendessen und die Nächte dableiben«, schlug Helen vor.

Beide Frauen sahen Judith an in der Erwartung, sie würde die Nachmittage übernehmen. Sie schüttelte den Kopf. »Wir müssen jemanden finden, der dazwischen kommt«, sagte sie. »Ich kann es nicht sein, denn ich weiß nicht, wie lange ich noch hier bin.«

»Was, in Gottes Namen, redest du da?«, fragte Isabelle, die kein Wort verstand.

»Ich erkläre es morgen«, versprach Judith. »Jetzt möchte ich lieber über Frances Catherine reden. Ich will, dass ihr beide versprecht, euch um sie zu kümmern. Sie darf die nächste Zeit nicht aufstehen. Noch ist sie nicht außer Gefahr!«

Judith merkte selbst, wie verzweifelt sie sich

anhörte, aber sie konnte es nicht verhindern. Sie nahm an, dass die Erschöpfung daran schuld war.

Weder Isabelle noch Helen wollten ihr widersprechen und Judith war dankbar für ihr Schweigen. Helen stieß einen müden Seufzer aus. Die Traurigkeit, die sie auf dem Gesicht ihrer Herrin entdeckte, lastete schwer auf ihrem Herzen.

Sie beschloss, der Unterhaltung eine angenehmere Wendung zu geben. »Wart Ihr auch so überrascht, als Frances Catherine noch mal zu pressen anfing?«

Isabelle und Judith lächelten beide.

»Ihr beide seht aus, als wolltet Ihr vor Müdigkeit umfallen«, sagte Helen dann. »Geht nach Hause und ruht Euch aus. Ich bleibe die Nacht über hier.«

Aber keine von beiden hatte die Kraft oder den Wunsch, sich zu bewegen. Es war so friedlich, so still und so angenehm, einfach dort zu sitzen und in die Dunkelheit zu starren.

Judith hörte ein Geräusch hinter sich und wandte den Kopf. Iain und Winslow kamen den Hügel hinunter. Sie drehte sich hastig wieder um, nahm ihre Schultern zurück und versuchte, Haltung anzunehmen. Hastig strich sie ihr Haar zurück, kniff sich in die Wangen, um Farbe zu bekommen und versuchte, die Falten in ihrem Kleid glatt zu streichen.

Isabelle beobachtete sie. »Du siehst trotzdem furchtbar aus«, flüsterte sie kichernd.

Judith war verblüfft. Isabelle war so eine zarte, gutmütige Frau, dass sie von ihr keine Neckerei erwartet hätte. Sie brach in Lachen aus. »Du auch«, flüsterte sie zurück.

Sie standen gleichzeitig auf, um ihre Männer zu erwarten, und lehnten sich dann gegeneinander, um sich beim anderen zu stützen.

»Es kümmert mich nicht, wie ich aussehe«, gestand Isabelle. »Winslow will … will unbedingt … du weißt schon, und ich glaube nicht, dass ich schon sollte. Es ist ja erst sieben Wochen her und ich finde, wir sollten noch sieben weitere warten … Aber manche Nächte möchte ich ja auch …«

Judith war nicht sicher, was Isabelle mit ihrem Gestammel sagen wollte, aber als sie sah, wie die junge Frau errötete, begriff sie endlich. »Maude hat mir gesagt, dass man etwa sechs Wochen warten sollte, bevor man … mit seinem Mann schläft!«

Isabelle versuchte augenblicklich, ihr Erscheinungsbild zu verbessern, und Judith brach in Gelächter aus. Isabelle stimmte in ihr Lachen ein.

Helen schüttelte nur den Kopf über den traurigen Zustand der jungen Frauen, während Winslow und Iain überzeugt waren, die beiden hätten den Verstand verloren. Schließlich klärte Helen sie über die guten Neuigkeiten auf. Beide Krieger freuten sich zwar, ließen sich aber nicht von ihren undisziplinierten Frauen anstecken.

»Isabelle, beherrsch dich«, befahl Winslow. »Du benimmst dich, als wärst du betrunken.«

Sie biss sich auf die Unterlippe, um ihr Gelächter einzudämmen. »Was tust du hier um die Nachtzeit?«, fragte sie. »Warum bist du nicht bei unserem Sohn zu Hause?«

»Meine Tante ist da«, antwortete er.

»Wird sie die ganze Nacht bleiben?«

Winslow fand die Frage an sich schon merkwürdig. »Natürlich«, gab er zurück. »Ich schlafe in der Festung.«

Isabelle sah ihren Mann finster an und er hob erstaunt die Augenbrauen. »Isabelle, was in Gottes Namen ist los mit dir?«, fragte er verärgert.

Isabelle gab keine Antwort. Judith ging zu ihrem Mann herüber.

»Warum bist *du* nicht im Bett?«

»Ich habe auf dich gewartet.«

Sein Eingeständnis überwältigte sie, und ihre Augen füllten sich augenblicklich mit Tränen. Iain legte ihr den Arm um die Schultern und wandte sich zum Gehen. Helen wünschte allen eine gute Nacht und ging ins Haus zurück.

Isabelle war vor ihren Mann getreten und hatte, ohne es zu bemerken, den Eingang zum Hof versperrt. Sie war sich nicht bewusst, dass Judith und Iain direkt hinter ihr warteten, als sie mit ihrer Klage herausplatzte: »Ich will nicht mit deiner Tante schlafen. Ich will mit *dir* schlafen! Judith hat gesagt, wir hätten bloß sechs Wochen warten müssen, und nun sind schon sieben vergangen!«

Winslow zog sie in seine Arme, damit Judith und Iain vorbeigehen konnten, und beugte sich dann herab, um seiner Frau etwas ins Ohr zu flüstern.

Judith wurde von Alex, Gowrie und Ramsey abgelenkt, die den Hügel hinunterkamen. Als sie nah genug waren, dass sie ihre Mienen ausmachen konnten, verschlug es ihr fast den Atem. Die Krieger sahen unglaublich zornig aus.

Judith rückte näher an Iain heran. »Und warum sind *sie* noch auf?«, flüsterte sie.

»Sie waren bei einer Versammlung«, antwortete er. »Und es hat länger als erwartet gedauert!«

Iain schien keine Lust zu haben, Näheres zu erklären, und sie war zu erschöpft und auch zu ängstlich, ihn danach zu fragen. Und nachdem sie sich noch lange in ihrem Bett herumgewälzt hatte, fiel sie endlich in einen unruhigen Schlaf.

Kapitel 15

»Judith, wach auf. Es ist Zeit, zu gehen.«

Iain schüttelte sie sanft wach. Sie öffnete die Augen und sah ihren Mann, der neben ihr auf der Bettkante saß. Ein Blick auf seine düstere Miene reichte, um den Schlaf aus ihrem Kopf vollständig zu verscheuchen.

Sie setzte sich auf und zog die Decken zu sich heran. »Gehen?«, flüsterte sie verständnislos. »Ich muss *jetzt* gehen?«

»Ja« Seine Stimme klang hart, und sein Gesichtsausdruck war entschlossen.

Warum tat er nur so kalt? Judith ergriff seinen Arm, als er aufstehen wollte. »So bald schon, Iain?«

»Ja«, antwortete er. »Wenn möglich innerhalb der nächsten Stunde.« Er entzog sich ihrer Hand, beugte sich zu ihr, um sie auf die Stirn zu küssen, dann stand er auf und ging zur Tür.

Sie rief hinter ihm her. »Ich möchte Frances Catherine Lebewohl sagen!«

»Dazu ist keine Zeit«, sagte er. »Pack nur eine Tasche und bring sie zu den Ställen. Ich treffe dich dort.«

Die Tür schloss sich hinter ihm und Judith brach augenblicklich in Tränen aus. Sie wusste, dass sie sich jämmerlich angehört haben musste, aber es kümmerte sie nicht. Sie konnte ohnehin nicht klar denken. Schließlich hatte sie Iain gesagt, dass sie nicht hier bleiben wollte. Er gab ihr nun bloß, wonach sie verlangt hatte.

Verdammt, wie konnte er sie nur gehen lassen? Hatte er noch nicht begriffen, wie sehr sie ihn liebte?

Judith wusch sich und zog dann ihr dunkelblaues Kleid an. Sie bürstete ihr Haar, packte die Tasche, und als sie endlich zum Gehen bereit war, sah sie sich noch ein letztes Mal in der Schlafkammer um.

Ihr Plaid hing an einem Haken nahe der Tür. Sie wollte es nicht zurücklassen, und so faltete sie es und steckte es in ihr Gepäck.

Schließlich hörte sie auf zu weinen. Ihr Selbstmitleid war auf einmal wie weggeblasen. Herr im Himmel, sie war wütend! Ein Mann, der seine Frau wirklich liebte, würde sie nicht einfach so gehen lassen. Sie musste Iain das sagen. Er liebte sie doch. Daran hatte sie keine Zweifel. Es zählte auch nicht, dass sein Verhalten sie stets aufs Neue verwirrte. Sie musste ihn dazu bringen, ihr zu erklären, warum er so etwas tat!

Ein Leben ohne ihn konnte sie sich nicht vorstellen. Judith rannte zur Tür hinaus und die Treppen herunter. Die Tasche hatte sie fest an ihre Brust gepresst.

Graham stand im Eingang und hielt die Tür für sie auf. Judith konnte hinter ihm eine riesige Menschenmenge sehen, die sich auf dem Vorplatz versammelt hatte.

Sie versuchte, an dem alten Mann vorbeizukommen, ohne ihn anzusehen. Doch er berührte ihre Schulter, um auf sich aufmerksam zu machen. Judith hielt an, hielt aber den Kopf weiterhin gesenkt.

»Warum wollt Ihr mich nicht ansehen, Frau?«, fragte Graham.

Nun sah sie ihm in die Augen. »Ich wollte Eure Verachtung für mich nicht sehen, Graham. Ihr habt mir sehr deutlich gezeigt, was Ihr über mich denkt!«

»O Judith, es tut mir so leid. Ich wollte Euch nicht verletzen. Es kam einfach alles so … überraschend, und ich war zornig, weil man uns gefangen genommen hatte. Ich dachte, Ihr hättet uns verraten. Judith, ich schäme mich. Könnt Ihr tief in Eurem Inneren einem alten Narren noch einmal verzeihen?«

Ihre Augen füllten sich mit Tränen. Sie nickte langsam. »Ich verzeihe Euch. Aber ich muss jetzt zu Iain. Er wartet auf mich.«

»Sprecht mit ihm, Judith. Lasst nicht zu, dass er das tut. Wir wollen, dass er bleibt.«

Die Verzweiflung in seiner Stimme traf sie ins Herz. »Er bringt mich nur nach England«, erklärte sie. »Dann wird er zurückkommen.«

Er schüttelte den Kopf. »Nay, mein Kind. Er kommt nicht wieder.«

»Graham, er *muss*! Er ist Euer Clansherr«

»Nicht mehr.«

Judith war zu verblüfft, um ihre Reaktion im Griff zu haben. Sie ließ die Tasche fallen und starrte Graham an. Er hob das Gepäck für sie auf, aber als sie es ihm wegnehmen wollte, schüttelte er nur den Kopf.

»Habt Ihr für oder gegen diese Entscheidung gestimmt?«

Sie wartete gar nicht auf eine Antwort. Stattdessen straffte sie sich und lief nach draußen. Die Menge teilte sich, als sie die unterste Stufe erreicht hatte und den Weg zu den Ställen einschlug.

Graham folgte ihr. Die anderen Ratsmitglieder stellten sich oben auf der Treppe in einer Reihe auf, um die Abreise zu beobachten.

Die Menge war jetzt hinter Judith. Die Stalltüren wurden aufgestoßen und Iain kam mit seinem Hengst am Zügel heraus. Patrick ging neben ihm und redete auf ihn ein, schien aber kaum Antwort zu erhalten. Iains Gesicht war ausdruckslos. Judith hatte nicht bemerkt, dass sie stehen geblieben war, bis ihr Mann sie entdeckte und sie zu sich heranwinkte.

Sie regte sich nicht. Die Bedeutung dessen, was sie im Begriff war zu tun, traf sie mit aller Macht. Lieber Gott, sie wollte nicht fort. Sie hatte das Maitland-Plaid eingesteckt, um eine Erihnerung an ihr vergangenes Glück zu haben. Sie hätte sich wahrscheinlich während der kommenden kalten Winternächte in den weichen Stoff gewickelt, um Trost in den Gedanken an schönere Zeiten zu finden. Was für ein Unsinn, schimpfte sie mit sich selbst. Sie würde sich damit ohne Iain und die anderen Freunde, die sie hier kennengelernt hatte, nicht weniger elend fühlen.

Plötzlich schien ihre Angst, immer eine Fremde zu sein, nicht mehr wichtig. Sie war eine Maitland, und sie gehörte hierher; Aye, sie hatte ihr Zuhause gefunden, und niemand, nicht einmal ihr Mann, würde sie zum Fortgehen bewegen.

Plötzlich hatte sie es furchtbar eilig, zu Iain zu kommen, um ihm ihren Sinneswandel zu erklären. Und sie betete zum Himmel, dass er sie verstehen möge.

Eilig raffte sie ihre Röcke und begann zu laufen. Isabelle hielt sie jedoch mit einem Ruf zurück.

»Judith, wird es mir wohl in England gefallen?«

Judith wirbelte herum. Sie musste ihre Freundin missverstanden haben. »Was hast du mich gerade gefragt?«

Isabelle trat aus der Menge hervor und kam an ihre Seite. Sie hielt ihr Kind in den Armen. Winslows Tanten folgten, und Judith erkannte die beiden grauhaarigen Damen, die während des Verhörs des Priesters am Tisch gesessen hatten.

»Wird es uns in England gefallen?«, fragte Isabelle wieder, Judith schüttelte den Kopf. »Ihr könnt nicht mit mir gehen. Ihr würdet es dort schrecklich finden. Selbst ich mag England nicht. Nicht mehr«, setzte sie stammelnd hinzu. »Und ich *bin* Engländerin.«

»Wir werden schon zurechtkommen!«, verkündete Helen laut. Sie hastete voran, um sich zu ihnen zu gesellen. Andrew folgte seiner Mutter mit einer Tasche in der Hand.

Judith wusste nicht, was sie davon halten sollte. »Aber ihr könnt doch nicht alle einfach ...«

Noch eine Frau trat vor. Judith wusste zwar,

wer sie war, konnte sich aber nicht mehr ihres Namens entsinnen. Ihre Tochter war es gewesen, die den Bogenschützenwettbewerb auf dem Kinderfest gewonnen hatte. Sie erinnerte sich, wie ihre Mutter vor Glück strahlte, als Iain ihr den Preis verliehen hatte.

»Wir werden auch mitgehen«, verkündete die Mutter.

Und dann kam eine nach der anderen vor, um sich ihnen anzuschließen. Judith wandte sich Hilfe suchend nach Iain um und ihr stockte der Atem. Hinter ihm hatte sich eine Menge von Kriegern versammelt.

Wollten sie auch mit ihnen gehen?

Judith begriff nichts von dem, was um sie herum vorging. Sie war mittlerweile umringt von Kindern, deren Mütter mit ihrem Gepäck im Arm hinter ihnen standen.

»In England können wir jeden Sonntag ausruhen, nicht wahr?«

Judith wusste nicht, wer diese Frage gestellt hatte. So nickte sie nur langsam und ging zu ihrem Mann hinüber. Sie wusste, dass ihre Verblüffung offensichtlich war. Iain würde den Leuten hoffentlich Vernunft einreden.

Ihr Mann hielt den Blick auf sie geheftet. Sein Arm ruhte auf dem Rücken seines Hengstes. Er wirkte beherrscht, doch als sie nah genug herangetreten war, sah sie in seinen Augen, dass auch er überrascht war.

Sie hielt nur wenige Zentimeter vor ihm an, nicht wissend, was sie sagen sollte, bis die Worte aus ihrem Mund hervorsprudelten.

»Du weißt, dass ich dich liebe, nicht wahr, Iain?«

Sie hatte ihm diese Frage fast brüllend gestellt. Es kümmerte ihn nicht. »Aye, Judith«, sagte er. »Ich weiß, dass du mich liebst.«

Sie stieß einen kleinen Seufzer aus. Es schien ihm, als hätte sie endlich in ihrem Kopf Ordnung geschaffen … und in ihrem Herzen. Sie sah verdammt selbstzufrieden aus.

Nun lächelte sie ihn an, während ihre Augen sich mit Tränen füllten. »Und du liebst mich«, sagte sie. Ihre Stimme hatte einen zärtlichen Klang angenommen. »Ich habe dir einmal gesagt, dass ich nicht mit einem Mann leben würde, der mich nicht liebt. Du hast mir augenblicklich zugestimmt. Du hast mich so verwirrt, weil ich nicht erkannte, wie sehr du mich liebst. Ich wünschte, du hättest es mir eher gesagt. Da hättest du mir eine Menge Sorgen ersparen können.«

»Du sorgst dich doch gerne«, sagte er.

Sie weigerte sich, mit ihm darüber zu sprechen.

»Was hast du nun vor? Mich nach England zu bringen? Keiner von uns beiden gehört dorthin, Iain. Unser Zuhause ist hier.«

Er schüttelte den Kopf. »So einfach ist das nicht, Frau. Ich kann nicht bleiben und dem Rat erlauben, Entscheidungen aufgrund von Emotionen zu fällen.«

»Du meinst, weil sie jemand anderen zum Clansherrn gewählt haben?«

»Wir haben nicht gewählt«, warf Graham ein. Er ließ Judiths Tasche fallen und kam zu ihnen. »Euer Gatte hat sein Amt niedergelegt, als der Rat dem Bündnis mit den Macleans nicht zustimmen wollte.«

Judith wandte sich um und sah zur Festung. Die vier Ratsmitglieder hatten die Köpfe zusammengesteckt und diskutierten offenbar eifrig. Gelfrid fuchtelte aufgeregt mit den Armen herum.

»Wir gehen nicht nach England, Judith. Wir gehen nach Norden. Es wird Zeit«, fügte Iain schließlich, mit einem Nicken in Grahams Richtung, hinzu.

Judith holte tief Atem. Dann trat sie einen Schritt von ihrem Mann zurück.

Ihr kühnes Verhalten brachte ihr seine Aufmerksamkeit zurück.

»Ich liebe dich mit ganzem Herzen, Iain Maitland, aber ich werde mich dir trotzdem widersetzen müssen.«

Auf seinen erstaunten Blick hin verschränkte sie die Arme vor der Brust und nickte, um ihm zu bedeuten, dass sie meinte, was sie gesagt hatte.

Die Frauen reihten sich hinter ihr auf und stimmten augenblicklich ihrerseits mit einem Kopfnicken zu.

»Ich kann keinen Widerspruch dulden, Judith.«

Die Krieger, die hinter ihm standen, stimmten augenblicklich mit einem Kopfnicken zu.

Sie trat einen weiteren Schritt zurück. »Du hättest mir wirklich die Gelegenheit geben müssen, vor deinem Rücktritt meine Meinung zu äußern«, kündete sie an. »Ich bin deine Frau und ich sollte bei Dingen, die auch mich betreffen, ein Wort mitzureden haben. Auch unsere Zukunft geht mich etwas an.«

Iain versuchte, sein Lächeln zu unterdrücken. Bei jedem von Judiths entschiedenen Worten nickten die Frauen hinter ihr eifrig.

Judith hatte sich immer wie eine Fremde gefühlt. Doch was jetzt geschah, musste man gesehen haben, dachte Iain. Sie war umgeben von ihren Maitlandschwestern, ihrer Familie. Sie hatte ihre Herzen gewonnen, so wie sie seins gewonnen hatte.

Iain begriff, dass er und seine Frau unmöglich irgendwo allein hingehen konnten. Himmel, der gesamte Clan schien entschlossen, sich ihnen anzuschließen. Patrick hatte bereits seine Absicht verkündet, mit Frances Catherine und den Babys nachzukommen, sobald sie wieder reisefähig war. Iain hatte das schon erwartet. Nicht allerdings, dass die Krieger *alle* zu ihm halten würden. Es war, beschämend, dass seine Gefolgsmänner ihm so treu ergeben waren. Und es brachte ihn in eine unmögliche Lage. Er war als Clansherr zurückgetreten und niemand akzeptierte seine Entscheidung.

Nicht einmal seine Frau.

Er sah Graham an. Er wusste, was der alte Mann nun durchmachen musste. Seine Männer ließen ihn im Stich. Sie kehrten den überkommenen Pfaden den Rücken zu.

Iain suchte in seinem Kopf eine Möglichkeit, den Stolz des Alten zu retten. Es wäre eine ungeheure Demütigung für Graham, wenn er mit dem Clan ziehen würde. Und Graham war ihm stets wie ein Vater gewesen. Er konnte ihm diese Schande nicht antun.

Klein beigeben konnte er jedoch auch nicht. Dazu war diese Sache zu wichtig.

»Judith, ich kann nicht ändern, was beschlossen worden ist«, sagte er schließlich.

»Das stimmt nicht. Du hast mir einmal etwas anderes gesagt«, widersprach sie.

Er schüttelte den Kopf. Offenbar erinnerte er sich nicht an ihre Unterhaltung, die sie damals auf dem Friedhof führten. Nun, sie würde ihn daran erinnern.

»Einmal jammerte ich über all die Ungerechtigkeiten in dieser Welt, und ich kann mich noch ganz genau an deine Worte erinnern. Du hast gesagt, wenn mir etwas nicht gefallen würde, sollte ich versuchen, es zu ändern. Ein Flüstern, zusammen mit tausend anderen, wächst zu einem Gebrüll heran … weißt du noch? Ja«, fügte sie hinzu. »Das waren genau deine Worte. Hast du es dir etwa anders überlegt?«

»Judith, es ist … komplizierter«, sagte Iain.

»Nay, ist es nicht«, murmelte Graham. »Es ist das Spiel Jung gegen Alt. Und mehr nicht.«

Judiths Herz flog dem Alten zu. Er sah besiegt und müde aus.

»Nein«, widersprach sie ihm. »Darum geht es überhaupt nicht.«

»Judith …«

Sie ignorierte Iains warnenden Tonfall. Sie rückte näher an Graham heran und ergriff seinen Arm. Sie beabsichtigte, ihm zu zeigen, dass sie zu ihm stand, denn ihrer Meinung nach brauchte

Iains Stolz ihren Zuspruch nicht. Die Männer standen jetzt alle auf seiner Seite. Grahams Stolz war eine ganz andere Angelegenheit. Und sie war wild entschlossen, einen Weg zu finden, bei dem er einlenken konnte, ohne seine Ehre oder seine Würde zu verlieren.

»Ich denke, dass Weisheit und Erfahrung die Jugend und die Kraft führen sollten«, sagte sie zu dem Ratsmitglied. »Ihr seid gewiss meiner Meinung, Graham.«

»Da ist etwas Wahres dran«, gab er zu.

Judith holte tief Atem und platzte dann heraus: »Bitte lasst mich direkt zum Rat sprechen!«

Zustimmendes Gemurmel wurde hinter ihr laut. Graham machte ein Gesicht, als hätte sie ihm gerade gedroht, ihm die Kehle durchzuschneiden. Er war schlichtweg sprachlos.

»Und was willst du mit dem Rat besprechen?«, fragte Iain.

Sie wandte ihren Blick nicht von Graham, als sie Iain antwortete.

»Zuerst würde ich ihnen sagen, wie nachlässig sie bisher in ihren Pflichten den wichtigsten Clansmitgliedern gegenüber gehandelt haben. Sie haben Frauen und Kinder einfach übergangen. Ja, so würde ich beginnen.«

Graham wartete, bis die Hochrufe der Frauen,

die sich hinter Judith befanden, verklangen. Dann sagt er: »Wieso haben wir sie übergangen?«

»Ihr erlaubt keiner von uns Frauen, uns Rat suchend an Euch zu wenden«, antwortete Judith. »Dabei sollten unsere Probleme genauso ernst genommen werden wie die von euch Kriegern. Und es wäre nur gerecht, wenn wir in wichtigen Fragen auch eine Meinung äußern dürften.«

»Judith, jede Frau hier wird ernst genommen.«

»Dann frage ich mich, warum wir nicht vor den Rat treten dürfen!«

Graham war noch nie zuvor auf solch eine Art herausgefordert worden. Er rieb sich das Kinn, während er über seine Antwort nachdachte. »Wenn eine von euch ein Problem hat, kann sie zu ihrem Mann gehen und darüber sprechen«, sagte er schließlich. Er schien höchst zufrieden zu sein, dass ihm diese Lösung eingefallen war und brachte sogar ein Lächeln zustande.

»Das ist ja alles schön und gut«, entgegnete Judith. »Ehepaare sollten ohnehin immer ihre Sorgen und Nöte miteinander besprechen. Aber was ist mit den Frauen, die keine Männer haben? An wen können sie sich wenden? Oder sind sie nicht wichtig? Wenn Helen Sorgen wegen ihres Sohnes hat, sollte sie zu Euch oder Gelfrid oder einem anderen Ratsmitglied gehen können, um sich helfen zu lassen. Bisher durfte sie dies aber nicht. Als ihr Mann starb, ist sie zur Außenseiterin geworden.«

»Ich hätte mit Freuden ihre Probleme für sie gelöst«, gab Graham zurück.

Judith versuchte, ihre aufkommende Verzweiflung zu verbergen.

»Helen braucht niemanden, der ihre Probleme für sie löst«, erklärte sie. »Das ist unnötig. Wir wollen doch bloß unsere Angelegenheiten mit euch besprechen, eine andere Meinung dazu hören ... wir wollen einfach in den Clan einbezogen werden, Graham. Helen hat genug Menschenverstand. Sie kann sich selbst helfen. Versteht Ihr nun?«

»Denkt an Dorothy«, erinnerte Helen ihre Herrin. »Ihr solltet sie auch erwähnen, wenn Ihr ihm erklärt, wie unser Leben hier abläuft.«

»Ja, Dorothy«, stimmte Judith zu. Helen hatte ihr erst vor kurzem über die werdende Mutter erzählt. »Dorothy wird in etwa einem Monat ihr Baby bekommen. Ihr Mann ist bei der Treibjagd, nur wenige Wochen nach ihrer Hochzeit, umgekommen. Der Rat sollte jetzt eigentlich ihre Familie sein. Sie ist sonst ganz allein! Und bestimmt wird der Rat nun einige Veränderungen bewirken wollen ... um der Frauen und Kinder willen!«

Graham konnte nicht anders, als vor ihren Argumenten zu kapitulieren. Sie hatten die Frauen bisher ignoriert. »Ja, wir waren nachlässig«, gab er zu.

Er war jedoch nicht bereit, mehr zuzugestehen. Dies müsste fürs Erste genügen. Judith wandte sich wieder zu Iain. Nun konnte auch er ruhig ein paar Zugeständnisse machen. »Meine Mutter ist Engländerin, mein Vater Clansherr Maclean, und das kann ich nicht ändern. Du bist hier der Clansherr, Iain, und ich glaube nicht, dass du *das* ändern kannst.«

Iain furchte die Stirn. »Judith, ich habe nicht auf einem Bündnis bestanden, weil Maclean dein Vater ist. Meine Männer können es leicht mit einem ganzen Heer Maclean-Krieger aufnehmen, denn sie sind besser ausgebildet als jede andere schottische Truppe. Dennoch«, fuhr er mit einem bedeutungsvollen Blick auf Graham fort, »die Dunbars, vereint mit den Macleans, können uns allein von ihrer Anzahl her überwältigen. Als Clansherr ist es meine Pflicht, jedes Mitglied hier zu schützen. Das kann ich aber nicht in der Funktion des Beraters. Das Amt ist sinnlos ohne Macht. Und das, Frau, ist für mich nicht länger annehmbar.«

»So wie es jetzt ist«, schränkte sie ein.

»So wie es immer gewesen ist«, berichtigte er.

»Bis du es änderst!«

Iain setzte sich plötzlich in Bewegung. Vor Graham blieb er stehen. »Ich will kein Berater bleiben. Ich will die Macht zu handeln.«

Lange Zeit verstrich, während Graham über Iains Forderung nachdachte. Er wandte den Kopf, um den anderen Ratsmitgliedern einen Blick zuzuwerfen, und drehte sich dann wieder zu Iain um. Und er zögerte immer noch. »Absolute Macht …«

Judith wollte gerade unterbrechen, als sie sich doch lieber zusammenriss. Mit Männern musste man weitaus vorsichtiger umgehen als mit Frauen. Ihr kostbarer Stolz machte auch die einfachsten Lösungen schwierig.

»Du musst für das, was du tust, verantwortlich gemacht werden können, Sohn«, sagte Graham müde. Judith befürchtete, dass er sich bereits dagegen entschieden hatte und nun damit kämpfte, das Unvermeidliche als gegeben zu akzeptieren.

Dann wusste sie es plötzlich! »Was für eine gute Idee, Graham«, schrie sie begeistert. Sie lächelte dem Alten zu, nickte eifrig, als sie seine Verwirrung erkannte, und lief dann zu Iain herüber. Sie knuffte ihn in die Seite und sagte: »Ist das nicht eine fantastische Idee, liebster Mann?«

Er hatte keine Ahnung, was sie meinte. »Judith, wenn jede meiner Entscheidungen infrage gestellt wird …«

»Aber doch höchstens einmal im Jahr«, unterbrach sie ihn. »Oder sieht Euer Plan öfter Vertrauenswahlen für Euren Clansherrn vor?«, fragte sie Graham.

Grahams Überraschung war überdeutlich. Endliche begriff er, was sie vorschlug. Er nickte schnell und ein Lächeln erschien auf seinem Gesicht. »Nein, einmal im Jahr wird reichen. Dann wirst du dich rechtfertigen müssen, bei Gott. Und du könntest abgewählt werden, Iain.«

Er ließ diese leere Drohung in der Luft hängen. Jeder wusste, dass dies niemals geschehen würde. Der Clansherr hatte gerade Macht bekommen, und er würde sie behalten.

»Wir werden ein starkes Gegengewicht bilden«, kündigte Graham mit nun kraftvoller, entschlossener Stimme an. »Der Rat wird einmal im Monat zusammentreffen, um sich Klagen und Ersuche der Mitglieder anzuhören. Wir werden dir auch ebenso unseren Rat mitteilen, Iain, wann immer wir es für nötig halten.«

»Wird der Rat sich die Ersuchen *aller* Mitglieder anhören? Auch die der Frauen?«, drängte Judith.

Graham nickte. »Aye, Kind«, sagte er. »Besonders von den Frauen. Sie mussten lange genug schweigen. Nun wird es Zeit, dass sie ihre Stimmen erheben.«

»Nichts ist entschieden, bevor die anderen Ratsmitglieder nicht zugestimmt haben«, ermahnte Iain den Alten.

»Ich werde ihnen den Vorschlag unterbreiten«, sagte Graham. »Du wirst innerhalb einer Stunde das Ergebnis für oder wider haben.«

Es dauerte nur eine halbe Stunde, bis die Ratsmitglieder wieder nach draußen traten und ihr einstimmiges ›Ja‹ zu Grahams grundlegend neuem Plan verkündeten.

Laute Jubelrufe hallten von den Hügeln wider. Iain war umringt von seinen Anhängern, und jeder wollte ihm auf die Schulter klopfen. Ein Weinfass wurde herausgeschleppt und bald schon wurden die Kelche erhoben und Trinksprüche ausgetauscht.

Die Ratsmitglieder zogen sich nicht etwa zurück, sondern schlenderten durch die Menge und feierten und zechten eifrig mit den fröhlichen Menschen.

Iain konnte sich endlich von den Gratulanten losmachen und versuchte, seine Frau zu finden. Er wollte sie an irgendeinen stillen Platz führen, wo sie gemeinsam – und nur sie beide – die Ereignisse feiern konnten.

Er entdeckte sie auf einem Pfad, der den Hügel hinabführte. Als er ihr gerade folgen wollte, hinderten Owen und Vincent ihn daran. Sie wollten mit ihm über Grahams kluge Idee sprechen, und taten dies ausgiebig und weitschweifig. Als Iain endlich weiterlaufen konnte, waren gut zwanzig Minuten vergangen.

In diesem Moment fingen ihn Ramsey und Brodick ab.

»Habt ihr Judith gesehen?«

»Sie ist bei Frances Catherine und Patrick«, antwortete Ramsey. »Iain, du bist nicht mehr verärgert, weil ich das Amt des Clansherrn an deiner statt abgelehnt habe?«

»Nein«, sagte Iain.

»Wir müssen etwas mit dir besprechen«, warf Brodick ein. »Es wird nicht länger als eine Minute dauern.«

Brodicks Minute entwickelte sich zu einer vollen Stunde. Ihre seltsame Bitte brachte Iain kräftig zum Lachen, aber schließlich willigte er ein und wünschte ihnen sogar noch viel Glück.

Als es Iain endlich gelungen war, Patricks Haus zu erreichen, war Judith längst wieder fort. Frances Catherine und die Zwillinge schliefen fest und Patrick sah aus, als hätte auch er ein Nickerchen dringend nötig. Er gähnte, als er in die Richtung wies, die Judith eingeschlagen hatte.

Er fand sie ein paar Minuten später in einem kleinen Wäldchen in der Nähe des Bachs.

Sie sah entspannt aus, hatte ihre Schuhe ausgezogen und saß auf dem Boden an einen Baum gelehnt. Ihre Augen waren geschlossen und ihre Hände im Schoß gefaltet.

Iain setzte sich neben sie. »Hast du das Fest verlassen, weil plötzlich getrunken wurde?«

Sie schlug die Augen nicht auf, lächelte aber. »Nein. Ich wollte nur ein paar Minuten bei Frances Catherine verbringen und dann ein stilles Plätzchen finden. Ich brauchte Ruhe … und Zeit zum Nachdenken. Es ist ziemlich schwer, hier mal allein zu sein, findest du nicht?«

»Allerdings«, stimmte er mit einem Lachen zu. »Aber du wolltest ja unbedingt hier bleiben!«

»Ja, will ich auch«, sagte sie. »Deswegen ist es aber trotzdem manchmal ärgerlich, sich nicht zurückziehen zu können.«

»Du könntest in die Kapelle gehen, wenn du Einsamkeit brauchst!«

Nun öffnete sie die Augen. »Iain, wir haben keine Kapelle«, erinnerte sie ihn.

»Wir werden aber eine haben«, erklärte er. »Spätestens im Sommer. Sie muss bis zu unserem ersten Hochzeitstag fertig sein.«

»Warum?«

»Damit wir unsere Ehe mit einer anständigen Messe feiern können«, erklärte er. Er lächelte über ihren verblüfften Gesichtsausdruck und schob sie sanft vom Baumstamm. Er nahm ihren Platz ein und hob sie auf seinen Schoß. Dann beugte er sich herab und küsste ihre Stirn. »Mit Blumen«, flüsterte er heiser. »Die Kapelle wird vor Blumen überquellen. Versprochen.«

Sie lächelte ihn strahlend an. »Ich bin mit einem sehr liebevollen Mann verheiratet. Ich brauche keine Blumen. Ich habe alles, was ich mir nur wünschen kann.«

»Du kriegst sie trotzdem«, brummte er und freute sich über ihre leidenschaftlichen Worte.

»Warum feierst du nicht mit den anderen?«, fragte sie.

»Ich wollte mit dir allein sein«

»Und warum?«

Er strich über ihre Wange und beugte sich vor. Seine Lippen berührten die ihren. Der Kuss war süß, ohne zu fordern, und voller Liebe.

Als er sich endlich wieder aufrichtete, sank Judith an seine Brust. Sie war noch nie so zufrieden, so unglaublich glücklich gewesen.

Lange Zeit schwiegen beide. »Iain?«

»Ja?«

»Was machen wir mit meinem Vater?«

»Mit ihm auskommen, denke ich.«

Sie sprachen noch eine Weile über ihre Familie.

Judith wollte ihren Vater und den Bruder wirklich wiedersehen und Iain versprach, mit ihr am folgenden Nachmittag hinzureiten.

Dann wandte sie sich den Ereignissen des Tages zu. Doch es war eine träge Unterhaltung, denn Judith hatte die Augen geschlossen und achtete kaum auf das, was Iain ihr erzählte. Bis er erwähnte, dass Brodick und Ramsey auf Jagd gehen wollten.

Sein amüsierter Tonfall machte sie neugierig.

»Was findest du denn daran so lustig?«, fragte sie.

»Sie gehen in England jagen«, antwortete er glucksend.

»Wieso denn das?«, fragte Judith verwirrt.

»Sie konnten hier nicht finden, was sie gesucht haben. Jetzt folgen sie meinem Beispiel.«

»Iain, wovon redest du? Was wollen sie jagen?«

»Bräute!«

Sie brach in Lachen aus. Ihr Mann hatte wirklich einen seltsamen Sinn für Humor, dachte sie, als sie sich wieder an ihn kuschelte.

Iain machte sich nicht die Mühe, ihren Irrtum aufzuklären. Sie würde schon herausfinden, dass er nicht gescherzt hatte, wenn Ramsey und Brodick mit ihren Frauen wiederkommen würden.

Er schlang die Arme um seine zarte Frau und schloss die Augen. Der milde Wind voller süßer

Sommerdüfte wehte über den Bach und strich über das Paar, das aneinandergekuschelt am Baum saß.

Judith rückte noch näher an ihren Mann heran und überdachte voller Glück das Wunder, das Gott möglich gemacht hatte. Sie hatte nun eine Familie. Sie wurde geliebt, geachtet und umsorgt.

Sie war endlich zu Hause.

Genussvoll lesen
Bücher in großer Schrift

Lieferbare Titel in Großdruck

Wahre Liebe und große Gefühle

JANET EVANOVICH, Kussfest
416 S., ISBN 978-3-8000-9265-9

JULIE GARWOOD, Auf Befehl des Königs
496 S., ISBN 978-3-8000-9238-3

JULIE GARWOOD, Geliebter Barbar
616 S., ISBN 978-3-8000-9266-6

CHARLOTTE LINK, Sturmzeit
848 S., ISBN 978-3-8000-9212-3

CHARLOTTE LINK, Wilde Lupinen
928 S., ISBN 978-3-8000-9239-0

CHARLOTTE LINK, Die Stunde der Erben
880 S., ISBN 978-3-8000-9267-3

SUSAN E. PHILLIPS, Bleib nicht zum Frühstück! 640 S., ISBN 978-3-8000-9213-0

AMANDA QUICK, Geheimnis der Nacht
584 S., ISBN 978-3-8000-9268-0

AMANDA QUICK, Liebe um Mitternacht
528 S., ISBN 978-3-8000-9214-7

NORA ROBERTS, Töchter des Feuers
624 S., ISBN 978-3-8000-9223-9

NORA ROBERTS, Töchter des Windes
720 S., ISBN 978-3-8000-9240-6

NORA ROBERTS, Töchter der See
608 S., ISBN 978-3-8000-9269-7

NICHOLAS SPARKS, Weit wie das Meer
448 S., ISBN 978-3-8000-9241-3

NICHOLAS SPARKS, Wie ein einziger Tag
272 S., ISBN 978-3-8000-9229-1

NICHOLAS SPARKS, Zeit im Wind
256 S., ISBN 978-3-8000-9270-3

DANIELLE STEEL, Die Liebe eines Sommers
512 S., ISBN 978-3-8000-9228-4

DANIELLE STEEL, Fünf Tage in Paris
384 S., ISBN 978-3-8000-9242-0

ROBERT JAMES WALLER, Die Brücken am Fluss. 224 S., ISBN 978-3-8000-9215-4

BARBARA WOOD, Lockruf der Vergangenheit
432 S., ISBN 978-3-8000-9216-1

UEBERREUTER

BARBARA WOOD, Himmelsfeuer
704 S., ISBN 978-3-8000-9243-7

BARBARA WOOD, Spur der Flammen
720 S., ISBN 978-3-8000-9271-0

Spannung pur!

DAVID BALDACCI, Das Labyrinth
1008 S., ISBN 978-3-8000-9272-7

DAVID BALDACCI, Der Präsident
896 S., ISBN 978-3-8000-9217-8

SANDRA BROWN, Betrogen
816 S., ISBN 978-3-8000-9244-4

SANDRA BROWN, Ein Hauch von Skandal
816 S., ISBN 978-3-8000-9273-4

MICHAEL CONNELLY, Der Poet
864 S., ISBN 978-3-8000-9224-6

MICHAEL CONNELLY, Die Rückkehr des Poeten. 640 S., ISBN 978-3-8000-9245-1

MICHAEL CONNELLY, Schwarzes Eis
600 S., ISBN 978-3-8000-9274-1

KEN FOLLETT, Die Brücken der Freiheit
832 S., ISBN 978-3-8000-9222-2

KEN FOLLETT, Die Pfeiler der Macht
1040 S., ISBN 978-3-8000-9246-8

ELIZABETH GEORGE, Auf Ehre und Gewissen. 680 S., ISBN 978-3-8000-9275-8

ELIZABETH GEORGE, Gott schütze dieses Haus. 592 S., ISBN 978-3-8000-9218-5

JOHN GRISHAM, Der Klient
872 S., ISBN 978-3-8000-9276-5

JOHN GRISHAM, Die Akte
704 S., ISBN 978-3-8000-9227-7

JOHN GRISHAM, Die Firma
832 S., ISBN 978-3-8000-9247-5

LINDA HOWARD, Mister Perfekt
592 S., ISBN 978-3-8000-9248-2

P. D. JAMES, Ein Spiel zu viel
416 S., ISBN 978-3-8000-9225-3

STEPHEN KING, Atlantis
1072 S., ISBN 978-3-8000-9219-2

JAMES PATTERSON, Der 1. Mord
512 S., ISBN 978-3-8000-9220-8

IAN RANKIN, So soll er sterben
816 S., ISBN 978-3-8000-9253-6

JOANNE K. ROWLING, Harry Potter und der Stein der Weisen
472 S., ISBN 978-3-8000-9249-9

JOANNE K. ROWLING, Harry Potter und die Kammer des Schreckens
512 S., ISBN 978-3-8000-9277-2

MINETTE WALTERS, Die Bildhauerin
592 S., ISBN 978-3-8000-9278-9

MINETTE WALTERS, Die Schandmaske
624 S., ISBN 978-3-8000-9250-5

MINETTE WALTERS, Im Eishaus
512 S., ISBN 978-3-8000-9221-5

Aufmunterndes und Motivierendes

DIE BIBEL – Das Neue Testament
1048 S., ISBN 978-3-8000-9202-4

JACK CANFIELD & MARK V. HANSEN, Hühnersuppe für die Seele
336 S., ISBN 978-3-8000-9231-4

UEBERREUTER

JACK CANFIELD & MARK V. HANSEN,
Noch mehr Hühnersuppe für die Seele
392 S., ISBN 978-3-8000-9259-8

DALE CARNEGIE, **Sorge dich nicht – lebe!**
608 S., ISBN 978-3-8000-9200-0

DALE CARNEGIE, **Wie man Freunde gewinnt**
448 S., ISBN 978-3-8000-9258-1

ERICH FROMM, **Haben oder Sein**
400 S., ISBN 978-3-8000-9226-0

KHALIL GIBRAN, **Der Prophet**
96 S., ISBN 978-3-8000-9201-7

LAOTSE , **Tao Te King**
96 S., ISBN 978-3-8000-9232-1

SENECA, **Vom glücklichen Leben**
416 S., ISBN 978-3-8000-9203-1

NEALE DONALD WALSCH, **Gespräche mit Gott. Bd. I**
400 S., ISBN 978-3-8000-9204-8

NEALE DONALD WALSCH, **Gespräche mit Gott. Bd. II**
496 S., ISBN 978-3-8000-9233-8

FRANK McCOURT, Die Asche meiner Mutter
800 S., ISBN 978-3-8000-9209-3

ANNIE PROULX, Schiffsmeldungen
640 S., ISBN 978-3-8000-9210-9

ARUNDHATI ROY, Der Gott der kleinen Dinge. 592 S., ISBN 978-3-8000-9263-5

JOSÉ LUIS SAMPEDRO, Das etruskische Lächeln. 480 S., ISBN 978-3-8000-9211-6

RAFIK SCHAMI, Die Sehnsucht der Schwalbe
488 S., ISBN 978-3-8000-9235-2

ZERUYA SHALEV, Späte Familie
848 S., ISBN 978-3-8000-9264-2

BRAM STOKER, Dracula
576 S., ISBN 978-3-8000-9256-7

ANTONIO TABUCCHI, Erklärt Pereira
256 S., ISBN 978-3-8000-9237-6

Bestellen Sie die Bücher in großer Schrift beim Buchhändler in Ihrer Nähe oder besuchen Sie unseren Shop im Internet unter **shop.ueberreuter.at** und bestellen Sie ein Großdruck-Abo Ihrer Wahl. ÜBRIGENS: Großdruck-Abos kann man auch verschenken!

UEBERREUTER